U0107282

报章里的中国记忆

刘 昆 主编

BAOZHANG LI DE
ZHONGGUO JIYI

广西师范大学出版社
·桂林·

图书在版编目（CIP）数据

报章里的中国记忆 / 刘昆主编． —桂林：广西师范大学
出版社，2019.12
ISBN 978-7-5598-2506-3

Ⅰ．①报… Ⅱ．①刘… Ⅲ．①新闻报道—作品集—中
国—当代 Ⅳ．①I253

中国版本图书馆 CIP 数据核字（2019）第 280264 号

广西师范大学出版社出版发行

（广西桂林市五里店路 9 号　邮政编码：541004）
网址：http://www.bbtpress.com

出版人：黄轩庄

全国新华书店经销

广西民族印刷包装集团有限公司印刷

（南宁市高新区高新三路 1 号　邮政编码：530007）

开本：787 mm × 1 092 mm　1/16

印张：36.75　　　字数：510 千字

2019 年 12 月第 1 版　　2019 年 12 月第 1 次印刷

印数：0 001~5 000 册　　定价：108.00 元

如发现印装质量问题，影响阅读，请与出版社发行部门联系调换。

我们都是追梦人

70年筚路蓝缕，70年砥砺奋进，70年玉汝于成。一个国家，经历了从封闭到开放、从落后到先进、从羸弱到强大的巨变。一个民族，迎来了从站起来、富起来到强起来的伟大飞跃。

在中国共产党的领导下，新中国一路铿锵，坚定前行，谱写了波澜壮阔、气势恢宏的时代篇章。正如习近平总书记指出的："无论是在中华民族历史上，还是在世界历史上，这都是一部感天动地的奋斗史诗。"

今年是新中国成立70周年。在这个特殊年份向历史深处回望，聆听历史深处的足音，探寻70年历史性成就背后的精神脉络，剖析70年历史性变革所蕴藏的内在逻辑，将为我们继续前行提供不竭的动力。由此，光明日报社报业集团旗下的《文摘报》特别开设了《旧报新读·中国记忆》专栏，并从中遴选出若干篇目，集结成这本《报章里的中国记忆》。

本书以共和国发展进程中的重要报道为蓝本，挖掘旧报章报道中的丰富资源，对其重新编排、重新解读。在选择篇目时，我们并没有追求全景式的历史再现，而是从浩如烟海的旧闻中，淘洗出一些片段，以一个个精彩的瞬间为点，试图在点式记录中勾勒线索，梳理出新中国的成长路径。也许，这些作品在新中国70年的辉煌成就面前可能尚显单薄，但它们犹如水珠可以折射太阳一样，我们希望，读到这本书的人们，能从历史的回望和梳理中，从新闻人记录的那些已经过去却深刻地影响历史进程的重要事件中，感受历史的温度，汲取前行的力量。

在本书的篇目中，有回眸重大历史事件的《向世界报道开国大典》《新中国第一部宪法诞生记》《烽烟滚滚唱英雄》，有涉及思想解放的《杨西光与真理标准讨论》《"关广梅现象"与"社资"之争》，有凸显社会思潮变迁的《模特风波：美的启蒙与道德争论》《潘晓讨论：对人生意义的思索和寻求》，有反映教育变革的《唱着〈夫妻识字歌〉进课堂》《重新打开高考的大门》《怀柔事件与教师节的诞生》，有涉及文学艺术的《杜甫诗怀黎元难，柳青史铸创业艰》《青春之歌，回荡在几代中国人的青春记忆里》《首届百花奖纪实》，有反映新形势下推进改革开放重大举措的上海自由贸易试验区成立的《高桥镇风云》，有诠释"绿水青山就是金山银山"发展理念的《好一个大"林子"》《美丽的村庄在说话》……每篇作品记录的，是共和国成长历程中的一个音符，这些音符汇集起来，构成了70年国史报史的恢宏交响。

新闻，因人而生动。新闻人关注宏大叙事，也关注新闻事件里鲜活的人物。他们是追逐"中国梦"奔跑前行的追梦人。正是他们，把自己的追求和梦想融入到每一天、每件事、每个细节中，与时代同频共振，以涓涓细流汇聚成磅礴力量，推动着整个国家、社会阔步前进。

《梁园虽好，非久居之乡》描写了20世纪50年代，广大海外知识分子冲破西方国家重重阻挠，回国参加社会主义建设的情景。华罗庚喊出的话语"科学没有国界，科学家是有自己的祖国的"，至今读来仍然振聋发聩。《擦亮青蒿素这颗明珠》《袁隆平和他的杂交水稻》再现了屠呦呦、袁隆平等科学家胸怀祖国、勇攀高峰的感人事迹，生动诠释了新时代中国科学家精神。他们的精神已成为中华民族的宝贵财富，激励广大知识分子为建设世界科技强国，为实现中华民族伟大复兴"中国梦"而努力奋斗。

《把亘古荒原变全国粮仓》再现了一代共和国热血青年把青春献给北大荒，在人类拓荒史上书写的伟大史诗。《说说三线建设》中，几百万建设者奉献青春乃至生命，为国家作出了重大历史贡献。《太行天河红旗渠》描述了河南省林县30万人民凭着一锤一钎，在太行山的悬崖峭壁上修成了总长1500公里的红旗渠，彻底改变了当地世世代代缺水的面貌……正是无数个体的梦想和奋斗，最终融汇成国家的集体叙事。在国家向前的历史进程中，每个人都像一束光簇拥着另一束光，点亮自己，照亮他人。这是中国最真实、最鲜活的图景，也是中国最深沉、最伟大的力量。

习近平总书记在庆祝中华人民共和国成立70周年大会上的讲话中指出："中国的昨天已经写在人类的史册上，中国的今天正在亿万人民手中创造，中国的明天必将更加美好。"处在中国特色社会主义新时代这一历史方位，抚今追昔，继往开来，我们既满怀喜悦，倍感自豪，同时，还将风雨兼程再出发，让亿万人民的美好生活成为现实，不断创造新的历史伟业。

我们常说，今天的新闻，就是明天的历史。新闻人，既是历史的记录者，也是历史的参与者和影响者。当一代代新闻人勇立潮头，肩负起记录时代、书写时代、讴歌时代的光荣使命，笔下那些反映时代的沧桑巨变、描绘时代的精神图谱、回应时代的价值关切的作品，就有了温度，成为标注时代方位的坐标，历久弥新，散发出不变的灼灼光芒，如同日升月落，亘古如斯。

新闻人也是追梦人。今天，在追梦路上，我们依然要致敬责任，致敬使命，致敬常识，依然要坚守新闻理想，坚守社会良知，坚守人文情怀。唯有如此，才能把握正确的政治方向、舆论导向、新闻志向、工作取向，书写中国特色社会主义新时代的华章。

旧报新读，意在增进读者对共和国历史的温情与敬意；回顾历史，是为了更好地出发。以内容的深耕和挖掘为原点，以写历史的虔诚和敬意写新闻，以对道义的至信和尊崇做出版，正是秉持这样的态度，才有了这本《报章里的中国记忆》与您的见面。希望它能给前行中的您带来一些思考，一些启发，一些力量，哪怕只有少许，我们也与有荣焉。

目 录

报章里的中国记忆

1949年10月1日，毛泽东主席在天安门城楼上向全世界庄严宣告："中华人民共和国中央人民政府今天成立了！"新中国的成立开辟了中国历史的新纪元，彻底结束了一百多年来被侵略被奴役的历史，中国真正成为独立自主的国家，中国人民从此站起来了。我们正是从这里出发，踏上了建设新中国的伟大征程。

向世界报道开国大典

◎余　玮　吴志菲

1949年10月1日，风和日丽。上午8时，解放军受阅部队已经到达指定地点。10时，30万群众陆续从四面八方汇集到天安门广场。广场上人山人海，到处都是热情的欢呼声和嘹亮的歌声。

五星红旗在天安门广场冉冉升起

新华社记者李普记得，"上城楼的嘉宾们当时大都住在北京饭店和六国饭店，下午两点，先一起去中南海勤政殿，交代一遍流程，就来到天安门。毛主席是第一个沿台阶走上城楼的领导人，朱老总紧随其后。那时还没有电梯，大家都是走上去的"。

李普还记得，那天大家穿的几乎都是中山装，周总理穿着黑色的呢子中山装，满城楼上只有美髯公张澜穿着长衫。

下午三点，典礼开始。当毛主席走到麦克风前面宣读《中华人民共和国中央人民政府公告》的时候，为了及时拿到主席手里的公告，李普移到他身后，"毛主席显得很平静，稿子没有任何抖动"。读完公告后，毛主席手按电钮，一幅巨大的五星红旗在天安门广场冉冉升起。当时，李普听到陈毅感

1949年10月1日，毛泽东主席在天安门城楼上向全世界宣告："中华人民共和国中央人民政府今天成立了！"

慨地说："在我的有生之年里，能看到这一天，已经很满足了！"

拿到主席宣读的公告后，李普并没有马上离开。因为虽然领导人的讲话稿早就印发出来了，但还是需要他们的手稿，来核对每一处字词的小改动。"那天11个人的讲话中，陈毅老总的最短，只有5分钟；宋庆龄的讲稿先用英文打草稿，然后翻译成中文，很有自己的特色。"李普看见她的手稿上，有的字注上了拼音，因为她不大会讲普通话，整篇文章都是用上海味道的普通话念的。

领导人讲完话，阅兵式开始。身着戎装的朱德总司令走下天安门城楼，乘坐吉普车检阅了部队。那时部队都停留在天安门城楼东。等朱老总返回城楼，部队已开始行进在天安门前，坦克团、26架飞机、1600匹红色及白色的战马，展示了人民解放军的威武。

随后是群众游行队伍，参加游行的大部分是年轻人。毛主席以及天安门城楼上所有人都在微笑着招手。李普回忆说："开国大典的游行和后来的游行是不一样的，除了喊口号，大标语、字牌、花环这些东西都没有，只有红旗挥舞，大家的想法都非常朴素，很多人将手绢抛向天空。"虽然没有整齐的着装，可是那种当家作主的喜悦，洋溢在每个人的脸上。

游行队伍中欢呼声此起彼伏。最让人热血沸腾的是毛主席在城楼上喊出的"人民万岁"。广场上的30万群众看着毛主席挥动大手，全都发自内心地高喊："毛主席万岁！"

庆典活动结束时，已是华灯初上，人们都渐渐散去了，而李普还要赶写开国大典的新闻稿。这篇稿子新华社必须在当晚发出，以便第二天全国各报采用。1949年10月2日，李普采写的报道开国大典的文章登载在《人民日报》第一版上。

大典背后的故事

由于参加了首届政协会议和开国大典的报道，李普曾幸运地珍藏了两件十分宝贵的文物，从这两件文物中可以了解到开国大典背后的一些故事。

首届政协会议上周恩来的一份讲话提纲是两件文物中的一件。政协会议第二天即9月22日，周恩来向会议作了关于《共同纲领》的起草经过和特点的报告。那时，大会所有的报告和讲演事先都发了铅印的文件，唯独周恩来这个报告没有文件发出来。李普所在的记者席位靠近主席台，看到周恩来手里拿着薄薄的讲稿走上台去，他感到今天的任务不轻松，必须详细做笔记。果然，周恩来的讲话结束后，李普照例走上去收稿子，周恩来对他说："我实在没时间写了，只有这个提纲，现在给你，请你根据你的笔记写出稿子来，先给我看。"报告中讲了八个问题，提纲就仅列了那八条，用钢笔写在两张16开白纸上。当晚，李普根据周恩来的八条提纲写出一篇新闻稿交给他，在报纸上发表。周恩来的那个提纲也就留在李普的手里。

另一件文物是开国大典上毛主席在天安门城楼上宣读的那份《中华人民共和国中央人民政府公告》。毛主席宣读《公告》完毕，李普走上前去拿稿子。毛主席当时伸手递给李普，《公告》上多出一张纸条，是一份中央人民政府全体委员的名单。毛主席指着那张字条一再叮嘱李普："你小心这张字条，千万不要弄丢了。照此发表，不要漏掉了。"

原来铅印的《公告》稿并没有这个委员的名单，只开列主席和6位副主席的姓名，接着写"陈毅等56人为委员"，其他55人都省略了。但10月1日上午，在中央人民政府委员会举行的第一次会议上，张治中临时建议在《公告》里公布56位中央人民政府委员的名单，这样更能体现中央人民政府是真正实行新民主主义的联合政府。

在这份名单中，许多非共产党人担任了重要职务。6位副主席中，有宋庆龄、李济深、张澜3位；56位委员中，有27位，差不多占一半。当时我国政治舞台上为争取民主自由而奋斗的知名人士，以及反对国民党专制独裁统治的各方面各派的实力人物，可谓尽在其中。1948年9月，在中国共产党安排之下，沈钧儒等民主人士第一批乘船离开香港，此后，各民主党派、无党派人士、海外华侨代表等纷纷到解放区。1949年初，各路人士齐聚北平，所以说这份附加名单，在国内国际将产生怎样的影响难以估量。毛泽东当即明确表态："好，把56位委员名字都写上去，可以表示我们中央人民政府的强大阵容。"

李普拿另外一份《公告》稿的铅印件，补上了全部名单，而那份由毛泽东签字，并写有批语"照此发表"的原件就留在了李普的手里。《毛泽东建国以来文稿》里收录了这个公告，篇末注明"根据1949年10月2日《人民日报》刊印"，就是新华社播发的那篇稿子。这足以证明，李普保存的那份公告就是唯一的原件了。

我们已是一个不可被战胜的国家了

1949年10月2日《人民日报》头版发表社论《不可战胜的人民国家》，号召：同胞们！光荣的日子已经到来了，让我们为伟大的自由的祖国贡献我们的一切！

社论说，全中国和全世界人民都将会永远记住1949年10月1日这一天，在中华人民共和国首都北京的庆祝大会上，由中国人民的伟大领袖毛泽东主席所宣布的中华人民共和国中央人民政府公告，与中国人民解放军朱德总司令的阅兵命令和中国人民的陆、海、空军各武装部队的大检阅同时，以无比的巨响震撼着全世界。他宣布了中华人民共和国的诞生；他宣布了代表中华人民共和国全国人民的唯一合法政府——中央人民政府的成立。

社论说，一个世纪以来中国人民奋斗的理想业已成为伟大的现实，四万万七千五百万中国人民的空前大团结已经产生了中国人民自己的空前强有力的政府。这个政府，由于它是在中国共产党领导的中国人民解放战争和人民革命推翻了国民党政府的反动统治、取得了伟大胜利的基础上建立起来的；由于它是在全国各民主党派、各人民团体、人民解放军、各地区、各民族、国外华侨及其他爱国民主分子所结成的最广泛的统一战线及其代表所组成的中国人民政治协商会议大团结的基础上建立起来的；由于它是以工人阶级为领导的、以工农联盟为基础的、团结各民主阶级和国内各民族的人民民主专政，并采取了适合于人民民主专政的议行合一的民主集中制，因此，它就必然成为中国历史上空前未有的唯一能够得到全国人民的热烈拥护、唯一能够真正统一全中国、唯一能够担负新中国艰巨的建设任务、最廉洁、最有效率和最强有力的政府。中国人民多少年来渴望着这样的政府而不可得，今天得到了。全国人民如此欢欣鼓舞地庆祝中华人民共和国中央人民政府的成立是极当然的，从帝国主义、封建主义和官僚资本主义的重重压迫和长期黑暗生活中解放出来的中国人民，不能不庆幸得到毛泽东主席这样伟大英明的领袖，在他的领导下继续彻底战胜一切内外敌人，建设起独立、民主、和平、统一、富强的新中国，成为世界爱好自由和平的各民族大家庭中重要的一员。

社论说，这个空前受人民拥护的统一的强有力的中央人民政府，当然是代表中华人民共和国全国人民的唯一合法的政府。在已经取得了伟大胜利和已经建国立业的中国人民伟大力量面前，任何帝国主义都是无力的。我们要立即警告华盛顿和伦敦的政治厨子们：你们再不必搬弄你们早已破烂的外交"菜单"了，你们妄想把联合国大会作为你们的表决机器，纵容亡命之徒蒋廷黻在大会上胡言乱语，污蔑伟大的中国人民及其伟大的友邦苏联，借以干涉中国内政和鼓动战争的歇斯底里，这是中华人民共和国所决不许可的。

社论最后说，在中央人民政府业已宣告成立的今天，我们中国人民可以确信，我们已是一个不可被战胜的国家了，我们要迅速动员全国的一切力量，有步骤地实现《中国人民政治协商会议共同纲领》，实现中国人民革命的大宪章，努力巩固和加强人民武装力量，支援革命战争，把人民解放战争和人民革命进行到底，解放中国全部领土，完成统一中国的事业，镇压一切反革命分子的活动，一刻不要松懈我们的警惕性，坚决保卫人民国家的利益。我们必须努力恢复与发展现有的生产，并有计划地发展新民主主义的人民经济与文化教育事业，以便逐渐改变落后的农业国成为文明进步的工业国。我们必须亲密地团结国际友人，积极参加世界政治事务，以增进中国和各国人民的合作，保卫世界的和平。

首都三十万人齐集天安门广场隆重举行庆祝典礼

中华人民共和国中央人民政府成立
毛泽东主席宣读中央人民政府公告

朱德总司令检阅海陆空军宣读人民解放军总部命令

新华社北京1949年10月1日电　　中华人民共和国毛泽东主席，今日在新中国首都宣布中华人民共和国中央人民政府成立。这是在北京庆祝中华人民共和国中央人民政府成立的典礼上宣布的。典礼在北京天安门举行，参加这个典礼的有中国人民政协全体代表和首都各工厂职工、各学校师生、各机关人员、市民、近郊农民和城防部队共三十万人。主席台设在天安门城楼上，面对着列满群众和飘扬着红旗的人民广场。当毛泽东主席在主席台上出现时，全场沸腾着欢呼和掌声。

下午三时，中央人民政府委员会秘书长林伯渠宣布典礼开始。中央人民政府主席、副主席、各委员就位，乐队奏《义勇军进行曲》，毛泽东主席宣布说："中华人民共和国中央人民政府成立了。"毛主席亲自开动有电线通往广场中央国旗旗杆的电钮，使第一面新国旗在新中国首都徐徐上升。这时，在军乐声中，五十四门礼炮齐鸣二十八响。毛主席宣读了中央人民政府公告。

毛主席宣读公告完毕，阅兵式开始。阅兵式由人民解放军朱德总司令任检阅司令员，华北军区司令员兼京津卫戍区司令员聂荣臻将军任阅兵总指挥。朱总司令驱车检阅各兵种部队后回到主席台上宣读了人民解放军总部命令。受阅部队随即分列经主席台前由东向西行进，前后历时三小时。受阅部队以海军两个排为前导，接着是一个步兵师、一个炮兵师、一个战车师、一个骑兵师，相继跟进。空军包括战斗机、蚊式机、教练机共十四架在全场上空自东向西飞行受阅。在阅兵式中，全场掌声像波浪一样，一个高潮接着一个高潮。

阅兵式接近结束时，天色已晚，天安门广场这时变成了红灯的海洋。无数的彩色火炮从会场四周发射。欢呼着的群众在阅兵式完毕后开始游行。当群众队伍经主席台附近走出会场时，"人民共和国万岁！""毛主席万岁！"的口号声响入云霄。毛主席在扩音机前大声地回答着："同志们万岁！"毛主席伸出身子一再地向群众招手，群众则欢呼鼓掌，手舞足蹈，热情洋溢，不能自已。当游行的队伍有秩序地一一走出会场时，已是晚间九点二十五分。举着红灯游行的群众像火龙似的穿过全城，使新的首都沉浸在狂欢里直到深夜。

（原载《人民日报》，1949年10月2日）

新中国成立之初的剿匪反特斗争，扫除了旧政权遗留在大陆上的反动残余势力，并且解决了历代政府都没能解决的匪患，巩固了人民政权，保持了社会安定。

剿匪史上的奇迹

◎帅木工

早在1949年3月，毛泽东主席就在中共七届二中全会上指出，解放后，人民解放军和地方党组织在乡村中首要任务之一，就是要有步骤地开展清剿土匪的斗争。

从1949年下半年起，中国人民解放军先后抽调6个兵团、41个军共150余万兵力，执行剿匪任务。

剿匪成效事关稳定大局

在1950年初，分布在全国各地的土匪有千余股，每股多则数千人，少则几十人，总数达100万，而尤以西南、东南、中南等南方地区为多。西南因为是大陆上最后解放的地区，国民党军队残余依托封建力量，大量转化为土匪作最后的挣扎，所以剿匪任务在西南地区是很艰巨的。剿匪成效事关西南地区稳定大局，新中国建立初期，邓小平把剿匪比喻成西南地区的三大战役之一。他说："剿匪已经成为西南全面的中心任务，不剿灭土匪，一切无从着手。"

新中国成立初期的土匪有多凶残？电视连续剧《乌龙山剿匪记》有反映，

川东匪首黄云卿等人被人民解放军捕获

在湘西有一匪首叫彭玉清，一天，他指着一个正在田间耕种的农民问部属："那农民是死人还是活人？"部属回答说是活人，他抬手一枪，将那农民打死了。

新中国成立初期的土匪，和过去以打家劫舍为目的的职业惯匪不一样，他们大部分是国民党遗留或委派的以破坏新生人民政权为目的的政治土匪。土匪、地主、恶霸和国民党军官，基本上是"四位一体"，有很多是"一身而四任"。

西南军区司令员贺龙曾说："西南土匪之多，是过去多年来封建割据和国民党反动统治遗留下的罪恶。"如四川不少反动军阀就是依附着地主势力和土匪起家的，他们就是土匪的头子，和土匪拜把子结兄弟的很多；就连军队也是"三三制"组合的：正规军、土匪、袍哥各占三分之一。新中国建立初期匪特之猖獗、残暴比历史上的一般性土匪危害性更大。

据广西地方史料记载，1950年7月后，匪特煽动大规模暴乱，县以下政权机关遭匪袭击、围攻达220余次，一些县城被匪长时间侵占，全省有41个区、乡政府被匪摧毁，150个曾遭匪围攻；许多农会和民兵组织解体，有的地区股匪强迫群众举村暴乱，仅象县就有30多个村庄集体暴乱；被匪杀害的县以下干部、农会会员、民兵、进步群众达7000余人，数千名妇女被匪强奸；匪特强抢民枪1200余支，粮食1800余万公斤、牲畜5万余头（匹），焚毁民房1万余栋；全省大部分公路与桥梁被破坏，桂黔铁路线上前后有5个车站曾被匪占据，导致水陆交通瘫痪；解放军连以下分队一度难于独立活动。在某种意义上，"广西尚处于一种战争状态"。

国民党政府退出大陆以后，曾在台湾组建"游击干部训练班"，妄图利用广西"山多、洞多、兵多、匪多、枪多"的特点，将其作为反攻大陆的根据地。新中国建立以后的十余年间，"游击干部训练班"还不定期地向大陆空投特务。

那时土匪经常制造反动言论，蛊惑人心。扬言"杀死一个南下干部，赏光洋100元；杀死一个本地干部，赏光洋50元"。1950年1月至10月，全国共发生妄图颠覆新生政权的武装暴动816起，新解放区有4万干部和积极分子被杀害。

1951年4月18日，铁道部部长滕代远在北京作题为《坚决镇压反革命》的报告。在报告中，滕代远列举了1950年一年内因匪特破坏而造成的国家资财损失。其中，军统特务组长周来生在江苏常州戚墅堰机厂发展特务达30余人，大肆破坏，制造谣言，指示敌机轰炸目标，先后连续三次烧毁车厢四辆。

1950年5月间，在青岛地区破获的由国民党特务头子毛森所派出的所谓"山东人民反共救国军第二纵队第五支队"，即以抢劫粮库、企业，爆破军事工业设施、交通建筑，印制伪钞，捣乱金融等为其主要任务。他们还带来了很多爆破器材。

1951年五一劳动节，贵州省遵义县城区发生特务分子放毒案件，"反共联盟委员会"及"反共救国军"特务组织被破获，共捕获主犯及从犯24人。其中策动放火、放毒的首犯刘恒举、朱学文、贾竞仁三人被执行枪决。这些特务准备了大量毒药、汽油，在五一劳动节集会游行之际，一面放毒，一面纵火烧城。特务们的阴谋未能得逞，就在五口水井及一部分面食店和零食摊上放了毒药，造成809人中毒，两名儿童死亡。

不像土匪那么明目张胆，特务们隐藏得都很深。直到1951年5月，上海一个普通的家庭妇女严相珍才知道，同她结婚九年的丈夫韩训良是特务。韩训良是受匪"中国人民反共救国军浙江游击司令部"派遣潜伏在上海的反动分子，他起先在一家棉布号里当账房先生，后来又辞职到一家转运公司里做事，1950年春天美蒋飞机轰炸上海时，韩训良指示轰炸目标。

必须把群众发动起来

1950年，土地改革运动正在湖南省宁乡县栗山乡深入推进之际，地主姜国梁却偷卖土地，烧毁房屋，砍伐森林，并勾结匪特，私藏枪支，阴谋暴动。

土匪的势力和一些恶霸地主的势力分不开。这些匪徒不仅破坏革命秩序，还阻扰农村土地改革。在很多地区，剿匪运动是和土地改革结合进行的。清匪、反霸和减租是实行土地改革的准备。剿匪就等于惩治武装的恶霸，也等于解除地主阶级的武装。起初有人顾虑土匪未肃清难于进行土地改革，但事实证明，在土地改革中发动起来的群众发挥了力量，土地改革的完成更保证匪患可以根绝。

1950年11月17日，毛泽东就加强华东军区领导和做好剿匪工作问题，致电华东局陈毅、饶漱石。毛泽东的意见是："我提议从现在起，和广泛开展土地改革工作相配合（福建必须迅速实行土改），限6个月内剿灭一切成股土匪，责成叶飞（时任第三野战军第10兵团司令员，兼任福建军区司令员），鼎丞（张鼎丞，时任中共福建省委书记、福建人民政府主席兼福建省军区政委，主政福建）全力以赴做出成绩。只要福建的土匪消灭，土改完成，即令蒋介石登陆进犯也是容易对付的。"

邓小平也强调："剿匪是个很复杂的长期斗争，是一个政治问题，要有步骤、有策略、有方法……必须是把群众发动起来，最彻底的是在土改完成时，这一点最灵的是挖掉土匪的根。"

尝到土地改革胜利果实的农民在剿匪中立了大功。湖南沅陵县一个农民，领着部队追捕匪首李荣厚，一连九天翻了16座大山，走了600里路，直到把李匪捉住了才回家。

在湖南省桃源县杀害革命干部的匪首何钧，被我剿匪部队穷追五天五夜，粒米未进，一头钻到农民李之林家要饭吃。李之林一面吩咐他老婆煮饭，一面找了6个农民埋伏监视着何匪。何匪吃了饭要李带路。李就把他带给了剿匪的部队。

一些农村妇女，经过贯彻婚姻法运动，在剿匪中表现很积极。其中产生了不少的女剿匪模范。福建平潭县国彩乡女民兵模范代表吴水仙（18岁贫农）和其他民兵共16名（3名女的）安排了一个很巧妙的计策，生擒偷偷登陆的全部海匪18名，缴枪18支，船1只。

1955年4月，5年前，"清匪反霸"斗争时，曾参加"反共救国军"的福建土匪吴六逃走后在他老婆床底下挖了一个5尺见方的地洞，昼伏夜出，像老鼠一样。吴六在这个洞里整整待了5个年头，幻想在地洞里等待蒋介石"反攻大陆"，后在妻子的劝说下自首。

在福建省的剿匪运动中，群众提出"不活捉匪首也要困死匪首"的口号。例如匪"福建军区漳州分区司令"沈思泰（沈匪是由台湾派来的）经过民兵和村民十天十夜的围困，饿死在山上；尤溪县匪首陈玉麟在长约80里、宽约60里的大伯山地区被围了一个多月，结果在上抗洋一株树下饿死；永安专区清流县匪首马成彪在塘琴山上自杀；同一县的匪徒江玉华也吊死在山上。全国各地涌现成千成万的男女老少清山剿匪的高潮。

刚解放时，地方政府对于土匪，常常在擒获后予以教育就释放。有一些土匪，甚至被擒获了三次，被释放了三次。许多地区剿匪一年多，政府未曾枪毙过一个人。土匪公然威胁老百姓："你们谁敢告发我啊？人民政府对我宽大，我对你们可不要宽大！"

在这种情形之下，一般老百姓不敢报告匪情。毛泽东对一些地方剿匪过程中"宽大无边"的现象提出了批评，特别指出，对于真正的匪首恶霸及顽固的特务分子，必须坚决地处以死刑。这才使剿匪形势有了根本性改观。

从未看过这样的太平世界

匪情最严重的时候，交通中断，城市和乡村的联系完全隔断了。广大农村因为城乡隔离，土产品销不出去，日用品买不进来。民族地区，有的乡村甚至九个月见不到食盐，很多人因此得了黄肿病。农民的生活和生产受到了

广西南宁各界人民庆祝解放

严重的影响。

剿匪的胜利创造了繁荣经济的条件。1951年7月21日的《人民日报》报道："在广西省的每一条公路和曲折的山路上，不断来往着运输货物的车辆和肩挑的行商、农民；河里穿行着运货的船只。这在其他地区也许算不得什么，但在广西，这却是一个多少年来没有过的新景象。"

福建省福清县一个老华侨说："福清土匪和盗贼很多。1950年县长说匪盗很快就会肃清，我那时实在不相信。可是从1950年8月到现在，本县竟未曾发生一件抢劫案。这真像变把戏一样快！"龙溪市一个老商人说："如今，从漳州到龙岩，一路不必担心土匪。我活了50多岁，未看过这样的太平世界。"

在剿匪斗争中，中国共产党和人民政府采取了正确的政策。既坚决剿灭土匪，绝不姑息，又注意政策，坚持军事打击、政治争取、发动群众三者结合，把剿匪与建立政权、加强地方武装、土地改革等一系列问题结合起来进行。在剿匪过程中，采取了各个层面协同作战的方法。

到1952年底，在党中央的坚强领导下，经过军民艰苦的斗争，在全国范围内基本肃清了成股的匪患，稳定了新中国建立初期的社会秩序，巩固了新生的人民共和国，也创造了中国剿匪史上的奇迹。

中南六省大部地区匪患已基本肃清

【新华社汉口十四日电】 中南军区人民解放军在今年上半年（六个月）共消灭土匪达二十一万人，现中南六省大部分地区的匪患已基本肃清。自去年年底河南全省及江西、湖北、湖南大部分地区的股匪被肃清后，经过半年来的进一步清剿，江西匪患已基本肃清；湖北除西北、西南部分边沿地区尚有小股土匪外，广大地区已无匪踪。在湖南南部，数十年来匪患不绝，现已基本澄清，全区自六月份开始未发生抢劫案。在历史上即为全国著名匪患地区的湘西之腹心地区沅陵、古丈等八县现已基本上肃清了土匪。为湘西人民痛恨入骨的匪暂十一师师长张平已被击毙，匪暂二军军长陈子贤、暂二师师长陈策旬、暂四师副师长李兰初等重要匪首已被擒正法。广东除边沿山区尚有小部股匪流窜外，腹心地区的股匪已被基本肃清。其中潮汕、兴梅、东江、西江等地区的散匪亦已基本肃清。为害西江地区达二十年的匪"中国民主自救第三纵队"司令陆巽已被捕获。活动于北江地区之匪"中国人民反共救国军"十二师师长刘桂馨亦被活捉。广西省半年来在剿匪作战中亦获重大成就，先后肃清了大容山、六万大山等重要匪巢，活捉学、白匪帮派遣来进行叛乱的匪"桂南反共青年独立团第二军"军长朱光辉及匪副总指挥李扬威、副师长石子起等重要匪首。海南岛各地股匪经五、六两月清剿，亦已基本肃清。计两个月中共歼匪一万六千余名。

中南地区的反革命土匪武装是由特务、恶霸地主、怙恶不悛的伪政权人员和反动军官以及会门头子、惯匪互相勾结组织而成的。这些匪徒在美帝国主义与国民党残余匪帮嗾使下进行破坏革命秩序、阻扰农村土地改革的反革命活动。今年一、二月间，两广等地土匪曾利用部分地区的春荒和解放军从事生产的间隙，大肆活动。但在人民解放军坚决清剿和政治瓦解并进的攻势之下，大部分地区匪患即被迅速扑灭。

（原载《光明日报》，1950年8月15日）

据统计，至新中国成立初期，全国的妓院有近万家，还有相当数量的游妓暗娼遍布城市的各个角落。由于妓院林立，赌博、吸毒等社会丑恶现象泛滥，梅毒、淋病等性病蔓延，严重败坏了社会风俗，影响了社会安定。新生的人民政府开始封闭妓院，对妓女进行改造，帮助她们找到新的生存之路。

娼妓的新生

◎帅木工

据王书奴《中国娼妓史》考证，中国娼妓始于殷代巫娼时代，至今已有数千年的历史。1917年，英国社会学家甘博尔（S. D. Gamble）曾对世界八大都市（伦敦、柏林、巴黎、芝加哥、名古屋、东京、北平、上海）的公娼人数与城市人口的比例做过调查，发现：在世界八大都市中，中国的上海、北平公娼人数密度居世界之首。如果加上私娼，北平每81名居民或每21名女性中就有一名娼妓。时论有云："中国不论哪方面的事业，都是比较西欧先进各国贫乏与落后的。但唯有一样，却是欧洲与亚洲许多国家所不能及的，那就是娼妓之多，冠于全世界。"

据统计，至新中国成立初期，全国的妓院有近万家。其中，上海登记在册的有800多家，妓女5000余人；天津有448家，妓女2000人，北平有230多家，妓女1400余人。另外，还有相当数量的游妓暗娼遍布城市的各个角落。由于妓院林立，赌博、吸毒等社会丑恶现象泛滥，梅毒、淋病等性病蔓延，严重败坏了社会风俗，影响了社会安定。

新中国决不允许娼妓遍地

娼妓问题也引起了毛主席的关注。1949年党中央从西柏坡迁到北平后，毛主席经常从香山住处到市内了解社情。一天晚上，他和秘书乘车经过一个胡同口时，见一个妓院的老鸨正当众毒打一个出逃的妓女。秘书气愤地上前阻拦，打人的老鸨气势凌人，不仅不住手，反而欲对秘书逞凶。不久，彭真去见毛主席，向他汇报了北平妓院的黑暗状况。毛主席听后急电公安部部长兼北平市公安局局长罗瑞卿："新中国决不允许娼妓遍地，黑道横行，我们要把房子打扫干净！"1949年3月经北平（9月下旬改为北京）市人民政府批准，市公安局制定的《对妓院进行管制的若干暂行规定》下发执行，对妓院的管制工作随之开始。经过一段时间的精心准备，北京市即于1949年11月21日第二届人民代表会议上，通过关于封闭一切妓院的决议，会议公告说，封闭妓院"系有关妇女解放，国民健康之重要措施"。"消灭侮辱女性的野蛮制度，集中训练妓女，改造思想，医治性病，使从事生产。并没收妓院财产，作救济妓女用"。会后的当晚，在中共北京市委、市政府的统一领导下，市长聂荣臻发布命令，预先组织好的2000余名干部和警员，分成27个行动小组，乘坐37辆汽车分赴全市各地封闭妓院。由于"在事前作思想和工作方法的准备"，"事先严密封锁消息，只在执行前才宣布"，因此，基本"未发生老板、领家及妓女隐匿、逃避等情形"。当时的一篇文章写道："……北京市一夜之间将224家妓院全部封闭，妓院老板、领家454人全部集中，1200多个陷入火坑的姐妹从此得到解放。"北京市取缔妓院得到了广大市民的理解和支持，许多市民都感觉痛快。北京一个卖烧饼的说："自古以来就有妓女，现在一下取消了。人民政府办法真妙，不许当妓女'嫖窑子'，是叫人学好。"

艰难的改造

"消灭侮辱女性的野蛮制度，集中训练妓女，改造思想……"关闭妓院是第一步，对1000多名妓女进行教育改造，使她们重新做人，而不使重操旧业，是一件长期艰苦而复杂的工作，也是整个禁娼运动成功的关键。

关闭妓院后，政府在韩家潭、百顺胡同利用几家头等妓院的院宇，分设了八个妇女生产教养院，1200多名妓女分别集中在这八个院里。当妓女们听说要把她们送到妇女生产教养院时，有的高兴，有的顾虑重重，有的担心家里失去生活来源，还有的怕被送到东北去开荒种地。

因为事前没有思想准备，再加上领家、老板谣言的蛊惑，刚刚进入教养院的妓女情绪极不稳定乃至充满敌意。她们对政府的改造政策不了解，又都是灵魂扭曲了的文盲、半文盲，思想十分混乱，因而出现了种种抵制教育改造的闹剧。

一天，在工作人员去打午饭时，一名妓女突然对着站岗的战士敞开上衣，战士当即背过身去。半裸的妓女喊：姐妹们快跑，解放军不敢向我们开枪！

教管员们见势不好，拔腿往大门口冲，站岗的战士也回过神来，但仍挡不住妓女们疯狂地外涌。还有妓女曾出主意想掐死工作人员再各奔东西。

当时给她们讲政府的政策，为什么封闭妓院，共产党领导的政府是人民大众的政府等，但她们根本不懂，也听不进去。

早在封闭妓院前的调查中，有关人员就认识到，妓女不同于工农，工农有眼前利益可以发动，而对习惯了寄生生活的妓女们来说，摆在眼前的是不利，长远利益又意识不到，解释也不易接受，因而改造工作不会是件容易的事。为争取妓女配合改造，改造人员有计划地采取了一系列措施。

在改造过程中，为了稳定她们的情绪，积极帮助妓女们解决实际困难，工作人员甚至把妓女家中无人照料的老人、孩子接到教养院来，渐渐取得了妓女的信任。同时教养院开始下大气力帮助妓女治疗性病。据当时参与关闭八大胡同妓院行动的工作人员介绍，之所以选择在冬天封闭妓院，原因之一是妓女都有性病，冬天衣服穿得厚，避免被感染。通过体检，发现1200多名妓女中，性病患者占95%以上，有的兼有梅毒、淋病等性病。连未成年的领家养女，也多数有病。有个女孩，7岁时被领家强奸，检查时发现她和大人一样患有严重淋病。面对这种严重情况，北京市在机构和人力上给予了足够的保障。当时处在国民经济恢复时期，国家财政非常紧张，政府拿出1亿多元（旧币，折合12万斤小米）的医药费为她们医治，药品也是从国外购买的盘尼西林等贵重药品。

与此同时，对扣押的领家、老板进行斗争和审判，组织妓女们当面进行控诉。到1950年4月，先后分三批对老板、领家进行了处理，300多个老板、领家被判了刑，并没收了财产，他们直接夺自妓女的财物，也一一归还本人。残酷虐待妓女、造成多人死亡的领家老板黄树卿和宛华清则被公审并判处了死刑，遭受过他们蹂躏的妓女，被邀请到刑场，亲眼观看了恶魔伏法的场面。一个叫吴新生的学员看了黄、宛二人被枪毙后激动地说："今天的政府真是我们自己的。这回仇也报了，气也出了，该好好打算咱们自己的事了。"她们开始主动清洗自己身上的污垢，走上新生之路。

除了教养院，社会上许多组织和个人也前来帮助学员进行改造。剧作家洪深亲自给学员们排戏《千年冰河开了冻》。1950年春节后，这出戏在鲜鱼口华乐戏院（即后来的大众剧场）演出，连演一周，一天两场，戏票总被一抢而空，观众多达两万人。演出使广大社会人士了解了妓院的内幕，博得观众热烈的同情，庆祝她们的解放，学员感到被人重视，大大鼓舞了走向新生活的信心和勇气。学员们还被邀请到市委礼堂演出，解放军总司令朱德亲临现场观看，为此学员们感动得泪流满面。

因为出色的表演，有好几位学员后来都被国家剧团吸纳为演员。中国新闻电影制片厂拍摄纪录片《烟花女儿翻身记》，就是由学员们自己演自己的生活。

重获新生

1950年春的一天，教养院里来了个人，寻找一个叫张秀兰的女人，他是张秀兰的丈夫。张秀兰是被人拐骗出来流落到妓院里的。干部们马上安排他们夫妻见面，二人见面后抱头痛哭。张秀兰被丈夫接回了家，走时，大家都去送别。张秀兰成为第一批走出教养院，回到亲人身边的学员之一。之后，干部们努力帮助学员们寻找亲人，希望她们能像张秀兰一样，重过正常人的生活。于是，很快又有些学员被亲人接回家。

由于观念上的原因，有些学员的亲人不愿意认她们。一个病情很重的老学员的儿子被教养院干部找了来。她的儿子正在读高中，成绩优秀。听说自己的母亲是妓女时，他先是惊呆了，接着浑身发抖，不但不肯见自己的母亲，还要去自杀。他过去只知道母亲在外辛苦工作，挣钱供自己读书，怎么也没想到……教养院干部耐心地给他讲道理。终于，他扑进妈妈怀抱哭了起来。教养院干部帮助老学员的儿子办理了助学金事宜，政府资助他完成了学业，老学员养好病后被儿子接回了家。

截至1950年6月，926名学员出了教养院。她们或回乡参加农业劳动或参加中央防疫队，有的人还考入艺术学校和曲艺剧院。最后剩下无家可归和有家难归的，自愿留在教养院学习做工，政府为她们买了82台电机，开办了新生棉织厂。1950年的夏天来临时，韩家潭胡同36号门口悬挂着的"北京市妇女生产教养院"的牌子不见了。教养院解散了，女干部们将回到原来的工作岗位。据了解，出院的学员大部分表现很好。有的还入了党，成了国家干部，不少人成了先进工作者。

据劳动教养院的工作人员裴棣讲，1959年，她在北京中山公园看淮北抗洪的展览。"上面有张大照片，看起来特眼熟，后来发现就是我所里的一个河南小姑娘，她在苏北救灾当了英雄模范。"

时隔不久，裴棣又在电车上偶遇了另一名学员。她身穿灰白干部服，很自然地与裴棣打招呼，说话与姿态已毫无当年的风尘痕迹。她笑说她后来学了医，在同仁医院工作。

"千年的冰河开了冻，万年的枯树发了青。"旧社会把人变成了鬼，新社会把鬼变成了人。从1949年11月到1950年6月，短短半年多时间，在中国共产党的领导下，北京市

妓女们在接受改造

存在了数百年的娼妓制度被彻底摧毁廓清，1000多名饱受践踏和侮辱的"窑姐"，挺起胸膛重新做人，成了自食其力的劳动者。这在中国的历史上前所未有，在整个人类历史上也为数不多。

北京城一夜之间关闭所有妓院、没收妓院房产、集中妓女进行学习改造的做法，被称为"北京方式"，震动全国，由此引领全国各地展开关闭妓院的社会改造浪潮。到1952年5月底，天津市妓院和妓女完全绝迹。1951年11月，上海娼妓被彻底清除。至1957年，广州市基本上禁绝了娼妓的公开活动。至20世纪50年代中后期，这场在全国范围内展开的轰轰烈烈的禁娼运动缓缓落下了帷幕。2000年中国人权状况白皮书中也高度肯定了这项成就："在很短的时间内，就使这种在中国延续3000多年、严重摧残妇女身心健康和尊严的罪恶渊薮绝迹。"

关于封闭妓院决议

消灭侮辱女性的野蛮制度，集中训练妓女，改造思想，医治性病，使从事生产。并没收妓院财产，作救济妓女用。

【北京讯】 北京市第二届各界人民代表会议第二天通过关于封闭妓院的决议，原文如下：妓院乃旧统治者和剥削者摧残妇女精神与肉体，侮辱妇女人格的兽性的野蛮制度的残余，传染梅毒淋病，危害国民健康极大。而妓院老板、领家和高利贷者乃极端野蛮狠毒之封建余孽。兹特根据全市人民之意志，决定立即封闭一切妓院，集中所有妓院老板、领家、鸨儿等加以审查和处理，并集中妓女加以训练，改造其思想，医治其性病，有家可归者送其回家，有结婚对象者助其结婚，无家可归，无偶可配者，组织学艺，从事生产，并没收妓院财产，作为救济妓女之用。

此系有关妇女解放，国民健康之重要措施，本市各界人民应一致协助政府进行之。

（原载《光明日报》，1949年11月22日）

1954 年 9 月 15 日，第一届全国人民代表大会第一次会议在北京中南海怀仁堂隆重开幕。1226 名代表带着全国各族人民的重托，齐聚这里，共商国是。大会的首要任务是制定并通过共和国的第一部宪法。9 月 20 日，大会以无记名投票的方式通过中国人民的根本大法——《中华人民共和国宪法》。

新中国第一部宪法诞生记

◎穆兆勇

制宪问题的提出

新中国成立之初，由于不具备召开全国人民代表大会、制定宪法的条件，全国人民代表大会的职权是由中国人民政治协商会议全体会议代行的，全国政协第一次全体会议通过的《共同纲领》，则具有临时宪法的作用。到1952年，全国范围的大规模军事行动已经结束，土地改革基本完成，国民经济恢复的任务也顺利实现。在这种形势下，中共中央决定领导人民向社会主义过渡。1952年9月24日，毛泽东在中央书记处会议上提出了从现在起即开始向社会主义过渡的设想，随后进行了多次论述。

在决定向社会主义过渡的同时，召开全国人民代表大会和制定宪法的问题也纳入中共中央的统筹考虑之中。按照全国政协组织法的规定：中国人民政协全体会议每三年召开一次。到1952年底，一届政协即将到期，因此应尽快召开第二次会议，否则就要召开第一次全国人民代表大会。考虑到在较短的时间内无法完成召开全国人民代表大会所要做的各项准备工作，加上中国人民政治协商会议在全国人民心中的崇高地位，中央决定先在1953年召开第二届全国政协会议，在晚些时候再召开全国人民代表大会。

第一届全国人民代表大会第一次会议通过《中华人民共和国宪法》制宪问题的提出

针对当时党内有人提出了制定宪法问题，中央认为，在过渡时期，以社会各界认可并共同遵守的《共同纲领》作为国家的根本大法是可以的，因为过渡时期的阶级关系没有发生根本的转变，即使制定宪法，恐怕绝大部分也是重复《共同纲领》的内容，不会有大的改变。因此，中央考虑在过渡时期可以暂时不制定宪法，而继续以《共同纲领》代替宪法，并在以后的政协全体会议或全国人民代表大会上对《共同纲领》进行修改补充。在我国基本上进入社会主义，消灭资产阶级，阶级关系有了根本改变以后，再制定社会主义类型的宪法。

为什么推迟到1954年

领导苏联人民建立了社会主义制度、制定了世界上第一部社会主义宪法的斯大林认为，中国应尽早召开全国人民代表大会，制定宪法。

中共中央认真考虑并接受了斯大林的建议，于1952年底作出决定：尽快召开全国人民代表大会和制定宪法，并按规定向全国政协提议，由全国政协向中央人民政府委员会提出定期召开全国人民代表大会的建议。

1952年12月24日，全国政协常委会举行扩大会议，一致同意中国共产党的建议，决定由全国政协向中央人民政府委员会建议，根据中央人民政府组织法第7条第10款的规定，筹备召开全国人民代表大会和地方各级人民代表大会、制定宪法。

1953年1月，中央人民政府委员会决定在1953年召开全国人民代表大会，以制定宪法，同时成立以毛泽东为主席、朱德等32人为委员的中华人民共和国宪法起草委员会，进行宪法草案的起草工作。

原定在1953年召开全国人民代表大会、制定宪法，为什么后来推迟到1954年呢？一个原因是，1953年我国部分地区遭受严重的自然灾害。为集中力量战胜自然灾害，中央人民政府委员会于1953年9月18日召开第28次会议，决定全国人民代表大会推迟到1954年召开。除此之外，更为重要的原因是，当时要制定的宪法是过渡时期的宪法，如果过渡时期总路线的一系列重要内容不解决，宪法也就无法制定。事实上，从1952年9月毛泽东提出向社会主义过渡，过渡时期总路线经历了一个相当长的酝酿时间，一直到1953年12月才最后确定了对总路线的完整表述。因此，这个问题解决以后，毛泽东立即把主要精力转向了宪法的起草工作。1953年12月24日，中共中央政治局召开扩大会议，决定党中央主席毛泽东休假一段时间，这期间由刘少奇代理毛泽东主持中共中央工作，由毛泽东着手起草中华人民共和国宪法草案。

毛泽东亲自主持宪法的起草

毛泽东对宪法的起草工作非常重视，他不但担任了宪法起草委员会的主席，而且亲自挂帅，领导中共中央宪法起草小组进行宪法草案初稿的起草工作。中央政治局扩大会议后的第三天晚上，毛泽东即率领宪法起草小组的三大成员陈伯达、胡乔木、田家英，踏上了南下列车，离开北京来到杭州。在去杭州的途中，他对随行人员说："治国，须有一部大法。我们这次去杭州，就是为了能集中精力做好这件立国安邦的大事。"

在毛泽东的主持下，宪法起草小组制定了详细的工作计划，报经中央批准后便着手起草。在三个月时间里，宪法起草小组先后起草并修改出了四稿。3月上旬，中央政治局扩大会议讨论通过第四稿后，向宪法起草委员会提交宪法草案初稿。宪法起草委员会接受了中共中央的宪法草案初稿，先后召开了七次会议讨论修改，最后形成了宪法草案。

在宪法起草过程中，毛泽东对历次宪法草稿都作了多次修改，写了不少批语，并在宪法起草委员会、中央人民政府委员会讨论宪法草案的会议上作了多次讲话和插话。在1954年6月11日宪法起草委员会最后一次会议上，毛泽东总结说:"宪法的起草,前后差不多七个月。最初第一个稿子是在去年11、12月间,第二稿是在西湖,花了两个月时间。第三稿是在北京,就是中共中央提出的宪法草案初稿,到现在又修改了许多。每一次稿本身都有许多修改,在西湖那一次稿,就有七八次稿子。前后总算起来,恐怕有一二十个稿子了。""总之,是反复研究,不厌其详。"

借鉴外国制宪经验

对长期处于半殖民地半封建社会的中国来说,宪法是从西方输入的舶来品。从1908年8月处于穷途末路的清朝公布《钦定宪法大纲》算起,此时宪法在我国的历史还不超过半个世纪。而资产阶级宪法,从世界最早的成文宪法——1787年美国宪法算起,有了一百多年的发展历史,在宪法思想方面有了长足的发展。从1918年俄罗斯社会主义联邦共和国宪法算起,无产阶级宪法也有了三十多年的历史,积累了比较丰富的经验。因此,在总结中国人民一百多年以来英勇斗争历史经验、深入研究我国宪政运动的基础上,通过比较、借鉴、吸收资产阶级国家,特别是社会主义国家宪法中对我们有益的经验和优秀政治文明成果,对制定适合我国国情的宪法具有重要意义。

为此,毛泽东深入研究和比较了国内外各种类型的宪法,并在1954年1月15日的电文中,给中央政治局委员及在京中央委员开列了五种宪法文件,要求他们抽时间阅看,为讨论宪法草案做准备。

这五种文件是:(一)1936年苏联宪法及斯大林报告;(二)1918年苏俄宪法;(三)罗马尼亚、波兰、德国、捷克等国宪法;(四)1913年天坛宪法草案,1923年曹锟宪法,1946年蒋介石宪法;(五)法国1946年宪法。

为了配合宪法草案的制定,中国政治法律学会《政法研究》编辑部翻译并发表了苏联《历史问题》杂志刊载的《苏联宪法草案的全民讨论》一文,详细介绍了苏联宪法草案的全民讨论情况。毛泽东对这篇文章非常重视,

1954年7月1日他批示："刘少奇、朱德、邓小平、李维汉、彭真同志：此件值得看一下"，并嘱送秘书田家英阅，阅后退给他本人。

毛泽东说："我们这个宪法草案，主要是总结了我国的革命经验和建设经验，也总结了从清朝末年以来关于宪法问题的经验，同时它也是本国经验和国际经验的结合。"

毛泽东指出："我们的宪法有我们的民族特色，但也带有国际性，是民族现象，也是国际现象的一种。"因为"五四"宪法属于社会主义宪法类型，因此主要是"参考了苏联和各人民民主国家宪法中好的东西"。

1.5亿人参加大讨论

6月14日，中央人民政府委员会第三十次会议讨论通过了《中华人民共和国宪法草案》和关于公布宪法草案的决议，要求广泛开展讨论，发动人民群众提出修改意见。两天后，《人民日报》刊登了宪法草案全文并发表了在全国人民中广泛地展开讨论宪法草案的社论。一场全民大讨论以最快的速度在全国范围内展开。

在大规模宣传的基础上，讨论持续了两个多月，参加讨论的人数达1.5亿人之多，占全国人口的四分之一。广大人民群众热烈拥护这个宪法草案，同时提出了很多修改和补充意见。据统计，前前后后收到来自各个方面的意见共有118万多条。根据全国人民提出的修改意见和建议，宪法起草委员会对草案又作了修改。9月9日，中央人民政府委员会再一次讨论通过了修改后的宪法草案，决定提交第一届全国人民代表大会第一次会议审议。

9月15日，第一届全国人民代表大会第一次会议在北京中南海怀仁堂隆重开幕。1226名代表带着全国各族人民的重托，第一次齐聚这里，共商国是。

大会的首要任务是制定并通过共和国的第一部宪法。刘少奇代表宪法起草委员会向大会作了《关于中华人民共和国宪法草案的报告》，指出：宪法草案是中国人民一百多年以来英勇斗争历史经验的总结，并就宪法草案的基本内容及全民讨论情况作了说明。全体代表对宪法草案进行了认真的、充分的讨论。

9月20日，大会以无记名投票的方式通过中国人民的根本大法——《中华人民共和国宪法》。新中国第一部宪法就此正式诞生。

（原载《南方周末》，2003年8月21日）

第一届全国人民代表大会第一次会议
一致通过中华人民共和国宪法

【新华社二十日讯】"中华人民共和国宪法"今天宣告诞生。中华人民共和国第一届全国人民代表大会第一次会议今天用无记名方式投票一致通过了"中华人民共和国宪法"。

今天的会议在下午三时举行。

会议在通过宪法之前，首先通过了"中华人民共和国第一届全国人民代表大会第一次会议进行无记名方式投票办法"。会议还通过了中华人民共和国第一届全国人民代表大会第一次会议进行无记名方式投票时对发票、投票、计算票数执行监督的三十五位监票人人选，并宣布了今天用无记名方式通过"中华人民共和国宪法"时的总监票人、副总监票人和监票人名单。

接着，执行主席宣布在会议上宣读中央人民政府委员会修正通过的"中华人民共和国宪法草案"最后定本全文。这个最后定本宣读完毕后，执行主席问代表们对这个最后定本有无意见。代表们没有意见，全场热烈鼓掌。执行主席当即宣布将这个最后定本提付表决。

全国人民代表大会代表已报到的共一千二百十二人，今天出席会议的共一千一百九十七人，缺席的十五人。上述代表人数，经秘书处和各代表小组组长核对无误后，执行主席宣布开始发票。在浅红色的"通过中华人民共和国宪法表决票"上面，印有汉、蒙、藏、维吾尔四种文字。不通晓这四种文字的代表，在写票时，有翻译人员替他说明。

四时四十五分，投票开始。为使投票顺利进行，代表席按照座位划分为八个投票区，每区设置票箱一个，代表们分区同时进行投票。执行主席、秘书长和监票人首先把表决票投入票箱。

四时五十五分，投票完毕。执行主席根据计票人和监票人的报告，向会议宣布点票结果：发票一千一百九十七张，投票一千一百九十七张，投票张数和发票张数相等，本次表决有效。这时，全场响起了热烈的掌声。

接着，执行主席宣布会议休息。由计票人和监票人计算票数。五时五十五分复会。执行主席根据计票人和监票人的报告，宣布对"中华人民共和国宪法"表决的结果：投票数共一千一百九十七张，同意票一千一百九十七张。这时，全场欢腾，全体起立，为这个伟大的文献的诞生而热烈欢呼，暴风雨般的鼓掌声和"中华人民共和国万岁""毛主席万岁""中国共产党万岁""万岁"的欢呼声持续了五分钟。

接着，执行主席根据投票表决的结果郑重地宣布："中华人民共和国宪法已由中华人民共和国第一届全国人民代表大会第一次会议于一九五四年九月二十日通过。"全场再次起立，暴风雨般的掌声和欢呼声经久不息。

至此，会议胜利完成它的首要任务——制定中华人民共和国宪法。

（原载《光明日报》，齐观山，1954年9月21日，有删节）

1950 年 5 月起实施的《中华人民共和国婚姻法》(以下简称《婚姻法》)提出"废除包办强迫、男尊女卑、漠视子女利益的封建主义的婚姻制度。实行男女婚姻自由、一夫一妻、男女权利平等、保护妇女和子女合法利益的新民主主义婚姻制度"。由此,广大妇女从封建婚姻制度的束缚下彻底解放出来,生产积极性空前激发,为社会主义建设事业作出了巨大贡献。

撑起妇女那半边天

◎帅木工

1950年4月13日，在中国法制史上，是一个具有里程碑纪念意义的日子：中央人民政府委员会第七次会议通过《中华人民共和国婚姻法》，并于当年5月1日起正式实施。它是新中国成立后出台的第一部具有基本法性质的法律。

婚姻法是仅次于宪法的国家根本大法

制定婚姻法，是在1948年解放区妇女工作会议上提出的。当时，解放战争进入全面战略反攻阶段。如何抓住时机，进一步发动妇女群众，为创建新中国贡献更大力量，成为中共中央当时的一项重要工作。会议期间，刘少奇代表中共中央，向邓颖超等中央妇女运动委员会的同志布置了起草婚姻法的工作。

起草婚姻法没有参考资料不行，刘少奇将自己保存的一本1931年毛泽东亲自签发的《中华苏维埃共和国婚姻条例》交给邓颖超等人，并提出，希望他们深入调查研究解放区的婚姻状况，总结解放区这些年来执行婚姻条例的经验教训，反复讨论，再动手起草。《中华苏维埃共和国婚姻条例》的基本原则包括废除封建的包办强迫和买卖婚姻制度，实行男女婚姻自由、一夫

报章里的中国记忆

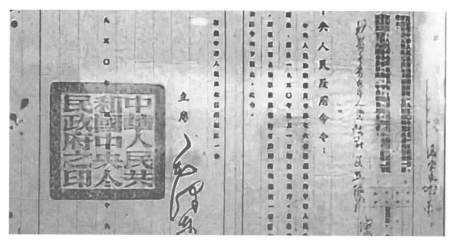

1950年4月30日，新中国的第一部法律——《中华人民共和国婚姻法》颁布。图为中央人民政府颁布的命令。

一妻、男女权利平等、保护妇女和子女的利益等内容，这些基本原则符合人民群众的要求，法律基础也比较成熟，为起草婚姻法提供了重要参考资料。

经过历时两年的起草论证修改，1950年1月21日，婚姻法草案出炉，呈送党中央审查，又经过数次讨论修改。婚姻法草案于1950年4月13日由中央人民政府委员会第七次会议通过，4月30日经中央人民政府主席毛泽东发布命令，自5月1日起公布施行。

1950年婚姻法同土地改革一样，是新政权对社会全面改造的一部分，是新政权力图通过改造传统的婚姻家庭制度及其观念，将占人口半数以上的妇女从家庭和社会的双重压迫中解放出来，是进一步扩大执政的群众基础的需要。毛主席认为，婚姻法是"仅次于宪法的国家根本大法之一，它是全国范围内实行婚姻家庭制度改革的法律依据，是同封建主义家庭制度作斗争的有力武器，也是建立和发展新婚姻家庭关系、改造旧式婚姻家庭关系的重要工具"。

娶妻如买马，骑时用鞭打

"山药蛋派"的代表作家赵树理，1943年因一部短篇小说《小二黑结婚》一举成名，作为他的作品中知名度最高的这部小说，多次被改编为电影和戏曲，广受欢迎。它讲的就是20世纪40年代的解放区，年轻人追求婚姻自由最终斗争胜利的故事。

小说的结尾是大团圆的结局，但现实却没有那么温情。实际上当初赵树理写这个故事，是他在山西辽县（后改为左权县）农村搞调研时，听到了一对青年男女岳冬至和智英祥在追求自由恋爱的过程中，受到双方父母的阻挠，以致岳冬至被人打死的悲剧故事。被打动的小说家虚构出了一个光明的结局，旨在借这个故事反映"人民政权是人民实现自主婚姻的最可靠的保证"。在当时的中国，妇女的生存状况实际上并不容乐观，各种陈规陋习依然在社会上肆虐。

在旧社会，在婚姻关系上，男尊女卑、包办买卖、一夫多妻的现象相当普遍，童养媳、娃娃亲亦不鲜见，不少地区还流行着早婚、典妻、租妻等野蛮落后的封建婚姻恶习，带有明显的歧视妇女的特征。尤其是在中国农村，包办婚姻、买卖婚姻盛行，男方认为女方是花了钱买来的，所以就把她当成牛马一样。所谓"娶妻如买马，骑时用鞭打""鬼神不是神，女人不是人"等，都是对当时妇女在婚姻家庭中悲惨处境的描述，即使在新中国成立后，封建的婚姻观还阴魂不散。

建国初期，因封建婚姻制度迫害妇女，造成死亡的现象仍然很严重。据山西省50多个县妇联的统计，1949年1月到10月共发生妇女人命464件，其中因男人或翁婆虐待而被迫致死者占25%。山西省人民法院1950年1月一份《关于目前婚姻情况发展的几个举例》的报告显示，山西省河津、万泉两县半年来有29个妇女被逼上吊、跳井自尽寻死……如平遥赵秉盛之妻因提出与赵离婚，被赵将烙铁烧红在阴户上烫死毙命，凌川南冶青年妇女李召孩，平日劳动很好，因不堪婆婆与丈夫虐待，最后自杀毙命。

据《四川省贯彻婚姻法运动总结》记载，四川省剑阁县木马乡一个村的调查，共191户人，即有丈夫虐待妻子的72人，婆婆虐待媳妇的49人。金堂县赵镇乡十二村杨维金一贯虐待其妻廖氏，竟将廖氏捆起用锄头将双乳挖掉，全身共挖30多处，最后将头挖掉致死。

1949年《中国儿童》杂志第三期记载，在安徽巢县的一个温泉：十几年前，庄上人都把鸡蛋放在水池里煮一会儿就拿起来吃，可是有一天，庄上的一个童养媳，因为她的婆婆很凶，每天不是骂就是打，这个童养媳受不了她婆婆的折磨，傍晚就跳到水池里去了；等大家来救她时，已经烫死了。后来庄上的人再也不在水里煮鸡蛋吃了。

陈规陋习不只流行在农村，上海某工人在讨论婚姻法时，提出疑问说：难道今天连打老婆都不行吗？丈夫打妻子是天经地义的观念在人们心中根深蒂固。即使在婚姻法颁布初期，据《关于检查婚姻法执行情况的指示》统计，妇女因婚姻不能自主受家庭虐待而自杀和被杀的，中南区一年来有1万多人，山东省一年来有1245人，苏北淮阴专区九个县在1950年5月到8月间有119人。

原来女人是有权"休夫"的

1951年9月26日中央人民政府政务院"关于检查婚姻法执行情况的指示"中指出，根据各方面的报告，许多地方带有封建思想的人仍有继续干涉男女婚姻自由、虐待妇女和虐待子女等非法行为，而一部分干部竟对此种行为采取袖手旁观的态度，而且有意予以宽纵、袒护，甚至他们本身也做出直接干涉男女婚姻自由的非法行为，致使被干涉者和被虐待者得不到法律上和事实上应有的保护。有些干部把妇女看成男人的私有财产，认为农民离婚失掉老婆如同失掉牛羊土地一样；有许多妇女说"要想离婚须过三关：丈夫关、婆婆关、干部关，干部关是最难过的"。

20世纪50年代，北京市基层干部在宣传婚姻法。

正如鲁迅在《祝福》中所写的祥林嫂的改嫁，由于旧社会落后意识与野蛮传统在婚姻问题上的深重影响，在干涉婚姻时，民间陋习时常表现出野蛮到无人性的程度。如抢寡妇、卖寡妇，就是地主恶霸的生财之道，他们将寡妇偷偷卖掉，寡妇本人和家人谁也不知道，他们卖了以后，买主就前来抢亲；寡妇不能改嫁，改嫁时，全族人都有干涉之权，如族人同意，可以随意杀害寡妇，而在一般群众和一些乡干部中间存在浓厚的封建观点，认为寡妇自由恋爱是非法的。

针对这种情况，1952年11月至1953年2月，全国开展了一场声势浩大的宣传贯彻婚姻法的群众运动。据统计，全国70%以上的地区开展了这场婚姻法宣传贯彻运动，全国成年人口近一半直接受到了教育。

大规模贯彻婚姻法的运动，唤起了广大群众对旧的爱情婚姻观念的反抗，加之党和国家通过开展冬学等扫盲运动，文化知识水平的提高，也唤醒了妇女们尘封已久的捍卫婚姻自主的权利意识，她们拿起婚姻法这一有力

报章里的中国记忆

武器，向几千年来的封建婚姻制度进行了激烈的斗争。许多捆绑夫妻、童养媳、守寡者等纷纷要求摆脱封建婚姻束缚，从而掀起了中国第一轮离婚、再婚浪潮。

1953年2月21日《重庆日报》报道，武汉市有个童养媳叫王龙仙，不满1岁就与姓雷的结了亲，6岁就到雷家当童养媳。什么粗笨活都要做，每天拾粪，不拾满一土坑，不准回家吃饭。还要捡柴火，挖树根，下大雪也不间断。公婆丈夫常打骂她，公婆丈夫吃白米饭，她吃红薯，常年吃不饱。幸喜有了婚姻法，许多像王龙仙这样的童养媳都解放了，有的回娘家，有的另行结婚。仅据湖南省6个县10个月内的统计，就解放了2614个童养媳。

辽宁省铁岭三区东营盘村王素兰，跟虐待她的婆婆作斗争，离婚后自主找对象结了婚，婚后积极生产，被选为生产组长，生产非常起劲。当许多死了丈夫的妇女听到婚姻法宣传后，破除了"好马不背双鞍，好女不嫁二男"的陈腐观念，表示婚姻要自由，寡妇要改嫁。一位只有29岁却守寡13年的妇女读到婚姻法里"禁止干涉寡妇婚姻自由"一句时，不禁反复地念了十几遍；她高兴地说："我得到自由了！"

当时制定婚姻法"争论最大的是有关离婚自由问题"。1931年颁布的《中华苏维埃共和国婚姻条例》第9条规定："确定离婚自由，凡男女双方同意离婚的，即行离婚。男女一方坚决要求离婚的，亦即行离婚。"这一条，新的婚姻法要不要写进去？大家争论激烈。"反对的人认为，在农村，离婚自由了，必定要触动到一部分农民的切身利益，他们必然将成为反对派。另外一种顾虑是，当时形势发展很快，马上就要进城了，怕进城以后，一些干部以'离婚自由'为借口，另有新爱，把农村的原配抛弃了。"

尽管存在这些问题，但在制定婚姻法的讨论中，邓颖超态度鲜明，坚持主张写上"一方坚持离婚可以离婚"这一条。因为当时无论在城市和农村，提出离婚要求的或解除订婚婚约的，主要是妇女。这是由于一部分妇女在家庭中遭受非人生活，所逼迫出来的不得已的结果。一方坚持离婚可以离婚，实际上是反映了绝大多数受迫害的妇女的意愿，保护了她们的利益。

1950年婚姻法颁布后，特别是1953年贯彻婚姻法运动月后，我国出现了第一次离婚高潮，1953年法院受理的离婚案件高达117万件。据统计，1951年到1956年期间全国大约就有600万对夫妇离婚。看来这些积压已久的社会情绪，终于像地底下的岩浆从火山口喷涌而出……很多中国人正是在此时第一次意识到，原来女人是有权"休夫"的。

男女平等的理念还需深入实践

恩格斯在《家庭、私有制和国家的起源》中开篇用了近四分之一的篇幅来批判西方宗教控制下男女差异的天然性和永恒性，后来法国现代哲学家波伏娃在《第二性》中开篇即用近三分之一的篇章来解构男女天然差异的社会性建构，并进而说出了著名的"女人不是天生的，而是被塑造的"之语。许多单纯的生理差异被建构成有价值高下的社会性不平等。

1950年婚姻法明确将生产劳动、抚养子女规定为夫妻双方的共同义务，立法意图改变过去男主外、女主内的性别分工格局。

1950年的贯彻婚姻法是党和政府在特殊时期运用剧烈的群众运动来实现的社会改造，后来不免有所反弹，但经过贯彻婚姻法运动，广大妇女进一步从封建婚姻制度的束缚下解放出来，从而提高了妇女的家庭地位和社会地位，极大地激发了妇女的生产积极性，为即将到来的社会主义建设事业作出巨大贡献。

70年来，我国的男性女性的地位已经发生明显的变化，过去顽固的礼法也正在被慢慢地打破，但2019年春节假期，《山东媳妇吃饭不上桌》一文引起的男女平等话题依然能够引爆舆论。不得不提的是，我国1950年婚姻法就明确规定了男女平等的基本精神，随后，1954年将男女平等写入宪法，2012年将男女平等作为基本国策写入十八大报告。然而，近年频现的一些女德班，以"顺从"为首要目标来规训女性，还大肆宣扬什么"男为大，女为小""骂不还口，打不还手，逆来顺受，绝不离婚"等谬论，这应当引起我们足够的警惕。

中央人民政府命令公布

婚姻法自今日起施行

各解放区有关婚姻暂行条例一律废止
中共中央要求全党保证执行

【新华社三十日讯】 中央人民政府本日颁发命令，公布施行中华人民共和国婚姻法（按该法全文已由本社于四月十四日发表）。命令全文如下：中央人民政府委员会第七次会议通过的《中华人民共和国婚姻法》，应自一九五〇年五月一日起公布施行。自公布之日起，所有以前各解放区颁布的有关婚姻问题的一切暂行的条例和法令均予废止。此令。

主席 毛泽东

一九五〇年四月三十日

（原载《光明日报》，1950年5月1日）

1958年8月21日，《人民日报》刊发文章《库尔班·吐鲁木见到了毛主席》。库尔班·吐鲁木是人民杰出的代表，他不仅能代表维吾尔族人民，他也可以代表所有普通大众，他有他的民族身份，但他也超越了民族身份，他在各方面都很杰出，他对毛主席的热爱，是他对祖国热爱的一种方式。

终于见到毛主席

◎王 瑟

毛主席和库尔班·吐鲁木握手雕像

来到新疆和田市，人们都会在市团结广场上见到一尊巨大的雕像：毛泽东主席亲切地与一位维吾尔族老大爷握手，两人眼中是满满的慈祥与厚爱。再走进和田地区几乎所有的老乡家，都可以看到毛主席与这位老人握手的照片。

老人名叫库尔班·吐鲁木，是新疆和田地区于田（原称于阗，1959年简称于田）县的农民。20世纪50年代，库尔班·吐鲁木翻身得解放后，过上了幸福的生活。他心怀感恩，非要骑着毛驴去北京见毛主席，最后终于见到毛主席。他的故事传遍神州大地，鼓舞着一代代新疆儿女心向党和祖国。

2017年1月11日，习近平总书记给家住新疆和田地区于田县的库尔班·吐鲁木的长女托乎提汗·库尔班回信，希望库尔班大叔的后人继续像库尔班大叔那样，同乡亲们一道，做热爱党、热爱祖国、热爱中华民族大家庭的模范；希望各族群众像石榴籽一样紧紧抱在一起，在党的领导下共同创造新疆更加美好的明天。

库尔班·吐鲁木苦难的过去

库尔班·吐鲁木1883年出生在新疆于田县托格日尕孜乡一个贫苦的维吾尔族农民家庭。少年时就失去了父母，当了农奴，成年后，为了摆脱被奴役、欺凌的生活，库尔班·吐鲁木带着妻子逃到荒漠里，靠吃野果活下来。他无数次虔诚地跪在地上向真主祷告求救，可他的境遇不仅丝毫没有得到改善，反而落得妻离子散。无论走到哪里，他都是背着很轻的一条破毡、一把破铜壶，同时又背着一身沉重的债务。

炎热的夏天，库尔班·吐鲁木被迫到蚊子密集的芦苇地里，饮着湖里的死水，啃着干硬的苞谷馕，日日夜夜给地主割芦苇。冬季，白天在戈壁滩上给地主挖红柳柴取暖，夜里自己却只能蜷曲在戈壁滩上的土壕里露宿。

1949年12月，人民解放军进入新疆于田县，在一片树林里发现了一个衣衫褴褛、披头散发的"野人"。当战士走近他时，却遭到了袭击。于是，解放军把他带到村里，乡亲们认出，这就是多年前失踪的库尔班·吐鲁木。乡村干部很快让他解除了对解放军的误会，并给他安顿了住处，还帮他找到了离散的妻子和已经16岁却没见过面的女儿。

解放后土改时，库尔班·吐鲁木分到14亩耕地，有了一所房子和一头毛驴。那一年，他已经69岁了。他第一次为他自己而劳动，真正掌握了自己的命运，成为社会的主人。生活水平一年年上升，由解放前的衣不蔽体、无家可归，变成了丰衣足食、安居乐业。

亲身体验了新旧社会转换的库尔班·吐鲁木，对党和祖国抱有一种特殊的情感，并把对中国共产党的所有感激之情指向了伟大领袖毛主席。见不到毛主席，库尔班·吐鲁木就设法多见见"毛主席派来的人"。差不多每个巴扎（集市）天，库尔班·吐鲁木都要骑半天毛驴，到城里探望县委书记，他什么家常琐事都向书记说，书记讲的话他都乐意听。他还时常托汉族干部，通过翻译给党中央、毛主席写信，忆过去的苦，思如今的甜。

虽然想亲眼见见毛主席的愿望一时难以实现，但毛主席和党中央办公厅先后回复给他四封热情洋溢的勉励信，使他受到了极大鼓舞。他时刻想着：一定要听党的话，听毛主席的话，好好劳动。

要去北京见毛主席

库尔班·吐鲁木的生活越来越富裕，想亲眼见见毛主席的心愿也越来越强烈了。望着丰收的粮仓，库尔班·吐鲁木心里萌生出一个诚挚的愿望：多亏了毛主席，我才有了耕地和粮食，我一定要去看毛主席，让他尝尝我的丰收果实。杏子熟了，他就晾杏干，玉米熟了，他就拣几个最大的留下，随时准备带上去看毛主席。

1955年秋，库尔班·吐鲁木家又获得了丰收，他用新打的粮食磨了面，每天从地里干活回来，就默默围着馕坑不停地打馕。他要骑毛驴到北京去看毛主席！心想把这些馕吃完了，兴许就到北京了。库尔班·吐鲁木还一遍又一遍地挑选最好的杏干、瓜干和葡萄干等土特产，准备送给毛主席。

1956年金秋十月，库尔班·吐鲁木已经准备了上百斤的馕，在一个晴朗的日子，他装上自己准备的礼物，穿上节日的服装，骑着毛驴去北京看望毛主席去了。

一心想骑毛驴到北京去看毛主席
的库尔班·吐鲁木

　　时任中共于田县委书记李玉轩下乡检查工作，听说库尔班·吐鲁木骑毛
驴上北京去了，便着急起来。此时，正好有一辆军车经过，李书记向司机说
明情况，立即弃马登车前去追赶。数小时后，李书记追上了库尔班·吐鲁木，
好不容易才把他劝回。

　　被劝回家不久，库尔班·吐鲁木又上路了。听到消息的乡亲们纷纷赶来，
劝他别走，却怎么也劝不住。最后还是县里的干部亲自赶来告诉他：于田离
北京太远了，骑毛驴根本走不到，再说你又不懂汉语，一路吃住、问路都有
困难。好歹总算劝住了库尔班·吐鲁木，但他心里却更坚定了要去北京看毛
主席的念头。

　　"骑毛驴去不成，那怎么办呢?"被劝回家的库尔班·吐鲁木不甘心就这样

去不了北京，他左思右想，终于想到了一个办法。每天，他站在公路上拦汽车，停下车的司机听了他的想法，都只是笑着摇摇头，善意地婉言谢绝。以后，他只要见到上边来人了，就要打听毛主席的情况，他还是想见毛主席！

他说："北京在地上，只要我的毛驴不倒下去，一直走，就一定能到北京。"

为此，和田专区书记黄诚专程到库尔班·吐鲁木的家里看望了他，告诉他，从和田到北京坐汽车都要近一个月，骑毛驴是根本不可能到的。黄诚鼓励库尔班·吐鲁木，好好生产，争取更大的丰收，相信会有见到毛主席的那一天。

有一天，新华社新疆分社的一位记者前来和田专区采访，正好遇见和田专区召开三干会议。在专区食堂里，黄诚见到了这位记者。两人吃饭时，黄书记向记者讲述了库尔班·吐鲁木要骑着毛驴去北京见毛主席的事。这位记者立即赶到于田县，采访了库尔班·吐鲁木。

王北难是曾担任新疆维吾尔自治区党委书记的王恩茂的女儿，她回忆道，1954年春天，父亲用一个半月的时间去南疆考察工作，汽车刚刚驶进和田专区于田县，就被一个维吾尔族小女孩挡住了。她说，我叫艾妮亚孜汗，父亲叫库尔班·吐鲁木，听乡干部说有个大领导要路过这里，想请大领导去她家坐一坐。

王恩茂见到了库尔班·吐鲁木，老人向王书记表达了自己特别想见毛主席的愿望。王恩茂问他，你怎么去北京啊？老人说，我骑着毛驴去。王恩茂问他：你知道从新疆到北京要走多久吗？老人说，毛主席给我们新疆人民带来了幸福生活，我要感谢他，我要见他，我要亲口对他说，感谢毛主席，毛主席万岁！

王恩茂高度赞扬了库尔班·吐鲁木的精神，答应有机会一定让他到北京去。这让老人兴奋了很久，他劳动的热情更加高涨，生产积极性也越来越高，并被评为劳动模范。

库尔班·吐鲁木激动得连自己是如何被代表团领回住地的都不知道。他怎么也没想到，接见后第二天，毛主席还专门派人看望了他，并送给他十米条绒布和对新疆少数民族兄弟的亲切慰问。同时送来的，还有专门为他题的一幅字："一唱雄鸡天下白，万方乐奏有于阗。"库尔班·吐鲁木多年来一直要争当模范并要到北京亲眼看看毛主席的心愿，终于实现了。喜讯传回家乡，和田春意盎然，万民同喜。

终于见到了毛主席

1958年6月，和田专区组织优秀农业社主任、技术员和劳动模范去北京参观农具展览会，库尔班·吐鲁木也荣幸地加入参观之列。喜讯传来，老人立即拿出早已准备好的珍贵礼物，第一个来到县城，与代表们一起乘飞机来到了北京。

1958年6月28日，是这位历经了无数辛酸与坎坷的75岁老人一生中最幸福的一天。他和大家乘车到达中南海。中南海接见厅旁摆放着一张桌子，上面摆着库尔班·吐鲁木送给毛主席的礼物：两小袋杏干、桃干、葡萄干及两块手工织成的土布。

不知过了多久，有人说，毛主席来了。顿时掌声、欢呼声连成一片。毛主席迈着稳健的步伐朝大家走来，并向大家招手致意。库尔班·吐鲁木更是按捺不住激动的心情，几次欲走出队列。

合影完了，毛主席在工作人员的陪同下来到库尔班·吐鲁木的面前。毛主席伸出了温暖的大手，库尔班·吐鲁木紧紧握住毛主席的手，久久不愿松开。随后，他随毛主席来到藤条圆桌旁，桌上摆放着他送给毛主席的礼物。毛主席握住他的手，用浓浓的湖南口音说："新疆的少数民族老百姓多好啊，这么大老远的还要骑毛驴来看我。谢谢你！"这时，站在一旁的新华社记者侯波抢拍下了那张流传久远的照片。

坚定的民族团结典型

1959年1月，库尔班·吐鲁木当选新疆维吾尔自治区第二届人大代表。1959年7月，库尔班·吐鲁木以76岁的高龄光荣地加入中国共产党，成为当时新疆加入中国共产党年龄最大的党员。1959年10月，他出席中华人民共和国十周年国庆大典，第二次见到毛主席。

1975年5月26日库尔班·吐鲁木因病逝世，享年92岁。

1995年，中共于田县委、县政府在县城西口竖起一座毛主席与库尔班·吐鲁木握手的巨型塑像，作为教育下一代的爱国主义教育基地。

《人民日报》1958年8月21日刊发的长篇通讯《库尔班·吐鲁木见到了毛主席》，编入1960年出版的小学语文课本，库尔班·吐鲁木成为全国范围内家喻户晓的人物。

2017年春节前夕，习近平总书记给库尔班大叔的长女托乎提汗·库尔班回了一封信，向她和家人及乡亲们送上祝福。此前，托乎提汗的孙女如克亚木·麦提赛地给习近平总书记写信，代托乎提汗表达了感谢党和政府关怀、热爱祖国、热爱新疆、热爱家乡的决心。

库尔班·吐鲁木见到了毛主席

丁　文　王立忱

七十五岁的维吾尔族老农库尔班·吐鲁木，日夜想念毛主席的事，几年来一直在新疆维吾尔自治区于阗县五区流传着。

6月28日，库尔班·吐鲁木最幸福的一天来到了。他和全体代表坐上汽车去中南海。他的心激动得就要跳出来。当脸带笑容的毛主席和中央首长出现在眼前时，他高兴得忘掉了一切，全神贯注地望着毛主席。就在毛主席和其他中央首长坐下来和全体人员合影时，他也只顾扭过头去看，这张照片上只有老人的头扭向毛主席坐的那边。合影完了，毛主席亲切地走在他的面前和他握手，并向他问好。老人用双手紧握着毛主席的手，很久也舍不得放开。他当场给毛主席献了礼物，又一次幸福地和毛主席握了手，摄影记者就在这时候拍了一张照片。他在向我们说这件事时，不断拿起这张照片来，仔细地端详着。库尔班·吐鲁木激动地说：接见后的第二天，毛主席还专门派人来看我，送给了我十公尺条绒。

（原载《人民日报》，1958年8月21日，有删节）

2019年4月1日，在韩中国人民志愿军烈士遗骸在韩国举行装殓仪式，这是我国迎接第六批在韩志愿军烈士回家。从2014年至2018年，中韩双方已连续五年成功交接。589位在韩志愿军烈士遗骸，历经万难，回到祖国怀抱。4月2日，人民网发文《山河已无恙，英雄请回家！》。

　　多少年过去，大家是否铭记那一批远赴他乡，保家卫国，舍生忘死为和平的军人。1951年4月11日《人民日报》一版头条发表魏巍的报告文学《谁是最可爱的人》，集中展现了中国人民志愿军的英雄气概，陶冶了一代又一代人的爱国情操。"最可爱的人"已成为人民子弟兵的代名词，他们是中国的英雄。

烽烟滚滚唱英雄

◎帅木工

    1950年，毛泽东主席对抗美援朝作出重大判断：打得一拳开，免得百拳来，抗美援朝，就是保家卫国。这种估计和判断促使党中央和毛主席最终作出抗美援朝的决定。1950年10月19日，中国人民志愿军跨过鸭绿江，拉开了抗美援朝的序幕。

跨过鸭绿江的中国人民志愿军战士

三年后，在中朝两国人民和军队的共同斗争下，美国被迫在朝鲜停战协定上签字，抗美援朝取得伟大胜利。抗美援朝这一仗，我们不仅打出了军威，而且打出了国威。志愿军总司令彭德怀在总结抗美援朝战争时指出："西方侵略者几百年来只要在东方一个海岸上架起几尊大炮就可以霸占一个国家的时代是一去不复返了！"在抗美援朝战争中涌现出了无数可歌可泣的英雄人物，他们是魏巍《谁是最可爱的人》的主人公。

上甘岭：让烈火锻造出金刚不败之身

　　《谁是最可爱的人》中最悲壮、最具英雄气概的一部分，写的就是1951年抗美援朝第二次战役——松骨峰战斗的悲壮场面。

　　上甘岭战场战斗的激烈也是闻名于战史。时任志愿军第15军第45师第135团2营4连指导员的宋春元永远不会忘记，在1952年10月14日，敌军发动的以上甘岭地区为主要进攻目标的"金化攻势"中，敌军先后投入6万兵力，榴弹炮300余门、坦克170余辆、飞机3000余架（次），对我志愿军五圣山主阵地的两高地轰炸，阵地土石被炸松1至2米。

　　我军除与敌人进行殊死搏斗外，在潮湿的坑道里还经历着缺氧、缺水的严峻考验。由于缺水，战士们不得不把舌头贴在石头上。有的同志嘴干裂得不停流血，就挤点牙膏涂在嘴唇上。一天晚上，两名战士每人带4个水壶到水坑取水。一名战士被敌人机枪射中，当幸存的那名战士拖着断腿带着剩下的两个水壶艰难爬回坑道时，战友们看着他血肉模糊的身躯，一个个不禁泪流满面。

　　1952年在枪林弹雨的上甘岭战役中，从10月12日至19日短短的8天中，我军就有3位家喻户晓的英雄献出了自己的宝贵生命。特级英雄黄继光为了战斗的胜利，用胸膛堵住吐着火舌的碉堡枪眼；一级英雄孙占元身负重伤，拉响最后一颗手雷，与敌人同归于尽；一级英雄邱少云为了保证部队潜伏任务的完成，烈火烧身，一动不动，直至牺牲。

据1952年在45师收容所当卫生员的王清珍回忆，1952年12月初的一天上午，黄继光的遗体被运了下来，遗体平躺着，举着双臂，依然保持着手抓沙包的姿态。他的前胸腔被火药烧黑，出现了一个拳头大的血洞。由于黄继光遗体高举双臂，身体冻透，放不进棺材，最后是用热毛巾将臂关节潮湿，直至双臂活动，换了两套新衣服，才盛棺入殓，后来运送回国。

长津湖：用冰血凝铸成永远不灭的军魂

长津湖战役是抗美援朝战争中第二次战役的东线部分，主要是由中国人民志愿军第9兵团与美国海军陆战第一师主力及美国陆军步兵第七师一部之间展开的一场较量，其残酷程度不亚于上甘岭战役。

入朝前，9兵团第20军刚到沈阳车站，奉军委命令前来检查部队入朝准备的东北军区副司令员贺晋年见到该军官兵士气高昂，却身着华东地区的薄棉衣，大为震惊，立即找到正在指挥部队运输的20军副军长廖政国，警告说："你们这样入朝，别说打仗了，冻都把你们冻死了！"要求紧急停车两小时以便从东北军区部队中调集厚棉衣和棉帽，但是军情十万火急，20军的58、59、89师基本都没有停车而直接开往朝鲜江界，只有军直属部队和后卫的60师在短暂的停车间隙里得到为数寥寥的厚棉衣和棉帽。9兵团官兵穿着华东地区的冬装就仓促进入了高寒地区的朝鲜北部。

据中国人民志愿军第9兵团卫生队的医助孙宝太回忆，长津湖地域地处朝鲜北部山区，冬天来得早，天气变化快，11月中旬就进入了隆冬季节。部队刚过鸭绿江，气温骤降，漫天大雪。

从温带突然转入寒区，大部分官兵头戴单帽，身穿薄棉衣，脚穿"力士"胶鞋，在零下十几摄氏度的恶劣天气里艰难跋涉。当时，大部队行动，人多路窄雪滑，行军非常艰难，挪不了几步就得停下来，只能在原地不停地跺脚。谁都不敢坐下休息，因为一旦摔倒或坐在地上，就爬不起来，用不了多少时间脚就会冻坏。当时最低气温已下降到了零下30多摄氏度，不少战士冻坏了脚，站不起来。有一位叫刘新宽的同志，平时体质较弱，这次两脚脚背的皮肤都冻得脱掉了，血流不止，只好送到后方治疗。据参战士兵郑时文撰文回忆，为了御寒，战士们组成互助小组，晚上睡觉时相拥而眠。

长津湖战役期间，连降大雪，后勤补给十分困难，部队除吃干粮与吞雪外，没有热饭热水，有的部队一两天只能吃上一顿结冰的高粱米，士兵体质严重下降，弹药也仅补充到少许子弹和手榴弹。与志愿军忍饥受冻相比，美军单兵被服装具非常完善，士兵均配发羊毛内衣、毛衣、毛裤、带帽防寒服、防雨登山服以及鸭绒睡袋。战地伙食亦非常丰富，著名的C类口粮是美军随身携带的可以不经加热即可食用的野战食品，可以完全保障一个人在大运动量情况下的热量补充。

当气温最低降到零下40摄氏度时，部队冻伤一天天增加，非战斗减员妨碍着战斗任务的完成，防冻成了首要任务。242团5连奉命在美军撤退途中设伏中发生了一次最严重的冻伤。当战斗打响后，我军却无人站起来冲锋。已经展开战斗队形的整整一个连的干部战士，全部冻死在简易的掩体中。这些顽强的士兵在连续几个昼夜零下30摄氏度的严寒中，没有一点热食进口，依旧静静地埋伏在冰冷的雪地里。

虽然诸多客观条件对9兵团极端不利，但9兵团依然体现了优异素质，作风十分硬朗，这次战役中出现的"特级战斗英雄"杨根思就是代表。当美军对杨根思坚守的阵地发起第8次冲锋后，一七二团阵地上的战士只剩下了杨根思和两名伤员，增援部队尚在途中。这时敌第9次进攻已经开始。在这危急关头，杨根思和两名战士打完所有的手榴弹和枪弹。面对蜂拥而上的美军士兵，杨根思抱起一个5公斤的炸药包，毅然冲向敌阵，拉响导火索，与敌人同归于尽！他以鲜血和生命实现了"人在阵地在"的诺言。

长津湖战役，中国人民志愿军第9兵团作为中国军队中的精锐之师，与世界上最强大国家中战斗力最强的对手浴血奋战，用血肉之躯对抗钢铁洪流，最终给予美王牌部队陆战1师以沉重打击，共歼美、英、韩部队13916人，配合西线我军打垮了敌之圣诞节前结束朝鲜战争的总攻势，收复了三八线以北的东部广大地区。

1950年12月17日，中央军委主席毛泽东致电志愿军总部并9兵团，称"此次东线作战，在极端困难条件下，完成了巨大的战略任务。由于气候寒冷、给养缺乏及战斗激烈，减员达4万人之多，中央对此极为怀念"。

60多年前的这一场严寒中的鏖战，志愿军将士无与伦比的忍耐力和坚强意志，震天撼地，用冰血凝铸成永远不灭的军魂。

"妈妈，我还不能回家"

1951年6月9日，时任中国人民志愿军某军司令部作战科科长的左勇所在部队奉命在成川地区休整。在部队驻扎间洞地区期间，左勇在这一天的工作日记中写下了至今读来令人心潮澎湃的诗歌《妈妈，我还不能回家》：

> 妈妈，我还不能回家，
> 虽然我是这样的想您，
> 虽然我曾答应过您，
> 打败日寇就回家，
> 打败蒋贼后一定回家；
>
> 妈妈，我还不能回家，
> 强盗又杀上门来了，
> 为了可爱的祖国及朋友，
> 我要在门外消灭它；

妈妈，我还不能回家，

您不必为我担惊受怕，

您儿子从来就泼辣，

要把敌人都打垮；

妈妈，我还不能回家，

您不会怪我吧，

我爱自己的妈妈，

但我爱祖国更甚于我的家；

妈妈，我还不能回家

但不会再久了，

您再等等吧，亲爱的妈妈，

有一天我会回来见您，

带给您一束和平美丽的花。

当抗美援朝战争结束后，左勇才有机会回到老家探亲。其时自左勇参军以来，已经过去13年了。据左勇后来回忆，当他见到老母亲时，母子抱头，泪流满面，老母亲说："这是天上掉下来的儿子！"

"烽烟滚滚唱英雄，四面青山侧耳听，侧耳听。晴天响雷敲金鼓，大海扬波作和声。人民战士驱虎豹，舍生忘死为和平。"每当电影《英雄儿女》这首雄浑深厚的主题曲响起，人们都会情不自禁地想到那个英雄的时代。抗美援朝激发出来的爱国主义精神在新中国建设初期是一笔宝贵的财富，极大地鼓舞了全国人民团结奋斗建设社会主义的热忱。

近年来，历史虚无主义者秉承后现代主义"解构"的大纛，对宏大叙事彻底否定，以唯心主义历史观对中华民族灿烂的历史与文化极尽诋毁与丑化，抹黑伟人、污蔑先烈。特别是互联网在我国兴起以来，一些刻意抹黑英雄的行为在网络上以各种面目出现，狼牙山五壮士、黄继光、邱少云等为国牺牲的英雄都遭遇过历史虚无主义者的亵渎。人们痛心的同时，更期待一个全社会尊崇英雄的氛围。

2016年10月21日，习近平总书记在纪念红军长征胜利80周年大会上说："人无精神不立，国无精神不强。精神是一个民族赖以长久生存的灵魂，唯有精神上达到一定的高度，这个民族才能在历史的洪流中屹立不倒、奋勇向前。"让人欣慰的是，2018年5月1日，国家颁布实施了《中华人民共和国英雄烈士保护法》。保护先烈，不仅是保护英雄个体意义上的权益，更体现了我们不忘初心、牢记使命的精神追求。

谁是最可爱的人（节选）

魏　巍

让我来说一段故事吧。

还是在二次战役的时候，有一支志愿军的部队向敌后猛插，去切断军隅里敌人的逃路。当他们赶到书堂站时，逃敌也恰恰赶到那里，眼看就要从汽车路上开过去。这支部队的先头连（三连）就匆匆占领了汽车路边一个很低的光光的小山岗，阻住敌人，一场壮烈的搏斗就开始了。敌人为了逃命，用三十二架飞机，十多辆坦克和集团冲锋向这个连的阵地汹涌卷来。整个山顶都被打翻了。汽油弹的火焰把这个阵地烧红了。但勇士们在这烟与火的山岗上，高喊着口号，一次又一次把敌人打死在阵地前面。敌人的死尸像谷子似的在山前堆满了，血也把这山岗流红了。可是敌人还是要拼死争夺，好使自己的主力不致覆灭。这激战整整持续了八个小时，最后，勇士们的子弹打光了。蜂拥上来的敌人，占领了山头，把他们压到山脚。飞机掷下的汽油弹，把他们的身上烧着了火。这时候，勇士们是仍然不会后退的呀，他们把枪一摔，身上、帽子上冒着呜呜的火苗向敌人扑去，把敌人抱住，让身上的火，把要占领阵地的敌人烧死。……据这个营的营长告诉我，战后，这个连的阵地上，枪支完全摔碎了，机枪零件扔得满山都是。烈士们的尸体，停留着各种各样的姿势，有抱住敌人腰的，有抱住敌人头的，有卡住敌人脖子，把敌人捺倒在地上的，和敌人倒在一起，烧在一起。还有一个战士，他手里还紧握着一个手榴弹，弹体上沾满脑浆，和他死在一起的美国鬼子，脑浆崩裂，涂了一地。另有一个战士，他的嘴里还衔着敌人的半块耳朵。在掩埋烈士们遗体的时候，由于他们两手扣着，把敌人抱得那样紧，分都分不开，以致把有的手指都折断了。……这个连虽然伤亡很大，但他们却打死了三百多敌人，特别是，使我们部队的主力赶上，聚歼了敌人。

这就是朝鲜战场上一次最壮烈的战斗——松骨峰战斗，或者叫书堂站战斗。假若需要立纪念碑的话，让我把带火扑敌及用刺刀和敌拼死在一起的烈士们的名字记下吧。他们的名字是：王金传、邢玉堂、胡传九、井玉琢、王文英、熊官全、王金侯、赵锡杰、隋金山、李玉安、丁振岱、张贵生、崔玉亮、李树国。还有一个战士已经不可能知道他的名字了。让我们的烈士们千载万世永垂不朽吧！

这个营长向我说了以上的情形，他的声音是缓慢的，他的感情是沉重的。他说他在阵地上掩埋烈士的时候，他掉了眼泪。但他接着说："你不要以为我是为他们而伤心，我是为他们而骄傲！我感觉我们的战士是太伟大了，太可爱了，我不能不被他们感动得掉下泪来。"

朋友们，当你听到这段英雄事迹的时候，你的感想如何呢？你不觉得我们的战士是可爱的吗？你不觉得我们的祖国有着这样的英雄是值得自豪吗？

（原载《人民日报》，1951年4月11日）

1951年5月15日，《人民日报》发表毛泽东主席的题词："一定要把淮河修好"。这坚定地表明了新中国的决心，也对如火如荼的治淮"战场"是极大的鼓励。事实证明，只有新中国，才有可能根治淮河水患，实现淮河的安澜。

一定要把淮河修好

◎常　河

驾车行驶在中国的版图上，自北向南，安徽省蚌埠淮河大桥北侧，一块大型广告牌醒目地告诉你"中国南方欢迎您"。南侧，另一块牌子温馨提醒"中国北方欢迎您"。淮河，因其独特的地理位置，成为中国南北自然和文化分界线。

南宋绍熙五年（1194），黄河南决，从此长期夺淮入海，大量泥沙淤积使淮河入海出路受阻。

下游河床不断抬高，很多支流不能入淮，无数支流与湖泊淤积废弃，形成"两头高、中间低"的奇特地形，每当暴雨集中的汛期，沿淮一片汪洋。仅从16世纪至1948年的450年中，淮河每百年发生水灾94次、旱灾59次。

淮河流域成为世界闻名的重灾区，唱着花鼓乞讨的淮河灾民遍布全国。淮河安澜，成了这片面积27万平方公里、耕地2亿亩的土地上1.5亿人口的共同期盼。

毛主席的四次批示

历朝历代封建王朝虽然也对淮河进行过局部治理，但都无济于事。真正下决心根治淮河，是新中国成立以后才开始的。

1950年夏，安徽河南两省交界地区突降大暴雨，暴雨持续了半个多月，在淮北地区引发了大洪水。刚刚获得解放不久，正在进行土地改革的淮北农民的房屋被冲毁，大片土地被淹，仅河南和安徽两地受灾耕地就达4000余万亩，受灾群众1300多万人。

中共安徽省委在给中央的报告中写道："由于水势凶猛，来不及逃走，或攀登树上，失足坠水（有在树上被毒蛇咬死者），或船小浪大，翻船而死者，统计489人。"

当时，新生的共和国领导人正在精心领导恢复国民经济工作，指导新区进行土改，同时还密切关注着已经爆发了战争的朝鲜局势。7月20日，毛泽东主席收到了中共安徽省委关于淮北遭受洪灾情况的报告。当他读到报告中写的有些灾民因躲避洪水不及，爬到树上，被毒蛇咬死这些文字时，不禁流下了眼泪。他在"由于水势凶猛，来不及逃走……"这段话的下面，画上了横线。

毛主席把这份报告批给政务院总理周恩来，"除目前防救外，须考虑根治办法，现在开始准备，秋起即组织大规模导淮工程，期以一年完成导淮，免去明年水患"。毛主席指示周总理尽快邀集有关人员讨论淮河水灾的防救和导淮问题。

第二天，周总理打电话给中共中央华东局和安徽省委书记曾希圣，一方面了解灾区情况，另一方面向他们传达了毛主席批示的内容，并征询他们的意见。周总理还请曾希圣考虑根治淮河的办法，同时告诉曾希圣，政务院也要组织水利专家，研究、制订大规模导淮工程的计划，并且组织各方面力量，尽快实施。接着，周总理与时任水利部部长的傅作义等一起，召集水利专家和财政、物资部门的负责同志，一起制订大规模导淮工程的计划。计划的轮廓，很快就形成了。

8月5日，毛主席又在另外一份淮北灾情的报告上写下了批语："导淮计划8月份务须作好，由政务院通过，秋初即开始动工。"尽管这份批示采用的是商量的口气，但从字里行间，不难看出毛主席急切的心情。

周总理立即召集有关人员紧急开会，初步确定在本已紧缺的物资中，调配出治淮物资；在本已紧张的财政中，挤出治淮资金。并拟定了导淮必苏、皖、豫三省同时动手的原则。

1950年8月31日，毛主席阅读了最后一份关于治淮的材料——华东军政委员会于1950年8月28日向周总理转报的中共苏北区委对治淮的意见的电报。毛主席经过认真思考，决定一切工作必须以治淮为中心。为此，毛主席批示周总理："导淮必苏、皖、豫三省同时动手，三省党委的工作计划，均须以此为中心，并早日告诉他们。"

9月12日，在周总理直接指导下召开的治淮会议结束。会议提出，一定要高度重视、坚决落实毛主席关于治理淮河的批示。同时确定了治淮的基本

1950年10月14日，政务院发布《关于治理淮河的决定》，制定了上中下游按不同情况实施蓄泄兼筹的方针。

报章里的中国记忆

方针"蓄泄兼筹",并制订了治理淮河各方面协同的计划和治淮步骤。

淮河治理进入了倒计时。

9月16日,中共安徽省委书记曾希圣在写给华东局和中央的报告中说:安徽省民众特别是皖北地区的灾民,积极拥护中央关于治淮的决定,各项治淮的准备工作,正抓紧进行之中,争取早日勘测,早日开工。曾希圣在报告中还提出,为了治淮,中央要向安徽、江苏、河南三省治淮工地紧急调运粮食。

毛主席看完报告后,于9月21日批转给周总理。他在报告上批示:"现已9月底,治淮开工期不宜久拖,请督促早日勘测,早日作好计划,早日开工。"

10月14日,政务院发布了《关于治理淮河的决定》。

11月,按照毛主席的指示,政务院拨出治淮工程款原粮4.5亿斤,小麦2000万斤。大批粮食的调入,保证了治淮工程按时开工。

千军万马上淮河

1950年11月6日,治淮委员会在安徽省蚌埠市正式成立,分设河南、皖北、苏北三省区治淮指挥部,负责规划和领导淮河流域的水利工作,并在蚌埠召开第一次全体委员会议。

1950年冬季,在各地政府的统一组织下,有80万民工投入到治淮工地上。他们在淮河两岸搭起了帐篷和其他简易房屋,按军事建制组织起来,投入到火热的治淮劳动中去。仅仅用了80多天的时间,就建成了一条长达168公里的苏北灌溉总渠。1951年春种之后,治淮工地又集中了数十万民工,投入到第二阶段的治淮工程中去。当时,淮河两岸红旗招展,口号震天,民工之间还展开了劳动竞赛。当地驻军也投入到了治淮劳动中去。

满目疮痍的淮河两岸,突然焕发了勃勃生机。

淮河流域人民除水患，兴水利。

"1950年3月，我被任命为华东军政委员会水利部副部长。那时，我才27岁。许多同志为我担心：'一个黄毛丫头怎么当部长呢？可要好好留心啊！'"此后，"黄毛丫头"的说法传遍全国。她调任水利部后，国务院副总理李先念问她："你就是那个黄毛丫头？"

许多年后，这个当年的黄毛丫头成为新中国任期最长的水利部长，她叫钱正英。

淮委成立后，华东军政委员会副主席曾山兼任淮委主任，钱正英兼任淮委工程部副部长。钱正英回忆说，"我们听到传达，说毛主席讲在淮河流域一带，历来是农民起义的地方，也出了很多皇帝，如刘邦是沛县人，项羽是宿迁人，朱元璋是凤阳人。为什么会有农民起义呢？重要原因之一就是这个地方特别穷，灾害特别多，在灾荒饥饿之下，农民就要起来搞起义。"

因此，新中国成立的第二年，抗美援朝和治淮，是中央几乎同时定下来

报章里的中国记忆

的两个重大决策。

"1950年上半年的一天上午，浙江大学全体师生召开一次大会，欢送汪胡桢教授参加治淮的大会。"那时，陈国才还是浙江大学土木系的学生，正是受到汪胡桢教授在欢送会上讲话的感染，当年毕业后，陈国才立刻奔赴了治淮工地。"后来不仅我们土木系毕业班大部分同学参加治淮，而且我们下一班、再下一班的同学，也纷纷参加治淮。"

"今年，周总理又亲自给我写信，要我参加治淮。中央领导同志对我这样信任关怀，我还有什么可以推辞拒绝呢！作为一个中国人，岂有不希望自己祖国繁荣昌盛呢？作为一个水利工作者，岂有不希望治淮，使人民过着幸福的生活呢！"这是汪胡桢教授在那次欢送会上的讲话。

两个月前，汪胡桢才把儿子送去抗美援朝前线，这一次，他把自己送上了治淮前线。

汪胡桢先是任淮委工程部部长，那份后来成为淮河治理总体规划的《治淮方略》，正是他和钱正英、王祖烈等人制订的。在曾山的带领下，汪胡桢和钱正英专程赶往北京，当面向周总理汇报《治淮方略》。

之后不久，汪胡桢便开进了大别山，负责新中国第一坝佛子岭水库大坝的勘测设计。

"我对着地图从霍山以南的佛子岭，一直指到洪泽湖畔的三河闸，向大家宣布：这就是我们初期'作战'的区域，佛子岭是我师的'主阵地'。"后来和汪胡桢在佛子岭共事多年的马长炎回忆起那段峥嵘岁月，有着军人般的火热激情。

1950年，中国人民解放军第90师师长马长炎正率领他的部队准备开往抗美援朝战场，忽然接到命令：转入地方从事经济建设。这就是威震佛子岭工地的"中国人民解放军水利工程第一师"。

1952年5月20日，中国人民解放军第九十八师师长朱国华也和马长炎一样，率领部队就地转为"中国人民解放军水利工程第二师"。他们的"主阵地"是河南的薄山水库和南湾水库。

一轮红日照淮河，也照耀着淮河治理工地上热火朝天的千万建设者。这些人中的大部分，都把青春献给了治淮工地，更多的人一直奋战在中国的水利战线上，成为新中国不会忘记的建设者。

一份题词和四面锦旗

1951年5月15日，《人民日报》发表毛泽东主席的题词："一定要把淮河修好"。这坚定地表明了新中国的决心，也对如火如荼的治淮"战场"是极大的鼓励。

毛泽东主席一直关注着治淮工程。每每看到从治淮工地上传来的一份份捷报，他都十分高兴。他决定组织一个中央治淮视察团，检查治淮计划的落实情况，同时鼓舞治淮大军的士气。

1951年5月，中央治淮视察团组成。参加这个视察团的，不仅有中共的一些领导干部，还有各民主党派和民主人士的代表、水利专家，以及一些水

工地上"一定要把淮河修好"的题词和干劲十足的劳动者

报章里的中国记忆

患严重地区的代表。邵力子担任中央治淮视察团的团长。行前，毛主席会见了邵力子，向他了解组团的情况，着重谈了视察中要了解的情况和需要详细询问的问题。最后，毛主席对邵力子说，他要给治淮题词，并吩咐身边工作人员，把这个题词制成四面锦旗，由邵力子代表中央视察团把这四面锦旗分送给在治淮前线的治淮委员会及河南、皖北、苏北治淮指挥部。

这个题词，就是至今在淮河沿岸很多地方都镌刻着的"一定要把淮河修好"。

在毛主席题词的强烈感召下，一大批青年学子、工程界的精英和解放军官兵义无反顾地投身到波澜壮阔的治淮洪流中。

到1957年冬季，治淮工程基本完成。在这八个年头里，河南、淮北、苏北共投入民工几百万人，治理大小河道175条，修建水库九座，库容量达316亿立方米，修建堤防4600多公里，提高了淮河流域特别是淮河下游的防洪泄洪能力。

毛主席"一定要把淮河修好"的目标，基本实现了。新中国再一次向世界展示了自己的建设能力。

中央治淮视察团抵开封
向河南省治淮总指挥部授旗
中央水利部傅作义部长等视察水利工程后返京

【本报讯】 中央治淮视察团在代团长邵力子率领下，于九日下午由蚌埠抵开封，河南省人民政府、河南军区及各机关团体代表共五百余人前往车站欢迎。

当晚，视察团假省人民政府大礼堂举行了授旗典礼。在乐声和热烈的掌声中，代团长邵力子将毛主席亲笔题字"一定要把淮河修好"的锦旗授予河南省治淮总指挥部。邵代团长暨团员章元善等在讲话中告诉大家：毛主席、中央人民政府异常关怀淮河流域的人民和治淮工作，号召大家努力完成毛主席"一定要把淮河修好"的任务。河南省人民政府主席兼省治淮总指挥部主任吴芝圃致词时说：接受毛主席的旗子，感到无限光荣和兴奋。我们有充分的决心和信心来全部实现毛主席的庄严伟大的号召。

视察团在到开封之前，曾视察了皖东北淮河支流的濉河地区。

中央治淮视察团并发表了告沿淮同胞和治淮民工干部书，指出：半年以来，沿淮地区的严重灾荒已经基本克服，治淮工程的全盘计划已经制定。现在治淮工程已经全面开展，若干主要工程还得在今年汛期以前完成，这一个紧急而巨大的工程，是今年淮河流域人民生活和农业生产的保障，关系非常重大。该书并指出：治淮工程不只是除患救灾的紧急任务，同时也是国家长期建设的一部分，这是一个变革历史征服自然的伟大斗争，凡是参加这个斗争的人都应感到兴奋，引为光荣！

（原载《人民日报》，1951年5月15日，有删节）

"不管边疆的路程有多么遥远，也拦不住我们远征的决心，不管边疆的风云多么寒冷，也吹不冷我们劳动的热情！"1955年8月16日，杨华等5位北京青年在《中国青年报》头版头条向全国发出了志愿垦荒的倡议。一代共和国热血青年誓把青春献给北大荒，谱写一曲人类拓荒史上伟大的英雄赞歌！

把亘古荒原变全国粮仓

◎赵洪波

北大荒，曾经是黑龙江省三江平原、松嫩平原一带的千里荒原。20世纪50年代，王震将军率领十万复转官兵进军北大荒，掀开了北大荒开发史上最壮丽的一页。为响应国家号召，先后有14万复转官兵、5万大专院校毕业生、20万支边青年和54万城市青年来到北大荒，用汗水、泪水、血水和钢铁一般的意志及毅力，在这片漠漠大荒中，谱写一曲人类拓荒史上伟大的英雄赞歌。

新中国第一支青年垦荒队

1955年，新中国第一个五年计划已经实施到第三年，各项事业蓬勃发展，国家对粮食的需求量日益增大。在第一个五年计划中，拟扩大耕地面积5867万亩。那一年，毛主席在《中国农村的社会主义高潮》一文中号召："一切可以到农村去工作的这样的知识分子，应该高兴地到那里去。农村是一个广阔天地，在那里是可以大有作为的。"

北京青年杨华是积极的响应者。杨华，1932年出生，20岁时已经是北京市石景山区西黄村乡的乡长兼团委书记。五位青年的申请倡议书在报纸上

北京垦荒队五位发起人：李连成、李炳恒、庞淑英、杨华、张生。

刊登后，许多青年纷纷响应，短短十天里，全国就有2000多名青年报名参加垦荒队。至此，五名青年的自愿行为，开启了中国知青上山下乡运动的序幕，点燃了全国优秀青年"到边疆去，到祖国最需要的地方去"的熊熊火把。

1955年8月30日，共青团中央组织各界青年1500人，为新中国第一支青年垦荒队举行隆重的欢送大会。团中央第一书记胡耀邦把绣有"北京市青年志愿者垦荒队"金色大字的旗帜亲自交到了杨华的手中。傍晚，在雄壮的鼓乐声中，杨华等60名垦荒队员扛着北京市工人挑灯夜战赶制的镐头、铁锹和2支钢枪徒步走向火车站，向北大荒进发。

1955年9月10日，在人迹罕至的黑龙江萝北荒原，垦荒队举行了简单而又隆重的开荒仪式。萝北县政府给北京青年垦荒队划拨了两万多顷的土地，萝北县委书记阮永胜亲自在仪式上剪了彩。随着队长杨华的一声令下，四台套着八匹马的垦荒大犁在千年沉睡的荒原上翻起了一层层黑色的泥浪。当时黑龙江宝泉岭农场派来了农业技术员进行指导，技术员检查翻开的黑土后认为，开荒质量完全符合"深翻15厘米、垄宽35厘米、扣垄严密"的要求。

在东北三江平原的亘古荒原上，人们开始了"向地球开战，向荒原要粮"的伟大壮举。

暴虐的西伯利亚寒流长久盘旋在北大荒，这里一年有三分之二的时间是冬天，最低温度甚至达到零下四五十度。除了极度严寒天气，队员们面临的困难数不胜数。"那就是狼群不断地骚扰，尤其是在刚到开荒地点的头几个晚上，成群结伙的狼群将帐篷团团围住，形势极为险恶。幸亏有团中央发给垦荒队的两支步枪和4000多发子弹。"杨华在《难忘垦荒岁月》文章里回忆道。

短短两个月，杨华带领垦荒队开垦出荒地1200多亩，割草20万斤，还盖起了8间房，取得了初战告捷的胜利成果。后来，杨华回忆说："1956年，北京青年垦荒队在新开垦的荒地上收获了粮豆99万斤，土豆35万斤和1万多斤大红萝卜，完全超过了团中央给我们提出的80万斤的指标。"

北京市青年垦荒队到北大荒，给全国青年带来了巨大影响。1955年到1956年，先后有14批2600多名青年拓荒者来到了萝北荒原，汇成一支垦荒大军。他们分别在萝北县凤鸣山下、鸭蛋河畔，建起了八个以自己城市命名的青年集体农庄——北京庄、哈尔滨庄、天津庄、河北一庄、河北二庄、山东临朐庄、山东惠民庄和山东胶南庄。据有关资料统计，1955年至1958年，青年垦荒队在北大荒共建立了12座农庄，一个现代化国营农场。

要母鸡下蛋，越办越多

早在新中国成立前，开发建设北大荒的序幕在解放战争的硝烟中就已经拉开。1947年，正是新中国诞生前最困难、最艰苦的时期。为响应毛泽东主席发出的"建立巩固的东北根据地"的号召，人民解放军大批部队进入黑龙江地区，从延安、南泥湾走过来的人民军队，在北大荒升起了军垦的光荣旗帜。

1954年，担任铁道兵司令员的王震来到黑龙江汤原，视察正在这里施工的铁道兵部队第五师。经过调查研究，王震提出，由第五师副师长余友清率一支先遣队到密山、虎林一带踏查荒原，创办农场。

经过3个月的探查，余友清迅速组织了一支特殊的垦荒先遣队。1955年，以余友清为场长的铁道兵第一个农场——八五〇农场宣告成立。王震满怀信心地说："这是打头阵，必须打好。以后要母鸡下蛋，越办越多。"8月14日，王震向中共中央和中央军委呈递了《关于开发北大荒问题》的请示，建议"铁道兵在黑龙江的密山、虎林、饶河3个县境内，举办一个综合性的半机械化的农牧业企业"。该请示引起了毛泽东的高度重视，很快被党中央和中央军委批准同意。

1956年6月29日，铁道兵9个师共1.74万人分别从福建、广东、四川等省开赴北大荒，在黑龙江完达山的南北麓先后建起了八五一、八五二等一批"八"字头的农场。短短一年内，铁道兵农场群就巍然矗立在三江平原上。在一次场长工作汇报会上，王震精神振奋，即席赠给大家一副对联："密虎宝饶，千里沃野变良田；完达山下，英雄建国立家园"，横批为"艰苦创业"。

1958年，我国第一个五年计划胜利完成，第二个五年计划开始实施。当时，庞大的人民军队需要裁减，大量的复转军人需要安置。3月，中共中央在成都召开会议，通过了一项历史性决议，即《关于发展军垦农场的意见》。会议上，已担任共和国农垦部部长的王震适时提出了动员十万转业官兵进军北疆，进一步开发北大荒的方案。他豪迈地说："新中国的荒地包给我来干吧，我这个农垦部长有这个信心。"这一方案很快得到中央的批准。不久，十万复转官兵陆续挺进北大荒，他们发扬人民解放军的光荣传统，打响了一场大规模开荒生产的特殊战斗。

3月23日，也就是成都会议通过决议的第三天，著名诗人郭沫若写下了热情洋溢的诗篇，为十万官兵壮行。复转官兵来到北大荒后，不畏困难，敢于战天斗地，北大荒国营农场得到了迅速发展。1959年，共扩建和新建了41个农场，新建了700多个生产队，北大荒粮豆播种面积达到1150万亩，粮豆总产量达到10亿多斤，比1957年增长了142%。

作为新中国农垦事业奠基人，王震将军多次踏访荒原，和战士们一起风餐露宿，爬冰卧雪，非常关心卸甲归田的战士们。

每次到北大荒他都要和普通战士促膝谈心，一次他问一个战士，"还有什么心事没有？"那个战士说："心事倒有一桩，怕司令员也解决不了。"王震

王震和农垦战士们在一起

报章里的中国记忆

笑呵呵地说:"不妨先说出来。"战士说了个顺口溜:"北大荒真荒凉,又有兔子又有狼,办起农场能打粮,就是缺少大姑娘。"王震听了哈哈大笑后认真地说:"我一定要动员些女青年来,但对象还得自己对。你们要当模范,当英雄,姑娘愿意嫁英雄。"后来,王震特意向中央汇报,从四川等省动员一批女青年来支援北大荒开发。有的老同志在缅怀王震时说,当年将军在草屋里参加了他们的婚礼,还吃过他们的喜糖。

黑土地上留下不朽诗篇

在北大荒历史上,除了转业官兵和50多万城市知识青年外,还有一支"特殊的垦荒队",那就是1500多名当时"反右"扩大化被定为"右派"的知识分子。北大荒给了他们关爱和新的希望,他们像北大荒倔强的庄稼一样,在那时萧瑟的春寒里傲然挺立,为黑土地留下不朽的著作和诗篇。

1958年的春节后,被戴上"右派"帽子的诗人艾青听到一个消息,说有一位将军向中央要艾青。这个将军就是王震。王震后来对艾青说:"1956年我去大兴安岭视察时,站在大兴安岭上,观望着茫茫的大森林时就想,要是艾青到这里来,一定会写出好诗。"

1958年4月,艾青一家人乘坐军人专列,离开北京来到了北大荒八五二农场。在王震的关怀下,年近半百的艾青担任了八五二农场林业分场副场长,成为北大荒1500名右派中唯一挂了领导职务的人。在农场,艾青又拿起搁下多年的笔,写出了以"老头店"为主题的长诗《蛤蟆通河畔的朝阳》《踏破沃野千里雪》。艾青对生活一直保持乐观的态度,北大荒一年四季风多,尤其夜里风刮得像鬼哭狼嚎,吓得夫人高瑛睡不着。艾青对夫人说:"森林是风的家,它天天晚上回家来,你就夜夜不睡觉啦?你可以把风当歌听,听风演奏交响乐也是一种享受。"

当代著名的文学家、杰出杂文家、人民文学出版社副社长聂绀弩被文化部当成"右派"后，也在1958年7月来到虎林八五〇农场四分场，不久，他又被调到了《北大荒文艺》编辑部。聂绀弩好抽烟，沉默寡言，喜爱整天坐在案前抽烟喝茶，伏案看稿，在这里他写出了著名的《北大荒歌》："多年后，繁感伤，不解何处曾荒凉。何家子，何氏娘，何等英雄何模样，首开北大荒……"

聂绀弩在后来出版的古诗集《北集草》中，有一首写给妻子的诗《束内》，描绘了3年北大荒生活的情景："大风背草穿荒径，细雨推车上小桥。老始风流君莫笑，好诗端在夕阳锹。"

1958年，女作家丁玲和丈夫陈明被错打成"右派"也下放到北大荒八五三农场二分场。丁玲在北大荒待了12年，为照顾丁玲老两口，王震让他俩到靠近铁路线的汤原农场安家落户。

1959年冬天，农场开展扫盲运动，让丁玲担任畜牧队业余文化教员。丁

丁玲（前排中）和农场职工合影

报章里的中国记忆

玲把这件事看得很重，亲自编写教材。她写了一篇课文《小黑猪》："小黑猪，是个宝，猪鬃、猪毛价值高，猪肉肥美喷喷香，猪多、肥多、多打粮。"

1962年12月，时任《人民日报》特约记者的诗人郭小川陪同王震视察北大荒后，在返回北京的列车上激动地写下了著名的诗篇《刻在北大荒的土地上》："……继承下去吧，我们后代的子孙！这是一笔永恒的财产——千秋万古新；……耕耘下去吧，未来世界的主人！这是一片神奇的土地——人间天上难寻。"

让我们高举起垦荒的旗帜前进！

——北京市郊区五名青年要求发起组织
北京市青年志愿垦荒队的申请书

青年团北京市委员会：

我们是北京市郊区的5个青年人。我们早就想给你们递这份志愿到边疆开荒的申请书。最近我们5个人在一块儿琢磨了好几天，觉得该向我们的团组织提出来啦！我们愿意用我们青年团员的荣誉向你们提出：请批准我们发起组织一个北京市青年志愿垦荒队到边疆去开荒。使我们能够为祖国多贡献一分力量。

当我们知道祖国有十几亿亩的荒地在边疆闲着睡大觉，党和国家又号召我们去进行开垦时，我们就恨不得马上跑到边疆去，叫那黑油油的好土地全都翻个个儿，不许它长野草，要它给我们生长出粮食！那么好的土地为什么不可以为社会主义服务呢？

我们几个人在一块算过一笔细账，要是我们组成一个60个人的垦荒队，我们就可以不要国家掏一个钱，为国家开垦3000多亩荒地，增产30多万斤小麦。当然要开垦这样多的土地，是需要一定数量的投资的，我们自己没有多少钱，如果团组织允许北京的青年给我们一些支援，到了明年，我们将要双手捧着自己生产的粮食来表示我们没有辜负团组织和全市青年对我们的信任。

我们知道，到边疆垦荒会碰到各种各样的困难。可是1000条困难，10000条艰苦，比起为了社会主义的伟大事业来，那不过是大海里的一丁点水。我们的祖先已给我们耕出了16亿多亩的耕地，他们经历了多少艰苦？耗尽了多少心血？我们是毛泽东时代的青年战士，我们不是那种饭来张口、衣来伸手、老守着热炕头的人，我们有志气做一名志愿垦荒的先锋队员。亲爱的团组织，请允许我们行动起来吧！

我们不是说空话的人。不管边疆的路程多么遥远，也拦不住我们远征的决心！不管边疆的风雪多么寒冷，也吹不冷我们劳动的热情！边疆，那正是考验青年人最好的战场。

杨 华 李秉衡 庞淑英

李连成 张 生

8月9日

（原载《中国青年报》，1955年8月16日，有删节）

链接：

北大荒开垦初期，年产粮只有0.048亿斤，1978年粮食总产突破50亿斤，1995年突破100亿斤，2005年突破200亿斤，2009年突破300亿斤，2011年突破400亿斤。

70年来，北大荒累计生产粮食7411亿斤，累计向国家交售商品粮6060.2亿斤。目前，黑龙江垦区耕地面积4300万亩，粮食综合生产能力稳定在400亿斤以上，商品粮调出量约占全国各省粮食调出总和的四分之一。

北大荒每年调出的粮食可供京、津、沪、渝四大直辖市和解放军等1亿多人一年的口粮供应。

这是共和国农业历史上的奇迹——从亘古荒原到全国最大的商品粮基地，为国人端牢饭碗作出卓越贡献。

报章里的中国记忆

周恩来总理生前曾经自豪地告诉国际友人："新中国有两大奇迹，一个是南京长江大桥，一个是林县的红旗渠。"这两大工程，红旗渠是举一县之力创造的人间奇迹，而南京长江大桥则是举全国之力兴建的伟大工程。

在长江上架起一座争气桥

◎帅木工

南京长江大桥位于江苏省南京市鼓楼区和浦口区之间，是万里长江上第一座由中国自行设计和建造的双层式铁路、公路两用桥梁。其中公路桥长4589米，车行道宽15米，可容4辆大型汽车并行，两侧还各有2米多宽的人行道；下层的铁路桥长6772米，宽14米，铺有双轨，两列火车可同时对开。其中江面上的正桥长1577米。

南京长江大桥于1960年1月18日正式动工，于1968年9月30日举行铁路桥通车庆典，同年12月公路桥通车。南京长江大桥是继武汉长江大桥、重庆白沙沱长江大桥之后第三座跨越长江的，同时也是当时最大的一座大桥。它是中国东部地区交通的关键节点，大桥通车后，津浦、沪宁两线接通，从北京可直达上海，自此京沪铁路贯通。

南京长江大桥素有"争气桥"之称，它也承载着中国人对一个时代的美好记忆。

为什么要建设南京长江大桥

1908年4月1日上海北站到南京下关火车站的沪宁铁路全线通车，1912

年纵贯中国东部地区的津浦铁路全线通车，但也因受长江之阻，终止于南京江北浦口。

直到1933年下关煤炭港至浦口开通了我国最早的火车渡轮，这两条南北干线才算勉强连接上了。然而，因为轮渡"夜间不渡、大雾不渡、涨潮不渡、台风不渡"，使得当时的铁路客货运输受到很大限制。

孙中山先生曾在他的《建国方略》中计划建10万英里（约16万公里）铁路，规划浦口为"长江以北一切铁路之大终点"，还要在浦口建江底隧道贯通南北；1918年，北洋政府也曾请铁道部顾问、法国桥梁专家在南京进行建桥勘测。均无果而终。

1930年，当时的国民政府铁道部曾以10万美元重金聘请美国桥梁专家约翰·华特尔，对下关、浦口间建桥进行考察，最后却得出"水深流急，不宜建桥"的结论。

长江与黄河滋养了中华文明，也隔断了中华大地的南北交通。新中国成立后，毛泽东主席指出，要构建中华人民共和国的工业体系，首先要打通数千年来被长江、黄河隔断的交通。因此，1957年武汉长江大桥建成时，他就对当时的铁道部大桥工程局局长彭敏说："我们还要在长江上建设南京大桥、宜都大桥、芜湖大桥。"在这三座大桥中，南京长江大桥最为重要，修建难度也最大。

其实，早在1956年，铁道部大桥局就已经国务院批准，开始对下游长江大桥的桥址进行勘查。可以说，南京长江大桥的设计工作是与武汉建桥工作交叉进行的。

2018年12月29日《南京日报》报道，在江苏省档案馆，存有一份题为《南京长江大桥初步设计请批准》的档案，这份盖有"绝密"印章的文件显示，当年最初供选择的地址有四个在芜湖，只有一个在南京。不过，南京从中胜出，显然并不只是因为有113万人口的优势。彭敏在回忆修建南京长江大桥的文章中写道："以往，南来北往的火车在南京用轮渡过江，速度慢、效率低。上海市发电用煤量大，而煤的储备有限，仅够用两周。工业发达的大上海，一旦缺煤少电怎么行？因此，中央决定要尽早、尽快建成南京长江大桥。"

1958年中共江苏省委申请修建南京长江大桥的报告中也提到当时轮渡压力之大："轮渡口积压待运的物资常在10万吨左右，上海市和其他各省过境物资及本省需渡江南运的物资，到1962年将超过现有通过能力的11倍强。"在南京江面修建长江大桥，在当时已成当务之急。

为什么又叫争气桥

为什么又叫"争气桥"？南京长江大桥的钢梁必须使用强度较高的合金钢，当时国内还生产不出这种型号的钢材，只有从苏联进口。1960年，中国向苏联订购1.399万吨高强度低合金钢，但订料时苏方不同意按中方要求的钢板尺寸交货。中苏关系恶化后，苏方提出放弃钢材可焊要求，或将长板改成"杂尺料"交货，铁道部断然拒绝。这个时候，"共和国钢铁工业长子"鞍山钢铁挑起了这个重担，在一无经验、二无技术资料的情况下，经过反复试验，闯过了重重难关，生产出了"16锰"低合金钢，也被称为"争气钢"。这一"争气钢"至今依然是中国建桥行业用途最广的一种钢材。

这座被称之为"争气桥"的宏大工程，创造了浮式钢筋混凝土沉井、氦氧深潜水、72米深水基础工程等一系列令人瞩目的重大成果，填补了诸多"中国空白""世界空白"。《南京长江大桥建设新技术》获得1985年国家科学技术进步特等奖。

大桥施工过程中最难做的是水下作业。2018年12月25日由江苏省档案馆等主办，南京市城市建设档案馆等协办的"南京长江大桥建成通车50周年档案史料展"上，一张潜水员准备下水的老照片提示人们这里曾经发生过奇迹。江苏省档案馆副馆长孙敏介绍说，"桥墩沉井井底清岩工程的潜水深度达66米，超过当时国际公认的空气潜水极限深度"，上海海军医学研究所的技术人员经过周密测算，研制出了"水面吸氧减压法"等潜水方案，有96人次深潜水达到69至71米，"用最普通的设备创造了世界潜水史上的奇迹"。

南京长江大桥最了不起的成就在于水下基础，最困难的是江中心的桥墩建设。苏联专家没有充分研究南京地质水文的特殊性，简单地要求采用建造武汉长江大桥时的管柱技术，而南京长江大桥的副总设计师李家咸认为南京的地质条件远比武汉复杂，应当采用国际上的先进技术——浮式沉井、重型沉井管柱等四种桥墩基础施工技术。那时，浮式沉井技术只在美国旧金山金门大桥使用过，李家咸他们只是听说，谁也没见过，更不要谈什么图纸资料和实践经验。他和同事们不断摸索，反复实验，精心设计，最终将这些技术难关一一攻下。李家咸首创的浮式沉井技术，因为解决了深水下软弱岩层上修建大型基础的难题，在此后多座国内外大桥桥墩基础施工上得到了推广，为中国桥梁的基础施工作出了杰出的贡献。

1966年春，正桥桥墩全部出水，然而当时国际形势紧张，中国在西南开展大规模的三线建设加强战备，占用了大量物资和资金，大桥工程的物资再度短缺。当时还有人说，既然大桥在战争中肯定挨炸，是否还有必要完工。铁道部部长吕正操、副部长彭敏接周恩来总理指示到南京调查，与江苏省委第一书记江渭清和南京军区副司令员张才千研究后，确定了"简化、快通、耐用，准备挨炸，炸了再修"的原则。周恩来总理批示，不停工，继续架设钢梁使铁路通车，公路桥和附属工程从简，尽量压缩投资。大桥再次全面复工。

艰苦奋斗铸就辉煌记忆

大桥建设初期，正值国内三年经济困难时期。

据时任南京长江大桥四桥处施工科技术员的冯志涟回忆：

我们来到南京江北浦口工地，放眼望去，除了很少一部分是刚收完高粱玉米的耕地外，其余是一片芦苇荡。先期到达这里的工人弟兄，白天在江边一身水、一身泥地打试桩，夜晚就栖息在低矮潮湿的临时工棚里。

我所在的施工科与四桥处机关的同志住宿在距工地1公里外的轮渡桥仓库。在地上放两根枕木再铺上木板，一个挨一个打开行李卷。轮渡桥一带，火车煤烟很重，早上晒的白衬衣，到晚上收工时就全都变成灰黑色的了。工地只搭建了临时伙房。开饭时，大家就蹲在临时伙房外的野地和小河边上，每餐只供应一两个素菜，每人一只碗，饭菜二合一，也无须饭桌、板凳了。

在经济困难时期，像我这样的技术员，每月定量仅25斤粮、3两油、2两肉，餐餐几乎是"飞机包菜"（那时菜也长得瘦，两三片叶子干巴巴的，就像飞机的翅膀）。2两稀饭装一大碗，肚皮越吃越大，还感觉没吃饱，几乎人人都有浮肿。

四桥处中心试验室主任罗刘汉是1955年的大学毕业生，他家就住在离工地不到500米的地方，妻子是小学教师，身边带着4个孩子。为了确保水上桥墩封底、水下混凝土灌注的质量，罗刘汉三天三夜吃住在工地试验室里。3两干饭不够吃，他就利用炒砂石炉子的余火加水煮稀饭，不幸煤气中毒致死，才30多岁。我们心里很难过，都为他惋惜……

艰难的工作中往往也包含着巨大的风险，有时甚至威胁生命安全。南京长江大桥建设关键是水中9个桥墩的建设，其中最为艰难的是修筑5号桥墩。

据大桥局二桥处副总工程师殷万寿回忆：

1964年9月18日深夜，一阵急促的电话铃声把我从梦中惊醒，5号墩的值班工程师说：5号墩沉井的边锚锚绳突然被拉断，沉井已开始摆动，一位工人在抢补锚绳时不幸被绞车轧伤。听完电话，我立即跑步赶到现场，看到那位受伤的工人从导向船上被抬了下来，面色蜡黄，伤势严重，已昏迷不醒。我向救护人员交代，请医院务必尽一切力量抢救伤员。伤员被抬走后，我急忙登上导向船，在船尾出事地点，忽然发现一只断手臂挂在绞车上，我脑海里闪出了断肢再植的念头，立即快步上前，抓起血淋淋的断臂，飞步赶上救护人员，将断臂交给他们。

当年的铆工魏则玉依然记得，那时一天要打上千枚铆钉。"我们在桥上点鼓风机的炉子，把生铁烧红，这边甩上去，那边工人接过来就迅速插进去，可以说是那个时代的无缝焊接技术。"只要铆钉间距稍有误差，就推倒重来。

正是有一个个像魏则玉这般坚持高质量作业的工人，才最终顺利用铆钉把长江大桥的钢桁梁结结实实地联结在一起。因为这份较真劲儿，全桥155万颗铆钉，2017年维修时只有6000多颗需要更换，更换率不到千分之四。

今年84岁的张勤慎曾是当年工地上最年轻的工程师，一聊起大桥，就来了精气神，"建大桥时，每天有上千人自带干粮参加劳动，你不能想象，所用的沙石是用人工一粒一粒挑拣出来的"。

一位当年参与混凝土灌注的老人激动地说："那时劳动全靠肩扛人挑，只要开了盘，就一直不停，吃饭的时候也是嘴里噙着馒头，抬着杠子往前跑。冬天洗石渣就跟上战场一样，洗到后半夜，裹衣上滴的水都成了冰棍、冰柱。"即便条件这样艰辛，上万名桥工也没有叫苦喊累。

经得住坦克车队的检验

铁路桥通车前一个月，桥头堡建筑成了最难啃的一块硬骨头。堡体高，共十层，相当于民用建筑24层楼高，结构复杂，材料用量大。按正常施工进度，最快也要9个半月。劳动力不足，机械设备缺乏。就发动部队官兵和大中专院校学生上桥义务劳动，每天仅参加桥头堡建设的就有数千人，不分昼夜抢工期，终于在1968年9月27日完成桥头堡主体工程，仅用了28天时间。

为了确保南京长江大桥能在1968年国庆节前铁路桥通车，大桥工人和支援建设的解放军战士日夜奋战，7、8月间，平均每天有3万多人在工地上劳动，最多时达5万余人。老桥工们回忆，在后来冲刺阶段，大桥的变化几乎一个小时一个样。

1968年9月30日和12月29日，这两个日子对于古都南京来说是两个重大节日，一个是南京长江大桥铁路桥通车，一个是公路桥通车。

时任大桥局二桥处设计组助理工程师常荣五回忆：

> 铁路桥通车的前一晚，我往宿舍走，望着桥头堡上的密密麻麻的脚手架，心想，明天能通车？不可能！那么多脚手架一夜间能拆除？第二天一大早，同事李玉书把我叫醒，我到屋外一看，桥头堡上的脚手架拆得一根不剩，上万立方木材的脚手架，全堆在位于南岸引桥下的钢梁预拼场上，我当时震惊得说不出话来。大桥军管会真能创造奇迹，一个晚上能调动那么大的力量，把上万方木材的脚手架拆下来，整齐堆放好。

但由此也产生了一些瑕疵，桥头堡大多是混凝土结构，还没达到设计强度，尤其是上部那许多的悬臂梁，过早拆模这可是要出大问题的，桥头堡的混凝土结构部分出现了不少裂缝。周总理陪同罗马尼亚总统齐奥塞斯库视察大桥时，罗马尼亚朋友对我们的大桥赞不绝口时，周总理很坦率地说，我们的大桥不是那么十全十美，桥上就出现过裂缝嘛！

1969年9月21日，毛泽东来到大桥视察。毛泽东问南京军区司令员许世友，你这个大桥能不能过坦克？符不符合战备需要？许世友一时答不上来。毛泽东转身一离开，许世友就报请总部批准，决定调动坦克部队检验大桥的

1968年12月29日，南京长江大桥公路桥举行通车典礼。

承载要求。

据南京军区军史资料记载，1969年9月25日夜，坦克某团80辆坦克一早就出发。从南京花旗营抵达北桥头堡时，80辆坦克和60余辆各种型号的汽车呈一路纵队排开，车与车间隔50米，整个车队绵延近10公里。上午11时，整个车队全部通过大桥桥面。据当年的《新华日报》报道，那天有100余万群众目睹这一盛况。

据2019年6月3日《光明日报》报道，南京长江大桥经过27个月的封闭维修改造后又一次投入使用。专家对大桥"体检"后作出结论：这座已经使用了50年的大桥，再用200年没问题。

1969年12月29日，南京长江大桥公路桥举行通车庆典。那一天尽管下着雨，但南京城百姓几乎倾城出动，人们鼓掌、欢呼、跳跃，为祖国的争气桥流下了热泪。据当时的解放军战士回忆，庆典结束后，他们在桥面上捡到好几箩筐鞋子。

南京长江大桥建成标志着中国有了依靠自己的人力、物力，应用现代科学技术解决重大、复杂工程问题的能力；也标志着中国的桥梁建设，在勘测设计、科研试验、施工技术、建筑材料、设备制造等方面，都达到了新的水平。

半个世纪以来，南京长江大桥成为国人心中对一个时代永恒的记忆符号：烟标、蚊帐钩、糖花、饼干盒、日记本、邮戳、新华书店的售书印章、旅行袋……人们的日常生活中，遍布南京长江大桥的身影。

当年大桥建成后，有的人无法亲身游览，但会在全国各地照相馆里的南京长江大桥背景前留影，在同样的背景下见证不同的人生重要时刻。正如南京大学建筑与城市规划学院教授鲁安东所说："长江大桥，它不止是物质的桥，它更有价值的部分，是从上世纪六十年代开始，几代中国人围绕它所形成的记忆、情感，以及和日常生活的种种关系！"庄重的大桥本体背后联系起了普通人的生活，将碎片化的故事组成鲜活的国家历史，将个人的记忆与国家记忆相连。

南京长江大桥铁路桥胜利建成通车

翟启运

我国工人阶级发扬自力更生的无产阶级革命精神，自行设计、自行施工建造的最大的现代化桥梁——南京长江大桥的铁路桥，已经胜利建成，并且在10月1日正式通车。

南京新车站也同时宣告落成。

南京长江大桥铁路桥的建成和通车，进一步加强了我国南北的交通联系，具有重大的政治、经济和战略意义。

南京长江大桥的建设，是世界桥梁史上的一个伟大创举。大桥是双线、双层的铁路和公路两用桥，全长六千七百多米，长度为武汉长江大桥的四倍，人们从大桥的引桥开始步行过桥，要走一个多小时。大桥凌空飞架的巨大钢梁，横卧在九个矗立江心的桥墩上。目前，铁路桥已经全部竣工，公路桥正在加紧施工。

毛主席指出："中国人民有志气，有能力，一定要在不远的将来，赶上和超过世界先进水平。"南京地处长江下游，这里江面宽阔，水深浪急，水下地质情况极为复杂，这里还经常受到沿海强大台风和海潮的侵袭。解放前，日本帝国主义和美帝国主义为了加紧对中国人民进行掠夺，都曾想在这里修桥。但是，他们面对这里的复杂的地质和水文情况，只能断言说，在南京修桥，比登天还难。解放以后，站起来了的中国工人阶级，在胜利建成武汉长江大桥、重庆白沙沱长江大桥之后，决心在帝国主义预言家断言不能修桥的南京，建设第三座长江大桥。建桥工人树雄心，立壮志，没用一个洋人，没用一件洋设备，自己设计、自己施工、自行安装，进行了南京长江大桥的建设，开创了我国自力更生修建大型桥梁的新纪元。

新华社南京三日电　在欢庆伟大的中华人民共和国成立十九周年的光辉节日里，南京长江大桥铁路桥于十月一日零时起正式通车。九月三十日，南京市五万多军民隆重地举行了通车典礼。

九月三十日，南京辽阔的长江江面，来往不绝的船只飘扬着彩旗。大桥上下，无数面红旗迎风招展。在高耸入云的桥头堡上，用玻璃镶嵌而成的三面巨幅红旗在灿烂的阳光下闪闪发光，气势雄伟的长江大桥显得分外壮观。一早，参加通车典礼的广大工人、贫下中农和革命群众，以及在大桥支左、支工和护桥等工作中立下卓越新功的解放军指战员，满怀着胜利的喜悦，敲锣打鼓，喜气洋洋，从四面八方汇集到江边、桥头，等待着大桥铁路桥正式通车这一激动人心的时刻的到来。

十月一日凌晨三点钟，当伟大的中华人民共和国刚进入第二十个年头的时候，南京长江大桥铁路桥通过了驶向祖国首都的第一列客车——从福州开往北京的四十六次快车。

（原载《光明日报》，1968年10月4日，有删节）

河南省林县人民从1960年2月到1969年7月，奋斗了十年，30万人参与修建，81人牺牲，完全凭着一锤一钎一双手，削平1250座山头，凿通211个隧洞，架设152座渡槽，挖砌土石方1640万立方米，硬是在太行山的悬崖峭壁上修成了全长1500公里的红旗渠。有人作过计算，如果把修建红旗渠挖砌的土石方修成高2米、宽3米的墙，可从林县北到哈尔滨，南至广州。林县人民改天换地的壮举使红旗渠从一项水利工程，延展为一个地标、一处风景，更升华成了一种民族精神。

太行天河红旗渠

◎王胜昔　申伏生

　　人类的发展史，就是顺应自然、改造自然的历史。"治国先觅治水方。"1958年，毛泽东主席提出："水利是农业的命脉，要把农业搞上去，必须大兴水利。"

　　在轰轰烈烈的水利建设高潮中，河南林州（原林县）人民凭着一锤一钎一双手，用了10年时间，从太行山的悬崖峭壁上凿出了1500公里长的人工天河红旗渠，解决了几十万人的吃水和54万亩耕地的灌溉问题。

客人来了不倒水，亲戚来了不端茶

　　林州市史称林县，位于河南省西北部，太行山东麓，晋、冀、豫三省交界处。林州自古缺水。当地民谣："好女不嫁河湾村，辘轳大，水井深，绞水使断脊梁筋。""天旱把雨盼，下雨冲一片，卷走黄沙土，留下石头蛋。"

　　严峻的缺水环境，使以前的林县有一个很奇怪的传统，那就是客人来了不倒水，亲戚来了不端茶。1995年4月，中国地方志协会常务理事、河南省地方史志协会副会长杨静琦，在《红旗渠志》发行座谈会上，回忆起1944年的一段往事。那年，她和一批干部，奉调从晋察冀边区南下，从林县境内走过，想在路过的村庄寻碗水喝，却得到老大娘这样亲切的回答：同志，这年头太旱了，喝水不容易，给你个窝头吃吧。宁给一个窝窝头，也不给你一碗水！

其实这种事情在林县是司空见惯的。20世纪50年代初，杨贵刚到林县任县委书记，有一次下乡，到了一户老百姓家里，这家的主人特地端了一盆水，让杨书记洗了一把脸。准确地说，那不是大脸盆，仅是一个碗大的一个小铁盆。杨贵书记洗过手脸以后，顺手就把水给泼了，这家的主人心疼地在旁边看了好一会儿。过后，随行的当地同志对杨贵讲，洗过手脸的水千万不要给人家泼了，人家还有大用呢。山里有不少人家长年累月不洗衣服、不洗手、不洗脸，逢年过节或者串亲戚赶庙会等特殊时候才洗手、洗脸、洗衣服。洗手脸也是全家共用一个洗脸盆。

在这样的情况下，林县姑娘的谈婚论嫁，择偶的标准跟一般人不一样。

民国初，林县桑耳庄村村民桑林茂在大年三十到4公里外的黄崖泉挑水喝，因为人多，天黑才接了一担水，新过门的儿媳妇出村去接，天黑路滑，又加上小脚缘故，摔倒了，一担水全洒了，儿媳妇十分羞愧，在除夕夜上吊自尽了。这就是过去的林县真实写照。图为一个老汉在向苍天哭诉。

一般人可能就是看重对方的学问能力、身高长相、经济条件、家庭背景，林县的姑娘找对象不图钱，不图人，就图有水用。河顺镇城北村有个姑娘，同马家山一个小伙子相爱，各方面都觉得挺合适的，就是因为对马家山村人常年要到5里外的西沟去挑水感到不称心，结婚时就向男方提了个条件：过门后5年内不到西沟去挑水。那时的林县姑娘嫁人就是如此，不图你家产万贯；就图你有水洗脸。因为缺水，很多山村的小伙子娶不上媳妇。

为了子孙幸福，誓要改变林县面貌

长期以来治水的实践使林县人民认识到，要彻底改变缺水的面貌，必须寻找新的可靠水源。

源于山西省的漳河，水的流向自然而然成为这一地段河南、河北两省的界河。北面是河北的涉县，南面就是林县的任村镇。漳河流经任村的地段长15公里，但是这15公里的地形都是峡谷陡壁，河床低下。正因如此，这一代的老百姓只能守着漳河种旱地，近水也解不了近渴，无奈地望着漳河叹息。

1959年10月10日夜，林县县委召开扩大会议，对引漳入林工程进行专门研究。与会同志一致认为，改造大自然，小手小脚不行，必须大干快干几年，在太行山上开凿一条"大运河"，把漳河水引入林县，彻底告别"水贵如油"的历史。会后县委组织工程技术人员，对引水点及渠线进行测量。

1959年11月6日，林县县委正式向新乡地委、中共河南省委报送《关于"引漳入林"工程施工的请示》。1959年12月23日，新乡专署水利建设指挥部发出《关于同意林县兴建引漳入林工程的通知》。

1960年1月16日，林县向新乡专署、河南省报送《关于兴建引漳入林工程请示》。中共河南省委对林县引漳入林工程非常重视，向中共山西省委致函，省委领导还以个人名义向山西省委主要领导同志写信请求支持。

1960年2月3日，中共山西省委给河南复函，同意林县从平顺县引漳河水入林县。

1960年2月6日，中共河南省委书记处办公室写信告诉中共林县县委第一书记杨贵，山西省已同意林县兴建引漳入林工程。

1960年2月10日，林县召开全县广播动员大会，向全县人民群众发出了《引漳入林动员令》，号召全县人民："为了党的事业，为了子孙万代的幸福，为了彻底改变林县面貌，发扬我们光荣的、伟大的历史传统而勇往直前地战斗吧！"

奇迹是在对逆境的征服中出现的，
梦想是在不懈追求的努力中实现的

1960年2月11日，农历的元宵节，在中国传统的习俗中，这是一个阖家欢聚的日子。黎明时分，在太行山的峰回路转之间，一支浩浩荡荡的队伍，扛着原始的劳动工具，用小推车推着行李、炊具，顶着寒风，急匆匆地行进着。

那是一个科技极端落后的年代，没有任何现代化的施工机械，有的只是原始而简单的工具。

千百年来，没有人能够征服太行山。在那壁立如刀的悬崖峭壁上，立足之地都很难找到，真的能凿开一条水的通路来吗？

"中国的事情要靠共产党办，靠人民办。"在党的领导下，林县人民宁愿苦战，不愿苦熬；宁愿流血，不愿流泪。林县人民聚集起勤劳智慧群体的能量，来一次集中释放，决心劈开太行山，引来漳河水！

红旗渠总干渠从山腰穿过。渠线下是30米高的绝壁，渠线上是150米高的鹅卵石堆积层，由于黏结度差，风一吹，乱石滚动，无法立足。当地民谣说："石子山，鬼门关，腰系白云峰触天。猴子不敢上，禽鸟不敢沾。风沙弥漫漳河岸,尘烟滚滚把路拦。吼声震得山谷响,登山还比上天难。"

因此,在修建红旗渠的人群当中,一支专门负责除险的队伍组成了。共产党员任羊成担任除险队长。除险队员们把绳子的一端固定在悬崖顶部,然后用钢钎组成坚固的三角套桩,绳子经由套桩缓冲后,另一端牢牢系在除险人的腰间。每三名队员为一个除险小组,一人下崖除险,另外两人时刻在峰顶看护绳子,保证绳子的下放及安全。对除险人员来说,这项工作没有任何的经验可以参照,除险者不但需要具备熟练的攀登技术,更需要过人的勇气和胆量。山谷内山风呼啸,除险者就像随风飘动的风筝,在半空中团团旋转,绳子随时都有可能被山石绞断,除险人随时可能跌入万丈深渊。而且,

红旗渠通水了

报章里的中国记忆

一旦身体在空中失去控制，肉体与崖壁相撞，就会粉身碎骨。即使这两方面都不出意外，除险者头顶上方的碎石也时刻在威胁着他们。难怪当时有句口头禅："除险队长任羊成，阎王殿里报了名。"

1965年4月5日，正是农历清明节，红旗渠总干渠就要在这一天通水了。对于当时55万林县人来说，引漳河水入林县的愿望终于变成了现实。

1969年7月6日，林县召开庆祝红旗渠全面竣工大会，宣告历经10年的"引水之战"胜利结束。1969年7月9日，《人民日报》发表通讯《林县人民十年艰苦奋斗，红旗渠工程已全部建成》，并配发社论《独立自主自力更生方针的一曲凯歌》，对红旗渠的成功修建给予了热情赞扬和高度评价。

奇迹是在对逆境的征服中出现的，梦想是在不懈追求的努力中实现的。一水浇灌百花开。山满林，水满塘，鲜果累累扑鼻香，林县大地呈现出"渠道网山头，清水到处流，旱涝都不怕，年年保丰收"的崭新面貌和欣欣向荣的景象。

红旗渠如碑，红旗渠精神代代相传

红旗渠由梦而起、而为、而成，它的每一朵浪花都是一个故事，每一个故事都蕴涵着同一种精神。

水是林县人民世世代代的一个梦想，有梦想就有期待，就有机会，就有动力，就有奋斗。正是在这个梦想的激励下，林县的每一位普普通通的劳动者，在修渠工地上10年来持续不断地克服了许许多多难以想象的、人们认为不可能克服的困难，缔造了红旗渠这样伟大的水利工程，圆了林县人民水的梦。在圆梦的过程中，收获孕育和形成了伟大的红旗渠精神。

今天，距离红旗渠的建设已有半个多世纪了，每个走近红旗渠的人无不被其壮观的建筑所折服。虽然太行山今日的灿若云锦淹没了昔日的开山炮火，但走在渠上，仿佛还能听到当年建造者劳动的号子，感受到开渠人炸山的震撼。看着这一恢宏的建筑，每一个来到这里的人都会多一份感动。

自1965年《人民日报》发表长篇通讯《建设社会主义农业光辉道路》以来，各人媒体不间断地推出关于红旗渠精神的重头报道，著名作家华山的报告文学《劈山太行侧》、王怀让的《太行浩气民族魂》都产生了强烈反响。1994年6月12日，《光明日报》发表《红旗渠畔谱新篇》。从1969年起到现在，红旗渠的内容连续被编入中小学课本。

2011年出版的《中国共产党历史》第二卷将红旗渠载入其中。在该书第十七章第三节中写道："同在六七十年代，河南林县（现林州市）人民在党的领导下，自力更生、艰苦奋斗，用最普通的工具，劈开太行山的重峦叠嶂，引漳河水入林县，建成了'人造天河'红旗渠，其事迹在全国产生了广泛影响。"最后一句特别提道："正如周恩来总理所说，这条盘绕在太行山千嶂绝壁上的蓝色飘带，是新中国创造的两大奇迹之一。"

2013年8月，红旗渠干部学院揭牌。2017年1月，红旗渠被列入《全国红色旅游经典景区名录》。2017年12月，入选教育部第一批全国中小学生研学实践教育基地、营地名单。目前，学院已被中央国家机关、国家行政学院、中组部全国组织干部学院、国防大学等30余家单位确定为爱国主义、现场教学、党风廉政教育基地等，形成了以红旗渠精神研究、教育为主的重要基地。

岁月无痕，红旗渠如碑，红旗渠精神代代相传。红旗渠精神属于全国人民，是中华民族的精神经典。

林县人民十年艰苦奋斗
红旗渠工程已全部建成

　　红旗渠工程的全部建成，是林县人民坚持毛主席关于"鼓足干劲，力争上游，多快好省地建设社会主义"的总路线和"自力更生"方针的伟大成果。在修建红旗渠的过程中，林县人民高举毛泽东思想伟大红旗，活学活用毛主席著作，突出无产阶级政治，发扬一不怕苦、二不怕死的无产阶级革命精神，依靠人民公社的集体力量和广大贫下中农的智慧，战天斗地，劈山开岭，凿洞架桥，经过十年的艰苦奋斗，终于使高山低头，河水让路，引来了漳河水，彻底改变了林县世世代代缺水的面貌。

　　红旗渠是在一九六〇年开始动工兴建的。英雄的林县人民迎着各种困难，从山西省平顺县的候壁断起，穿越太行山的许多悬崖绝壁，到一九六六年，建成了宽八米、深四米三、引水量为二十五秒立方米、长达一百四十华里的总干渠和二百零三华里的干渠，把漳河水引进了林县。发扬不断革命、彻底革命的精神，在今年"七一"前夕，又胜利地完成了以红旗渠为主的一千八百九十六华里的支渠配套工程。支渠配套工程的竣工，使全县从山坡到梯田，从丘陵到盆地，形成了一个水利灌溉网，全县水浇地面积已由解放前的不到一万亩扩大到六十万亩。历史上"水贵如油，十年九旱"的林县，如今变成了"渠道绕山头，清水到处流，旱涝都不怕，年年保丰收"的富饶山区。由于有了漳河水灌溉，今年林县的小麦产量比去年增加三成多，获得了历史上空前的大丰收。

林县革命人民遵照伟大领袖毛主席关于"我们的方针要放在什么基点上？放在自己力量的基点上，叫作自力更生"的教导，坚持依靠集体的力量，走自力更生的道路。广大革命人民发扬敢想、敢闯、敢干的革命精神，攻破了一道道难关，战胜了一个个困难，不懂技术就在干中学，缺乏设备和材料就自己制造。坚持自力更生方针的结果，不仅加快了工程的进度，保证了工程质量，而且节省了国家的大量投资。支渠配套工程的投资，百分之九十八以上就是全县各社、队自筹的。

参加大会的广大贫下中农表示，红旗渠的建成，只是改变林县面貌的开始。一定要再接再厉，为社会主义革命和社会主义建设作出新贡献。

（原载《人民日报》，1969年7月9日，有删节）

"三线建设"绝不仅仅是一段尘封的历史，那是一段无数人的拼搏岁月，是默默奉献的家国情怀，是我们现在所有安稳、和平和幸福的基础。在广阔的大三线，几百万建设者开创了我国历史上一次规模空前的工业大迁移和工业大开发。他们创造出"艰苦创业、勇于创新、团结协作、无私奉献"的三线建设精神永远为后世所敬仰和学习。

说说三线建设

◎李晓东

蜀地南端，金沙江畔，攀西大裂谷里生长出了一座现代化的城市，这就是四川攀枝花市。

在攀枝花市花城新区，有一座建筑面积2.4万平方米、从空中看状如一朵盛开的攀枝花的博物馆，这就是中国三线建设博物馆。

作为目前国内面积最大、展陈最全的三线主题博物馆，它不仅记载了攀枝花从不毛之地到现代城市的转变，也全面展示了全国13个省区三线建设

攀枝花中国三线建设博物馆鸟瞰效果图

的历史面貌，迄今已有100多万人次进馆参观。

"三线建设"，一个对现代年轻人有些陌生的词语，却承载着一段波澜壮阔的历史。这段从国家前途命运考量的建设历史，改变了若干人的命运轨迹，亦深刻改变了中国的工业格局和工业化进程。

好人好马上三线

已经76岁的攀钢退休职工成世伦时常写一些文字，回忆三线建设中的火热岁月。对他来说，那些岁月虽渐行渐远，但那是青春的见证，是历史的印记，不可磨灭。他当年随铁道兵第五师1966年底进驻攀枝花，修筑渡口铁路支线，便与这座城市不可分割。他说，换到现在，只要国家有号召，他仍然会义无反顾参与其中。当年，数百万建设者如成世伦一样，毅然决然地来到西部的大山沟里，把青春奉献给了三线建设。

时至今日，有关三线建设该不该上马的争论从未停止过。站在历史的维度观察，三线建设，可谓是共和国的决策者站在国家发展、民族存亡的高度在当时的历史条件下作出的战略抉择。

20世纪60年代，在中国周边地区，战争威胁和军事压力空前。东面，美国驻兵朝鲜半岛和日本；东南部，美国占据台湾海峡，并支持蒋介石残余势力叫嚣"反攻大陆"，不断侵扰东南沿海；南面，美国在越南的战争烧到了中国边界。此时，中印边界局势并未得到缓和，苏联领导集团野心膨胀，同蒙古签订军事条约，在中苏、中蒙边境上屯兵百万，炮口对着我国一些大城市，对我国北部的安全构成威胁，我们面临爆发国际战争的危险。列强环伺，促使共和国的决策层不得不思考，因而提出准备打仗，立足于"大打""早打""打核战争"的战略思想，积极、主动、全面地进行战备。

1964年5月至6月，中央召开工作会议，毛泽东主席在会议期间指出"在原子弹时期，没有后方不行，要考虑解决全国工业布局不平衡的问题，加强三线建设，防备敌人入侵"。1964年8月，中共中央书记处召开会议，讨论三线建设问题。决定：三线建设在人力、物力、财力上给予保证，新建的项目都要摆在第三线，"现在就要搞勘察设计，不要耽误时间"。会后，以备战为核心的三线建设就匆匆上马。

三线，其实是按照中国地理及区域特征，从战备的角度划分的。一线是沿海地区，二线是中部地区，三线是后方地区。具体而言，三线包括云、贵、川、渝全部或大部分及湘西、鄂西的西南三线，陕、甘、宁、青四省全部或大部分及豫西、晋西等地区的西北三线，总共涉及13个省区，即通常所说的大三线。

三线建设，国家共投入2052亿元资金和几百万人力，历时15年之久，在西南、西北13个省区建设起来的以国防工业、基础工业为主的近2000个大中型工厂、铁路、水电站等基础设施和科研院所，改变了中国的经济版图。

在那个火红的年代，国家一声号令，便凝聚起全国人民的人心。毛泽东主席果断提出，"好人好马上三线，备战备荒为人民"。数百万建设者和上千万民工拓荒三线，展开了战天斗地、无私奉献的风云壮举。

毛主席："攀枝花建不好，我睡不着觉"

在中国三线建设博物馆进馆处的正面墙上，用浮雕的形式浇铸出了攀枝花自建设以来的所有劳模的手印。这些或粗或细的手印，每个背后都有一段艰苦创业的历史，一段为建设攀枝花不计个人得失的情怀。

攀枝花，作为重要的钢铁工业基地，在国防三线建设中有重要作用，是三线建设的典型代表。毛主席说，"攀枝花不是钢铁厂问题，而是战略问题"，"攀枝花建不好，我睡不着觉"。

建设攀枝花，是因为当时探明攀西地区的钒钛磁铁矿远景储量有96.6亿吨，可供工业开采的储量达40亿吨，是重要的国防和经济建设战略资源。

然而，这里高山谷深，交通不畅，自然条件艰苦。

攀枝花的老建设者都记得这样的场景。1965年，来自全国各地的超过10万人的建设大军汇集到不毛之地攀枝花。当年的攀枝花仅仅是金沙江边的一个小村落，建设者们初期便是"天当罗帐地当床，金沙江是大澡堂。三块石头架口锅，帐篷搭在山窝窝"，"白天杠杠（抬东西的木棒）压，晚上压杠杠（木棒搭成的床）"。直到后来才自力更生，陆续搭建起条件极差的席棚和干打垒。因为人多，睡在席棚里的建设者甚至翻个身，就把脚伸进了别人的铺盖里。

实际上，绝大多数三线建设项目都同攀枝花一样，条件艰苦，工作艰辛，生活艰难。三线建设的初衷是建立国家新的战略后方基地。因此，"靠山、分散、隐蔽"成为项目布点的基本原则，大多数项目分布在西部的山沟里，甚至把大山挖空埋藏在山肚子里。青藏高原、云贵高原、太行山、大别

攀枝花建设之初，来自祖国各地的建设者们在平整土地。

山、贺兰山、吕梁山等天堑，成为三线建设的战场。

据在东方锅炉厂退休的三线建设者聂作平回忆："我们的厂区分布在自贡城郊的几条山沟里，通过弯弯曲曲的铁路相连。如果要到最远的厂区去，步行要一个小时。"

统计显示，仅云贵高原的贵州，三线建设初期，国家煤炭工业部就从黑龙江、吉林、辽宁、北京、上海等省市的25个矿务局抽调6.3万余人的建设队伍到六盘水矿区。当时，煤炭部所属工程处有95个，有27个成建制调至六盘水。铁道兵第5师、第7师的大部分兵力汇集云贵高原的贵昆铁路建设。他们一干就是几年、几十年，三线建设者中流行一句顺口溜，"献了青春献终身，献了终身献子孙"。不少建设者还把生命献给了三线，解放军基建工程兵41支队在盘县矿区的建设中就牺牲了131名战士，铁道兵某部在六枝岩脚寨铁路隧道施工中，一次事故就牺牲99名战士。

成昆铁路是三线建设中最大一个交通项目，全长1096公里，穿越地质大断裂带。这条有"世界筑路史上的奇迹"之称的铁路，整个施工队伍共计30万人，不断创造在丛山峻岭中开凿隧道和架设桥梁新的施工纪录。

建设者们都有一种质朴的情感——"让党中央放心"。在艰苦的条件下上千名建设者牺牲，成昆线每一公里就有一位建设者长眠在青山里，沿线有16处专门埋葬他们的公墓。

在三线建设中，无数的科技工作者甚至隐姓埋名，为共和国筑造大国重器。

1969年，中国工程物理研究院研发基地搬迁到川北的深山沟里。著名科学家王淦昌化名"王京"，以身许国参加原子弹研制工作。院长邓稼先院士在弥留之际，还用生命的智慧和最后一丝力气，与于敏合作，向中央提交了一份关于加快中国核武器发展的建议书。空气动力学家、九院副院长郭永怀组织完外场试验，返京汇报试验成果，因飞机着陆失事而遇难。当找到他的遗体时，人们发现，他和他的警卫员紧紧抱在一起，装有绝密资料的公文包就保护在烧焦的遗体胸前。

为了建设四川攀枝花钢铁基地，在成昆铁路尚未修通的情况下，几
万名建设者在人烟稀少和山岭陡峭的金沙江两岸展开会战。

三线丰碑　精神永存

陕西省委党史研究室在《三线建设的历史贡献与现实启示》一文中说，三线建设"规模之大、时间之长、投入之多、动员之广、行动之快，在我国建设史上是空前的"。三线建设，深刻地改变了中国的工业化进程。全面认识三线建设的作用，总结借鉴三线建设的教训得失，无疑对今天大有裨益。

三线建设，推进了西部工业化，加强了战备等各方力量。把三线建设结束后的1981年和1964年相比较会发现，三线地区工业总产值增长了3.92倍，过去的荒凉不毛之地，建起了上千个项目。航空航天、电子工业、机械制造、煤炭、钢铁……钢城、煤都、汽车城、镍都……众多的工业门类在西部扎根，大量的西部资源得到开发和利用，极大地调节了西部和东部的经济发展差异。

三线建设，让一批新兴工业城市在西部荒山僻野中拔地而起，如攀枝花过去是荒山野岭，发展成为重要的钢铁钒钛基地。再如四川的德阳、自贡、广元，贵州的凯里、安顺、六盘水，甘肃天水，河南平顶山，湖北襄樊、宜昌，青海的格尔木等等。三线建设，新建、扩建了59个工业城市，初步缩小了中国自近代以来东西部经济布局不平衡的状况，促进了中西部地区社会进步。

在三线建设期间，一大批重要的铁路、公路干线和支线相继上马并建成投用，改变了西部的交通面貌。成昆铁路，青藏线西宁至格尔木段、贵昆铁路、湘黔铁路、襄渝铁路等重要交通干线将广袤西部与东部紧密相连，对巩固西部边陲，加强国防建设，意义重大。

今天来看，三线建设留给我们的最重要遗产实际上是三线精神。人们把这一精神总结为"艰苦创业、勇于创新、团结协作、无私奉献"。三线建设精神成为中国社会主义核心价值观的重要内容。三线建设的峥嵘岁月将永远被世人所铭记，三线建设的光辉业绩永载共和国的史册，三线建设精神也必将被代代传承。

英雄修建成昆路　万水千山只等闲

新华社通讯员　新华社记者

　　祖国大西南的千山万水之间，出现了一条钢铁大道。它连接云贵川三省，把西南边疆和祖国内地的距离大大缩短。这就是在我们伟大领袖毛主席亲切关怀下修建的西南铁路网中的重要干线——成昆铁路。

　　成昆铁路的建成，在我国铁路建设史上是空前壮举。铁路沿线经过的地区，山高谷深，川大流急，地质复杂，气候多变，早在铁路建设之初，一些外国"专家"就断言这里根本不能修建铁路。然而，用马克思主义、列宁主义、毛泽东思想武装起来的中国铁路工人、铁道兵战士和参加修路的广大群众，以压倒一切困难的英雄气概，终于把这千难万险的铁路干线胜利建成。

　　成昆铁路是在一九五八年七月开始施工的。一九六四年八月，伟大领袖毛主席发出"成昆线要快修"的战斗号令。英雄的筑路大军从祖国的四面八方，浩浩荡荡开进了千里铁路工地，开始了筑路大会战。

　　巍巍的大、小凉山，滔滔的大渡河、金沙江，是毛主席率领工农红军长征经过的地方。筑路大军继承和发扬毛主席亲自培育的艰苦奋斗的革命精神，沿着红军走过的道路奋勇前进。他们在江边沙滩上搭起草棚，在荒山野谷里砌石垒灶，在高山顶上修起悬空的施工便桥，在大河上空架起运输索道，个个满怀壮志豪情，争当开路先锋。

在"抬头一线天，低头江水翻"的大渡河边，在崇峦叠嶂的万山丛中，铁路工人们放下行装就投入了战斗。

在山高路险的雅砻江口，第二铁路设计院的同志自己动手，搬走乱石，搭起一排排帐篷，起名为"革命村"。他们写道："革命征途革命村，革命青春革命心，革命事业革命志，革命思想革命人。"

工地的公路便道没有修通，筑路工人和铁道兵战士们就肩挑人抬，水运马驮，把大批机械、材料搬到隧道口、桥墩旁。大型机械搬不动，就把它"化整为零"，拆成小部件，一件件抬上人迹罕到的高山。通信兵战士和电力工人，穿云破雾走山川，架起高压电线，沟通通讯联络，为大规模机械化施工创造条件。工程技术人员们，翻山涉水，测量踏勘，精心计算，改善工程设计，为国家节约投资。

英雄的筑路大军以跃进的步伐，用短短的时间，迅速打开了施工的局面。人们说，这是长征路上修铁路，万水千山摆战场，千军万马大进军。

铺轨机夜以继日地穿山涉水向前进，架桥机的铁臂从大渡河伸向金沙江边。千里铁路出现在万水千山之间。

一九七〇年七月一日，在全国人民欢庆伟大、光荣、正确的中国共产党诞生四十九周年的时刻，成昆铁路胜利建成通车了。南北两列满载工农兵和兄弟民族代表的彩车，分别从成都、昆明两个城市出发，穿山越水来到了当年红军长征走过的西昌。在这里，十万军民举行了盛大的庆祝集会。

8月9日

（原载《人民日报》，1974年3月24日，有删节）

　　　　　　　　报章里的中国记忆

习近平总书记在考察三峡大坝时对工程技术人员说，中华民族的伟大复兴，不会是欢欢喜喜、热热闹闹、敲锣打鼓那么轻而易举就实现的。我们要靠自己的努力，大国重器必须掌握在自己手里。要通过自力更生，倒逼自主创新能力的提升。试想当年建设三峡工程，如果都是靠引进，靠别人给予，我们哪会有今天的引领能力呢？

高峡出平湖

◎李　泉

作为一位生长在宜昌并曾长期在宜昌工作的退休干部，我目睹了三峡工程全面发挥效益的全过程。深知改革开放这四十年对于几代三峡人、几万三峡工程建设者、百万三峡工程移民、数以万计科技工作者和400万宜昌人民来说，这是多么刻骨铭心！

充分论证

1978年，党的十一届三中全会决定把全党的工作重点转移到经济建设上来，长江三峡工程列入了议事日程。

1979年，水利部向国务院提出关于建设三峡水利枢纽的建议，建议中央尽早决策。1980年，邓小平从重庆乘船考察长江及三斗坪坝址和正在建设中的葛洲坝工程。随后在武汉召开会议，他认为：建设三峡工程效益很大，轻率否定搞三峡，不好。请党中央、国务院及有关部门的负责同志回北京后抓紧研究。

三峡工程从此正式重新启动高速运转起来。

1982年，邓小平在听取准备兴建三峡工程的汇报时果断表态："看准了

1997年11月8日，三峡工程大江截流龙口合拢。

就下决心，不要动摇！"

经过14个专家组长达两年八个月的扩大论证，1989年，长江流域规划办公室重新编制了《长江三峡水利枢纽可行性研究报告》，认为建比不建好，早建比晚建有利。

1989年7月21日，时任中共中央总书记江泽民来到宜昌。当天下午，在三峡坝址中堡岛考察船上，江泽民分别会见宜昌地委书记艾光忠和宜昌市委书记张忠民，就长江防洪和修建三峡工程问题进行交谈。

张忠民说的第一句话就是："三峡工程肯定要上。"他说，如果不建三峡大坝，再遇到1954年那样的洪水，荆江大堤保不住，我们党不好向人民交代。有人说修了大坝，遇到战争就会出大问题。其实长江涨水时，江水高过沙市的房子屋顶，如果为了泄洪炸荆江大堤不是会出现一样的情况啊？再说，就算遇到战争，为防止敌人炸坝，也可以开闸泄洪降低水库水位。

江泽民问："如果出现海水倒灌呢？"张忠民说，在枯水季节三峡水库能够给长江补水，应当比现在的情况还好一点。

1992年4月3日，第七届全国人民代表大会第五次会议通过了关于兴建长江三峡工程的决议。

简单回顾这个过程，我们清楚地看到：没有党的十一届三中全会，就没有三峡工程。三峡工程是党的工作重点转移后的最重大的工程。三峡工程的成功建成和运转，使多少代中国人开发和利用三峡资源的梦想变为现实。三峡工程是改革开放以来的重要标志性事件之一。

从1919年孙中山提出修建三峡工程的设想，到1953年毛泽东主席重提三峡，再到周恩来总理亲自主持论证，邓小平实地考察，一次又一次论证，一次又一次交锋，一次又一次权衡，最后由全国人民代表大会投票。时间之长，论证之充分，在中外工程建设史上是少有的。

水电名城

全国人大通过关于兴建三峡工程的决议后，宜昌市委立即作出"服务大三峡，建设新宜昌"的决定。宜昌市广大干部群众，特别是三峡工程坝区库区移民，为兴建三峡工程作出了巨大贡献。

最让人难忘的是坝区移民，时间之紧、任务之重前所未有。

现在的三峡大坝所在地曾是长江西陵峡江心的一个椭圆形小岛——中堡岛。为了兴建三峡大坝，中堡村的村民最早搬出了世世代代居住的家园。

家住中堡村的高勤章，是经商几十年的生意人。他的家距三峡大坝最近，是第一栋要拆迁的房子。兴建三峡大坝，他盼望了几十年。

1992年12月24日，当接到为三峡坝区前期施工搬迁房子的通知后，他当天晚上就在外面租借了4处住所，把一家10口人全部安顿下来。第二天，他又请来40多个乡亲，迅速拆除住了大半辈子的家。高勤章为此荣获"三峡百万移民第一人"的美称。在他的带动下，中堡村2000多村民3天之内全部迁出，为施工腾出了1100多亩土地。

中堡人的奉献精神，在三峡坝区的移民搬迁中产生了神奇的示范效应。移民们纷纷为国家舍小家，主动搬迁。到1994年10月，三峡坝区的移民全部搬迁，为三峡工程提前一年正式动工奉献出了15.277平方公里的施工地，其中的艰难辛苦不是能用语言表达出来的。

紧接着便是库区移民。

三峡水库淹没涉及宜昌市夷陵、秭归、兴山三县区22个乡镇201个村。共搬迁秭归、兴山两座县城，11座集镇，搬迁人口157640人，其中，后靠安置13.3万人，外迁2.5万人，分别安置在宜昌市、潜江、荆州以及江西、河南、上海、广东等地。宜昌市安置区共安置市内三峡库区农村移民6863户25708人，全市共接收重庆外迁移民6615人。

三峡移民"舍家为国"，全市上万名干部特别是移民干部"报国安民"，为三峡工程建设立下不朽的功绩。

宜昌为三峡工程作出巨大贡献，三峡工程给宜昌带来了千载难逢的发展机遇。葛洲坝水利枢纽工程建设，使宜昌市从一座小城市建成为中等城市。三峡工程的兴建，使宜昌市成为湖北省省域副中心城市。

1993年（三峡工程兴建之前）到2017年，宜昌城区面积由30平方公里增长至153平方公里，居民人均可支配收入由4325元增加到24182元，GDP由103亿元跃升至3857亿元。综合实力指数中，科技、高教、文化、卫生、交通、医疗仅次于武汉，是中国中部重要的交通枢纽。宜昌真正成为"世界水电名城"。

洪水记忆

1998年长江发生特大洪水，宜昌市下属的枝江市沿江两岸形势危急。

7月2日到9月4日，8次首尾相接的洪魔袭击百里洲镇。全线超设防线

2014年9月20日，长江三峡枢纽开启泄洪深孔泄洪。

水位22天，超警戒线水位30天，超保证水位线8.7天！最高洪峰水位达到47.78米，比1954年最高水位超出0.49米。全洲10万人民在比洲内平均海拔高出五六米的洪水肆虐下度过了60多天！

宜昌市政府在百里洲设立抗洪前线指挥部，市长任前线总指挥，宜昌市、枝江市38位厅处级领导上堤，500余名武警官兵、公安干警驰援，百里洲镇3万劳力固守74公里大堤，共排除大小险情250处，创造了百年一遇特大洪水不漫一滴水、不溃一寸堤的奇迹！

这个奇迹是血汗甚至生命换来的。那段时间，我在抗洪前线看到沿线大堤上到处可见的"人在堤在"的标语牌，各级干部和党员立下的"生死状"，看到那些疲惫不堪的抢险战士和群众，看到那些苦苦等待洪水退去的老人，看到那些受伤、生病坚持不下堤的领导干部，我心里在流血。心想，如果三峡大坝早日建成，"在那个总口子上卡起来"，哪怕"卡"一个小时，降几公分水头也好啊！这种情景，已成为我的永远记忆，伴我一生。但愿"洪水记忆"的噩梦永远成为过去。

造福千里

现在这个梦想终于实现了，随着三峡工程全面发挥效益，荆江河段防洪标准从十年一遇提高到百年一遇，大大减轻了长江中下游地区的防洪压力。

2012年，三峡入库流量达7.12万立方米/秒，洪峰流量超过1998年洪水最大峰值。三峡工程成功发挥拦洪削峰作用，为下游拦洪削峰40%，有效缓解中下游地区的防洪压力。这一年我又到百里洲镇去看了看，1998年那种"万人上堤、生死护洲"的场面没有了，棉花白、洲梨香、人声笑、车流忙，一派祥和气象。

我在梨园里同农民交谈，他们说，过去一年中有三个月修堤，三个月防汛，三个月救灾，只要涨水，田里棉花、梨子都管不了，要上堤抗洪啊。自从有了三峡大坝拦洪，加上大堤加固工程保障，百里洲10多年没有大汛，这是在历史上没有的。农民们说，过去头顶一江水，天天提心吊胆。现在终于可以安心生产了。

三峡不仅对防洪有巨大效应，补水效益也发挥了重要作用。三峡水库在汛期的221.5亿立方米的防洪库容，成为其在枯水期向中下游补水的调节库容。对于一些应急事件，补水也起到重要作用。

记得2011年2月12日，枝江市水陆洲尾水域，由于操作原因，负载990吨汽油的"苏扬油15号"搁浅，汽油随时可能起火爆炸，船毁人亡，给长江造成严重污染，十分危险。长江航务管理局及时与三峡集团公司枢纽管理局协商，三峡水库于2月13日先后两次增加三峡——葛洲坝梯级枢纽下泄流量1800立方米/秒和2000立方米/秒，有效抬升了遇险船舶所在水域水位，确保施救工作于13日下午5时35分顺利完成。

2009年受降雨、来水明显偏少影响，长江中下游江湖出现罕见枯水位，对沿江居民生活、生产用水等造成很大影响。从10月19日起，三峡水库三次加大下泄流量，使长江干流城陵矶、湖口站水位分别回涨0.77米和0.19米，有效缓解了长江中下游地区的旱情。

据防汛部门提供的水情资料信息，2017年3月，三峡出入库流量分别约为8540立方米/秒和6100立方米/秒，补水强度达到40%。2016年冬到2017年春，三峡水库累计为长江中下游"解渴"补水约百亿方，有效缓解了旱情，并抬升了中下游干流航道水深，保证了航运畅通。

三峡水电站是目前世界上规模最大的水电站，电能昼夜不息送往华中、华东、广东等地，宜昌成为名副其实的"世界水电名城"。

自从1993年长江三峡工程开发总公司（现三峡集团）在宜昌正式挂牌成立以来，由于工作的关系，我见证了集团的发展历程。由于我在宜昌工作时间长，与三峡集团历届领导成员都有很多交往，结下了深厚的友谊。

在他们身上，我深切感受到一点，就是始终坚守着"为我中华志建三峡"的精神。他们在接受党和政府重托，承担起兴建三峡的任务后，不仅要建好大坝，管好工程，还需要时时刻刻经受着各种考验。可是他们坚韧不拔，心无旁骛，精益求精，矢志报国，奉献出世界第一大坝，创造出了100多项世界纪录。作为三峡工程近40年的见证人，我同样感到十分光荣和自豪。

（原载《人民政协报》，2018年11月22日）

在三峡大坝建成的这一时刻

周甲禄　张先国　皮曙初

5月20日14时，三峡大坝全线建成。长江西陵峡吸引了世人的目光。就在这一历史性时刻，建设者们为见证最后一方混凝土浇筑完毕而激动不已。

"我可以放心了。"两院院士潘家铮竖起大拇指连声说道。

79岁的潘家铮院士提前40分钟来到三峡大坝坝顶，脸上挂着孩子般天真的微笑。尽管烈日炎炎，他依然兴致勃勃，站在刚刚浇筑好的仓面旁留影，为他魂牵梦绕的大坝留下首张完整的记忆。

出院不久的郑守仁院士拖着虚弱的身体来到炽热的坝顶，与施工者频频握手。看到浇筑完成的大坝，这位坚强的老人眼眶湿润了："正是三峡建设者的鼓励和召唤，让我战胜了病魔，在大坝从图纸变成现实的今天，我真想向所有的建设者鞠一躬。"

来自葛洲坝集团的滕东海，在三峡工地干了近十年。他站在坝顶上，不停地用手机向自己的朋友发短信："世界最大的大坝今天在我们中国人手中建成了，这可是一座高质量的大坝。"

工人张冀黔今天幸运地被选为代表参加建成仪式。1997年他来到三峡，而这一年同为水电工人的父母刚好退休，留下了毕生遗憾。当最后一仓混凝土收仓时，他兴奋地掏出手机给父母报喜。

在这历史性的时刻，坚守在其他岗位的三峡建设者们同样抑制不住各自的喜悦心情。

这一刻，三峡电厂中央控制室电子屏上显示：三峡电站自首台70万千瓦机组投产以来总发电量11079.8亿度。值班主任刘海波高兴地说："大坝建成后，右岸机组的全面安装就指日可待了。"

这一刻，永久船闸集控室内，操纵员李旭辉正在紧张排挡。她说："看起来这一刻和平时没有两样，其实我们都十分激动，很快水库水位就要抬高至156米，我们的过闸船舶、调度方式都会发生改变，我们将面临新的挑战。"

在这历史性的时刻，全国各地的干部群众振奋不已，以不同的方式抒发情怀。

宜昌市三峡移民刘安兴专注地看着电视直播。他说："现在看到大坝浇筑到顶，我觉得值了！"他的老家淹在水里已有12年。为支援三峡建设，三峡库区共有112万移民像刘安兴一样抛舍家园。

在湖南长沙，水利工作者詹晓安在网上密切关注浇筑进度。他说："大坝建成了，我们抗洪的信心就更足了。"三峡的防洪库容是221.5亿立方米，相当于"再造"了一个与洞庭湖同样容量的调蓄湖，这对于洞庭湖应对长江超大洪水帮助很大。

江苏省电力公司副总工程师、调度交易中心主任鲁庭瑞说："广大电力人期盼已久的三峡工程终于在今天提前完成大坝施工，这一刻激动人心！三峡工程建设功在当代，利在千秋。"

许许多多的人都在关注着三峡大坝建成的喜讯。20日这一天，坝区接待游客6336人，创"黄金周"之外的单日最高峰。

（新华社，2006年5月20日）

大庆石油会战是一个有着传奇色彩的、饱含艰难困苦的伟大斗争，铁人王进喜就是在这个伟大斗争中孕育的英雄模范。大庆石油会战那段光辉的历史，为国家创造了巨大的物质财富，也为我们留下了宝贵的精神遗产。

甩掉中国贫油的帽子

◎赵洪波

1949年10月1日，中华人民共和国成立。富有朝气的年轻共和国刚刚建立就面临着国内石油短缺、西方石油禁运的问题。1952年，朱德在与新任命的燃料工业部石油管理总局局长康世恩谈话时忧心忡忡地讲："没有石油，飞机、坦克、大炮不如一根打狗棍啊！我要求产一吨钢铁，就产一吨油，一点不能少。"

1953年，毛泽东在中南海召见地质部部长李四光时说："要进行建设，石油是不可缺少的，天上飞的，地上跑的，没有石油转不动。"

新中国当时的现实情况是拥有的石油资源少得可怜。1952年，全国石油总产量为43.5万吨，其中天然油19.5万吨。1957年，石油工业没有完成国家第一个五年计划，是国民经济各部门中唯一没有完成"一五"计划的单位。

大庆石油会战以及地质学家李四光、铁人王进喜等人就是在新中国遭受严峻挑战的时刻迈上历史舞台的。

向中国贫油论发起挑战

直到19世纪中叶，在洋务运动中，我国近代的石油工业才开始出现。

大庆石油会战那段光辉的
历史，为国家创造了巨大
的物质财富，也为我们留
下了宝贵的精神遗产。

它从诞生起，就受到外国侵略势力和国内封建势力的双重压制，惨淡经营，步履维艰。据史料记载，1867年，即清同治六年，中国海关就有了"洋油"进口的记录。1894年，即清光绪二十年，清政府进口"洋油"24万吨，耗银800万两，外流的白银用于进口石油的数额仅次于进口鸦片的数额。

与中国脆弱的石油工业相伴随的，是一个西方石油地质界强加于我国的"中国贫油"理论。这种理论在很长的历史时期给中国造成了巨大的精神压力。

1864年，加拿大著名石油地质学家亨特第一次提出了石油成因理论。他详细阐明了低等海洋生物可能是石油的原始母质，在北美古代岩石中，曾产生沥青的有机物质，或是由海洋植物衍生而来，或是由动物的残余物衍生而来。此后，绝大多数西方石油地质学家都认为，几乎所有石油都产生于海相沉积物中。这种海相生油的理论就把中国划在了贫油的圈子里。由于中国大地构造大都属于陆相沉积，于是许多西方学者便认定中国的陆相沉积环境不可能形成大油田。

幅员辽阔的中华大地真的没有石油吗？石油真的都踩在外国人的脚底下吗？一批中国的地质学家偏偏"不信邪"，用自己的科学实践开始向"中国贫油"理论发起挑战。

1923年，中国石油地质学家王竹泉去陕北进行石油地质调查，他根据采到的鱼化石，纠正了美国地质师马栋臣对中国地层划分的错误。1928年，中国地质学家李四光批驳了"陆相无油"和"中国贫油"理论，他说："美孚的失败并不能证明中国没有油田可办，中国西北出油希望虽然最大，然而还有许多地方并非没有希望。"

以后，他又提出了"华北平原和松辽平原的'摸索'工作是值得进行的"，"通过深钻和地震的方法，可以揭露出有重要经济价值的沉积物"等观点。

1953年，毛泽东在中南海召见地质部部长李四光询问中国石油的发展前景。李四光根据新华夏系沉降带理论，认为在中国辽阔的领域内，天然石油的蕴藏量应当是丰富的，关键是要抓紧做好地质勘探工作。

周恩来在后来的一次会议上谈到同李四光谈话的情况时说："地质部部长很乐观，对我们说，石油地下蕴藏量很大，很有希望。"

中国地质学家经过艰苦的努力初步提出了陆相生油的机理和石油分布的规律，但是这些研究成果并没有能够真正推翻中国贫油的结论。直到1950年美国出版的《石油事实与数据》统计中，还把我国同日本、土耳其、澳大利亚等国，一并列为石油远景最差的国家。

中国是否贫油，这不仅是一个理论问题，更成了一个实践问题。只有找出巨大的石油储量并最终从地下生产出大量的石油，中国人才能真正摘掉"中国贫油"的帽子。

报章里的中国记忆

沉睡在中国地下的油龙终于惊醒

1959年9月26日，是一个石破天惊的好日子。在中华人民共和国成立即将十周年之际，东北松辽盆地上，"松基三井"终于喷出了工业油流。久久沉睡在中国地下的油龙终于惊醒，这口井的喷油标志着大庆油田的发现，也为中国石油工业的发展掀开了崭新的一页。

1960年1月7日，石油工业部部长余秋里到上海参加中央政治局扩大会议。在一次会议上，毛泽东问他："余秋里同志，你那里有没有一点好消息啊？"余秋里回答说："从目前勘探情况看，松辽有大油田！我刚从黑龙江回来，留有余地地说，有可能找到大油田；如果不留余地，大胆地说，大油田已经找到了。我们正在加紧勘探，半年左右就有眉目了。"毛泽东高兴地说："好哇！有可能的。能在半年内找到也好啊！"

1960年，国内国际形势严峻，国家对石油及其产品的需求量超过1000万吨，国内最大的生产能力是500万吨，缺口巨大。而当时西方国家对我们实施经济封锁，中苏关系恶化，进口石油非常困难。国内到处都喊缺油，就连北京的公共汽车也背上了煤气包，空军训练和执勤的飞机也因为油料紧张不能正常起飞。从2月1日起，石油工业部连续8天召开党组扩大会议。余秋里在会上说："现在国家迫切需要石油，松辽资源又比较可靠，地质情况也搞得比较清楚，改变石油工业落后面貌在此一举。我们必须下定决心，全力以赴，尽快拿下这个大油田。"

2月13日，石油工业部党组给中央写了《关于东北松辽地区石油勘探情况和今后工作部署问题的报告》，上报中央。报告中说："整个大庆地区，从地质材料上看，是一个很大的适于储油的构造带，面积达2000余平方公里。现在拿到手的这块油田，仅是其中的一部分，边界尚未摸到。""我们打算集中石油系统一切可以集中的力量，用打歼灭战的办法，来一个声势浩大的会战。"

仅仅过了7天，中央就批复了这个报告。一场从根本上改变我国石油工业落后面貌的石油大会战拉开了序幕。

宁肯少活二十年，拼命也要拿下大油田

翻开大庆石油会战的史册，最响亮、最动人、最不朽的名字就是铁人王进喜。他是大庆石油会战中优秀工人的代表和典型。

1923年10月8日，王进喜出生在甘肃省玉门县赤金村一个贫苦农民家里。1938年，从小挖过石油的他进了玉门油矿。《玉门油矿史》记载说："后来成为著名劳动模范的王进喜同志，就是在新中国成立前为逃避地主的迫害而到油矿做小工的。"新中国成立后，王进喜经过考试成为新中国的第一代钻井工人。

1960年3月，王进喜主动请缨从甘肃玉门油矿来参加大庆石油会战。

大庆石油会战面临着许多困难，王进喜带领他的1205钻井队创造了一个又一个奇迹：靠人拉肩扛，35吨重的钻机设备安装就位；三天三夜，将38米高22吨重的井架矗立荒原；1960年4月19日，王进喜五天五夜不下"火线"，带领全队打出了会战开始后的第一口油井，打出了中国石油工人的威风和志气。

1960年4月29日，在大庆石油会战"誓师大会"上，铁人披红戴花，骑上高头大马，绕场一周。余秋里部长在会场带头高呼："向铁人学习！人人争做铁人！"会战指挥部号召参战的全体职工都要向铁人王进喜学习。在这次会议发言时，王进喜郑重地对着万人宣誓："宁肯少活二十年，拼命也要拿下大油田。"

当1205队打第二口油井时，因地处油田高压区，油井突然发生了井喷。

跳进泥浆池的王进喜

当时井场上没有重晶石粉，王进喜就和工人们商量往泥浆池里加黄土和水泥提高比重压井喷。水泥加到泥浆里不融合，又没有搅拌机，在万分紧急的关头，王进喜跳进泥浆池里，用带伤的身体搅拌泥浆。经过一番战斗，王进喜带领大家压住了井喷，保住了设备和油井。而王进喜的身体却被含有多种药剂、碱性很大的泥浆烧起了血疱。

1966年10月，在北京人民艺术剧院给青年演员李光复写完"五讲"题词后，李光复问他："王进喜同志，为什么要带伤跳泥浆池呢，不跳不行吗?"王进喜说："那也是不得已而为之，不跳国家就要受很大的损失。"

铁人曾被人们称为"钻井工人中的哲学家"，在火热的生产生活中提出过许多朴素却又传播广泛的话语："有条件要上，没有条件创造条件也要上""早日把中国石油落后的帽子甩到太平洋里去""干工作要经得起子孙万代检查""石油工人一声吼，地球也要抖三抖。石油工人干劲大，天大困难也不怕。"

会战交出可喜答卷

经过三年多的艰苦奋战，铁人王进喜和会战的战友们交出了可喜的答卷。1963年底，大庆已开发建设了146平方公里的油田，建成年产原油生产能力600多万吨，当年生产原油450万吨，对我国实现石油的基本自给发挥了决定性的作用。1963年12月，第二届全国人民代表大会第四次会议召开，周恩来总理向世界庄严宣告："由于大庆油田的发现和建成，我国经济建设、国防建设和人民需用的石油，过去大部分依靠进口，现在不管是在数量上或者在品种上，都已经基本自给了。"

1964年4月20日，《人民日报》在第一版《学习大庆经验，把革命干劲和科学精神结合起来》的通栏标题下，发表了记者袁木、范荣康写的长篇通讯《大庆精神，大庆人》。配发的编后语《崇高的榜样》中讲道："大庆精神，就是无产阶级的革命精神。大庆人，是特种材料制成的人，就是用无产阶级革命精神武装起来的人。这种精神，这种人，就是我们学习的崇高榜样。"

1970年11月15日，年仅47岁的王进喜积劳成疾，因病逝世。他以自己的实际行动兑现了"宁肯少活二十年，拼命也要拿下大油田"的誓言。

当年，王进喜当选为第三届全国人大代表；1969年4月，他出席党的第九次代表大会，并当选为中央委员。"甘愿为党为人民当一辈子老黄牛"的王进喜从不居功自傲，时时处处严格要求自己，永远做一个普普通通的劳动者。他在笔记本上曾这样写道："我是个普通工人，没啥本事，就是为国家打了几口井，一切成绩和荣誉都是党和人民的。我自己的小本本上只能记差距。"

大庆精神 大庆人

袁　木　范荣康

最早来到大庆油田的建设者深深懂得发扬艰苦奋斗、自力更生这个革命传统的伟大意义，心甘情愿地吃大苦，耐大劳，临危不惧，必要时甚至不惜牺牲个人的一切，而能把这些看作是光荣，是幸福！这，不正是大庆人最鲜明的性格特征吗？

有着二十多年工龄的老石油工人王进喜，大庆油田上有名的"铁人"，就是大庆人这种性格的代表人物。当年，这里有多少生活上的困难在等待着人们啊！但是，四十来岁的王进喜在一九六〇年三月奉调前往大庆油田时，他一不买穿的用的，二不买吃的喝的，把被褥衣物都交给火车托运，只把一套《毛泽东选集》带在身边。到了大庆，他一不问住哪里，二不问吃什么样的饭，头一句就问在哪里打井？接着，他马上就去查看工地，侦察线路。钻机运到了，起重设备还没有运到。怎么办？他同工人们一起，人拉肩扛，把六十多吨重的全套钻井设备，一件件从火车上卸下来。他们的手上、肩上，磨起了血泡，没有人叫过一声苦。开钻了，一台钻机每天最少要用四五十吨水，当时的自来水管线还没有安装好。等吗？不。王进喜又带领全体职工，到一里多路以外的小湖里取水，保证钻进，这样艰苦地打下了第一口井。

无语的大地，复杂的地层，对于石油钻井工人来说，有时就好像难于驯服的怪物。王进喜领导的井队在打第二口井的时候，出现了一次井喷事故的迹象。如果发生井喷，就有可能把几十米高的井架通通吞进地层。当时，王进喜的一条腿受了伤，他还拄着双拐，在工地上指挥生产。在那紧急关头，他一面命令工人增加泥浆浓度和比重，采取各种措施压制井喷，一面毫不迟疑地抛掉双拐，扑通一声跳进泥浆池，拼命地用手和脚搅动，调匀泥浆。两个多小时的紧张搏斗过去了，井喷事故避免了，王进喜和另外两个跳进泥浆池的工人，皮肤上都被碱性很大的泥浆烧起了大泡。

那时候，王进喜住在工地附近一户老乡家里。房东老大娘提着一筐鸡蛋，到工地慰问钻井工人。她一眼看到王进喜，三脚两步跑上去，激动地说："进喜啊进喜，你可真是个'铁人'！"

像王"铁人"这样的英雄人物，在大庆油田岂止一人！

（原载《人民日报》，1964年4月20日，有删节）

报章里的中国记忆

"东风"牌汽车的诞生、"红旗"牌汽车的发展，代表着中国汽车工业的成长，蕴含着中华儿女奋发图强、勇于创新的精神品质。

毛主席含笑乘"东风"

◎任　爽　袁芳芳

1958年5月21日下午，毛泽东主席等党和国家领导人在中南海一起观看了国产的第一辆"东风"牌小轿车，毛主席并同林伯渠同志一起乘坐这辆汽车，在怀仁堂后花园缓缓行驶了两周。毛主席下了汽车，对聚集在周围的中共八大第二次会议的代表们笑着说："坐了我们自己制造的小汽车了！"

经过艰苦奋斗，"乘'东风'展'红旗'"的口号，由此变为了生动的画面和令人激动的现实。

第一辆国产轿车"东风"诞生

1956年4月，在一汽解放牌卡车即将出厂的前夕，毛泽东主席在政治局扩大会议做《论十大关系》报告时，对汽车工业要开发国产轿车提出了殷切希望。他说："什么时候能坐上我们自己生产的小轿车开会就好了。"同年5月，长春第一汽车制造厂接到了生产小轿车的任务，要求"愈快愈好"。

生产轿车，那时的一汽人还没有干过。1957年6月，朱德总司令将捷克送给他的一台司柯达轿车送到一汽做参考样车。8月，又有苏联"胜利"、法国"西姆卡"、英国"福特赛飞"等样车先后运到长春。参照样车，从实际出发，时任厂长饶斌提出了轿车试制以"仿造为主，适当改造"的工作方针。当时正在患病住院的副厂长兼副总工程师孟少农亲自为汽车外形绘制了"构想图"。那个时候，在广大工程技术人员看来，能参加国产第一辆轿车的设计是一份崇高的荣誉。大家都自觉加班加点，工程大楼设计室里往往彻夜灯火通明。

1958年初，用了不到半年时间，一汽就完成了全部设计图纸和设计文件，开始进入试制阶段。

厂里随即决定，以机修车间为主，联合有关单位组成试制轿车突击队，出车时间也由7月15日提前到5月20日，准备向党的八大二次会议献礼。

于是，赶时间、抢任务成了一汽人的工作常态。为了尽快浇出"东风"铸件，铸造工人创造了"晨造型、午浇铸、晚清理""三天任务一天完，四十天任务七天完"的奇迹，7天浇出了全部铸件；零件加工单位"工序接工序，零件不落地"，提出了只要是造汽车的活儿，啥时到车间就啥时干；工程技术人员到现场解决难题，许多领导干部更是几天几夜不回家；各工种基本上都在几天之内把设计和制造任务完成，部门与部门之间也是"先解决问题，后办手续"，协作配合精神空前高涨。

1958年5月12日，中国第一辆国产轿车——CA71"东风"牌小轿车在机修车间试制成功。

1958年5月21日，CA71"东风"牌小轿车停放在中南海怀仁堂旁，供参加党的八大二次会议代表参观。毛主席观看并试乘了这辆小轿车。

该车车体为流线型车身，上部银灰色，下部紫红色，6座，装有冷热风，车灯是具有民族风格的宫灯，发动机罩前上方有一个小金龙装饰，发动机最大功率514瓦（70马力），最高车速可达每小时128公里，耗油量为百公里9~10升。"东风"的名字来源于毛泽东的"东风压倒西风"的言论。而第一款自主车型的生产代号为CA71，CA为China Automobile的首字母缩写，那时候中国就一汽一个汽车厂，所以也直接代表一汽；7为车辆类别代号，代表轿车；1表示第一代车型。

5月14日晚，有关同志研究决定，把车牌号的汉语拼音字母"dongfeng"换成毛主席手写体的汉字。接到通知的第二天就要到北京给八大二次会议献礼，时间十分紧迫。在人民日报社的大力帮助下，相关人员不到一个小时就找到了字体并复制出照片，送到首都汽车修理厂。厂里的几位老工人在几小时内把原字母拆下来，并补孔、喷漆、镀金、安装，经过一个通宵的时间，顺利完成。"东风"开出厂时，已是旭日东升的早晨。车开到中南海怀仁堂前，供参加党的八大二次会议代表观赏。

东风轿车一共制造了30台，由于是第一次制造小汽车，技术不成熟，东风轿车经常发生故障。虽然最终没有批量生产，却为后来人们制造高级汽车提供了宝贵的经验。

从"东风"到"红旗"

由于"东风"属于中级轿车，无法满足国家对高级轿车的需求，一汽又作出了试制高级轿车的决定。于是，"乘'东风'，展'红旗'"的口号，在一汽全厂叫响。一汽决定加快试制"红旗"高级轿车，原定十一国庆节出车，也改为"八一"前完成试制。1958年6月30日，厂长郭力在大会上大声宣布：同志们，时间只有一个月，一切工作从现在开始！

当年一汽的红旗设计师程正说，因为没有图纸，只能以油泥模型来取样板，结构件则基本抄袭样车。遇到的最大困难是制造V型8缸汽油发动机，一汽集中全部铸造力量试浇铸缸体，以百里挑一的办法选用铸件毛坯进行加工。

为赶进度，厂里将样车的2000多个关键零件全部拆下，摆在一起，弄成"开庙会"的形式，"张榜招贤"，发动工人抢任务：谁有信心铸造出一模一样的零件的，就签字将样车原件领走。休人不休班，24小时连轴转。在试制"红旗"轿车决战的7月份，液压变速箱的技术难关成了关键，当年24岁的设备修造厂七级钳工李治国智取液压变速箱的"变扭器"，比自己承诺的日期提前四天，比领导要求的时间提前12天完成。接着他又攻下"液压控制机构"的难关。1958年，厂子里天天都有这样攻关得胜的消息：在没有图纸资料的情况下，一汽工人们发挥敢想敢干的精神，奋战10昼夜，制造出发动机汽缸体和汽缸盖的木模；奋战八昼夜，经过20次浇铸，拿出了合格的汽缸体。

把车身吊起来往底盘上扣的过程最激动人心，一汽厂领导和工人们三天三夜没离开现场。吊装工指挥的哨子和天车"嗒、嗒"的开动声混在一起，大家屏住呼吸，只听"咚"的一声，才有人大喊："扣上了，扣上了，没有问题！"

经过一汽人的拼搏，第一辆红旗样车的试制仅用33个昼夜就完成了。8月1日，"红旗"牌高级轿车如期诞生。流线型车身，通体黑色，装有V型8缸发动机，最大功率200匹马力，最高车速每小时185公里。该车采用了扇面形状作为水箱面罩，两边附有带梅花窗格式的转向灯装饰板，保险杠防撞块为云头形，发动机罩前端是一面迎风飘扬的红旗标志，尾灯宫灯造型，轮胎装饰罩的造型沿周采用中国建筑的云纹，内外装饰富有民族风格。

从这一天起，新中国拥有了自己的高级轿车，"红旗"开始震惊寰宇，在《世界汽车年鉴》中占有一席之地。

"红旗"屹立不倒

为了欢庆国产第一辆红旗牌高级轿车的诞生，1958年8月2日19时，全厂职工和家属近两万人在一汽共青团花园举行了庆祝和命名大会。刚试制出来的第一辆"红旗"轿车在开赴庆祝现场前就出现了故障，但排除后很快飞驰到燃放鞭炮的会场。一汽人意识到"红旗"车的质量还有待提高。

"红旗"轿车进入紧张的生产准备阶段，产品质量成了突出的矛盾。1959年五一劳动节当天，一汽召开了全厂五级干部会议，参会的2000人下定决心：一定要拿出一批合格的"红旗"车参加新中国成立十周年大庆。会后，一汽组织了323个攻关突击队，专门解决生产难关和质量问题，其中全厂性重点突击队就有32个。

　　万事开头难，一汽人遇到的许多问题都是国内无人碰过的技术难题。开始试制出的发动机液压挺杆，在发动机高速运行中只有两分钟的寿命。以技术工人李刚为首的液压挺杆突击队，集中设计、工艺、加工和试制试验等各方面150多名专业人员，一边研究有关文献，分析国外样品，一边提方案搞试验。试用了几十种不同的材料，才选定了合金铸铁，在淬火工艺上做了42次试验，最后确定了淬火时间和淬火温度，使最后制成的液压挺杆经受住了400小时的台架试验。

　　就是这样一项项攻坚克难，使得"红旗"轿车质量得以不断提升。1959年9月，经过质量攻关活动后生产的首批30余辆"红旗"高级轿车和2辆检阅车送往北京。

　　如果1959年有朋友圈，你一定会被"红旗"刷屏。那一年金秋时节，"红旗"的引擎声仿佛一首动人心弦的歌，响在横贯东西的长安街、峰峦叠嶂的八达岭，响在天寿山麓的十三陵、红叶遍布的香山，还有镌刻历史沧桑的卢沟桥……

　　1959年10月1日，在天安门广场上，在庆祝新中国成立10周年的礼炮声中，红旗检阅车接受了党中央和全国人民的检阅。这一年，中国人有了自己的检阅车，有了自己的骄傲——"红旗"！

　　1960年，"红旗"参加了莱比锡国际博览会，之后又参加了日内瓦展览，受到了海内外专家的好评。然而，由于"红旗"的试制时间较短，也出现了一些小的质量问题。考虑到国家形象，中央并没有将"红旗"作为国宾用车，只是作为副总理以下官员的非正式场合用车。但一汽人没有放弃，而是继续组织成立了质量攻关队。1961年以后，红旗车的质量变得稳定。但是，中央领导又对红旗车提出了新的要求——将两排座发展为适合接待用的三排座车型。从此，一汽开始试制CA72的三排座车型。

1965年，一汽决定对"红旗"CA72进行换代设计，从发动机、底盘到车身全部改进。1965年底，换代产品CA770正式定型，但存在车身过重、油耗较大等缺点。1981年5月14日，《人民日报》登出了"红旗"停产指令："红旗牌高级轿车因耗油较高，从今年6月份停止生产。"

"红旗"停产后，国家花费大量外汇购了几辆进口的保险车。可是经过比较，其舒适性以及防护性都不如红旗保险车CA772，中央领导又重新锁定了红旗保险车。一汽抓住机会，将正在使用的10辆保险车翻新，大大提高了该车的动力性、操纵性和可靠性，得到了领导人的认可。1983年，一汽又光荣地承接了国庆35周年两辆检阅车的任务，并为检阅车专门做了多项改进。在1984年10月1日的盛大阅兵式上，邓小平同志以及首都检阅总指挥秦基伟分别乘坐的就是两辆特制的"红旗"保险车。

1988年5月17日，一汽与德国大众签署了奥迪轿车产品技术转让协议，在消化吸收的基础上，由克莱斯勒的2.2升发动机配奥迪100轿车的车身，又融入了一汽人许多自我开发设计，在1996年推出了"红旗"CA7220，也就是人们俗称的"小红旗"，"红旗"从政府用车走向群众用车。

历经一甲子，在2018年北京国际车展上，"红旗家族"首次独立参加展会，H5车型、概念车、智能驾驶舱等7款产品集中亮相。从1958年新中国第一辆高级轿车"红旗"试制成功至今，红旗人闯过了一次又一次"大考"，展现出坚定的决心和信心、非凡的志气和勇气，让民族品牌"红旗"得以屹立不倒。

毛主席乘坐东风牌轿车
他笑着说："坐了我们自己制造的小汽车了！"

新华社21日讯　　毛泽东主席在今天下午观看了国产的第一辆"东风"牌小轿车，并同林伯渠同志一起乘着这辆汽车，在怀仁堂后花园缓缓行驶了两周。毛主席下了汽车，对聚集在周围的中共八大第二次会议的代表们笑着说："坐了我们自己制造的小汽车了！"

这辆小轿车是长春第一汽车制造厂全体职工献给中共八大第二次会议的礼物。职工们在试制成功后即运往北京，于15日向大会献礼，并在给大会的一封信中，向党中央和毛主席保证：要快马加鞭，提前和超额完成今年十二个新品种汽车的试制任务，将单一品种的汽车厂，改造成为多品种的汽车厂。

（原载《人民日报》，1958年5月22日）

1950年2月，著名数学家华罗庚从美国登船回国，3月到达香港。

　　在归国途中，华罗庚写下了《致中国全体留美学生的公开信》。

　　3月10日，中央人民广播电台播送。公开信号召广大海外知识分子回国参加社会建设，他在信中说道："梁园虽好，非久居之乡，归去来兮。"

　　在这封信中，华罗庚喊出了"科学没有国界，科学家是有自己的祖国的"，这句话激励了一代又一代海外留学生报效祖国。

梁园虽好，非久居之乡

◎帅木工

据估计，新中国成立初期，在西方国家高等学校的海外知识分子，有5000多人，在美国的占了绝大多数。

新中国成立初期人才紧缺。1949年12月，周恩来总理通过北京人民广播电台，郑重地邀请在世界各国的海外学子，回国参加建设，这次广播在国内外引起了强烈反响，许多海外学子受其感召，准备回国。

1949年6月18—19日，在中国共产党的领导下，留美中国科学工作者协会在美国匹兹堡成立。陈省身、华罗庚、杨振宁、朱光亚……陆续加入了协会。至1950年3月，留美科协会员已达到700人。

1950年1月，中国科学工作者协会发函给留美科协，称"亟盼火速回国参加工作"，留美科协决定号召会员回国。留美科协海湾区会，与加州大学中国学生会一道，组织了"中国留学生回国服务社"，提供各种帮助，并协助解决由香港北上。

1950年2月，华罗庚、朱光亚、王希季等几十位中国留学生，乘坐"克利夫兰总统号"轮船回国。留学人员要回国困难重重，遇到的最大难题，是西方国家的干预和阻拦。50年代初期，美国政府表态，学理、工、农、医的中国人，都不允许回国，学社会科学的随时可以走。当时在美国的中国留

1950年夏中国海外留学生分布情况统计表

序号	国别	人数	百分比（%）
1	美国	3500	63.17
2	日本	1200	21.66
3	英国	443	7.99
4	法国	197	3.56
5	德国	50	0.90
6	菲律宾	35	0.63
7	丹麦	20	0.36
8	加拿大	20	0.36
9	瑞士	16	0.29
10	比利时	15	0.27
11	奥地利	14	0.25
12	印度	10	0.18
13	意大利	7	0.13
14	瑞典	5	0.09
15	澳大利亚	5	0.09
16	荷兰	3	0.05
17	南非	1	0.02
合计		5541	100

资料来源:《中华留学教育史录（1949年以后）》，李滔主编，高等教育出版社2000年版。

学生，有人被关起来，有人被搜查。

1950年9月12日，物理学家赵忠尧，乘"威尔逊总统"号轮船，返国途经日本横滨时，被美军拘禁于东京巢鸭监狱约两个月。

巢鸭监狱是美军在远东最大的一个监狱。监狱里囚禁着日本战犯。赵忠尧等3人进去后，被强行剃掉头发，脱去衣服，据说为防止将臭虫带入监狱，浑身还被撒上"六六六"农药粉末，换上有P字标识和编号的衣服。狱警命令他们拿着编号牌子拍照，然后把他们关进了漆黑的死囚牢房。

上海北站的回国科学家及背后写有"欢迎被美帝迫害的科学家回国"的横幅

10月31日早晨，美军一名军官向他们宣布调查结果，承认他们没有携带有关国防机密资料，但是带有违反美国货物出口法的物品，决定将他们开释。

回国经历更加曲折的，还有著名女物理学家谢希德。她于1951年秋在美国麻省理工学院物理系取得博士学位，从事固体物理、半导体方面的研究工作。

杜鲁门政府宣布，在美国留学的理工科中国学生，一概不许回中国。1952年5月，谢希德与在英国从事生化研究的未婚夫曹天钦博士联系，准备赴英结婚，再一起返回祖国。但这种方法也无效，当时英国也严格限制外国人入境。他们请了一位德高望重的英国学者，帮助疏通，并保证只在英国逗留不超过两个月，谢希德才被允许入境，这样她才于1952年8月从英国回国。

直到1951年10月9日，美国开始给申请归国的学理、工、医的中国留学生，出示正式的司法文书说，"你离开美国是不符合美国利益的。因此我们命令你，不得离开或企图离开美国。否则将处你以不超过五年监禁或不超过5000元的罚款，或二者兼施"。

除美国等西方国家的阻挠之外，台湾国民党当局也对留学生极力争夺，并加紧破坏留学生回国。如李四光，他在新中国建立前夕预订了归国船票，结果国民党要他发表声明，拒绝担任新中国首届政协委员，不然就要将他劫持到台湾去。得知这样的消息，李四光只能让妻子和女儿暂留在剑桥，自己孤身一人，选择了一条不为人注意的，经英国、法国绕道回国的路线。李四光夫妇历尽艰辛，在1950年春经香港回到北京。

随着朝鲜战争的结束，被禁止回国的中国留学生，又开始活跃起来。他们给美国总统艾森豪威尔、中国总理周恩来，甚至联合国秘书长哈马舍尔德写信。

1954年6月，中美在日内瓦讨论和平解决朝鲜问题，其中关于留学生的谈判，使中国留学生回国的禁令解除，又有一些中国留学生开始回国。

1953年8月7日，艾森豪威尔总统签署的"难民解救法案"，允许部分中国留美学生转为永久居民。这是美国阻止中国留学生回国政策的一部分。

为了能早日回国，留美学生虞俊还曾给爱因斯坦写信，希望得到他的帮助。爱因斯坦在回信中说："我很遗憾地得知，在这个国家留学的中国年轻人，被禁止返回自己的祖国，你希望我能写一封推荐信，很抱歉，我无能为力，因为我在这个国家的处境也已经很困难，而且我也没有有影响力的朋友，在这件事情上能够提供帮助。我希望这种情况不久就能得到解决。"

1954年，中国留学生通过致美国总统的公开信，表达他们因美国政府禁令不能回国，引起了美国媒体的关注，美国政府扣留中国留学生的消息，一时传遍全世界。

中国留美学生的这些努力，为中国政府后来在日内瓦和美方的谈判，提供了很多证据。

1954年6月5日，中国代表团团长王炳南，和美国代表团团长约翰逊，在日内瓦会议期间，就中国留学生回国问题进行接触。美国提出，中方应该允许被扣留在中国的美国人（包括朝鲜战争中被俘的美国飞行员）从中国自由离境。中国提出，美国应允许被中国留学生自由离境。

1955年4月4日，美国政府正式宣布，撤销禁止中国留学生回国的命令。9月10日，中国方面宣布释放美国12名飞行员。10月8日，被软禁五年之久的钱学森，踏上了中国的土地。

在美国滞留4年，后来成为中国科学院院士、超声学家的应崇福，谢绝了美国布朗大学丘尔教授的挽留，于1955年11月25日踏上了回国的旅途。

途中，应崇福给丘尔教授写了一封长信，其中提道：中国专家很少，致力培养专家的财富也很少，更不容易吸引专家，而且有许多问题难以克服。如果有许多像我们这样的人不回去，不去面对许多困难，那么还有什么人能够回去呢！

据统计，在新中国的召唤下，至20世纪50年代末，在海外留学的2500余人陆续回到了祖国，约占当时海外留学人员和华人科学家的一半。自设立国家最高科学技术奖以来，至今产生了29位获奖者，其中有十多位是当年的回国精英。

华罗庚致中国全体留美学生的公开信

讲到决心归国的理由，有些是独自冷静思索的果实，有些是和朋友们谈话和通信所得的结论。

我们怎样出国的？也许以为当然靠了自己的聪明和努力，才能考试获选出国的，靠了自己的本领和技能，才可能在这儿立足的。因之，也许可以得到一结论：我们在这儿的享受，是我们自己的本领，我们这儿的地位，是我们自己的努力。但据我看来，这是并不尽然的，何以故？谁给我们的特殊学习机会，而使得我们大学毕业？谁给我们所必需的外汇，因之可以出国学习。还不是我们胼手胝足的同胞吗？还不是我们千辛万苦的父母吗？受了同胞们的血汗栽培，成为人才之后，不为他们服务，这如何可以谓之公平？如何可以谓之合理？朋友们，我们不能过河拆桥，我们应当认清：我们既然得到了优越的权利，我们就应当尽我们应尽的义务，尤其是聪明能干的朋友们，我们应当负担起中华人民共和国空前巨大的人民的任务！

现在再让我们看看新生的祖国，怎样在伟大胜利基础上继续迈进！今年元旦新华社的《新年献词》告诉我们说：一九四九年，是中国人民解放战争获得伟大胜利和中华人民共和国宣告诞生的一年。这一年，我们击破了中外反动派的和平攻势，扫清了中国大陆上的国民党匪帮，解放了全国百分之九十以上的人口，赢得了战争的基本胜利。这一年，全国民主力量的代表人物举行了人民政治协商会议，通过了国家根本大法共同纲领，成立了中央人民政府。这个政府不但受到全国人民的普遍拥护，而且受到了全世界反帝国主义阵营的普遍欢迎。这一年，我们已得到了相当成绩。

中国是在迅速地进步着，一九四九年的胜利，比一年前人们所预料的要大得多，快得多。在1950年，我们有了比1949年好得多的条件，因此我们所将要得到的成绩，也会比我们现在所预料的更大些、更快些。当武装的敌人在全中国的土地上被肃清以后，当全中国人民的觉悟性和组织性普遍地提高起来以后，我们的国家就将逐步地脱离长期战争所造成的严重困难，并逐步走上幸福的境地了。

朋友们！"梁园虽好，非久居之乡"，归去来兮！今年在我们首都北京见面吧！

（文章来源：中国科普博览网，有删节）

"当时，一个大国妄图扼杀它，另一个大国在极力封锁它。在国内，又正处于自然灾害而带来的严重困难时期。"中国工程物理研究院原常务副院长、中国科协原党组书记高潮描述，中国的核武器科学技术研究，就是在这种困难、孤立和封锁的情况下起步的。正如1964年10月16日原子弹爆炸成功后，中国政府向全世界发布的声明："中国发展核武器，不是由于中国相信核武器的万能，要使用核武器。恰恰相反，中国发展核武器，正是为了打破核大国的核垄断，要消灭核武器。"

蘑菇云升起来了

◎陈海波

原子弹爆炸升起的巨大火球

1964年10月16日15时，罗布泊。

一声巨响，一片白光，一个火球。然后，是一束蘑菇状的云柱。

中国第一颗原子弹成功爆炸！

"呵，那是一个比一千个太阳还亮的辉煌瞬间，漫天奇光异彩，壮丽无比。"曾任中国核武器研究院院长李觉，如此描述他当年在爆炸现场看到的那一幕。

报章里的中国记忆

反对原子弹必须有原子弹

"小男孩"和"胖子",这两个稍显可爱的名字,带来的是可怕的回忆。1945年,美国分别在日本广岛和长崎投下两颗原子弹,宣告核武器时代的到来。谁也无法忽视核武器的威力,无论是用来毁灭敌人,还是用来保护自己。

那时,满目疮痍的中国,正在迎来新秩序和新希望。核科学以及核事业的发展,是必须面对的问题。

据原第二机械部部长刘杰在《光明日报》上撰文回忆,早在1949年春季,解放全中国的炮声还在南方大地上隆隆作响,周恩来总理考虑到新中国成立后发展科学技术事业的需要,批准拨给一笔外汇,让科学家在国外采购了一些核仪器设备和图书资料。1950年到1954年,中国科学院近代物理研究所用这批仪器资料以及我国科学家自己制造的一批核科学技术实验设备,在20多个学科领域开展了研究工作,为创建我国核事业做了基础准备。

在这期间,严峻的国际形势,加快了新中国发展核事业的步伐。当时,中国面临着核讹诈和核威胁,美国多次叫嚣要对中国使用核武器。1951年10月,居里夫妇的后人法国科学家约里奥·居里委托即将回国的中国放射化学家杨承宗转告毛泽东:你们要反对原子弹,就必须有原子弹。

1955年1月15日,毛泽东亲自主持中共中央书记处扩大会议,研究讨论中国原子能事业的发展问题。这次会议作出了发展原子能事业的战略决策,揭开了中国核工业建设的帷幕。毛泽东在会上说:"这件事总是要抓的。现在是时候了,该抓了。"

1955年6月,成立了由陈云、聂荣臻、薄一波组成的中央三人小组,负责指导原子能事业的发展工作。1956年,中央在制定国家科学技术发展的第一个远景规划中,将原子能和导弹的研制正式提上日程。同年,成立第三机械工业部(1958年改为第二机械工业部),具体负责原子能事业的建设和发展。

时任外交部部长的陈毅风趣地表示：我这个外交部部长的腰杆还不太硬，你们把原子弹、导弹搞出来了，我的腰杆就硬了。聂荣臻认为，为了摆脱我国一个世纪以来经常受帝国主义欺凌压迫的局面，必须搞出以原子弹为标志的尖端武器，而且，这还可以带动我国许多现代化科学技术向前发展。

1958年6月，毛泽东在军委扩大会议上说："原子弹就是那么大的东西。没有那个东西，人家就说你不算数。那么好吧，我们就搞一点吧，搞一点原子弹、氢弹、洲际导弹，我看有十年工夫完全可能。"

这一年，我国核事业的代表人物邓稼先，加入原子弹的研制工作。当时，中央从全国各地乃至国外留学生中聚集了一批平均不到30岁的年轻人，在邓稼先指导下进行原子弹的理论研究设计工作。邓稼先当时常说："我们搞的是空气动力学，有压力就必然有动力。"

自己动手，从头摸起

1955年4月，中国政府派出由刘杰、钱三强、赵忠尧等人组成的代表团，与苏联签订协定，由苏联向中国援建一座实验性反应堆与一台回旋加速器，并接受中国工程技术人员和核物理研究人员赴苏联培训和实习。对于如何对待苏联的援助，周恩来指示国内科研人员：既不能无限期地依赖苏联专家，更不能放松对苏联和其他国家的先进的科学技术进行最有效的学习。

1958年，在苏联的援助下，中国原子能科学研究院建成了我国第一座重水反应堆和第一台回旋加速器。反应堆和加速器是核科学研究的基础性设备，中国由此进入原子能时代。

不过，与苏联的"蜜月"并未持续太久。

"1959年6月，苏联单方面撕毁了关于援助中国研制核武器的协定。1960年8月，在二机部工作的全部苏联专家撤走，并带走了重要的图纸资料，此后设备材料的供应也全部停止了，给正在建设的中国核工业造成了巨大的损失和严重的困难。"刘杰说。

一些国外舆论幸灾乐祸地表示，这是对中国核工业的一个"毁灭性打击"，使中国核工业"处于技术真空状态"，断定中国"20年也搞不出原子弹来"。

"当时，一个大国妄图扼杀它，另一个大国在极力封锁它。在国内，又正处于自然灾害而带来的严重困难时期。"根据中国工程物理研究院原常务副院长、中国科协原党组书记高潮的描述，中国的核武器科学技术研究，就是在这种困难、孤立和封锁的情况下起步的。参与原子弹研制工作的朱光亚也回忆，"主要的困难就是资料很少，几乎没什么资料""国内闹饥荒，国外又逼债"。

面对如此困难，周恩来表示：自己动手，从头摸起。陈毅说：哪怕裤子当了，也要搞中国的原子弹。张爱萍为科研人员鼓劲：再穷，也要有一根打狗棍。

后来，中共中央作出了自力更生发展原子能事业的决定。围绕我国第一颗原子弹试验的攻关项目，开始了一场全国范围的会战。全国先后有中国科学院、冶金部、化工部、机械部、航空部、电子部等26个部委，20个省（市、区）包括900多家工厂、科研机构、大专院校参加了攻关会战。

把笑话变成奇迹

1960年，苏联专家一批批撤离了中国。不过，"向原子弹堡垒直接进攻的第一次战役"打响了——用计算机模拟原子弹爆炸的全过程。

这场"战役"，由邓稼先指挥，参与者均为原子弹的理论研究人员。所谓的计算机，其实只不过是几台手摇、电动式的计算器，外加一些算盘而已。

用这些东西就能模拟出原子弹爆炸？有人将此看作笑话，但邓稼先和同伴们把笑话变成了奇迹。他们不仅弄清了过程，掌握了规律，还纠正了外国专家的"一个不算很小的错误结论"。这个正确结论的获得，经过九次计算，花费了九个月的时间。

为加快原子弹的研制工作，还成立了由八位科学家组成的理论班子（即后来被称为"八大主任"的理论班子）。邓稼先为主任，周光召担任第一副主任。周光召从理论上进一步证实了邓稼先九次计算结论的正确性，并带领力学组的科研人员解决了原子弹内部关键的力学问题。同时，两位在流体力学和数学上有很深造诣的副主任亲密合作，率领一部分科研人员成功解决了不定向流体力学的计算方法问题。

邓稼先自己则亲自主持高温高压下物质状态的研究，解决有关的理论计算系统问题。限于当时国内的条件，邓稼先和同伴们没法像一些国家那样在高级试验室里逼真地模拟原子弹爆炸的状态，以验证计算系统的正确性。他们从能够模拟的环境和条件开始，创造出了一套中国式的外推法。后来将外推结果与国外同类试验的数据对照，结果吻合，完全正确！

1963年3月，我国第一颗原子弹的理论设计方案诞生。接着，根据这一方案，实验科研人员进行了上千次的爆轰试验。1963年12月，在西北核武器研制基地进行的聚合爆轰出中子试验，获得成功。1964年1月，兰州铀浓缩厂在攻克了一个又一个技术难关后，得到了可以作为原子弹装料的合格的高浓铀产品。

一切准备就绪，中国第一颗原子弹即将引爆。

周总理："不要把地板蹦塌啰"

罗布泊，我国核试验基地。1959年春天，那些核事业开拓者们，在罗布泊西北的博斯腾湖岸边看到了一片盛开的马兰花。于是，这顽强又美丽的花朵，成了核试验基地生活区的名字——马兰。

马兰花开。在马兰，他们等待着原子弹"开花"的那一刻。

1964年10月14日，周恩来下达核装置就位的命令。10月15日，周恩来打电话问刘杰："试验可能会发生什么结果？"刘杰说："有三种可能，第一是干脆利索，第二是拖泥带水，第三是完全失败。"

"第一种可能性最大。"刘杰满怀信心。随后，中国第一颗原子弹爆炸试验时间定在了10月16日15时。

这一天，张爱萍和李觉在爆炸现场，刘杰守在北京二机部办公室电话旁，原中国文联名誉主席周巍峙和他的音乐舞蹈史诗《东方红》剧组在人民大会堂等待中央领导人的接见，中央领导人在等待刘杰的电话。

慈爱民、彭子强在《第一颗原子弹爆炸纪实》一文中，通过采访李觉，还原了我国第一颗原子弹爆炸现场的情景——

> 102米高的铁塔在晨曦中傲然挺立，在它的顶端建造了金属构造的小屋，原子弹就静卧在里面。围着铁塔，在约60平方公里的范围内，呈放射状地排列着近百种效应物，它们被用于检验原子弹强大的威力和被破坏的程度，其中有飞机、军舰、大炮、坦克、车辆、桥梁、铁路、战时工事和民用楼房，有专供试验用的老鼠，还有各种测试仪器，一个大千世界。

李觉置身于高耸的铁塔顶端，他的身旁静静地躺着原子弹这个重达3吨的"庞然大物"。它的外形是直径约1米多的银白色大圆球，特别圆。李觉心里明白，再过几个小时，这个大圆球就将像神话中被关在瓶子里的魔鬼一样，释放出不可思议的能量，以几千万度的高温将这里的一切包括高耸入云的铁塔都气化掉。

原子弹爆炸成功，人们在欢呼。

15时整，原子弹爆炸了，罗布泊深处突然出现一道红色的强烈的闪光。

地面紧接着升起一个巨大的火球，犹如出现第二个太阳。它的光芒把空中的太阳比下去了，天空和大地被照得一片通红。

很快，一阵惊天动地的巨响震耳欲聋，又被连绵的天山雪峰反射回来，如隆隆的雷声滚过人们的头顶，好像要把天幕撕裂了。冲击波横扫无边无际的戈壁滩。

巨大的火球翻滚着，慢慢地升上高空，席卷着残云烟雾，不断地向外膨胀，缓缓地变幻着颜色：橘红、菊黄、靛青、草绿、绒白、姹紫，最后凝注在空中，形成拔地而起的参天的磨菇云。

此时，刘杰的电话响了。

"我在电话里听到了第一颗原子弹爆炸后参试人员的欢呼声。张爱萍同志报告原子弹响了。我立即向总理报告了这一喜讯。总理马上向毛主席报告，并传来主席的指示：是不是真的核爆炸，要查清楚。我立即转告张爱萍同志。他说，爆炸后的火球已经变成磨菇云。"刘杰回忆。

报章里的中国记忆

距离爆炸现场最近的科研工作者

正在人民大会堂等待接见的周巍峙，则从周总理和毛主席那儿，第一时间分享到了这无法言说的喜悦和自豪。

下午一点半，《东方红》剧组3000多人就开始陆续进场。快三点的时候，中央常委、政治局、国务院和部队的领导几乎都来了，只有三个人没到：毛泽东、周恩来和刘少奇。周巍峙去请示领导，"还未进门，就看到总理正在打电话，声音很大。少奇同志正在看一份稿子。主席吸着烟，在沉思"。他退离门边，继续等待着。不久，三个人笑着走出来。

周总理宣布原子弹爆炸成功的消息

"这时我听到总理问主席'我可不可以告诉他们呐？'主席爽快地说：'可以嘛。'"周巍峙回忆。随后发生的事，周巍峙一辈子也不会忘掉——

"总理对大伙说：'我向大家报告一个好消息，大家可以高兴，但不要把地板蹦塌啰！'然后他说：今天下午3点，中国人自力更生、自己制造的第一颗原子弹成功爆炸了！'"

"人一定能消灭核武器"

原子弹成了"争气弹""争光弹"，但嘲笑声仍然从国外飘来。"核爆炸成功以后，有人嘲笑我们有弹无枪，无非是说我们光有原子弹，没有运载工具。我们要用导弹把原子弹打出去，用行动来回答舆论的挑战！"周恩来曾表示。

因此，当第一颗原子弹爆炸（研制成功）后，"一定要争口气，把导弹、核弹结合好"，成了科技工作者的目标。

事实上，早在研制原子弹期间，我国就已先行一步，对氢弹理论探索作出了部署，还提出核武器的研究方向应以导弹为主。

1960年，我国第一枚探空火箭和近程导弹发射成功。1964年，我国自行设计和研制的中近程导弹发射成功。1966年，我国第一颗装有核弹头的地地导弹飞行爆炸成功。

1966年10月，导弹载着核弹头，向千里之外飞去，核弹头在预定地点准确命中目标。从第一颗原子弹爆炸到"两弹结合"试验成功，我们只花了两年。

氢弹的研制进展也很快。1966年12月28日，氢弹原理试验取得圆满成功。1967年6月17日，我国又成功进行了全威力氢弹的空投爆炸试验。

从突破原子弹到突破氢弹，美国用时7年3个月，苏联为6年3个月，英国为4年7个月，法国为8年6个月，而我国仅用了2年8个月。"中国闪电般的进步，神话般不可思议。"西方科学家评论。氢弹研制成功后，我国又突破了核武器小型化、中子弹技术。

今天，已在世界民族之林实现自立自强的中国，一直主张和推动全面禁止并最终彻底销毁核武器，实现无核世界。建设一个持久和平的世界的愿望和目标，自我国第一颗原子弹爆炸后，便始终坚持和追寻。

此刻，我们重温一下1964年10月16日原子弹爆炸成功后，中国政府向全世界发布的声明：

"中国发展核武器，不是由于中国相信核武器的万能，要使用核武器。恰恰相反，中国发展核武器，正是为了打破核大国的核垄断，要消灭核武器。""中国政府郑重宣布，中国在任何时候、任何情况下，都不会首先使用核武器。""中国政府将一如既往，尽一切努力，争取通过国际协商，促进全面禁止和彻底销毁核武器的崇高目标的实现。"

"我们深信，核武器是人制造的，人一定能消灭核武器。"

声明里的这最后一句话，至今振聋发聩。

加强国防力量的重大成就

保卫世界和平的重大贡献

我国第一颗原子弹爆炸成功

我国政府发表声明，郑重宣布：中国在任何时候、任何情况下，都不会首先使用核武器。同时向世界各国政府郑重建议：召开世界各国首脑会议，讨论全面禁止和彻底销毁核武器问题。作为第一步，各国首脑会议应当达成协议，即拥有核武器的国家和很快可能拥有核武器的国家承担义务，保证不使用核武器，不对无核武器国家使用核武器，不对无核武器区使用核武器，彼此也不使用核武器。

新华社十六日讯 中华人民共和国政府声明

一九六四年十月十六日十五时，中国爆炸了一颗原子弹，成功地进行了第一次核试验。这是中国人民在加强国防力量、反对美帝国主义核讹诈和核威胁政策的斗争中所取得的重大成就。

保护自己，是任何一个主权国家不可剥夺的权利。保卫世界和平，是一切爱好和平的国家的共同职责。面临着日益增长的美国的核威胁，中国不能坐视不动。中国进行核试验，发展核武器，是被迫而为的。

中国政府一贯主张全面禁止和彻底销毁核武器。如果这个主张能够实现，中国本来用不着发展核武器。但是，我们的这个主张遭到美帝国主义的顽强抵抗。中国政府早已指出：一九六三年七月美英苏三国在莫斯科签订的部分禁止核试验条约，是一个愚弄世界人民的大骗局；这个条约企图巩固三个核大国的垄断地位，而把一切爱好和平的国家的手脚束缚起来；它不仅没有减少美帝国主义对中国人民和全世界人民的核威胁，反而加重了这种威胁。美国政府当时就毫不隐讳地声明，签订这个条约，决不意味着美国不进行地下核试验，不使用、生产、储存、输出和扩散核武器。一年多来的事实，也充分证明了这一点。

一年多来，美国没有停止过在它已经进行的核试验的基础上生产各种核武器。美国还精益求精，在一年多的时间内，进行了几十次地下核试验，使它生产的核武器更趋完备。美国的核潜艇进驻日本，直接威胁着日本人民、中国人民和亚洲各国人民。美国正在通过所谓多边核力量把核武器扩散到西德复仇主义者手中，威胁德意志民主共和国和东欧社会主义国家的安全。美国的潜艇，携带着装有核弹头的北极星导弹，出没在台湾海峡、北部湾、地中海、太平洋、印度洋、大西洋，到处威胁着爱好和平的国家和一切反抗帝国主义和新老殖民主义的各国人民。在这种情况下，怎么能够由于美国暂时不进行大气层核试验的假象，就认为它对世界人民的核讹诈和核威胁不存在了呢？

大家知道，毛泽东主席有一句名言：原子弹是纸老虎。过去我们这样看，现在我们仍然这样看。中国发展核武器，不是由于中国相信核武器的万能，要使用核武器。恰恰相反，中国发展核武器，正是为了打破核大国的核垄断，要消灭核武器。

中国政府忠于马克思列宁主义，忠于无产阶级国际主义。我们相信人民。决定战争胜负的是人，而不是任何武器。中国的命运决定于中国人民，世界的命运决定于世界各国人民，而不决定于核武器。中国发展核武器，是为了防御，为了保卫中国人民免受美国发动核战争的威胁。

中国政府郑重宣布，中国在任何时候、任何情况下，都不会首先使用核武器。

中国人民坚决支持全世界一切被压迫民族和被压迫人民的解放斗争。我们深信，各国人民依靠自己的斗争，加上互相支援，是一定可以取得胜利的。中国掌握了核武器，对于斗争中的各国革命人民，是一个巨大的鼓舞，对于保卫世界和平事业，是一个巨大的贡献。在核武器问题上，中国既不会犯冒险主义的错误，也不会犯投降主义的错误。中国人民是可以信赖的。

中国政府完全理解爱好和平的国家和人民要求停止一切核试验的善良愿望。但是，越来越多的国家懂得，核武器越是为美帝国主义及其合伙者所垄断，核战争的危险就越大。他们有，你们没有，他们神气得很。一旦反对他们的人也有了，他们就不那么神气了，核讹诈和核威胁的政策就不那么灵了，全面禁止和彻底销毁核武器的可能性也就增长了。我们衷心希望，核战争将永远不会发生。我们深信，只要全世界一切爱好和平的国家和人民共同努力，坚持斗争，核战争是可以防止的。

中国政府向世界各国政府郑重建议：召开世界各国首脑会议，讨论全面禁止和彻底销毁核武器问题。作为第一步，各国首脑会议应当达成协议，即拥有核武器的国家和很快可能拥有核武器的国家承担义务，保证不使用核武器，不对无核武器国家使用核武器，不对无核武器区使用核武器，彼此也不使用核武器。

如果已经拥有大量核武器的国家连保证不使用核武器这一点也做不到，怎么能够指望还没有核武器的国家相信它们的和平诚意，而不采取可能和必要的防御措施呢？

中国政府将一如既往，尽一切努力，争取通过国际协商，促进全面禁止和彻底销毁核武器的崇高目标的实现。在这一天没有到来之前，中国政府和中国人民将坚定不移地走自己的路，加强国防，保卫祖国，保卫世界和平。

我们深信，核武器是人制造的，人一定能消灭核武器。

（原载《人民日报》，1964年10月17日）

报章里的中国记忆

1970年4月25日，新华社发布《新闻公报》，向全中国、全世界宣布："一九七〇年四月二十四日，我国成功地发射了第一颗人造地球卫星。"

　　压力不会压垮有动力的人。"用自己的手，送我国的卫星上天。这是广大科技人员多年的热切期望。"让所有人自豪的是，"我们这颗卫星很争气"，从此东方红卫星成为一个特殊的名词，载入了中华民族的史册。

会唱歌的星星

◎陈海波

武汉，5月2日19时51分。
广州，5月2日19时53分。
昆明，5月3日20时36分。
……

1970年的上述时刻，这些中国地区突然多了许多仰望夜空的人，他们要寻找那颗"会唱歌的星星"。这颗星星只有173公斤重，距离地球最近的时候439公里，最远的时候2384公里，绕地球一周需要114分钟。它每分钟都会唱起一首歌，那是整个中华大地都无比熟悉和倍感亲切的乐曲——《东方红》。

1970年4月24日，中国成功发射了第一颗人造地球卫星——"东方红一号"。这使我国成为继苏联、美国、法国、日本之后世界上第5个能独立发射人造卫星的国家，我国空

1970年4月24日，我国发射了自己的第一颗人造卫星"东方红一号"。

间技术进入一个新的时代。

同日，中央人民广播电台和许多报纸上分别广播和发布了"东方红一号"卫星每天飞经我国主要城市的时间和来去方位。人们纷纷寻找自己所在的城市的名字，以及对应的时间，然后翘首等待。

"东方红一号"卫星上的短波无线电发讯机，循环播送《东方红》乐曲和遥测信号，并由中央人民广播电台收录，从4月25日20时30分开始，向全国乃至全世界广播。

当中华儿女们听到宇宙深处传来的乐曲声时，他们再一次强烈地感受到，脚下的这片东方土地，如此可爱可敬，如朝阳初照般灿烂。

"我们也要搞人造卫星"

夸父逐日，嫦娥奔月，中国人对于深空与宇宙，总有着特殊的执着。1957年10月4日，苏联把人类第一颗人造地球卫星送上天。这个消息，让新中国看到了诸多可能。

那时，正担任中国科学院党组书记、副院长的张劲夫，能明显地感受到一股热流开始翻滚。"当时的中国科学院副院长竺可桢、力学所所长钱学森、地球物理所所长赵九章等建议开展中国的卫星研究工作。"张劲夫后来在《光明日报》撰文回忆。

卫星可以民用，也可以军用。科学家们认为，卫星研制是一项综合性很强的工作，从"任务带学科"考虑，可以带动诸多新兴技术的发展。当时分管科学技术的副总理聂荣臻向张劲夫交代，"要科学院密切注意有关情况"。

于是，卫星研制被列为中国科学院1958年的第一项重大任务，代号581。还成立了581组，组长为钱学森，副组长是赵九章、卫一清，专门研究卫星问题。

1958年5月17日，毛泽东在党的八届二中全会上提出，"我们也要搞人造卫星"。

不久，聂荣臻召集会议，责成张劲夫与国防部五院王净等组织专家拟定卫星规划。随后，又成立了星际航行委员会，由裴丽生、钱学森、赵九章领导，负责组织与规划工作。

1958年7月，中国科学院向聂荣臻报告，我国卫星规划分三步走：第一步发射探空火箭，第二步发射小卫星，第三步发射大卫星。任务的分工是：火箭以五院为主，探空头和卫星及观测工作以中国科学院为主，相互配合。在这份报告里，中国科学家们的设想是"苦战三年，实现我国第一颗卫星上天"。

据张劲夫介绍，581组夜以继日，奋力拼搏，紧张工作两个多月，通过与院内外31个单位通力协作，完成了运载火箭结构的初步设计，做出了载有多种高空环境探测仪器及动物舱的两种探空火箭头部模型，为自力更生发展我国空间事业迈出了可喜的第一步。1958年10月举行的中国科学院跃进成果展览会上，展出了卫星和火箭的设计图和模型，包括载有科学探测仪器和小狗的两个探空火箭头部模型。

1958年11月，作为候补中央委员的张劲夫在武汉参加八届六中全会。他利用这次机会，向中央书记处汇报科学家们对研制人造卫星的意见和计划，得到会议的赞同。中央政治局研究并决定拨2亿元专款，支持中国科学院搞卫星。这些专款重点用来建设高能燃料、火箭发动机和运载火箭研究设计试验基地等。

"新中国刚刚成立不久，国家在各个方面用钱的地方很多，能够拿出如此巨款，谁都能够掂得出它那沉甸甸的分量。"张劲夫说。

延期和重启

据张劲夫透露，我国人造卫星的第一个方案是，"计划在1959年国庆10

周年发射"。在上文提及的1958中国科学院向聂荣臻提交的报告里，设定的目标则是"苦战三年"实现卫星上天。无论是哪一个计划，我们均可以感受到中国科学家们当时的急切心理和科技自信。

不过，这两个计划都没有如期实现。1959年，我国进入三年经济困难时期。"小平同志、陈云同志对我说：卫星还要搞，但是要推后一点，因为国家经济困难。"张劲夫说。

卫星延期，但研究不能停。中国科学院调整空间技术计划，提出"大腿变小腿，卫星变探空"的工作方针，决定停止研制大型运载火箭和人造卫星，把工作重点转向研制探空火箭。

张劲夫认为，这次调整不是任务下马，而是着重打基础，先从研制探空火箭开路，开展高空探测活动；同时开展人造卫星有关单项技术研究，以及测量、试验设备的研制，为发展航天器技术和地面测控技术做准备。

1961年4月，苏联载人飞船进入太空，再次搅动中国科学家的心潮。中国科学院组织星际航行座谈会探讨航天问题，每次由一人主讲一个专题，然后是激烈的讨论。在这个延续了三年、共举办了12次的座谈会里，钱学森、赵九章等都曾做过主讲，大家讨论的话题涉及星际航行中的火箭动力、卫星的科学探测、发射卫星是用二级还是三级火箭、卫星通信等科技问题，提出了许多有益的设想和建议。

多次讨论后，大家达成共识：搞卫星，实际与导弹是互为表里，互为作用的，发射卫星与发射导弹所需要的火箭加速是一回事。

因此，当1964年我国经济形势好转和中近程导弹发射成功后，发射卫星被认为已经有了比较可靠的基础，有了比较合适的运载工具。重新启动卫星发射的时机到了。

1964年12月三届人大会议期间，赵九章向周恩来提交报告，认为是时候重新抓卫星工作了。1965年1月，周恩来总理批示了中国科学院提出的关于卫星研制工作的具体方案。于是，卫星研制任务的代号从581变成了651。

同时，卫星发射计划也再次被提上日程。钱学森在一份建议书中指出："自苏联1957年10月4日发射第一颗人造卫星以来，科学院和五院对这些新技术都有过一些考虑。现在看来，弹道导弹已有一定基础，东风火箭进一步发展即能发射若干公斤的仪器卫星；计划中的洲际导弹也有发射载人卫星的能力。工作是艰巨复杂的，必须及早开展有关研究，才能到时拿到东西。因此，我建议早日把它列入国家计划，促其实现。"

对此，聂荣臻明确表示："我国导弹必须有步骤地向远程、洲际和人造卫星发展，这点我一直很明确。人造卫星早就有过考虑，但过去由于中程弹道导弹还未搞出来，技术力量安排上有困难，所以一直未正式提出这个问题。"他请张爱萍副总参谋长就卫星发射问题，约钱学森、张劲夫等有关人员座谈，"只要力量有可能，就要积极去搞"。

4月29日，根据座谈会的意见，国防科委向中央专委提交报告，提出1970—1971年发射我国第一颗人造卫星，并建议卫星工程总体及卫星本体由中国科学院负责，运载火箭由七机部负责，地面观测、跟踪、遥控系统以四机部为主，中国科学院配合。5月6日该报告经中央专委批准：以中国科学院为主，负责发射人造卫星的总体设计和技术抓总，由四机部、七机部及总后勤部军事医学院等部门协作。

"从此，中国第一颗人造卫星的研制任务正式启动。"张劲夫说。

让全世界听到《东方红》

1965年，被称为我国的"卫星年"。

5月31日，中国科学院成立卫星设计院以及卫星本体和地面设备、生物、轨道等四个工作组，组织专家讨论和草拟初步方案。7月1日，《中国科学院关于发展我国人造卫星工作的规划方案建议》呈报到中央专委。10月20日至11月30日，中国科学院受国防科委的委托，在北京主持召开了中国第一颗地球卫星总体方案论证会。参加会议的有国防科委、国防工办、国家科委、总参、海军、炮兵、一机部、四机部、七机部、通信兵部、邮电部、发射基地、军事医学院和中国科学院有关研究所。

这个长达42天的论证会，对卫星重大问题进行了"反复的慎重的讨论"。经过讨论和论证，确定我国第一颗人造卫星为科学试验卫星，主要为发展我国对地观测、通信、广播、气象、预警等各种应用卫星，取得基本经验和设计数据。具体任务是：测量卫星本体的工程参数；探测空间环境参数；奠定卫星轨道参数和遥测遥控的物质技术基础。

据张劲夫回忆，大家一致同意中国第一颗卫星在重量、寿命、技术等方面，都要比苏、美第一颗卫星先进，做到"上得去、抓得住、测得准，报得及时，听得到、看得见"。并慎重初战，努力做到一次成功。

这个论证会获得的一致意见还包括：中国第一颗人造卫星为一米级，命名为"东方红一号"，上天后将在太空播放《东方红》乐曲，让全世界人民听到。

科学家们想让所有中国人都能第一时间收听到我们自己的人造卫星发出来的信号，但当时的普通人家只有收音机，收不到卫星从外太空发出来的短波信号。他们想到一个办法，先让中央人民广播电台对卫星的短波信号进行收录，然后转播出去。那样，所有人就都能通过收音机听到"东方红一号"卫星带给我们的"问候"了。

但是，听什么呢？

"光听嘀嘀嗒嗒的工程信号，老百姓听不懂是什么。大家你一句我一句，就碰出个火花：放《东方红》乐曲，都说可以，向钱学森汇报，钱学森也支持。但这是个大事情，钱学森又叫人写了一个报告，给了聂荣臻元帅。聂帅也同意了，报给中央，中央最后批了。"曾担任我国第一颗人造地球卫星技术总负责人的孙家栋院士回忆。

建议被采纳，随之而来的是莫大的压力。孙家栋后来向媒体提及此事时说，"中央批了以后，就等于说是中央下了这个任务，那就得把这个事办好"。

压力不会压垮有动力的人。"用自己的手，送我国的卫星上天。这是广大科技人员多年的热切期望，大家群情激奋，热血沸腾，接到任务的广大科技人员更是兴奋不已。中关村科学城里，白天你可以看到大家忘我工作的场面，晚上科研和宿舍大楼，灯火通明，生机勃勃，一派兴旺景象。"张劲夫说，"东方红一号"卫星研制进展非常迅速。

孙家栋回忆，为了确保卫星"上得去，抓得住，看得到，听得见"，他们对卫星方案进行了简化，"这种简化是把一辆汽车变成了平板车"：

"为了能让地面看见，我们想了很多办法。因为咱们卫星如果做大了，可咱们火箭不行，所以卫星直径只做成一米。但是找搞天文的人问，说是这一米直径卫星在天上飞，地面看不见。为保险起见，后来又想了个办法：卫星上天的时候，卫星在前面飞，三级火箭在后面飞。三级火箭虽然大，表面是灰色的，也不反光，那就在三级火箭外面套个球形的气套，往上发射的时候就等于一个塑料套捆在三级火箭上。上天以后，卫星弹出去了，这个气套也通过充气，成了直径3米的大气球，外面再把它镀亮了。请搞天文同志来算了一下，说肯定能看见了。这样它俩挨着飞，人们会先看见后面的气球，接着再往前看，就看见我们这个卫星了。其实上天以后，如果是晴天，前头那个卫星是完全能看得见的。"

1967年，因为"文革"，中国科学院卫星研制科研队伍、试验基地、科研设施、工厂，以及研制任务，一起交给了国防部门。1968年，成立中国空间技术研究院，钱学森任院长，继续"东方红一号"卫星的研制工作。在钱学森的主持下，我国制订了"三星规划"，即首先保证"东方红一号"卫星成功发射，其次将返回式卫星列为发展重点，然后再发展同步轨道通信卫星。

"这颗卫星很争气"

卫星研制进展顺利，承担发射工作的"长征一号"运载火箭整装待发。"当时，我们不可能得到任何国家的援助，唯一的出路就是从我国的国情出发，走自力更生、独立研制的道路。"原中国运载火箭技术研究院院长许达哲、党委书记王宗银撰文介绍，"长征一号"火箭是一枚三级火箭，一、二级选用两级液体燃料火箭，第三级采用固体燃料火箭发动机。火箭设计研制总体由火箭技术研究院抓总，火箭的一、二级和控制系统由火箭技术研究院在自行研制的中远程导弹的基础上改进而成；第三级固体燃料火箭发动机是新研制的，由固体火箭发动机研究院负责研制。

1970年4月24日，"长征一号"载着"东方红一号"，屹立在酒泉卫星发射中心。这一天，风和日丽。气象部门预报：晚上8点到9点，云高7000米以上，风速小于4—5米／秒，是发射卫星的最佳"窗口"。指挥部决定把发射时间定在晚上9点30分左右。

晚上9点35分，火箭在震耳的轰隆声中离开发射架，喷出几十米长的火焰，把发射场区照得通亮。火箭越升越高，直至消失不见。

焦急，忐忑，每一秒、每一分的等待都是一种煎熬。9点48分，地面卫星观测站报告："星箭分离，卫星入轨"。欢呼声瞬间撕破夜晚的宁静。不过，有些人提上来的心仍不能放下。

"搞卫星的和搞运载火箭的还不同。到了'星箭分离，卫星入轨'这一步，人家运载就完成任务了。当时一喊'星箭分离'，基地司令就一拍我肩膀——'小伙子，成啦！'我说不成，还得等着，还没听到《东方红》乐曲呢。"戚发轫后来如此回忆那个夜晚。

9点50分，国家广播事业局报告，收到了卫星入轨后播放的《东方红》乐曲，声音清晰洪亮。悦耳的《东方红》乐曲在太空唱响。90分钟后，卫星绕地一周，新疆喀什站报告：收到太空传来的《东方红》乐曲。戚发轫尽情

1970年4月24日21时35分，发射控制台操纵员胡世祥按下发射按钮。

释放："我们成功了！"

4月25日，新华社发布《新闻公报》，向全中国、全世界宣布："一九七〇年四月二十四日，我国成功地发射了第一颗人造地球卫星。"同日，新华社还在另一篇新闻报道里宣布："我国人造地球卫星运行情况良好，从空中发回《东方红》乐曲清晰嘹亮，各种仪器工作正常，遥测仪器不断发回各种数据。"

全国城乡一片欢腾，大家围坐在收音机旁，收听《新闻公报》和人造地球卫星从天空传来的《东方红》乐曲。这个乐曲声，成了"世界上最美好的声音"。据新华社报道，25日夜晚，"在伟大社会主义祖国首都，天安门城楼、东西长安街和各主要街道，昨夜红旗招展，灯火辉煌，洋溢着一片节日的气氛，锣鼓声，欢呼声，通宵达旦，响彻全城"。

与当时许多人一样，孙家栋期盼着，"东方红一号"卫星什么时候经过自己头顶的这片天空。"那时的《人民日报》，整篇登的都是（卫星）几点几

　　报章里的中国记忆

分过天津，几点几分过广州，几点几分过上海。同时特别给大家解释什么时候能看见，白天是看不见的，只有晚上刚要黑天的时候，过你这个城市，你才能看见。"

词作家李幼容在70年代曾写过一首名为《会唱歌的星》的歌词，把我们的第一颗人造卫星比喻成"会唱歌的星"和百灵鸟。歌词如此写道："蓝天里有一新会唱歌的星，它是我们心爱的百灵，百灵鸟唱出心中的颂歌，东方红乐曲响彻太空。"

不过，兴奋与欢呼过后，卫星还要继续工作到满24天，继续接受检验。"我们又是另一种心情。因为那个声音嘀嘀嗒嗒我们自己能判断出来，好比说规定应该是15度，如果信号传下来显示不是15度，稍稍偏点，那就非常非常紧张了。就害怕是不是要坏了？"孙家栋说。

但让孙家栋以及所有人自豪的是，"我们这颗卫星很争气"。从此，东方红卫星成为一个特殊的名词，载入了中华民族的史册。

我国人造地球卫星运行情况良好
从空中发回《东方红》乐曲清晰嘹亮
各种仪器工作正常，遥测仪器不断发回各种数据

新华社二十五日讯　我国第一颗人造地球卫星四月二十四日进入预定的轨道以后，一天来运行情况良好，各种仪器工作正常。

人造地球卫星上的短波无线电发讯机，循环播送《东方红》乐曲和遥测讯号，乐曲声音清晰嘹亮。每分钟循环一次，首先以四十秒的时间连续播送两次《东方红》乐曲，间隔五秒钟以后，播发遥测讯号十秒钟，又间隔五秒钟，进入另一个循环。人造地球卫星上的遥测仪器不断地发回各种数据。

现在，这颗人造地球卫星正在围绕地球继续正常运行。

新华社二十五日讯　我国第一颗人造地球卫星从天空中发回的歌颂伟大领袖毛主席的《东方红》乐曲和遥测讯号，已由中央人民广播电台收录，并从四月二十五日二十时三十分开始广播。这个录音，中央人民广播电台将对国内外连续广播三天。

（原载《人民日报》，1970年4月26日）

结晶牛胰岛素的人工全合成，充分体现了团队协作的集成优势，展示了老一辈科学家们严谨求实、无私奉献、锐意创新的科学精神和艰苦奋斗、追求卓越、敢为人先的民族气概。今天，我们在自主创新的前进道路上，要继续发扬"胰岛素"精神。

人工合成胰岛素是如何诞生的

◎陈海波

1966年12月24日,《光明日报》头版头条的标题上出现了这样一行醒目的文字:"人类在认识生命揭开生命奥秘的伟大历程中又迈进一大步"。文内写道:"我国科学工作者经过六年零九个月的艰苦工作,在世界上第一次用人工的方法合成了一种具有生物活力的蛋白质——结晶胰岛素。"

那一天的《光明日报》头版报眉位置的"毛主席语录"似乎是有意挑选过的:"中国人民有志气,有能力,一定要在不远的将来,赶上和超过世界先进水平。"当天报纸的4版上还配发了一篇科普文章——《谈谈蛋白质、胰岛素》。

没有人想到,中国人第一个在世界上人工合成蛋白质,进一步揭开生命的奥秘。事实上,这个奥秘在一年前便已揭开——

"这个最后进行的实验是在1965年的一个清晨进行的。只有与这个实验直接有关的人员才允许观察小鼠经受第一个人工合成蛋白质处理的反应,而其他关注此事的人只能在另一间屋子里焦急地等待。当注射了合成胰岛素的小鼠惊厥实验宣布成功时,那实在是一个无法用语言形容的激动人心的时刻。"人工合成胰岛素工作的主要参与者邹承鲁撰文回忆。

1965年9月17日,人类第一个人工合成的蛋白质在中国诞生,我们应该

人工全合成牛胰岛素动物试验获得成功的场面

记住这个日子。

人类第一次人工合成蛋白质的希望寄托在胰岛素身上

生命是什么？

或者说，人类生命是由什么构成的？

科学家的回答是：蛋白质和核酸。生物体的生长和发育、遗传和变异，这中间经历的生理活动或病理变化，无一没有蛋白质和核酸的参与。

已经很难确切地考证清楚，到底是谁第一个提出了那个大胆的想法。1958年，在一片亢奋的情绪中，中国人提出了许多宏伟的目标，"人工合成蛋白质"第一次进入了中国科学家的视野。

"中国的科学家们也热切希望做出举世瞩目的科学成就。在当时的中国

全合成胰岛素研究组成立之初的人员

科学院上海生物化学研究所，各种各样的想法一个接一个地被提出来，经过激烈的讨论，而又一个又一个地被否决掉。"邹承鲁回忆，但有一个想法一经提出，"马上获得一致的赞同"——人工合成蛋白质。

　　根据人工合成胰岛素工作的另一位主要参与者龚岳亭的解释，如果能解决蛋白质人工合成的问题，能按照"订单"制造出人们所需要的蛋白质，创造出不存于自然界的蛋白质的"变种"，不仅对于深入了解生命现象与活动规律有重大意义，还可以为人类的生产实践开辟出新的天地。对于1958年以及此后数年中国各地提出的很多想法和目标，我们通常会觉得浮夸、冒进、疯狂、可笑，甚至是荒诞。但"人工合成蛋白质"，并不荒诞，并非"大跃进"。

　　1955年，英国科学家桑格在世界上第一次测定了胰岛素的化学结构，胰岛素成为当时世界上唯一已知一级结构的蛋白质。此后，桑格因为该贡献而被授予诺贝尔奖。不过，著名学术期刊《自然》杂志当时认为："人工合成胰岛素还不是近期所能做到的。"

但中国的科学家们不相信。既然胰岛素的结构已经弄清楚了，他们相信可以把这个大自然赋予的结构拆开并重新组合，复制大自然的"鬼斧神工"。人类第一次人工合成蛋白质的希望，寄托在了胰岛素身上。

1958年12月底，我国人工合成胰岛素课题正式启动。他们给这个课题定名为"六〇一"，意思是六十年代赶超世界先进水平的第一项科学研究。

克服艰难险阻，向希望出发

蛋白质都由氨基酸组成，氨基酸是一类含有氨基的有机化合物。通过化学反应，把一个一个氨基酸连接起来的产物，叫作肽，含两个氨基酸的叫2肽，含三个的叫3肽，含多个的叫多肽。胰岛素是由51个氨基酸所组成的两条肽链构成的蛋白质，这两条肽链分别被称之为A链和B链，A链是21肽（即含21个氨基酸），B链是30肽（即含30个氨基酸）。

当时，国际上合成的最大多肽是促肾上腺皮质激素的13肽片段，此前也只合成过一个9肽的催产素。胰岛素合成涉及有机合成、化学与生物分析、生物活性等方面，工作量之大，难度之高，前所未有。

研究团队提出了多种方案，最后选择的方案是：分别人工合成A链和B链，然后把这两条链组合起来，得到全合成的结晶胰岛素。

合成工作主要由三个研究单位参与：中国科学院上海生物化学研究所钮经义和龚岳亭领导的小组，负责B链的合成；中国科学院上海有机化学研究所汪猷领导的小组以及北京大学由邢其毅领导的小组，共同负责A链的合成；中国科学院上海生物化学研究所邹承鲁领导的小组，负责两条肽链的组合。

当时的上海生化所所长、人工合成胰岛素工作主要参与者王应睐后来在回忆人工合成胰岛素工作时说，"要我们攀登的'珠峰'不是一座，也不是几座"。这些"珠峰"，包括多肽的合成问题、天然胰岛素的拆合工作、多肽合成与拆合过程中遇到的硫黄键问题、氨基酸的供应问题，等等。对于他们而言，这些问题的解决没有任何经验可借鉴。

要人工合成蛋白质，首先要解决氨基酸的供应问题。当时，国内的氨基酸大部分要依靠进口，价格昂贵，研究团队只能自力更生自己生产氨基酸。

"如何从天然蛋白质中分离提取 A 链中所需要而价格昂贵的氨基酸？如丝氨酸（时价150元/克）和其他氨基酸。"参与这项任务的陆德培到上海生化所学习氨基酸分离技术，从上海市场上买了一点很便宜的丝厂下脚料丝绵头带回北京，准备分离提取丝氨酸。最终，上海生化所从无到有，生产出十几种氨基酸，结束了国内不能自制整套氨基酸的历史。而且，由实验室逐步发展壮大，建成了国内著名的东风生化试剂厂，向全国供应包括氨基酸在内的生化试剂。

科学问题最终通过科学来解决，而有的问题，只能通过意志和信仰来解决。在人工合成胰岛素的工作中，科研人员经常面临毒气等危险。

"上海生化所的毒气橱排风力太小，一个人在实验中使用有毒有刺激性的化学药品，不仅同一房间的人要'有难同当'，就是附近的实验室，也得受'隔壁气'。"参与合成工作的张申碚撰文回忆，多肽合成中常需要用到某一种氨基保护剂，但合成这一试剂需要用光气作为原料。光气能窒息人的呼吸系统，在战争中曾作为化学武器使用。为了合成这一重要的原料，研究所请求兄弟单位和化工厂的支持，提供必要的工作条件，即使如此，还少不了要吸进少量的毒气。

为了减少毒气的危害，他们经常把实验搬到屋顶等开放空间，利用大气来稀释毒气。

此外，溶剂组、试剂组接触大量易燃、易爆和有毒、有害的化学品。"由于实验条件简陋，防护措施不到位，烧伤事故频发，学生的身心健康受到了伤害。不少学生得了肺结核病，这是令人十分痛心的。"陆德培回忆。

条件很艰苦，但他们没有抱怨，相反，感到满足。"为了争取早日合成A链，我们没有周末，没有节假日，整天泡在实验室做实验或到图书室查阅文献。当时没有奖金和加班费，谁都没计较。我们北大几人的月工资分别为62元或56元，在北大工作时没有保健费，但是在上海有机所，每月有了3元多的保健费，大家就很满足了。"参与A链合成工作的叶蕴华，至今记忆犹新。

这份满足甚至还来自一碗普通的米饭。"在北京每人每月只有2斤大米的供应，我是南方人，在上海不必吃窝窝头等杂粮，每天能吃米饭就感到非常高兴。"叶蕴华说。在他们看来，尽管和家人分离，生活非常单调，"但认识到是在进行一项为国争光的重要任务，也就不顾及个人得失了"。

人类第一个合成蛋白质的诞生，是上海生化所、有机所和北京大学等研究单位、数十名科研工作者并肩奋战的结果。亲密无间的合作，是把那个疯狂的想法变成现实的关键因素。正如叶蕴华所言，"在合成的过程中大家不分主角和配角，配合默契"。这种合作里，最可贵的是对科学的虔诚、对名誉的淡薄。

1965年，胰岛素全合成的文章在《中国科学》发表，署名的共有21人。

或许，本该署名的还可以更长。"有些同事曾参加过一些胰岛素A链或B链中片段的合成，并发表了文章，为后来的研究提供了经验。但是最后的文章上却没有他们的名字，他们是功不可没的无名英雄。"叶蕴华说。

在人工合成胰岛素工作进行的6年又9个月里，中央的政策为这一成果的实现起了保证作用，如执行"科学十四条"，保证5/6的时间用于科研，尊重知识分子，让科学家有职有权等，为科学研究提供了良好的外部环境。

在世界上遥遥领先

"第一次全合成实验极为成功，但活力很低，拿不到结晶。"王应睐后来回忆，他们进一步改善合成方法，经历多次失败，终于在1965年9月17日得到更好的结果，宣告世界上第一个人工合成的蛋白质在中国诞生。

人类第一个人工合成的蛋白质，具体而言是牛胰岛素。

合成物的结晶形状、层析、电泳、酶解图谱，均与天然牛胰岛素的一致，活力达到87%。王应睐自信地认为，他们的工作"非常出色，在世界上遥遥领先"。1965年，研究团队在学术期刊《中国科学》发表了一篇简报介绍该研究的结果，人工合成胰岛素的论文全文于1966年发表在学术期刊《科学通报》。

1966年，在波兰华沙召开的欧洲生物化学联合会议上，人工合成胰岛素的论文由龚岳亭宣读，成了会议的焦点。

桑格听完报告后非常兴奋："你们合成了胰岛素，也解除了我思想上的一个负担。"何出此言？原来当时有人对桑格1955年提出的胰岛素一级结构的部分顺序表示怀疑。

2015年，在纪念人工合成胰岛素50周年时，时任中国科学院院长白春礼撰写寄语："结晶牛胰岛素的人工全合成充分体现了团队协作的集成优势，展示了老一辈科学家们严谨求实、无私奉献、锐意创新的科学精神和艰苦奋斗、追求卓越、敢为人先的民族气概。""在前进的路上，我们要发扬'胰岛素'精神，要敢啃硬骨头、敢于攻坚克难，勇于追求卓越、善于协同创新，要拥有坚定的信念、严谨的科学态度、无私的奉献精神，要把国家富强、人民幸福作为科技创新的出发点和落脚点。"

我国在世界上第一次人工合成结晶胰岛素

新华社二十三日讯　我国科学工作者经过六年零九个月的艰苦工作，在世界上第一次用人工的方法合成了一种具有生物活力的蛋白质——结晶胰岛素。这一杰出的科学实验，标志着人类在认识生命、揭开生命奥秘的伟大历程中又迈进了一大步，人工合成蛋白质的时代已经开始。这项研究成果，已经由国家科学技术委员会组织的鉴定委员会进行科学鉴定。国家鉴定委员会在一致通过的鉴定书中指出：根据对人工合成胰岛素的设计方案、试验方法、原始数据及逻辑推理等方面的全面检查，人工全合成的结晶产物就是结晶牛胰岛素。这是世界上第一次人工合成的一种具有生物活力的结晶蛋白质，也是迄今为止人工合成的具有生物活力的最大的天然有机化合物。实验数据详细可靠，分析测定指标完整。鉴定委员会认为：人工合成胰岛素的研究，是在我国多肽化学原有基础比较薄弱的情况下，迅速超越了美国、西德，而取得了世界领先的地位。这项研究，在研究方案的制定、合成路线的设计、以及有关微量分离分析技术的建立等方面，都有独创之处。在这一科学研究领域中，在研究工作的各个阶段，我国始终居于领先的地位。在世界上，第一个成功地完成了天然胰岛素拆合工作的，是中国；第一个得到人工半合成结晶胰岛素的，是中国；第一个得到人工全合成结晶胰岛素的，还是中国。在这项研究工作中，我国科学工作者在方法上、技术上有不少新的独特的创造。一九六五年九月十七日，我国第一次实现人工全合成胰岛素以来，人工合成的产物先后已经有五十七批，每批都有活力。其中有五批经过提纯，获得结晶，其结晶形状、生物活力都和天然胰岛素结晶相同。美国、西德也曾报道过他们获得类似胰岛素的产物，但是到目前为止，所报道的活力很低，并且从未获得结晶。

（原载《光明日报》，1966年12月24日，有删节）

报章里的中国记忆

1978年，"科学的春天"到来了。这一年，一位年轻研究员的身影出现在了《光明日报》上，和她一起走进人们视野的，是一种新药——"青蒿素"。若干年后，当这位科学家成为迄今为止首位获得诺贝尔科学奖项的本土中国科学家，屠呦呦这个名字才彻底为人熟知。"科技兴则民族兴，科技强则国家强。"今天我们回顾这篇40年前的长篇通讯，仍能感觉到一位优秀新闻工作者高度的新闻敏感和文化自觉，更能感觉到春天来临之际，时代的心跳和脉搏是多么强劲而有力，至今不停歇。

擦亮青蒿素这颗明珠

◎陈海波

2019年9月29日，中华人民共和国国家勋章和国家荣誉颁授仪式在北京人民大会堂隆重举行。屠呦呦，这位在中国家喻户晓的科学家，再次获得国人的掌声。

四年前的12月10日，屠呦呦出现在斯德哥尔摩音乐厅，她的身份是诺贝尔生理学或医学奖获得者。这是中国首位凭借在国内进行的科学研究而获诺奖的科学家，带着中医药，一起获得全世界的掌声。

41年前的6月17日，屠呦呦第一次走进公众视野，她的身份是"实习研究员"。这一次，她或许还听不到掌声响起。

1978年，一个注定不寻常的年份。这一年，中国举行了十一届三中全会，拨乱反正，开始改革开放。这一年，全国科学大会召开，宣布"科学的春天"到来。以知识分子为服务对象的《光明日报》，敏感地抓住了这个"春天"里的心跳，一群默默无闻的科研人员"坚持科研"、迎来"大好春天"的故事，传遍神州大地，给重新扬帆起航的中国吹响号角。

1978年6月17日，《光明日报》头版头条刊发消息《治疟新药"青蒿素"研制成功》，宣布一种治疗疟疾的有效新药——"青蒿素"已在我国研制成功，并称"这是我国医药卫生科技人员走中西医结合道路，发掘祖国医药学

报章里的中国记忆

聚焦2015年诺贝尔生理学奖或医学奖得主 屠呦呦

用一株小草改变世界

人物简介：

屠呦呦，女，生于1930年12月30日。她恰如青蒿一样，虽然自谦"只是一个普通的植物化学研究人员"，但她却在科学追梦途中，用一株小草拯救了世间许多人的生命。2011年9月，获得被誉为诺贝尔奖"风向标"的拉斯克奖。2015年10月，获得诺贝尔生理学或医学奖。

屠呦呦获得2015年诺贝尔生理学或医学奖

宝库所取得的一项重大科研成果"。

翌日，《光明日报》继续"跟踪"青蒿素，刊发时任《光明日报》记者王晨（现任中共中央政治局委员、全国人大常委会副委员长）采写的长篇通讯《深入宝库采明珠——记抗疟新药"青蒿素"的研制历程》，对青蒿素的研制过程做了全面而生动的解读。报道里还提及，"主要担负这项研究工作的是一位解放后从北京医学院毕业的实习研究员"。

这篇报道还原了青蒿素研制过程的艰难，以及科研人员的解放思想、大胆争鸣。他们"收集整理的单方验方近万个，中草药数千种"，但到底哪一个方子中的哪一味药是最理想的抗疟药？那位"实习研究员"在一次失败后问自己："我们就真的无路可走吗？"37年后，当获得诺贝尔奖的屠呦呦再次接受《光明日报》采访时，回忆了当初的困惑："经过那么多次失败，我也怀疑自己的路子是不是走对了，但我不想放弃。"这就是科学家的执着。

仍然回到1978年王晨的那篇报道："突然，那个实习研究员被东晋葛洪的医著《肘后备急方》中的一段话吸引住了。"这便是后来被许多人津津乐道的一个历史细节：屠呦呦在"青蒿一握，以水二升渍，绞取汁，尽服之"的这句古籍记载里得到启发，找到了研制青蒿素的关键，得到了"第一百九十一号样品"，即青蒿提取物。报道里还记载了科研人员以身试药的事实，"想到人民的利益，按照科学办事，什么危险也不怕"。他们在一种自信和忘我的状态里，通过不断试验，终于分离提纯出抗疟有效成分——青蒿素。

据北京大学教授周程考证，《光明日报》关于青蒿素与抗疟疾的公开报道，在媒体上是第一次。1977年3月，《科学通报》刊发了青蒿素结构研究协作组的论文，"但这篇只有一页的论文是面向科学共同体写的，而且没有介绍青蒿素的抗疟功效"。

1993年，王晨在《新闻实践》杂志发表文章《我们彼此是否记得》，回忆了这篇通讯的写作背景："记得是在香山招待所开了几天的鉴定会，北京中医研究院女科学家屠呦呦拿出了她潜心研究多年的成果……学者们整天开会、讨论，争得面红耳赤……我不停地记、听、问，终于写出了消息和长篇通讯。"

优秀的记者必须能在喧哗中找到宁静，善于抓住时代的心跳和脉搏，王晨就是这样的记者，《光明日报》则给他提供了舞台。科学就是时代的心跳，前进就是时代的脉搏。我们需要发展科学技术，需要不断前进，实现国家富强与民族复兴。我们从屠呦呦这样的科学家以及王晨这样的记者身上，感受到了那个时代知识分子对真理的矢志不渝，对国家的赤胆忠诚。接下来的历史进程告诉我们，科技的进步与中国的强大同步。

王晨在那篇报道里还写道："科研人员决心把这项研究深入开展下去，让从祖国药学宝库里发掘出来的这颗明珠，放射出更加夺目的光辉。"确实如此。《光明日报》此后对青蒿素、屠呦呦的关注一直未间断，见证了科研人员如何把青蒿素这颗"明珠"擦得更亮。

1979年3月10日，《光明日报》刊发报道《中药青蒿可治盘形红斑狼疮》：中医研究院广安门医院科研人员，在青蒿素临床及实验研究取得重大成果的鼓舞下，大胆应用中药青蒿的蜜丸和青蒿素治疗盘形红斑狼疮，并取得很好的疗效。

1981年4月1日，《光明日报》刊发报道《抗疟新药蒿甲醚研究成功》：继青蒿素之后，我国又研制成功一种抗疟新药——青蒿素衍生物蒿甲醚。

1987年3月1日，《光明日报》刊发报道《青蒿素栓剂领到第一号新药证书》：为了使青蒿素尽快推广使用，中国中医研究院中药研究所试制成青蒿素栓剂，并领到《新药审批办法》施行以来的第一号新药证书。

1990年4月1日，《光明日报》刊发报道《治疗抗氯喹恶性疟新药效果好》：一种疗效高于青蒿素10倍的治疗抗氯喹恶性疟新药——还原青蒿素片研制成功，这是我国继青蒿素之后创制的又一种新化合物，后来入选1992年我国十大科技成就。

……

我们可以从这些报道里找到一种节奏和音符，那是中国科技进步的旋律，音韵铿锵，基调高昂，催人奋进。这种旋律，一直持续至今，是中国科研人员一步一个脚印踩踏出来的声音。但这声音里，也夹杂着苦涩——

1992年9月9日，《光明日报》刊发时任中国专利局局长高卢麟的署名文章《科技怎样"入关"？》，里面谈及多年后仍被很多人关注的青蒿素专利问题："这么好的东西却没人想到申请专利，不知用专利法保护它。……使我们失去了占领国际市场的机会。"

1994年9月13日，《光明日报》刊发报道《中国中医研究院中药研究所呼吁保护青蒿素的知识产权》，继续呼吁关注青蒿素专利保护问题："这样一个国家一类新药，近年来被许多地方滥产滥用，侵权现象十分严重。"

如今读来，令人惋惜。多年后，青蒿素专利问题因诺奖新闻而再次引发热议，《光明日报》记者采访了中国中医科学院中药研究所，他们解释："这与我国当时没有实施专利保护法有一定关系。"历史已不可更改，但未来可以掌握。如今的中国，科技创新正得到越来越多的保护和尊重。倡导创新文化，强化知识产权创造、保护、运用，也被写入党的十九大报告。

在青蒿素之外，《光明日报》也一直对屠呦呦很关注。1978年那篇还原青蒿素研制过程的报道，是《光明日报》第一次与屠呦呦发生联系，但出于特殊考虑，未明确提及其名字。《光明日报》第一次出现"屠呦呦"三个字，是在1978年10月21日。当天刊发的报道《充分发挥专家作用，发扬学术民主——中医研究院成立学术委员会》中提及，在中医研究院学术委员会成立大会上，"医药科研工作者屠呦呦"作了关于《中药青蒿的抗疟研究》的学术报告。第二次出现是在1994年，屠呦呦的名字与"青蒿素的发明者"直接联系起来，不再像以前那么隐晦。此后，屠呦呦的名字频繁出现在《光明日报》上。

不仅仅是屠呦呦，更多科学家的名字、照片和文章占据了《光明日报》的版面，他们的形象也更丰富、饱满。这是这70年来中国科技发展的结果，他们创造了一个让中国科技从跟跑到并跑甚至领跑世界的时代，这个时代也回报给他们更大的尊重。

2016年5月30日，中国又迎来一次全国科技工作者的盛会——"科技三会"（全国科技创新大会、两院院士大会、中国科协第九次全国代表大会）。习近平总书记在会上指出，我国科技事业发展的目标是，到2020年时使我国进入创新型国家行列，到2030年时使我国进入创新型国家前列，到新中国成立100年时使我国成为世界科技强国。他还强调，要让领衔科技专家有职有权，有更大的技术路线决策权、更大的经费支配权、更大的资源调动权，防止瞎指挥、乱指挥。

这是所有人的心声，科学家永远是时代的主角之一。我们需要更多"屠呦呦"（推动时代进步的科学家），也需要更多的"王晨"（书写时代进步的记录者）。因为，1978年开始的那个科学的"春天"以及那个"春天"里的心跳，从未停歇。在阳光明媚的"春天"里，中国这艘航船，向着世界科技强国，向着中华民族伟大复兴，向着人民更加美好的未来，不断前进！

深入宝库采明珠
——记抗疟新药"青蒿素"的研制历程

王　晨

一九七七年十月末，在祖国南方一个普通公社卫生院里，弥漫着紧张、急迫的空气，一场全力抢救病危黎族儿童的战斗正在进行。

病儿只有五岁，三天前因患恶性疟疾住院治疗，医务人员已经给他用氯喹治了一个疗程。人们都知道奎宁丸，氯喹就是继奎宁之后用化学合成方法制成的一种抗疟药，是自第二次世界大战以来国际公认的"王牌"抗疟药。但是，自六十年代发现了抗氯喹原虫株，产生了严重抗药性以后，氯喹的疗效已经大大降低了。这一回，又是完全无效。病儿高烧不退，昏迷不醒，严重贫血，后来又发生消化道出血。眼看危在旦夕，医务人员们心头像扎上了千万根针！

就在这关键时刻，医务人员经过研究，给病儿注射了一种我国自己试制的新型抗疟药，病儿情况很快发生了变化：用药三十九小时后，能动嘴了；六十一小时后，完全清醒；验血发现，疟原虫已经全部转阴，病儿终于得救了！

这种高效、速效、低毒的抗疟新药叫"青蒿素"，它已经多次显示出良好疗效了。了解这种药的研制过程的人们，高兴地把它比做从祖国药学宝库里发掘出来的一颗明珠。

向难关挑战

一九六七年五月的一天，北京一个单位的会议室里，汇聚着有关部门的领导和几个省、市的科研人员。他们遵照伟大领袖毛主席的指示，在敬爱的周总理亲自关怀下，即将全面展开防治疟疾的研究。

要知道疟疾的厉害，可以读读唐代诗人白居易的一首诗："闻道云南有泸水，椒花落时瘴烟起。大军徙涉水如汤，未过十人二三死。"诗人描绘的那种令人恐怖的"瘴烟"，就是疟疾。在那黑暗而漫长的岁月里，疟疾伴同着水旱洪涝、连绵战争而猖獗流行，吞噬了不知多少劳动人民的生命！人们为"打摆子"所苦，对它讨厌极了。

解放后，这种局面已经发生了根本的变化。但是，疟疾仍然是世界范围的常见传染病。特别是在氯喹这类治疗疟疾的主要药物，越来越降低了作用以后，寻找新型抗疟药的任务，就越来越急迫地提到了各国医学科学家的面前。很多方法，试过了，很多实验，失败了。这是药学研究中的一道难关，是一项关系着亿万人民保健灭病的光荣任务。

党和人民的期望和重托，激励着科研工作者们树雄心，立壮志，攀高峰，破难关。他们说：我们有祖国医药学这笔得天独厚的丰富遗产，只要遵循毛主席关于"中国医药学是一个伟大的宝库，应当努力发掘，加以提高"的教导，努力运用现代科学知识和方法，就一定能从祖国药学宝库里发掘出抗疟新药。

从中草药里发掘筛选抗疟药物的工作开始了。从南方到北方，从内地到边疆，几个省、市派出了一个个科研小组，一支支找药队，活跃在南方的崇山峻岭，行进在北方的平原沟壑。他们风餐露宿，开展普查，走到哪里就向哪里的群众请教。那几年，正是林彪、"四人帮"疯狂破坏的时候，他们挑动武斗，制造混乱，把一些研究单位搅得乌烟瘴气；他们阻塞交通，停车停船，逼得科研人员肩挑行李，背着实验设备步行下乡。不管受多大压力，冒多大风险，科研人员勇敢地坚持进行工作。四年多过去了，收集整理的单方验方近万个，中草药数千种，付出了艰巨的劳动。但是，到底哪一个方子中的哪一味药是最理想的抗疟药呢？科研工作者们在顽强地探索着，探索着……

"绞汁法"的启示

"难道氯喹'王牌'就不可替代，祖国药学宝库再也挖不出宝来吗？"一九七一年初夏，参加协作研究的中医研究院中药研究所的科研人员，正苦苦地思索着。

主要担负这项研究工作的是一位解放后从北京医学院毕业的实习研究员。她曾经把中医研究院十几年积累的治疟方搜集成册，从中选择了二百多方药进行了动物筛选实验，没有得到成果。祖国医药学书籍记载最多的治疗疟疾的药物是常山，经过大量研究，它虽然有一定效果，但毒性太大，病人服后剧烈呕吐，而且药源困难。那个实习研究员曾经这样问自己：一个氯喹不可超越，一个常山已经到顶，我们就真的无路可走吗？

就在这时，党组织让她去广州参加专业会议。我们敬爱的周总理对这次会议非常关心，对抗疟药研究亲自作了重要指示。这使科研工作者们受到极大的鼓舞和鞭策。那个实习研究员暗暗下定决心，要尽快闯出一条新路，让周总理放心！

新的攻关又开始了。科研人员请教老中医，翻医书，查《本草》，分析群众献方，扩大筛选药源，即使有一丝希望的也不放过，又对一百多种中草药进行复筛。头两遍虽然一无所获，但他们发现，用作对比实验的葡萄糖酸锑钠，当它的有效剂量不足时，也会出现低效或无效的结果。纯度相当高的化学药尚且如此，成分复杂、杂质又多的中草药，当没有掌握其客观规律时，它的有效成分很可能无法集中，以致显不出有效的结果。而一旦改进了方法，是有可能从低效、无效向高效转化的。

可是，到底怎样改进方法，究竟哪一种药可能有高效抗疟作用呢？科研人员还是没有理出头绪。他们翻看了古今大量的医药学著作和资料，从《神农本草经》到《本草纲目》，从各种治疟方到现代《中医杂志》，从总结祖国传统医药学经验入手，吸取着丰富的营养，寻找突破口。突然，那个实习研究员被东晋葛洪的医著《肘后备急方》中的一段话吸引住了："青蒿一握（一把的意思），水一升渍，绞取汁尽服之。"她思忖：许多医书都记载着青蒿抗疟，过去我们和别的单位也都试验过，没有发现明显的抗疟作用，所以把它丢掉了又拾起来，拾起来又放弃了。一千六百多年前的葛洪，为什么在这里特别强调要用绞汁法呢？这个问题真使她绞尽了脑汁，蓦地，她想道：古代用绞汁法而不用通常的水煎法，会不会是存在着温度干扰的问题呢？换句通俗的话来说，青蒿是不是怕热呢？

科研人员立即改进方法，开始了提取青蒿抗疟成分的新的化学分析研究。他们历尽艰辛，得到了一种青蒿提取物，它是实验记录本上的第一百九十一号样品。

一九七一年十月四日，实验第一次出现了令人鼓舞的好征兆。第一百九十一号样品用于鼠疟模型，出现了百分之百的效价，疟原虫全部转阴。科研工作者抑制不住自己的激动心情，一鼓作气，加班加点，继续去粗取精，又找到了对鼠疟效价更集中而毒副作用更低的有效部分。功夫不负有心人，新型抗疟药已经曙光在望了。

探索无止境

青蒿抗疟有效部分对鼠疟有效，对其他动物如何，它的抗疟成分究竟是什么，毒性怎样？科研工作者要走的路程还很长很长。

猴疟又被治愈了，科技人员加紧进行药理毒性试验，这是用动物来试验一定剂量的药物有没有毒性。将青蒿抗疟有效部分给狗灌服以后，出人意料

报章里的中国记忆

地出现了异常的病变。有的同志受抗疟药"无毒就无效、有毒才有效"的传统观念影响，认定青蒿抗疟有效部分的毒副作用大得很，还一一列举菊科蒿属植物可能具有的毒性，好像青蒿抗疟有效部分也都具有，简直像要宣判它的死刑。青蒿研究组的同志根据中药用药习惯和鼠疟、猴疟实验的结果，不同意这种意见，一时争论得十分激烈。科研人员解放思想，大胆争鸣，与外单位一起，反复分析讨论狗的病理切片，得出了青蒿抗疟有效部分低毒的正确结论，弄清了狗的病理异常与药无关，为初步临床实验打下了基础。

一九七二年七月，中医研究院东直门医院住进来三个特殊的"病人"。她们每天按时吃自己带来的药，严格接受医院的各种身体器官功能检查，作了一周的详细记录。原来，科研人员为了检验青蒿抗疟有效部分的药理试验结果，尽快上临床试验，决定先通过自身试服，来验证毒副作用反应。结果十分令人满意，这种药的正常有效剂量不会对人体产生毒副作用。有人曾经问自身服药的同志："你们不怕出危险吗？"她们说："想到人民的利益，按照科学办事，什么危险也不怕！"这是一种多么崇高的精神！

探索，是没有止境的。科研人员在初步临床实验取得成效的基础上，开始对青蒿抗疟有效部分进行分离提纯。他们热烈地谈论着：早在一千多年前，我们的祖先就发现了青蒿的抗疟疗效，这确是一个伟大的成就。现在，我们要用现代科学方法，挖出祖国医药学宝库里的宝藏，为创造中国统一的新医学、新药学贡献力量，这是何等光荣的责任、何等灿烂的前景啊！

科研工作者们满怀信心地投入新的战斗。他们克服重重困难，一次又一次地试验着，终于在一九七二年底，从青蒿抗疟有效部分里找到了一种结晶，它正是青蒿中的抗疟有效成分。辛勤的劳动终于结出丰硕的果实：青蒿素诞生了！

云南省药物研究所和山东省中西医结合研究院等单位也很早对当地产黄花蒿进行了研究，一九七三年，他们在不同的条件下，采用不同的办法，也提取出了与青蒿素的化学成分完全一样的黄花蒿素。

真正的考验

对于一种新药物来说，真正的考验在临床实验。如果临床结果不准确，或者可能把药断送在实验室里，或者可能把病人断送在病床上。各地都在加紧进行临床研究。攻克了间日疟，人们又向恶性疟、脑型疟进军。

同那些实验室研究人员相比，搞临床研究的医药卫生人员从事的是一种更艰苦的战斗。他们长期战斗在边疆、海岛，有时为一个病人，一个数据，爬高山、淌急流，钻密林；有时自己背上病人，抬上病人，一走就是几十里；他们为病人输过多少自己身上的鲜血，算也算不全；他们守护病人度过多少不眠之夜，数也数不清！

这是一九七四年深秋的一个夜晚，祖国西南边疆某县陡峭的山路上，急匆匆走着两个人。他们是广东中医学院的医务人员，要去抢救一个症状凶险的脑型疟病人。从清早五点就出发，已经整整赶了一天路的医务人员，一心惦记着病人，忘记了寒冷和疲劳，也顾不得这一带常有野兽出没的危险，终于及时赶到了那个公社卫生院。

病人是一位佤族青年孕妇，一进院就发生死胎流产，接着便昏迷了过去。一天前虽然给病人灌服了青蒿素，但没有看到明显好转。医务人员知道，脑型疟是疟疾中最危险的，孕妇脑型疟的死亡率又一向最高。青蒿素靠得住吗？对他们说来，这时，不仅需要很高的胆略，更需要严密的科学态度和对人民极端负责的革命精神。广东中医学院的医务人员，多年来坚持研究疟原虫在体内发育、繁殖规律，积累了比较丰富的经验。他们经过仔细、认真的检查，断定用青蒿素杀灭疟原虫是有把握的，只要立即给病人输血，辅以其他的综合性对症处理，病人就能转危为安。果然不出所料，五十个小时以后，病人清醒了过来，十天后就病愈出院了。

广东中医学院同云南药物研究所以及当地医务部门协作，提出了系统有力的临床验证报告，首次证明青蒿素在治疗恶性疟、抢救脑型疟方面优于氯喹，一举打开了局面。

在斗争中放射光芒

青蒿素研究在继续深入。从资源调查到生产工艺，从临床验证到基础理论，全国几十个研究单位开展了社会主义大协作，新成果不断出现。

提取方法改革了。过去采用的方法，成本高，操作繁杂。云南省药物研究所创造出一种新方法，十分简便易行。山东省中西医结合研究院先后制出了片剂、微囊、油混悬剂、水混悬剂和固体分散剂，加以比较，从中初步找到了较好的剂型。

为了尽快攻克基础理论这一关，首要的是要搞清青蒿素的化学结构。中医研究院中药研究所与中国科学院上海有机化学研究所、北京生物物理研究所合作，经过一年多的努力，运用现代科学技术，测定出青蒿素的化学结构是一种新的倍半萜内脂，是我国首次发现的一个新抗疟化合物。

一九七五年底，科研人员得知国外也在进行青蒿的某些化学研究时，要求将我们自己的研究成果发表，为国争光。那时，"四人帮"加紧了篡党夺权的阴谋活动，他们在卫生部的那个党羽，早就对青蒿素研究心怀不满，现在又来大兴问罪之师了。她气势汹汹地责问："为什么要和外国人争呢？"她胡说发表青蒿素化学结构是"迎合了资本主义医药投机商的需要"，强令从《科学通报》杂志要回已经排好的论文清样，蛮横地不准发表。她抓住这件事，诬陷支持科研人员的革命老干部，打击科研单位党组织，迫害知识分子。在把别人打下去以后，她又摇身一变，又是批示，又是讲话，妄图窃取青蒿素研究成果，为"四人帮"篡党夺权的罪恶阴谋服务。"四人帮"党羽的丑恶表演，给科研人员带来了巨大的困难，也从反面教育和锻炼了他们。他们不屈服，不受骗，坚持科研，用实际行动迎来了粉碎"四人帮"以后的大好春天。

一九六六年，国外一份文献上曾经说："看来，要解决耐药性恶性疟原虫问题还在遥远的未来。"青蒿素的诞生，打破了这种悲观的预言，标志着我国药学研究的新水平。更可喜的是，很短的时间里，青蒿素研究又取得了一系列新进展。通过结构改造，为研制新类型的抗疟药打开了路子；同时还发现了它对其他一些疾病的特殊疗效，展现出更广阔、更光明的前途。科研人员决心把这项研究深入开展下去，让从祖国药学宝库里发掘出来的这颗明珠，放射出更加夺目的光辉。

（原载《光明日报》，1978年6月18日）

仅仅在1976年到1980年5年间，我国杂交水稻累计播种面积达2.5亿多亩，增产粮食260多亿斤，平均每亩比其他良种增产100斤以上。中国人的饭碗一定要牢牢地端在自己手上，对此，"杂交水稻之父"袁隆平作出了极大的贡献。

　　习近平总书记对袁隆平的杂交水稻有过高度评价："你这是一个伟大的事业。我们这项事业是造福祖国人民，造福世界的一项事业。"

袁隆平和他的杂交水稻

◎张　蕾

袁隆平和他的杂交水稻

2019年9月29上午10时，中华人民共和国国家勋章和国家荣誉称号颁授仪式在北京人民大会堂举行，习近平总书记亲手为袁隆平颁授了"共和国勋章"。

袁隆平，杂交水稻研究的开创者，一生致力于杂交水稻技术的研究、应用与推广，为我国粮食安全、农业科学发展和世界粮食供给作出了杰出贡献，也让我国的杂交水稻技术一直在世界上处于领先地位。习近平总书记对袁隆平与他的杂交水稻有过高度评价："你这是一个伟大的事业。我们这项事业是造福祖国人民，造福世界的一项事业。"

20世界90年代，美国经济学家布朗向世界发出"谁来养活中国"的疑

报章里的中国记忆

问。在此背景下，我国提出了超级稻育种计划。袁隆平领衔的科研团队接连攻破水稻超高产育种难题，实现了超级稻亩产700公斤、800公斤、900公斤、1000公斤和1100公斤的五期目标，一次又一次刷新着世界纪录。目前，我国杂交水稻种植面积超过1700万公顷，占全国水稻总面积的50%，仅每年增产的粮食就可养活7000万人。

袁隆平是如何"让中国人把饭碗牢牢端在自己手中"的呢？这恐怕要从40多年前那段特殊的历史时期开始追寻答案。

深入生产实际，和农民群众相结合

多年来，人工杂交水稻研究一直是各国科学家难啃的"硬骨头"，许多水稻专家都在这道难题前碰了壁。他们得出结论：像水稻这样一朵花只结一粒种子的单颖果植物，利用杂交优势，必然制种困难，无法应用于生产。然而，谁也没想到，1953年8月，湖南省安江农校新来的一位年轻教师日后推翻了这个结论——他就是刚从西南农学院毕业的袁隆平。

1960年，饥饿犹如洪水猛兽席卷了中国大地，袁隆平和他的学生们也同样面临威胁。"不解决吃饭问题不行，这个想法至今仍然牢牢地扎根在我的头脑中，这是驱使我孜孜不倦地研究提高粮食单产方法的最大动因。"袁隆平后来回忆道。

1960年7月，袁隆平在学校试验田偶然发现一株穗大粒多的天然杂交稻，由此他联想到，既然自然界客观存在天然杂交稻，只要探索出其中的规律，就一定能够培育出人工杂交稻来，也一定能够将这种杂种优势应用到生产上，从而大幅度提高水稻的产量。

顺着这一思路，袁隆平用几年时间逐渐勾勒出解决这道世界难题的蓝图：利用水稻雄性不育性培育出不育系、保持系和恢复系，然后利用"三系"进行循环杂交，就能完成不育系繁殖、杂交稻制种和大田生产应用这样一整套"三系"杂交水稻生产的程序了。

1981年，袁隆平等人发明的"籼型杂交水稻"获得我国首个国家发明奖特等奖。同年6月6日，国务院副总理、国家科委主任方毅出席籼型杂交水稻特等发明奖授奖大会并发表讲话。

"我们党一贯提倡农业科技工作者深入生产实际，和农民群众相结合，已经创造了不少好的经验和研究成果。杂交水稻的迅速育成和推广，就是一个突出的事例。"寥寥数语，便深刻点明了杂交水稻能够在短时间内获得突破并成功推广的一大原因。

杂交水稻是用不育系同矮秆良种杂交而成，它的后代不仅具有杂种优势，还保持着矮秆和抗倒伏的优良特性。而且，在育秧技术中，吸收了常规水稻的培育壮秧经验，发展到杂交水稻培育分蘖秧，大大减少了用种量；在制种技术中，总结运用了群众的"旱控水促"经验，解决了花期不遇问题等。

在方毅看来，杂交水稻的三系配套、繁殖制种和栽培技术，都是吸收了群众经验并加以总结而取得成功的，"实践证明，农业科技工作者和农民群众相结合，现代科学技术同我国传统的农业生产经验相结合，是多出成果、快出成果的正确道路"。

社会主义大协作的胜利

在当时那个特殊的历史时期，杂交水稻之所以能够很快地研究成功并大面积推广，还是社会主义大协作的胜利。

"袁隆平知道，要取得杂交水稻试验的成功，必须寻找不育系、保持系和恢复系等稻种，使'三系'配套起来。这是一项重大的实验，靠一个人或几个人的力量，是很难取得成功的。一定要靠社会主义制度的优越性，靠大协作的力量。只有这样，才能推动着这一实验的'轮子'，飞快地转动起来，呼啸着前进。"1981年6月7日，《光明日报》记者林玉树、陈一超在《探索者的道路——记著名杂交水稻专家袁隆平》中如是描述袁隆平当时的内心想法。

1970年冬，袁隆平等人历尽艰辛，发现了野生稻雄性不育株以后，就同兄弟省市的十几个单位开展协作。他们不计个人名利，把来之不易的成果贡献给祖国的科学事业，向协作单位传授技术、提供材料。大家通力协作，经过短短的三年时间，各地就先后育成一批保持系和恢复系，实现了三系配套，为杂交水稻用于生产创造了条件。

这个研究项目是在中国农业科学院和湖南省农业科学院的组织下进行的，参加协作的单位有100多个，遍及十几个省、市、自治区，参加工作的科技人员则数以千计。可见，正是因为有了这样的社会主义大协作，才赢得了科研工作的高速度，赢得了推广成果的高速度，赢得了农业科技工作为农业生产服务的高速度。

党的阳光雨露养育了这朵奇葩

有人难以理解，中国的杂交水稻竟能在"文革"这样的非常时期取得重要突破，为什么呢？

"这其中原因有很多，像同事的精诚团结、各地百姓的密切配合……但我更想说，是党的阳光雨露养育了杂交水稻这朵奇葩，我由衷地感谢党的好领导。"2001年，正值中国共产党建立80周年，搞杂交水稻研究已经37个年头的袁隆平如此情真意切地回顾自己走过的路。

1966年，他把实验结果写成关于《水稻的雄性不孕性》的文章发表在《科学通报》后，国家科委九局局长赵石英立即致函湖南省科委和安江农校，指出杂交水稻研究很有意义，要求省科委和农校给予大力支持。

这一纸文函起的作用不可小觑，它使袁隆平在"文革"的暴风雨中得到了少有的顺利进行杂交实验的机会。

此后，虽然"文革"来袭，但湖南省科委仍把"水稻雄性不育"正式列入省科研项目，拨了600元的科研经费。省农业厅还同意将李必湖、尹华奇两名学生留下给他当助手，搭起了科研小班子。

令人欣慰的是，杂交水稻三系配套和试种成功以后，并没有沦为展品、样品，而是迅速得到推广应用，转化为生产力。

据袁隆平回忆，这要归功于一批热心扶持杂交水稻的党的领导干部，"如原省农业厅厅长、省农科院院长陈洪新同志，他不辞辛劳，深入到湘南十几个县宣传发动，并与有关领导同志一道研究，制定了大面积种植杂交水稻的周密计划"。

1975年冬，国务院领导作出迅速扩大试种和大量推广的决定，国家投入大量人财物力，一年3代易地进行繁殖、制种，以最快的速度发展杂交水稻。

"从杂交水稻的研究成功到全面推广，从杂交水稻研究中心的顺利建成到蓬勃发展，这每一件事都体现着党的关心和培育。我常想，为什么我们国家的科研能在国际范围内占有重要的一席之地呢？就在于我们有优越的社会主义制度，有实事求是的党。"这是袁隆平的肺腑之言。

探索者的道路（节选）
——记著名杂交水稻专家袁隆平

林玉树　陈一超

"祸"从天降

当十年动乱开始的那阵急风暴雨袭击这个小镇的时候，袁隆平的研究工作被迫中断了。第二年春天，他的研究才得到重视。领导拨给他四百元的科研经费，还允许他聘请两名学生当助手。

以往积存的雄性不育种子，又被翻了出来。已经荒芜的试验田重新被整理出四分多的地面。三月下旬，袁隆平和李必湖、尹华奇师生三人脚踩烂泥播种；四月底，他们顶着烈日插秧；每天，他们都要轮番到地里去看上几遍。那时候，袁隆平刚刚结婚不久，有一个正在襁褓中的男孩。他的爱人邓哲在距学校十多里的县城工作，每个星期六他才能回去看望一次。他的心挂在稻田里，他对稻苗的感情似乎比对自己的儿子还亲。

五月中旬的一个星期六。黄昏，日落西山，鸦雀归林。袁隆平荷锄来到试验地边，再一次察看水情。把一切都安排利索以后，他才骑上自行车赶回家去。草草地吃罢晚饭，他就掏出那本早已把四边磨烂了的笔记本，一页一页地翻阅试验记录，预测未来可能出现的情况。妻子温存地对丈夫说："你啊，快把这个家当过路的客店了，什么事都不顾了！"他嘿嘿地笑了两声，又只管干自己的事。

第二天清晨，天刚微亮。袁隆平立即赶回农校。他首先来到试验田边。他面对眼前的情况，惊呆了：试验田里布满狼藉的脚印。秧苗全被拔光了。天呀！这可怎么办呢？

他要哭！然而，他没有眼泪，他一向是个倔强的人。袁隆平一声不吭地蹲在试验田边上。他望着这块被破坏的地面想开了：现在，关键不是抓到肇事者，而是要找到那些秧苗。如果及时发现的话，那么兴许还能让它们活转过来呢。在试验田里，他一垄一垄地进行检查。他发现，在田埂边上的污泥里，埋着五株实验秧苗。他心疼地把它们扶起、洗净，插在试验盆里。

那是事后的第四天早晨，袁隆平照例出去找他的秧苗。当他朝离校不远的一口古井里投以一瞥的时候，他高兴得差点儿叫了起来。水面上正漂着几棵秧苗！也许那就是试验用的秧苗呢……

他从小喜爱游泳，这一回派上了用场。他脱去外衣，扑到冰凉的井水里去，把这几株秧苗捞起，一看，果然是试验秧苗。后来，学校领导派来了抽水机，把井水抽干。袁隆平痛心地看到，试验秧苗全被扔到井底了，已经沤烂了。

袁隆平心里说：这位肇事者的心眼多毒啊！他不喜欢我们的试验，把秧苗扔进井底，想狠狠地挫败我们。我偏不屈服！我相信我们的科研方向是正确的。这一件坏事反而鼓起了他向困难挑战的勇气！

点燃新的希望

袁隆平说，狡兔还有三窟呢！意外的曲折和磨难使他聪明了起来。在党的支持下，他被调到了湖南省农科院工作。他合理地运用科研经费，不仅在黔阳、在长沙，而且还和他的学生到海南岛、云南去育种。那里可以一年种三季，有利于加速种子的繁殖世代。

报章里的中国记忆

从一九六九年起到一九七七年，他每年十月中旬都要带着助手到外地育种。春节，大都是在外地度过的。有一次，正当他二儿子刚出世两天，爱人还在月子里，他又要去云南了。爱人也是农业技术干部，她热爱丈夫的事业，支持他努力去工作。临别的时候，爱人说："家里有姥姥和奶奶照顾我，你放心走吧，别记挂家事。"袁隆平点了点头，背起简单的行李，毫无牵挂地走了。那里，有工作在召唤他呢！

不巧得很，这一年，袁隆平和他的学生到云南元江县育种，恰恰碰上了地震。他们被从屋子里赶了出来。师生三人只好把一张塑料布搭在篮球架上，草草地支起了一个小棚户，作为新居。他们白天在试验田里工作，晚上就钻进棚里写观察记录，研究工作。

从播种、插秧，到扬花、抽穗，他们按部就班地工作着。但是成果却不理想：培育水稻不育系的工作，碰到了严重的困难。为什么呢？

在地震威胁，烈日炙烤，蚊虫袭击的一百二十个日日夜夜里，袁隆平每天都绞尽脑汁地思考。袁隆平从籼稻和粳稻杂交效果较好这一事实中，悟出了一个道理：远缘杂交具有遗传优势！也许用野生稻和栽培稻杂交效果会好些呢。一个新的希望在他的心头点燃：寻找野生稻！

广阔的田野，小小的棚户，成为袁隆平向学生传授知识的课堂。他向两个身边的学生详尽地讲解野生稻的特性，以及远缘杂交的道理……

第二年的十月，在海南岛南红农场，他的希望迅速变成了现实。有一天，他的学生李必湖遇上了农场的一位技术员。

李必湖问："你上哪儿去？这里有野生稻吗？"

技术员说："野生稻可多啦！我带你去看看。"

"你等等，我就来！"李必湖从屋里抓过一顶草帽，跑来跳上这位技术员赶的牛车。

到了一条小河的边上，李必湖看到了一大片野生稻。在他的身边，还有一棵雄蕊败育的普通野生稻哩！他兴高采烈地把这棵野生稻移植到试验田里。

袁隆平和他的学生一起精心地管理这株野生稻。第二年开春，野生稻分蘖了。他们又把它分成四十八株。并且成功地收下了种子。袁隆平给它取名做"野败"。

他们获得了水稻不育系的种子，希望的火花，迅速地燃成了燎原的烈火！

（原载《光明日报》，1981年6月7日）

报章里的中国记忆

关键核心技术是国之重器，对推动我国经济高质量发展、保障国家安全都具有十分重要的意义，必须切实提高我国关键核心技术创新能力，把科技发展主动权牢牢掌握在自己手里，为我国发展提供有力科技保障。

——2018年7月13日，习近平总书记在中央财经委员会第二次会议上强调

王选的一次政治冒险

◎李家杰

2001年，中国工程院公布"20世纪我国重大工程技术成就"评选结果，"汉字信息处理与印刷革命"仅以一票之差位居"两弹一星"之后，而列次席。这项被称为影响汉字传承乃至中华文明进程的重大科研工程与一个人的名字紧紧联系在一起——被称为"当代毕昇""汉字激光照排之父"的王选。

1998年10月27日上午，为宣传王选先进事迹召开的新闻发布会，在北京大学勺园七号楼二层多功能厅召开。

王选是北大计算机所所长、两院院士、第三世界科学院院士。会议主讲人是北大党委书记任彦申。他首先介绍王选先进事迹，然后说明宣传王选先进事迹的重大意义，并叫工作人员向记者散发有关王选的先进事迹材料。

会议结束后，我继续留在北大要求采访王选和他率领的科研团队。工作人员说："您已经领到王选事迹材料，还采访王选干什么。"我说："记者的报道工作与王选的科研工作程序一样，必须首先掌握足够充分的第一手材料，否则写出的作品难免失真。""各单位召开的新闻发布会都是这样做的，难道大家都错了。""这种新闻发布会的好处在于，有利于组织各新闻媒体在同一天集中报道同一个人，以便在社会上产生轰动效应。但是不要忘记，记者从现成的二手材料中寻章摘句拼接人物通讯，是违背新闻职业道德的行为，而

报章里的中国记忆

且作品好不了。""那怎么办?""好办。《光明日报》保证在会议指定时间刊登王选人物通讯。其他你们一概不加干涉。比如,对用你们提供的材料拼接稿件这个要求,我就不会接受,如果你们坚持这条要求,我将坚决予以抵制,认为你们是在将记者往违背新闻职业道德的坑里推。"

说服工作人员接受我的观点,其实如同我抓住一个烫手的山芋。10月27日开会提出宣传要求,11月3日就要求王选人物通讯见报,是按记者坐在电脑前,照搬照抄现成材料,估算出来的日程安排。若要增加一道采访程序,这个时间安排显然用不上。但又必须遵守,我就倒计算时间安排进度,计划每天拿出14个小时充填日程。要保证稿件质量与《光明日报》社会地位相称,必须在采访上下足功夫,我就安排大量时间用于前期采访,心想写稿时间不够,大不了熬一个通宵就解决了。

在采访王选前,我请王选专职秘书丛中笑提供帮助。她是北大中文系毕业的青年硕士,对人热情大方,说话不藏着掖着,说王选是一位做事十分严谨的科学家,并不赞成记者用现成材料为他编故事。我想那就有共同语言了,交谈起来可以直接切入主题。

她还向我讲了许多有关王选生动而感人的故事:王选与900年前毕昇做的事一脉相承。毕昇用胶泥做成活字、排列在铁筐板面上印制各种书刊,为推动华夏文明走向世界前列发挥出巨大作用。后人如能沿着重视科学技术这条道路继续走下去,当代中国将会以另一个面貌出现在国际舞台上。可惜后人将"活字印刷术"作为向世人炫耀的资本,走进了妄自尊大、故步自封的死胡同。900年后清醒过来,世界已经变了样——曾以羡慕的目光仰视华夏文明的西方世界,已经胜利地完成科技革命,成功地实现用电子技术武装印刷业;中国仍旧停留在"铅与火"时代,导致中国从印刷品中获得的信息量,人均只及西方发达国家的1%。

这是一个极限,再往后退就退到零。"当年有多难?"我问王选。他面对着我,坐在一张靠背椅上,面容清癯,神态疲惫,身体只剩下一副骨架,精力仿佛即将为华夏文明再现辉煌燃尽，今天是强打精神在接受我的采访，用极其微弱的声音与我交谈。

进入20世纪70年代中期，国际印刷业进入电子时代。中国要跟上时代发展大趋势，就一定要实现汉字照排。西方发达国家研制的照排系统仅适用于英文；而汉字的数量是英文26个字母的N次方，开展适用于汉字的照排系统研究工作，首先就会遇上如何解决庞大的汉字字模存储量这道绕不过去的难题。在这个大前提面前，计算机界意见是一致的；而在解决汉字字模存储量应当选择怎样的路径上，却存在严重的分歧。

有分歧就会有矛盾，有矛盾就会有好戏，这显然是一条有价值的新线索。我就一面继续采访王选和科研团队，一面顺着新线索挖掘。线索延伸出北大，就翻过校园围墙。我天天深更半夜还拽住人在交谈，最后挖掘出计算机学界桩桩重大历史事件。

当时，国内科研机构和高等院校普遍认为，第二代光机式照排机与第三代阴极射线管照排机，是现代印刷业的两座科学高峰，中国不可能直接攀上高峰，而应该分步攀登，首先攀登"第二代"，取得成果后再攀登"第三代"。

王选则站在对立面，主张超越"第二代"及"第三代"，直接研制"第四代"激光照排系统，并运用轮廓加参数描述汉字字形的方法，解决汉字字数多字形信息量大不便于存储这个难题。反对王选观点的声音几近淹没全国，王选却安如泰山。10年后完成1∶500高倍率汉字字形信息压缩方案，攻克汉字字模存储量——这个汉字精密照排系统最大的难关，成功地将7000多个汉字压缩在一张软盘内，为直接冲刺"第四代"奠定基础。但在王选观点以无可辩驳的事实证明是正确的时候，1975年10月9日召开的"汉字精密照排技术"方案论证会，却宣布"将'第二代'作为上报方案"。

以今天看来，这个决定岂不是表明，我们国家非"落后"不选。更让人感到意外的是，北大必须无条件地接受这个事实，否则北大就是在违背下级服从上级的组织原则；而一旦触犯组织原则，性质就变成政治问题。北大承

1979年8月11日，《光明日报》在一版头条位置以《汉字信息处理技术的研究和应用获重大突破》的大标题，报道了王选等人的阶段性成果。这一成果给全社会带来了巨大而深远的影响。在以后很长一段时间内，王选一直将这张报样压在办公桌的玻璃板下，以作为鼓励自己不断前进的动力。

担不起如此重大的政治责任，千钧压力便全部压在王选一个人头上。

线索还在向前延伸，我越过家家"门户"，继续向前挖掘，进入到"门户"的后盾——政府有关部门。发现当年政府主持召开的论证会会场竟然是一个闹剧舞台，论证过程不过是一场闹剧。而且论证会第二天，北京市出版办公室就把一份要求北大承担"第二代"排版软件研制任务的"红头文件"，急急忙忙下发到北大。

我急于知道，王选如何面对这个愚不可及的"任务"，一条线索分支把我引向一个新的方向：中央宣传部副部长廖井丹、新华社社长曾涛、《光明日报》总编辑杨西光等，十几位有重大影响力的人物出面"支持王选"。但科研团队中一名教师却否认支持者有杨西光。王选亲自打电话告诉我，说："那个人不知情，支持者有杨西光。"遗憾的是，实权部门就像铜墙铁壁，把"重大影响力"轻易就挡了回去。为了跟上刮遍全国的引进风，将数百万美元的外汇，批给某中央直属媒体，用于直接进口成套设备。

王选对我说，他感到自己是被"逼上梁山"，不得不作出平生在政治上最大胆的一次选择，直接向国务院反映自主创新面临的实际困难。由此科技教育新闻精英人才与党政领导干部联袂主演的这场剧情波澜曲折、角色个性鲜明的现代剧演出迅速落下帷幕——历史档案馆向我敞开大门，我在严格保密的案卷中查到最重要的一份历史档案原始记录——在主张对外引进与主张自主创新双方形成的两军对垒、互不相让的关键时刻出现一语定乾坤的转机——小平同志10月25日用红铅笔在国务院副总理方毅呈报"中央军委邓主席"的专题报告上写下"应加支持"重要批示。

二手材料中遗漏掉的重大事件被我收入囊中，并捎带收获一网兜鲜活细节。把这些材料放进人物通讯，纯技术性的自主创新故事便被赋予深刻的政治内涵，单薄的主题便丰满起来。尽管前期采访耗时太长，留给写作的时间仅有最后一天，但并未影响稿件如期于1998年11月3日的《光明日报》一版头条见报，并被"评委全票通过评为科技好新闻一等奖"。

数日后，在北京人民大会堂再次见到王选。这位神情严肃的科学家，向我问起10月采访他曾遇到的种种困难，我说那都不算困难。新闻记者居于道德高端，其作品应能体现社会良知，对我个人而言，采访中最大的困难莫过于遵守新闻职业道德碰上障碍。而障碍一旦被清除干净，作品不会被读者批评为"虚假"，便会一身轻松。

链接：

王选（1937—2006），江苏无锡人，出生于上海，计算机文字信息处理专家，当代中国印刷业革命的先行者，计算机汉字激光照排技术创始人，被称为"汉字激光照排系统之父"，被誉为"有市场眼光的科学家"。1958年毕业于北京大学数学力学系，1984年晋升为教授，1991年当选为中国科学院院士，1994年当选为中国工程院院士，1995年加入九三学社，2002年2月1日获得2001年度国家最高科学技术奖，陈嘉庚科学奖获得者。第十届全国政协副主席。

1979年8月11日，《光明日报》在一版头条位置以《汉字信息处理技术的研究和应用获重大突破》的大标题，报道了王选等人的阶段性成果。这一成果给全社会带来了巨大而深远的影响。在以后很长一段时间内，王选一直将这张报样压在办公桌的玻璃板下，以作为鼓励自己不断前进的动力。

一位迎来汉字印刷新时代的科学家

李家杰

王选于1958年在北京大学计算数学专业毕业留校后，就全身心投入中型计算机研制工作。每天早晨7点工作到半夜零点。并常常连续工作三四十个小时，不迈出实验室一步。导致身体严重透支，被迫离校回家疗养。已躺在病榻上，他仍在工作——用90%的时间从事ALGOL60编译系统研究；10%的时间探索适合高级语言的计算机体系结构。软件（software）这个词尚未问世，他就能"软硬兼施"，探讨software对未来计算机体系结构的影响。在病榻上积累的丰富知识和经验，足以支撑他登上计算机科学一个新的高峰。

1975年春末，"汉字信息处理系统工程"经周恩来总理批准立项并进入实际操作阶段。消息传到北京大学，早已做好充分准备的王选，信手就抓住机遇，并以独到的见解，对这个项目中的"汉字通信、汉字情报检索、汉字精密照排"三个子项目的远大前景，迅速作出精准的判断——"其中'汉字精密照排'将给印刷业带来一场革命。而这场革命发展下去，将对出版形式和内容产生巨大而深远的影响"。

王选的分析其实是把他个人的命运与"汉字精密照排"紧紧地捆在一起。从此他就不断地从外国文献中吸取营养，在国际一流计算机专家中穿梭交流，在打通一个又一个"瓶颈"障碍中，寻找创造发明的希望之光。

他非常清楚，一旦打通最后一个"瓶颈"，便具备与西方发达国家在同一个时间节点，甚至早一些时间，萌生出新思想的可能。对于是否直接进入"第四代激光照排系统"开展研究，以及"进入"以后，将会出现怎样的后果，他看得非常清楚——"'第二代'没有前途；'第三代'正在走下坡路；'第四代'将占领市场"。

10年后，王选完成1∶500高倍率汉字字形信息压缩方案，攻克汉字精密照排系统最大的难关，成功地将7000多个汉字压缩在一张软盘内。这项技术领先于西方发达国家10年，但在政府主持召开的"汉字精密照排技术"方案论证会上，却宣布"将'第二代'作为上报方案"。并把上报方案变成"红头文件"，下发北京大学，要求北大承担"第二代"排版软件的研制任务。

这是为什么？王选将自己反锁在实验室，拉上窗帘，关闭灯光，在黑暗中苦苦思索。实验室再度大放光明时，王选更加努力地投入"第四代"研制工作。

中宣部副部长廖井丹、新华社社长曾涛、光明日报社总编辑杨西光、国家经委副主任范慕韩、四机部副部长刘寅等，十几位重量级人物原以为他们出面表态，将为王选彻底扫清障碍，不料，国家骤然刮起强劲的引进风；而"第四代"研制工作恰是"顶风作案"。不久，引进成套设备的数百万美元外汇，即批给某中央新闻机构。

王选被迫越过北京大学、教育部，直接到政府最高权威国务院告状。一周后，国家进出口管理委员会副主任江泽民将"支持自主研制"的报告，呈送国务院。国务院副总理方毅将自己对这件事的态度，直接向"中央军委邓主席"报告。小平同志在方毅的报告上，写下"应加支持"四个字。

荆棘丛生的曲折道路，转眼变成阳关大道。王选带领数学、物理、中文、电子等多学科多专业人员组成的团队，以超过竞争对手数十倍的速度跑步前进。比王选起步早的上海、云南等地高等院校和科研机构，由于判断失误，选型不当，研究工作深陷泥潭，叫苦不迭。

1981年7月11日，王选挂帅取得的重大科技成果——"汉字激光照排系统"通过国家技术鉴定，标志汉字印刷新时代已经到来，并迅速引发全球华文报业印刷出版业出现历史性重大变革。包括"中国十大专利发明金奖"、两次"国家科技进步一等奖"、第14届日内瓦"国际发明展览金牌"在内，王选的重大发明在国内和国际共获得20多个大奖。他取得的成就两度被列为"国家十大科技成就"。他为此被授予"全国先进工作者"等7个光荣称号。

（原载《光明日报》，1998年11月3日）

1951年11月24日，第一套广播体操正式颁布。时至今日，清华园中仍然喊着"无体育，不清华"的口号，这种重视体育运动、以劳逸结合提高学习效率、保持身体健康的观念发轫于广播体操时期，现已形成一种校园文化，深深影响着一代又一代年轻人。

广播体操现在开始

◎侯楠楠

20世纪50年代，到访中国的苏联诗人吉洪诺夫为北京街头全民做广播体操的现象所震撼，留下了这样一首小诗："当北京人出来做广播体操，把最后一个梦魇赶出睡乡，城里整齐的小巷大街，一下子变成了运动场。"

1951年11月24日，第一套广播体操正式颁布，在当时，"广播体操现在开始"的音乐一响起，人们便跑到附近场地上排队做操，步调一致，动作整齐划一，不少外国友人为之惊叹。

取经苏联

新中国成立初期，人均寿命仅有39岁。1950年的抗美援朝征兵入伍体检中，很多人身体素质不达标，不是太矮，就是太瘦，还有许多疾病。为了提高人民体质，除了防治血吸虫病等对全民健康危害极大的疾病、发展半工半农的赤脚医生，尽快发展低成本、高效率、易推广的国民体育运动也成为当时的重点工作。

早在1949年9月21日，全国政协第一届会议召开并通过的《中国人民政治协商会议共同纲领》中便规定，要"提倡国民体育"。1950、1951年，毛泽东曾两次写信给当时的教育部部长马叙伦，提出学生健康问题必须采取行政步骤具体解决。

然而，新中国成立初期，体育事业既没基础，也没经验。全北京只有一座正规的体育场——于1937年修建的先农坛体育场。除此之外，连一个带看台的篮球场都没有。

在全国体育总会的筹备会议上，朱德告诉体育工作者们："体育是文化教育工作的一部分，也是卫生保健的一部分，我们中央政府是重视它的……我们的体育事业，一定要为人民服务。"

1950年8月，中华全国体育总会筹委会向苏联派出了第一支体育代表团，希望学习并仿效苏联的体育制度，其中有个人叫杨烈。

杨烈是这支代表团中唯一一位女性成员，当时任体总筹委会的秘书。她是一位越南华侨，青年时期便东渡日本学习体操和体育管理，早在延安时期，她就开始参与体育方面的工作了。

在这次"取经"之行中，苏联体操给了杨烈很大启发。这种体操不需要特殊场地、设备服装或器械，也不需要有事先的技术训练，不同年龄、不同性别、不同健康状况的人都可以做，深受苏联老百姓的欢迎，非常便于大范围推广。

从苏联回国后，体总筹委会确定了学习苏联经验发展体育运动的方针，并且明确规定，在恢复经济时期，不搞大型运动会，着重抓普及。体育工作要由学校到工厂，由军队到地方，由城市到农村，把重点放在学校、工厂和部队。这与杨烈的想法不谋而合。她迫不及待地写了一份报告，送到中华体育总会筹委会办公室，建议仿效苏联，创编一套全民健身操，这份报告立即得到了筹委会的重视与支持，杨烈开始着手健身操的创编工作。

借鉴日本

为创编一套适合国民的广播体操，杨烈花了两个多月的时间率领中国代表团对苏联几大城市的体育发展情况进行了深入调研，准备工作有了进展。

但接下来的杨烈像是被束住了手脚：在缺乏体育人才的年代，去哪里找合适的人选？

她找到了同在体总筹委会的老同事刘以珍。刘以珍是北京师范大学体育系科班出身。早在大学期间，她就坚持做一套叫"辣椒操"的运动。据她回忆，那时体育系有一台录音机，还有一张叫"辣椒操"的唱片，刘以珍早上起床拿着录音机去操场上做操，就会有同学跟着她一起做，慢慢地人数越来越多。这套"辣椒操"，最初是从日本引进、有音乐伴奏的徒手体操，通过广播电台播放音乐指挥大家一起做。由于日语"广播"的发音和汉语的"辣椒"很相似，所以渐渐地中国人把它叫作"辣椒操"。

"全民健身操运动的目的，是让人们在清晨起床之后，简单地活动一下身体，好神清气爽地投入到一天的工作当中去。对学生来说呢，上午上了两节课，中间休息一下。"本着这个宗旨，全民健身操的时间不能太长，动作不能太难，还得全身都活动到。

参考了日本广播体操的结构后，刘以珍很快就给新中国第一套广播体操定下了基本框架：一共10个小节，第一节是下肢运动，紧接着第二节是四肢运动，从第三节胸部运动开始，运动的强度逐渐加大。原本最后一节是整理运动，为了适应国民需要，刘以珍在日本体操的基础上，自创了一节呼吸运动作为整套操的结束。

刘以珍创编这套广播体操动作顺序的思路，成了以后编操者共同遵守的原则：先由离心脏较远、负荷量较小的上肢或下肢运动开始；中间由胸部、体侧、体转和腹背运动组成，逐步加大动作的幅度和负荷量；然后转入较剧烈的、负荷量最大的全身运动和跳跃运动；最后以整理运动或放松运动结束。

屋顶上做操，破天荒的新鲜事

第一套广播体操编了出来，问题又来了：广播体操作为全民健身运动，需要面向全国人民，如何向全国各地的人推广，教会大家做操？

中华体育总会筹委会决定向全国发行一套有文字说明的广播体操动作挂图。

但文字说明又难住了刘以珍。如果没有科学统一的说明，以后做操，大家肯定会做出五花八门的动作。

在谢晋的电影《大李、小李和老李》中，厂工会的负责人大李去新华书店买广播体操挂图，热心的女营业员在店堂里为大李做起了辅导。女营业员无意中甩小辫子的动作被大李误认为是体操要领，自己也甩一下，令人啼笑皆非。

在日本体操术语词典的帮助下，刘以珍为第一套广播体操配上了文字说明。第一节动作"下肢运动"其实就是原地踏步走，所配的文字解释是：左腿举股屈膝，还原；同时右臂向前、左臂向后自然摆动；而后右腿举股屈膝，还原；同时左臂向前、右臂向后自然摆动。

制作挂图时，刘以珍找到了当时清华大学的老师马约翰。马约翰是中国著名的体育教育家，他的儿子马启伟从小就喜欢参加体育锻炼，身材健美，做广播体操图解上的模特正合适。

文字说明有了，模特有了，这套体操图解挂图当时由青年出版社出版，公开发售。

曾经谱写过《新四军军歌》的著名作曲家何士德专门作了配合这套体操动作的管弦乐曲，乐曲由北京电影制片厂管弦乐队演奏，并由广播事业局人民广播器材厂制成唱片。

1951年11月24日，中华人民共和国的第一套广播体操正式颁布了。这一天，由中华全国体育总会筹备委员会，中央人民政府教育部、卫生部、人民革命军事委员会总政治部等九家单位联合发出了《关于推行广播体操活动的通知》。

1951年12月1日，中央人民广播电台第一次播出了《广播体操》的音乐。每天早晨广播三次，时间是六点四十分、七点二十分和七点四十分。节目分为两部分：第一部分是教不会做操的人学做；第二部分是领导已经会做的人做。

在中央号召下，广播体操在学校、机关、部队、厂矿、农村都陆续推广开。

当大喇叭响起后，无论南方还是北方，纺织工人在纺织机器旁，机关干部在办公场所，学生在操场上，甚至马路两边或楼顶上都有人在做操。城市变成了运动场，人们合着节拍，整齐划一。不仅如此，如果恰逢在火车上听到广播，而火车碰巧停站，人们还会跑到站台做操。而在车厢里的人也不会闲着，乘务员会领着大家一起做操。

虽然这套广播操动作简单，但在当时，"边听音乐边做操"在全国掀起了健身热潮。

有人回忆说："小时候一到做广播操的时间，大家拼命地往外面跑，很开心的，听着口令，越做越有劲。""我小时候做广播操，因为我是家里最小的，要穿大的穿下来的衣服，哥哥穿的一双灯芯绒的鞋子，后面就缝得小点给我穿，因为没有横搭扣的，一个踢腿运动，'啪'一下子，鞋子一下子飞得很远，那时候小女孩，很难为情的。"人们对做操时发生的这些囧事记忆犹新。操场上、大街上、房顶上、农田里，凡是能站人的地方都有做操人的身影，甚至连军舰上也不例外，这成了新中国破天荒的新鲜事。

一套操改变观念

1952年6月20日，全国体育总会正式宣布成立，毛泽东为新中国体育工作题写了"发展体育运动，增强人民体质"12个大字。

当天，新华社发表文章《全国各地普遍推行广播体操，半年来已证明确是增进人民身体健康有效办法之一》提到，当时全国各地已经有中央人民广播电台及北京、天津、上海等40座人民广播电台播送广播体操节目，每天使用52个波长，总计1205分钟。同时，人民广播器材厂为解决收听不便或收听设备不够完善的地区的需要，先后供应了3800张"广播体操"唱片。

在广播体操的基础上，其他各项体育运动也在全国范围内陆续开展起来。对于有益于身体健康而又简单易行的体育活动，均加以提倡和推广。一方面继续发展了体操、田径、球类、游泳等项目，和一些军事体育活动（如掷手榴弹、射击、航空模型等）；同时对为群众熟知和爱好的民族体育形式（如武术、摔跤、石锁、沙袋、举石担、单杠、骑马、跳绳等）加以改进，去掉其不科学的部分，使之成为广泛开展劳动群众中的体育活动的有效形式之一。

许多基层单位还通过教练员讲解指导、举办广播体操比赛等方式互相观摩、交流经验，纠正广播体操不正确姿势。

有资料显示，在1960年的上海，淮海路上200多家商店，店员们每天营业前都会做"开门操"，他们还因地制宜地搞起了"商品运动会"，将体育运动与工作结合起来。各种各样的非传统运动会还有很多，上海肉联厂就以工人赶猪的速度快慢来比赛，土办法也能锻炼身体。

在新中国成立初期体育工作基础薄弱、体育干部不足的情况下，这些运动迅速实现了国民运动的普及和经常化，极大提高了国民身体素质。1952年10月25日，北京市第一届工人运动会在先农坛体育场开幕，广播体操便是其中的一项赛事。

据一位体育老师回忆："我以前腰扭伤了，做广播操后，腰侧两面肌肉能够力量对称，一面松一面紧就容易腰椎间盘突出。广播操是两面对称的，像体侧运动、体转运动，左面弯右面也弯，使两面的肌肉均衡发展。"

更重要的影响在于观念的转变。根据新华社1953年的报道，清华大学在上课时间以外，热火朝天地进行着体操、俯卧撑、单双杠、三千米长跑等体育、文娱活动，在学校进行的体育测验中，近3600名学生中，有92.1%

及格，其中40%以上达到"优秀"：过去那种认为"休息就是浪费时间"的想法和伏案死读书的现象开始转变了。由于过分紧张的学习引起的失眠现象减少了，学习效率也因而提高了。

时至今日，清华园中仍然喊着"无体育，不清华"的口号，这种重视体育运动、以劳逸结合提高学习效率、保持身体健康的观念发轫于广播体操时期，现已形成一种校园文化，深深影响着一代又一代年轻人。

随着时代发展与人民身体素质的提升，我国的广播体操不断改良，陆续发行过多个版本，还发行过专门针对9—12岁少年儿童身体发育的"儿童广播体操"。2011年，国家体育总局正式发布第九套广播体操。

如今，"生活质量"与"幸福指数"已经成为中国人口中的关键词，全民健身娱乐方式已然多样化，集中做操的必要性已较以往大大降低，但广播体操仍然留在国人的肌肉记忆中：

"如今在公园里，在广场上，在居民楼的阳台上，看到晨起锻炼的人们站在那里，伸伸胳膊扭扭腰的动作，依稀可见各套广播体操动作的原型。"

报章里的中国记忆

全国体育总会筹委会等九单位
关于推行广播体操活动的联合通知

中华全国体育总会筹备委员会，中央人民政府教育部、卫生部、人民革命军事委员会总政治部，中国新民主主义青年团中央委员会，中华全国总工会，中华全国民主妇女联合会，中华全国民主青年联合总会和中华全国学生联合会等九单位在二十四日发出关于推行广播体操活动的联合通知。

通知说：中央人民政府新闻总署广播事业局和中华全国体育总会筹备委员会联合决定在中央人民广播电台和各地人民广播电台举办广播体操节目，领导全国人民作体操。这是普及国民体育的一个重要步骤。这个体操是最基本、最简单因而也是最宜于普及的群众性的体育活动。这种体育活动广泛推行的结果，将要帮助改善广大人民的健康状况，并将引起他们参加其他体育活动的广泛兴趣，锻炼出强健的体魄，以便更好地为祖国的经济、文化建设和国防建设服务。通知号召全国的体育工作者、各级人民政府、军事机关和人民团体的文化教育部门积极进行并动员所属各单位以及广大人民参加这个体操活动，为普及国民体育、改善我国人民的健康状况而奋斗。

中央人民政府新闻总署广播事业局和中华全国体育总会筹备委员会为了提倡国民体育，促进国民健康，联合决定在中央人民广播电台和各地人民广播电台举办广播体操节目，领导全国人民作体操。体操格式由中华全国体育总会筹备委员会制订。为了使体操的格式适合目前我国一般国民的体格，体育总会筹备委员会成立了专门的小组从事制订体操格式的工作。在制作过程中，曾经征求了体育专家和中央人民政府教育部、卫生部、人民革命军事委员会总政治部，中华全国总工会，中华全国民主妇女联合会等各方面的意见，并且作了反复的研究和试验。

中央人民广播电台的广播体操节目定在十二月一日开始。每天早晨广播三次。时间是六点四十分，七点二十分和七点四十分。节目分做两部分：第一部分是教不会作的人学作；第二部分是领导已经会作的人作。作曲家何士德专门作了配合这个体操动作的管弦乐曲。这个乐曲已由北京电影制片厂管弦乐队演奏，并由广播事业局人民广播器材厂制成唱片。体操图解已制成挂图，由青年出版社出版。

上述挂图和唱片均将公开发售。

各地人民广播电台的广播体操节目将陆续开始。

（原载《光明日报》，1951年11月26日）

20世纪50年代的血吸虫病防治取得很大成效，到1958年底，全国已治疗血吸虫病患者430余万人，许多地区已经杜绝了疾病的危害，大量农村的青壮年劳动力得到恢复，有力地促进了国家经济建设的顺利发展。

送瘟神

◎于园媛

　　1958年夏，浙江杭州，夜灯明亮。毛泽东主席正细细阅读6月30日《人民日报》关于江西省余江县消灭血吸虫病的报道。当读完这则缺粮区变余粮区、贫困户变富裕户、枯木又逢春、百姓得新生的报道后，毛主席"浮想联翩，夜不能寐"，"遥望南天，欣然命笔"，一口气写下两首七律诗：《送瘟神二首》。

余江县广大人民群众开展消灭血吸虫病活动的情景

其一

绿水青山枉自多，华佗无奈小虫何？

千村薜荔人遗矢，万户萧疏鬼唱歌。

坐地日行八万里，巡天遥看一千河。

牛郎欲问瘟神事，一样悲欢逐逝波。

其二

春风杨柳万千条，六亿神州尽舜尧。

红雨随心翻作浪，青山着意化为桥。

天连五岭银锄落，地动三河铁臂摇。

借问瘟君欲何往？纸船明烛照天烧。

这两首诗用鲜明对比的手法，一忧一喜，一抑一扬，生动形象地表达了对长年遭受病痛折磨的广大农民的深切同情，以及最终送走横行一方的"瘟神"的无比畅快之情。

那么，诗中所说的"小虫"是何虫？"瘟神"为什么如此难送？一种疾病缘何让中华大地"绿水青山枉自多"？这还要回溯到新中国成立初期的历史时空中。

小虫危害大，神仙治不好

新中国初期，血吸虫病（俗称大肚子病）危害严重，主要流行于农村，农民感染率较高，尤其是青壮年男性。1950年全国普查，血吸虫病人人数为1100多万，受疾病威胁人口达1亿多。

血吸虫病是寄生虫病的一种，病人有发热、腹痛、腹泻等症状，晚期可发展为肝硬化，丧失劳动能力，是一种严重危害人类健康的传染性疾病。血吸虫病的传染有三大环节，钉螺和人畜是两大宿主，水是衔接各环节不可或缺的要素。血吸虫卵随感染者粪便排出体外，入水发育为毛蚴，毛蚴钻入钉螺分裂为尾蚴，尾蚴入水，遇到人畜，十几秒便能进入体内，通过血液到达寄生部位，开始新的循环。血吸虫及其中间宿主钉螺繁殖能力都非常强。一条雌血吸虫每天产卵近千枚，一对钉螺一年繁衍可达25万余只。

因此，血吸虫病流行的一大特点是感染容易、蔓延很快、难以根除，百姓称"神仙也治不好"。人感染血吸虫病后，幼不长、女不育；前期拉脓拉血、浑身无力，后期腹大如鼓、四肢枯瘦。少数晚期病人因疼痛难忍，剪刀刺腹，镰刀剖肚，不惜一死。

湖北省黄梅县有个公洲湖，人们叫它"鬼湖"。全湖面积二千八百亩，夏水冬陆，杂草丛生，钉螺遍地。沿湖人民在湖内种过庄稼，放过牲畜，下过湖的人都面黄肌瘦、体弱力衰，最后挺着大肚子死去。有二十二户人家，死得干干净净。人们都说湖内有"鬼"，不敢再在湖内生产，也不愿再在湖边居住，纷纷迁移他乡。

江西余江县蓝田坂在五十年内有三千多人因患血吸虫病死亡，有二十多个村庄完全毁灭，有一万四千多亩田地变成了荒野。剩下的人也大多挺着大肚子，面黄肌瘦，能吃不能劳动。他们形容自己的劳动情形是：'一个锄头两斤铁，拿到手里就想歇；下田扶根棍，不到田头就想困'。"

毛主席多次发出号召，一定要消灭血吸虫病

1953年9月，时任最高人民法院院长沈钧儒在太湖疗养，发现长江中下游血吸虫病流行，危害严重，便给毛泽东写信反映情况并附有关材料。毛泽东看后非常重视，责成有关部门立即处理，并写回信：

沈院长：

九月十六日给我的信及附件，已收到阅悉。血吸虫病危害甚大，必须着重防治。大函及附件已交习仲勋同志负责处理。

顺致敬意。

毛泽东

九月二十七日

1955年夏天，毛泽东到杭州开会。在余杭地区，工作人员亲眼看到了一个腹部鼓胀、脖颈粗肿的晚期血吸虫病人，坐在树荫下望着田地摇头流泪。这个情况当天就被报告给了毛泽东。毛泽东当即便坚决地说，一定要消灭血吸虫病！

1955年11月，毛泽东在杭州开会，他特地叫时任卫生部副部长的徐运北汇报血吸虫病防治情况。11月17日，徐运北早晨到杭州后，中午就受到毛泽东的接见。毛泽东在午饭时间，一面听徐运北的汇报，一面和柯庆施等省委书记商谈。毛泽东指出：血吸虫病是危害人民健康的疾病，它关系到民族的生存繁衍，关系到生产的发展和新农村的建设，关系到青年能不能参军保国，我们应该认识到问题的严重性。共产党人有责任帮助群众解除疾苦，把血吸虫病消灭掉。

1956年1月25日，毛泽东召开最高国务会议，讨论中共中央提出的《1956年到1967年全国农业发展纲要（草案）》。毛泽东在会上作了重要讲话，指出血吸虫病是个大问题，严重妨害生产，威胁健康，是有关整个民族的问题。1月26日，中共中央向全国公布了《全国农业发展纲要（草案）》，提出："从1956年开始，分别在7年或者12年内，在一切可能的地方，基本上消灭危害人民最严重的疾病，例如血吸虫病，血丝虫病，钩虫病，黑热病，脑炎，鼠疫，疟疾，天花和性病。"2月17日，毛泽东在最高国务会议上又发出"全党动员，全民动员，消灭血吸虫病"的战斗号召。

全党和全国人民开始了一场声势浩大的防治血吸虫病运动。

一场全党全民总动员的血防运动

1955年11月，中共中央根据毛泽东的提议，成立了中共中央防治血吸虫病九人小组，柯庆施为组长，魏文伯、徐运北为副组长。11月23日至25日，中共中央防治血吸虫病领导小组在上海召开了第一次全国防治血吸虫病工作会议。在这次会议上，提出了必须把消灭血吸虫病当作一项政治任务，实行充分发动群众和科学技术相结合的原则。

在血吸虫病的预防方面，科研工作者广泛调查了血吸虫病的流行情况，掌握了不同类型地区的感染方式；系统研究了钉螺的生活习性和其有效的杀灭方法；掌握了多样的粪便处理和在粪便中消灭血吸虫卵的方法；研发了新型口服药剂和药物、中医中药疗法等，治愈大量血吸虫病患者尤其是晚期患者。

1958年1月25日人民日报一篇《群策群力 灭尽钉螺 全国防治血吸虫病运动热火朝天》的报道中呈现了全民血防运动热火朝天的一幕幕：

"上海市参加灭螺工作的军、民四万多人，连日来在零度下的气温中用一百多部抽水机昼夜不停地工作，他们要把有螺沟渠的水吸干，消灭水线上下的钉螺。"

"江苏省江都县结合灭螺工作，所积的肥和所造的肥够五万零五百九十四亩地施肥之用，同时扩大耕地面积二百三十八亩，疏通河道和灌溉沟十万公尺，并且捉到鱼一万二千六百七十二斤。群众说：这正是一举五得。"

各地群众在实践中总结新经验，发掘新方法，做出很多有益尝试。镇江市是长江下游和江苏省的水运要道，船民"以水为生"，经常接触江水，因此，在船民中有近半数的人患有血吸虫病。船民们因地制宜，创造了很多

赤脚医生为农村儿童治病

适合水上生活习惯的管理粪便的办法。他们根据各种式样和大小的船舶，制造了各种马桶。轮船上过去的厕所都是没底的，都将其改置成可盛70斤粪便的大马桶。木帆船和渔船也都购置了大小马桶，渔船船身太小，没处安放马桶的，就用铅丝把马桶吊在船尾上。船上的猪畜粪便，也专门有个小组收集。为了使船民的粪便统一进行封池，在镇江沿江码头上统一修建了厕所和二个蓄粪池，并且组织专业的收粪小组，每天按时摇小船巡回水上收集粪便，并代船民在船上水桶内洗刷马桶。

　　1956年至1958年春，江西省余江县结合冬修水利工程，采用土埋和药杀，消灭了全部96万平方米的有螺面积。同时，开挖了87条全长330华里的新沟；在粪便管理方面，村村新建了公共厕所和储粪窖，实行专人管理；在用水管理方面，村村挖了新井、新塘，并筑了井台、井圈，每口井设置了公用吊桶，保证了群众用水安全；在治病方面，采取设组驻村，就地治疗的办法，革新治疗技术，推行短程疗法，加快了治病进程；凡查出的病人、病畜全部获得了治疗。

1958年6月30日，《人民日报》第7版发表《江西日报》记者陈秉彦、《人民日报》记者刘光辉联名撰写的《第一面红旗——记江西余江县根本消灭血吸虫病的经过》长篇报道，称赞余江"在全国血吸虫病防治工作战线上插上了第一面红旗——首先根除了血吸虫病，给祖国血吸虫病科学史上增添了新的一页。科学家们认为这是一个史无前例的创举"。毛主席就是在看到这篇报道后，欣然提笔写下了《送瘟神二首》。

第一面红旗

——记江西余江县根本消灭血吸虫病的经过

陈秉彦　刘光辉

"蓝田坂，粮食屯，去年四百九，今年一千斤"，这是人民今天歌唱号称沃野万里的余江县粮仓蓝田坂的一首山歌。两年前，人民唱的另一首山歌是："蓝田坂的禾，亩田割一箩，高兴两人抬，不高兴一人驮"。这两首山歌生动地唱出了蓝田坂根除血吸虫病前后生产上的鲜明对比。

住在倪桂乡建头村的人，过去经常要求迁出建头村，或者种建头村的田地不在建头村住。被血吸虫病夺去了儿子的金冬仍一两天上趟乡政府要迁移证，坚决要求离开建头村。根除了血吸虫病后，他和妻子的病都好了，生活有很大改善，妻子还生个娃娃，现在再也不上乡政府要迁移证了。建头村的人们现在都和金冬仍一样，下定决心永远在建头村安居立业了。

建头村在五十年前有五百多户，一千五百多口人；五十年内，有的被血吸虫病折磨死了，有的被迫外逃了，到解放时这个村只剩下八户，二十四口人，并且个个挺着大肚子，无力搞生产，生活极贫困，村子里变得死气沉沉，令人触目惊心。根除了血吸虫病后的短时期内，建头村现在增到二十一户，五十四口人；个个身强力壮，户户过着富裕的日子，村子里到处洋溢着欢乐的气氛。人们感激地说："共产党和毛主席救活了建头村。"

像这样临近毁灭又恢复了青春的村庄，在余江县疫区几乎每个社都有两三个。这些村庄年年增加人口，年年扩大。

在倪桂乡西坂农业社里，记者访问了女社员邓汝梅。这个不到三十岁的农村妇女脸上黑里透红，一看就知道身体很强壮。

邓汝梅抱着婴儿，她高兴而激动地向记者叙述了她的家庭的变化。

邓汝梅十八岁时与同村的农民金盛华结了婚，和母亲一起全家三口，生活过得很不错。可是不久她便患了血吸虫病，很快就由身强力壮变得精神萎靡不振，面黄肌瘦，肚子大得像个皮鼓。三年、五年过去了，她还没有生小孩，老母亲责怪邓汝梅不争气，不给家庭添福；丈夫也变了，嫌她面黄肌瘦不好看，不生育儿女，走起路来慢吞吞，拿起锄头就喘气，抱怨自己不幸娶了个这样的老婆，双方感情很不融洽。

1956年共产党和毛主席派来医生给邓汝梅一家检查和治疗血吸虫病，检查结果一家三人都需要治疗。但他们不相信医生能治好，说是因为"龙脉不好"得了大肚子病，竟拒绝治疗。经过医师再三解释，明白了血吸虫病使人大肚子不能生产和生育的道理后，才怀着又惊又喜的心情去治疗。

治好病后，一家人的身体很快恢复了健康。人长胖了，肚子变小了，走起路来轻快方便，参加劳动有了劲，随着生活的改善，家庭里开始有说有笑了。一年后，邓汝梅怀了孕，这是全家的大喜事。为了迎接出生的小娃娃，还添置了新的蚊帐、被子和衣服。小娃娃出生后，日子过得更亲热和睦了。邓汝梅说："共产党和毛主席是我们一家的救命恩人。"邓汝梅的家庭变化是余江县血吸虫病流行区千百个家庭变化的缩影。

（原载《人民日报》，1958年6月30日，有删节）

赤脚医生，从1968年首次见诸报端，到1985年卫生部决定停止使用这个称谓，近20年的岁月里，在党的领导下，数百万没有纳入国家编制的非正式医生为亿万农民提供着最基础的医疗服务。这种低投入、广覆盖的基础防疫和医疗救助体系，在医疗资源匮乏的年代里，承担着农民健康守护者的角色。

赤脚医生：乡村里的向阳花

◎侯楠楠

赤脚医生向阳花，
贫下中农人人夸，
一根银针治百病，
一颗红心暖万家。
出诊愿翻千层岭，
采药敢登万丈崖，
迎着斗争风和雨，
革命路上铺彩霞。

　　这段歌颂赤脚医生的歌词，出自20世纪70年代一部著名影片《红雨》的主题曲，它生动地概括了当时农村基层医务工作者——赤脚医生的工作状况和社会影响。这是一支背着红十字药箱、行走在田间地头的医疗队伍，他们在特殊的历史时期，守护着农民的健康，更给他们带来温暖和希望。

要把医疗卫生重点放到农村

新中国成立初期，人才匮乏，百废待兴，医疗人才更是紧缺，有限的医疗资源大都集中在城市。毛泽东主席一向对农村医疗卫生工作非常重视，1945年，他就在《论联合政府》中指出，"所谓国民卫生，离开三亿六千万农民，岂非大半成了空话"。

中华人民共和国成立后，毛主席反复强调要密切关注农民，他说："中国的主要人口是农民，革命靠了农民的援助才取得了胜利，国家工业化又需靠农民的援助才能成功。"

1949年，中国人均预期寿命只有35岁。1952年12月13日，在第二届全国卫生会议上，中央政府提出了卫生体系的四大方针——面向工农兵、预防为主、团结中西医、卫生工作与群众运动相结合。1954年11月，毛主席在对医疗卫生工作的指示中说："（医疗卫生工作）要管的是五亿人口的生老病死，真是一件大事，极其重要。"

1955年，毛主席提出"一定要消灭血吸虫病"，并把除四害、讲卫生、消灭危害人民健康最严重的疾病，列入了《全国农业发展纲要》。这一阶段，部分地区以农业生产合作社为单位建立起卫生保健站，培训不脱产的卫生员、接生员，发挥了农村医疗保障作用，但推广范围十分有限。

1965年6月26日，卫生部部长钱信忠在关于农村医疗现状的报告中说："1965年，中国有140多万名卫生技术人员，高级医务人员80%在城市，其中70%在大城市，20%在县城，只有10%在农村，医疗经费的使用农村只占25%，城市则占了75%。"

毛主席听完这个报告后说："应该把医疗卫生工作的重点放到农村去！""培养一大批'农村也养得起'的医生，由他们来为农民看病服务。"这就是毛主席要求重点关注农村医疗的"六·二六"指示。

赤脚医生就是好

在毛主席发出指示后，1965年8月，卫生部邀请了一批农村基层卫生人员参加座谈，他们从实践中体会到，在农村，伤风感冒、沙眼和肠道疾病、疖子、脓肿和小外伤等容易预防治疗的常见疾病，占发病率的80%以上，真正的急重病症并不多，农民迫切需要简便、有效、不误工、少花钱等简易治疗方法替他们治病。当时，一位叫程震山的老医生说，我们应该把祖国医学宝库里的经济简便、行之有效的治疗方法和民间流传的单方验方，及时收集，加以整理，推广应用。

对农村有一点文化的青年进行医学培训，上海市动手较早。赤脚医生的叫法，首次在上海市川沙县江镇公社出现。1965年夏，这个公社开始办医学速成培训班，学期4个月，学的是一般的医学常识，及对常见病的简单治疗方法。绝大部分学员都是贫下中农子弟，只有小学或初中文化程度。学员学成后，便回公社当卫生员。

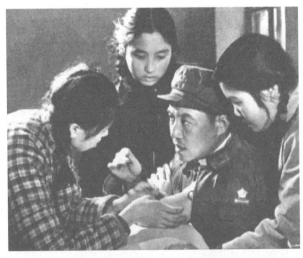

人民解放军二〇八医院医务人员用自己的肢体做实验，为赤脚医生讲解针灸的治疗方法。

报章里的中国记忆

在第一批学员中，有一个叫王桂珍的女社员，由于她在班上学得认真，很快就初步掌握了医学知识。在经过短短四个月的培训后，她被安排在江镇公社当卫生员，是该公社第一批卫生员之一。可她没有选择待在卫生院等农民上门治病，而是背起药箱，走村串户甚至到田间地头为农民们治病。农忙时，她也参加农业劳动。

开始，一些农民不相信王桂珍能治病，但王桂珍治好的病人越来越多，口碑流传开来，找她看病的人越来越多。王桂珍的这种工作方式，开始并没有引起当地党政领导机关和卫生部门的重视，当地只是把她的事迹放在学雷锋的范围来宣传。

当地农民因多种植水稻，平时劳动时是赤脚下水田的，所以当地早就有一个朴素的观念——"赤脚"和"劳动"是一个意思。见王桂珍在为农民看病之余也经常参加一些劳动，大家就称她为赤脚医生。所以，赤脚医生就是不脱离劳动、同时也行医的意思。

1968年，上海市派出记者前往川沙县江镇去调查、采访。采访中，记者们敏感地意识到，王桂珍的这种做法，与毛主席几年前作出的指示，以及他所提倡的方式是符合的。于是他们写成了一篇调查报告，题目最后定为《从"赤脚医生"的成长看医学教育革命的方向》。这篇文章，第一次把农村半医半农的卫生员称为赤脚医生。

王桂珍被称为中国赤脚医生第一人

1968年夏天，《文汇报》在重要位置发表了这篇调查报告。该文发表后，立即引起北京宣传部门的重视。当年9月出版的《红旗》杂志第三期和9月14日出版的《人民日报》全文转载了这篇调查报告。

这篇文章还引起了毛主席的关注。毛主席仔细阅读了《人民日报》上发表的这篇文章，并且在他阅读过的《人民日报》上批示："赤脚医生就是好"。从此，赤脚医生作为半农半医的乡村医生的特定称谓走向了全国。王桂珍则被看作赤脚医生第一人，她的形象还被印在了1977年上海发行的粮票上。

赤脚医生的主要身份仍是农民，并未脱产，平时有一半甚至更长的时间参加农业生产劳动，所以是"贫下中农养得起"的医生。他们的收入保持在农村一般同等劳动力的水平，在江镇公社，"平均每个贫下中农一年补贴赤脚医生四五分钱"。除去政策号召的因素，赤脚医生的工作以工分计，这也在很大程度上保证了赤脚医生的工作积极性。

除去缺乏医护人员，农村面临的另一大问题是严重缺乏药物和医疗设备。"治疗靠银针，药物山里寻。"银针和草药是赤脚医生的两件宝。

当时普遍流行"三土四自"的诊疗方式，即土医、土药、土办法，自种、自采、自制、自用。这些中草药和针灸等诊疗技术，极大降低了医疗成本，能在很大程度上满足农民的医疗需求。

赤脚医生和合作医疗的协奏

农村合作医疗的推广，促进了一大批赤脚医生的产生，赤脚医生和合作医疗的协奏，在短期内改善了中国农村的医疗状况。

新中国合作医疗的典型是一个叫覃祥官的人在鄂西长阳土家山寨创造的，1966年8月10日，中国历史上第一个农村合作医疗试点——"乐园公社杜家村大队卫生室"挂牌了。

覃祥官主动辞去公社卫生所的铁饭碗，在大队卫生室当起了记工分、吃农村口粮的赤脚医生。农民每人每年交一元合作医疗费，大队再从集体公益金中人均提留五角钱作为合作医疗基金。除个别痼疾需要常年吃药的以外，群众每次看病只交五分钱的挂号费，看病吃药就不要钱了。1968年12月5日，《人民日报》头版头条发表了反映乐园公社创办合作医疗的调查报告——《深受贫下中农欢迎的合作医疗制度》。

1969年，全国出现了大办农村合作医疗的热潮。按此思路，全国各地在县一级成立人民医院、公社一级成立卫生院的基础上，在大队一级都设立了卫生室，构成农村三级医疗体系。在大队一级卫生室工作的医务人员，都是"半农半医"的赤脚医生。

与此同时，各级卫生部门开始下大力气，按照上海川沙县江镇公社的做法，着手大批培训赤脚医生。当时正是知识青年上山下乡的高潮，一批下到农村的初、高中生，由于文化水平较当地农民青年要高，也自然成了接受培训的主体。这种情况，促使中国的赤脚医生队伍在短期内迅速形成，农村医疗状况迅速改观。

1975年6月26日，《人民日报》发表社论《卫生战线的深刻革命——纪念毛主席"六·二六"指示十周年》。社论指出，合作医疗与赤脚医生这两个新生事物的大规模发展，使广大农村的社会风尚与精神面貌发生了深刻变化。到1977年底，全国有85%的生产大队实行了合作医疗，赤脚医生数量达500多万名，相当于卫生部系统原有卫生技术人员的总数（220万人）的两倍多。

在大办合作医疗的过程中，培养了大批会接生的赤脚医生，并狠抓"新法接生"，提高新生儿成活率。"解放前中国婴儿死亡率在千分之二百左右，到1981年降低到千分之三十四点七，下降了千分之一百六十五点三；人均期望寿命也由解放前的35岁提高到1981年的67.9岁，增长了32.9岁。"由于新法接生质量的提高，新生儿患破伤风的比率也大幅度下降。

70年代末，世界卫生组织高级官员到中国农村实地考察，把中国农村的合作医疗称为"发展中国家解决卫生经费的唯一典范"。联合国妇女儿童基金会在1980—1981年年报中称：中国的赤脚医生制度在落后的农村地区提供了初级护理，为不发达国家提高医疗水平提供了样板。世界卫生组织、世界银行等机构赞誉中国只用了世界上1%的卫生资源，解决了世界上22%人口的卫生保健问题。中国独特的医疗卫生体系创建，深刻地影响了其他国家的医疗改革，启发那些改革者们发展适合自己的医疗卫生制度。

1985年1月25日，《人民日报》发表《不再使用"赤脚医生"名称，巩固发展乡村医生队伍》一文，至此，赤脚医生作为一种医疗制度安排宣告结束。

从"赤脚医生"的成长看医学教育革命的方向
——上海市的调查报告

"赤脚医生"平时有一半左右时间参加劳动，生产大队对他们的补贴不多，贫下中农养得起。他们的收入保持农村一般同等劳动力的水平。以去年为例：在富队东滨大队，"赤脚医生"的年收入为三百元，其中劳动收入为一百元，上交大队的出诊费、注射费（每次五分）及助产费（每次三元）为一百二十五元，大队实际补贴为七十五元。在穷队民利大队，"赤脚医生"的年收入为二百余元，其中劳动收入为五十四元，上交大队的出诊费、注射费为九十二元，大队实际补贴为六十一元。两个大队都有一千三百多人，平均每个贫下中农一年补贴"赤脚医生"四五分钱。

"赤脚医生"是改变农村医疗卫生状况的尖兵，贫下中农需要他们。新龙大队一个贫农的孩子得病，先由一个流窜来的坏人来"看"病，几角钱的一针安乃近就骗走了十多元，而孩子的高烧仍旧没有退。"赤脚医生"主动上门，细心治疗，病家只花了三元多钱，病就好了。这样的例子很多，这就使贫下中农懂得：医疗卫生大权一定要由贫下中农自己掌握。医院都设立在远离农村的城镇，就医不便，真是"救护车一响，家里一只猪白养"。一九六三年，陈湖大队一个贫农的孩子得乙型脑炎，由于附近没有医院，病情恶化，送到上海医疗，住院一个月，小孩残废了，还花了三百多元钱。"赤脚医生"在贯彻"预防为主"的方针中，也起了巨大的作用。有一个大队的"赤脚医生"，在大队的领导下，与贫下中农一起大搞粪水管理和饮水消毒，使蚊蝇大量减少，有效地预防了流行疾病。仅以流脑、乙脑为例，一九六六年为二百病例，今年几乎没有发生。他们的粪、水管理工作，受到前来公社参观群众卫生状况的人们的赞扬。

（原载《人民日报》，1968年9月14日，有删节）

新中国成立后，摆在国家面前的一个主要任务就是如何对待旧教育、旧学校，如何建设适合国情的新教育、新学校。

1949年底，教育部召开第一次全国教育工作会议，确定新民主主义时期的教育方针是"为工农服务，为生产建设服务"。学校的大门向工农开放，普通教育和工农业余学校同时发展，使各级学生人数都突飞猛进。新中国的教育事业展现出了历史上从来没有过的新气象。

唱着《夫妻识字歌》进课堂

◎帅木工

1949年10月1日，中华人民共和国的成立揭开了中国教育发展新篇章，使教育在全国范围内进入了从半封建半殖民地的文化教育转变到为新民主主义文化教育的重要时期。而坚持教育为工农服务、学校向工农开门就成了这一时期教育工作的一项重要指导方针。

中国教育史上的一个重大转折

《中国人民政治协商会议共同纲领》明确规定："中华人民共和国的文化教育为新民主主义的，即民族的、科学的、大众的文化教育。人民政府的文化教育工作，应以提高人民文化水平，培养国家建设人才，肃清封建的、买办的、法西斯主义的思想，发展为人民服务的思想为主要任务。""中华人民共和国的教育方法为理论与实际一致。人民政府应有计划、有步骤地改造旧的教育制度、教育内容和教学法。"

这个规定从根本上改变了教育的性质，使教育在全国范围内走上了为人民服务的道路。这是中国教育史上一个重大的转折。

1949年11月1日，中央人民政府教育部成立。

为了落实《共同纲领》，尽快建立新的教育体制，1949年12月23日至31日，教育部在北京召开了新中国第一次全国教育工作会议。

教育部部长马叙伦致开幕词。他说，新中国的教育应该是反映新中国的政治、经济，作为巩固与发展人民民主专政的一种斗争工具的新教育。由于我们的国家是以工农联盟为基础的人民民主专政的国家，我们的教育也应该以工农为主体，大量地培养工农出身的新型知识分子，作为我们国家建设的坚强骨干。

会议提出今后相当长的时期内，发展教育应以普及为主，着重为工农服务，使普及与提高正确结合。

会议讨论草拟工农速成中学的实施方案；根据政务院创办中国人民大学的决定，拟定了该校的实施计划；初步交流了新解放区进行政治思想教育的经验等事项。

扫盲运动：人类历史上的奇迹

第一次全国教育工作会议的一个重要内容是明确了建设新教育时要以普及为主，建国初期开办识字班，开展扫盲运动就是这次会议精神的一个体现。

我国的扫盲运动从战争时期就开始了。新中国刚刚成立，一场轰轰烈烈的扫除文盲运动便在全国范围内展开。扫盲班遍布工厂、农村、部队、街道。人们以高涨的热情投入到学习文化的浪潮中。1952年中国开始了第一次大规模的扫盲运动；1956年，周恩来总理号召全国人民向现代科学文化进军，于是，第二次扫盲运动又掀起高潮；两年后，陈毅元帅在有关会议上说：扫盲是使6万万人民睁开眼睛的工作，非干好不可，第三次扫盲运动吹响了号角。从1949年到1960年约有1.5亿人参加了扫盲和各级业余学校的学习。

"黑格隆冬天上，出呀出星星。黑板上写字，放呀么放光明。什么字，放光明？学习，学习二字我认得清……"

1950年代，这首《夫妻识字》曾在大江南北风靡一时。那时，无数人就是唱着这首歌，走进了扫盲班的课堂。

1951年，山西省芮城县妇联在县城召开"庆祝三八妇女节"大会，东岩村几个妇女结伴去县城开会。几个妇女平时很少出门，到了县城她们这儿瞅瞅那儿看看，见什么都新鲜。忽然，她们看见有个人从南边提着一束麻花走过来，忙问"麻花从哪儿买的?"那人胳膊一抡，顺手一指："那边。"

几个妇女也没看清楚，朝着那人手指的方向走过去。走着走着，她们看见一处地方用苇席围着，很多人出出进进，心想这肯定就是卖麻花的地方了，就懵懵懂懂往里走。

没想到，里面蹲着个男人。男人一声大喝："干什么?"妇女们也愣了说："我是来买麻花的。"其实，门外就写着"男厕"两个斗大的字，她们愣是不认识。

还有更严重的，因为不识字，发生了放走敌特的事件。

1949年秋，一封紧急密信送到黑龙江省宁安县某村长手上。村长不识字，连夜挨家敲门找人来读，可村里识字的人太少了，更别说是读信了。终于，村长找到了一个号称"秀才"的村民，"秀才"看完信，很快就逃跑了。

原来，这是一封"追凶密信"，信中让村长监控的疑犯正是"秀才"本人。

这些真实故事背后，是一个严峻的现实：第一，新中国成立时，全国5.5亿人口中，文盲占80%，农村的文盲率更是高达95%以上，有的地方甚至十里八村也找不出一个识字的人来；第二，中国人民在政治上翻了身，但如果不识字，做睁眼瞎，不能在文化上翻身，就不能彻底翻身。

正是因为这样，早在1945年，毛泽东在中共七大上就指出："从80%的人口中扫除文盲，是新中国的一项重要工作。"

　　　　　报章里的中国记忆

应该特别提出的是，在广大工农群众和解放军中开展的扫盲识字运动，解放军某部文化教员祁建华创造的"速成识字法"大大加快了识字的进度。1964年的一份调查结果显示：我国15岁以上人口的文盲率，已经由解放初期的80%下降到了52%。1亿多人摘掉了文盲的帽子。

第一所工农速成中学建立

创办工农速成中学是培养工农出身的新型知识分子的重要举措。工农速成中学招收工农干部、劳动模范及工农青年入学，施以中等程度的文化科学基础知识教育，以便使他们毕业后能升入高等学校继续深造，旨在将他们培养成为共和国的各种高级建设人才。

为落实第一次全国教育工作会议提出的在全国普遍举办工农速成中学的战略措施，中央教育部在要求各地创办工农速中的同时，自己先行一步，于

北京工农速成中学学生在学习

1957年山东工学院附属工农速成中学毕业证书

1950年1月直接领导创办了全国第一所工农速中——"北京实验工农速成中学",后更名为"中国人民大学附设工农速成中学",即现在的中国人民大学附属中学前身。

北京实验工农速成中学从1950年1月筹备,到4月开学,仅用了三个月的时间。

针对学生文化程度参差不齐的情况,按学生程度编班,按班级教学,对那些文化程度较低的学生则采取先补习,后正式进班的办法。工农学生年龄大,20多岁入学还算年轻的,有的已30多岁,成家有子女者多,生活负担重,记忆力差,文化水平真正达到小学毕业的极少。他们说,背枪扛锄都不怕,握起笔来就觉得重,额头上要流汗。常常课间不休息,熄灯后在路灯下、厕所里看书,甚至打着手电在被窝里学习。这些工农学员政治素质高,多数是共产党员,学习目的明确,态度端正,学习刻苦。

早期毕业的工农学生出路宽,备受重视,北京实验工农速成中学第一届毕业生中有59人升入人民大学各系,21人考入北京大学、哈尔滨工业大学等其他高校，成为新中国的高级建设人才。

据1956年毕业于"陕西省西安工农速成中学"的孙恒毅回忆，在速成中学，开始使用的是东北人民政府教育部编译的苏联十年制教育中学部分的教材，1954年后，用我国人民教育出版社编写的中学教材。当时课程安排得十分紧凑，甚至连自习时间都排在课程表内，在三年半的时间内，原来只粗通文字的学生，学完了普通中学学生六年学习的基础知识，具备了进入高等学校深造的条件。孙恒毅毕业后被西安交通大学录取。

工农速成中学是我国特殊历史时期因特殊需要创办的特殊学校，到1954年，全国已有工农速成中学87所，招生6万多人。仅在第一届1680名毕业生中，就有1622人升入了高等学校。1955年工农速成中学停止招生。工农速成中学为共和国初期培养工农出身的建设人才作出了极大的贡献。

教育要与生产劳动相结合

第一次全国教育工作会议，确定新民主主义时期的教育方针是"为工农服务，为生产建设服务"。学校的大门向工农开放，普通教育和工农业余学校同时发展，使各级学生人数都突飞猛进。随着基础教育普及程度的扩展，供不应求的升学矛盾必然要逐渐激化。

教育学研究者王丹在一篇文章中说，建国初期政府与学界就敏锐地指出，教育不应该作为一种社会的上升通道，因为教育作为社会上升通道，对应着社会中职业的贵贱差别，而职业贵贱等级的基础是劳心和劳力的分离，是对体力劳动和体力劳动者的轻视。

对此，1958年陆定一发表一篇著名文章《教育与生产劳动相结合》强调，教育与生产劳动相结合，是教育工作中反对几千年的旧传统的一个革命。

1958年5月30日，刘少奇在中国共产党中央政治局扩大会议上讲话，提出"我国应有两种教育制度、两种劳动制度"，在全日制正规学校教育制度和八小时工作制之外，应该推广勤工俭学的学校教育制度和半工（农）半读的劳动制度。对此，有学者指出，只有在正规学校教育之外的职业中提供劳动者继续学习和受教育的制度保障，才能逐渐取消正规教育作为社会分层和个人进阶楼梯的功能，从而打破社会各阶层的自我循环复制，逐步缩小现存的社会等级之间的差别。令人惋惜的是，这一尝试并没有得到坚持。

即使在今天，"两种教育制度、两种劳动制度"的思路对破解正规教育与社会等级之间的矛盾仍然有重要的启示。据央视财经报道，我国高级技工缺口高达2200万人，当前一些技术工种开高薪都招不到人。这除了职业教育的投入不足，也与整个社会的人才观念和文化偏见有关。2019年1月17日《光明日报》发表文章指出，我国学校教育与社会需求之间已经脱节，而导致脱节的原因是全社会存在的学历情结与学历导向。近年来，这一问题更加突出。要解决这一问题，不能只喊口号，必须全面调整教育管理和评价体系。

习近平总书记在2018年9月10日全国教育大会上强调，要深化教育体制改革，健全立德树人落实机制，扭转不科学的教育评价导向，坚决克服唯分数、唯升学、唯文凭、唯论文、唯帽子的顽瘴痼疾，从根本上解决教育评价指挥棒问题。

报章里的中国记忆

全国教育工作会议开幕

郭沫若、陆定一亲临指导

中央人民政府教育部召开的全国教育工作会议，经过三天预备会，听取了各地教育工作情况报告后，于今日正式开幕。上午举行开幕式，到会者有北京、天津两市，华北五省、东北、华东、华中南、西北、内蒙古等十二个地区教育负责人二十三人，教育部全体干部，及中央人民政府各有关部门和中华全国总工会、新民主主义青年团中央委员会、全国学联等团体代表，政务院副总理兼文化教育委员会主任郭沫若，副总理黄炎培，中央政府委员徐特立，文化教育委员会副主任陆定一均亲临指导。

会议开幕后，首由马叙伦部长致开幕词。他在阐述新民主主义教育总方针时说："新中国的教育应该是反映新中国的政治经济，作为巩固与发展人民民主专政的一种斗争工具的新教育。"他又强调指出："由于我们的国家是以工农联盟为基础的人民民主专政的国家，因此，我们的教育也应该以工农为主体，大量地培养工农出身的新型知识分子，作为我们国家建设的新的坚强骨干。"关于全国教育工作当前具体工作方针，他说："我们要做到有计划，有步骤，有重点，这就是稳步前进的方针！"最后，他希望大家根据上述精神来讨论中央教育部一九五〇年的上半年工作计划，并以联系解决若干全国性的重要问题。

接着由郭沫若讲话。他说：共同纲领已给我们详细规定了文化教育政策，忠实地照着去做，万无一失，留下的问题是怎样去做。因此，对实际情况的了解是绝对必要的。他指出目前国家财政正遭遇暂时性的困难，号召文教工作者，把有限的财力，作最有效的使用；并大力动员城市工商业者，踊跃购买胜利公债。黄炎培在讲话中，根据自己过去从事教育工作的经验，强调教育工作者应高度发展人民的智慧，反对不正确的教学方法。徐特立历述解放区教育是从艰苦奋斗中发展起来的，并指出我们的教育工作应是一种群众运动，教育工作者应是这个运动的领导人，教育工作者应发扬艰苦奋斗的作风。陆定一号召教育工作者不要为教育而教育，应当为政治服务，成为一个政治家。他提出几个具体问题如创办工农速成中学、师资、教材、总结新区工作经验及领导问题，请大会讨论和解决。

来宾讲话的有科学院副院长竺可桢、出版总署署长胡愈之、全国学联秘书长柯在铄。

下午，由钱俊瑞副部长报告中央教育部一九五〇年上半年工作计划。他提出工作的重点为：继续有计划地了解和研究全国教育工作情况，并根据新民主主义的教育政策与当前实际情况，解决若干必须和可能解决的问题。主要的工作为：分别召开全国高等、中等、初等、社会教育会议；创办人民大学，创办工农速成中学，改造北京师范大学；着手研究和解决各级学校和社会教育的课程、教材、师资等重要问题；指导出版一种教育刊物。他每项工作均加以详尽说明。会议自明日起，即开始进入小组讨论。

据统计，至新中国成立初期，全国的妓院有近万家，还有相当数量的游妓暗娼遍布城市的各个角落。由于妓院林立，赌博、吸毒等社会丑恶现象泛滥，梅毒、淋病等性病蔓延，严重败坏了社会风俗，影响了社会安定。政府开始封闭妓院，对妓女进行改造、帮助她们找到新的生存之路。

（原载《光明日报》，1949年12月24日）

1977年，邓小平同志两次主持召开全国高等学校招生工作会议，决定恢复高考。关闭10年之久的高考大门终于又重新打开。但高考该怎么考，却没有一个可以确定的方案。于是，中央决定选广西百色进行试点。百色试点成为我国1977年恢复高考的先行探路者。

重新打开高考的大门

◎周仕兴

1977 年，刚复出不久的邓小平同志两次主持召开全国高等学校招生工作会议，决定恢复高考。当年 10 月 12 日，国务院批转教育部《关于 1977 年普通高校招生工作的意见》，恢复高考制度的工作由此在全国全面展开。

关闭 10 年之后，高考的大门终于又重新打开了。但高考究竟该怎么考，却没有一个可以确定的方案。于是，中央决定先进行试点。

或许是历史的巧合，教育部决定将试点选在当年邓小平等老一辈无产阶级革命家领导百色起义的广西百色。当时的百色，有 1000 人以上的厂矿，有平原、山区，壮、苗、瑶等多个少数民族和睦共处，人口、经济、文化等在广西处于中等水平，有一定的代表性。

从宣布恢复高考到正式考试，不到两个月时间。可就在这么短暂的时间里，许多从百色试点中反映出来的问题，迅速以简报形式及时向上反映，并发往全国。可以说，百色试点对制定高考政策以及向全国各省提供经验，起到了重要参考作用。

测试题以初中为标准

1977年10月21日，新华社向全国播发消息，宣布正式恢复高考。10月26日，试点招生小组进驻百色，12月6日试点结束。12月10日以后，全国各省的考试正式展开。

"百色试点的目的，主要是为了探索恢复高考的全套操作过程，看恢复高考到底怎么考。"时任广西招生办主任刘永强说，试点时发现，招生对象主要是上山下乡知识青年，他们10年不摸课本了，怎么报名、怎么考？还有报名的时候，怕下面限制他们不让报……一系列问题等待试点破解。

招生小组从宣传发动、组织报名、复习备考、组织命题、考试评卷、政审体检、录取新生、发通知书，所有环节全部做了一遍，看看都存在哪些问题，并寻找解决方案。试点总共写了15期简报，送教育部和自治区。教育部就以百色试点经验指导全国的招生考试。

试点过程困难重重。"10年不考了，突然说要考，从头到尾都不知道怎么做。"刘永强说，比如考试统分，当时没有计算机，那么多卷子怎么办？百色招办的人挑起箩筐，到各家各户去收罗算盘。他们把这条经验马上告诉各地招办，要他们做好准备。后来全自治区铺开高考工作，统分时全部用算盘来加分，场面可谓蔚为壮观。

考生从得到消息到考试，才一个多月，时间紧迫，怎么组织复习？复习什么内容？考生关心的问题，亦是百色试点要破解的当务之急。

广西招生办组织宣传队，到一个个公社、生产队去搞动员。当时，好多考生都在插队，多少年不沾书本了，要找一些资料帮助他们复习。"都找到废品站去了，把那些当废纸卖的课本搜罗回来。"刘永强说，书店的旧课本也被抢得一空。考生都不知考些什么，广西招生办便大体上参照"文革"前的高考，弄了一个简单的提纲供考生参考。

试点最关键的环节是出题。出题人以中学教师为主，也有部分大学老师。老师们天天讨论，试题范围如何选定、难度究竟怎么把握呢？他们把一个个村、一个个队的考生集中起来复习，出些模拟测试题给他们做，看他们能答到什么程度。

经过反复认证，广西招办决定测试题以初中为标准。出太浅了，小学文化也能上大学，不行；出太深，大家考零分，也不行。后来正式考试出的题，也是以初中为标准，难度偏中下。

录取也只能"矮个中挑高个"

广西大学退休教授罗里熊是百色试点的评卷老师。1977年恢复高考的消息公布后，在横县中学当物理老师接到评卷任务。当年11月11日，考试前一天，他和其他124名从广西各地调来的评卷老师，参加了全体评卷员会议。会上他才知道，百色高考试点按科目、按地区抽调老师前来改卷，而他们的另一项任务是，结束百色高考试点后，回到本地区要组织接下来的高考工作。

从11月13日开始，罗里熊等人就开始了评卷工作。"我就负责理化卷。记得当时是没有给标准答案的，题目也相当简单。"他说，物理题目基本上可以在初中课本里找到答案，而且限于年代的原因，多数与农业机械的使用操作有关，真正的物理学原理，反倒考得不多。

但即便如此，考卷上还是闹出不少趣闻。比如，地理卷的一道问答题"什么是四海"，好些人答不出来，只好"青海、上海"乱填一气；有些考生枯坐不知如何作答，只好随意填写自己擅长的内容，完全"答非所问"。评卷出来，分数也非常低。百色某乡镇44个考生，数学考试一共考了26分，平均0.59分，最高的是6分。其他科目也是如此，大量的不及格，录取也只能"矮个中挑高个"。

百色试点结束后，全国各省高考于11月28日开始，至12月25日结束，历时近1个月。招生考试也由各省单独命题。分文、理两大类，文科类考政治、语文、数学、史地；理科类考政治、语文、数学、理化。各科满分100分。

据统计，当时全国报名要求参加高考的青年多达1000余万人，年龄也参差不齐，最小的只有十三四岁，而大的则有三十六七岁。经过审核，这一年共有570余万人参加考试，而最终录取的人数只有27.297万人，录取率为4.9%，是中国高考史上最低的录取率。

全国第一个高考复习大纲在广西桂林编写完成

1978年春天，27万"金榜题名"的幸运儿迈入了大学校园，他们发现所在班级同学之间的年龄差异如此大，这就是中国教育史上七七级学生的奇特现象。

上大学之前，不少同学工作或下乡、回乡好几年了，生活的磨难使他们有了更多的成熟和对困难的承受力。现在能重新捧起书本的时候，当然就非常珍惜这来之不易的学习机会了。学校的图书馆、阅览室、语音室经常是座无虚席，晚自修要找一个位子很不容易，他们用"夺回失去的青春"的豪情，如饥似渴地吸吮着知识的雨露，积蓄着振翅高飞、报效国家的力量。

七七级高考可谓万里长征迈出了第一步。到了七八级，大学还是想招受过正规高中教育的生源。同时，高中生也看到了希望，大家发奋读书，争取高考直接读大学。于是，教育部组织专家在广西桂林编写了全国第一个高考复习大纲，从此考题就逐渐向正常转化了。

1978年，全国统考恢复了，时间为7月20—23日。为避免暗箱操作带来的问题，根据邓小平同志的意见，高考成绩一律通知考生，如对评卷有疑问，还可申请复查试卷。

由于1977年恢复高考太过突然，很多人来不及复习准备，所以1978年报考人数涨至610万。原计划招生29.3万人，后增加了近11万人，共录取40.2万人。1977年和1978年的两次高考报考人数纪录直到20多年后才被打破。

1978年招生文件明确规定年龄可放宽到30岁，并取消了其他限制。"老三届"考生所占比重仍然很大。

1979年，取消了政审关于密级的规定，简化了调查、审查的程序，将"政审不合格"修改为"不宜录取"，并将政审"不宜录取"的权力上收到省、市、自治区。

进入80年代后，10年沉淀下来的社会考生基本消化完毕。高考制度逐渐成熟，完全走向了正轨。

"今年全国高等学校招生考试胜利结束"

新华社北京一九七七年十二月二十五日讯 一九七七年全国高等学校招生考试，到今天为止已经胜利结束。

广大人民赞扬这次高校招生考试，是向"四个现代化"进军，广开才路的盛举。

全国约有五百七十万青年踊跃报名参加了考试。他们当中有工人、农民、战士，有上山下乡和回乡知识青年、应届高中毕业生，也有机关、学校青年工作人员等。

这次高考开始于十一月二十八日，结束于十二月二十五日，历时近一个月。

散设在全国各地的数以万计的考场，到处洋溢着节日的气氛。考试前，各地招生委员会做了大量的准备工作。各考场都布置得整整齐齐。许多考场还办起了指导考生的专栏，设置了方便考生的小卖部、茶水供应站、卫生站等。考试那几天，广大考生准时赶到考场应试。有的考生还由教师、家长或工厂、公社干部陪送到考场，接受祖国的挑选。考场上，秩序井然，考生精神专注，答卷认真。监考人员既注意严格维护考场规则，又注意引导考生看清试题，避免紧张出错。个别考生临场生病或带病考试，监考人员端水送药，保证考生顺利完成答卷。

许多省、市、自治区以及地、县的负责人，非常重视这次高考。他们亲临考场，勉励考生，指导招生委员会把工作做细。各地文教、财贸、卫生、交通等各条战线，也大力支援高考，优先解决考生的住宿、乘车、吃饭等具体问题。有的地方还专门开出赶送考生前往考场的公共汽车。许多考场附近的居民以及考场所在学校的师生，也主动从各方面帮助搞好这次高考。

"一颗红心，两种准备，一切听凭祖国安排。"这是广大考生的共同心愿。

全国高等学校招生消息传出后，城乡各地广大青年欢欣鼓舞，踊跃报名。他们把积极报考大学看作是实现毛主席、周总理遗愿，看作是对"四人帮"破坏党的教育事业的有力回击。各地报考人数之多，热情之高，都是前所未有的。许多青年表示："勇敢地站出来，接受祖国的挑选！"尽管距离考期已近，广大青年在各自的工作和学习岗位上，积极准备，认真复习功课。许多工厂、农村大队、学校和部队，也从各方面支持青年报考，为他们创造学习条件。考试结束以后，广大考生愉快地返回工作和学习岗位。许多青年工人考试结束当天，就赶回工厂上班；许多上山下乡知识青年，也立即赶回农村冬季农田基本建设会战工地。他们表示，不论上大学，还是留在工厂、农村，都是为社会主义大厦添砖加瓦。考上大学，要刻苦学习，服从党的安排；没有被录取，也要努力学习，在自己的岗位上为实现四个现代化多做贡献。有的青年说得好："革命有分工，行行都光荣；考上考不上，前途都光明。"广大考生普遍反映，这次高考，提高了思想认识，增长了知识，更坚定了为实现四个现代化加紧学习的决心，收获很大，考不上心里也高兴。许多青年工人、上山下乡知识青年和学生，考完以后，回去就制定了自学计划，更加有计划地提高自己的科学文化水平。

今年的高校招生考试，震动了全国，在我国各条战线，各行各业，引起了强烈的反响。通过考试，极大地调动了广大青年的学习积极性，形成了空前未有的为革命刻苦学习的热潮。各地中小学都普遍采取措施提高教学质量，学生勤奋学习的生动事迹大量涌现。许多工厂工人、商店职工、机关干部、学校教师和农村青年，业余自学的空气更浓了，收听广播讲座的青年非常踊跃。有个工厂文化班的学员过去只有三十多人，最近猛增到三百多人。有的单位举办的文化科学讲座，听众超出预计的一倍。许多地方的教育部门和单位为了满足广大青年的学习要求，正在加强业余学校、七·二一大学、五·七大学、共大的领导；有的在积极筹划建立新的业余大学和进修学校。人们赞扬说：现在青年人自学的多了，钻研问题的多了，谈四个现代化的多了。许多人高兴地说：改革大学招生制度，清除"四人帮"的流毒，我们祖国青年一代大有希望了！

（原载《光明日报》，1977年12月26日）

报章里的中国记忆

20世纪80年代初，中小学教师被殴打欺凌事件频发。《光明日报》抓住北京怀柔事件进行连续报道，在全国形成了巨大影响，对遏制这种现象起到了很好的作用。此后，随着教师节的设立，尊师重教在全社会蔚然成风。

　　2016年9月9日，习近平总书记在北京市八一学校考察时强调："各级党委和政府要满腔热情关心教师，让广大教师安心从教、热心从教、舒心从教、静心从教，让广大教师在岗位上有幸福感、事业上有成就感、社会上有荣誉感，让教师成为让人羡慕的职业。"新时代的中国教师更有信心做好学生锤炼品格的引路人、学习知识的引路人、创新思维的引路人、奉献祖国的引路人。

怀柔事件与教师节的诞生

◎叶　辉

以1977年恢复高考为标志，中国迎来了"教育的春天"。但是，教师特别是中小学教师地位低，仍是一个普遍性的社会问题。"文革"中，他们因为是"臭老九"而倍受歧视。到了80年代初，大学生毕业分配时，流传着这样的顺口溜："先工商，后财贸，去哪也不去学校。"《光明日报》编辑部经常收到中小学教师来信，他们倾诉自己工作条件艰苦，待遇低下，还受人歧视和辱骂殴打的情形。许多信令人心情难平。当时粗略统计，仅湖南省1981年就发生此类事件700多起。欺凌殴打老师问题已经成为社会关注的焦点之一。

正是在这样的背景下，怀柔事件进入媒体的视野。

怀柔事件

1982年6月，《光明日报》学校教育部记者赵学礼参加北京市教育局的一个活动时，该局转托他带回一封读者来信，作者是焦文驷。这实际上是一封投诉信，焦在来信中说，4月26日晚，北京市怀柔县黄坎公社吉寺小学范秋兰、于学荣、刘凤珍三位女教师在去看电影的途中遭到该村王兴宽及其子女的殴打和辱骂，原因竟是他们看不惯三位女教师比较时髦的穿着打扮。这件由谩骂发展到殴打的恶性事件持续了20多分钟，现场200多人围观，当学校领导和大队干部闻讯赶来救助时，围观者竟然挡住去路，最后是两位男教师奋力从人群中挤进去才把她们救出来。当晚12点，一些人还赶到学校用砖头、石块袭击女教师的房间，全校教师惶恐万状。因教师被打住院无人教书，吉寺小学不得不停课40多天。

面对这样一个恶性事件，北京市教育局竟感到无能为力，因为当时此类事太多，而教育局没有处置肇事者的权力，于是寄希望于通过媒体造舆论引起社会关注，以达到解决问题的目的。

赵学礼将这封读者来信交由群工部处理。群工部认为，在众多的殴打教师事件中，此案非常典型，在首善之区北京发生如此事件，性质极端恶劣，影响极坏，于是将这一事件作为报道选题直接向总编辑汇报。总编辑表示：马上派人去采访，立即予以曝光！赵学礼和群工部张爱平接受任务，奔赴怀柔采访。

记者了解到的事实比读者来信反映的要严重得多。当地一些不良青年经常到学校骚扰滋事，在路上拦截女教师，用下流的语言挑逗侮辱，还经常半夜去敲女教师的门窗，女教师不开门窗就用石头砸，几年中已砸破200多块玻璃，女教师为此担惊受怕。

舆论风暴

1982年6月24日，《光明日报》在一版头条刊发了这封读者来信，并配发记者调查附记。

报道见报后，当地迟迟未做进一步处理。实在是因为殴打教师事件在当时太普遍，普遍到殴打教师成为一种司空见惯的现象而被漠视。

《光明日报》编辑部抓住这个典型案例，派记者七下怀柔，召开座谈会，追踪事态发展。

接下来，《光明日报》对怀柔事件的报道，规模之大，力量之强，持续时间之长，版面之突出，报社调动优势力量穷追猛打的坚决果敢，在当时的媒体中都是罕见的。用消息、通讯、读者来信、座谈会纪要、评论甚至社论等方式，从6月24日开始，到7月27日，一个多月共刊发报道73篇，计5万多字。

报道在社会上产生强烈反响，最关键的是，报道惊动了党中央，引起了邓小平的重视。邓小平指示其办公室的工作人员："转告北京市委，这个事件性质恶劣，要抓紧处理，把打人凶手抓起来！"

北京市委接到邓小平的指示后，多次召开会议，通报情况，并责成怀柔县处理殴打教师的犯罪分子。北京市还就此发出通报，要求在全市掀起尊师重教的热潮。

教育部部长何东昌接受《光明日报》的独家采访，就怀柔事件发表谈话。何东昌表示，殴打教师现象全国各地不同程度存在，希望借怀柔这个事件掀起一个尊师重教的热潮。各地应根据本地区的具体情况，对凌辱教师、侵占校产事件进行一次检查，采取相应措施，促进问题解决。

接着，全国妇联、民进北京市委等机构相继发表文章，严厉谴责殴打教师的恶劣行径。

《光明日报》的报道得到了同行的呼应。《人民日报》7月9日发表消息，并配发短评《保护教师崇高的社会地位》；新华社发了通稿；中央电台、北京电台、《工人日报》发了报道；《中国青年报》刊发报道并配发评论。

面对排山倒海般的舆论，以及领导机关的层层压力，当地政府及执法部门终于挡不住了，最后罪犯被依法逮捕并判刑。

在《光明日报》怀柔事件报道的影响下，仅当年8月上旬，河北、河南、湖北、湖南等省都就当地殴打教师、抢占校产等事件做出处理，一些久拖不决的老大难问题由此得以解决。全国各地殴打教师事件大幅度减少。

发表"三个面向"

在为改善教师境遇，营造尊师重教氛围鼓与呼的同时，与教育有着不解之缘的《光明日报》，率先报道了邓小平关于教育要"三个面向"的题词。

1983年9月7日，北京景山学校以全体师生的名义给邓小平写信，信中写道："提出一个恳求，就是希望您老人家能为我们题词，或向我们说几句话，指引我们继续前进的方向。"9月8日信送出，9月10日邓小平就题词："教育要面向现代化，面向世界，面向未来。"

《光明日报》编辑部得到邓小平为北京景山学校题词的消息后，马上意识到这是一个具有历史意义的事情，《光明日报》应该予以报道。

经请示中宣部领导同意，《光明日报》9月11日刊发了对中国教育发展影响巨大的"三个面向"重要题词。1985年5月27日《中共中央关于教育体制改革的决定》再一次明确教育必须"面向现代化，面向世界，面向未来"。从此，"三个面向"成为新时期中国教育的发展方向和目标。

教师节的诞生

邓小平给景山学校的题词是1983年9月10日送到学校的。纯属巧合的是，这与后来中国设立教师节的时间不谋而合。

百年大计，教育为本。教育大计，教师为本。为设立教师节进行舆论造势，是《光明日报》很长一段时间的宣传重点。

1981年8月30日，《光明日报》在头版刊登《建议建立教师节》的"读者来信"，北京读者章连峰建议："定每年九月一日为教师节，全国学校在这一天举行庆祝活动。"

1981年11月，在全国政协五届四次会议上，包括叶圣陶、雷洁琼在内的民进17位政协委员联名提交了《建议确定全国教师节日期及活动内容案》。

1986年9月10日，我国发行《教师节》纪念邮票。

报章里的中国记忆

借怀柔事件的契机,《光明日报》大张旗鼓地宣传尊师重教这个主题,还请来知名专家学者开座谈会,论证中国应当设立教师节,他们的观点刊登在报纸上,又收到很多读者来信。1982年7月20日,《光明日报》再次以"读者来信"的形式刊登《建议每年开展一次"尊师周"活动》,作者为天津南开中学语文教师田家骅。田家骅建议:"教师应有自己的节日。日期最好在暑假后开学的第十天为宜。"这恰好与后来教师节的日子一致。

1983年6月,包括葛志成、霍懋征在内的民进19位政协委员再次在全国政协六届一次会议上联名提出《为提高教师的社会地位,造成尊师重教的社会风尚,建议恢复教师节案》。

众人拾柴火焰高。1984年12月,教育部党组和全国教育工会分党组将《关于建立"教师节"的报告》送中央书记处并报国务院。1985年1月,国务院总理在第六届全国人大常委会第九次会议上提出建立教师节的议案,21日,会议通过决议,确定每年的9月10日为"教师节"。

教师节的设立,标志着教师受到全社会的尊重。每年的教师节,全国各地的教师都以不同方式庆祝自己的节日。各级政府也通过解决教师实际困难,改善教学条件等,大大提高了广大教师从事教育事业的积极性。教师,也逐渐成为让人羡慕的职业。

怀柔县黄坎公社王兴宽等人
无理取闹辱骂殴打三名女教师

读者投书本报揭露这一严重事件，要求对肇事者严肃处理

焦文驷　赵学礼　张爱平

四月二十六日晚，北京市怀柔县黄坎公社吉寺小学青年女教师范秋兰、于学荣、刘凤珍在去看电影的路上，遭到本村社员王兴宽的女儿王桂义等人的无理谩骂。三名女教师见她们人多势众，争辩几句后继续赶路。不料王桂义姐妹俩紧随不舍，到了电影放映场地仍骂不绝口。王兴宽和他的两个女儿、儿子等人趁天黑，对女教师围攻、推搡冲撞、恶语辱骂。有几个不三不四的人挑唆说："每人打两下就走，不要让她们认出来！"这时，有的围观者也故意拥挤、起哄，将三名女教师围在中间。大队干部和学校领导干部闻讯赶来，也被挡在人群外。事件持续了二十多分钟，直到两名男教师和一些社员从人群中分出一条路，三名女教师才被救了出来。

当夜十二点左右，吉寺小学又遭到砖头、石块的袭击，六七块玻璃被砸碎。教师们都惶恐不安，不敢到校上课，学校被迫停课。

据当地教师和群众反映，吉寺大队的少数中学生和少数青年社员经常到学校滋扰，夜间敲打女教师宿舍的门窗，在女教师回家或返校的路上，拦截，起外号，说下流话等。

自一九七七年以来，吉寺大队已发生过几起围打辱骂青年女教师事件，有的草草做了处理，有的一直未做处理。这次事件的主要肇事者王兴宽是怀

柔县委一位负责干部的弟弟，他在村里一贯蛮不讲理，干部、社员都怕他。

三名女教师被围攻后，四五天昏迷不醒，至今仍伤势严重，住在医院里。刘凤珍整日昏睡，不时抽搐、哭叫，于学荣行动不便，生活不能自理。三名女教师的父母含着眼泪向前去看望的市、县有关部门的干部说："孩子到山区教书，被打成这个样子，上级党委和政府得给我们做主啊！"吉寺大队的社员们也十分愤慨："这么严重的问题如不很好地解决，今后谁还敢来当老师！"他们强烈呼吁有关部门严肃处理这一事件。

我们认为这一事件是严重的，那些人如此对待人民教师，严重地损害了人民教师的身心健康，损害了他们的尊严与社会地位。我们要求对肇事者进行严肃惩处，并以此对广大社员和干部进行法制教育和政策教育，造成一个人人尊师爱校，确保教师人身安全，维护学校正常教学秩序的新局面。

调查附记：

怀柔县黄坎公社吉寺小学三名女教师被辱骂殴打的事件，经记者调查基本属实。这三名女教师都是二十二三岁的农村女青年。我们在医院见她们面容憔悴，充满恐惧感，在生人面前手脚抽搐，哭笑失常。医生诊断她们的病症是惊吓性植物神经功能紊乱。于学荣双下肢不能站立，为癔症性瘫痪。这件事发生后，该村小学校其他教师也感到人人自危，学校被迫停课四十余天，损失很大。大队群众十分同情老师，不少学生家长给她们送来鸡蛋，表示慰问。小学生们背着书包围着学校转，该考中学的学生上不了课，家长们很着急，对王兴宽一家人的恶劣行为更为愤慨。

我们通过调查发现，吉寺大队发生这种严重事件绝非偶然。这个大队很少开会研究学校工作，大队干部不关心学校和教师工作、生活中存在的困难。例如教师吃菜困难，缺菜时教师只好就着酱油下饭。学校为此曾多次向队里交涉，但问题始终得不到解决。队里卖给社员一两分钱一斤的菜，卖给学校却要一角钱。学校不得不远途到县里购买。

这个大队的社会风气也不好，队干部吃请成风，一些青年经常到学校捣乱，学校教室有三分之二的玻璃窗被砸坏。教师在回家或返校的路上多次被拦截、辱骂，在放映电影的场地，女教师们常常遭到冲撞、唾骂。大队干部对这些凌辱教师的事，从未认真作过处理，以致歪风邪气越来越严重。

这次事件的主要肇事者王兴宽在村里是个特殊人物。他仗恃哥哥在县里工作，横行无忌，张口闭口用"到县公安局，到县委大院去"吓唬人。事件发生后，村里议论纷纷，许多社员说："王兴宽上面有根儿，要是别人，队里早管了，兴许当天就给抓起来了！"他们对大队迟迟不处理这一事件，意见很大。

中共怀柔县委对此事很重视，曾多次召开常委会研究，并组织联合调查组进行调查。北京市委几位负责同志对这一事件作了批示，要求有关部门抓紧调查，严肃处理。目前，主要肇事者王兴宽已被拘留。吉寺小学复课后制定了校规，恢复了正常的教学秩序。

（原载《光明日报》，1982年6月24日）

报章里的中国记忆

每一代青年都有自己的际遇和机缘。我记得，1981年北大学子在燕园一起喊出"团结起来，振兴中华"的响亮口号，今天我们仍然要叫响这个口号，万众一心为实现中国梦而奋斗。广大青年既是追梦者，也是圆梦人。追梦需要激情和理想，圆梦需要奋斗和奉献。广大青年应该在奋斗中释放青春激情、追逐青春理想，以青春之我、奋斗之我，为民族复兴铺路架桥，为祖国建设添砖加瓦。

——习近平

中国女排：让一个口号传遍大江南北

◎谢灵芝

北大不眠夜响起的口号

1981年3月20日晚上的北大校园，寒风料峭。此刻，千里之外的香港伊丽莎白体育馆正进行着世界杯亚洲区预选赛的决赛。中韩两国男排对阵，胜者将代表亚洲出战当年的世界杯。关注比赛的同学们早早用小方凳到北大各宿舍楼的电视室占位子，观看比赛的实况转播。比赛从晚上八点开始，七点多时电视室里就已挤满同学。由于人多，中间的坐着看，两边的和后面的就站着看，来晚了的人只好站在凳子上从门口向里伸着头看。

比赛开始，尽管中国队赛前信心十足，但韩国队开局便先赢两局。第三局开始前，中国队主教练戴廷斌对队员们说，要打出自己的特点和风格。男排队员们很快调整状态，亮出撒手锏——中国式快攻——双快、梯次、前交叉、背交叉……层出不穷的快变战术打得对手措手不及。有"网上飞人"之称的汪嘉伟施展"前飞、背飞"，有"世界跳发球第一人"之称的徐真也充分发挥发球优势，比赛局势旋即扭转，中国男排以15∶5、15∶7接连扳回两局。战况胶着，赛况激动人心，解说员宋世雄的解说极富感染力，观众的情绪如坐过山车，同学们时而热情欢呼，时而扼腕叹息，大家都完全沉浸在比赛中。

　　然而，比赛进行到最后几分钟的关键时刻，电视直播中断了。原来是中央电视台租用卫星现场转播的时间已经用完了。看得正投入的同学们被这突如其来的中断弄懵了。焦急、期盼、沮丧、不甘心的情绪激荡在心间。大约午夜12点，广播中传来中国男排胜利的消息。决胜局，中国队以15∶9再胜韩国队，获得世界杯参赛权。有同学大声欢呼："我们赢啦！我们赢啦！嗷——赢啦！"同学们奔走相告，纷纷拿起脸盆、搪瓷碗等敲响起来。

　　1978年进入北京大学历史学系学习的牛大勇对当时的情景记忆犹新。

　　　　历史学系的同学奔出楼东门，在简易排球场上敲盆打碗，欢呼雀跃，高喊"男排万岁""中国万岁"等口号。四周几个宿舍楼中的同学们也纷纷打开窗户，遥相呼应。有的人还点燃报纸，从楼上的窗户中扔出来，随风飘曳，在漆黑的夜空中划过一道道亮光。有人找来锣鼓镲等，敲打起来。各楼奔出的同学汇成自然的人流，开始自发地游行了。

　　　　……

　　　　一位男同学，记不清是哪个系的了，在一条长方形白布上用毛笔写下"振兴中华"四个大字。同学们立即欢呼起来，把他举上人头之巅，由他伸开双臂，展示这四个大字。一片"团结起来，振兴中华"的呼声，发自肺腑，响彻云霄。喊着它，同学们又开始了新一轮的游行。

"学生如果不爱国，才是我们教育事业的最大失败"

　　事过两三年，大家似已淡忘当初校园的那一幕，但"团结起来，振兴中华"的口号早已成为时代最强音，传遍中华大地。很多人和牛大勇一样，都不知道是谁最先喊出的。

　　一个偶然的机会，从北京大学中文系毕业的《人民日报》体育记者汪大昭遇到在《光明日报》供职的北大中文系校友刘志达，两人谈及此事，刘志达淡笑言之，这一口号是他带头呼出的。

刘志达向汪大昭回忆，当天晚上，热闹的北大校园里，有两个同学抬着一面不是很大的鼓，有人在敲，大家围着看。有人点燃宿舍里的破笤帚当火把；也有人摇着手中的红旗；同学们纷纷打开宿舍的窗户。刘志达的同班同学李春岁数小，人很活跃，当时就对刘志达说："想办法让大家在校园里转转，行不行？"刘志达说："你去跟那个打鼓的同学去说，只要鼓一走，大家就会跟着走。"李春真的就过去说了。

两位抬鼓的同学抬着鼓走起来。鼓和旗在前面，队伍越来越长，边走边喊着口号："中国队，万岁！"走过留学生楼门口时，口号就变成了"中国，万岁！"而且就这么一路地喊了下去。在那个不眠之夜，越来越多的同学加入到欢庆活动中，纯粹是自发的，无组织，有热情。这种情况下喊喊口号，也是情之所至，喊出的口号五花八门。刘志达一路随队伍前进。

随后，不知是哪个系的一名男同学可能是看刘志达年长一些，就对他说："同学，咱们换个口号好不好？"刘志达问："换什么口号？"他说："团结起来，为中华的崛起而奋斗。"刘志达说："这个口号好是好，就是太长，不如就喊'团结起来，振兴中华！'"对方马上说："行！"刘志达对大家说："把他抬起来，让他和大家说，换个口号。"被抬起来的同学双手做喇叭状，对同学们喊道："咱们换个口号，喊'团结起来，振兴中华！'大家一齐喊'团结起来，振兴中华！'"大家就跟着喊起来。

可能是因为没有扩音器，队伍太长，后面的同学听不清那位同学的声音，所以口号喊得不很整齐。没喊多久，那个同学被放了下来，口号也就没再接着喊。

第二天中午，北京大学有线广播报道了头天晚上校园里发生的事情，还播放了同学们聚会游行的录音，广播员还热情地强调"团结起来，振兴中华"喊出了北大学子的心声，表达了北大学生的爱国热情。有位校领导针对前一段校外某些人对北大学生的议论，激动地表示：我们的学生如果不爱国，才是我们教育事业的最大失败！

两天后《人民日报》也刊出了有关北京大学学生"3·20"之夜欢庆中国男排获胜情况的通讯。那篇通讯写得不长，但标题十分醒目。刘志达至今还记得很清楚，在报纸第二版的中上靠右的位置，印着一排楷体大字："团结起来，振兴中华！"

此后几天，我国男排以较大的优势分别以3：1战胜日本队，以3：0战胜南朝鲜队，同中国女排一起获得香港国际男女排球邀请赛的冠军。3月29日，中国男女排球队队员们应北大团委和学生会的邀请来到北大，参加全校师生为他们举行的庆功会。男排队员一下车，就被同学们包围了。同学们把凯旋的英雄们高举起来。相比之下，大家对女排队员则"文明"得多。

庆功会上最响亮的呼声就是"团结起来，振兴中华"。从中央到地方，很多新闻媒体对此进行了报道。

中国女排让这个口号传遍大江南北

如果说是因为中国男排的胜利，大家喊出了"团结起来，振兴中华"的口号，那么则是因为中国女排的辉煌，让这个口号传遍大江南北，成为时代的最强音。

还是1981年。这一年的11月16日，在日本举行的第三届女子排球世界杯上，中国女排以3：2战胜卫冕冠军日本队后，以七战全胜姿态，获得冠军，成为中国在三大球运动队伍中的首个世界冠军。当时，排球队员们每天进行着极高强度的训练，甚至忍着伤病参加比赛。女排队员陈招娣是国家队主力，世界杯的赛场上，她就是在强忍着腰伤发球。

"有些人的青春是在花前月下度过的，而有些人的青春是在伤病和汗水中度过的，但她们为祖国的繁荣昌盛作出了难以磨灭的贡献。"著名体育解

1981年11月16日，中国女排在第三届世界杯冠军领奖台上。

说员宋世雄曾在1981年日本女排世锦赛上做过如此解说。

在中国女排夺冠的第二天，即1981年11月17日，《人民日报》的头版整版都是关于女排的消息。头版头条为《刻苦锻炼 顽强战斗 七战七捷 为国争光 中国女排首次荣获世界冠军》，还刊登了《国务院向中国女子排球队热烈祝贺》和《体委、体总、全总、团中央、青联、学联、妇联分别致电祝贺中国女排获世界杯冠军》两篇祝贺文章，并配发了题为《学习女排，振兴中华》的评论员文章。

《国务院向中国女子排球队热烈祝贺》一文中呼吁"全国人民都来学习她们团结战斗、艰苦创业的精神，为把我国建设成为具有高度文明的伟大社会主义国家而努力奋斗"。

《学习女排，振兴中华》一文中写道：

她们的胜利向世界表明，中国运动员不仅可以在小球上取胜，而且有能力在大球上夺取世界冠军。……球场如战场，没有数年如一日的艰

报章里的中国记忆

苦训练，没有过硬的本领和钢铁般的意志，休想经得起如此严峻的考验。看看女排，想想自己，我们难道不应该好好向她们学习吗？中国女排在体育战线上为国争光，我们就不能在自己的岗位上为祖国多做贡献吗？用中国女排的这种精神去搞现代化建设，何愁现代化不能实现？振兴中华，不能空谈。对于这次比赛的胜

20世纪80年代，作为"五连冠"中前四冠的核心球员和第五冠的教练员，年轻的郎平已经成为全民偶像。

利，我们不能只是高兴一阵，庆祝一番就完了，最重要的是学习中国女排的精神，并把这种精神落实到自己的工作中去。

此后，中国女排一鼓作气，创造了五连冠的奇迹，成为世界排球史上第一支连续5次夺冠的队伍。女排五连冠，指中国女子排球队在20世纪80年代的世界杯、世界锦标赛和奥运会上，五次连续夺得世界冠军的辉煌经历。

彼时，改革开放刚刚起步，国人看到了与西方发达国家的差距，有些彷徨，又有奋起直追的渴望，正是最需要鼓励和自信的时候。而在和平时期，体育赛场的成绩展现着一个国家的综合国力。中国女排的战绩，如为中国社会注入了一针强心剂。全国各行各业学习女排精神如火如荼地展开。

"团结起来，振兴中华"的口号激荡着奋发图强的磅礴精神力量，激发出中华民族自强不息的精神。无论是当初喊出这句口号的学子，还是学习口

号精神的人们，无论从事何种职业，无不深受感染和激励。

"今天我们仍然要叫响这个口号"

35年如一个轮回。2016年，郎平率领的中国女排以3：1战胜塞尔维亚夺得里约奥运女子排球冠军，这是时隔12年之后中国女排在奥运赛场上再次夺冠。北大学子在机场迎接女排队员回国，再次喊出了"团结起来，振兴中华"的口号。

不同的时代，同样的信念和决心。"团结起来，振兴中华"这句口号激励的对象，远远超出体育领域，更是对我们整个民族的励志动员。

2018年5月2日，习近平总书记来到北京大学考察，和簇拥的年轻学子挨个握手。在场的莘莘学子再次激情澎湃地喊出"团结起来，振兴中华"。总书记对学子们殷殷嘱托："今天我们仍然要叫响这个口号，万众一心为实现中国梦而奋斗！"

"团结起来，振兴中华"

毕　靖　徐光耀

20 日夜。北京大学校园沸腾了。

深夜，广播里传出了好消息：中国男子排球队在争夺世界杯排球赛亚洲区预赛的关键一战中，先输两局，奋起直追，扳回三局，终以三比二战胜南朝鲜队，取得参加世界杯排球赛的资格。

守候在收音机旁的北京大学的学生们欢跃雀跳，十一座宿舍楼的四千多名学生不约而同拥出房门。顿时，在楼群间的空地上，欢呼声、口号声此起彼伏，一浪高过一浪。

"祖国万岁！"

"中国万岁！"

"团结起来，振兴中华！"

"向我国排球健儿致敬！"

人们热情飞扬，心里乐开了花。有的一个劲儿地敲起了手鼓、响铃；有的找来废木棍和别的什么燃起了火炬。

突然间，有幢楼的三层窗口还有人挂出了大幅标语，赫赫然四个大字："中国万岁"。可爱的青年们，翘首欢呼，热烈鼓掌。

不知是谁提议："我们游行吧！"

于是，浩浩荡荡的队伍以红旗为先导，从学生宿舍开始向未名湖进发。口号声和鼓声划破了夜空，熊熊火炬映红了湖水……

游行队伍回到宿舍区，有一个同学提议："我们一起来唱国歌吧！"

这时，三十八号楼三层窗口传出了嘹亮的铜号声，吹起了中华人民共和国国歌的前奏。

国歌，人们唱了一遍又一遍，唱了好几遍。庄严的歌声在校园回荡，青年们的心中洋溢着对祖国的伟大的爱。

中华正在振兴，祖国正在崛起。

中华体育健儿近日连连为祖国争光，他们在一系列国际比赛中所表现的精神风貌和高超技艺多么激动人心啊！

我们中华民族"有自立于世界民族之林的能力"。

"团结起来，振兴中华！"

这是富有光荣革命传统的北大学生的喊声。

这是十亿人民的共同心声。

（原载《人民日报》，1981年3月22日）

知青文化在中国热了几十年，几乎与改革开放同程，不断呈现着更多观察的角度、更多深沉的话题。1993年2月6日，时任光明日报社副总编辑的王晨同志（现任中共中央政治局委员、全国人大常委会副委员长）于《光明日报》发表《塬上的雪》一文。这篇文章以独特的视角，再现了陕北知青岁月的艰苦生活和成长历程，是一篇回忆知青时光的佳作。该文在读者中，后来又在互联网上广为流传，历久不衰。这种现象或许反映出："知青"不仅仅是一代人难忘的记忆，其实也在动态地影响着我们的社会历史进程。

　　"知青"二字蕴含着丰富而复杂的滋味。这里面有青春也有苦难，有家国情怀也有理想主义，有对乡土中国沉重的体味与反思，也有对中国发展的希冀和感悟。

　　《塬上的雪》写陕北的飞雪和雪中插队落户的北京知青。其中，陕北高原被赋予了多重意向：作为革命老区，它是红色中国的精神家园，与之相应，知识青年则同时在经历"下乡"与"寻根"的旅程；作为乡土文化的代表，它承载着厚重的历史，与之相应，知识青年则同时在思索中国的"传统"与"现代"。这漫天大雪、万千沟壑、寂静旷野、雄浑高原，和世代生活在其中的勤劳质朴又饱受苦难的父老乡亲，构成了一个独特的场域，既具有自然性，也具有历史性，让进入这里的年轻人，学会了从民族的命运来透视个体的命运。

　　正像当年这篇文章刊发后，文学评论家阎纲给作者的来信中写到的，《塬上的雪》这篇文章饱含了丰富的滋味，却"笼罩着茫茫大雪，从开头，到中间，一直到结尾"。"雪的氛围给人以美感。""不但清醒，而且巧妙。"

　　今天，很多先经历了上山下乡磨炼、后经历了改革开放洗礼的"知青"已经是社会的中坚，他们的阅历已经融入了这个国家的历史，他们的观念与视野也在深度地塑造着社会文化。我们相信，观察与梳理这一代人的心灵史，将为理解今天的中国社会，提供一个文化背景和时间维度。

塬上的雪

◎王　晨

现在回想起来，陕北留给我最初的印象，最深的印象，至今也难以磨灭的印象，便是那莽莽黄土高原上的茫茫大雪。

那是1969年1月的一天，我们的"知青专列"从北京抵达铜川。北上的汽车挂着防滑链，在冰雪中艰难地爬了一整天才到达宜君县城。这是当时延安地区最南端的一个县（现在已划归铜川市）。通往各公社的道路均被大雪封死，县城又不能久留，于是，我们背着行李在雪中上路了。

后来才知道，那只是陕北很平常的雪天，但在北京，我从未见过这么大片的雪花，这样漫天地飘洒，这般雄浑的世界——远远地，从天地相连的地方开始，一片片的高原蜿蜒起伏，夹着一道道沟岔，到处是落不尽的雪花，旷野寂静无声，只有我们自己踩在雪路上发出的"咯咯吱吱"的响声。

这种雪景，宛似电影中的"定格"，深深地烙刻在我的心中，以至于十年二十年，时常浮现于梦中。不过，雪中的我当时是何种心情，现在却很难准确地描摹。兴奋、新奇、浪漫、希冀、期待、担忧、紧张……或许都曾有过。我只能说，就在那个多雪的冬天，开始了我的新生活。

陕北统称黄土高原，细分起来又有沟、川、塬之别——两山之间的窄处称为"沟"，较宽敞处特别是有流水、可以种植稻米蔬菜的地方称为"川"，而山上平缓处即可称"塬"，老乡说，最苦的地方就是塬上，主要原因是缺水。我所在的宜君县尧生公社郭寨大队就在塬上。

这是一片贫瘠的土地，漫山遍野的麦田，单产只有几十斤，有时还收不回种子。严重的地方病威胁着乡民的健康，东队（郭寨三个生产队之一）的八个壮劳力，竟都患有柳拐子病，腿、脚关节上的大骨节实在吓人。这里没电、没煤、没水，任何一种农副产品加工，如磨面、榨油，都得靠人力。每年冬天要到沟里去打柴，以备一年之需。别的还好说，没水这一条最要命，雨季来了，赶紧修好旱窖，蓄住雨水，全村人一年就靠它维系生命。陕北早年风沙又太多，每年经常有二三个月断水，这时就得到沟里去挑泉水。这泉水不干净可能有地方病菌姑且不说，最厉害的是挑上担子，一路不能歇脚，否则就会倒掉半桶水。这可是个硬功夫，一担几十斤的水桶，上了肩要一口气走三四里坡路才能上得塬上，记得我是在一年多以后才练就出来的。

离开北京时，学校里的军宣队说"队里早就把柴都准备好了"，到了村子里发现不是那么一回事。准备好的木柴大约能烧一两个星期，队长说："开春农活忙，现在趁着冬闲，赶快去沟里打柴吧！"

我们几个同学都来自汇文——一所有名的男校，对攀崖翻山并不畏惧。天还没大亮，大家把绳子捆到腰间，拿上镰头、砍刀便出动了。钻到山沟里，砍下一丛丛荆棘灌木，刨出一个个干树根，不知不觉地过了大半天。弟兄们互相看看，手上、胳膊上都是血刺，有的脸也划破了。打柴不是个轻活，要会找——不然背回去不好烧，会挖——一般都要除根，常常是满头大汗，跟树根"较劲"，越挖越深，就是不能"除根"。

第一个冬季，打柴是最苦的一关。这一冬，因为背柴，我有三件上衣后背撕成了布条条。这还不算，我到陕北的第一个"事故"也因为砍柴而来。那是一个雪后的清晨，寒风拼命地抽打着我们的背脊骨。我在一个陡峭的山坡上正在跟一个老树根"较劲"，不知是因为雪后路滑还是一脚踩空，突然顺着山坡滚了下去，半天竟晕了过去。幸好山坡不足十米，加上我在学校里还是足球队员，除了衣服划破、身上挂了几处彩外，竟没有落下什么残疾。

20世纪70年代后期，我在一篇关于陕北的文章中看到这样一段话："从40年代到70年代，虽然陕北和我们祖国都发生了翻天覆地的变化，但陕北很多土地还是那么贫瘠，陕北人民的生活也还穷苦——历史在某些点上，停滞的时间太长了。"对照当年的情况，我深有同感。陕北生活之苦，的确超出一般人的想象，使我们这些刚刚离开大都市的青年人，感受到心灵的震颤。以我们的大队党支书金栓来说，一家八九口人，六个孩子，冬天只有一两床棉被，孩子们全靠烧热了的炕席过夜。

插队期间，我很快把拉车、拿粪、扬场、犁地等所有农活几乎都学会了，工分由8分半、9分、9分半一直升到满分10分，而且几乎天天下地从不误工，一年下来每年劳动日的工值仅为1角9分。头两年扣除口粮等，一共挣了40多元，即使这点钱也还是毫厘未见……年底分红时，队上得把钱户与欠钱户一一相抵，就算结账了。欠我钱的是户老农，拉家带口，根本不可能掏出几十元钱给我。当然，我也不可能去讨债。结果，这两年数百个劳作之日，分配时以一文不名而告终。

我刚下乡时借住别人家的"厦子房"，即窑洞前盖的简易平房，后来房主要存粮食把房要了回去，几经变化我又到"磨房"去住。我们东队沿沟沿分布在上下四层窑洞里，我借住的这家"磨房"在最底层，从这窑门出来，眼前便是荒草丛生的深沟。这一家房主每周要磨三四次面，有时也借给别人用，磨盘、磨道设在窑里边，我睡的土炕在窑门附近。每天早起，我赶忙把被褥卷起，主人家牵着小驴来磨面，等到我晚上回来，地上、炕上都是磨面留下的尘埃，窑里散出驴尿的臭味。

头三个月，我们一直吃不到肉。同学们都不满20岁，那种馋劲实在难熬。有一天，饲养员跑来告诉我们队上死了一头牛，牛肉1角1斤还没有卖，问"知青娃娃想不想要？"我们马上答应，买了几十斤牛肉回来。添好水，加足柴，足足炖了两个多钟头，大概是夜里11点多，牛肉熟了，不知是谁忽然提出病牛肉可能有毒的问题，到底吃还是不吃？八员“大将”围着锅台“研讨”了半天，终于决定“冒险解馋”。同时翻箱倒柜，找出从北京带来的一些药品，以防不测。等到大家狼吞虎咽干掉不少牛肉，一觉睡到天亮，发现彼此安然无恙时，禁不住哈哈大笑。

说到吃饭，还得说说做饭。我们是男校学生，自然没有女同胞操刀掌勺，饭菜也来得简单。我们最爱吃的，也是最省事的，同时也是老乡最反对的，是烙饼。村里的婆姨常说：“这伙北京娃烙个饼饼，蛮不胜擀面节省哟！”意思是说，面条出数，烙饼太奢侈。可天天擀面，对于五大三粗的一群小伙子来说，又谈何容易！也许真应了婆姨们的话，我们的面粉消费得最快，不到一星期就得磨一次面。那滋味，无论如何是忘怀不了的。收工吃罢饭，天正大黑，通常是两个知青负责磨面，有时借不到驴，只好自己动手推磨，一圈圈地转下来，时常半夜才能磨完。

渐渐地，粮食也不大够吃了，老乡怪我们“都是烙饼的过”，于是糜子面、苞谷面都得上饭桌，而且白面也越磨越粗。最困难的一段时光，是一磨到底，连麸子一块吃。我最怕两样食品，一是糜子面馍，吃下去肯定不能“出恭”，再是麸子馍，一入肚便觉得又憋又堵。但怕也没用，冬天在崖畔上打了一早上夯，下籽时扶着犁吆喝了半晌牲口，到“饭时”（陕北话应读“饭司”音）是顾不了许多的。

我们有困难，老乡则更困难。队上有个老党员，家里孩子甚至轮着穿一条裤子。即使如此，他们对我们这些“北京娃”，还是尽力相助。看到我们粮食不够吃，队里决定补助我们一些口粮。三九天气，在塬上搞水保，打“椽帮堰”，我们来不及（实际上也没有）吃什么早点，老乡常常将煨在地堆篝火边的热馍匀给我们填肚子。记得与几位年龄相仿的青年老乡一块拉车，他们都抢着干最重的“驾辕”，让人在后边推车。拿粪、下籽、烧窑等等农活，也是手把手教会我们。

那个时期，政治空气可不比今天，隔三岔五地要学习，还要斗“四类分子"，要谨防"苏修"从珍宝岛那边打过来，我们在这方面更是队里依赖的骨干。晚上吃罢饭，队长一吆喝，大家聚在饲养室里，我就开始念文件、念报纸了。尽管常常是念到十人中有九人发出鼾声，但会还是非开不成的。

1970年春节，我是在队上度过的。大部分知青回北京过年去了，剩下几个自然显得孤单。队长、书记们不断来叫，让到他们家做客。老乡送的年糕、馒头，够我吃好几天。尤为难得的是，乡亲们帮我把分到的八斤黄豆也都磨成了豆腐，足足二十来斤。我做了猪肉炒豆腐、豆腐汤、豆腐丁包饺子等，那是我一生中吃过的最香的豆腐！

那时我的妹妹已到东北北大荒兵团。我知道那里冰天雪地，就想用自己养的羊剪下羊毛织双生羊毛袜子。这在今天来看，简直有点异想天开，可当时真的就这样干了：我学着从那只老绵羊身上剪下六两毛，请人教我弹了一下，又由一位老大娘帮助捻成线，再由一位老乡帮忙织成袜子。当我把这双自制毛袜寄往东北时，真颇为得意。

在我动手写这篇回忆文章时，我的父母居然翻拣出二十多年前我写给他们的几封信，这里不妨摘录几段，从中也可以看到我当时的状态和心态：

> 我已从那个窑搬到队里保管室里，窑是不错，只是太大，太冷，没有炕，每天也就烧不成炕，只好搭了一个床，把所有被子、大小衣服全盖上，仍然冷得不行。今天采取措施，在炕席下码了满满的麦秸，好多了。每晚的洗脸水第二天早上都冻住了，真冷！不过困难是可以克服的，革命先辈"风雨侵衣骨更硬，野菜充饥志愈坚"，我这又算什么呢？
> （1969.12.16）

> 最近还和以前一样，只是我病了一次，自古历十二月十二开始至十七，扁桃腺炎，发烧，结果跑到五里外的村子找医生看了一次，给开了一服中药。回来借了一个小药锅，拿两块砖头一支，熬好了药。吃

了，稍好一些，仍不退烧，又找医生（村里的）给打青霉素，打了三针，这里药很贵且难买，抗菌素轻易不给，一片就要几分钱。我只有三四片合霉素、四片氯霉素、十九羚翘解毒丸和一点牛黄上清解毒丸，全部吃光了。从古历十七开始干活，仍感觉没好彻底，可手头中药西药一点全没有了，买又买不到，也买不起，所以我很着急。见信后您们一定要给我准备些土、四、氯、合霉素，再有若干中药，以备生病用。（1970.1.28）

我的身体就算好了，吃了一些氯霉素和通宣理肺丸，很见效。最近几天连降大雪，我们冒雪打窑劳动，也没感冒，就请您们放心吧。

今年在我一生中算一个转折点，这就是走向二十岁——青年正式时期，我头脑中想法很多，生活的艰苦，已经适应，打柴爬山下沟烧火，已不是什么难事，还可以给自己做个结论：没有沾染多少空虚、颓废和堕落气，还有一些朝气、志气、正气……（1970.2.26）

上述信中提到的打窑，就是为我们知青安家而为，那是1969年冬，上级拨下为知青建房的款子。大队支书开始带着大家在村子为我们打窑洞，选的那个地方很不错，五孔大窑洞也蛮气派，这里边有我们知青的不少汗水啊！转眼到了夏天，窑洞很快打成了，已经到了装门窗的地步。有一天我们在新窑干活，突然天降暴雨，大家只好收工，回到我的"磨房之家"。不一会儿，雨下得更急更猛了，忽然传来闷雷一般的响声。"哎呀，不好！"等我们赶到村边，只见五孔新窑全部塌方，一个冬春的辛苦毁于一旦，原来刀削一样平整的窑面，现在成了一面斜坡。而仅仅半小时前，我还在窑前干活，半个月后即准备迁入新窑。从这个意义上说，我和我的同伴还算是幸运的，否则真可能葬身黄土地了。然而，新窑全完了，钱也全用光了，修复已无可能。这样，直到我离村到县里工作，我就一直住在"磨房"里。

今天，我如实地写出当年的困苦与挫折，我相信许多延安知青都会有大同小异的经历，我只是他们中间非常普通的一员。但我同时要说明，当时这一群知青并没有悲天悯人、自暴自弃。确实有个别的沉沦者，但大多数知青的情绪是稳定的平静的，甚至可以说是乐观的。在很短的时间里，我们看到了、听到了许许多多在学校在城市根本看不到、听不到的东西。或许可以用今天的话来说，就是耳闻目睹了中国的农村和中国的国情吧！许多年以后，我常把延安知青与北大荒兵团、内蒙古草原等地知青作比较：如果可以把北大荒知青形容为"敏锐"，内蒙古知青形容为"豪爽"，那么延安知青可以谓之"深沉"。这可不是"玩"出来的"深沉"！这种深沉，源于我们民族摇篮——黄土高原的培育，根植于那里民风的淳厚、民心的丰赡。

20年过去了。又是一个千里冰封、万里雪飘的日子，我重新来到塬上，任思绪如飘飘洒洒的雪花漫天驰骋……

陕北——这是一块贫瘠而又富有的土地，这是一片古老而又神圣的高原。以毛泽东为代表的中国共产党人，在这块土地上工作、生活了13年，从这里走向西柏坡，走进中南海。陕北人民对共产党的深情，只有置身于他们中间，才能有铭心刻骨的感受。然而，由于种种原因，这块土地在新的时代曾经落伍，一度沉寂。"我一听插队青年谈起延安的情况，心里就非常难过。"1970年，周恩来总理专门对延安工作作的重要指示传到延安，延安为之沸腾。重新学习毛主席1949年给延安人民的复电，大批北京支延干部来到延安，几十个"五小"工业项目落户陕北，所有这些，都给高原带来了生机和希望！

更为巨大的变化，还是发生在改革开放这十多年。当延安已基本脱贫的消息传来，当列车轰鸣着驶向陕北，当许许多多的乡亲把家乡的喜讯捎到北京，作为一个曾经在陕北生活过六年的老知青，我的心情犹如明媚的春光！

（原载《光明日报》，1993年2月6日）

报章里的中国记忆

关于《塬上的雪》

阎　纲

《塬上的雪》写陕北的雪和雪中插队的北京知青。你是半个陕北人，陕西是我的故乡，你我之间很容易沟通。

黄土地，贫瘠、寒冷、冻馁交加。你们吃着糜子面馍，住在驴尿气味弥漫的磨房，上下于三四里的坡路担水，砍柴时从山坡上滚下去，半晌半晌地打夯、架椽、扶犁吆牲口，剪羊毛织袜子给妹妹御寒。命运将你们投入冰雪严寒的雪白的黄土地；投入饥寒交迫、自食其力，甚至卖力气不得饱食的，又甚至作为多余的人与民争食的白茫茫山地薄土备受锻炼、磨炼或磨难、煎熬。投入贫瘠的陕北，同时也就投入淳朴厚道、富有同情心的陕北老乡的怀抱，正像穷得裤子轮着穿却把煨在簏火边的热馍馍匀给你们填肚子的那位老党员那样。"风雨侵衣骨更硬，野菜充饥志愈坚。"你们在补课，补红军长征爬雪山、过草地的那一课，咬着牙闯关，闯过一关又一关。然而，有的闯过来，有的跟过来，有的混过来，有的逃回来，有的迈上生命更高一级台阶。是喜剧？悲剧？正剧？闹剧？抑或悲喜剧？

粉碎"四人帮"后，从《伤痕》《生活的路》《本次列车终点》《南方的岸》《这是一片神奇的土地》《今夜有暴风雪》《黑骏马》《北方的河》《我的遥远的清平湾》《隐形伴侣》到《血色黄昏》《中国知青梦》等，知青题材的文学作品不断地发生变化或不断地深化。或是凄惨悲歌，或是慷慨悲歌；或是"度一日如度一年，望不尽的黄草滩"，或是"轰轰烈烈，痛定思痛"；或是对逝去的痛苦的回忆，或是对曾经养育过自己的土地的怀恋；或是闻所未闻的血和泪，或是惊天地泣鬼神的铁与火；或是对蹉跎岁月的全盘否定，或是对美好事物的深情眷念；或是对时隐时显的自我本质的无情剖析，对人性更加直率的揭露和拷问，或是对人的神奇和血的悲壮进行反思、重新审视以建造丰碑；或不堪回首和毕竟也有不能忘记的兼而有之。

《塬上的雪》又怎么样呢?

《塬上的雪》笼罩着茫茫大雪，从开头，到中间，一直到结尾。雪的氛围给人以美感。——啊，雪白的黄土地!

雪，冰冷、灿烂的雪，极壮健的处子皮肤的雪。

雪，蓬勃奋飞的雪。如包藏火焰的大雾一般的飞雪。

"是的，那是孤独的雪，是死掉的雨，是雨的精魂。"

恩恩怨怨，恍恍惚惚，不知不觉步入鲁迅的《雪》的意境。

你不但清醒，而且巧妙。

（本文是阎纲致作者王晨的信，原载《光明日报》，1993年4月24日）

我国作家艺术家应该成为时代风气的先觉者、先行者、先倡者，通过更多有筋骨、有道德、有温度的文艺作品，书写和记录人民的伟大实践、时代的进步要求，彰显信仰之美、崇高之美，弘扬中国精神、凝聚中国力量，鼓舞全国各族人民朝气蓬勃迈向未来。

——习近平

《乡恋》：歌声里的改革信号

◎郭　超

　　"你的身影，你的歌声，永远印在我的心中。昨天虽已消逝，分别难相逢，怎能忘记，你的一片深情……"1980年开始唱响的这首《乡恋》，被誉为改革开放初期文艺界的一颗"信号弹"。李谷一与《乡恋》一起，成为印在人们心中的"身影"与"歌声"。

文艺界在新旧思想的交锋中前行

　　1979年10月30日，有3000名代表出席的中华全国第四次文代会隆重开幕。邓小平代表党中央向大会发表《祝辞》。这是继十一届三中全会在政治领域"拨乱反正"之后在文艺领域的"拨乱反正"，具有划时代的里程碑意义。

　　据作家阎纲回忆，《祝辞》最具突破性的论点，是"坚持百花齐放、推陈出新、洋为中用、古为今用的方针，在艺术创作上提倡不同形式和风格的自由发展，在艺术理论上提倡不同观点和学派的自由讨论"。"写什么和怎样写，只能由文艺家在艺术实践中去探索和逐步求得解决。"重申"双百方针"，明确党领导文艺的政策，堪为经典。

　　报章里的中国记忆

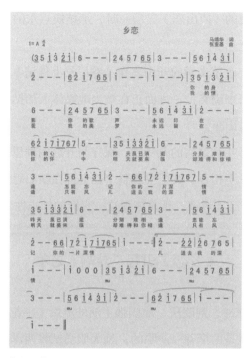

《乡恋》词曲

1980年春，《光明日报》记者邓加荣与同事理由拟定了一个采访计划，准备从几个侧面反映当时文艺界振奋人心的新局面。他们拟定的几个题目中有《新凤霞写书》《袁运生画画》《李谷一唱歌》《刘晓庆学剑》等。

在这份名单中，除了新凤霞，其他三位均为青年文艺工作者。刘晓庆25岁，李谷一36岁，袁运生43岁，都属于"八十年代的新一辈"。

当时，画家袁运生的壁画《泼水节——生命的赞歌》（1979年10月），因为大胆画入三个沐浴的傣家少女，正伫立在北京首都机场接受人们好奇和质疑的目光。刘晓庆主演的《神秘的大佛》已经显露出明显的商业娱乐片气息，被业内人士认为是"用庸俗的形象和噱头败坏人们的胃口"，迫于舆论压力，电影公司中断了正在印制的拷贝。34岁的词曲作家傅林创作的《小螺号》，受到《人民日报》点名批评，认为他是受了港台靡靡之音的不良影响。

张瑜和郭凯敏主演的《庐山恋》轰动一时，那蜻蜓点水的一吻，让无数情窦初开的年轻人为之迷醉。

放眼文学界，改革文学的开山之作《乔厂长上任记》，一方面荣获1979年度全国优秀短篇小说奖，一方面正在被当地媒体大加挞伐，天津作家蒋子龙的心情有如坐过山车。

可以说，1979年和之后的几年中，保守与开放两种思想并存，先锋的创作与守旧的教条互不相容，文艺界和整个社会都在新旧思想的交锋中前行。

李谷一与《乡恋》风波，正是体现这一交锋的标志性事件。

《乡恋》引起"异端"之争

1979年，由陈冲、刘晓庆、唐国强主演的电影《小花》上映。插曲《妹妹找哥泪花流》就是由李谷一演唱的，她大胆尝试将西洋歌剧和我国古典戏曲中曾使用过的轻声、气声唱法，运用到现代歌曲上来，受到听众欢迎。

《乡恋》是在1979年的最后一天在中央电视台首先播出的，据当时人回忆，晚上八点，中央电视台在《新闻联播》之后的黄金时段播放了电视风光片《三峡传说》。本来以为播出电视剧《大西洋底来的人》的年轻人，看见这个名字顿时意兴阑珊。当李谷一那带着浓浓乡愁的歌声出现时，屋里顿时静了下来，大家都被她的歌声所感染。听惯了她明丽的《边疆的泉水清又纯》，突然听到她"含着嗓音唱歌"，大家既惊讶又惊喜。一个女工小声说，李谷一唱歌怎么跟说悄悄话似的。她的话无意中道出了"气声"的特点。

上海人最敏感。1980年1月1日的《文汇报》发出消息说，昨天中央电视台风光片播放的歌曲十分优美，得到大家喜爱。1980年2月，《乡恋》入选北京人民广播电台《每周一歌》。在那个电视尚不普及的年代，《每周一歌》影响特别大，《乡恋》因此一下子流行开来。在当时，要听李谷一唱歌，就得凌晨2点去排队买票。光1980年上半年李谷一就唱了200场。

但与此同时，有不少人认为这种唱法不正经，不符合社会主义艺术规律。有人说这只是在酒吧间唱的歌曲，是与资本主义社会娱乐生活的情调一致的。甚至有人批评她的歌是"亡国之音"。

1980年年初的一天上午，在中国社会科学院的礼堂里，一名主管意识形态的高层领导最先点了《乡恋》的名，说大陆现在有个"李丽君"。1980年2月10日，《北京音乐报》在第二版刊发署名"莫沙"的文章《毫无价值的模仿》。文章说："电视风光片《三峡传说》播映之后，它的几首插曲在群众中迅速引起较大的反响，对它们的评价也产生了尖锐的斗争。我觉得，其中一首情歌不论在艺术创作风格上或演唱风格上，都是对外来流行音乐的模仿，从艺术上来说，是毫无价值的仿造品。"文中所说的"一首情歌"，指的就是《乡恋》。从此，报刊开始大量发表对《乡恋》的批评文章，在持续三四年的时间里，围绕《乡恋》的全国性大讨论始终热度不减。

出于职业敏感，邓加荣和理由暂时搁下其他选题，准备首先采访李谷一，而且直接切入当时争议的焦点——《乡恋》，不是一般地采写李谷一的成才之路，而是着重于《乡恋》这首歌曲引发的争议。

由于此时李谷一正随中央乐团演出团在上海巡回演出，邓加荣与理由乘机飞赴上海采访。他们首先去观看中央乐团的演出。上海的观众深夜冒雨排队购票。演出当夜可容纳1.8万人的上海体育馆座无虚席。

邓加荣原以为，面对各方面的压力，李谷一不太可能再唱《乡恋》。可谢幕之时，全场观众高喊"乡恋""乡恋"。李谷一不负众望，唱了一遍之后，观众们还是觉得不过瘾，喊着还要她继续唱下去。

李谷一对记者说："我之所以还有勇气唱《乡恋》，主要是因为有广大群众的支持。我每天都能收到来自全国各地的信。广大观众和听众对我的支持，便是最大的鼓舞和力量。"

1980年10月8日，《光明日报》发表了邓加荣和理由采写的报道《李谷一与〈乡恋〉》。报道肯定了李谷一在音乐领域的探索，认为这与整个时代

《乡恋》解禁

改革的方向是吻合的。她的唱法表明了"一个时代有一个时代的美"。

这篇报道发表后，社会反响强烈，写给记者和李谷一的信，"不出三五天就要装一麻袋"。

"那个时候的《光明日报》火得厉害。大学生看报纸，不是一份报纸传着看，而是将报纸裁成条，大家交换着看。"邓加荣说。

11月9日，《光明日报》开辟专栏《对李谷一与〈乡恋〉一文的反应》，选登读者来信。一位中学教师在来信中写道："只准长歌颂雅，不准演员采风，稍一离格，即为异端，这符合艺术发展规律吗？如果天天喊'百花齐放，百家争鸣'，而连一首《乡恋》都要打入冷宫，甚至枪毙，恐怕中国歌坛上，就永远只能欣赏《大海航行靠舵手》了！"

报章里的中国记忆

从禁播到解禁

1981年11月,《人民音乐》发表长篇文章,指责"《李谷一与〈乡恋〉》的社会效果是作者运用夸大、歪曲事实的手法取得的"。自此,《乡恋》成为"禁歌",电台不再播放,李谷一演出时可以唱别的歌曲,但不能唱《乡恋》。

1983年2月12日,中央电视台举办首届春节联欢晚会,现场设有4部观众点播电话。晚会开始不久,接线员端了一盘子观众的电话点播条给总导演黄一鹤,黄看了之后倒吸一口凉气,观众点播的几乎全是李谷一的《乡恋》!黄一鹤对接线员使了个眼色,让她把盘子端给了在座的广电部部长吴冷西,吴看了以后马上摇摇头。可是没想到之后一连五盘电话的点播条大部分点的都是《乡恋》,这让吴冷西冷汗直冒。他在过道里来回踱步,不时掏出手帕擦汗,终于,他走进导演间,沉默良久,猛地一跺脚,操着南方口音对黄一鹤说:"播!"晚会结束后收到了大量观众的来信,评价央视是"人民自己的好电视台",在当时冠以"人民"两个字就是最高的评价了。

在改革开放30年之际,中央电视台和湖南电视台又将《乡恋》风波作为改革开放的一个先声,做了专题回访。《新京报》用两个整版回顾了这场争论,并配发评论《文艺创新人民开心》。

李谷一与《乡恋》（节选）

理　由　邓加荣

时针指向午夜，录音室里灯火辉煌。电视片《三峡传说》的编剧兼导演马靖华焦躁地踱来踱去："这难道是歌唱离别故乡的感情吗？太激烈了。我需要的是轻柔的、自然的……就像说话一样。这个片子情愿不播出，我也决不迁就音乐！"

作曲家张丕基，一副毫不妥协的神情："我情愿不要音乐，也决不修改！"

这是艺术问题的争吵，互不相让，火气冲天，复杂又单纯。如果没人来打破僵局，看样子得吵到大天亮。双方把求援的目光一齐投向李谷一的身上。

李谷一刚刚唱完这首歌，单就个人的情趣来说，她喜欢它，因为它容纳了丰富的声乐技巧，感情庄严，曲调高亢，为演唱者展开广阔的音域，适合她的胃口。录音工作已经完成，交差了账，心安理得，又何必给自己找什么麻烦呢？需知，这些天来她实在太累了。但她凭直觉感到，这首歌很难在群众当中流行。干脆一句话，除去她和某些专业演员，别人谁也唱不了。这不能不算作一点遗憾，导演的意见也不无道理。于是她向作曲家说："老张，再写一个吧。这是我们第一次合作，我保证给你唱好。"

编导和作曲家达成协议：由编导改写歌词，作曲家重新谱曲。

李谷一返回中央乐团住处。马靖华留在办公室赶写歌词。张丕基回家休息时已是凌晨两点多钟。辛苦的夜晚，短暂的宁静，这就是后来音乐界、评论界、观众中一场轩然大波的序幕。

有人说，李谷一不唱《乡恋》是不是更好？或者，《乡恋》的第一稿不作修改，原样播出，是不是就能避免造成不良的"社会效果"，并躲过一场灾祸？

——不见得。在当今的歌坛新星中，很少有人像她那样引起众多的争议，也很少有人像她那样曲折的艺术经历。她生长在湖南长沙岳麓山下一个知识分子的家庭，十五岁考进湖南艺术学院学习舞蹈，接受严格的身体训练，至今两肩肌肉仍很发达，还能拿大顶。她在舞蹈系学了两年，又被花鼓戏剧团招为演员，打下民族戏曲的功底。不久适逢中南地区会演，剧团报上去的剧目是《补锅》，开演前一个多星期团内发生人事变动，匆忙决定由她来顶替主要角色，虽然是临阵磨枪，她却演得惟妙惟肖，一鸣惊人。她还唱过民歌，唱过京剧，从一九六七年开始学习西洋发声技巧，十年寒窗，磨砺精深，形成自己的艺术风格。中央乐团的一位同志说："她很会唱歌，很会表演，行腔咬字清楚，高音明亮结实，台风很可爱，一举一动都恰到好处，这和她从小学习戏曲、舞蹈有关系。她的声域宽，上得去，下得来，真声假声连接自然，流畅贯通，嗓子甜，有才华，音乐感很强。真是难得的人才……"

次日清早，作曲家张丕基还在酣沉的梦中，有人来敲家门。睁眼一看，小女儿把一张纸放在床前。他匆匆浏览一遍，这是《乡恋》歌词的修改稿，写得很顺，便靠在床头轻声地哼吟。这位作曲家本是革命烈士子弟，五十年代在哈尔滨上学期间接受苏联音乐理论的系统教育，后来又读过两次大学，毕业于上海音乐学院和中央音乐学院，二十年来致力于严肃音乐的创作，从精神气质到艺术个性都趋于高雅、凝重，他的作品在"文化大革命"中无一例外地被划为"大洋古"之类。而这次，他也变得身不由己，好像被施了魔法似的，一反常态，从心中流淌出来松弛的、平易的、低回的旋律。八点钟，他准时来到办公室上班，半小时后谱好《乡恋》的第二稿。

编剧惊异地说："呵，这么快！"

作曲家说："词顺就谱得快。"

两人相视而笑，昨夜的一场争论已经释然。这天大雪纷飞，他们当即派人前往中央乐团，把词谱送到李谷一的手里。

晚上，中央广播电台的录音室里，米黄色的天花板和深褐色的墙壁散射着柔和的灯光。李谷一站在房间的一角，穿一件绛红色的毛衣，身段轻盈，举止从容，而脸色显得很疲惫。当弦乐器和电吉他奏出过门的一刻，人们都屏住呼吸。这支歌将引起什么样的"社会效果"？谁也没有去预测。人们担心的是，李谷一接到词谱只有一天多的时间，毕竟太仓促了。她能够表达导演和作曲家所期待的要求吗？

她唱了。编剧和导演所规定的情景，作曲家所描绘的意境，唱得比想象中的更好：

> 你的身影，
>
> 你的歌声，
>
> 永远印在我的心中。
>
> 昨天虽已消逝，
>
> 分别难重逢，
>
> 怎能忘记你的一片深情……

"刚才你哭了！"作曲家对李谷一说。

她揩去了泪痕："我想起了我的家乡岳麓山……"

（原载《光明日报》，1980年10月8日）

报章里的中国记忆

20世纪80年代，崔健以及《一无所有》的出现，标志着中国摇滚乐原创时代的到来。他的作品中，不仅有西方的音乐形式，更有当代中国人复杂的情绪表达。

那年的崔健，那时的"一无所有"

◎余　春

"请听——崔健演唱《一无所有》。"

1986年5月9日，一场名为《让世界充满爱》的演唱会在北京工人体育馆举办。在介绍崔健出场时，女报幕员的语言简洁、高亢，因循着那个时代的惯例。显然，她并没有意识到，自己正在宣告中国摇滚的首次亮相。

崔健登场。

身穿一件长褂，怀抱一把吉他，一边的裤脚挽着，一边的裤脚放着，一高一低，就在人们还讶异于他太过随意的装束时，"我曾经问个不休，你何时跟我走"，第一句歌词带着粗粝的气质由颇具沧桑感的嗓音劈空吼出，现场的气氛陡然热烈起来，"可你却总是笑我，一无所有"，掌声、口哨、尖叫，此起彼伏。体育馆外，守在电视机旁观看演出的观众，感受同样强烈。

"那感觉好似大木头当胸给撞了一下。"有人这样形容。

长年浸润于革命歌曲、民族音乐或古典音乐中的人们，正在渴求一个新的情感释放的通道。恰在此时，摇滚来了。1980年前后，北京第二外国语学院诞生了内地第一支摇滚乐队"万李马王"，凭借翻唱披头士的作品，他们风靡二外。但演出尚未走出校园，乐队便宣告解散。此后，"阿里斯""七合板""不倒翁"等乐队相继组建，仍以翻唱欧美、日本的流行乐作品为主。

1981年，崔健考入北京歌舞团，成为一名小号演奏员，工作期间，他听到一些外国游客和留学生带来的磁带，接触到西方的摇滚乐，同时学起了吉他，开始尝试自弹自唱，并进行歌曲的创作。

对于当时的中国流行音乐和摇滚乐来说，还缺少属于自己的表达方式。《一无所有》的出现，标志着中国摇滚乐原创时代的到来。在崔健的作品中，不仅有吉他、贝斯、鼓，也有笛子、唢呐、箫，有西方的音乐形式，更有当代中国人复杂的情绪表达。彼时，经济的改革、社会的发展，一切的新鲜元素都在冲击人们的思维，在物质和精神上顿感"一无所有"的人们，其实也从这种状态中获得重生，他们重新定位自我，重新追求自我的理想。

这是属于现代、属于城市、属于个体的呐喊。

崔健火了，摇滚火了，争议也随之而至。一些人对于"靡靡之音"的疑虑尚未完全消散，对于激烈、张扬甚至有些叛逆的摇滚从天而降，自然心生警惕。先是与西方文化数十年的隔膜，再是西方文化的大规模涌入；先是对传统文化的批判，再是传统文化的复兴。在"中"与"西"，"新"与"旧"的碰撞中，各种艺术形式的融合创新在拥有充足动力的同时，也都面临着不小的阻力。

为崔健和摇滚的正名，最早来自1988年7月的《人民日报》。这是摇滚乐歌手首次在内地主流媒体上被报道。

这篇题为《从〈一无所有〉说到摇滚乐——崔健的作品为什么受欢迎》的文章一针见血地指出，摇滚乐之所以为现实环境所不容，恐怕一是出于观念的束缚，二是因为不了解。文章认为，崔健的作品尽管直白、袒露，但真挚、诚恳，毫不掩饰，"在那被粉饰、雕琢、溢美的风气熏染多年后，似乎更热切地企盼着这种素朴和率真。作品表露的是一代人的感觉：失落、迷惘，抒发的是人们来自心底的情绪，故而与千万人的审美意识和生活感受相吻合"。文章最后写道："假若我们总对新的艺术形式持排斥的态度，那艺术还有发展的前景吗？但愿崔健和摇滚乐所遇的不公正遭遇能成为历史的绝响。"

听者的呵护，党报的力挺，护佑着崔健这叶稀有的摇滚之舟。

但他的摇滚之路并不能因此就一帆风顺，除了外来的压力，也有自身成长的焦虑，他在作品里抒发着困惑。崔健发现，仅靠为数不多的演出机会，摇滚乐很难被更迅速广泛地推广普及，于是他开始计划将这些作品录制并出版发行。经过一番碰壁后，1989年初，崔健的首张摇滚专辑《新长征路上的摇滚》出版，继而举办了同名演唱会。专辑中的九首歌是《新长征路上的摇滚》《不是我不明白》《从头再来》《假行僧》《花房姑娘》《让我睡个好觉》《不再掩饰》《出走》以及《一无所有》。这些歌曲在日后被无数人翻唱、演绎。

《光明日报》在当年3月23日刊发了乐评《崔健的"新长征路上的摇滚"》，作者金兆钧敏锐地道出了崔健的变化，"去年的音乐会上，我听到的崔健与 ADO 像一个刚刚站起来的青年，留下的最深印象是一股强健的勃勃生气和强烈的冲击性；今年的音乐会上，我听到的是一种完整的意念和完整的形式。崔健与 ADO 乐队一年来的琢磨终于使他们的摇滚到达了新的境地"，与此同时，作者提示着崔健更为丰富的意义："人们大多仅熟悉著名的《一无所有》，却尚未完全体会到《不是我不明白》《新长征路上的摇滚》以及《请让我在雪地上撒点野》等作品蕴含的强烈批判意识和独立意识，而这种带有强烈冲击性的意念和感觉恰恰是一种新观念和新方式到来的先声。"

摇滚既是一种音乐形式，也是一种文化表达。摇滚与非摇滚的界限，往往是通过是否具有批判意识、独立意识来体现的。正如金兆钧在文章中所说："摇滚首先是一种生活态度，一种生活方式，一种独立不羁的生活态度和一种对抗着工业化文明异化力量的生活方式。"如果只是留着长发，抱着吉他，撕心裂肺地吼叫，却毫无有意义的表达，那只能称之为一种模仿表演，而非摇滚。

出生于60年代初的崔健，作品中打着"革命"的烙印。不用说"雪山和草地""红布""红旗"、戴在他头上的那个绣着红星的帽子这些显豁的意象，纵然是《一无所有》这样的情歌中，最令人动容的绝不是毫无功利的爱情，而是《国际歌》里"不要说我们一无所有，我们要做天下的主人"那种无产者的浪漫与豪情，摇滚的态度与革命的精神融于一体。从某种意义上说，摇滚乐者就是在舞台上扮演着的革命者形象，一呼百应，从者如云。

革命的传统、改革的潮流、外来的文化与青年的渴望、诉求混杂在一起，催生了崔健的摇滚。崔健之后，一茬又一茬的摇滚人陆续出道。一些人在紧跟着西方摇滚的潮流，一些人在进行着中国摇滚的尝试。《一无所有》一开始就给出了摇滚"中国化"的示范，从整首歌曲的音调，到刘元的唢呐，鲜明的传统音乐元素与新鲜的节奏和崔健极具冲击性的演唱方式结合在一起，让人过耳不忘。之后，在何勇《钟鼓楼》里能听到由他父亲弹奏的三弦，苏阳乐队操着一口西北方言演唱，二手玫瑰的二人转、杭盖乐队的呼麦，更有人把京剧、昆曲、评弹、相声等与摇滚混搭，如此种种，花样翻新，令人应接不暇。

在今天的中国，有太多表达情绪的通道，摇滚已不再是那么突兀，不论多么大胆的实验，既不会让很多人感到惊喜，也不会让很多人感到恐惧，就像各种先锋文学、电影、美术，都失去了曾经的锐度。或许问题并不在于作品本身，而在于时代的变化。20世纪90年代，崔健就已经意识到："那个时代正好被我们赶上了，因为我们是第一代尝试自由创作的音乐人，我写《一无所有》完全是出于无意。就是现在，哪怕我想有意写这首歌，那效果也远远不如当时。"

但是，不可忽略的，是摇滚乐所代表的"个体精神"的回归。如果说邓丽君以及其他充满温情的歌曲的流行，代表了从噩梦中醒来之后的人们追求美好生活的表达，那么崔健以及摇滚则代表了一种真正面对现实所需要的深刻批判和反思。"一无所有"，因此是具有十足积极意味的呐喊与追问，叛逆姿态融入的批判里，更有难得的追求。"不是我不明白，是这世界变化快"，这正是改革初期的人们处于现实和历史夹缝中的真实感受。即使如此，仍要勇于探索，以昂扬的姿态投身到未知的前路，这是一个时代的精神面貌。

如果说每个时代的人都有自己的情感之门，那么音乐可能就是打开大门的钥匙。《一无所有》恰好是其中一把。

摇滚，听起来似乎是属于年轻人的音乐，实则不然。回顾1986年，那些在演唱会上初识摇滚滋味的青年，如今或许大多数已端起保温杯，泡上枸杞，安稳又祥和。即便是当年青春勃发、唱着"你还年轻，他们老了"的张楚，倏忽间也到了知天命之年。不论时代如何变化，都有人在坚守理想，保持批判，也有人投身大众文化，抢占娱乐新闻头条。崔健还是活跃在音乐市场，宣扬着自己的音乐理念，也有一群群的青年人走到音乐节，走进摇滚现场，伸出食指和小指，比出金属礼，表达一颗"rocker（摇滚歌手）"的心。

从《一无所有》说到摇滚乐
——崔健的作品为什么受欢迎

顾 土

崔健已经是一位知名度很高的人物了。18000人的体育馆，只要他登台，肯定会座无虚席，连最后一排都挤得满满的。他在舞台中央振臂一呼，上万人能同时响应，随着他齐声高唱。他的作品，尤其是那首《一无所有》，引起了不知多少人的共鸣，大学生、教师、工人、个体户……他也招致了不少责难，是位有争议的歌星，骂他，轻视他，甚至刁难他的更不乏其人。但他终于熬过了数年的艰辛岁月，以自己独特的创作风格和舞台形象赢得了社会的承认。

崔健为什么能得到人们如此热情的欢迎呢？这需要回过头再听听流传已久的《一无所有》。当你听到那略带苍凉、忧郁的曲调时，当你吟咏那惆怅、凄迷的歌词时，总感到是在一吐自己的衷肠。尽管直白、袒露，但却真挚、诚恳，毫不掩饰。在那被粉饰、雕琢、溢美的风气熏染多年后，似乎更热切地企盼着这种素朴和率真。作品表露的是一代人的感觉：失落、迷惘，抒发的是人们来自心底的情绪，故而与千万人的审美意识和生活感受相吻合。那种貌似淡泊而实际炽热的情感，自然地交织在苍劲、深沉的西北高原民歌音调和强悍、粗犷的节奏里，贴切和谐，散溢出一股清新的气息。

《一无所有》最强烈的魅力还不仅仅在于感伤的气氛、抑郁的呼唤，而在于我们从中领略到了人在艰难中的自信，在困惑中的觉醒，在走过坎坷不平的崎岖之路后对自我价值的重新认识。我们听着、唱着这首歌，不会羞于自己的"一无所有"，也不会因曲调中没有昂扬、奋激而显出消沉、哀婉；相反，却被一种不知所以然的自豪感推动。此刻，再回味生活的苦涩、辛酸，就会别有一种甜润、欣慰荡漾在心头。

《一无所有》还可以视作当代中国摇滚乐的开山篇章。它将欧美的摇滚风格与中国传统音乐融洽地织合于一体，形成具有强烈民族特色和地方风情的摇滚音乐。

摇滚乐从立足于世至今，已有几十年的历程，包括不同社会制度的许多国家，都相继建立了各种摇滚乐团，产生了形形色色的歌手和作家。作为一种音乐文化、一种艺术流派，摇滚乐早已扎根于这个世界，且风靡几十个国家，成为亿万人的文化消费形式。可惜的是，摇滚乐在我国一直噤若寒蝉，不要说演奏，就连名字都难得见到。直到近几年，才有一些人于困境中蹒跚起步。

摇滚乐之所以为现实环境所不容，恐怕一是出于观念的束缚，二是因为不了解。过去人们总喜欢给艺术罩上大大小小的政治光圈，划分出阶级的泾渭，像摇滚乐这种来自现代西方的艺术，与传统的审美观念、欣赏习俗又截然不同，自然就要被当作异端来摒弃。再就是大多数人根本就未接触过摇滚乐，以为这种音乐大概就是又摇又滚，于是嗤之以鼻。

其实，摇滚乐既然被众多的人所接受，就自有其自身的审美价值。它产生于美国社会下层的大众文化中，是黑人音乐和南方白人乡村音乐交会的结果，随着发展，又与其他音乐形式相融合，最后形成了一种渗透了多样文化内涵、适应力很强的时代音乐。这种音乐曲调奔放，节奏热烈躁动，把人的内心情绪巧妙地结合在具有现代气质和风范的艺术构思中，能以自我宣泄式的直白和洒脱的乐风唤起人们对生活的思索与回忆。

当然，摇滚乐能否在我国激起如西方世界一般的狂热，尚未可知。但这无论如何只是一个民族文化心理、审美习惯的问题，不应扯到社会制度或阶级性上，大可不必为它的出现而忧虑，只把它作为一个音乐品种看就可以了。假若我们总对新的艺术形式持排斥的态度，那艺术还有发展的前景吗？但愿崔健和摇滚乐所遇的不公正遭遇能成为历史的绝响。

（原载《人民日报》，1988年7月16日）

1980年5月，一封署名"潘晓"的读者来信《人生的路呵，怎么越走越窄……》发表在《中国青年》杂志上。甫一发表，即在全国范围内，特别是广大青年中引发一场关于人生观的大讨论，这场讨论成为改革开放之初思想解放大潮中的一个标志性事件。

"每一代青年都有自己的际遇和机缘。"习近平总书记2018年5月2日在北京大学师生座谈会上指出："广大青年既是追梦者，也是圆梦人。追梦需要激情和理想，圆梦需要奋斗和奉献。广大青年应该在奋斗中释放青春激情。追逐青春理想，以青春之我、奋斗之我，为民族复兴铺路架桥，为祖国建设添砖加瓦。"重读《北京日报》十年前的这篇旧文，回望三十多年前的那场讨论，更加觉得习近平总书记的讲话振聋发聩，耐人寻味。

潘晓讨论：对人生意义的思索和寻求

◎李砚洪

五月的惊雷

在北京市西城官园育强胡同《中国青年》杂志社办公室，工作人员从靠墙的一排大文件柜里找到了一个牛皮纸文件袋，打开是厚厚的一摞1980年第5期《中国青年》发稿原件，用方格稿纸、蓝黑钢笔字工工整整誊抄的《人生的路呵，怎么越走越窄……》在最上面：

编辑同志：

我今年二十三岁，应该说才刚刚走向生活，可人生的一切奥秘和吸引力对我已不复存在，我似乎已走到了它的尽头。反顾我走过来的路，是一段由紫红到灰白的历程；一段由希望到失望、绝望的历程；一段思想的长河起于无私的源头而最终以自我为归宿的历程。

在讲述了自己在工作、爱情、家庭生活中所经历的种种不幸后，潘晓最后这样写道：

人生的意义究竟是什么

编者的话

是研究青年，青年在研究社会、人生。

我们有这样的体验：当他认为他所坚信和追求的东西突然失去的时候，当光阴的流逝使自己碌碌无为的时候，当同某种情景的触发而使他回首往事的时候，一个严肃的问题逃避着自己的法官那样出现在面前，人生的意义究竟是什么？

这问题又被提出来了吗？对，又被提出来了！但它附带有八十年代的特定内容、特定历程。

一样，他们原来也真诚地相信世间一切都是美好的，真诚地愿意为革命、为四化，十几年动乱冲毁了这一切，理想与现实竟有着这样惊人的距离，人生的旅程竟是……人生的目的竟又是这样横糊、把握不住！他们彷徨，苦闷……

不愿意走向虚无，而是在探索，艰苦地探索！"路漫漫其修远兮，吾将上下而求索。"

带着过去的创伤来探索人生的。

带着受到现代科学发展的吸引的眼光来重新审视人生的。

带着自己对祖国命运和人类前途的关注来思考人生的。

多次发生的情形一样，在人类历史上每一次较大的社会进步的前夕，差不多都有人生观的大讨论。欧洲文艺复兴时期关于人性论、人道主义的讨论，德国革命前主义和新人生观的讨论，我国五四时期关于科学与人生观的讨论，等等，都曾作出过贡献。

在我们的民族经历了如此巨大的灾难之后，在我们的国家急待振兴的重要关头，已经如此发展的当代，人生意义的课题，必然地、不可免地在青年当中又重新被

1980年第5期《中国青年》刊发的文章

应该说，彷徨、苦闷对于麻木、僵化是一种历史的进步。我们无须讳言我们的社会还有弊病。它并不因为一些人的思讳，或另一些人的愤世反生就自行消失。但是，在十年幼乱的生灭的洗礼中，在经历了种种挫折、怠唯的锻造之后，我们共和国的年轻一代，没有背弃时代的重任，作为他们的主流是更坚强了。他们肩负民族的希望，脚踏着祖国的大地，高举起新长征的火把，又顽强地挺进了！对于人生意义的思索和寻求，将成为年轻一代在人生旅程中的新起点。

应该怎样看待社会？怎样对待人生？当理想和现实发生矛盾的时候怎样才能生活得有意义？一个人生命的价值何在？——让青年们自己来讨论这些严肃的问题吧！

这里，我们把潘晓同志给编辑部的一封坦率、诚恳的来信发表出来。潘晓同志说："青年们的心是相通的。"我们相信，在一场对人生意义的广泛的、平等的、科学的探讨之中，青年们会有所收益。潘晓同志和更多的青年，会在各自不同的人生道路上，找到指引自己前进的路标！

*   *   *   *   *

编辑同志：

我今年二十三岁，应该说才刚刚走向生活，可人生的一切奥秘和吸引力对我已经不复存在，我似乎已经走到了它的尽头。反顾我走过来的历程，是一段由紫红到灰白的历程，一段由希望到失望、绝望的历程，一段思想的长河起于无私的源头而最终以自我为归宿的历程。

过去，我对人生充满了美好的憧憬和幻想。小学的时候，我就听人讲过《钢铁是怎样炼成的》和《雷锋日记》。虽然还不能完全领会，但英雄的事迹也激动得我一夜一夜睡不着觉。我还曾把保尔关于人生意义那段著名的话："人的一生应当这样度过，当回忆往事的时候，他不会因为虚度年华而悔恨，也不会因为碌碌无为而羞愧，……"工工整整地抄在日记本的第一页。日记本记完了，我又把它抄在第二个本上。这段话曾给我多少鼓励呀。我想，我爸爸、妈妈、外祖父都是共产党员，我当然也相信共产主义。后来我也要入党，这是毫无疑义的。

后来，我偶然看到了一本过去的小册子《为谁活着，怎样做人》。我看了又看，完全被迷住了。我开始形成了自己最初的、也是最美好的对人生的看法。人活着，就是为了使别人生活得更美好，人活着，就应该有一个崇高的信念，在党和人民需要的时候就毫不犹豫地献出自己的一切。我陶醉在一种献身的激情之中，在日记里大段大段地写着光芒四射的语言，甚至一言一行都模仿着英雄的样子。

可是，我也常隐隐感到一种痛苦，这就是，我眼睛所看到的事实总是和头脑里所接受的教育形成尖锐的矛盾。在我进入小学不久，文化大革命的浪潮就开始了，尔后愈演愈烈。我目睹了这样的现象：抄家、武斗、害人命；家里人整日不苟言笑，外祖父小心翼翼地准备检查，比我大一些的年轻人整日污言秽语，打扑克、抽烟；小姨下乡时我去送行，人们一个个掩面哭泣，捶胸顿足……我有些迷茫，我开始感到周围世界并不象以前看过的书里所描绘的那样诱人。我问自己，是相信书本还是相信眼睛，是

— 3 —

我体会到这样一个道理：任何人，不管是生存还是创造，都是主观为自我，客观为别人，就像太阳发光，首先是自己生存运动的必然现象，照耀万物，不过是它派生的一种客观意义而已。所以我想，只要每一个人都尽量去提高自我存在的价值，那么整个人类社会的向前发展也就成为必然了。这大概是人的规律，也是生物进化的某种规律——是任何专横的说教都不能淹没、不能哄骗的规律！

　　今天，信中关于人生的困惑相对于价值多元的现在也已不再振聋发聩，而舆论环境的大为宽松也已使得信中大胆直言毫无忌讳的表达方式不再显得离经叛道。但是，时光倒回当年的那个五月，当时的人们在不经意间读到这封信的时候，毫无心理准备，他们的第一反应令今天的人们不可思议。"触电""感觉有一颗炸弹在心里爆炸""浑身战栗""激动得流泪""恐惧"……在已经泛黄的杂志和内部材料刊登的一封封来信中，充满大量类似的字眼。这些词汇是当年读者们来描述他们最初读到这封信时的直接感受。

　　"这是一颗真实的、不加任何粉饰的信号弹，赤裸裸地打入生活，引起反响。"在所有对这封信的比喻里，太原读者贺海毅的这句话最为独特而贴切。

盛夏的炽热

　　当年"潘晓讨论"如火如荼的时候，《中国青年》原编辑部主任彭明榜还在中学读书，到《中国青年》工作后，他一直在追寻当年那场讨论所牵涉的人、发生的事、深层的理。

　　彭明榜说，和季节出奇地吻合，"潘晓讨论"整整"热"了一个夏天。最初的读者来信在就人生的意义发言的同时，几乎都对这场讨论本身表示了强烈的感激和敬佩："全国多少青年和潘晓一样，希冀着心灵的甘露，在渴望着点燃青春的火炬。"

除了感佩，许多读者还怀有种种疑惧。他们有的怀疑发表这封信是为了引诱青年谈出真实思想，是个"圈套"；有的替"潘晓"表示担忧；甚至还有为《中国青年》担心的，他们说《中国青年》弄不好要挨批评，这场讨论说不定会被"围剿"……

不过，就当时的形势而言，担心显得有些多余，进入六月中旬后，"潘晓讨论"得到广泛支持。《人民日报》首先报道了《中国青年》开展人生意义讨论的消息，并在评论员文章中称赞这一场讨论："把青年思想深处的东西端了出来，进行真正同志式的讨论，是感人至深的。"新华社在报道中也肯定："只有了解青年，才能帮助青年；只有实事求是，才能解决问题。"《中国青年报》将"潘晓"的信摘要发表，之后也开展了"人生的意义究竟是什么？"的讨论专栏。

6月18日下午，中共中央书记处书记胡乔木在团中央书记处负责人的陪同下来到编辑部。第8期《中国青年》以《胡乔木同志关心人生意义的讨论》为题发表了他的讲话摘要：这个讨论引起了千百万人的关心和兴趣，我也是这千百万中的一个。这是一场很有意义的讨论，凡是关心青年一代的成长的人都应该有兴趣。

编辑部按照这个讲话的精神，从第7期开始，将原来每期8页的版面扩大到20页，而且发表了许多讲述自己和潘晓类似或者更悲惨经历的来稿；第8期让潘晓在杂志上出了场，刊登了一封对讨论表示感动和感谢的《潘晓同志来信》：

> 我万没想到，《人生的路呵，怎么越走越窄……》发表之后，孤寂、痛苦和绝望中的我，一下子获得了全国数以万计同代人的关注和声援。……是你们，一反以往社会上那些"君主""神父""长官"惯于板起的教训人的面孔，带着朋友、姐妹、兄长的热忱向我这将被淹没在尘

埃之下的无名角落走来。……这种珍于一切、最真诚的心灵的交流，用任何最动人的感激之词加以报答，都只能是对它本身格调的贬低。

为了使讨论"有点波澜"，第8期还发表了武汉大学历史系三年级学生赵林写的《只有自我才是绝对的》一文：

自私首先是一种自我发现：个人意识到自己的价值，意识到"我"的重要意义。……历史是由人的活动组成的，而人首先是个人，所以每个自觉到自我价值的人都可以问心无愧地说："我就是历史。"

发表于《中国青年》1980年第10期、署名为桂钢的读者来信肯定了赵林的观点，而更多的声音是对赵林观点的驳斥，第10期上署名为何乐为的读者来信最有代表性：赵文武断地宣布"说谎、欺诈、恭维、奉承是人生的真谛"，"自私是人的本质"，这就把人类经过漫长岁月艰难成长起来的一切良知、美德统统踩在脚下，把全人类（除去作者自己）推到道德的被告席上……

谁是潘晓？

谁是潘晓？中国青年杂志社前社长兼总编辑关志豪说："潘晓只是一个符号，是特殊历史时期的产物，是一代青年对爱与激情，人生的痛苦与迷惘思索与讨论的一个象征性符号。"

当年《中国青年》的编辑马丽珍讲述了事情的缘起。

1979年，《中国青年》开展过一场"可不可以在青年中提倡学习陈景润？"的讨论，社会反响不错。所以，讨论一结束，编辑部就着手组织下一场讨论，当时选定的题目是"讲实惠"，因为当时青年中流行着一句很有名的口号"一切向钱看","讲实惠"成了一种时尚。1980年年初，马丽珍刚从群工部调到思想教育部一年，编委会就安排她准备这个选题。

一天下午，她到群工部看了两小时的读者来信，许多信说的都是关于人生苦恼、看透了社会、找不到出路等，她挑出其中35封，隐约中觉得或许可以提炼出一个选题。一天，马丽珍向关志豪讲了开展人生观讨论的想法，关志豪让马丽珍把那35封信给他看看。第二天，看过信后的关志豪就同意了这个选题。

定下了选题后，思想教育部主任郭楠柠让马丽珍和另一个编辑马笑冬做进一步的调研。接下来的两三个月时间，"二马"每天早出晚归，奔走于北京的机关、学校、商店、工厂，召开各种层次的座谈会。

在一次座谈会上，马笑冬认识了北京第五羊毛衫厂的青年女工黄晓菊。通过几次交谈，她觉得黄晓菊的经历和思想很有代表性，就问她愿不愿意毫无隐瞒地写出来供青年讨论。黄表示同意，马笑冬便向她约稿。

也是在这前后，"二马"到北京经济学院开一次座谈会。学院团委书记李庆堃向她们推荐了二年级学生潘祎。李庆堃说，这个学生很灰，不久前刚自杀过，你们可以和他单独谈谈。"二马"于是分开行动：马笑冬去参加座谈会，马丽珍去和潘祎单独交谈。

1980年4月7日，马丽珍与潘祎从下午两点多谈到六点多。马丽珍问他愿不愿意把自己的经历和思想写出来供青年讨论，他表示愿意。

不久，黄、潘的稿子分别交到编辑部。潘祎的不能用，但其中一些语言和观点可供参考，而黄晓菊的原稿有8000多字，分为"灵魂的鏖战""个性的要求""眼睛的辨认"和"心灵的惆怅"四部分，基本可用。编辑部将这两篇稿子交给马笑冬，由她执笔作最后的修改。

最后见刊的那封信，人生经历和主要观点都基本取自黄晓菊的稿子，很多话甚至是原文，潘祎的一些话也糅了进去，还吸收了一些在座谈会上听来的语言。最后，马笑冬从黄晓菊和潘祎的名字里各取一个字合成了"潘晓"

这个笔名。

秋天的萧落

8月20日，在《中国青年》杂志编辑部安排下，中央电视台在《新闻联播》后播发了采访黄晓菊的专题报道。本来是作为一个思想典型人物的潘晓被具体化为实实在在的黄晓菊了。虽然黄晓菊在亿万观众面前对那封信作了说明，最后的表态很"正面"也很富于哲理："我们不能因为社会上存在着垃圾就像苍蝇那样活着！"但是，黄晓菊的这一次"出场"还是无可挽回地使"潘晓讨论"发生了急转直下的变化。

9月23日，工人日报社的内刊《情况参考》第212期刊登了两封关于潘晓的群众来信。

第一封信题为《此种做法弊多利少——有感于潘晓上电视》，写信人署名为"山西娘子关电厂宁翠荣"。这封信写道：各类刊物以大幅大幅的版面对她的这篇"天才成名之作"大加评论、吹捧，使她从一个"无名小卒"一下子成了全国人人瞩目的"风云人物"。……恳切希望快刹住这股风，这种做法只不过是弊多利少，得不偿失！

第二封信题为《邻居眼里的潘晓》，署名为"北京石月"。这封信先说"街坊邻居原来不知道潘晓是谁，一看电视才知道潘晓就在自己身边，先知其人，后闻其名，有反胃似的不舒服"，然后列举了黄晓菊的种种缺点，说她"打姥姥""不给姥姥吃饭""'主观为己'是做到了，'客观为人'则还差得远"……

几天后，中宣部《宣传要闻》第74期转发了这两封信。10月，新华社编印的《国内动态清样》第3028期刊登了记者徐光耀写的《北京羊毛衫五厂负责人谈"潘晓"和她的信的问世的情况》，实际上把潘晓的信说成了"完全出于《中国青年》杂志编辑之手"。

总政治部把新华社《国内动态清样》第3028期作为《政治工作参阅件》转发了全军；在11月26日召开的全国思想工作座谈会上，胡耀邦对潘晓问题有此一说："潘晓不是真潘晓，是塑造的潘晓，是两个人的信合起来的。"一些地方便据此将"潘晓讨论"简单地理解为"《中国青年》制造的一场大骗局"，从而已滋长出全盘否定这场讨论的趋向。

在如此被动的情况下，上级指示编辑部要尽快收场，以免招致更多更严重的批评。12月11日，第12期《中国青年》出版。关于人生观讨论的版面缩减到8页，并且宣布发完本期后，群众性的笔谈讨论结束。

从第5期到第12期，《中国青年》关于潘晓讨论一共编发了110多位读者的110多篇稿件，共十七八万字；在讨论开展的七个月时间里，编辑部共收到来信来稿六万多件，其中不少信稿是几十、上百青年联名写的；关注和参与这场讨论的青年以千万计……

宣布群众的笔谈讨论结束容易，但要宣布整个讨论结束却很难。这个难就是编辑部如何做总结。

1981年第6期《中国青年》姗姗来迟地发表了编辑部的总结文章《献给人生意义的思考者》。这篇文章分"重新探索人生意义是历史的需要""正确认识'人的价值'""科学地看待'公'与'私'""在振兴祖国的奋斗中开拓人生之路"四部分。文章发表后，《中国青年报》全文转载，《人民日报》也以整版篇幅刊登了摘要。至此，搅动了全国青年人心的"潘晓讨论"总算有了一个正式结束。

窄与宽的辩证

2005年1月，《中国青年》组织了一次潘晓讨论的回顾，黄晓菊、潘祎等聚在了一起，赵林专门写来一篇回顾文章。"不仅仅是聚会，那次25年后的回顾，更像是一次研讨，会上大家普遍认同这样一个观点：没有当年'人生路为什么越走越窄'的讨论，就没有生活路越走越宽的今天。潘晓那声令整个社会为之一震的提问，仿佛开启了一个时代，从某种意义上说，这是一场真正的思想启蒙。"彭明榜是那次聚会的组织者之一。

2008年8月4日，《北京日报·理论周刊》刊发人民出版社原总编辑薛德震的文章《人的主体性觉醒是一种极大的社会进步》。在文章中，薛德震写道：

改革开放初期，有一位化名为"潘晓"的青年提出人生价值问题，引起了一场大讨论。开始曾经有一种舆论认为，人的价值、人权问题，是一种资产阶级的概念和理论，我们无产阶级、共产党人怎么能提出这样的问题呢？"文革"前后，在我国曾经出现过"谈人色变"的现代愚昧，人们在人性、人道、人权、人的价值、人的自由、人的平等等问题上噤若寒蝉，不敢谈论。现在人人都在谈论"以人为本"，谁还敢在人的问题上拿大棒子打人？改革开放30年，在这方面发生了何等大的变化，真如隔世！这是人的主体性的觉醒，是一种极大的社会进步！

"今天，已不仅仅是宽窄的问题了，在人生这个大舞台上，应该考虑的是，我们怎样表演才更出色，更经典！"黄晓菊搅动着面前那杯苦咖啡，笑着跟记者说。这也许是当下"潘晓"的现实理想主义。

（原载《北京日报》，2008年12月15日）

人生的路呵，怎么越走越窄……

潘　晓

应该说，彷徨、苦闷对于麻木、僵化是一种历史的进步。我们无须讳言我们的社会还有弊病。它并不因为一些人的忌讳，或另一些人的愤世厌生就自行消失。但是，在十年动乱的血与火的洗礼中，在经历了种种挫折、危难的锻造之后，我们共和国的年轻一代，没有背弃时代的责任，作为他们的主流是更坚强了。他们背负着民族的希望，脚踏着祖国的大地，高举起新长征的火把，又顽强地挺进了！对于人生意义的思索和寻求，将成为年轻一代人在人生旅途中的新起点。应该怎样看待社会？怎样看待人生？当理想和现实发生矛盾的时候，怎样才能生活得有意义？一个人生命的价值如何？让青年们自己来讨论这些严肃的问题吧！

这里，我们把潘晓同志给编辑部的一封坦率、诚恳的来信发表出来。潘晓同志说："青年们的心是相通的。"我们相信，在一场对人生意义的广泛的、平等的、科学的探讨之中，青年们会有所收益。潘晓同志和更多的青年，会在各自不同的人生路上，找到指引自己前进的路标！

编辑同志：

　　我今年二十三岁，应该说才刚刚走向生活，可人生的一切奥秘和吸引力对我已经不复存在，我似乎已经走到了它的尽头。反顾我走过来的路，是一段由紫红到灰白的历程；一段由希望到失望、绝望的历程；一段思想的长河起于无私的源头而最终以自我为归宿的历程。

　　过去，我对人生充满了美好的憧憬和幻想。小学的时候，我就听人讲过《钢铁是怎样炼成的》和《雷锋日记》。虽然还不能完全领会，但英雄的事迹也激动得我一夜一夜睡不着觉。我还曾把保尔关于人生意义那段著名的话"人的一生应当这样度过：当回忆往事的时候，他不会因为虚度年华而悔恨，也不会因为碌碌无为而羞愧；……"工工整整地抄在日记本的第一页。日记本记完了，我又把它抄在第二个本子上。这段话曾给我多少鼓励呀。我想，我爸爸、妈妈、外祖父都是共产党员，我当然也相信共产主义，我将来也要入党，这是毫无疑义的。

　　后来，我偶然看到了一本过去出的小册子《为谁活着，怎样做人》。我看了又看，完全被迷住了。我开始形成了自己最初的、也是最美好的对人生的看法：

　　人活着，就是为了使别人生活得更美好，人活着，就应该有一个崇高的信念，在党和人民需要的时候就毫不犹豫地献出自己的一切。我陶醉在一种献身的激情之中，在日记里大段大段地写着光芒四射的语言，甚至一言一行都模仿着英雄的样子。

　　可是，我也常隐隐感到一种痛苦，这就是，我眼睛所看到的事实总是和头脑里所接受的教育形成尖锐的矛盾。在我进入小学不久，"文化大革命"的浪潮就开始了，尔后愈演愈烈。我目睹了这样的现象：抄家、武斗、草菅人命；家里人整日不苟言笑；外祖父小心翼翼地准备检查；比我大一些的年轻人整日污言秽语，打扑克、抽烟；小姨下乡时我去送行，人们一个个掩面

　　　　　　　　报章里的中国记忆

哭泣，捶胸顿足……我有些迷茫，我开始感到周围世界并不像以前看过的书里所描绘的那样诱人。我问自己，是相信书本还是相信眼睛，是相信师长还是相信自己呢？我很矛盾。但当时我还小，我还不能对这些社会现象进行分析。况且过去的教育赋予了我一种奇怪的能力，这就是学会把眼睛闭上，学会说服自己，学会牢记语录，躲进自己高尚的心灵世界里。

可是，后来就不行了，生活的打击向我扑来。那年我初中毕业，外祖父去世了。一个和睦友爱的家庭突然变得冷酷起来，为了钱的问题吵翻了天。我在外地的母亲竟因此拒绝给我寄抚养费，使我不能继续上学而沦为社会青年。我真是当头挨了一棒，天呵，亲人之间的关系都是这样，那么社会上人与人的关系将会怎样呢？我得了一场重病。病好后，借助几个好同学的力量，给街道办事处写信，得到了同情，被分配在一家集体所有制的小厂里，开始了自食其力的生活。那时候，我仍然存着对真善美的向往，也许家庭的不幸只是一个特殊的情况，我现在已经踏上了生活，生活还是充满诱惑力的，她在向我招手。

但是，我又一次地失望了。

我相信组织。可我给领导提了一条意见，竟成了我多年不能入团的原因……

我求助友谊。可当有一次我犯了一点过失时，我的一个好朋友，竟把我跟她说的知心话全部悄悄写成材料上报了领导……

我寻找爱情。我认识了一个干部子弟。他父亲受"四人帮"迫害，处境一直很惨。我把最真挚的爱和最深切的同情都扑在他身上，用我自己受伤的心去抚摸他的创伤。有人说，女性是把全部的追求都投入爱情，只有在爱情里才能获得生命的支持力。这话不能说没有道理。尽管我在外面受到了打击，但我有爱情，爱情给了我安慰和幸福。可没想到，"四人帮"粉碎之后，他翻了身，从此就不再理我……

我躺倒了，两天两夜不吃不睡。我愤怒，我烦躁，我心里堵塞得像要爆炸一样。人生呵，你真正露出了丑恶、狰狞的面目，你向我所展示的奥秘难道就是这样？！

为了寻求人生意义的答案，我观察着人们。我请教了白发苍苍的老人，初出茅庐的青年，兢兢业业的师傅，起早摸黑的社员……可没有一个答案使我满意。如说为革命，显得太空，不着边际，况且我对那些说教再也不想听了；如说为名吧，未免离一般人太远，"流芳百世""遗臭万年"者并不多，如说为人类吧，却又和现实联系不起来，为了几个工分打破了头，为了一点小事骂碎了街，何能奢谈为人类？如说为吃喝玩乐，可生出来光着身子，死去带着一副皮囊，不过到世上来走一遭，也没什么意思。有许多人劝我何必苦思冥想，说：活着就是为了活着，很多人不明白它，不照样活得挺好吗？可我不行，人生、意义，这些字眼，不时在我脑海翻滚，仿佛脖子上套着绞索，逼我立刻选择。

我求助于人类智慧的宝库——拼命看书，希望从那里得到安慰和解答。我读了黑格尔、达尔文、欧文的有关社会科学方面的著述；读了巴尔扎克、雨果、屠格涅夫、托尔斯泰、鲁迅、曹禺、巴金等人的作品。可是，看书并没有使我从苦恼中得到解脱。大师们像刀子一样犀利的笔把人的本性一层层地揭开，让我更深刻地洞见了人世间的一切丑恶。我惊叹现实中的人与事竟和大师们所写得如此相像，不管我沉陷在书本里还是回到现实中来，看到的都是一个个葛朗台、聂赫留道夫式的人物。我躺在床上辗转反侧，想呀，使劲地想，苦苦地想。慢慢地，我平静了，冷漠了。社会达尔文主义给了我深刻的启示：人毕竟都是人哪！谁也逃不脱它本身的规律。在利害攸关的时刻，谁都是按照人的本能进行选择，没有一个真正虔诚地服从那平日挂在嘴头上的崇高的道德和信念。人都是自私的，不可能有什么忘我高尚的人。过去那些宣传，要么就是虚构，要么就是大大夸大了事实本身。如若不然，请问所有堂皇的圣人、博识的学者、尊贵的教师、可敬的宣传家们，要是他们敢于正视自己，我敢说又有几个能逃脱为私欲而斗争这个规律呢？过去，我曾那么狂热地相信过"人活着是为了使别人生活得更美好","为了人民献出生命也在所不惜"。现在想起来又是多么可笑！

对人生的看透，使我成了一个双重性格的人。一方面我谴责这个庸俗的现实；另一方面我又随波逐流。黑格尔说过："凡是现实的都是合理的，凡是合理的都是现实的。"这几乎成了我安慰自己，平复创伤的名言。我也是人。我不是一个高尚的人，但我是一个合理的人，就像所有的人都是合理的一样。我也争工资，我也计较奖金，我也学会了奉承，学会了说假话……做着这些时，我内心很痛苦，但一想起黑格尔的话，内心又平静了。

当然，我不甘心浑浑噩噩、吃喝玩乐了此一生。我有我的事业。我从小喜欢文学，尤其在历尽人生艰辛之后，我更想用文学的笔把这一切都写出来。可以说，我活着，我现在所做的一切，都是为了它——文学。

然而，似乎没有人能理解我。我在的那个厂的工人大部分是家庭妇女，年轻姑娘除了谈论烫发就是穿戴。我和她们很难有共同语言。她们说我清高，怪僻，问我是不是想独身。我不睬，我嫌她们俗气。与周围人的格格不入，常使我有一种悲凉、孤独的感觉。当我感到孤独得可怕时，我就想马上加入到人们的谈笑中去，可一接近那些粗俗的谈笑，又觉得还不如躲进自己的孤独中。

我自己知道，我想写东西不是为了什么给人民做贡献，什么为了四化。我是为了自我，为了自我个性的需要。我不甘心社会把我看成一个无足轻重的人，我要用我的作品来表明我的存在。我拼命地抓住这唯一的精神支柱，就像在要把我吞没的大海里死死抓住一叶小舟。

我体会到这样一个道理：任何人，不管是生存还是创造，都是主观为自我，客观为别人。就像太阳发光，首先是自己生存运动的必然现象，照耀万物，不过是它派生的一种客观意义而已。所以我想，只要每一个人都尽量去提高自我存在的价值，那么整个人类社会的向前发展也就成为必然的了。这大概是人的规律，也是生物进化的某种规律——是任何专横的说教都不能淹没、不能哄骗的规律!

按说，一个人有了事业，就会感到充实、快乐、有力量。可我却不是这样，好像我在受苦，在挣扎，在自己折磨自己。我处处想表现出自己是强者，可自知内里是脆弱的，我工资很低，还要买大量的书和稿纸，这使我不得不几角钱几分钱地去算计……我有时会突然想到，我干吗非要搞什么事业，苦熬自己呢？我也是一个人，我也应该有一个温暖幸福的小家庭，去做一个贤惠的妻子、慈爱的母亲。再说，我真能写出什么来吗？就算是写出来了，几张纸片就能搅动生活，影响社会？我根本不相信。有人说，时代在前进，可我触不到它有力的臂膀；也有人说，世上有一种宽广的、伟大的事业，可我不知道它在哪里。人生的路呵，怎么越走越窄，可我一个人已经很累了呀，仿佛只要松出一口气，就意味着彻底灭亡。真的，我偷偷地去看过天主教堂的礼拜，我曾冒出过削发为尼的念头，甚至，我想到过去死……心里真乱极了，矛盾极了。

编辑同志，我在非常苦恼的情况下给你们写了这封信。我把这些都披露出来，并不是打算从你们那里得到什么良方妙药。如果你们敢于发表它，我倒愿意让全国的青年看看。我相信青年们的心是相通的，也许我能从他们那里得到帮助。

1980年4月

关于模特的争议，远不只是美术的问题，而是社会观念发展的折射，是文化浸润人心的一面镜子。艺术教育不仅仅是课堂上的结构和素描，也不应仅仅是局限在学术专业内的讨论，它关乎大众审美素养的提高，以及整个社会文明的进步。

模特风波：美的启蒙与道德争论

◎于园媛

　　1988年前后，南京市六合县农村22岁的年轻姑娘陈素华引起了社会广泛关注。

　　人们热议的缘由是，因为在艺术学院当女模特，陈素华遭到村民"鄙夷的哄笑，放肆的羞辱"，由于每天都有人到家中指指戳戳，竟然导致精神失常。

　　女模特居然被人言逼疯了！南京《周末》报最早对陈素华投以关注，长篇通讯《一个女模特儿的悲剧》1987年11月14日发表后，引起巨大的社会震动。1988年1月27日，新华社播发图片报道《一个女模特儿的悲剧》。2月3日，新华社发表关注陈素华事件的长篇通讯，当天《人民日报》刊登据此稿编发的报道《七十年前模特风波重演 陈素华被愚昧人言逼疯 刘海粟激动地说：反封建任务还十分艰巨》。在此前后，《光明日报》也跟踪刊发了此次模特风波。

　　"当模特儿就是卖身，就是当娼妓"，陈素华的村民邻居甚至父母家人的言论，深深地刺痛了当时正在香港访问的南京艺术学院名誉院长刘海粟。报道记述，他在电话里对记者说："关于模特儿的斗争，70年前就在中国大地上掀起了一场轩然大波。70年后的今天，模特儿的处境仍是这么艰难，说明反封建的任务还十分艰巨。"

刘海粟先生说的70年前，是一番惊涛骇浪的景象。

五四新文化运动前后，民主与科学的思潮在中国大地上兴起。蔡元培等教育家提出"美育"理念，提倡建立一些现代美术学校，以美的教育来破除人们的迷信之心。

早在1912年冬天，刘海粟就与同伴一起创办了上海图画美术院（后改名为上海美术专科学校）。刘海粟十分关注西方艺术，对色彩学、透视学、构图学、艺用人体解剖学、写生、素描等十分重视。1915年，上海图画美术院为加强学生造型基本功训练，率先使用男性人体模特。1917年，学生习作展览因有人体形象，引起前来参观的女校校长怒骂"刘海粟是艺术叛徒，是教育界的蟊贼！公然陈列裸体画，此大伤风化"。不久之后，刘海粟逆流而上，托朋友四处辗转，找到一位敢于全裸的女模特，将中国美术教育向前推进一大步，但也遭受了来自各方的压力以及骂名。1924年，上海美专学生饶桂举在南昌举行绘画展览，陈列了几张人体素描，遭到江西警察厅的查禁。1925年，上海市总商会会长朱葆三以及市议员姜怀素，要求上海美专废除模特写生。第二年他们得到了五省联军司令孙传芳的支持。刘海粟和他的朋友们在媒体上抗议，据说孙传芳大为光火，下令通缉刘海粟。刘海粟到法租界避难，最终以"侮辱人格、有伤风化"为由被罚洋50元。在进步舆论的支持下，当时的美术教育工作者不畏强暴，据理力争，军阀势力最终才被迫让步。

在半殖民地半封建的中国，封建思想如沉疴痼疾。鲁迅先生曾对社会陈见发出"一见短袖子，立刻想到白臂膊，立刻想到全裸"的尖锐批评。在那样的社会环境下，以模特写生为学生素描基础的美术教育一路坎坷。

新中国成立后，美术界曾就如何正确使用模特和画模特的不同方法，展开过学术讨论。个别人提出过禁止使用模特的意见，受到了毛主席的批评。1965年，毛主席对这个问题作了重要批示，指出，男女老少裸体模特儿是绘画和雕塑必须的基本功，不要不行，加以禁止，是封建思想，是不妥的。不过，在"文革"期间，美术院校正常的教学活动依然受到冲击，模特写生也被禁止。

改革开放后，美术院校陆续恢复正常招生和教学。关于人体模特能否使用的问题，美术理论家邵大箴、钱绍武专门在《美术观察》杂志撰文，为人体模特正名。针对社会上大多数人提出的为什么要用模特写生，为什么要用真人而不能用石膏像或照片，为什么非要脱光等问题，钱绍武条分缕析进行了十分耐心的解释。比如对于非专业人士最容易质疑的"全裸"，钱先生说：

"有一个为大部分不搞专业的同志们所想不通的问题。那就是为什么非要全部脱光不可，连小裤衩都不能穿？人体的全身动作是由头、胸、盆骨三者的不同方向和转折所决定的，因此要准确地判断全身的变化就要能清楚地确定头、胸、盆骨的相互关系。……仅从肌肉大形来看，都不易确切判断盆骨的倾斜变化，何况再穿上裤衩呢？"

"但是，有些同志总觉得这种做法不妥。他们提出弄个小布兜总是可以的吧？当然，如果非盖不可，那也是可以盖的。但据我们的经验，这么盖上点，其实没有任何意义，而且还会产生相反的作用，所谓'欲盖弥彰'。"

尽管如此，由于世俗偏见和伦理环境，从上到下的质疑一直没有终止过。

1984年1月21日，为矫正对美术写生模特的非议，《光明日报》头版刊发钱绍武先生的文章《不要把画裸体模特儿视为淫秽》，标题直截了当，内容煞费苦心。钱先生再次强调："我们主张现实主义的艺术、强调反映社会主义新人，这就需要对人的体格、动作进行科学的研究。这是绘画、雕塑的基础训练，'不要不行'。虽然也有无耻之徒把裸体的艺术品和练习另派用场，或者在画裸体画时有不轨行为，但这是另一范畴的问题，要另行处理。千万不能因噎废食，把必要的艺术科学也一并取消，不能一看裸体作品就视为淫秽。"

理念，伴随着时代的发展艰难前行。

1985年初，上海戏剧学院公开招聘人体模特，报名者挤破门槛，不到半天工夫，500份报名表已全部发完。1987年，中国艺术研究院美术研究所研究员陈醉的科研成果《裸体艺术论》出版，引发轰动。1988年末至1989年初，"油画人体艺术大展"在北京中国美术馆举办，这次史无前例的展览，万人空巷。

但这并不代表人体模特、人体艺术能够完全被国人所接受。陈素华的悲剧还是出现了。

陈素华风波引起舆论震动之时，92岁的刘海粟先生还在不遗余力地为心中的"美"鼓与呼。他立即向南京汇寄1000元港币，为陈素华治病尽微薄之力。同时还在《人民日报》撰文《缘何又起模特风波》。重新翻回1989年5月20日的《人民日报》，还能感受到这位大半个世纪前自称"艺术叛徒"的老人的惊讶和忧思之情："至乃使我大为惊讶者：一则是直接施虐于模特儿的人，致使人身、名誉受损，而超然法外未受新闻舆论批评教育；二则至今未被司法当局问讯；倒是画家的艺术创作成了被诉讼之事由，是粟所以大惑不解者。"

各大媒体对陈素华进行了声援，并从科学教育、艺术与道德的关系、人体艺术源流考等角度进行美育普及。《人民日报》在《模特儿与国情》一文中说："艺术用的人体模特儿确乎是从西洋油画的素描引进的，但真的就不合我们的国情吗？我们的国情究竟是什么？尺子不同，答案也就不同。用僵化的观点看国情，就会把'大锅饭''铁饭碗'视为国情。而用实事求是的、发展的观点看国情，那就必定认为非改不可。"

《光明日报》跟踪报道了《献身艺术 不被理解 屡遭歧视 苦经难念 南京市一些人体模特儿处境比较艰难》，并配发评论《多一些理解 多一些尊重》。《光明日报》刊发邵燕祥长文《人与美：人体艺术琐谈》呼吁："这不仅是艺术鉴赏的启蒙，也是美的启蒙，道德的启蒙，科学的启蒙。"

一位正值芳龄的女模特的凄惨命运，刺激了公众的神经。陈素华以一种悲剧的形式，把艺术审美的话题拉到前台。几十年过去了，美术模特变成艺术院校教学正常环节的一部分。艺术创作的氛围更加自由，形式也更加多元。在持续的艺术启蒙之下，在多种维度的艺术思潮交织、碰撞之下，人们不再以单一固化的思维看待艺术创作，而是采取更加开放和包容的心态。

回顾当年的模特风波，刘海粟先生的话言犹在耳："画人体模特儿是学美术的基本功。它能表现活泼泼的一个'生'字。人体的曲线自然和谐，人体的颜色能完全表现出一种不息的流动，变化很微妙、很复杂，所以就有美的意义，美的真价。"

在艺术多元的新时代，"美"的观念在拓展，艺术家仍在不断探索新的边界，也会遇到新的争议，但人们慢慢学会用文明社会的规则要求自己，用科学的眼光打量世界，用包容的心态探求未知，学会以健康的情趣欣赏美，以高尚的情操理解美。

报章里的中国记忆

七十年前模特风波重演
陈素华被愚昧人言逼疯
刘海粟激动地说：反封建任务还十分艰巨

古 平

长篇通讯《一个女模特儿的悲剧》去年11月14日在南京《周末》报发表后，引起巨大的社会震动。人们对至今仍缠绕着人们头脑的封建意识大加挞伐，提出了许多令人深思的问题。

许多人在来信中这样疾呼："刘海粟先生70年前曾为之困扰、抗争的模特儿风波，还要在中国大地上延续到何时？""八十年代仍接连不断地发生模特儿的悲剧，这是愚昧无知向现代文明的严重挑战！""美术家的成就得到社会的高度评价，为什么模特儿往往成了牺牲品？"

这又一个惨遭厄运的模特儿名叫陈素华。1985年初，19岁的她经人推荐，被招进南京艺术学院当模特儿。1986年5月8日，由于气候多变和过度劳累经常感冒、发烧的陈素华突然昏倒，被学校送到医院，由病毒性感冒发展到散发性脑炎伴发精神障碍，住院108天。1986年8月下旬，小陈病愈出院，回到六合县农村家中养病。

一次，她到邻居家看电视。人们从电视里看到画家画模特儿的场景，追问她是不是也这样给人画的。她惊惶地点头。这下糟了。鄙夷的哄笑，放肆的羞辱立刻向她袭来。一位老奶奶抱怨说："姑娘，你就是去要饭，也不要去卖身呐！"父母和家人没有一句安慰话，他们也认为当模特儿就是卖身，就是当娼妓。村子里出了"大新闻"，远近轰动，天天有人跑到她家指指戳戳。

陈素华又一次发病了。她颠来倒去只说一句话：这是艺术，艺术！她跑上公路不顾死活地拦汽车，凄厉地喊："我要去南艺！南艺！"

已经与陈素华终止合同关系的南艺，从她回家后停发工资。她的生活费没有了着落。

正在香港访问的南京艺术学院名誉院长刘海粟，听说在南艺当模特儿的陈素华被逼疯，十分惊讶，十分激动。他在电话里对记者说，关于模特儿的斗争，70年前就在中国大地上掀起了一场轩然大波。70年后的今天，模特儿的处境仍是这么艰难，说明反封建的任务还十分艰巨。

刘海粟解释说，画人体模特儿是学美术的基本功。它能表现活泼泼的一个"生"字。人体的曲线自然和谐，人体的颜色能完全表现出一种不息的流动，变化很微妙、很复杂，所以就有美的意义，美的真价。

刘海粟还立即向南京汇寄1000元港币，为陈素华治病尽微薄之力。

近日来，全国各地的人士也纷纷来信，从道义上支持陈素华，从经济上帮助她。一对退休的夫妇写信说，愿收养她做女儿，供她读书。

然而，大批来信中也有人对美术教学要用人体模特儿很不理解。有人认为模特儿不适合中国国情，有人提出模特儿为什么不可以穿上健美服，为什么不可以让女性摄影者先摄下模特儿的照片，然后让学生照着画。

当然，也有人和70年前一样，大骂刘海粟，大骂南京艺术学院。

历史的重复，不是很值得人们深思么！

（原载《人民日报》，1988年2月4日）

从1959年春天开始连载发表的《创业史》是新中国文学史上一部里程碑式的经典作品。通过这部小说，柳青要回答的是"中国农村为什么会发生社会主义革命和这次革命是怎样发生的"。为了实现这一创作主题思想，小说一方面通过在渭河平原蛤蟆滩这一典型环境中曲折展开的合作化运动，来描绘我国农业社会主义改造进程中的历史风貌；另一方面，通过梁生宝、梁三老汉等一批个性鲜明的典型人物，来表现这一时期农民思想情感的转变。小说出版后，因其"反映农村广阔生活的深刻程度"和"创造了一组达到相当艺术水平的人物"，而受到文学界交口称赞。问世60年来，《创业史》所体现的伟大的现实主义精神作为宝贵的文学财富，影响了一代又一代中国作家。如何深入生活、扎根人民，从生活走向艺术，让艺术回归生活，柳青通过《创业史》给后来者树立了重要榜样。

"杜甫诗怀黎元难，柳青史铸创业艰"，是著名诗人贺敬之谒柳青墓时所作的诗句。"史铸创业艰"，内含了柳青为新中国农民的艰难创业铸史立传，也以自己的创作为新中国的文学事业继往开来的多重意蕴，以此来形容柳青扎根皇甫十四年，终于写就《创业史》的壮举，再也合适不过了。

经典是厚积薄发的结晶，也都有一个集腋成裘的过程。为了写作能够反映"新制度的诞生"及其引发的各类农民心理变化过程的力作，柳青义无反顾地下到社会生活的最底层，落户长安县皇甫村十四年，把生活之基牢牢地扎在现实的泥土之中，把创作之根深深植入人民的生活内里。这使得《创业史》的酝酿与写作，修改与完成，都有一种别的作品所没有或少有的"在场感"与"现场性"。

杜甫诗怀黎元难，柳青史铸创业艰

◎白　烨

"到我要反映的人民中去生活"

心系文学、专注创作的柳青，一直是把创作作为革命事业的重要构成来看待的。因此，创作之于他，不只是个人的一种爱好，而且是事业的一种追求。从延安时期开始写作以来，他始终把革命工作与文学写作合而为一，在工作中积累和丰富文学创作的素材，以创作的方式反映革命斗争和人民生活。他在20世纪40年代写作的《牺牲者》《地雷》《喜事》《在故乡》《土地的儿子》等短篇小说，都是这种由革命工作中积累文学素材，由文学写作反映人民的革命向往与新的生活的系列成果。

抗战胜利后，柳青从延安派往东北。其间，他在大连的短暂停留中完成《种谷记》的修改，1949年到北京后，又在1951年写就长篇小说《铜墙铁壁》。这两部作品相继问世之后，赢得了许多肯定的看法，也引来了不少批评的意见。尤其是上海文艺界关于《种谷记》的讨论中的一些意见，使他受到很大刺激，也使他认识到自己的诸多不足。他从"人物不突出，故事不曲折"的批评中看到了自己的短处，又从"不模仿别人""这个作家有希望"的肯定中，看到自己所具有的潜力。于是，他在明确了差距和弄清了问题之后，坚定了

报章里的中国记忆

在深入生活上下大功夫、花大气力的信念。这时的柳青，已受命以文艺部主任的身份参与《中国青年报》的创办，其间还随中国青年作家代表团参访了苏联。但他心心念念的，是自己深藏于心的文学目标和创作计划。他在与作家朋友马加的谈话中说道："我要到我要反映的人民中去生活。"这样的意念越来越清晰、越来越执着、越来越迫切。于是，他从中央宣传部找到中央组织部，坚决要求回到陕西农村安家落户，终于得到了组织的批准。1952年5月，他离开北京，回到陕西西安。

回到陕西的柳青，一直在寻找最为合适的落脚之处。他先后走访了西安附近的泾阳、三原、高陵等地，尚在琢磨不定之时，当时的西北局书记习仲勋、宣传部部长张稼夫建议他到又是农村、又离西安不远的长安县落户。柳青前去考察之后，最终选定了长安县。1952年9月，柳青与新婚妻子马葳，先到长安县，后到皇甫村，由此实现了他长久以来"到我要反映的人民中去生活"的意愿。

在与群众的密切结合中"逐渐地改造自己"

下到皇甫村，住到中宫寺，柳青就把自己完全置身于普通的农民群众之中，成为他们中的一员。柳青落户皇甫村，当然是为着文学创作的目的而来，但他首先想到的，是完完全全地转变自己的思想感情，在深入生活和融入农民的过程中，使自己成为皇甫村里的"自己人"。

在参加全国第一次文代会时，柳青在一篇题为《转弯路上》的发言中说道：要通过工作和群众结合，"这种结合就是感情上的结合，就可以逐渐地改造自己"。到皇甫村落户，并参与了互助组和合作社的创办之后，柳青切切实实地践行着在"结合"中"改造"的目标任务，并把这种结合的成效与结果认定为："首先要看群众以为痛苦的，我是不是以为痛苦；群众觉得愉快的，我是不是觉得愉快。""这中间丝毫没有勉强和作假的余地。"（《毛泽东教导着我前进》）正因这样真心实意地深入生活和扎根人民，柳青做到了别的作家很难做到的生活农民化、立场群众化。正如习近平总书记在文艺工作座谈会讲话中谈到柳青时所说的："因为他对陕西关中农民生活有深入了解，所以笔下的人物才那样栩栩如生。柳青熟知乡亲们的喜怒哀乐，中央出台一项涉及农村农民的政策，他脑子里立即就能想象出农民群众是高兴还是不高兴。"

新近编辑出版的《柳青在皇甫》（人民出版社2018年版）一书里，许多人的回忆文章都以纪实速写的方式记述了柳青在皇甫落户后的外在样态和工作状态。邓攀、冯鹏程的《县委门卫挡错人》这样描述柳青在乡下的样子："身穿对襟布衫，脚蹬布鞋，老戴一顶西瓜皮帽，外出有事，常骑着他那掉了漆皮的自行车，搭眼一看，地道的农民。"晓阳的《人群当中找原型》这样描述柳青接触群众和观察生活："看到人家修自行车，用打豆机爆米花，安装电水车，他都要自始至终地看着。遇到有人下棋，他就搬来半截砖头，坐下来和人家对弈。"郭盼生的文章说道，"从发动农民卖余粮，到组织互助组，建立合作社，他熟悉了皇甫村的每一户人，皇甫村发生的大小事情，他都要弄明白，都要帮助解决好"，村里的干部感慨地说："这里的合作化运动，柳书记是圈囵身子钻在里边，泡在里边的。"一个"钻"，一个"泡"，生动又形象地勾勒出柳青"深扎"的深切与忘我。在这一过程中，他获得了几乎是脱胎换骨般的精神新变。

"别人写，写不成他那样的"

在反映新的农村生活方面，柳青起初有一个描写农民出身的老干部在新形势下面临着新问题与新挑战的写作设想，在下到长安县担任县委副书记时，就忙里偷闲写出了近10万字的稿子。但自己看来看去，都很不满意，在夜深人静之时，索性一根火柴把稿子化成了灰烬。他决心要从接近于"闭门造车"的状态走出来，在充分深入现实生活的基础上，写出新的小说作品，攀登新的文学高度。经过与皇甫村农民群众的朝夕相处，通过在火热的劳动生活中的摸爬滚打，柳青新的小说的写作计划渐渐清晰，围绕着互助组的建立和发展的矛盾斗争，其间各色人物的独有个性和心理特征等，都烂熟于心，呼之欲出。于是，1954年，柳青开始写作并写出了第一稿。1956年，又在初稿的基础上写出第二稿。随着深入生活的渐入佳境和文学造诣的不断提升，他对第二稿很不满意，一个时期陷入了苦闷之中，直到1958年，经过长久的思考、阅读与研究，终于有了新的感觉和新的自信，一鼓作气地投入写作之中，终于在1959年4月完成小说的第一部。

得悉柳青因身患重病而难以完成《创业史》第一部之后的写作，作品人物原型之一的董廷芝老书记深情地说："希望他好好养病，能把四部书都写出来。别人写，写不成他那样的。"质朴的语言与深切的期盼之中，所包含的对于柳青的首肯是坚定的，认知也是独特的。"别人写的"与"他那样的"，分别都是什么样的呢？在董廷芝未及详述的语言里我们大致能感觉到，"别人写的"，多半是隔靴搔痒，旁敲侧击，甚至是冷眼旁观，居高临下。而"他那样的"，则一定是直言骨鲠，径情直遂，别具生面，钩深致远。一句话："欢乐着人民的欢乐，忧患着人民的忧患。"

从《稻地风波》到《创业史》

根据李光泽在《〈创业史〉第一部出版的台前幕后》一文中的介绍，1958年8月7日，柳青和中国青年出版社签订了约稿合同。这是一份制式合同，出版方盖的是"中国青年出版社约稿出版合同专用章"。柳青在约稿内容的空白处填了"长篇小说"几个字，并签下了自己的名字，填写了具体的年月日。这份合同的签订，标志着柳青把长篇小说《创业史》正式许给了中国青年出版社。

其实，《创业史》最初不叫《创业史》。《延河》月刊在1959年3月号的封底登了一则启事：本刊自四月号开始发表柳青新著长篇小说《创业史》第一部《稻地风波》，约半年载完。小说如期于1959年第4期《延河》月刊上开始连载，到第11期载完。刚开始，书名是《稻地风波》(《创业史》第一部)，从第8期开始，去掉了"稻地风波"四个字，直接叫"《创业史》第一部"，并于版面右下角发了一个说明：从本期起，柳青同志接受读者的意见，取消《稻地风波》书名，改叫《创业史》第一部。

《创业史》发表后，为了更好地修改，柳青请中国青年出版社把社会各界对《创业史》的批评意见收集起来。出版社安排资料室认真收集整理以后，安排王维玲同志去长安亲自交给了柳青。

1960年1月23日，柳青把小说上卷的修改稿寄给出版社，同时告诉出版社，下卷的修改稿要迟一些，争取2月底3月初寄出。一是因为第二十二章要推倒重写，二是因为哮喘病发作，如果住院了，寄稿时间还要更晚一些。出版社非常体谅柳青，说时间由柳青自己安排，并表示，收稿后，出版社会尽量抓紧，争取又好又快地出版。3月初，出版社一收到小说的下卷，就按急件付排了。为了抓紧时间，力争在7月份第三次全国文代会召开之前出版这部小说，文学编辑室和计划、印刷部门还开了个会，大家达成共识，力争每个环节都不拖延时间。

《创业史》第一部普及本于1960年5月由中国青年出版社正式出版发行，首印10万册，这就是《创业史》的初版本。此外，出版社还装订了一种布面精装本、一种毛边纸本。毛边纸版本没有版权页，因为纸张特殊的缘故，书明显要厚一些。这三种版本都是上下卷，36开的小开本。之后，出版社还印了一部分32开的大开本平装本和纸面精装本，由上下卷变成了单卷本。柳青认为大开本的精装本很好，建议出版社多装订一些，给各省都发一点。

出版社每天都接到好几起电话和来信，要求额外供应这本书

《创业史》第一部一出版，便供不应求。出版社曾整理了一份资料，资料中说："出版社办公室每天都要接到好几起来自不同单位或个人的电话和

来信，要求额外供应这本书。有的直接和办公室打交道，有的通过领导来要，有的通过有关部门来要，某机关财务科的通过我社财务科要，某机关的通讯员通过我社的通讯员来要，人民文学出版社样本组有一位同志再三要求我社样本组的同志，无论如何要挤出一本给他，并说，这回你们答应我们的要求，将来我们也可答应你们的要求。"《创业史》一书难求，由此可见一斑。

《创业史》的发表与出版，在文学界引起的关注与反响，也出乎人们预料。一年多的时间里，报刊的评介文章就有五十余篇。作品出版后不久，茅盾就在第三次全国文代会的《反映社会主义跃进的时代，推动社会主义时代的跃进》的报告中，把《创业史》作为"通过艺术形式反映出来的真实的生活"的典型。许多评论家都用"我国当代反映农村生活最优秀的长篇小说之一""现实生活的历史容量具有了史诗性的规模"等说法对于作品给予极高的评价。

在文学评论界，由《创业史》的评论，也生发出了"如何描写社会生活的矛盾冲突""塑造新人形象"，以及怎样看待作者的"主观抒情与议论"等问题。朱寨、韩经长、李希凡、冯健男、严家炎、张钟、阎纲、蔡葵、林非等著文参与了讨论。严家炎在《谈〈创业史〉中的梁三老汉的形象》《关于梁生宝形象》等文章中认为，在反映农民走上社会主义道路这个伟大事件的深度和完整性上，《创业史》的成就最突出地表现在梁三老汉的塑造上。而梁生宝在当代农村小说"新英雄人物"的塑造中，虽然是在水平线以上，但其成功的程度，并不像大家推崇的那样。这些观点，在当时受到大多数批评家的反对。柳青本人也在《延河》发表文章《提出几个问题来讨论》，对严家炎的观点，提出了反批评，申明了自己的艺术主张。

人类进步文学的现实主义道路是不会断的，
在这条道路上既有继承，又有不断的革新

一部《创业史》，尽管涉及特定时期的合作化运动，尽管历经了60年的

沧桑演变，但仍然被专家和读者视为当代的经典之力作而不断解读，被大众读者视若"不隔"的文学佳作持续热读，盖因作家立足于生活的深处，撷取时代的激情，写出了社会变迁在人们心里激起的层层涟漪，在精神世界引发的深层悸动。柳青一再说他的《创业史》，表面上写的是农村的合作化运动，实际上是写农民走进新时代之后，对于公有制、国家化的认识与接受的过程。换句话说，也即从私有到公有，从"小我"到"大我"的心理变迁与精神成长。从梁生宝、郭振山、高增福、改霞等，到梁三老汉、郭世富、姚士杰等，都是这一历史巨变进程中不同阶层人的典型代表，他们以各自的自然反应和精神变异，既体现着旧时代农人的蜕变与新时代农人的成长，也折射着社会主义新农村艰难前行的某些侧影。社会的重心是人民，人民的内核是心灵。正是着眼于心灵深处和精神层面的博弈与变异，使得《创业史》卓具超越历史限定的深厚内力，而成为人们认知合作社时期社会剧烈变动引发农人心灵变动的一部史诗性作品。

现实主义文学在其演变过程中，不断拓新和发展，产生了不同的风格和流派，但彼此贯通和不断传承的，是现实主义的精神，那就是热切关注现实，强力介入现实，高度重视人的生存状态、精神状态和命运形态，真切地书写所经所见，坦诚地表达所思所感。正是由于秉持了严谨的现实主义手法又贯注了充沛的现实主义精神，柳青有力地超越了当时文学创作一般难以超越的局限，越过了人们习见的政治运动与社会事件，潜入时代变迁中人们的命运转机，及其经历着巨大变动的心理世界，写出了反映新的社会主义革命中"社会的、思想的和心理的变化过程"（引自柳青为《创业史》第一部所写的"出版说明"）的史诗性作品《创业史》。

柳青坚定而充沛的现实主义精神，与他对于文学与生活的深刻而清醒的认识有关。他的"三个学校"（生活的学校、政治的学校、艺术的学校）说，"六十年一个单元"说，都以简明扼要的语言，强调了社会生活对于文学创作的重要，创作时专心致志的重要。这种对于文学的认知，实际上就奠定了他必然操持现实主义的重要基石。而对于现实主义，他的认识一直是清醒而坚定的："人类进步文学的现实主义道路是不会断的""在这条道路上既有继承，又有不断的革新"。

柳青的这种卓具现实主义精神的创作追求，对于当代作家尤其是陕西作家的影响，是巨大和难以估量的。在回顾《白鹿原》的创作过程时，陈忠实就明确告诉人们："我从对《创业史》的喜欢到对柳青的真诚崇拜，除了《创业史》的无与伦比的魅力，还有柳青独具个性的人格魅力之外，我后来意识到这本书和这个作家对我的生活判断都发生过最生动的影响，甚至毫不夸张地说是至关重要的影响。"另一位陕西作家路遥，更是视柳青为自己的"文学教父"，他也把柳青的现实主义文学写作提升到了一个新的时代高度。写作《平凡的世界》，他阅读了大量的中外文学名著，但《创业史》他读了7遍。柳青创作中浓烈的人民性情怀，深湛的现实主义造诣，使路遥获得了极大的启迪与激励，他认为："许多用所谓现实主义方法创作的作品，实际上和文学要求的现实主义精神大相径庭。"他坚信："现实主义仍然会有蓬勃的生命力。"基于这样的文学认知和文化自信，路遥在文学界以追逐新潮为时尚的20世纪80年代中期，依然秉持现实主义写法，坚守现实主义精神，锲而不舍地完成了三卷本《平凡的世界》的写作。《平凡的世界》获得茅盾文学奖之后，路遥专程去往皇甫村，祭拜柳青墓。他是在向自己的"文学教父"拜谢，也是在向现实主义文学大师致敬。

榜样的力量是巨大的，经典的魅力是永恒的。柳青的文学追求和他的《创业史》，以刀削斧砍般的现实主义精神气度和艺术风格，表现了一个时代的文学风范，折射了一个时代的历史风云，柳青和他的《创业史》还会以作家学习、论者研究和读者阅读等方式，在当下的文学生活中持续发生影响，继续发挥作用，感召和激励当代文学人在新的时代攀登新的文学高度，构筑新的文艺高峰。

（原载《光明日报》，2019年7月5日）

创业史（节选）

柳　青

卢明昌听不下去了。他对这个和他有开玩笑交情的人，不客气地说：

"啊呀呀！轰炸机！你思想上长了霉子了呀！整党以后，你还说搞互助生产是不问政治哩！你忘了王书记去年冬里，在咱下堡乡支部大会上说的啥话哩？光光把公粮催交了，把农贷发下去，把统计表填上来，给打官司的人写介绍，给领结婚证的人开证明，这算啥了不起的政治？组织上经常叫咱们共产党员，甭光黏行政事务，要组织群众，领导群众生产哩。你应该把互助生产和单干生产分清楚！你说人家生宝不问政治，人家还怎和你联系呢？应当你主动帮助他才对嘛！"

郭振山的大鼻梁冒出细碎汗珠来了，他的满腮胡楂的脸也红了。他的互助组应名，实际是单干生产。即使黑夜里，卢支书也看清楚他尴尬的神情。

郭振山好一阵肚里没有一个词句。他用两只粗大的手，摸他瓜皮帽下边满腮胡楂的脸，企图拿这个动作，调节他头部过高的温度。

摸毕了脸，谢天谢地，郭振山终于寻思到一条可以站得住的情由，又来掩盖他的失败了。

"明昌，"郭振山竟用一种忧国的调子说，"我总觉着咱国家宣布结束土改，好不对呀？"

"怎不对呢？"

"自宣布结束土改起，姚士杰和郭世富就抬起头来哩。一般的庄稼人屋里，供桌上过年过节时，供先人的灵位哩，平时供土地证哩。啥工作也不好推动哩……"

"那你说怎弄哩？一年一回土改？最后把中农都收拾了？拉平？"

"你看你！我就那么不懂政策？我是说：咱也不一年一回土改，咱也不宣布结束。……"

"叫农村老紧张着？"

"实地光富农和富裕中农紧张。"

"普通中农不紧张？"

"紧张是紧张，不碍生产……"

"叫广大贫农心里也不落实？不打主意往前干？"

"……"能言善辩的郭振山肚里的词汇，又用光了。

卢支书忍住愤懑，用一种非常不满但又爱护的语调警告：

"同志！甭在中央的路线上找毛病哩。应当检查咱自家工作做得啥样？思想上有啥肮脏没？你从前卖瓦盆走的地方不少，是比一般庄稼人见识广。可比起咱中央的同志，咱们，你和我一样，从天上差到地下。马克思和列宁，咱在领袖像上经常见，很面熟，他们到底说了些啥？你知道吗？不知道？是那么，还是老老实实检查自家吧。听说，你和黄堡北门外砖瓦窑上的韩万祥有拉扯，应当注意自己是啥人！"

"你听谁说我和韩万祥拉扯？"郭振山紧张起来，气愤起来。

但支书很平静，很耐心的样子解释：

"没拉扯，你甭紧张。到教室里去，宣布叫困难户们回去。你告诉人家，等全乡各村都开过会，咱再研究怎办。快去吧！我披棉袄，你不披棉袄，当心凉着！"

"你听谁说我和韩万祥拉扯？"郭振山坚持着问，不在乎春寒。

"咱们往后再谈，甭叫困难户们等哩！"

"不！要弄清楚是谁给我头上捏事！"

"甭急！甭急！到底有拉扯没，支部将来会弄清楚的。你去叫大伙散吧！"卢支书说着，用手电在苜蓿地里的小径上一晃，披着棉袄，气恨恨地走了。

郭振山使对他寄托希望的困难户出乎意料地失望。他跑到教室门口，急急忙忙说了一声不开会了，就跑去追卢支书了。连孙水嘴填的表，他也来不及捎走了。他要弄清楚，到底是什么人在乡支部反映他！

孙水嘴把汽灯提走以后，穷庄稼人在学校的黑院子里，把梁生宝围住了。有几个人，突如其来，提出扩大梁生宝互助组的要求。生宝完全没有预料到这一着，站在褴褛的破衣裳中间，一只手摸着耳朵后面的脖颈，脸上带着作难的苦笑。

"乡党们，"他作难地说，"我这互助组才整顿好嘛。我又是头一年当组长嘛。明年，叫我锻炼上一年，明年，大伙看我办事还差不多，再来。我年轻，没能耐，害怕闪得大伙过不好光景。"

"我们长眼着哩，你买稻种的事，办得不赖。"李聚才说。

"你甭光看见你的几家邻居亲近！"瘦高个子王生茂笑说。

"草棚屋虽远点，稻地可相连着哩！"严肃的杨大海说。

生宝心里多么难受啊。他看见这伙人，比看见他家里的人亲！吸收他们参加他的互助组吧，怕户数太多弄不好；而且新收几户没牲口的组员，畜力又成了大问题。不成，万万不成。他想起窦堡区大王村的劳模王宗济在县上介绍的经验了："互助组要好，开头要小。"他不能冒冒失失，办出没底底的事。但是另一方面，他又从心底里深深地同情这些没牲口或牲口弱的、非和旁人联络在一块不能耕种的困难户。他们的中农邻居、翻了身的前佃农或前半自耕户，在季节性的临时互助组里，用畜力换他们的劳力，得到他们的好处，而到耕种完毕以后，特别是农闲的时候，两只手闲得发慌，却没有人组织他们搞副业。这样，他们永远也摘不掉"困难户"的帽子，年年有春荒。他们的要求不仅引起生宝的同情，而且引起一个共产党员对群众的困难要帮助的那种责任感。他觉得从这群穿破烂衣裳的人中间悄悄地溜掉，是可耻的。

"万!"他喊叫。

"嗯!"有万在人群后边的黑暗中答应。

生宝说："万，你来，咱商量能不能改变一下咱的计划。"

原来，生宝和有万趁着会没开起的工夫，在教室后边的角落里宣传鼓动郭庆喜，要铁人借出两石粮食给他自己选区的困难户，使他那些生活困难的选民，暂时能接续上家里的口粮，好配合生宝的互助组从山里往山口运扫帚。现在，生宝想改变计划，索性让原来准备运扫帚的那帮人，也参加割竹子，而改由另一帮人运扫帚，这样就可以帮助全村的困难户，解决一部分问题了。

"这帮人的口粮可又从哪里弄呢?"有万疑虑地问。

"想办法!"生宝思索着，加重语气说，"想办法! 一交开扫帚，他供销社就要给开脚钱，不会等交够了才开支。不会! 咱公家办事，不会那死板。这样，暂时缺的口粮就少了，就好想办法了。……"

大伙听了生宝和有万的谈话，霎时间高兴得沸腾起来。生宝从他们身上，卸下了沉重的精神负担，他们顿时感到轻松了许多。他们用喜欢和感激的眼睛，在刚刚上来的月光中，盯着生宝敦厚的脸盘。他们恨不得抱住他，亲他的脸。他胸怀里跳动着这样一颗纯良而富于同情的心。

大伙争先恐后报名：

"我去哩!"

"我也去哩!"

"说啥也得有咱一份!"

院里突然显得异常活跃而有生气。胳膊上吊着破布条和烂棉花絮子，高增福抱着刚刚醒了的才娃，站在人群中间，安静地劝大伙不要争抢。他外表安静，心里其实是很激动的。就好像一匹骏马看见其他的马跑开的时候那样，他控制不住自己渴望着跑的激情。生宝见义勇为的做法，使增福忠诚的心，被激发得颤抖着。他手抱着才娃，用胳膊肘子戳一戳生宝，说：

"生宝，把官渠岸参加运扫帚的人，交给我组织，你只管组织你们割竹子的人去。"

大伙一致表示拥护。生宝问：

"有才娃累你，你能进山吗？"

"你甭管！"增福说，"你甭管我进不进山。只要疙瘩在咱身上，好解！你只管组织你割竹子的人，运扫帚的事有我！"

……

在回家的路上，任老四一路慨叹着，慨叹着。生宝问：

"老四叔，你心里思量啥呢？"

"我思量你人年轻，肚肠宽大，"任老四溅着唾沫星子说，"你揽事这么宽，心里有底吗？"

生宝显出痛苦的脸相，摊开两只手，要哭的样子说：

"有啥法子呢？眼看见那些困难户要挨饿，心里头刀绞哩！共产党员不管，谁管他们呢？"

《青春之歌》是中国当代文学史上第一部描述革命知识分子成长史的优秀长篇小说，在广大读者、特别是青年中激起了巨大反响。林道静、卢嘉川、林红、江华……这一个个青年布尔什维克的鲜明形象，定格在人们心中，启示着年轻读者：一个人的一生应当如何度过，个人生命的价值和意义如何与时代相连接，与中国人民的解放事业、中华民族的伟大复兴相联系？《青春之歌》闪耀着青春和理想的光辉，深深印刻在中国青年的记忆中，在几代中国人的青春岁月里，都有《青春之歌》的旋律在回响。

青春之歌，回荡在几代中国人的青春记忆里

◎武新军

杨沫设想根据自己的生活经验，
创作一部"自传体"长篇小说

《青春之歌》从酝酿到完成，历时六年。1950年，36岁的杨沫频繁因病休养，在病痛与孤寂中，抗战时期的记忆经常浮现在她的脑海。她在日记中写道："我有时回忆过去，回忆那些牺牲的战友、老百姓；也回忆我自己年轻时（包括小时候）的生活、经历，这些生活万花筒似的时常在我眼前晃动、缭绕，我恨不得一下子把它们从心上移到纸上。""假如有一天，有一本渗透着自己的心灵，打着个人生活、斗争的烙印，也荡漾着青春的火焰的书出现在世上，我想，我就会变成一个非常幸福的人！"杨沫设想根据自己的生活经验，创作一部"自传体"长篇小说，这就是《青春之歌》创作的缘起。

在当时的年轻革命知识分子，尤其是女性知识分子中，杨沫的经历是有代表性的。1914年，杨沫出生在北京一个没落的官僚地主家庭，1931年，她为抗婚离家出走，走上社会，当过小学教员、书店店员，后来接触左翼进步青年及进步书籍，开始向往革命。1936年，杨沫加入中国共产党，1937

年七七事变之后，她在冀中一带参加抗日战争，之后参加解放战争，先后担任过县妇救会主任、抗联会宣传部长、报社编辑等。抗日战争时期的冀中地区，干部伤亡率非常高，许多与杨沫有着深厚友谊的战友，三两天前还在一起工作、谈笑，忽然就牺牲了，牺牲时往往二十来岁。杨沫曾在一篇文章中深情回忆他们：《黎明报》刻字员马敦来，圆圆的脸总含着温和的笑；区委书记吕烽，常在夜间与杨沫一起穿行于敌人的心脏，找到群众开展工作；敌工科科长李守正，喜欢文学，与杨沫碰面总有说不完的话；区长王泰，子弹打光后牺牲在熊熊烈火中，就在牺牲前两三天，还送给杨沫一只从敌人手里缴获来的精致的小怀表……烈士们为国家和民族舍生取义的精神，使杨沫产生了强烈的创作冲动，渴望把烈士们的丰碑搬到广大群众面前，"这思想像命令似的在我心里轰响着"。

1951年8月，杨沫明确了以女主人公的成长来建构长篇小说的想法，这就是《青春之歌》的主人公林道静。作品以"九一八"到"一二·九"这一历史时期为背景，塑造了林道静这一觉醒、成长的革命青年形象，将林道静的人生经历融入中国知识分子救亡图存的宏大叙事。林道静从个人反抗融入集体斗争、从幼稚走向成熟、从软弱变为坚强的成长过程，呈现的正是杨沫以及与她有过共同经历的知识分子所走过的道路。在长期的革命斗争中，杨沫形成了革命工作至上的观念，并以此确立自我的价值和意义，她渴望在奉献社会的过程中获得自由，拥有波澜壮阔的人生。为参加抗战，杨沫先后把还在吃奶的女儿、刚出生的儿子寄养出去，"我跳出了感情的牢笼，走出了狭窄的家庭，投身到一个伟大的集体中来了！我知道等待我的是危险甚至死亡，也许我将永不能见到我的女儿，比起一个革命青年对于革命事业的向往，那算得了什么呢？"而作品中，林道静所遇到的各个人物，她最初的恋人余永泽、引领她走上革命道路的"精神导师"卢嘉川、她最终的革命伴侣江华、温柔而坚定的女共产党人林红等，都有着杨沫人生各个阶段的影子。

1951年9月，经过一年多的酝酿，杨沫开始动笔写作，小说初名为《千锤百炼》，后改为《烧不尽的野火》，最终在出版时定名为《青春之歌》。在漫长的写作过程中，烈士们的奉献精神支撑杨沫战胜了病痛的折磨，"我相信，我那些年纪轻轻就为革命献了身的同志，会支持我写，鼓舞我写。他们那么深挚地活在我的心里，为了他们，我愿用泪水做墨水，在白纸上滴滴地印上他们鲜红的血渍……"经过六七次重写、修改，小说初稿终于在1955年4月底全部完成。

读者来信络绎不绝，询问林道静、卢嘉川等 书中人物是否还活着

《青春之歌》的出版过程充满波折。由于小说主要描写知识分子生活，与写工农兵的文学主潮有些游离，中国青年出版社拿到初稿后举棋不定，要求杨沫自己找名作家写审读意见，如果被专家肯定，小说就可以马上出版。杨沫通过妹妹、著名演员白杨介绍，请中国文联秘书长阳翰笙审读，阳翰笙抽不出时间，就把稿子转给中央戏剧学院教授、鲁迅研究专家欧阳凡海。欧阳凡海写来6000字的长信，提出非常细致的修改意见，由于分析的缺点比较多，中国青年出版社不再主动与杨沫联系。在出版无望的情况下，杨沫想起过去的老同事秦兆阳，请他把书稿介绍给作家出版社。由于秦兆阳时任《人民文学》副主编，说话有分量，作家出版社决定尽快出版，但因为外部社会因素、纸张严重紧缺等原因，小说的出版一再延宕，中国青年出版社也想趁机拿回小说的出版权。几经周折，《青春之歌》终于在1958年1月由作家出版社出版。

令杨沫本人都没有想到的是，小说出版后很快成为畅销书，短短半年时间就发行39万册，至1959年6月共印刷13次，发行121万册。到1990年止，累计发行500万册。短短几个月时间，杨沫从默默无闻的普通干部变成在报

纸上经常出现的知名人物。

青年学生是《青春之歌》主要的读者群。北京大学生物系三年级学生曾排队轮流看小说，大家都很急切，有个同学生病住院，"我们把看书的优先权给了他，这被认为是最好的关怀和很大的幸运"。有些同学好不容易拿到小说，"晚饭也不吃饱或者干脆不吃就到参考室去占座，一看就是一个晚上"。

《青春之歌》在许多工厂也很流行。北京市电子管厂一号车间二工段乙班的30位青年，竟然有27人看过《青春之歌》。《青春之歌》还抵达了边疆之地的矿山。远在祖国南岭山脉腹地的矿业工人刘铁山，在气候极其恶劣的条件下工作一天后，晚上在勉强能看清字迹的灯光下，阅读远方的朋友捎来的《青春之歌》，并积极向同伴推荐。何其芳坦率地承认，自己在初读《青春之歌》时，对它吸引读者的程度"是估计不足的"，"觉得它未必能够吸引青年知识分子以外的广大的读者"。事实证明，并非如此。

农民文化水平普遍不如工人，但他们也是《青春之歌》的重要读者群体。1963年底，在《文艺报》《四川文学》《湖南文学》等刊物组织的调查中，发现许多青年农民都阅读过《青春之歌》，或听过史林在中央人民广播电台播讲《青春之歌》。还有不少说唱艺人在茶馆、书场、集镇、车站等场所，向识字不多或不识字的群众传播《青春之歌》。在稍后浙江、上海等地农村兴起的"讲小说活动"中，《青春之歌》也是重要的讲述对象。

知识女性也是《青春之歌》的重要读者。杨沫曾任河北省安国县妇女抗日救国会主任、冀中十分区抗日救国联合会妇女部长，1949年后又任北京市妇联宣传部副部长，对妇女解放问题有过深入思考。杨沫把女性解放问题与知识分子道路选择合二为一，使林道静的成长更有说服力。当时成千上万的知识女性，与林道静有着大致相同的遭遇、思想和情感，从寻求个人出路而走上了革命道路，她们能够从林道静的成长过程中看到自己，从而成为小说的忠实读者。《青春之歌》对女性的生存状态和女性解放问题的书写，引起中国妇女解放运动的先驱邓颖超的共鸣，邓颖超曾多次鼓励杨沫战胜疾病多写作品。习仲勋的爱人齐心、萧克的爱人蹇先佛、邓拓的爱人丁一岚等，也长期关心杨沫的疾病与写作。

读者来信络绎不绝，询问林道静、卢嘉川等书中人物是否还活着。有一个战士来信表示，一口气读了两遍，迫切想知道林道静现在什么地方工作，叫什么名字，她的身体怎么样，并说部队里很多同志读完后，都关心她，怀念她。武汉军区空军司令部某部甚至开来公函，请求作家杨沫提供林道静的具体地址，以便直接与她联系，更好地向她学习。有几个南京的女学生来信说，她们曾几次到雨花台寻找卢嘉川的坟墓，非常遗憾没有找到……

《青春之歌》缘何受到如此热烈地欢迎？杨沫把最真挚的革命情感与追求入党的神圣感注入作品，使《青春之歌》焕发出绚丽的光彩，满足了读者的阅读期待，这是小说畅销的根本原因。何其芳认为作品受读者欢迎，首先在于其"火焰一般的革命热情"，巴人、马铁丁也认为革命的激情、鲜明的爱憎、热情的笔调、正义的力量等，是小说吸引读者的主要原因。多数读者来信都表示要以卢嘉川、林红、林道静为榜样改造自己，一些读者表示要从余永泽、徐宁的错误中吸取教训，小说因此被称为"知识分子思想改造的教科书"。现在许多人认为《青春之歌》对读者的吸引力，主要源于"一个女人和三个男人"的感情戏，这显然是以20世纪80年代以来的流行观念解读革命时期的文学，而忽视了不同时代有不同的阅读风尚：当时的文学阅读并非仅是一种消遣娱乐行为，更是一种寻找人生之路和政治理想的方式。

小说出版后产生了轰动性影响，也引发了激烈的争议。读者郭开尖锐批评杨沫以同情的态度写林道静的小资产阶级思想，没有写林道静与工农相结合，从而在《中国青年》《文艺报》《读书》等报刊引发关于《青春之歌》的大讨论。

1959年《中国青年》第4期发表茅盾的《怎样评价〈青春之歌〉》一文，为这次讨论作了总结。茅盾明确肯定了《青春之歌》"是一部有一定教育意义的优秀作品"，"林道静是一个富于反抗精神，追求真理的女性"，认为林道静这个人物是真实的，"因而，这个人物是有典型性的"，并指责武断粗暴的批评者："如果我们不去努力熟悉自己所不熟悉的历史情况，而只是从主观出发，用今天条件下的标准去衡量二十年前的事物，这就会陷于反历史主义的错误。"杨翼（蒋南翔）、刘导生等参加和领导过学生运动的人，也都认为林道静的成长过程具有典型性，勾勒出一代青年知识分子所走过的共同的道路。

1959年下半年，杨沫根据各方面的意见，对小说进行系统修改，补写了林道静在农村的七章，约8万字，增加、修改林道静和北大学生运动的三章，此后又对小说进行整体修改、调整，并于1960年正式推出《青春之歌》再版本。这次修改主要围绕林道静的形象展开，而卢嘉川、林红在修改本中几乎没有什么改变，这两个伟大的党员形象"是我二十多年来在斗争生活中观察、体验所凝聚出来的真实人物"，杨沫对他们倾注了所有的爱，"在创造卢嘉川、林红这些视死如归的共产党员形象的过程中，我自己的精神境界就仿佛升华了，就仿佛飞扬到崇高的境界中。他们今天已经成了我心目中的导师和朋友，因为这样，我才感到很难把他们的形象再加改动"。

杨沫曾说："与其说《青春之歌》是我一个人写的，不如说它是集体智慧、集体力量的创造更合适，也不如说它是党的光辉历史的自身闪现更合适。"也可以说，《青春之歌》的写作与反复修改的过程，是杨沫及同时代知识分子的成长经历、精神结构、理想信仰、痛苦欢乐与新中国成立后知识分子思想历程相互契合、相互对话的结果。

邓颖超给杨沫写信:"《青春之歌》电影我看过不止一次,小说也看到'忘食'"

由于小说《青春之歌》产生轰动性影响,小说的电影改编问题成为文艺界关注的焦点。早在小说出版之前,杨沫的妹夫、导演蒋君超就开始着手电影剧本的改编,1958年上海电影制片厂把《青春之歌》列入拍摄计划,并选好了导演和演员。由于周扬、陈荒煤等领导坚持由杨沫自己来改编、由北京电影制片厂来拍摄,上影厂改编和拍摄的请求被否定。1959年初,在波及全国的《青春之歌》大讨论中,杨沫吸收各方面的意见,把小说改编为电影文学剧本。北京市委第一书记彭真指示邓拓、杨述等领导"一定要用最好的胶片,把《青春之歌》拍好"。为了寻找饰演林道静的最佳人选,导演崔嵬在全国发起一场寻找"林道静"的活动,通过媒体报道,发动广大群众对林道静和其他角色的扮演者提出建议,甚至远在印尼的华侨也给北影厂寄来了演员名单表。白杨、张瑞芳等著名演员,都想饰演这个角色,崔嵬力排众议,大胆起用了湖北歌剧院不知名的小演员谢芳。

参与电影《青春之歌》拍摄与制作的人员,大都有着相同的历史经验与情感体验。导演崔嵬参加过北平的学生运动和冀中的农民斗争,"我熟悉当时的历史情况,我理解林道静的思想和斗争,懂得她的快乐和忧伤,因为我也是沿着她所走过的道路走过来的,这也是我能将这部影片拍好的重要思想基础"。谢芳虽然没有革命斗争经历,但她生长在高级知识分子家庭,能够准确把握林道静的成长过程,抓住林道静思想情感的变化。秦怡为了进入林红的内心世界,白天读《青春之歌》的评论材料,晚上看《革命烈士诗抄》《红旗飘飘》,还跑到天安门广场去寻找灵感。音乐家瞿希贤为《青春之歌》写音乐时,特意重温自己、也是林道静走过的历史,并在音乐中引入《五月的鲜花》《救亡进行曲》《义勇军进行曲》等他们青年时代所唱的"青春之歌"的旋律,来表达崇高而美好的思想感情,"在今天再唱起它时就仿佛重逢自己最亲密的老战友那样激动人心"。

在相关领导审看影片时，陈毅认为影片达到了国际水平。在陈毅推荐下，周恩来夫妇邀请导演、编剧和主要演员来到中南海西花厅家中，和他们一起在餐厅临时改的小放映室里，观看电影《青春之歌》。杨沫在日记中详细记录了这个时刻："总理坐在中间，两边是邓大姐和我。……影片放映中，总理忽然扭头小声对我说：'小超很喜欢看你的小说《青春之歌》……'我讷讷地说不出话来。此刻我能对总理说什么呢？当影片放映了将近三个小时，就要结束了，总理又对我说：'小超身体不好，看电影只能看到一半。可是今天她能把这么长的影片一气看完了。'"邓颖超后来曾给杨沫写信，说："《青春之歌》电影我看过不止一次，小说也看到'忘食'。"

电影最终在全国放映，北京、上海、武汉等城市的影院全部爆满，很多影院24小时放映，出现许多人饿着肚子通宵达旦排长队买电影票的盛况。抗日时期流行的歌曲《五月的鲜花》因这部电影，再次流行全国。

日本共产党主席野坂参三在广州看过电影后，著文《中国知识分子所走的道路》，号召日本青年阅读《青春之歌》，指出林道静的道路就是日本青年应该走的道路，并说"女主人公在入党时举手向党和人民宣誓，用她那充满了喜悦和自豪的目光凝视着红旗的神态，给人留下了深刻的印象"。影片在日本二十多个城市陆续上映，一年中一部拷贝共放映了3249次，许多青年工人看过影片，纷纷提交加入日本共产党的申请。谢芳跟随中国妇女代表团访日期间，东京的大街上也出现了林道静的巨幅剧照和画像。在朝鲜和越南，影片也深受欢迎。

1986年，《芳菲之歌》出版；1990年，《英华之歌》出版。这两部作品是《青春之歌》的延续，但影响力远不及《青春之歌》，"青春三部曲"的代表作，仍是《青春之歌》。

1995年12月，杨沫去世。在杨沫的追悼会上，"《青春之歌》教育了整整一代人"成为说得最多的一句话。今天，"青春之歌"四个字，已经成为颇具象征意味的语词，进入人们的常用词库之中。《青春之歌》启示着新时代的青年，应该树立怎样的人生观、价值观，将个人的发展与国家的建设结合起来，勇于承担社会和历史的责任，不断开阔自己的心胸和眼界，使自己获得更快更好的发展，也使自己获得更多的快乐、幸福与力量，让青春发出绚烂的光彩。

（原载《光明日报》，2019年6月28日）

青春之歌（节选）

杨 沫

三天以后。

道静从严重的创伤中苏醒过来了。她微微睁开眼睛呻吟一下，脑子里朦胧地、混沌地浮现出各种梦幻似的景象。

"我还活着吗？……"她这样想了一下，就又昏迷过去了。

当她真的清醒过来时，努力思考一下、观察一下，她才明白她是被捕了、受刑了，这是在监狱的一间囚房里。

一个温柔亲切的声音轻轻地飘到她耳边：

"醒过来啦？真叫人急坏啦。"

道静向送过声音的那面侧过头去，在黯黑的发着霉臭的囚房里，就着铁窗外透过来的薄暗的微光，她看见她旁边的床上躺着一个苍白而消瘦的女人。

道静拼着肺腑里的力气，微弱地说道：

"我还活着吗？你是……"

那个女人一见道静能够讲话了，且不答应她，却冲着窗外用力喊道：

"来人！来人啊！这屋里受伤的人醒过来啦！"她冲着窗外喊罢了，这才回过头来对道静带着鼓动的热情低声说："叫他们来给你治疗——我们要争取活下去！"

道静目不转睛地凝视着那张苍白热情的脸。这时，她才看出，这是个非常美丽的女人。年纪约莫二十六七岁。她的脸色苍白而带光泽，仿佛大理石似的；一双眼睛又黑又大，在黯淡的囚房中，宝石似的闪着晶莹的光。

"希腊女神……"一霎间，道静的脑子里竟闪过这个与现实非常不调和的字眼。她衰弱、疼痛得动也不能动，只能勉强对这个同屋难友轻轻说道："谢谢！不要治啦——反正活不了……"

看守打开门上的铁锁进来了。后面跟着一个长头发也像犯人似的狱医。他走近道静身边，脱下她的粘满污血、打得破烂了的衣服。那痛，奇痛呵！一下子使得道静又失掉了知觉。

当她再度醒来时，那同屋的女人躺在她旁边的床上还在热情地注视着她；长头发的狱医拿着一个小药箱也还站在她床前。他看着道静，对那个女人说：

"这次也许不至于再昏迷了。放心！她的身体还挺不错呵……"他回过头又对道静笑了笑，"他们叫我给你治，我就治吧。没有伤到骨头，你会很快好起来的。"

又过了半天，喝了一点稀米汤，道静年轻的生命真的复活了。可是痛，浑身上下全痛得像要粉碎了似的，针刺似的，火烧似的。可是，她不喊叫。她望着她床边的年轻女人，凝视着她美丽的脸庞，忽然好奇地想道："她是个什么人呢？共产党员吗？"

"好，不要紧啦！多吃点东西很快就会好起来的。"年轻女人对她轻轻笑道，"等你的精神好点的时候，告诉我你被捕的经过，告诉我外面的情况。多么闷人啊，在这里知道的事情真太少啦。不行，不行，我的要求还太早。过两天吧，过两天等你身体好一点再说。"屋里另外还有一个也受了刑伤的女学生，这个女人就对她们两个絮絮地说着。她似乎有病，躺在冰硬的木板床上，动也不能动，但她却用眼睛和嘴巴不停地照顾着道静和那个小女学

　　　　　报章里的中国记忆

生。囚室外的小走廊里，时常可以听到她低微的喊声：

"看守，来呀！她们要喝水！"

"来呀！看守！看守！"

"看守，"她对走进来的女看守说，"你们该给这位受重刑的弄点东西吃。"看见端进来的是一块发黑的窝头、一碗漂着几片黄菜叶的臭菜汤，她皱着眉说："这怎么能吃呢，你想法弄点好些的——我们以后不会忘记你的！"

那位瘦瘦的女看守说来也奇怪，她似乎很听这位女人的话，她支使她，她差不多都能瞒过其他警卫和看守照着去办。

小女学生，约莫有十五六岁，细长脸，长得机灵而清秀。她受刑不太重，还能勉强下地走几步。但是她被恐怖吓住了，一句话不说，成天躺在木板床上哭。夜间，道静听见她在睡梦里惊悸地喊道：

"妈妈！妈妈！我怕，怕呀！……"

在黑沉沉像坠到无底洞里的深夜里，她悲伤地哭着。这个女孩子似乎从来没有离开过妈妈。

这时候，那个女人还没有睡觉，她伸出手拉住女孩子的手，在黑夜中轻声说道：

"疼吗？……不太疼？那为什么老哭呢？我猜你一定是想家、想妈妈，对吗？……不要哭啦！小妹妹，哭，一点用也没有的。"她喘口气，歇歇，听见小姑娘不哭了，又接着说下去，"我十五岁的时候，那是在上海，也被捕过一次。那时我吓得哭呀，哭呀，哭起没完。可是我越哭反动派就越打我，越吓唬我；后来我一赌气，就一声也不哭了。我就向我同牢的大姐姐们学——跟反动派斗争，跟他们讲理。这些反动家伙们都是雷公打豆腐，专捡软的欺。等我一厉害起来，他们反倒不打我了……"说到这里，她轻声地笑了，道静和那个女孩子也笑了。

"郑瑾大姐，"那女孩子有气无力地说，"我哭——因为我冤枉呀！"

这名叫郑瑾的女人又安慰起女孩子，虽然她自己喘吁吁地看起来也是异常衰弱。

"小俞，俞淑秀小妹妹，"她说话的声音很低，但却充满了热情。"你说冤枉吗？不！不！在这个暴君统治的社会里，哪个好人能够活得下去呢？坏人升官发财，好人吃官司受苦，这是最普通、最常见的事。"

小姑娘似乎受到了鼓励与启发，不哭了，渐渐安静下来了。

道静从旁边听见了这些话，她带着惊异的心情，很快地爱上了这个难友。

郑瑾比她们到这个地方早，一切情况她似乎都摸得很熟。可是那位姓刘的女看守竟听她的支配，道静又觉得惊异而惶惑了。"她究竟是个什么人呢？……"

"你是做什么的，为什么被捕？"第二天晚上，卫兵查过夜之后，郑瑾这样低声问道静。

"我不知道为什么。"道静衰弱地低声回答。"我是个失学的学生，我相信共产主义，相信共产党——也许就为这个把我捕来的吧。我还不是个党员，可是我希望为党、为人类最崇高的事业献出我的生命。——我想这个日子是到了。我什么也不想，就准备这最后的时刻。"

郑瑾静静地听着道静的话，神情变得冷峻而严肃。半晌，她才慢慢地仰起头，在昏暗的灯光下凝视着道静说：

"不要以为被捕就是你生命的终点，就一定是死。不是的！共产主义者到任何地方——包括在监狱里都要做工作，也都可以工作的。我们要工作到最后一分钟，最后一口气。我们要亲眼看到共产主义在中国的实现，快乐地迎接这个日子。……"说到这里，她看看道静又侧过头去看看俞淑秀，黑眼睛里突然闪耀着幸福的光彩。接着她就轻轻地描绘起共产主义幸福的远景；描绘起中国将要成为一个独立、自由、平等而繁荣的国家时的情形。

1962年，新中国举办第一届"百花奖"影片评奖活动，11万多名读者投票决定获奖电影和演员。这次评奖体现了人民心声，最终，《红色娘子军》《红旗谱》《洪湖赤卫队》《马兰花》《小蝌蚪找妈妈》等影片及演员分别获奖。虽时光远去，但这些名字仍在中国电影史上闪闪发光。

首届百花奖纪实

◎于园媛

　　1961年底，《大众电影》杂志社决定举办一次以"百花奖"命名的读者评选影片活动，对我国从1960到1961年出品的故事片、纪录片、科教片、美术片、戏曲片等片种以及各部门的电影艺术工作者，进行一次群众性的评奖。

　　这是新中国成立以来第一次全国性的群众影片评奖活动。

"百花奖"的由来

　　据当事人回忆，"百花奖"最早是由周恩来总理倡议发起的。1961年6月，在中共中央宣传部召开全国文艺工作座谈会和文化部召开"全国故事片创作会议"之后，观众提出要设立一个由观众投票产生的电影奖，得到了周恩来总理的支持和肯定。中国电影工作者协会立即在所属的电影刊物《电影艺术》和《大众电影》上开展宣传，并积极筹划群众性的电影评奖活动。

　　关于奖项的名称曾经过反复的讨论。当年参与百花奖统计记录工作的王雄保存的当年会议记录上，清楚地记载着1961年9月12日为这项群众电影奖命名时的情况。当时影协书记处书记黄钢曾提出名称为"大众电影读者评选1960—1961最佳电影奖"，由于名称过长念起来也不太顺，后来又提出是否叫"百花奖""工农兵奖",大家一致认可"百花奖"这个名称。最终定下名称为"大众电影百花奖",并确定每年举办一次,由《大众电影》的读者评选出获奖国产影片。

这次评奖共有15个奖,除以前常见的故事片、纪录片、美术片、科教片、戏曲片分别给奖外,故事片还有编剧、导演、演员、摄影、音乐、美工等奖。特别引人注目的是最佳演员奖中分有男演员、女演员和配角(包括正反面角色)三个奖。

关于给"配角"颁奖,《光明日报》在1961年11月12日《文艺之窗》上刊发了一篇署名黄赞的随笔《配角》,文章中写道:"'牡丹虽好,还得绿叶扶持'。一台戏演得好,不止主角,还得看配角。这次电影'百花奖'有配角奖,是令人兴奋的消息。"

中国电影工作者协会主席蔡楚生在11月号《大众电影》杂志上写了一篇文章,指出这次评奖活动的意义:"这是电影工作者听取广大观众宝贵意见的一次最好的机会,也将是一桩促使我国电影艺术事业获得进一步提高的令人兴奋的盛事。"

11万多名观众参与投票

这次评选受到观众的极大欢迎。在通信不发达的时代,没有手机,电话稀有,仅靠寄信投票,《大众电影》编辑部共收到选票11万多张。

57年后,让我们再重新列举一下各项最佳奖的名单。很多人可能看到这些电影的名字,就能念出台词、哼唱主题曲;对于年轻些的人来说,虽时光远去,但这些名字仍在新中国电影史上闪闪发光——

以观众选票为标准,《红色娘子军》获得了最佳电影故事片奖。

获得其他各项最佳奖的名单是:《革命家庭》的编剧夏衍和水华获最佳电影编剧奖,《红色娘子军》的导演谢晋获最佳电影导演奖,在《红色娘子军》

中扮演吴琼花的祝希娟获最佳电影女演员奖，在《红旗谱》中扮演朱老忠的崔嵬获最佳电影男演员奖，在《红色娘子军》中扮演南霸天的陈强获最佳电影配角奖，《红旗谱》的摄影吴印咸获最佳电影摄影奖，《洪湖赤卫队》的作曲者张敬安和欧阳谦叔获最佳电影音乐奖，《马兰花》的美工丁辰获最佳电影美工奖，《两种命运的决战》获最佳长纪录片奖，《亚洲风暴》获最佳短纪录片奖，《征服世界最高峰》获最佳纪录片摄影奖，《没有"外祖父"的癞蛤蟆》获最佳科教片奖，《小蝌蚪找妈妈》获最佳美术片奖，《杨门女将》获最佳戏曲片奖。

1962年5月22日，"百花奖"授奖大会和电影工作者联欢晚会在政协礼堂举行。会上，时任中国文联主席的郭沫若给获奖者颁奖。周恩来总理、陈毅副总理参加了电影工作者的联欢晚会，并接见了全体获奖人员。

值得一提的是，由于当时经济困难，连做奖杯的铜都没有，所有获奖的制片厂得到一张奖状，个人荣获一个纪念奖牌以及陈毅、郭沫若、谢觉哉、茅盾、老舍等人亲笔题字的奖状。郭沫若亲自给荣获最佳电影女演员奖的祝希娟题词："出死入生破旧笼，海南岛上皆东风。浇来都是英雄血，一朵琼花分外红。"

获奖人员先后到石景山钢铁厂、驻京部队、学校与群众联欢，这种前所未有的群众文化活动受到广大观众的欢迎，在全国引起了轰动。

"到北京领奖衣服都是借的"

《红色娘子军》包揽了当年四个奖项，年仅24岁的女主角祝希娟成为"百花奖"第一个"影后"。

"到北京领奖，衣服都是跟电影厂服装间借的。那时候哪里买得起呢子外套？领奖那天穿的连衣裙是我北京一个姐姐的，也就鞋子是自己的。"祝希娟曾在采访中回忆第一届"百花奖"领奖情况。"我到了北京，他们才说，要我代表得奖者发言，谢晋、崔嵬都不发言，就让我发言，压力大。我想

报章里的中国记忆

了一晚上，结果一上台，蒙了，就记得'谦虚谨慎，戒骄戒躁'这八个字。"祝希娟笑说自己憋了一晚上的那些"套话"，一句也没用上，只是晕乎乎地感谢这个感谢那个，"就最想感谢谢晋导演嘛。"

由于《红色娘子军》剧本中写吴琼花有一双"火辣辣的眼睛"，所以谢晋在挑选演员时特别注意这一点。一次，谢晋在上海戏剧学院偶然看到表演系三年级学生祝希娟与男同学进行激烈争论时的样子，她的眼神和南方女子特有的外形一下子就引起了谢晋的注意。随后，谢晋观摩了她的舞台演出，确定她的外在条件和内在素质适合扮演吴琼花。

然后，祝希娟就跟着剧组去海南体验生活了。整整一个月，在琼海县，祝希娟穿草鞋、打绑腿、扛着枪，跟着娘子军的时间表出操、训练。电影里祝希娟的表演质朴，打动人心。这双热辣辣的大眼睛，和主人公吴琼花勇敢、强悍、豪放的性格叠合在一起，一出场就给人留下了深刻印象。在谢晋导演的镜头里，吴琼花从一个只想报私仇的女奴成长为沉着、坚强的无产阶级战士，叫全国观众信服、感动。

崔嵬凭借电影《红旗谱》里"朱老忠"这一银幕形象，获得最佳男演员奖。崔嵬早年参加革命，1935年到上海，从事工人戏剧运动。他将《放下你的鞭子》改编为街头演出剧目，自己主演剧中的卖艺老汉，在民众中影响很大。

小说《红旗谱》的火爆，引起了擅长改编名著的北影厂的注意。导演凌子风改编执导这部红色巨著，不假思索地首先认定朱老忠非崔嵬莫属。他说，只有崔嵬演绎出的朱家父子两代好汉，才能真正展现出灾难深重的中国有骨气、有棱角、有强大生命张力的广大劳苦大众的精神魅力。

艺高胆大的凌导演直接把信任推到极致，把想法做到彻底，干脆由崔嵬一人饰演朱老巩和朱老忠父子两人。崔嵬后来这样说起接演这部影片的初衷："我喜爱那块形成《红旗谱》的土壤，理解冀中人民的苦难、忧伤、欢乐和信念。合上书，小说所描绘的情境和我的经历常常互相交织出现在面前。我看到了屹立在千里堤上俯视滹沱河急流浊浪的朱老忠，我也想起了自己手提驳壳枪奔走在千里堤上行军……"

朱老忠身上呈现出中国农民英雄的铮铮铁骨与耿耿正气。崔嵬长期战斗在滹沱河畔,与朱老忠家乡的人民有着血肉相连的感情。他在扮演这一角色时,紧紧抓住朱老忠对地主阶级、对旧势力刻骨仇恨这一思想内核,同时抓住人物粗犷、豪爽的特点,再赋予人物准确的内部、外部动作,表现出"燕赵慷慨悲歌之士"的气质与风貌。

崔嵬同其他获奖演员一样,没有奖金,也没有奖杯。他的奖品是著名作家老舍先生的题词一幅:"贞如翠竹明于雪,静似苍松矫若龙。"

"配角奖"的人物形象让人过目不忘

这一届的"配角奖"颁给了观众十分喜爱的陈强。陈强在影片《红色娘子军》中扮演的南霸天,是一个经典的反面人物形象。尤其演南霸天被捕后乘机逃跑时,陈强捂了一只眼,只留一只眼活动,这样既突出了人物的狡猾,又让人过目不忘。

在"百花奖"之后,1962年的亚非电影节上,陈强又凭借《红色娘子军》在国际电影上赢得了首个最佳男演员奖。谈及在《红色娘子军》的表演经验时,陈强说:"我在扮演角色时,主要的窍门是'淡抹浓点',整个戏都处理得很生动,很自然,很不费力,只在某个突出的地方、节骨眼上点那么一笔,这样戏的色彩就浓了,就像马连良的戏一样,只在某一个地方,啪!一跃劲!人物就出来了!这样观众才觉得不吃力,很轻松,很舒服,而且艺术享受在你'点'的时候也得到了满足!"

首届电影"百花奖"评选出的影片和演职人员,受到了观众真诚的喜爱和热烈的欢迎。

奖励电影工作者在艺术创作方面的显著成就

电影"百花奖"授奖仪式在京举行

周总理陈毅副总理参加联欢晚会并接见受奖人员

新华社22日讯 在毛泽东主席《在延安文艺座谈会上的讲话》发表二十周年纪念的前夕，中国电影工作者协会在政协礼堂举行1960—1961年影片评选"百花奖"授奖大会和电影工作者联欢晚会。会上，将陈毅、郭沫若、谢觉哉、茅盾等亲笔题字的奖状，授予"百花奖"评选中获奖的编剧、导演、演员、摄影师和其他电影工作者，奖励并祝贺他们在电影艺术创作方面做出的显著成就。

周恩来总理、陈毅副总理参加了电影工作者的联欢晚会，并接见了全体受奖人员。

郭沫若、周扬、谢觉哉、齐燕铭等出席了这个包括电影观众在内的有一千五百人参加的授奖大会。

授奖仪式由中国电影工作者协会副主席田方主持，并请中国文学艺术界联合会主席郭沫若发奖。来自上海的最佳女演员奖获得者祝希娟、最佳导演奖获得者谢晋以及其他获奖的电影工作者，同在北京的最佳男演员奖获得者崔嵬，最佳配角奖获得者陈强，最佳电影编剧奖获得者夏衍、水华，最佳摄影奖获得者吴印咸等，先后领取了奖状。祝希娟和崔嵬并代表获奖者在授奖会上讲话。他们感谢观众对电影工作的支持，并把观众给予他们的荣誉，当作是对电影工作者的巨大鼓励。他们表示今后要更刻苦钻研，虚心学习，不断提高思想觉悟和电影艺术技巧，拍摄出更多更好的为人民群众所喜爱的影片。

在授奖大会上，北京观众代表、石景山钢铁公司先进生产者马小六和清华大学学生葛德玉先后致贺词。他们说，电影已成为他们生活中不可缺少的精神食粮。他们从电影中得到教育、启发和鼓舞。他们希望今后能看到更多思想性艺术性相结合的质量更高的影片。

文化部副部长齐燕铭也在授奖大会上代表文化部向获奖者致热烈的祝贺。同时他还指出，"百花奖"是我国电影史上第一次群众性的影片评奖活动。它不但对1960—1961年两年来的电影艺术作了一次全面检阅，而且也使电影工作者进一步了解到广大群众的要求和期望，有助于电影艺术沿着工农兵方向前进。

授奖仪式结束后，举行了联欢晚会，并放映了最新影片《东进序曲》。

（原载《光明日报》，1962年5月23日）

1978年5月11日,《光明日报》发表特约评论员文章《实践是检验真理的唯一标准》,引发了一场推动全民思想解放的关于真理标准问题的大讨论。这是中国新闻史上光辉的一页。书写这光辉一页的领头人是时任光明日报社总编辑的杨西光同志。

是他,从完整、准确、全面地理解毛泽东思想体系出发,以高度的政治敏感和无畏的理论勇气,果断地组织修改并决定发表《实践是检验真理的唯一标准》一文;是他,以对党的事业的强烈责任感,与新闻界、理论界的同志密切配合,揭开了真理标准问题大讨论的序幕,为思想解放,为拨乱反正,为改革开放,在思想上、舆论上作出了贡献。

杨西光与真理标准讨论

◎陶　铠

杨西光同志是1978年3月由中央任命担任光明日报社总编辑的。这时，他还在中央党校学习，尚未结业。待到4月上旬，才结束党校的学业正式就任。他一上任，就着手报纸的改版工作。

恢复报纸传播科学知识的职能

改版是由胡乔木同志提出，经中央批准后确定的。粉碎"四人帮"以后，全国人民强烈要求结束"以阶级斗争为纲"，一心一意建设四个现代化。建设四化从何处着手呢？1977年8月8日，邓小平同志提出："要从科学和教育着手，科学当然包括社会科学。"而科学、教育这两个领域，是在"文化大革命"中被破坏得最厉害的。因此，宣传、弘扬科学和教育，成为拨乱反正、推进四化建设的一个非常紧迫的任务。

《光明日报》有着宣传报道文化教育工作的传统。加强科学教育工作，宣传好科学教育，这一任务便更多地落在了《光明日报》的肩上。因此，中央决定将《光明日报》改成一张以报道科学、教育、文化为主要内容的报纸，减少对一般国内政治、经济新闻的报道。

杨西光同志一到报社便全力以赴抓这件事。在他的率领下，经过紧张的工作，1978年5月1日，《光明日报》宣布改版。

《为本报改版致读者》的社论中开宗明义地指出：改版以后，本报将作为一张以科学、教育为主要宣传内容的文化战线的报纸，以宣传科学、教育方面的路线、方针、政策为主，积极反映国内外科学、教育方面的动态，大力普及科学知识，为了保持和发扬原有特点，还要兼顾社会科学和文化等其他领域的宣传，办好各种专刊和副刊；国内外政治，经济新闻，除特殊重要者外，一般将不刊登。这样一改，《光明日报》将成为一张既不同于一般性的综合报纸、又区别于一般科学技术专业报刊的报纸，具有鲜明的特色。

当时，人们对"文革"仍然心有余悸，提出一般国内政治经济新闻不登，这需要有相当的勇气，也给人以耳目一新之感。同时，社论提出，要恢复报纸传播科学知识的职能，为"知识性"恢复名誉。这也是拨乱反正、冲破禁区的重要一着，确实起到了振聋发聩的效应。

一个至关重要的决策

《光明日报》从5月1日改版，到5月11日发表《实践是检验真理的唯一标准》一文，其间，时间是短促的，而大量的改版工作，可以说为《实践是检验真理的唯一标准》一文的发表做了很好的铺垫。对杨西光同志来说，从组织改版以及组织修改到发表《实践是检验真理的唯一标准》这篇文章，其办报思想是一脉相承的。

改版后的《光明日报》不刊登一般国内政治经济新闻，并不等于就游离于国内政治生活之外。相反，它在社会政治生活中仍发挥着重要的舆论作用。杨西光同志认为，这种作用主要是通过理论宣传（包括评论）来实现的。

改版之际，对要不要继续办理论专刊，也曾经有过不少议论，有主张继续办的，有主张不办的。杨西光同志考虑到《光明日报》专刊的历史影响，以及它对活跃理论学术空气，广泛联系理论学术界人士和有关方面的读者所起的作用，还是把它保留下来了，并且作了适当的调整和改进。

《实践是检验真理的唯一标准》这篇文章，开初就是准备在《哲学》专刊上发表的一篇理论文章，后来经过精心修改移到一版发表的。现在看来，如果当时取消了理论专刊，也许这篇文章就不会到《光明日报》的编辑手中了。

1978年4月上旬的一天，载有胡福明同志撰写的《实践是检验一切真理的标准》的《哲学》专刊第77期大样，送到杨西光同志手中。这篇占上辟栏长达5000字的文章，他用了差不多一个小时才读完。

读完这篇文章，他立即要我（当时是他的秘书）把此文的责任编辑、哲学组组长王强华同志找来。他对王强华说，这篇文章提出的问题很重要，在《哲学》专刊上发，引不起注意，可惜了，把它撤下来，放在一版发表。他说，文章要进一步修改，要针对理论和实践关系问题上的一些混乱思想，作比较充分的论证，使文章更有指导意义；要进一步触及影响拨乱反正、冲破禁区的一些现实问题，提到思想路线上来批评、阐述。

文章经过修改后，以"本报特约评论员"的署名于5月11日在《光明日报》一版下辟栏发表。文章发表后果然产生了巨大的影响。现在看来，这篇文章如果不是他做这样的决定，而是按原先的安排以胡福明同志的名义在《哲学》专刊上发表，是不会引发真理标准问题的讨论的。

那么，他为什么会在一小时之内作出这样的决策呢？这并不是偶然的。

杨西光对真理标准问题思考已久

杨西光同志对理论工作，对文教工作，对知识分子工作相当熟悉。1949年他随解放大军进驻上海，便以军代表的身份接管了同济大学，后调到福建省任省委宣传部部长一段时间，又回到上海管文教工作。他先后担任过复旦大学党委书记、上海市委教育卫生部部长兼《解放日报》总编辑。"文革"前夕任上海市委书记处分管文教工作的候补书记。多年的文教工作、思想理论工作、知识分子工作经历，使他对思想文化战线颇为知情，在文化界、知识界有很多知己、朋友。"文革"开始，他首当其冲，与陈丕显、曹荻秋并称上海三大"走资派"，被批斗，被打倒。复出后，担任上海市革委会副主任。1977年，他到中央党校学习，这时，他已知道邓小平同志对"两个凡是"曾提出批评，提出应该用准确的完整的毛泽东思想指导党的工作。

当年12月，中央党校在研究编写"文革"中党的历史问题，其时担任副校长的胡耀邦同志提出了编写要求：一是完整地、准确地运用毛泽东思想，二是实践是检验真理的标准。这个问题在党校的不少中、高级干部中进行了讨论。在胡耀邦同志提倡"解放思想，实事求是地评价历史"的鼓舞下，一部分同志还提出了一系列与拨乱反正有关的问题。杨西光同志也积极参加了这些讨论，思想极为活跃，并有自己的见解。

可以说，关于"实践是检验真理的标准"这一命题，在他胸中酝酿已久。在"文革"中他被打倒，被监禁，被下放到工厂参加劳动的时候，在他读书反思的时候，他都在思考这一命题，而最后在党校臻于成熟。担任《光明日报》总编辑以后，他对当时的拨乱反正做了大量的舆论引导工作，但"两个凡是"仍然束缚着人们的思想。他在苦苦探索着冲破禁区推动拨乱反正的有效办法，所以，胡福明同志的文章他一下就看准了，而且牢牢地把它抓住。

1985年，杨西光同志已退居二线，他在组织我们（当时的评论部）编写关于《实践是检验真理的唯一标准》一文写作和发表的经过时，对于这篇文章发表的背景有这样两段叙述：

> 在真理标准问题展开讨论以前，《人民日报》和不少报纸以及社会舆论已经就教育上两个估计问题，所谓文艺黑线问题、老干部和"走资派"问题、知识分子问题等，特别是对于天安门群众运动，强烈地提出

拨乱反正的要求。老干部和"走资派"问题是在胡耀邦同志指导下，由中央党校组织讨论的。当时有的人则阻止和妨碍这些讨论，并继续设置禁区。因此，当时已经在相当规模上展开了两条思想路线的争论和斗争。这个时期，有的文章也从理论上一般地论及了真理标准问题，如《人民日报》1978年3月26日的一篇短文《标准只有一个》；中央党校个别同志写的文章中也提到过这个问题。

《光明日报》这个时期也参加了当时的争论。在当时斗争形势的影响和鼓舞下，大家都感到有必要根据邓小平同志、胡耀邦同志的思想，写一些比较全面的关于解放思想、拨乱反正的文章，并且作了议论。

从以上两段叙述中，也可以印证杨西光同志对真理标准问题是思考已久的。

"唯一"是从何时加上去的

这篇文章从《哲学》大样上撤下来后，杨西光同志和理论部的同志即着手修改。4月10日左右，杨西光同志得知中央党校理论研究室的孙长江同志也在酝酿写相同主题的文章。恰好这时胡福明同志来京参加一个会议。4月13日晚，杨西光同志约请孙长江、胡福明、马沛文和王强华四位同志，在他的办公室共同讨论了修改意见。最后他综合大家的想法，对如何修改好这篇文章，提出了如下意见：

（1）完整地、准确地理解毛泽东思想；要批评"两个凡是"，解放思想，冲破禁区；

（2）要阐述理论指导实践，实践检验理论的辩证关系；

（3）要充分论证马克思主义是不断发展的，要在实践中不断经受检验，永葆青春，更具活力和指导作用；

（4）更加有力地批判林彪、"四人帮"的反动理论，鲜明地批判教条主义倾向。

由是，后来发表的文章的观点以及所要表述的内容，在这次会议上由杨西光同志归纳后，就基本上定下来了。

这次讨论后，胡福明同志在4月14、15日改了一次，由于他急于离京，没有来得及把讨论的观点全部反映出来。马沛文、王强华同志后来接手修改，才把上述观点基本上体现出来了，而且在文中鲜明地提出了"实践是检验真理的唯一标准"的观点。这就是4月20日的改样。这个改样送给了孙长江同志，请他进一步修改。与此同时，杨西光同马沛文、王强华同志一起，又修改了一次，并将文章的标题改为《实践是检验真理的唯一标准》，这个改样也送给了孙长江同志。

现在有的同志一口认定"实践是检验真理的唯一标准"这"唯一"二字是党校在改稿时才加上的，《光明日报》送去的文章的标题只是"实践是检验一切真理的标准"。我看，这样的疏忽是不应该有的。好在当时的清样还在，并已收入本书，无须再多费笔墨。

拉开真理标准讨论的序幕

在孙长江同志修改稿件期间，杨西光同志又到党校与吴江、孙长江同志交换意见。大家对文章的基本观点认识是统一的。吴江同志认为，4月20日的文章写得有勇气，理论逻辑上差些，要理好，并加以提高。杨西光同志再一次提出，要突出马克思主义有生命力、要永葆其青春的观点。此后，孙长江同志以4月20日的稿子为基础，改写出一稿，经吴江同志修改，于4月27日定稿，送胡耀邦同志审阅。同时，送给杨西光同志，并航寄南京胡福明同志。杨西光和吴江同志商定，为扩大影响，先在中央党校5月10日的《理论动态》发表，第二天即5月11日再由《光明日报》以特约评论员名义公开见报。这个安排得到了胡耀邦同志的批准。

由此可见，这篇文章的修改实际上是杨西光与吴江同志共同主持完成的。现在有一种说法，说《光明日报》当时不敢发表这篇文章，所以才拿到《理论动态》上发表的。这个说法与事实有悖，在逻辑上也是讲不通的。杨西光同志花费那么大的精力组织修改这篇文章，难道不是为了发表吗？

那么，文章为什么要先在《理论动态》发表，而后再由《光明日报》发表呢？

当时，杨西光同志考虑，这篇文章只是一家发表，不会形成气候，需要其他新闻单位的支持和呼应。他当时曾和新华社、《人民日报》的主要负责同志曾涛、胡绩伟商量，文章发表后，由新华社发通稿，《人民日报》转载，但要这样做，需要上面有人审阅这篇文章，而当时若将此文按正常程序送中央主管宣传工作的负责人审，他们是不会同意《光明日报》发表的，更不会同意由新华社发通稿、《人民日报》转载。而当时中央党校《理论动态》的每篇文章，都要经时任中央党校副校长的胡耀邦同志审阅。所以，先在《理论动态》发表，此文由胡耀邦同志审定就是很自然的了，也避开了《光明日报》越过宣传部门的领导而直接送胡耀邦同志审定的嫌疑。所以，此文由《光明日报》以特约评论员名义发表后，当天新华社全文转发，第二天《人民日报》《解放军报》等一些中央和地方的重要报纸相继转载。这样，一场全国性的关于真理标准问题讨论的序幕就拉开了。

一颗平常心

　　文章发表后，反响强烈，不少读者投书报社，欣喜之情，溢于言表。但也出现了不同声音和不同的意见，这是很自然的。而当时主管宣传工作的领导同志也对这篇文章大加挞伐，这就使杨西光同志在思想上、政治上承受了巨大压力。面对压力，他是以一颗平常心来对待的，而且他对此是有思想准备的。在这篇文章修改的过程中，曾有人提醒他，这篇文章的发表会冒很大风险。他当时说，我已经老了，而且"文革"那么大的险滩都闯过来了，还怕什么呢？文章发表前，杨西光同志在一次报社负责人会议上宣布要发表这篇文章时坚定地说：这是一场事关中国命运的尖锐的政治斗争，如果结果好，那不用说，如果因此我们受到了误解，甚至受到组织处理，由我承担责任。但我们也要相信，历史最终会公正地作出结论。

　　在真理标准讨论得到邓小平同志的全力支持，并在全国产生重要影响后，人们自然要称道《光明日报》发表的这篇特约评论员文章。面对一片赞扬声，杨西光同志更加冷静，他一直对此不居功，不夸耀，而是强调邓小平同志等老一辈革命家不可磨灭的功勋。

（原载《实践是检验真理的唯一标准：纪念真理标准问题讨论30年》,《光明日报》编辑部编，光明日报出版社2008年出版）

实践是检验真理的唯一标准

《光明日报》特约评论员

检验真理的标准是什么？这是早被无产阶级的革命导师解决了的问题。但是这些年来，由于"四人帮"的破坏和他们控制下的舆论工具大量的歪曲宣传，把这个问题搞得混乱不堪。为了深入批判"四人帮"，肃清其流毒和影响，在这个问题上拨乱反正，十分必要。

检验真理的标准只能是社会实践

怎样区别真理与谬误呢？1845年，马克思就提出了检验真理的标准问题："人的思维是否具有客观的真理性，这并不是一个理论的问题，而是一个实践的问题。人应该在实践中证明自己思维的真理性，即自己思维的现实性和力量，亦即自己思维的此岸性。关于离开实践的思维是否具有现实性的争论，是一个纯粹经院哲学的问题。"（《马克思恩格斯选集》第1卷第16页）这就非常清楚地告诉我们，一个理论，是否正确反映了客观实际，是不是真理，只能靠社会实践来检验。这是马克思主义认识论的一个基本原理。

实践不仅是检验真理的标准，而且是唯一的标准。毛主席说："真理只有一个，而究竟谁发现了真理，不依靠主观的夸张，而依靠客观的实践。只有千百万人民的革命实践，才是检验真理的尺度。"(《新民主主义论》)"真理的标准只能是社会的实践。"(《实践论》)这里说："只能""才是"，就是说，标准只有一个，没有第二个。这是因为，辩证唯物主义所说的真理是客观真理，是人的思想对于客观世界及其规律的正确反映。因此，作为检验真理的标准，就不能到主观领域内去寻找，不能到理论领域内去寻找，思想、理论自身不能成为检验自身是否符合客观实际的标准，正如在法律上原告是否属实，不能依他自己的起诉为标准一样。作为检验真理的标准，必须具有把人的思想和客观世界联系起来的特性，否则就无法检验。人的社会实践是改造客观世界的活动，是主观见之于客观的东西。实践具有把思想和客观实际联系起来的特性。因此，正是实践，也只有实践，才能够完成检验真理的任务。科学史上的无数事实，充分地说明了这个问题。

门捷列夫根据原子量的变化，制定了元素周期表，有人赞同，有人怀疑，争论不休。尔后，根据元素周期表发现了几种元素，它们的化学特性刚好符合元素周期表的预测。这样，元素周期表就被证实了是真理。哥白尼的太阳系学说在300年里一直是一种假说，而当勒维烈从这个太阳系学说所提供的数据，不仅推算出一定还存在一个尚未知道的行星，而且还推算出这个行星在太空中的位置的时候，当加勒于1846年确实发现了海王星这颗行星的时候，哥白尼的太阳系学说才被证实了，成了公认的真理。

马克思主义之所以被承认为真理，正是千百万群众长期实践证实的结果。毛主席说："马克思列宁主义之所以被称为真理，也不但在于马克思、恩格斯、列宁、斯大林等人科学地构成这些学说的时候，而且在于为尔后革命的阶级斗争和民族斗争的实践所证实的时候。"(《实践论》)马克思主义原是工人运动中的一个派别，开始并不出名，反动派围攻它，资产阶级学者反对它，其他的社会主义流派攻击它，但是，长期的革命实践证明了马克思主义是真理，终于成为国际共产主义运动的指导思想。

检验路线之正确与否，情形也是这样。马克思主义政党在制订自己的路线时，当然要从现实的阶级关系和阶级斗争的情况出发，依据革命理论的指导并且加以论证。但是，国际共产主义运动和各个革命政党的路线是否正确，同样必须由社会实践来检验。20世纪初，国际共产主义运动和俄国工人运动中，都发生了列宁的马克思主义路线与第二国际修正主义路线的激烈斗争，那时第二国际的头面人物是考茨基，列宁主义者是少数，斗争持续了很长一个时间。俄国十月革命和各国无产阶级革命的实践证明列宁主义是真理，宣告了第二国际修正主义路线的破产。

毛泽东思想是马克思列宁主义普遍真理与革命具体实践相结合的产物。毛主席的革命路线与"左"、右倾机会主义路线进行了长期的斗争。在一个时期内，毛主席的革命路线没有占主导地位。长期的革命斗争，成功的经验和失败的教训，从正反两个方面证明毛主席的革命路线是正确的，而"左"、右倾机会主义路线是错误的。标准是什么呢？只有一个：就是千百万人民的社会实践。

理论与实践的统一，是马克思主义的一个最基本的原则

有的同志担心，坚持实践是检验真理的唯一标准，会削弱理论的意义。这种担心是多余的。凡是科学的理论，都不会害怕实践的检验。相反，只有坚持实践是检验真理的唯一标准，才能够使伪科学、伪理论现出原形，从而捍卫真正的科学与理论。这一点，对于澄清被"四人帮"搞得非常混乱的理论问题，具有特别重要的意义。

"四人帮"出于篡党夺权的反革命需要，鼓吹种种唯心论的先验论，反对实践是检验真理的标准。例如，他们炮制"天才论"，捏造文艺、教育等各条战线的"黑线专政"论，伪造老干部是民主派、民主派必然变成走资派的"规律"，胡诌社会主义生产关系"是产生新的资产阶级分子的经济基础"的谬论，虚构儒法斗争继续到现在的无稽之谈，等等。所有这些，都曾经被

报章里的中国记忆

奉为神圣不可侵犯的所谓"理论"，谁反对，就会被扣上反对马列主义、反对毛泽东思想的大帽子。但是，这些五花八门的谬论，根本经不起革命实践的检验，它们连同"四人帮"另立的"真理标准"，一个个都像肥皂泡那样很快破灭了。这个事实雄辩地说明，他们自吹自擂证明不了真理，大规模的宣传证明不了真理，强权证明不了真理。他们以马列主义、毛泽东思想的"权威"自居，实践证明他们是反马列主义，反毛泽东思想的政治骗子。

马列主义、毛泽东思想之所以有力量，正是由于它是经过实践检验了的客观真理，正是由于它高度概括了实践经验，使之上升为理论，并用来指导实践。正因为这样，我们要非常重视革命理论。列宁指出："没有革命的理论，就不会有革命的运动。"（《列宁选集》第一卷第241页）理论所以重要，就是在于它来源于实践，又能正确指导实践，而理论到底是不是正确地指导了实践以及怎样才能正确地指导实践，一点也离不开实践的检验。不掌握这个精神实质，那是不可能真正发挥理论的作用的。

有的同志说，我们批判修正主义，难道不是用马列主义、毛泽东思想去衡量，从而证明修正主义是错误的吗？我们说，是的，马列主义、毛泽东思想是我们批判修正主义的锐利武器，也是我们论证的根据。我们用马列主义、毛泽东思想的基本原理去批判修正主义，这些基本原理是马、恩、列、斯和毛主席从革命斗争的实践经验概括起来的，它们被长期的实践证明为不易之真理；但同时我们用这些原理去批判修正主义，仍然一点也不能离开当前的（和过去的）实践，只有从实践经验出发，才能使这些原理显示出巨大的生命力；我们的批判只有结合大量的事实分析，才有说服力。不研究实践经验，不从实践经验出发，是不能最终驳倒修正主义的。

客观世界是不断发展的，实践是不断发展的。新事物新问题层出不穷，这就需要在马克思主义一般原理指导下研究新事物、新问题，不断作出新的概括，把理论推向前进。这些新的理论概括是否正确由什么来检验呢？只能用实践来检验。例如，列宁关于帝国主义时代个别国家或少数国家可以取得社会主义革命胜利的学说，是一个新的结论，这个结论正确不正确，不能用马克思主义关于资本主义的一般理论去检验，只有帝国主义时代的实践，第一次世界大战和十月革命的实践，才能证明列宁这个学说是真理。

毛主席说："理论与实践的统一，是马克思主义的一个最基本的原则。"（《毛泽东选集》第5卷第297页）坚持实践是检验真理的唯一标准，就是坚持马克思主义，坚持辩证唯物主义。

革命导师是坚持用实践检验真理的榜样

革命导师们不仅提出了实践是检验真理的唯一标准，而且亲自作出了用实践去检验一切理论包括自己所提出的理论的光辉榜样。马克思和恩格斯对待他们所共同创造的著名的马克思主义科学文献《共产党宣言》的态度，就是许多事例当中的一个生动的例子。1848年《宣言》发表后，在45年中马克思和恩格斯一直在用实践来检验它。《宣言》的七篇序言，详细地记载了这个事实。首先，马克思恩格斯指出："不管最近25年来的情况发生了多大的变化，这个《宣言》中所发挥的一般基本原理整个说来到现在还是完全正确的。"同时，他们又指出，"这些基本原理的实际运用，正如《宣言》中所说的，随时随地都要以当时的历史条件为转移。"（《马克思恩格斯选集》第1卷第228页）马克思和恩格斯根据新实践的不断检验，包括新的历史事实的发现，曾对《宣言》的个别论点作了修改。例如，《宣言》第一章的第一句是："到目前为止的一切社会的历史都是阶级斗争的历史。"恩格斯在1888年的《宣言》英文版上加了一条注释："确切地说，这是指有文字记载的历史。"（《马克思恩格斯选集》第1卷第251页）这是因为，《宣言》发表以后人们对于社会的史前史有了进一步的认识，特别是摩尔根的调查研究证明：在阶级社会以前，有一个很长的无阶级社会；阶级是社会发展到一定历史阶段的产物，并非从来就有的。可见，说"一切社会的历史都是阶级斗争的历史"，并不确切。恩格斯根据新发现的历史事实，作了这个说明，修改了《宣言》的旧提法。《宣言》还有一个说法，说到无产阶级要用暴力革命夺取政权，以推翻资产阶级。1872年，两位革命导师在他们共同签名的最后一篇序言中，明确指出："由于最近25年来大工业已有很大发展而工人阶级的政党组织也跟着发展起来，由于首先有了二月革命的实际经验而后来尤其是有了无产阶级第一次掌握政权达两月之久的巴黎公社的实际经验，所以这个纲领现在有些地方已经过时了。特别是公社已经证明：'工人阶级不能简单地掌握现成的国家机器，并运用它来达到自己的目的。'"(《马克思恩格斯选集》第1卷第229页）列宁对马克思和恩格斯的这个说明十分重视，他认为这是对《共产党宣言》的一个"重要的修改"。(《列宁选集》第3卷第201页）

正如华主席所指出的："毛主席从来对思想理论问题采取极其严肃和慎重的态度，他总是要让他的著作经过一段时间的实践的考验以后再来编定他的选集"。毛主席一贯严格要求不断用革命实践来检验自己提出的理论和路线。1955年毛主席在编辑《中国农村的社会主义高潮》一书的时候，写了104篇按语。当时没有预料到1956年以后国际国内所发生的阶级斗争的新情况。因此，1958年在重印一部分按语的时候，毛主席特别写了一个说明，指出这些按语"其中有一些现在还没有丧失它们的意义。其中说：1955年是社会主义与资本主义决战取得基本胜利的一年，这样说不妥当。应当说：1955年是在生产关系的所有制方面取得基本胜利的一年，在生产关系的其他方面以及上层建筑的某些方面即思想战线方面和政治战线方面，则或者还没有基本胜利，或者还没有完全胜利，还有待于尔后努力。"(《毛泽东选集》第5卷第225页）

革命导师这种尊重实践的严肃的科学态度，给我们极大的教育。他们并不认为自己提出的理论是已经完成了的绝对真理或"顶峰"，可以不受实践检验的；并不认为只要是他们作出的结论不管实际情况如何都不能改变；更不要说那些根据个别情况作出的个别论断了。他们处处时时用实践来检验自己的理论、论断、指示，坚持真理，修正错误，尊重实践，尊重群众，毫无偏见。他们从不容许别人把他们的言论当作"圣经"来崇拜。毫无疑义，马克思主义的基本原理，马克思主义的立场、观点和方法，必须坚持，决不能动摇；但是，马克思主义的理论宝库并不是一堆僵死不变的教条，它要在实践中不断增加新的观点、新的结论，抛弃那些不再适合新情况的个别旧观点、旧结论。关于哲学，毛主席曾经说过：现在，我们已经进入社会主义时代，出现了一系列新的问题，如果只有几篇原有的哲学著作，不适应新的需要，写出新的著作，形成新的理论，那是不行的。实践、生活的观点是认识论的首要的和基本的观点。实践、生活之树是常青的。正是革命导师的这种坚持实践是检验真理的唯一标准的辩证唯物主义立场，才保证了马克思主义的不断发展，而永葆其青春。

任何理论都要不断接受实践的检验

我们不仅承认实践是真理的标准，而且要从发展的观点看待实践标准。实践是不断发展的，因此作为检验真理的标准，它既具有绝对的意义，又具有相对的意义。就一切思想和理论都必须由实践来检验这一点讲，它是绝对的、无条件的；就实践在它发展的一定阶段上都有其局限性，不能无条件地完全证实或完全驳倒一切思想和理论这一点来讲，它又是相对的、有条件的；但是，今天的实践回答不了的问题，以后的实践终究会回答它，就这点来讲，它又是绝对的。列宁说："当然，在这里不要忘记：实践标准实质上决不能完全地证实或驳倒人类的任何表象。这个标准也是这样的'不确定'，以便不至于使人的知识变成'绝对'，同时它又是这样的确定，以便同唯心主义和不可知论的一切变种进行无情的斗争。"(《列宁选集》第2卷第142页)

辩证唯物主义认识论关于实践标准的绝对性和相对性辩证统一的观点，就是任何思想、任何理论必须无例外地、永远地、不断地接受实践的检验的观点，也就是真理发展的观点。任何思想、理论，即使是已经在一定的实践阶段上证明为真理，在其发展过程中仍然要接受新的实践的检验而得到补充、丰富或者纠正。毛主席指出："人类认识的历史告诉我们，许多理论的真理性是不完全的，经过实践的检验而纠正了它们的不完全性。许多理论是错误的，经过实践的检验而纠正其错误。"又指出："客观现实世界的变化运动永远没有完结，人们在实践中对于真理的认识也就永远没有完结。马克思列宁主义并没有结束真理，而是在实践中不断地开辟认识真理的道路。"（《实践论》）马克思主义强调实践是检验真理的标准，强调在实践中对于真理的认识永远没有完结，就是承认我们的认识不可能一次完成或最终完成。就是承认由于历史的和阶级的局限性，我们的认识可能犯错误，需要由实践来检验，凡经实践证明是错误的或者不符合实际的东西，就应当改变，不应再坚持。事实上这种改变是常有的。毛主席说："真正的革命的指导者，不但在于当自己的思想、理论、计划、方案有错误时须得善于改正"，"而且在于当某一客观过程已经从某一发展阶段向另一发展阶段推移转变的时候，须得善于使自己和参加革命的一切人员在主观认识上也跟着推移转变，即是要使新的革命任务和新的工作方案的提出，适合于新的情况的变化"。（《实践论》）林彪、"四人帮"为了篡党夺权，胡诌什么"一句顶一万句""句句是真理"。实践证明，他们所说的绝不是毛泽东思想的真理，而是他们冒充毛泽东思想的谬论。

现在，"四人帮"及其资产阶级帮派体系已被摧毁，但是，"四人帮"加在人们身上的精神枷锁，还远没有完全粉碎。毛主席在第二次国内革命战争时期曾经批评过的"圣经上载了的才是对的"（《论反对日本帝国主义的策略》）这种倾向依然存在。无论在理论上或实际工作中，"四人帮"都设置了不少禁锢人们思想的"禁区"，对于这些"禁区"我们要敢于去触及，敢于去弄清是非。科学无禁区。凡有超越于实践并自奉为绝对的"禁区"的地方，就没有科学，就没有真正的马列主义、毛泽东思想，而只有蒙昧主义、唯心主义、文化专制主义。

党的十一大和五届人大，确定了全党和全国人民在社会主义革命和社会主义建设新的发展时期的总任务。社会主义对于我们来说，有许多地方还是未被认识的必然王国。我们要完成这个伟大的任务，面临着许多新的问题，需要我们去认识，去研究，躺在马列主义毛泽东思想的现成条文上，甚至拿现成的公式去限制、宰割、裁剪无限丰富的飞速发展的革命实践，这种态度是错误的。我们要有共产党人的责任心和胆略，勇于研究生动的实际生活，研究现实的确切事实，研究新的实践中提出的新问题。只有这样，才是对待马克思主义的正确态度，才能够逐步地由必然王国向自由王国前进，顺利地进行新的伟大的长征。

（原载《光明日报》，1978年5月11日）

农村集市贸易能够发挥衔接城乡产区、引导消费、增加就业、带动当地经济发展的作用。但在改革开放以前，集市贸易一度被当作资本主义尾巴全部取缔。

　　1978年，《光明日报》上刊登的一封不显眼的读者来信，将恢复集市贸易的大幕掀开一角，并最终促成整个山西省集市贸易的恢复。集市贸易的恢复不仅方便了群众生活，更使全国人民特别是运城地区的广大干部群众从极左的禁锢中醒悟过来，开始思考"四人帮"利用大寨推行极左路线给农村农民农业造成的危害。

改革元年稷山集市贸易存废之争

◎刘晓君

凌晨3时，山西运城市稷山县的"两红"市场就红火起来。太原、西安、武汉等地的商贩一车一车地将货物交给场内的几十家批发企业，批发企业边核实货物边将货物用小型送货车一车一车地配送到全县各个集贸市场的个体摊点。

如今，稷山县200多个行政村中，村民不用出村就能到集贸市场买到日用品。

然而，在1978年春季，这里还禁锢在极左思潮的迷雾中：集市贸易被当作资本主义尾巴全部取缔，群众偷偷到人多的地方卖点鸡蛋，有关部门便组织民兵驱赶，运气好的跑掉，不好的没收鸡蛋不说，还要拉到大街上批斗。群众怨声载道又无可奈何！

也就在此时，《光明日报》刊登了李先念同志关于农村问题的文章，文中提到：应恢复农村集市贸易。这引起该县汽修厂工人陈寿昌的注意。

陈寿昌是北京人，1968年中学毕业后来稷山插队。这期间，他目睹了取缔集市贸易给农民带来的不便，便给《光明日报》写信希望恢复集市贸易。来信引起《光明日报》理论部编辑武勤英、方恭温的注意。但当时全国农村领域的拨乱反正才刚刚开始，大寨领导人陈永贵仍是党和国家的领导人，仍

20世纪80年代初的农村集市

强调取缔集市贸易是学大寨的重要内容。登还是不登？《光明日报》副总编辑马文沛听取汇报后毅然决定将这封信刊登在该报7月21日《经济学》版的《读者来信》栏目中。

来信在全国特别是运城地区引起强烈反响。基层干部十分拥护陈寿昌的来信，他们到处找《光明日报》，一时刊登来信的报纸成为干部群众亲朋好友互相传阅赠送的"礼品"。

运城地委主要负责人却暴跳如雷，一面指责《光明日报》否定毛泽东思想，否定农业学大寨，要各县不要理《光明日报》，加大力度继续"撵集"；一面要稷山县追查陈寿昌的反大寨罪行和反革命动机。运城地委负责人的做法激起干部群众的极大愤慨。临猗县的十几位干部公开给《光明日报》写信发电报支持陈寿昌的要求，稷山县委的一位工作人员称稷山的陈寿昌是个工人，不会关心农村的事，信是别人冒用他的名写的，以此保护陈寿昌。一些卖鸡蛋的农民则把《光明日报》贴在大街上，盖在放鸡蛋的篮子上，和"撵集"人说理和抗争。

赶集的人们

　　《光明日报》顺应人民群众意愿，8月4日刊发了第二封群众来信《陈寿昌的信说得好》。这更引起运城地委负责人的恼怒。他召开干部群众大会，说什么取消集市贸易是中央领导省委领导的决定，恢复集市贸易是资本主义回潮，是和学大寨唱对台戏；《光明日报》代表不了党报，和《光明日报》的斗争是资本主义和社会主义两条路线的斗争，声言要一斗到底，直到彻底胜利。陈寿昌同志也终被发现，关进了学习班，交代反大寨罪行。

　　《光明日报》呼吁恢复集市贸易的报道得到中央主要媒体的大力支持。8月18日，《光明日报》刊出第三封群众来信《不能再"撵集"了》，新华社当日加编者按发了通稿，《人民日报》第二天全文转载。之后，《光明日报》又于9月16日、30日分别刊发了运城、临汾等地关闭集市贸易造成严重后果的调查报告和《关闭集市贸易是前进吗？》的评论员文章。

在舆论的压力下，山西省委下达了开放全省集市贸易的有关决定，调整了运城地委的领导班子，处分了运城地委主要负责人。据稷山县的一位同志讲，该县恢复集市贸易的第一天，许多集镇尽管没多少货物可买卖，但人山人海，人流如潮。有的集镇群众还把《光明日报》贴在墙壁上，在墙壁前放鞭炮以示庆祝和感激！

集市贸易的恢复不仅方便了群众生活，更使全国人民特别是运城地区的广大干部群众从极左的禁锢中醒悟过来，开始思考"四人帮"利用大寨推行极左路线给农村农民农业造成的危害。于是，《再不要拿"反大寨"的棍子打人了》等反思农业学大寨过失的文章陆续从运城寄到《光明日报》。《光明日报》倾听群众呼声，又将报道锋芒转向彻底清除"四人帮"在农业学大寨中的种种谬论和罪行，全国农村领域的拨乱反正便进入实质性阶段。最初调查运城、临汾等地关闭集市贸易造成极大危害，并将调查报告发在《光明日报》上的著名经济学家、山西财大原校长冯子标教授，回忆起那段历史仍心潮澎湃："《光明日报》开了农村清除'四人帮'极左路线的先河！""日后农村推行联产承包责任制，《光明日报》做了最先的舆论引导！"后任稷山县文联主席的陈寿昌回忆当时写信及日后挨整、平反的不平凡经历也感慨万千："如果把极左路线比作一块覆盖全国农村的坚冰，《光明日报》的这组报道硬在冰上打了一个大大的窟窿，稷山、运城、山西乃至全国的农民就是从这个窟窿中看到光明，开始了新的追求，新的生活！"

"沉舟侧畔千帆过，病树前头万木春。"诚如本文上面提到的《光明日报》的那篇评论员文章预料的那样，集市贸易大大促进了农副业发展。而随着农副业的发展，群众又自发创办了千千万万个集市贸易市场。为促进这些市场的健康发展，各级政府在规范村镇市场和个体网点的同时，引导千千万万个客商在交通便利的地方筹资建设了一大批集产品加工、批发、销售、冷藏、保鲜为一体的大市场。稷山县的"两红"市场就是全国千千万万个大市场中的一个。这些市场外接周边几十个甚至上百个大市场，内联方圆数十里的小市场，如万木葱茏，成为广大农民的致富桥、摇钱树！

　　稷山集市贸易的命运变迁，预示着一个新的时代正在到来，以党的十一届三中全会为标志，我国开启了改革开放的历史进程，从计划经济到商品经济再到社会主义市场经济，党对市场作用的定位不断突破，对政府和市场关系的认识不断深化。党的十九大报告重申"使市场在资源配置中起决定性作用，更好发挥政府作用"，并对加快完善社会主义市场经济体制作出全面部署。改革越全面深入，党对改革的根本目的认识也越到位。正如习近平总书记强调的，要把握住方向和源头，坚持从人民利益出发谋划改革思路，人民群众关心什么，期盼什么，改革就抓住什么，推进什么，人民有所呼、改革有所应，使改革符合广大人民群众意愿，得到广大人民群众拥护。

报章里的中国记忆

农村集市贸易应该恢复

编辑同志：

　　万恶的"四人帮"肆意歪曲和篡改党在农村的各项经济政策，把农村集市贸易当成"资本主义尾巴"，一律割掉。当时，我们县的集市也被取消了，据说这是从"四人帮"在辽宁的死党那儿学来的"先进经验"。这在"四人帮"推行他们那条假左真右的反革命路线的时候，是毫不奇怪的。奇怪的是，粉碎"四人帮"已经一年多了，我们这里的集市贸易仍未恢复，街上仍然贴着取缔集市贸易的"十大好处"一类标语，群众赶集仍然遭到工作人员的驱逐。这不明明白白是"四人帮"的影响和流毒吗？结果，给农民的日常生活和家庭副业生产带来了极大困难，广大农民要卖的东西无处卖，要买的东西无处买，只好走村串户，严重地影响了生产。而且，还给一些投机倒把分子以可乘之机，他们转手倒卖，从中渔利。

　　集市对于广大社员来说就像工人、干部的星期天一样，大家把自己要办的事情集中到这一天办理，通过集市，互通有无，调剂余缺，安排好生活。群众生活安排好了，也有利于调动大家大干社会主义的积极性，促进农业生产的更快发展。广大群众迫切希望肃清"四人帮"的影响和流毒，恢复农村集市贸易。

山西稷山县　陈寿昌

（原载《光明日报》，1978 年 7 月 21 日）

关闭集市贸易是前进吗

本报评论员

前一个时期，本报刊登了山西运城地区的群众和干部的来信，要求恢复农村集市贸易，引起了强烈的反响。这说明，认真执行现阶段党在农村的各项经济政策，对于调动农民的积极性关系极大。

也有不同的意见。例如，有同志说"前进了的东西，就不要后退了"，就是一种。在这些同志看来，现在"取代"集市贸易是前进，恢复就是后退。

现阶段"取代"集市贸易，是不是真正"前进"了，这不是靠关闭集市贸易的行政命令能证明的；也不是开动宣传车，大讲"取代"的"十大优越性"能使人信服的。就是说，不是以任何个人的主观愿望决定的。从运城地区已经暴露的问题看，目前取消集市贸易，并不是一种前进的政策。由于搞"取代"，农民和干部的关系紧张了，一方要赶集，一方要撵集，从对立到对抗；养猪的少了，养鸡的少了，果树被砍了，土特产少了，妨碍了家庭副业和多种经管的发展；影响了群众的生活，不仅农民不满意，靠近集市的工人也有意见。像这样干了对国家、对集体、对群众不利的事，还能叫"前进"吗？

当然，谁也不会说集市贸易比供销社、国营商业进步；谁也不会说集市贸易应当永世长存。按照事物发展的规律，集市贸易总是要被"取代"的。

问题是，现在"取代"集市贸易的条件是不成熟的。农村的生产力水平还很低；许多农副业生产全靠集体经营还有困难；集体经济也满足不了社员生活上多方面的需要，还允许社员经管小量的自留地；供销社、国营商业既不能把全部农副产品收购上来，也不能充分供应。目前允许集市贸易，是为了弥补这种不足。因此，党的政策规定允许正当的集市贸易，是符合农村现状的政策。如果不面对现实，思想超过客观过程的一定发展阶段，把将来有可能实现的事情，勉强地放在现时来做，离开了当前大多数人的实践，这就不能叫做前进了，只能叫做冒进。所谓"冒进"，是毫无所进。由于冒进造成的恶果，阻碍生产力的发展，实际上是后退。

马克思说："人类始终只提出自己能够解决的任务，因为只要仔细考察就可以发现，任务本身，只有在解决它的物质条件已经存在或者至少是在形成过程中的时候，才会产生。"可以设想，将来，当我们的一个农民能够种几百亩甚至几千亩土地的时候，他还会手拿锄头去种巴掌一块大的自留地吗？当几个人即能管理几十万只鸡的时候，还有必要让家中的老太太去喂那几只小鸡吗？当农民的收入普遍地大大提高以后，他们还会为了换几个零花钱而到集上去卖几只鸡蛋、几斤枣吗？只有到那个时候，"取代"集市贸易，才真正是前进了。

执行一种政策，采取一种措施，看它是前进还是后退，这要看是不是得到广大群众的真心拥护，是不是真正调动了群众的社会主义积极性，是不是有利于社会主义建设。归根到底一句话，政策的正确与否，要看实践的结果，就是要看它对于生产力的发展，是起促进作用，还是起促退作用。对前进与后退的看法，只有这一个标志，这是历史唯物主义的标志。因为，只有生产力的进步，才能促进社会一切方面的进步，并为这种进步提供物质条件。比如在农村，只有实现农业的机械化、现代化，使农林牧副渔大发展，社办工业大发展，社员生活水平大提高，我们才能前进。没有生产力的大发展，社会的前进，只好似海市蜃楼，呈现在幻想中。我们说要按照客观经济规律办事，就是要做那些能促进生产力发展的事，不要干那些对生产力发展起阻碍作用的蠢事。

"四人帮"搞的那一条假左真右的反革命修正主义路线，严重地破坏了社会生产力，使国民经济面临崩溃的边缘，给国家和人民带来了深重的灾难，现在是彻底肃清其流毒的时候了。落实党在农村的各项经济政策，拨乱反正，其中就包括"允许正当的集市贸易的政策"这一项。所谓哈尔套"赶大集"的闹剧，是该停演了。

我们希望，那些下令撵集的同志，不要再撵集了，要采取积极态度，管好集市贸易，做到"管而不死，活而不乱"，让集市贸易真正起到社会主义经济的助手作用。关闭集市贸易这件事，本来做得不对，听取群众意见，改过来，就好了。不能一味和群众对立，和党的政策唱反调，错上加错。现在，我们还要指出，如果那里的领导机关走到另一个极端，放而不管，甚至在大忙季节天天赶集，搞无政府主义，那同样是违背党的政策的，那就要犯新的错误。

我们希望，那些真心想搞"取代"的同志，把积极性放在促进生产上。要正视现实，你们那里的生产水平并不高，甚至还很低，并不是像你们宣传的那样——"取代工作的条件是基本上成熟的"，群众的生活还有很多困难，需要我们做很大的努力。只有把社会主义的集体生产真正搞上去了，对国家的贡献多了，群众的生活大大改善了，才是前进了。

（原载《光明日报》，1978年9月30日，有删减）

凤阳小岗村，如今可谓家喻户晓。从1980年下半年，小岗队的大包干（到户）发出无尽威力，在一两年的时间里，辐射全国，并神奇地盘活了农村经济。

"小岗大包干"是如何被发现的

◎沈祖润

40年过去了，人们仍会发问："小岗大包干"是谁发现的？是谁首先报道的？它是怎么走向全国的？

受新华社安徽分社委派，当年我是将凤阳作为定点调研基地的农村记者，在农村改革初期，采写了几十篇关于"凤阳大包干"的内部材料和公开报道。我以一名亲历记者的名义，回答上述问题，首先要说起——

第一篇关于"凤阳大包干"的报道

新华社1980年6月28日电 新华社记者沈祖润、王礼赆报道：实行"大包干"生产责任制的安徽省凤阳县，今年夏粮获得丰收。全县粮食总产量达到2亿斤，比实行"大包干"第一年的去年增产一成，比没有实行"大包干"的正常年景1977年的总产增加一倍。

……

这是国内第一篇由记者实地采访写作的关于"凤阳大包干"的新闻报道。

1979年秋收以后，我到凤阳县，看到这个县自去年9月下旬以后，近三个月未下一场雨，土地龟裂，严重的干旱，为秋种小麦带来很大困难。但是，由于实行了"大包干（到组）"，社员群众开动一切抽水机械，男女老少还挑水造墒，结果大旱年头比正常年景还多种小麦6万亩。

这些小麦下种以后，在"大包干"后，冬管春锄，施肥除虫，搞得怎样？夏粮收成好吗？这些问题都惦在我心里。到6月中下旬，我和王礼贶两位农村记者，再次走访了这个"十年倒有九年荒，身背花鼓走四方"而闻名全国的"讨饭县"。在普遍实行"大包干（到组）"的武店区，我们到了6个公社，社社增产，粮食总产几乎都比没有实行"大包干"历史上粮食总产量最高的1977年翻了一番。

总社播发这篇题为《实行大包干责任制，凤阳县大旱之年夺得丰收》的报道之后，《人民日报》6月29日头版头条刊登，另有多家报纸采用，在全国产生很大反响。

我们始料未及的是，这篇报道引发了新华社及其他媒体一波波关于"凤阳大包干"的报道潮，一波波报道潮又引发了一波又一波到凤阳县学习"大包干"的参观潮。

参观从1980年下半年延续到1982年上半年，参观团队从凤阳邻县到滁县地区各县来，从省内到省外来，1981年参观达到了高潮。在近两年的时间里，除西藏外，各省、市、区都有参访团到凤阳县学习大包干（到组），主要是地（市）、县的团队。

在这场"凤阳大包干"的参观潮中，人们最终取到并实践的"真经"，并不是凤阳大包干(到组)，而是小岗大包干(到户)。这种"种瓜得豆"的"奇事"是怎么发生的？一年多来，一直——

"瞒着干"的"小岗大包干"是怎样走向全国的

　　说起"凤阳大包干"的来历，曾任县委办公室秘书的陈怀仁，当年摊开工作日记告诉我：在1979年2月中旬的一次讨论生产责任制的全县四级干部会上，梨园公社石马大队党支书金文昌说，他们那里有几个生产队搞大包干，不要算账，简单。引起了大家的兴趣，七嘴八舌议论起来：大包干好！保证国家征购，留足集体提留，剩下全是自己的，痛快！县委书记陈庭元抓住群众的这句口头语，向路过凤阳的滁县地委书记王郁昭汇报"群众要求实行大包干"。王郁昭随后向省委第一书记万里请示。2月26日，万里听了汇报后说："只要能把群众生活搞好，就可以搞。""凤阳大包干"从此在全县叫开了。那是大包干到组。

　　我前面介绍了"第一篇关于'凤阳大包干'的报道"，有人可能会问，凤阳实行大包干的第一年，即1979年，你们为什么没报道呢？

　　确实，1979年凤阳县已有83%的生产队搞了大包干。年末，安徽分社采编主任张万舒与我一起走访了马湖、宋集、梨园等公社，看到凡是实行大包干的，队队增产，季季增产。于是我们从"适应当前干部管理水平；联产计酬，调动积极性；减少矛盾，增强了团结；精耕细作，促进了增产"等方面，写了一篇内部报道《凤阳大包干好处多》，被总社以"机密级"刊发。这是第一篇关于"凤阳大包干"的内部报道。

　　因为1979年社会对联产责任制争议激烈，报刊还时有批评言论，我们决定先发内部材料报道"探路"。直到1980年5月31日，邓小平同志同中央负责同志谈话，充分肯定了肥西县的"包产到户"和凤阳县的"大包干"（见《邓小平文选（1975—1982）》，第275页）。至此，这一争议才告一段落。

　　"小岗大包干"（到户）是"由凤阳大包干"（到组）演变而来的。1978年冬，小岗队开始也是实行大包干到组，先划分四个作业组，干了没几天，组内产生矛盾，于是各个组"发权"，又分成八个组，每个组只有两三户，可是没干几天，又有吵架的，还是干不好。于是在一天夜里，生产队秘密集会，立下"生死契约"：明组暗户，瞒上不瞒下，分田到户。从此，一种与安徽省所有联产责任制都不同的"小岗大包干"诞生了。

时任县委办公室秘书的吴庭美是土生土长的小岗人，地熟人更熟。1979年12月他回家乡写了一篇《一剂必不可少的补药》的"小岗大包干"调查。陈庭元将这篇调查报告送给万里。万里看后，1980年1月24日，风尘仆仆赶到小岗队调研。调研完临行前，对恋恋不舍的送行群众说，"批准你们干五年！"吴庭美是总结"小岗大包干"经验的第一人。

几乎与吴庭美回小岗调查同一时间，1979年末，张万舒和我带着小岗队是否"包干到户"的疑问，回到县城，询问县领导，但一个个讳莫如深。

1980年12月，张万舒从其他渠道得知"小岗大包干到户"的信息，又重返小岗实地采访，与大包干带头人严俊昌、严宏昌、严立学等人促膝细谈，掌握了详尽资料。他写了报告文学《中国，有这样一个村庄》，刊于新华社初创的《瞭望》杂志(1981年第2期)。张万舒是以纪实文学手段宣传"小岗大包干"的第一人。

小岗实施大包干到户后，1979年一年生产的粮食等于大包干前5年的总和，生产的油料等于前20年的总和，23年未向国家交售一粒粮，还吃救济粮，而那年一下交了2.5万斤粮食。随着一句顺口溜"千条计，万条策，不如大包干到户一剂药"的传播，"小岗大包干"成为"挡不住的诱惑"。特别是万里对"小岗大包干"的表态，更使"小岗大包干"成为全县学习的样板。尽管各个公社层层落实县委"要稳定各种联产责任制"的要求，但农民大声说："不到户，稳不住！"许多生产队都是一夜之间就将田地分到了户。1980年下半年，是凤阳县包干到户逐渐取代包干到组的半年。到年末，全县90%以上的生产队实行了包干到户或者明组暗户。

就在凤阳县大包干由组"滑"到户的过程中，从省内到省外，一波又一波参观潮涌进来了。这些参观者开始都是抱着学习大包干（到组）的经验来的，县里介绍的大包干做法、样本、合同书，都是大包干到组的，但是参访者自己到生产队一看，发现很多是到户的，或明组暗户的。于是他们转而学习大包干到户的做法，也就是"小岗大包干"的做法。他们回去以后，也纷纷干起了包干到户。

各地的参访者打的是学习"凤阳大包干（到组）"的旗号，带回的是"小岗大包干（到户）"的做法。随着全省、全国各地到凤阳参观团队的返回，"小岗大包干"星火燎原般传开。到1981年底，安徽省大部分生产队已实行"小岗式的大包干"，到1984年底，全国97%的生产队已实行包产到户、包干到户，而其中绝大部分实行小岗式的包干到户。

在后来的发展中，小岗村已由原来的"讨饭村"变成今天的"小康村"，但与经济发达地区的农村相比，这里没有实现工业化、现代化，还是一个传统农业区。于是有人对它"吐槽"，甚至质疑"大包干"方向的正确性。作为一名老农村记者，我以自己的采访经历得出结论——

"小岗大包干"的历史推动力不容置疑

1982年的中央"一号文件"，第一次"明确"包产到户、包干到户，都是社会主义集体经济的生产责任制。社会统称"双包责任制"。

那么，"包产到户"和"小岗大包干"（包干到户）有什么区别，为什么农民最后都选择了大包干呢？（这里先要介绍一下什么是"包产到户"。1978年，安徽出现百年不遇的旱灾。旱情没来之前，安徽省全省28万多个生产队只有10%勉强维持温饱。为了避免全省性大灾荒，9月，安徽省委召开紧急会议，作出决定，让农民"借地度荒"：凡是集体无法耕种的土地，借给社员种麦子；每人可借两到三分地；谁种谁收，国家不征统购粮，不分配统购任务。省委借地度荒的决定大受欢迎。旱情严重的肥西县山南镇小井庄村更是大胆改革，率先实行所有土地"包产到户"，成为中国农村"包产

　　　　报章里的中国记忆

到户"发源地。——编者注）

　　1979年12月，我和田文喜两位农村记者在滁县地区进行了十多天的调研，采写了内部材料报道《滁县地区各种联系产量责任制的对比分析》。我们在采访中得知，包产到户有烦琐的程序，至少要做到"四定一奖"（定土地：全大队每人包一亩地种麦，半亩种油菜。定工本费：每种一亩地生产队补贴五元，用于买种子、化肥。定产量：麦子每亩上缴队里100公斤，油菜每亩50公斤。定工分：每种一亩地记工分200分。奖惩：超产全奖；减产全赔。——编者注），还要求"五统一"（统一种植计划，统一育种，统一使用大型农机具，统一管水放水，统一植保治虫）。农民说，粮食称进称出，工分算来算去，还不是干部算计百姓。基层干部说，包产到户与集体生产相比，干部的工作量更大，但吃力不讨好。而小岗大包干"直来直去不拐弯；保证国家的，留足集体的，剩下都是自己的"，"方法简单，一听就明，利

1980年1月，大包干到户在凤阳乃至安徽全省普及开来，广大农村焕发出勃勃生机。

益直接，一看就清"，所以深受农民喜欢。

关于包产到户与大包干（到户）的区别，原任滁县地委书记的王郁昭有更深刻的见解。1998年，在滁县地区纪念大包干20周年的座谈会期间，时任国家政策研究部门领导的王郁昭对我这个他称作"一条战壕的战友"，倾吐衷言。他说，包产到户是在维护"三级所有，队为基础"的人民公社体制基础上，对生产体制、计酬办法的一种改良；而大包干（到户）实际上是公有制条件下的分田单干加双层经营，是否定人民公社体制的一种改革。两者有本质区别。

他对大包干（到户）推动中国农村生产力的发展，推动中国特色社会主义的建设，作了高度评价。他说，大包干（到户）以后，农民有了种植自主权，经营自主权，这才有了多种经营、工副业生产的大发展，有了专业户、专业村、家庭工厂、股份制企业、专业市场这些农村新事物；农民有了土地流转权，这才有了家庭农场、规模经营、合作经济组织这些新现象；农民有了时间支配权，这才有了农民工进城，务工经商，推动了城市的建设和繁荣。

他进而推论，如果没有大包干（到户），没有全国都推广包产到户，坚持"五统一"，那么人民公社那种体制束缚，就会将农民困在"一亩三分地"里，日出而作，日落而息，充其量温饱有余而已。关于这些表述，我曾写过内部报道《王郁昭谈大包干与包产到户的本质区别》。

现在回过头来看，"小岗大包干"确实是农村改革的奠基性改革，也是中国改革的启动式创举。

（原载《新华每日电讯》，2018年4月13日）

实行"大包干"责任制，社员使劲搞生产
凤阳县大旱之年夺得夏粮丰收

沈祖润　王礼贶

据新华社合肥六月二十八日电　新华社记者沈祖润、王礼贶报道：实行"大包干"生产责任制的安徽省凤阳县，今年夏粮获得丰收。全县夏粮总产量达到2亿斤，比实行"大包干"第一年的去年总产增产一成，比没有实行"大包干"的正常年景一九七七年总产增加一倍。

凤阳县今年夏粮丰收的一个突出特点，是一大批过去的低产穷队，实行"大包干"到作业组的生产责任制后，今年夏粮增产幅度最大。如普遍实行"大包干"的武店区，今年六个公社，社社增产，有五个公社夏粮总产都增加一百万斤以上。

历史上"十年倒有九年荒，身背花鼓走四方"而闻名全国的凤阳县，二十多年来生产发展缓慢。许多年份，全县夏粮总产一直在六七千万斤徘徊，社员夏季分得的口粮只有几十斤到百把斤，不少社、队年年闹"夏荒"。党的三中全会以后，凤阳县认真贯彻执行了中央关于农业的两个文件精神，去年，全县实行"大包干"的生产队占生产队总数的百分之八十三，第一季小麦就大幅度增产。一九七九年全县夏粮总产比一九七八年增加五千八百多万斤；全年粮食总产也大幅度上升，比一九七八年增产百分之四十九，比历史最高水平的一九七七年增产百分之二十。

凤阳县实行"大包干"生产责任制，使社员们看到干多干少、干好干坏与自己的物质利益密切联系在一起，因此都千方百计去争取农业丰收。凤阳县去年九月下旬以后，近三个月未下一场雨，土地龟裂。严重的干旱，为秋种小麦带来很大困难。但是，由于实行了"大包干"，社员群众积极性很高，他们开动一切抽水机械，连天加夜抗旱种麦四十万亩；后来水抽不上了，男女老少又挑水造墒，种麦十万亩，十二月下旬降雨后，又抢种晚麦十三万亩，结果大旱年头比正常年景还多种小麦六万亩。为了夺取小麦丰收，社员们对麦田精细管理。过去给小麦追施化肥，是乱施乱撒，现在基本上都是搞穴施；过去锄草是"剃刀刮胡子"，图表面光溜，现在是"镊子拔猪毛"，连根除掉。有的生产队家底薄，缺乏生产资金，社员们就自动掏出卖肥猪、鸡蛋的钱供队里使用。社员们齐心协力，使足劲搞生产，终于在大旱之年夺得了夏粮丰收。

目前，凤阳县各社、队正按照"三包合同"进行夏季分配。广大社员喜气洋洋，在完成国家征购、超购任务和集体提留后，把一口袋一口袋的小麦扛回家里。

（原载《人民日报》，1980年6月29日）

20世纪80年代，我国农村发生了两次意义深远的历史性变革，一次是发祥于安徽小岗村的"包产到户"，另一次就是发祥于广西合寨村的"村民自治"，其中村民自治的重点在于制度上的创新。原合寨大队果作屯（自然村）村民冲破体制束缚，以无记名投票的形式直接差额选举产生全新的管理组织——村民委员会，村民制定村规民约，自己管理自己，率先实行村民自治。这和联产承包、乡镇企业一道，被誉为中国农民的三大历史性创造。

村民自治第一村

◎周仕兴 谭 珺

广西河池市宜州区是歌仙刘三姐的故乡，这里坐落着一个普通的壮族村落——屏南乡合寨村。经过一条蜿蜒的村路，远远就能看见一个白色门楼，雕梁刻柱，上书"中国第一个村民委员会"。

村民自治第一村诞生

合寨村位于广西宜州、柳江、忻城三县（区）交界处。全村有12个自然屯，1052户，人口4398人，其中壮族占95.3%。春耕季节，村民正顶着烈日在田里插秧。由于上游几百米远有一个水库，这里的大部分农田都可以种上两季稻。

也正是这个水库，催生了"第一村委会"的前身——治安联防队。

1979年，正值改革开放之初，社会变革导致基层政权管理能力弱化，合寨村群众逐渐"吃饱饭"了，但"睡不安"问题随之而来：治安急剧恶化，各种矛盾层出不穷。此外，由于部分村民乱砍滥伐，水库蓄水量开始下降。上下游的村庄经常为水争执，甚至引发械斗。一些上游缺水的村民，多次扒开口子，引水灌田，把处在下游、不安全的村民气得直跳脚。

1979年10月的一个晚上，原三岔大队（合寨村的前身）三队长韦文林找来大村、新村、肯塄、乾浪四个小队队长及15名队干开会，商议如何维护水库和村庄治安。会后商定成立一支义务联防队，并起草了一份治安《民约》，写入禁赌、防盗、打拐等6条治安规定。

10天后，四个村129户，每家派一个人，在新村球场晒谷坪上开会，当场宣读治安《民约》，各户代表足足讨论两个小时后盖手印。至此，四村治安联防大队正式成立。

合寨村有12个自然屯，一个屯成立一个夜间巡逻队，几个屯又成立一个治安联防队。联防队日夜巡逻，盘查生人。"前几个月大家积极性很高，但联防队既没人管理也没有报酬。久而久之，队员们开始推托了。"现任合寨村村委会主任韦向生回忆道。

1980年实行土地承包后，生产队名存实亡，村内乱砍滥伐、赌博闹事、偷鸡摸狗的事情又开始多了起来，时任三岔大队书记的蒙宝亮找到果地屯的蒙光新说："屯子那么大，光靠联防队不行，得有个正式的组织才好管事。"

"这个组织可以管治安的事情，也可以管其他事。比如修路、吃水、集体林场分红，还有一些家庭纠纷也需要有人调解。"蒙宝亮说。这个组织叫什么名字呢？蒙光新想来想去说，"过去队有队委会，校有校委会，机关有工委会，我们就成立一个村民委员会吧！"

1980年1月8日，果地屯举行了村委会成立大会，全屯800多人，500多人到会。蒙光新在会上宣布了14条村民公约，包括禁止乱砍滥伐、严禁赌博、严禁乱放牛羊、禁止唱痞山歌等等。村民们一致举手同意，签字盖章。

当天夜里，全屯老小在球场聚餐。饭前，每个户主领到一张白纸，无记名投票，推选村民委员会成员。按照得票顺序，蒙光新被推选为果地屯村委会主任，另选出一个副主任和三个委员，分别管账目会计和出纳等。被选出来的"干部"没有报酬，纯粹是义务为村里人服务。

"中国村民自治第一村"就这样诞生了。

"第一村"之争

果地屯成立村委会后，三岔大队的12个屯纷纷效仿，分别建起了村委会。其中，果作屯还偶然地搞了一次"差额选举"。

当时工分的分值最低只有8分，最高不超过2角，一天的工钱还不够买一碗米粉。后来分田到户，村民的积极性调动起来了，但生产队"架空"了，生产队长们也不再管理村屯里的事务。

"我们村得建立新的管理组织和领导班子。"作为合寨村果作屯第一任生产队长，韦焕能召集了其他5个生产队干部，提出这个想法，大家一听，纷纷同意。韦焕能说："但新的领导班子怎么产生？以前的生产队长是由上级任命，我们不能自己宣布自己当领导，也不能服众。"经过讨论，大家决定，由村民自己选。

1980年合寨村投票选举村官时的场景

1980年2月5日，果作屯召开了全村大会，85位村民代表开会选举村领导班子。"村里的领导要选好，要按照多数群众的意见，不事先提名候选人，直接搞无记名投票，谁的票多谁就当。"会议主持人、大队长蒙光捷说。

一次巧合，促成了一次"差额选举"。果作屯有6个生产队，开始计划每个队选1人加入村委会。代表们选出6个人，却发现村委会只需要一个主任、2个副主任，一个出纳和一个会计，共5个人。于是，只好再次从6人中选出5个干部。

这次会上，果作生产队原队长韦焕能被选为首任村主任。细心的他将盖有村民印章和红手印的"村规民约"保存了下来，这就成了中国首个村委会建立的有力佐证。

1999年底，韦焕能作为"新中国第一位村委会主任"被邀请参加中央电视台春节联欢晚会。从北京回来后，韦焕能成了大家羡慕的对象，同时也引起果地和果作村民之间关于"村民自治第一村"的名义之争。果地村民认为，最早的村委会明明是他们成立的，果作则反驳他们拿不出依据。最后，果地屯村主任蒙光新站出来说："果作、果地都属于合寨村，以后就说合寨村成立了第一个村委会就好了。"

"撤委建所"大潮

然而，历史开了一个不大不小的玩笑，最早成立村委会的广西，成为最早撤掉村委会的地方，进而引发全国的"撤委建所"潮。

改革开放以后，乡镇干部任务十分繁重，乡镇干部整天忙得团团转。"上面千条线，下面一根针。"任务下来，乡镇干部必须落实，而村民却不好"管"了。面对巨大压力，部分乡镇干部开始抱怨：乡镇在村民自治中失去了对乡村的控制能力，农民指挥不动，任务无法完成。

1985年11月，柳州地区的融水县在285个自然村组建村委会的同时，把

33个村委会改建为村公所，行使乡镇政府赋予的行政管理职能，领导各村工作。村公所干部由乡镇政府任命，属集体性质的合同干部，基本上脱产工作，由国家发工资。紧接着，广西其他地方纷纷"撤委建所"。随后云南、广东、海南等9个省市也开始推行村公所试点。

但村公所的弊端很快显露出来。1987年，连任两届村主任的韦焕能，被换了一个名称：村长。"村委会被改作村公所后，村公所的干部像风箱里的老鼠——两头受气。"韦焕能说，"村公所作为乡镇政府的派出机构，只服从上头的命令；而村委会就可以按农村实际、农民意愿办事。"

《村民委员会组织法》规定农村基层组织是村民委员会而不是村公所。不管村公所和村委会"两块牌子一套班子"，还是村委会改村公所，都在变相剥夺村民的自治权利。1994年，广西民政厅向自治区党委和人大提交《关于撤销村公所改设村民委员会的调查报告》，建议撤销村公所、改设村委会，减少管理层级，减轻群众负担，使村民开展村民自治。

1994年下半年，广西开始撤销村公所，恢复村委会。但仍有少数地区在村委会和村公所之间徘徊。广西民政厅再次向自治区党委建议，全区都应按照自治区党委的统一部署撤所改委，不能在个别地区搞特殊化。

1996年3月，在广西民政厅多次督促下，柳州地区撤掉村公所。当年底，广西共建立和恢复村委会14800多个，长达9年的村公所历史在广西结束。其他各省也陆续将村公所改为办事处，或直接撤销，恢复了村委会。

村民自治兜了一大圈，又回到了村委会基层民主的道路。

"议事会"和"明白墙"

"39年来，合寨村能不断发展，主要靠'议事会'和'明白墙'。"现任合寨村委主任韦向生说。

"村民委员会"被写进宪法的1982年，合寨村又选举产生了自己的"人

1999年3月30日，《人民日报》刊登《九亿农民的伟大创造》一文。

民代表大会"——村民议事会。议事会成员由村民代表推选出有威望的人担任，村里重大事件，必须通过议事会研究解决方案，经过村民会议通过后，才提交村委会办理。议事会每季度开一次，帮村民们解决了不少大大小小的问题。

现如今，"村民议事会"演变为"党员群众理事会"，渗透到合寨村的每个屯。和"村民议事会"一样，理事会负责商议村里的大小事情，小到帮村民搬东西、收粮食，大到整合土地、修建公共设施，理事会都参与其中。"先讨论，再决定"的办事方式贯穿了整个合寨，村里没有一件事是由一个人决定的。遇到投票、提意见的事情，村民即使在外打工，也会想方设法发表意见。

"明白墙"则是合寨村委会设立的村务公开专栏，密密麻麻占了几个墙面，内容包括财务公开、村民自治事务公开、村民意见征询与反馈情况公开等。村民蒙胜同说："村里的每一笔开支，都可以在墙上看得清清楚楚。"在墙上，财务、政务和党务清晰明确，村民意见征集和情况反馈也一目了然。村委会还有个值班记录本，上面写着每天值班的人都处理了谁家的什么事，村民可以随便看。

合寨村村民自治的发展变化，是我国农村基层民主政治建设的一个典型和缩影。党的十八大以来，合寨村以"党领民办·村民自治"模式开展屯级公共事务管理，进一步完善村务公开和民主管理十项制度，规范"十簿一卷"记录档案，各自然屯先后成立了党群理事会，进一步拓展了村民自治的内涵，在屯级事务管理、维护农村社会稳定、改善村屯人居环境方面发挥了独特作用，全村经济社会发展取得了显著的成绩。合寨村以敢为人先的勇气率先实行村民自治，填补了我国基层民主政治建设的空白，对我国广大农村地区的政治、经济、文化建设影响巨大而深远。

九亿农民的伟大创造

——我国农村实行村民自治综述

翟启运

如果说，20年前亿万农民创造的联产承包责任制，在经营体制上进行了伟大变革，走出了一条农民生活富裕之路，那么，随之而产生的村民自治，则创出了一条我国农村建设有中国特色社会主义民主政治的路子。

农民的实践

1978年，以安徽省凤阳县小岗村为代表的中国农村实行了家庭联产承包责任制，生产力的解放要求管理体制与之相适应。

1980年2月，我国第一个村民委员会在广西壮族自治区宜山县三岔公社合寨村诞生，开始了我国农村建设民主政治的新尝试。

当时，土地承包给农民，大队、生产队不管事了。合寨村85户农民琢磨着：村里的事没人管，我们自己管，要管总得有个组织，选个头。城里人叫居民，有居民委员会；村里人叫村民，我们这个组织就叫村民委员会。过去干部是上级任命的，现在没人任命了，我们自己选。于是，他们成立了中国第一个村民委员会，通过民主选举，产生了第一位村委会主任。

这个村委会诞生后，经过村民的参与讨论，制定了"村规民约"，组织村民修了两座小桥，开辟了一条机耕路，使村民开始走向了"自我管理，自我教育，自我服务"的路子。

从那时起，"村民委员会"迅速推开。到1985年，伴随着人民公社制度的废除，在短短的5年间，全国农村普遍建立了村民委员会。

九亿农民在村民自治的伟大实践中，创造出许多成功的经验。吉林等地农民创造了民主选举中的"海选"模式，河南、天津等地农民实行了村务公开，河北等地农民开创了村民代表会议制度，山东等地农民制定了村民自治章程，还有秘密投票、竞选等，都是亿万农民在不断实践和探索中创造的。

村民自治的基本内容和核心是"四个民主"，即民主选举、民主决策、民主管理、民主监督。在民主选举中，通过无记名投票的直接选举，把选举产生和罢免村干部的权利，真正交到了广大农民群众手中，实现了农民选举上的自主权；在民主决策中，广大农民和村干部一起讨论决定涉及村民利益的大事，实现了农民群众对重大村务的决策权；在民主管理中，让村民直接参与和管理村内事务，实现了农民群众对日常村务的参与权；在民主监督中，实行村务公开，农民有权监督村委会工作和村干部的行为，实现了农民群众的知情权和评议权。据民政部的不完全统计，目前全国60%以上的农村已经确立了村民自治制度。

健康有序的发展

村民自治从农民群众始创，到20年的不断发展和完善，始终是在党的领导下进行的，是党领导亿万农民群众建设有中国特色社会主义民主政治的伟大实践。

村民委员会这一自我管理的群众组织一出现，立即得到党和政府的肯定。1982年我国修改颁布的新宪法，明确规定了村委会的性质和任务，确立了村委会是群众性自治组织的法律地位。

报章里的中国记忆

1983年，党中央发出《关于实行政社分开建立乡政府的通知》，废除了人民公社管理体制，全国普遍建立了乡、镇政府和村委会，使农村解决了基层管理体制的重大问题，为实行村民自治扫清了障碍。

村委会普遍建立以后，农民群众如何实行自我管理，是摆在面前的大问题。1987年全国人大常委会审议通过了村委会组织法（试行），经过10年的试行，在实践中不断修改完善，于1998年正式颁布实施，为村民自治提供了法律保障。

党中央、国务院十分关注村民自治，并及时给予了总结和指导。1994年中央召开的全国农村基层组织建设工作会议，十分明确提出完善村民选举、村务公开等项制度和办法，1997年党的十五大首次把村民自治的基本内容——民主选举、民主决策、民主管理、民主监督写进了党的报告。党的十五届三中全会，对村民自治给予很高的历史评价，明确提出"扩大农村基层民主，实行村民自治，是党领导亿万农民建设有中国特色社会主义民主政治的伟大创造"。

对于村民自治工作，各级党委政府高度重视，许多地方的党政一把手调查研究、检查指导，有力地推动了村民自治的深入开展。作为主管这项工作的民政部，及时总结和推广各地村民自治的经验。各级民政部门，从部长到乡镇助理员，一次次深入千村万寨了解情况，解决村民自治中出现的新矛盾、新问题，保证了村民自治工作的健康发展。

充满着生机和活力

村民自治的伟大实践，符合我国社会主义初级阶段的国情和广大农民群众的愿望。

村民自治调动了亿万农民群众的积极性。实行村民自治，大大激发了农民群众的积极性和当家作主的责任意识。亿万农民从轻视选举到认真投票，从冷漠观望村务到积极参与决策，自觉性、主动性不断提高。河北、河南、吉林等省在民主选举中，村民参选率达到90%以上，福建省共有39万多村民代表能经常性参与村务决策，山东省嘉祥县自村民代表会议制度建立以来，先后收到村民各类建议达8000多条。

村民自治促进了农村的社会稳定。以往干群关系紧张，是基层不稳定的主要原因。通过村务、财务两公开和民主选举、议事和监督，村干部的行为受到约束和规范，"还干部一个清白，给群众一个明白"，干群关系得到了改善。1997年河北省村委会换届选举结束后，全省反映农村基层干部问题的信件减少了11%。河南省新野县通过开展村民自治，使全县223个村都成为无刑事案件、无治安案件、无村民犯罪、无重大治安灾害事故、无群众集体上访的"五无"村。

村民自治促进了农村经济的发展。民主政治意识的增强，充分调动了广大农民生产经营的积极性，使农村经济得到了较快的发展。

村民自治加强和改善了党对农村工作的领导。村民自治通过民主选举，使一大批德才兼备、年富力强的优秀人才脱颖而出，成为带领农民群众致富的"领头雁"。福建省1997年新当选的村委会主任平均年龄只有38岁，其中初中以上文化程度的占93%。通过村民自治活动的开展，党组织和党员干部置于农民群众的监督之下，促进了党内民主的发展，增强了基层党组织的凝聚力、战斗力和号召力，使党的威信不断提高。党对农村工作的领导不但得到了加强，而且得到了改善，走上了法制化、制度化的轨道。

村民自治随着不断的发展和完善，将会更加充满活力，焕发出勃勃生机。

改革开放初期，"傻子瓜子"给出了一道难题：雇12个人，算不算剥削？1984年，"傻子瓜子"雇佣人数过百，被邓小平点名保护："让'傻子瓜子'经营一段，怕什么？伤害了社会主义吗？"

今天，人们用"56789"来概括民营企业：贡献了全国50%以上的税收、60%以上的GDP、70%以上的创新、80%以上的城镇就业和90%以上的新增就业和企业数量。实践证明："民营经济是我国经济制度的内在要素，民营企业和民营企业家是我们自己人。"

"傻子瓜子"

◎金　涛

1982年底和1983年初，素以文教报道为特色的《光明日报》，突然把视线转向极其敏感的经济体制改革的领域。继1982年11月7日至24日，分6次连载《安徽滁县地区大包干生产责任制纪实》的长篇通讯，又于1982年12月20日在一版发表安徽芜湖"傻子瓜子"的两则消息。转年的1月4日，又在二版以半版篇幅刊登了介绍"傻子瓜子"的经营者年广久的经历以及因"傻子瓜子"而引发的一场尖锐的思想观念的撞击。

这篇报道即是题为《"傻子"和他的瓜子》的通讯。

芜湖风浪急

尽管快到新年了，芜湖的街头巷尾多少也有过年的热闹气氛，但我一到芜湖，感到这里的气氛有些异样，犹如阵阵扑面而来的寒风。

我来芜湖之前，曾经事先和市委宣传部的沐昌根同志取得联系。当我在芜湖市委招待所安顿下来，向他说明来意，沐昌根除了表示全力支持，也向我透露了他的一些担忧。

这个新闻事件的背景是，一方面，每一个尝过"傻子瓜子"的人几乎众口一词称赞瓜子炒得好，口感好，价格又便宜又实惠。然而另一方面，有相当一部分人却在品尝瓜子的同时，思索着一个相当严肃的问题：这瓜子究竟是姓"资"还是姓"社"呢？许多人感到困惑。

此前不久，当地的《芜湖报》发表了该报记者徐明熙采写的关于"傻子瓜子"的报道，对年广久自动降价的做法给予了肯定。这则报道一经发表，在芜湖市引起截然不同的反响。广大市民纷纷称赞，并踊跃购买"傻子瓜子"；但是，有人尖锐地指出，这是为复辟资本主义呐喊，是两条路线斗争的现实反映。当即，一张大字报贴在闹市街头，据说大字报的作者是当地的一名干部。

大字报是一首打油诗：

> 傻子瓜子呆子报，
>
> 呆子报道傻子笑，
>
> 四项原则全不要，
>
> 如此报纸实胡闹。

这张大字报当即在全市广为传播。"傻子瓜子"的出现，最具代表性地冲击了长期以来公有制经济垄断市场一统天下的局面，提出了个体经济能否在中国市场经济中占有一定地位的严峻现实问题，人们在如此尖锐的经济体制改革的新问题面前感到困惑迷惘，对这样巨大的冲击似乎还没有足够的思想准备。

小小的瓜子，它所引发的思想冲突是如此尖锐，这正是我当时感到相当吃惊的。

称瓜子的年广久

用事实作出回答

我决定进行深入的社会调查，到群众中去，直接倾听群众的看法与评价。

我来到年广久的家，看他在作坊里炒瓜子。我从年广久那里得知，芜湖自古以来是长江中下游颇有名气的瓜子城，以盛产瓜子炒货而闻名。但是，长期以来由于国家的统购统销政策，瓜子城的名声早已名存实亡。由于货源少，城市居民每年只能凭购货本在过春节时每户买半斤瓜子。这种状况不仅限于芜湖，全国各地大体相似。而芜湖附近各县的广大农村，过去以生产籽瓜为生的农户，因为计划经济的约束，也不种籽瓜了，收入大大降低。自从十一届三中全会以来，政策放开，城市经营瓜子的个体经济蓬勃发展，一改过去多年凭证供应瓜子的局面，这不仅活跃了市场，极大地满足了人民生活需要，也刺激了农民种籽瓜的积极性。

这些情况给我以极大的启示。瓜子的生产，从过去国营企业垄断市场的状况一改为多种经济成分共存的局面，其效果是不言而喻的。因为我们每个人都经历过凭证供应的商品短缺年代，瓜子也是紧缺商品！"傻子瓜子"的出现，意味着社会产品的丰富，满足了市场的需要，同时也增加了农民的收入，何罪之有？

另外，我也走访了年广久所在的管辖区的派出所和工商税务管理部门。对这两个部门的采访，一是了解年广久是否奉公守法，如实纳税；另一个问题则是涉及比较敏感的雇工问题，因为当时对个体经营的企业，雇多少工人算剥削，也是一个"姓资姓社"的理论问题，争论不休，莫衷一是。我的心里也没有底。

工商税务管理部门的回答很有意思，他们不仅以满意的口吻称赞年广久按时自动交管理费和税金，而且他们讲得很实在，由于过去市面萧条，他们年年完不成税收任务，而现在税务部门的日子好过多了。因为年广久是纳税大户。所以他们认为，"傻子瓜子"没有什么不好。

这就等于告诉我，城市个体经济的发展不仅有效地活跃了经济生活，也为国家增加了税收。

深入调查使我大为开窍。我和徐明熙同志后来在联名发表的报道中总结了"傻子瓜子"的五大好处，正是从调查中总结出来的，这就是"一是作为国营经济的补充，活跃了市场；二是促进了国营商业经营管理体制的改革；三是增加了国家的收入；四是创出了名牌产品；五是解决了一部分待业青年的就业问题"。

虽然有了这样堂堂正正的五条理由，但我们还是动了一番心思……

寻找新闻切入点

在采访过程中，我获悉一个很重要的细节：芜湖市果品公司，是历来独家经营瓜子加工销售的国营企业，生产的瓜子以"迎春瓜子"为商标。在"傻子瓜子"问世之前，由于国营商业垄断市场，"迎春瓜子"也是"皇帝女儿不愁嫁"，不仅质量差，而且价格昂贵。自从"傻子瓜子"打入市场，皇帝女儿的地位受到严重挑战，因为年广久也算得上是一个精明的有经营眼光的人物，他生产的瓜子不仅以质取胜，而且自动降价，在价格上向"迎春瓜子"挑战，从而展开了激烈的竞争。

在这种形势面前，有两种办法可以保持国营企业的垄断地位，一是用行政干预手段取缔"傻子瓜子"，消灭这个竞争对手，这在当时来说也是不难办到的；二是根据市场经济的法则，对国营企业内部的经营管理制度进行改革，在产、供、销各个环节引入竞争机制，提高质量，降低成本，降低价格，以质优价廉的产品打入市场，从而使国营的"迎春瓜子"赢得消费者的青睐。

我们在调查中高兴地获悉，芜湖市果品公司正是按照后一种办法迎接"傻子瓜子"的挑战。据了解，"迎春瓜子"不仅质量大大提高，而且价格一再下调，当时市场零售价比"傻子瓜子"还低。

在这个基础上，我们决定把"傻子瓜子"的报道定位在与国营企业的公平竞争上，以个体经济作为公有制经济的补充来展开对"傻子瓜子"这一经济现象的分析与肯定。这样，新闻的切入点就不是单纯地报道"傻子瓜子"，也避免了突出个体经济而可能带来的负面影响。

风波并未平息

由于"傻子瓜子"这个新闻毕竟是触动了非常敏感、在党内颇有争议的问题，报道出去其后果如何尚难预料，不排除有很大的政治风险。所以，《光明日报》编辑部在版面安排上动了一番脑筋。先是在1982年12月20日《光明日报》一版刊登了两条消息并配发了一篇短评。一条消息的标题是《个体经营的"傻子瓜子"价廉物美信誉高，国营企业的"迎春瓜子"面临挑战赶上去》，另一条消息的标题是《"傻子"年广久向阜阳灾区捐款五千元》。另外，以署名"肖岩"配发的短评题为《有点竞争好》，文章的着眼点是"看来，国营、集体、个体企业之间还是有点竞争好，这既搞活了'一潭死水'，又促进了改革，既调动了各方面的积极性，又使国家、集体、个人都得到好处。此等好事，何乐而不为"！

这一组报道，在我看来，不过是一个铺垫，而且是不可缺少的铺垫。它淡化了突出"傻子瓜子"的印象，又强化了"傻子瓜子"的影响，似乎是一着不经意的闲棋，实际上却是一着高棋。接着，重头戏并没有马上开场，一直拖到1983年新年伊始的1月4日，《"傻子"和他的瓜子》这篇重点报道才见报，而且放在第二版刊登。现在看来，我认为当时报社领导是颇具匠心的，体现了高超的宣传艺术。既避免了锋芒毕露，又达到了批判极左思潮的效果。

小平同志说"不能动他"

后来学习《邓小平文选》，发现小平同志对"傻子瓜子"曾经有过几次重要讲话，这使我感到无比欣慰。特别是，1992年1月18日至2月21日在武昌、深圳、珠海、上海等地的谈话要点中提到"傻子瓜子"问题。

他说："这次十三届八中全会开得好，肯定农村家庭联产承包责任制不变。一变就人心不安，人们就会说中央的政策变了。""农村改革初期，安徽出了个'傻子瓜子'问题。当时许多人不舒服，说他赚了100万，主张动他，我说不能动，一动人们就会说政策变了，得不偿失。像这一类的问题还有不少，如果处理不当，就很容易动摇我们的方针，影响改革的全局。城乡改革的基本政策，一定要长期保持稳定。"

这次谈话，小平同志把对待"傻子瓜子"的政策和农村家庭联产承包责任制并列，视之为"城乡改革的基本政策"，明确指出"一定要长期保持稳定"。他还语重心长地告诫我们，"当然，随着实践的发展，该完善的完善，该修补的修补，但总的要坚定不移。即使没有新的主意也可以，就是不要变，不要使人们感到政策变了。有了这一条，中国就大有希望"(《邓小平文选》第三卷371页)。

"傻子"和他的瓜子

徐明熙　金　涛

　　一九八一年八月的一天，安徽芜湖的闹市区——长江路的十九道门巷口，里三层外三层围满了人。人群之中，一个身材瘦削、头发蓬乱的中年人正在忙不迭地给顾客称瓜子。在他背后的墙上，贴了一张十分醒目的广告，上书"傻子瓜子"四个大字。

　　此人便是名誉江南、妇孺皆知的芜湖"傻子"。

　　"傻子"从小拜巢县人马老四为师学做水果生意，十五岁单独经营，对各色水果的储藏保鲜积累了不少经验。因为经营水果得法，"傻子"被人送以"水果大王"的美名。可是，自从吃了一场冤枉官司，"傻子"对经营水果心灰意懒了。

　　十年动乱之际，"傻子"挎着小篮子，在街头巷尾卖起瓜子来了。当时做小商贩是要冒点风险的。雄赳赳的民兵小分队，常常出其不意地出现在"傻子"面前，"横扫"了他"搞资本主义"的篮子，把瓜子塞进腰包。可是有什么法子呢？"傻子"上有老母，下有三个未成年的孩子，总得混碗饭吃，于是，他东藏西躲，用"游击战术"躲开小分队的袭击。

　　"四人帮"垮台，他敏感地嗅出了市场气息在变，党的政策和过去不同。他不再挎着篮子东躲西藏了，他家的那条巷子——十九道门巷口便是芜湖的闹市，他买了一部旧板车，堂堂正正地在巷口摆出瓜子摊子。当时全市的瓜子摊贩发展到近三百户，唯独"傻子"卖的瓜子最受顾客欢迎。

然而就在他春风得意之际，就在八十年代的第一个新春，冒尖的"傻子"成了工商部门头一个准备整顿的对象。一场精心策划的"抄家"行动布置停当，所幸的是，时代变了，有关部门对这种不合时令的"革命行动"提出异议，使"傻子"免遭了一场劫难。

然而，这股风却在他的家里兴起一场轩然大波。他的妻子是个在职工人，听说又要抄家，吓得要死。她坚决要求跟"傻子"离婚。结果，这一对生活了将近二十年的夫妻终于分手了。

一场没有实现的抄家虚惊之后，"傻子"伴着老母和两个自愿随父的儿子，陷入了妻离子散的痛苦之中。逆境使人奋发。"傻子"决心在瓜子的行业闯出一条路来。

一九八一年三月春回大地之际，"傻子"请来一位保姆，安顿好家，便向老母辞行，说要出门三个月。

他背着一个小行李卷儿，风尘仆仆地从上海、无锡、苏州、扬州、镇江、南京，一直来到江西、武汉等主要的瓜子产地。他一个大字不识，每到一地，就到瓜子摊上花一角钱买一小包瓜子，边嗑边体会各地瓜子的风味，琢磨它们的配料和特点，默记于心。他发现扬州的瓜子带有甜味，上海的瓜子甜中带酸，北方的和江西、四川的瓜子咸中带辣，南北口味颇为悬殊。他还通过访问，掌握了椒盐、奶油、桂花、甘草、玫瑰、百合、辣椒、臭卤、五香等七十二个品种瓜子的配料。整整一百天过去了，当"傻子"回到芜湖他那间破房时，一个酝酿已久的想法成熟了：他要创制一种博采众家之长、熔南北口味于一炉的新瓜子，打入市场。

"八一"建军节后，停业四个月的"傻子"重新出现在十九道门巷口。使人吃惊的是，他的瓜子看上去又大又饱满，吃起来一嗑就开，口味是甜中有辣，食后令人叫绝。更引人注目的是，他的瓜子每斤价格由二块四角降为一块七角六分。

"傻子"瓜子开了降价的头炮，一下震动了芜湖市场。

九月五日，《芜湖报》专访"傻子"的报道见报了，"傻子"激动得满面泛红。许多群众，拿着当天的报纸，慕名而至，专程来买"傻子"瓜子，观者、购者把"傻子"摊位围得水泄不通。也就从这一天起，他的瓜子日销量由五六百斤猛增到三千斤。

"傻子"瓜子的轰动，无疑对国营商业是个促进。不久，供销系统的果品公司春光商店、贸易货栈，分别请来名师高手，制作出以多味为特点的"春光"瓜子和以纯奶味为特点的"迎春"瓜子，脱颖应市。接着，举办了"春光""迎春"瓜子展销会。其价格也从每斤两块四降为一块七角四分。比"傻子"瓜子还低二分，一举改变了过去价高质次无人问津的局面。跟着，全市三百多家瓜子摊贩，也不得不把价格拉到相近的水平。

国营的"迎春"瓜子和个体的"傻子"瓜子形成了比翼奋飞的局面。他们的竞争给市场经济带来了清新气息，让人们看到国营商业体制改革势在必行。

（原载《光明日报》，1983年1月4日）

报章里的中国记忆

一篇千字人物报道，把一个基层科技人员推到全国人民面前；一个默默无闻的小人物，因《光明日报》的报道名闻全国，并将载入史册。

韩琨事件

◎叶　辉

被称为"中国星期天工程师无罪第一案"的韩琨事件，使"星期天工程师"从地下转到地上，由非法变成合法，这一转换极大地解放了科技生产力，推动了乡镇企业和民营经济的发展，使我国有限的科技力量在改革开放后的经济发展中最大限度地发挥作用。1984年，时任中共中央政治局委员、国务委员、国家科委主任方毅对《光明日报》总编辑杜导正说："韩琨事件使一大批类似韩琨这样的科技人员免除了牢狱之灾！"

2008年，《新京报》在纪念改革开放30周年的报道中回顾了韩琨事件，该报为此发表上海交通大学教授熊丙奇的文章《给人才"松绑"造福社会》。

事件缘起

谢军，《光明日报》上海记者站站长，高级记者，20世纪80年代叱咤上海滩乃至声播全国的名记者。他写的韩琨事件报道打响了《光明日报》关于科技人员业余兼职问题是否合法系列报道的第一枪。

据谢军提供的资料介绍，韩琨事件的背景是：改革开放初期，乡镇企业和民营企业崛起，这些在一穷二白基础上创办企业的农民精明而大胆。缺乏技术怎么办？他们迅速把目标对准了国有企业和科研机构的科技人员，周末或节假日把他们请到企业进行技术服务，付给科技人员报酬。这一做法逐渐形成一种风气，这就是后来被称为改革开放过程中一大历史景观的"星期天工程师"现象。

"星期天工程师"在20世纪70年代末的出现，有效缓解了乡镇企业或民营企业缺乏技术的严重问题，却马上遇到了旧观念、旧体制的强烈抵制，科技人员所在单位对这些外出"赚外快"的技术人员的行为非常恼火，被视为是对人才部门或单位所有制的权力的挑战。人才单位所有制的制度性阻碍马上显现出来，人才所在单位利用单位的人事权加以制止，一旦发现制止无效，他们就会借助司法的力量施压，因为司法机关依据的还是旧的法律法规，科技人员业余兼职收取报酬往往被认定是受贿，这就导致许多"星期天工程师"遭遇被拘捕甚至判刑的厄运。

科技人员利用业余时间为乡镇企业、民营企业提供技术服务收取报酬的合法性问题，已成为当时一大无可回避的社会问题。

韩琨原系1950年代的调干生，毕业于军事院校，是军需企业的技术骨干，曾在我国自行设计的火炮用橡胶配制件以及军工产品研制中作出过贡献，受到多次嘉奖。后转业至上海市橡胶制品研究所任助理工程师。

1979年底的一天，上海奉贤县钱桥工业公司经理通过关系找到韩琨，邀请他担任钱桥橡胶用品厂的技术顾问，被韩琨婉拒。钱桥乡领导三顾茅庐，企业对他言听计从，尊崇有加，已按他的意见建厂房，添设备，韩琨很是感动。人非草木，孰能无情？韩琨军人出身，组织观念很强，虽然他乐意奉献，愿意用自己的技术为乡镇企业服务，但他有顾虑，表示帮助可以，但须征得单位同意。钱桥乡党委见他已松动，立即找到了韩琨所在单位橡胶制品研究所，征得了研究所领导同意。韩琨这才接受了聘书。韩琨因此成为一个此后备受责难、最终载誉历史的"星期天工程师"的杰出代表。

问题出在了企业对他的奖励上。作为乡镇企业的创办者，这些农民是精明的，也是大方的，重情义的，是懂得感恩的。他们感激韩琨寒来暑往的奔波操劳，决定一次性奖励韩琨3300元。两年时间，以效益上百万和个人所得奖励的区区3000多元，这样的比例用当时该厂工人的话说太不成比例了。

之所以做这样的奖励并非师出无名，钱桥乡党委和乡工业公司进行过认真研究，并参照当时劳动部门对科研人员利用业余时间搞第二职业实施津贴的有关规定，和当时国家科委对科研成果奖励条例，经集体讨论后才作出决定的。奖励分若干项目：奖金1200元；18个月来回的车票、外勤补贴728元；韩琨妻子没有工作，长期卧病，家庭生活困难，每月补贴88元，补21个月，得1848元，三项合计3376元。对妻子补贴部分，韩琨坚持不收，婉拒不成，存在了银行里，当时他就表态："如果不合规章，如数退回。"而其他部分，韩琨收下了。就是这笔奖金给韩琨带来了灾难。

一场全国性的大讨论

韩琨是功臣还是罪人？3000多元奖金补贴该不该拿？一时在司法界、知识界众说纷纭。

韩琨案件经检察院侦查结束移送到法院，长宁区法院主审法官杜经奉对此案却有截然相反的看法，在经过深入调查之后，杜法官得出结论：韩琨非但无罪，而且有功！

问题复杂了，围绕韩琨案，检察院和法院之间发生了不同看法，引发了一场争论。

谢军是从上海市科技干部管理处的朋友处获悉韩琨案的。他从韩琨案中掂出这一事件的分量，马上判断这是一个具有普遍意义的典型人物。

科技局的朋友告诉他，关于韩琨案，上海市领导专门下令：不许报道。对于一个党报记者来说，是遵守命令还是冒着风险进行报道？此时，一个记者的社会责任感和人格、胆识、良知发挥了作用，谢军决定舍弃个人利益，冒着风险对此进行报道。他马上找到区法院的杜经奉法官和一位副院长，告知自己准备写报道的想法，得到了法院的支持，采访进展顺利。他又找到韩琨本人采访，还找了举报韩琨的橡胶研究所等单位和相关人员。深入采访之后，他占有了大量的第一手材料，稿子很快完成。稿件发回报社后，报社高度重视，编委会很快安排刊出。编辑部还给稿件加了一个旗帜鲜明的标题："救活工厂有功，接受报酬无罪"。这篇稿子1982年12月23日在《光明日报》一版头条位置刊出。

就像引爆了一颗炸弹，"星期天工程师"问题触及了社会的神经，马上引发了整个社会的强烈震荡，韩琨事件震惊全国。

12月24日，也就是报道发表的次日，谢军接到华东政法学院院长徐盼秋的电话，这位法学专家在电话里急切地表示他要来见记者，要发表自己对韩琨事件的看法。

1983年1月4日，《光明日报》头版头条发表徐盼秋的文章《要划清是非功罪的界限》，这位法学专家从法律上阐述了对韩琨事件的看法，旗帜鲜明地对韩琨的做法表示支持。同一天，《光明日报》还发表了韩琨的辩护律师郭学诚的文章《法律应保护有贡献的知识分子》。

韩琨事件引爆之后，全国各地的来信雪片似的飞向编辑部和记者站，《光明日报》顺势而为，在报纸上开辟《如何看待科技人员业余应聘接受报酬?》专栏，开始就韩琨事件展开大讨论。

许多读者希望更进一步了解韩琨事件的细节，为此，编辑部指示谢军再做一篇详细报道。1月13日，《光明日报》一版头条刊登谢军的长篇通讯《韩琨事件始末》。

在《光明日报》的推动下，韩琨事件持续发酵，《光明日报》的专栏引导着舆论，引导着科技人员业余兼职领取报酬是否合法的大讨论更深入地展开，这场讨论波及全国科技、公检法司、劳动人事、党政机关各部门。讨论持续了四个月，谢军就此先后写了10多篇报道一步步跟进。

新闻记录历史，影响今天。大讨论的结果是，韩琨事件引起高层注意，中共中央书记处和中央政法委专门就此开会讨论，并形成明确的意见：韩琨无罪！

1983年1月21日，时任中央政法委书记陈丕显主持召开政法委员会会议，专门讨论了韩琨事件，并作出六条决定：韩琨的行为不构成犯罪；类似韩琨的星期天工程师一律释放；公检法机关今后不再受理韩琨这类案子；关于业余应聘接受报酬等政策上的问题，由中央另行研究。

中共中央发文通知全国各地，科技人员在不影响本职工作的前提下可业余兼职并获取合理报酬，由此受打击的科技人员一律平反，一大批"韩琨"重获自由。

1月30日，《光明日报》一版头条以通栏大标题隆重推出时任劳动人事部部长赵守一答本报记者问的报道，关于科技人员业余兼职收取报酬问题终于迎来了新的政策——允许科技人员业余兼职并收取报酬。

韩琨这个小人物因为一件并不显著的小事引发了一场全国性的大讨论，他的这一特殊年代的特殊遭遇折射出历史的进步，反映了这个时代知识分子命运的巨大变迁。

媒体人的勇气

著名作家张贤亮认为，20世纪80年代最可贵的东西是：勇气！

《光明日报》20世纪80年代的报道中，因为有了勇气，才敢于突破旧的政策和法规底线，敢于顶住压力与抵制改革的势力进行较量，敢于旗帜鲜明地支持在改革中出现的新生事物，为改革助阵呐喊。张志新、遇罗克、马寅初、孙冶方、栾茀、韩琨、蒋筑英等人物报道便是《光明日报》当时刊发的影响最大、效果最好、最为社会各界称道的成功的人物报道。每个人物报道都呼应着一个重大的时代主题和社会关切。而这些人物报道的推出无不彰显着《光明日报》领导、编辑和记者的勇气。

纵观20世纪80年代《光明日报》等中央主流媒体，有一个现象很值得关注，那就是在重大的历史关头，在社会转型的关键时刻，中央主流媒体的领导人身上都有着一个相同的特质：勇气！这种勇气弥漫在他们的日常工作中，发散在他们的言行中，贯穿于他们的行动中。他们与真理同行，与时代同步！

救活工厂有功　接受报酬无罪

谢　军

上海去年底发生了一起控告一名科技人员犯罪的特殊案件。围绕着"他是不是罪人"这个问题，在上海政法部门引起了一场持续一年之久的争论，目前尚有余波。他的名字叫韩琨，是上海橡胶制品研究所的助理工程师。他在所里被作为犯罪分子，从科研岗位"下放"到车间从事体力劳动。

事情要从1979年说起。上海奉贤县钱桥橡塑厂在这年10月决定转产微型轴承橡胶容封圈。这是上海微型轴承厂急需的配套产品。这种产品小而精巧，难度较高，没有一定的技术水平是啃不下来的。当钱桥橡塑厂党支部书记专程赶到市区韩琨家里聘请他担任技术顾问时，他想到这项工作既能为国家填补一项空白，又能多创外汇，就欣然同意了。他在完成本职工作的前提下，利用星期天和其他休息时间竭尽全力帮助工厂攻关。虽然从市区家中到远郊工厂来回二三百里，交通不便，但他每逢休息日总是早出晚归，风雨无阻，大年初一也不例外。经过近一年的努力，这种新产品终于试制成功并正式投产。

这个厂原来的老产品没有销路，因而连年亏损，面临关门的威胁。橡胶密封圈上马后，绝路逢生，工厂一年比一年兴盛：1980年扭亏为盈，今年预计可盈利达40万元。上海微型轴承厂采用了这个厂供应的橡胶密封圈后，也提高了对外竞争的能力。

但是意料不到的是，为工厂注入繁荣血液的韩琨却背上了沉重的十字架。问题出在敏感的"钱"上。他的妻子是农村户口，家中有两个孩子，经济比较困难。钱桥橡塑厂领导出于关心和鼓励，从1979年12月起，以他妻子的名义每月支付88元，作为韩琨的劳动报酬，付了21个月，共1848元。1981年初，经上级党委批准，该厂嘉奖试制橡胶密封圈的有功人员，发给韩琨奖金1200元。此外加上别的零星收入，他共获3400余元。上海橡胶制品所的领导得知这个情况后说："韩琨拿了钞票，问题的性质就变了。这是一个严重的经济犯罪案件，应依法予以制裁。"

1981年10月，该所下令把他调往车间劳动，作出"停发每月奖金"的决定；取消他晋升工程师的资格。同时，以所的名义向区人民检察院控告了他。检察院立案侦查后，向本区人民法院提起公诉，指控韩琨收受贿赂，构成受贿罪。

韩琨在检察院立案的第二天，就把所谓的"赃款"近3000元现金送交检察院。消息传到钱桥，在群众中激起强烈反响。许多同志激愤地说：天底下哪有这样的罪人？老韩用自己的知识把我们厂扶起来救活了。公社党委书记说："这样的人才难得，要吃官司，我替他去。"厂领导说："这3000多元都是我们商量出来的，有错误，由我们承担。"研究所的大多数科技人员对所领导的种种做法也表示不满。

这个区人民法院经过深入调查研究，认为韩琨不仅没有给国家和人民造成危害，相反，他却创造了社会财富。因此，他的行为不构成犯罪，要求区检察院撤诉。一位自始至终参加此案调查的审判员说："我们的法律应该保护有贡献的知识分子。韩琨有缺点，应热情帮助，但决不能一棍子把人家打下去。"

区检察院虽最终撤诉了，但还坚持认为韩琨"有罪"，只因他"能够交代罪行，积极退赔，决定从宽处理，免予起诉"。韩琨不服，提出申诉，但被"驳回"。

最近中共上海市委陈国栋、杨士法等领导同志对该案作了批示,明确指出把韩琨作为"罪人"对待是完全错误的,应该尽快恢复他从事技术工作的权利,工程师职称照样晋升。除挂名工资外,1200元成果奖归还本人。市委领导并指示有关部门认真研究,重新处理。

（原载《光明日报》,1982年12月23日）

粉碎"四人帮"后，党报对"文革"以及极左路线的批判就开始了。这类批评报道促使人们对极左对"文革"对"四人帮"行为的批判和反思，从而推动了拨乱反正、平反冤假错案以及落实知识分子政策的进程。

六安事件与彻底否定"文革"

◎叶　辉

　　1984年4月11日，《光明日报》一版刊登通讯《安徽六安农校发生一起打击迫害知识分子严重事件》。安徽农校校医彭学斌是一位在该校工作了20多年的老校医，曾两度被评为校先进工作者。但因为他敢于与损公肥私的现象作斗争，爱管闲事，爱给领导提意见，校领导对他非常反感，一直想找机会"修理"他。

　　终于，这样的机会来了。一次，副校长杨善如经过彭学斌借住的木工工房时发现他家堆了一些木工的下脚料，这一发现使该校领导认为找到了整彭学斌的证据。次日，杨副校长和另外两位副校长王家楼、王子传一起到彭家进行突击搜查。搜查结果却没有发现一根公家的木料，搜出来的木工下脚料也都是从学校分给他家的柴火中拣出来的。面对这样的事实，该校领导仍不罢休，采取莫须有的手段，无限上纲、无情打击，决定以"偷窃、毁坏、侵占公物"的罪名对彭学斌停职处分。这一决定首先祸及他的家人，他在学校做合同工的妻子被辞退，同样在学校做合同工的儿子被停职。为了整垮彭学斌，学校接连开了几十次会议，包括多次职工大会，命令所有职工不得与彭学斌接触，将他彻底孤立起来；后来又通过六安行署公安处一位负责人的关系将彭学斌多次传唤到公安处。随着迫害的不断升级，在巨大的压力下，彭学斌崩溃了，最后自杀身亡，以死明志。此事惊动了六安地委，地委纪律检查部门介入调查，查清了事实，认为这是一件迫害知识分子的恶性事件。

4月12日，《光明日报》在报纸一版发表两篇连续报道：《从彭学斌被迫害致死事件中汲取教训》《六安地委决定解散六安农校党总支》。本来，事情已经得到处理，报道可以结束了。但是，《光明日报》没有，而是从这件事情上挖掘造成这起迫害知识分子致死的案件中的深层次问题，那就是极左思想的危害。

《光明日报》驾驭连续报道驾轻就熟，经验丰富。先是用事实将问题揭露出来，然后通过报道引导舆论，当舆论在社会上产生影响之后，再请当地党委政府的领导人出面就事件表态，一旦当地相关领导人对事件表态，就意味着问题能够得到解决。4月16日，《光明日报》一版发表安徽省委副书记杨海波就六安事件发表的讲话《不允许坚持"左"的路线的人再当领导》。省委副书记的表态当然更有利于问题的解决。

然而，这还不够。4月22日，报纸又在一版头条刊登中国政法大学副教授何秉松从法律上分析六安事件的文章《王家楼王子传非法搜查非法管制彭学斌已造成严重后果追究其刑事责任完全正确》，把读者的视角引向法律，让读者从法律角度来思考六安事件。

4月24日，报纸又在一版头条再次推出《六安农校"左"的思想流毒仍然很深》一文，揭示了事件发生后该校仍沿袭"文革"做法，继续压制知识分子，学校管理秩序混乱的现状。同一天在一版转载《人民日报》评论员文章《就是要彻底否定"文革"》(原载《人民日报》4月23日一版)，将六安事件与否定"文革"挂起钩来，从更深的层次揭示六安事件的实质就是"文革"余毒未能肃清的结果，进一步提出彻底否定"文革"的重要性和必要性。

《就是要彻底否定"文革"》一文获当年全国好新闻一等奖，其缘起却与《光明日报》的一篇报道密切相关。就在这一年的4月3日，《光明日报》刊出笔者和当时的《光明日报》浙江站站长卢良合作撰写的一则记者来信《"文革"中在杭州大学搞"活人展览"的个别人至今仍然坚持极左的错误观点不改》：

编辑部：

三月下旬，记者在杭州大学采访时，获悉了这样一件事：杭大党委在进一步检查落实党的知识分子政策时，调查"文革"中在地理系搞"活人展览"摧残知识分子的事件。当学校向当年参与策划这一事件的驻地理系的人员调查了解时，他们竟仍然坚持极左的错误观点，认为当年的做法是"严格按照党的方针政策，实事求是做耐心过细的思想工作，以政策开道，严禁逼供信，启发帮助他们讲清自己的问题"的。尤其使人吃惊的是，那位持极左观点的原进驻地理系的负责人至今还在杭州一家二千多人的工厂担任工会主席。对此，杭大的教师极为气愤，纷纷向领导部门提出意见。

…………

就是这样一件曾引起轰动的、性质极端恶劣的陈年旧案，在1984年全国整党时，"文革"中搞"活人展览"的工宣队员受到追查。但是这些制造了"活人展览"的工宣队员却死不认错，他们坚持认为，当年在杭州大学地理系搞"活人展览"的做法只是执行了党当时的政策，作为党员，作为党的路线方针政策的执行者，自己并没有错，要错也是上级错了，而这样的错误作为小小的工宣队员无法承担，这样的错也不应该算到执行者头上。这样的观点在当时非常有代表性，当时全国整党中涉及许多党员在"文革"中的错误，许多党员不承认自己的错误，因为他们只是执行者。

正如有人说的："雪崩时，没有一朵雪花觉得自己应该对此负责。"然而不正是一朵朵雪花才形成积雪，不正是层层叠叠的积雪最终才形成雪崩的吗？"文革"是中华民族的大劫难，对这场民族的灾难，每个参与者都有责任，每个人都需要自省，都需要承担责任。一个不懂得反思、不能正视错误的民族是没有前途的！

当然，让一朵雪花对雪崩负责，让每一滴雨珠对泛滥的洪灾负责，让一个人对整个疯狂的"文革"负责，这不公平，因为任何个体都是渺小的，任何个体的力量都是微弱的，只有当个体汇入到整体中才会显示出力量来，那"压死骆驼的最后一根稻草"也只是一根稻草。这一道理说明，"文革"的劫难是一个个个体汇集而成的，每个个体都必须对这场民族大劫难负责，每个人都需要反思自己在这场灾难中的所作所为，需要检讨自己的行为是如何助长了这场灾难，需要正视自己的错误对国家民族造成的伤害，只有这样，中华民族才能从"文革"的劫难中走出来，才能理性地对待这场全民族的大浩劫。

虽然党的若干历史问题的决议已经通过，但当时对"文革"的罪责还没能全部追究。正因为"文革"还没有被彻底否定，许多参加"文革"的党员坚持认为自己在"文革"中的做法是执行党的政策，"文革"错误的历史责任不应该由个人承担。

《人民日报》评论员文章从杭州大学搞"活人展览"的人不承认自己错误这一现象出发，提出了彻底否定"文革"的重要性和必要性。这篇评论员文章的发表马上在国际上引起关注，国外媒体评论认为，《人民日报》评论员文章透露出一个强烈的信号：中国将彻底否定"文革"。

《人民日报》评论员文章缘起于《光明日报》的报道，而六安事件又是对《人民日报》评论员文章的一种呼应，一种佐证，两家党中央主管主办的党报互相佐证，目的是共同的：必须彻底否定"文革"，"文革"的阴魂不散，类似六安的事件将会层出不穷。

5月8日，《光明日报》再次在报纸一版头条就彭学斌事件发表评论《必须彻底否定"文化大革命"——从六安农校原领导人迫害校医彭学斌事件谈起》，这既是对六安事件的深化，也是对《人民日报》评论员文章的呼应。

评论进一步将彭学斌受迫害致死这一事件推向纵深，对造成冤案的原因穷追不舍，一直追到"文革"的极左影响。同一天还刊登安徽省委组织部就六安事件召开座谈会的报道《吸取教训进一步肃清"左"的流毒》，报纸还刊登两封读者来信：《六安农校事件为我们敲响了警钟》《六安农校事件表明——极"左"余毒未除"文革"遗风尚在》。

这个连续报道一直持续到一年之后，1985年5月4日，《光明日报》一版头条刊登处理六安农校事件的最后结果的报道《安徽省、六安地区重视本报批评解散六安农校领导班子，新领导班子切切实实为教师办了七件好事》。报道说，迫害彭学斌致死的有关人员分别被逮捕和受到留党察看两年处分，教师们心情舒畅笑逐颜开对进一步办好六安农校充满了信心。报纸还配发短评:《春风吹进六安农校》。

然而，彻底否定"文革"绝非是一朝一夕的事情，要根除一种错误思想和观念需要漫长的时间，也正因于此《光明日报》才抓住这个典型事例深挖其根源。

20世纪80年代初，《光明日报》对表扬报道和批评报道曾经给出过一个大致的8∶2比例。这源自中央领导同志的一个意见，即报纸上大体应当是八分讲成绩、讲光明、搞表扬，二分讲缺点、讲阴暗面、搞批评。尽管实践中达不到这个比例，但是20世纪80年代的批评报道已经在数量上达到一个新高度。

批评报道难，这是一个老问题，很难解决，只是不同时期表现的程度不同而已。只准报喜不准报忧，这是大多数被批评者对待批评报道的真实态度，一些人口头表示赞同批评报道，允许报喜也报忧，实际上往往是叶公好龙，口惠而实不至，当真正批评到他或他治下的工作时，便会以家丑不可外扬等理由予以制止，而当批评涉及其本人时，更不会同意，往往会调动一切资源和力量予以制止。在这样的现状下，记者写批评报道之难便可想而知。

《光明日报》20世纪80年代的批评报道的指向是根据中央每阶段的中心

1984年4月23日，《人民日报》刊发了《就是要彻底否定"文革"》的社论。

工作进行的，如拨乱反正、揭批"四人帮"、清除"文革"余毒、批判极左思想、涤荡歪风邪气等。

粉碎"四人帮"后，党报对"文革"以及极左路线的批判就开始了，此类报道多以林彪"四人帮"以及其推行的极左做法、极左路线、极左政策措施为批评对象进行声讨。以某个具体的案例作为靶子，譬如通过报道张志新、遇罗克等人在"文革"中遭受到的劫难来批判和控诉极左路线对知识精英的残酷迫害，揭露"四人帮"的残忍荒谬，这在十一届三中全会前后几年的媒体上表现得尤为突出。这类报道促使人们对极左对"文革"对"四人帮"

错误行为的批判和反思，从而推动了拨乱反正、平反冤假错案以及落实知识分子政策的进程。

对林彪"四人帮"以及极左路线的批判，常常是通过对他们罪行的控诉来达到的。《人民日报》《光明日报》等党报大量披露遭受迫害的典型案例，反映这些人物遭际和命运变迁，既是拨乱反正，也是对逝去的极左政治的控诉。

这种控诉都是积极向上的，这些报道的基调对党充满感情，对祖国怀抱希望，对未来充满信心，在向读者传达了对极左路线的控诉外，也传递出知识分子对党对祖国对人民的赤子情怀。

就是要彻底否定"文革"

人民日报评论员

在我们国家的政治大舞台上,"文化大革命"这出闹剧已经落幕多年了。但是在生活的一些旮旮旯旯里,少数人有时还要掀起一点"文革"的余波微澜。

十多年前,杭州大学地理系曾搞过侮辱人格的"活人展览"。七位老教师被打扮成"地主""资产阶级太太""反动学术权威""'牛鬼蛇神'保护人",受辱于大庭广众之前。这种践踏斯文、戏弄正义的政治恶作剧,令人发指。尤其不能容忍的是,当年进驻杭州大学地理系,参与策划这一事件的个别人,至今仍然认为这种摧残知识分子的做法是正确的,是"严格按照党的方针政策,实事求是做耐心过细的思想工作,以政策开道,严禁逼供信,启发帮助他们讲清自己的问题"的。

这散发着"文革"霉味的语言,不正反映出"文革"在这些人的心目中并没有推倒吗?党的十一届六中全会通过的《关于建国以来党的若干历史问题的决议》明确指出:"'文化大革命'不是也不可能是任何意义上的革命或社会进步。"这个结论,反映了全党、全国人民的共同认识。对"文革"就是要彻底否定。不彻底否定"文革"的那一套"理论"、做法,就不可能有三中全会以来的路线、方针、政策,就不可能有政治上安定团结、经济上欣欣向荣的新局面。这是人所共知的。

但是，在这次整党中，一接触到"文革"中的某些问题，有人就"剪不断，理还乱"了。他们拐弯抹角，千方百计，肯定当时的所作所为，甚至为搞"活人展览"以及比这更丑的恶行辩护。尽管作这种"表演"的只是极少数人，仍然值得引起我们的高度注意。

粉碎"四人帮"以后，对参与搞"活人展览"之类恶行的人，除了打砸抢分子外，一般都未予查处（有些地方打砸抢分子也未查处）。这是考虑到"文革"的历史背景，不过多地去追究个人责任，也是为了给这些犯错误的人一个认识错误、改正错误的时间。如果他们至今仍然坚持错误，有的甚至身居要职，被当作"接班人"加以培养，人们就有理由责问，这还有什么是非呢？这样的人究竟会是谁家的"接班人"？

这次整党，《关于建国以来党的若干历史问题的决议》是列为必读文件的。认真阅读这个文件，对每个党员都是必要的。尤其是那些在"文革"中犯有严重错误，至今尚无正确认识的同志，更要认真学习，严肃地对照检查，这一课必须补，来不得半点含糊。

（原载《人民日报》，1984年4月23日）

报章里的中国记忆

1986年，沈阳市防爆器械厂破产倒闭。沈阳市的探索，为我国企业破产法的制定工作，提供了有益的实践经验。承认社会主义也有企业破产问题，是理论上的进步，在实践中意义更为重大。

中国企业破产第一案

◎刘 军 申 楠

1986年8月3日，沈阳市政府举行新闻发布会，正式宣布沈阳市防爆器械厂破产倒闭。新华社以最快的速度发出了"新中国成立后第一家正式宣告破产倒闭的企业"的消息，引发了海内外强烈反响。

采写这篇新华社稿件的周保华，时任新华社辽宁分社沈阳记者站记者。对沈阳市敢为天下先的这次重大改革项目试验，他进行了全程跟踪采访，成为新中国企业破产第一案的亲历者、见证者、知情者和记录者。

一次向"杀富济贫"说"不"的宣言

沈阳市防爆器械厂，始建于1966年，原是沈阳变压器厂为解决职工生活困难安排家属就业组建起来的一个职工家属生产组。截至1984年底，厂子连续亏损欠下大笔外债，欠债总额已高达48万元。事实上，1984年前后，沈阳以及辽宁乃至全国其他的一些地区，城市集体工业企业改革都进入了攻关阶段。周保华说，以沈阳为例，1984年上半年，仅根据冶金、轻工、化工等11个工业局测算，就有43户集体企业亏损严重，资不抵债。这本是一个应让人为之心焦的局面，但在"大锅饭""铁饭碗"的思想下，工人们混

沈阳市防爆器械厂外景

日子，管理者也在混日子……企业经营不善，亏损严重，债台高筑，难以为继。而政府当时能做的就是"拉郎配"，把"坏企业"拆散，"并转"到其他效益好的企业中去。这种"杀富济贫"的做法，因其违背经济运行的客观规律，造成"坏企业"毫无压力更无动力，又严重侵犯企业自主权，侵吞了效益好的企业的利益。

周保华说，这或许也算是一场"战斗"，向"大锅饭""铁饭碗"思想宣战；向束缚人们思维的旧有观念宣战，让企业找到真正的生存法则，让市场来决定企业的命运。

当年，新华社《瞭望》杂志发表一位经济学家的短文，题目就叫《社会主义条件下建立企业破产倒闭制度》。这篇文章引起沈阳市主要负责同志的高度重视。经过认真思考和多次深入企业调研，这位负责同志提笔在市政府集体经济办公室的一份材料上，郑重地写下了一段批示："这些经营不好、不能够生存的企业，到底怎样处理，能否进行破产倒闭？最好拿出一个破产倒闭的规定。"

破产！这在当时绝对是一个极为敏感的词。周保华告诉记者，从1984年6月起，沈阳走上了一条艰辛曲折的探索之路。沈阳市政府集体经济办公室承担了"破产试验"的准备工作。经过调研论证，六易其稿，到1985年初基本完成了《沈阳市关于城市集体工业企业破产倒闭处理试行规定》（以下简称《试行规定》）的起草工作。1985年2月9日会议上获正式通过，以市政府文件形式下发。至此，沈阳"破产试验"拉开了序幕。

1985年8月3日，沈阳市政府举行了一次在我国经济生活中具有特殊意义的新闻发布会——破产警戒发布会，向沈阳市防爆器械厂、沈阳市五金铸造厂和沈阳市农机三厂3家企业发出"破产警戒通告"。根据破产倒闭《试行规定》，这3家工厂获得了为期一年的整顿和拯救时间。防爆器械厂的工人们明白，这种办法不啻为"死缓"，意味着他们将不得不为自己的命运作出一次前所未有的选择。

一个前所未有的表决结果

周保华说，其实早在1985年2月9日，即《试行规定》正式颁布的当天，他就根据会议实录，采写了一篇内参稿件发往总社。此稿引起国务院领导的重视，指出沈阳的做法方向是对的，国家的破产法制订工作应当加快进行。

得到中央领导的重视与关注，无疑给沈阳的破产试验打了一针"强心剂"。周保华说，1985年3月中旬，新华社《经济参考报》根据内参改编了一条消息，放在头版发表，引起国内外的极大关注，多家海外媒体据此进行了报道。

随后，总社领导又决定在发行范围较广、发行数量较大的《内参选编》上，全文发表沈阳《试行规定》。此举在全国产生了相当大的影响，不少城市相继参照沈阳的做法，着手在本地区进行企业破产试点。

到了1986年6月份，北京和沈阳同时召开两个会议，由国务院企业破产法起草小组、辽宁省社会科学院、沈阳市人民政府联合召开的"企业破产倒闭理论与实践讨论会"在沈阳宾馆举行。讨论会所涉及的问题，有两个方面：一是对沈阳市政府颁布的《试行规定》及破产实践进行讨论；二是对我国建立企业破产法的必要性和可行性进行研究。

如果说，这次讨论会对我国建立企业破产法基本持肯定意见的话，那么此后在北京人民大会堂召开的全国六届人大常委会第十六次会议，委员们围绕企业破产法却展开了前所未有的激烈辩论。在付诸表决时，也出现了前所未有的情况：17位赞成，4位赞成试行，21位不赞成。由于委员们认识一时很难统一，国家企业破产法在这次会议上未获通过。新华社在人大常委会结束当天播发了《破产法》未获通过的新闻，中央电视台过几天也破天荒地播放了这次人大常委会议上委员们激烈辩论的实况录像，其公开性和透明度之高，受到海内外舆论的一致好评。

国家企业破产法搁浅了，不过，沈阳却依旧沿着他们的"冒险之旅"向前走，"破产试验"的脚步不断加快……

触目惊心的小花圈

1986年8月3日。沈阳市迎宾馆北苑会议厅里坐满了人，来自沈阳市防爆器械厂的工人们的神情落寞又凄伤。周保华清楚地记得，当时会议厅里安静得出奇，只有赶来报道这一事件的媒体记者们的摄像机、相机咔嚓咔嚓的声音。此前，周保华不仅作为记者几乎走访了防爆器械厂全部工人，而且他还是破产改革工作宣传小组的成员，负责向工人解疑释惑。因此，无论是他还是沈阳市防爆器械厂的工人们，内心深处都已经接受了今天的发布会即将宣布的结果。

周保华回忆说，当时，沈阳市工商行政管理局局长满脸严肃，首先宣布了一份通告：

沈阳市工商行政管理局企业破产通告第一号

根据《沈阳市关于城镇集体工业企业破产倒闭处理试行规定》，沈阳市防爆器械厂于1985年8月3日被正式宣告破产警告，进行整顿拯救，限期一年。但是一年来虽然企业做了各方面的努力，终因种种原因没能扭转困境，所欠债务无力偿还，严重资不抵债。现决定沈阳市防爆器械厂从即日起破产倒闭，收缴营业执照，取消银行账号。有关企业善后事宜，由"沈阳市防爆器械厂破产监督管理委员会"依照沈政发1985（24）号文件精神全权处理。

特此通告

1986年8月3日

这段短短的200余字的通告读了3分钟，会场里没有人说话。但沉默过后，媒体记者似乎清醒过来，现场一时人声鼎沸，大家争相提问，试图从这

1986年8月3日，沈阳市人民政府举行新闻发布会，宣告沈阳市防爆器械厂正式破产。这是市政府召开新闻发布会时的情景。

报章里的中国记忆

次发布会上解读出沈阳乃至中国企业改革迈出的关键性一步。

1986年8月4日，沈阳市防爆器械厂被宣告破产的第二天。周保华再次来到防爆器械厂采访，陪同他的是韩耀先——《沈阳市关于城镇集体工业企业破产倒闭处理试行规定》的主要起草人。他们看到了令人震惊的一幕：已经上了封条的厂门两边，各挂了一个小小的花圈。没有挽联，没有落款，触目惊心。工人们三五成群地围在厂门口，有的在哭，有的在骂，有的呆呆地看着天。

后来，防爆器械厂的职工或再就业，或自谋职业，生活再一次迎来了希望。而当年的防爆器械厂旧址，也早已成为一个居民小区。然而，那块土地上所发生的故事却从来没有被人所遗忘。

《中华人民共和国破产法（试行）》正式通过

1986年12月2日。彭真委员长主持召开了六届人大常委会第十八次全体会议，再次讨论国家企业破产法。这次，由于委员们认识比较一致，电子显示器出现三个数字：101票同意，2票反对，9票弃权，正式通过了《中华人民共和国破产法（试行）》，并规定自全民所有制工业企业法实施满三个月之日起试行。

时至今日，周保华依旧对当时的采访经历念念不忘，"那是一段历史，也是一个开端，开启了企业破产的先河，改变了人们的旧有观念。它也许不像凤阳小岗村的土地承包那么划时代，但本质意义上，也许都一样，都是改革开放伟大实践中不可磨灭的历史记忆"。

（原载新华网，2018年12月18日）

破产倒闭优胜劣汰

——沈阳市试行企业《破产规定》的调查

周宝华

去年2月，沈阳市人民政府颁布了《城市集体所有制企业破产倒闭处理试行规定》(以下简称《破产规定》)，引起了人们的普遍关注。沈阳市的探索，无疑是在经济体制改革中的一个大胆尝试。它为我国企业破产法的制定工作，提供了有益的实践经验。

沈阳的《破产规定》是随着商品生产的发展而产生的。1982年，这个市就开始进行城市集体经济的改革，确定了"经济独立、自主经营、独立核算、自负盈亏、按劳分配、民主管理"的二十四字方针。全市集体工业发展迅速，到1984年已拥有3000多家企业，年工业总产值突破了30亿元。但商品经济的发展也带来了这样一个新的问题：一些落后企业在竞争中失利，连年亏损，负债累累，甚至将企业老本赔光。长期以来，对这些濒临破产的企业，或是国家包赔，或是用行政手段责令扭亏，或是硬性把亏损企业"并转"到盈利企业了事，结果出现企业亏损，干部照当，职工工资照发，甚至奖金照拿的现象。这些作法，既没有体现集体经济的性质和特点，又使亏损企业毫无压力，有的还侵吞了经济效益好的企业的利益。

这种状况如何解决？沈阳市的领导同志学习党的十二届三中全会关于城市经济体制改革的决定，受到了启发。《决定》中明确提出，社会主义经济的性质是有计划的商品经济，让企业在市场上直接接受广大消费者的评判和检验，优胜劣汰。凡有商品生产，价值规律就要起作用。价值规律的基本要求，决定了商品生产中的竞争者必然会有盈有亏，有胜有败。与单位产品的社会必要劳动量相比较，凡劳动消耗低者，必然获得较多的收入，较快的发展；凡劳动消耗高者，必然收入较少，难以发展。价值规律的这种推动作用，促使企业积极拼搏。在竞争中暂时失利的企业，将通过内部调整，重整旗鼓，摆脱困境。但也确有一些企业，靠自身的努力已无法复苏，即出现破产倒闭，从而迫使企业成员到社会上进行重新组合，优胜劣汰。对连年亏损，产不抵债的企业实行破产倒闭处理，是商品生产高效率地发展的必然结果和必要条件。沈阳市下决心从城市集体经济抓起，逐步建立起企业破产倒闭处理的制度。他们经过几个月的广泛调查研究，多方听取意见，六易其稿，到去年2月，《破产规定》正式成文，由市政府颁布试行。

《破产规定》虽然还是一个行政性的强制规定，但它毕竟是处理破产倒闭企业的一次大胆尝试。在这个意义上，可以说它是我国第一个初步的企业破产法。在我国尚未颁布企业破产法的情况下，《破产规定》具备的这些特点，说明它不失为一个较好的文件。

沈阳市《破产规定》已试行一年的时间了。在此期间，全市11个工业主管部门和一些债权人，先后向工商部门提出一批企业破产倒闭的申请。市工商局经过调查核实，已向沈阳市防爆器械厂、沈阳市五金铸造厂和沈阳市第三农业机械厂发出了"破产警戒通告"。

《破产规定》的颁布和试行，在沈阳市的经济生活中已产生了深刻的影响和积极的作用。从总体上来看，可以概括为"解放思想，推进改革，激励后进，促进生产"16个字。具体表现是：

——打破思想"禁区"，树立起商品经济的新观念。《破产规定》颁布之后，国内经济界、理论界、法学界和新闻界对此十分关注，分别采取报告会、座谈会、讨论会和宣传报道等多种形式，对《破产规定》进行了较为深入的宣传和讨论。商品经济的新观念，已开始在全市企业领导者的思想中树立起来。

——促进简政放权，加快政企分开。

——"厂兴我荣，厂衰我耻"，使职工与企业同舟共济。对破产企业实行破产倒闭处理，企业成员无一例外成为待业职工，都要承担企业破产的经济责任。这种责任有利于促使职工增强主人翁责任感和社会主义劳动的积极性。

——惩一儆百，催人奋进。制定《破产规定》决不是以破产倒闭为目的，而恰恰是为了激励企业避免倒闭。事实确实如此。《破产规定》颁布以来，特别是对三家企业发出"破产警戒通告"后，全市集体工业企业都受到极大的震动。亏损企业普遍有了危机感和紧迫感，努力挖掘内部潜力，力争扭亏为盈。截至去年底，全市集体企业比上年减少亏损额1000万元。1985年实现工业总产值和上缴税金，分别比1984年增长了21.7%和36%。

沈阳市《破产规定》的颁布和试行，是一项带有探索性的工作。我们相信，在改革实践中产生的《破产规定》，将在实践中不断地得到补充和完善，更好地为发展社会主义商品经济服务。

（原载《中国经济体制改革》，1986年第3期）

从以商品经济、市场经济为导向的改革开放开始，到投机倒把罪的最后废除，历经30余年，这是一个不同观念认识以及不同利益主体之间复杂博弈的过程，也是中国渐进式社会转型历程的一个重要体现。

"投机倒把"的来龙去脉

◎雷　颐

　　2005年9月初的一天，有媒体报道北京月球航天科技有限公司正式注册成立，并在办公地点门口挂起"月球大使馆"的牌子。该公司的业务是专门销售月球土地，每英亩（合6亩）298元人民币，同时给购买者一张月球土地证书。

　　10月19日，"月球大使馆"召开了新闻发布会，宣布正式开盘。三天之内有34人买走了49英亩的月球土地。或许是怕更多人上当受骗造成更大经济损失，北京朝阳工商分局随即制止、叫停了这桩买卖，并对该公司作出相应处罚。

　　朝阳工商分局是以涉嫌"投机倒把"制止、叫停并处罚这家公司的，其法律依据是国务院1987年发布的《投机倒把行政处罚暂行条例》。"月球大使馆"当然不服，2005年11月向海淀区法院提起诉讼，请求法院撤销朝阳分局的强制措施，返还扣押的款物等。

　　法庭上原被告双方攻防焦点是《投机倒把行政处罚暂行条例》适用性问题。2006年10月，海淀区法院认定，该公司销售月球土地，扰乱市场经济秩序，属于投机倒把行为，驳回原告诉讼请求。"月球大使馆"上诉，2007年3月，二审法院维持一审判决。

在这一年半的"热闹"之中,"投机倒把罪"再度回到现实生活中。

源　起

通过低买高卖实现货畅其流,填补价值洼地,是市场经济最正常不过的经济活动,但与计划经济却扞格不入。在计划经济年代,这种个人的经济、商业行为被称为"投机倒把"。

早在1950年11月,还未完全实行计划经济体制时,中央人民政府贸易部就发布《关于取缔投机商业的几项指示》,将超出人民政府批准之业务经营范围,从事其他物资经营;不在各该当地人民政府规定之交易市场内交易;囤积、拒售有关人民生产或生活必需物资;买空卖空、投机倒把企图暴利;故意抬高价格抢购物资或出售物资及散布谣言,刺激人心,致引起物价波动;不遵守各该当地人民政府所规定的商业行政管理办法,扰乱市场;使用假冒伪造,掺杂或违反商品规格及使用其他一切欺骗行为,以牟取非法利润;一切从事投机活动等八项行为,定性为"扰乱市场的投机商业",明令禁止、取缔。

从1953年"统购统销"起,开始实行计划经济,并且计划得越来越严格。绝大多数商品都凭票证供应,许多东西只有在年节才有供应,不仅限量,而且限时,过期作废。有短缺、需求就有交易,不仅有物品的交易,还有这些票证的交易,只是这种民间自发的交易被扣上了"投机倒把"的罪名。

农村集市贸易也受到严格管控,只在"三年困难时期"实行"三自一包"时略有放松。但刚一度过"三年困难时期",立即开始"千万不要忘记阶级斗争",一系列严控市场、严打投机倒把的文件、政策、规定紧密出台。

1963年3月1日,《中共中央关于厉行节约和反对贪污盗窃、反对投机倒把、反对铺张浪费、反对分散主义、反对官僚主义运动的指示》(关于"五反"的指示)发布,要求坚决打击和取缔"私商长途贩运、投机倒把、私设地下工厂、倒卖票证等违法活动"。

两天后，中共中央、国务院在3月3日又下发《关于严格管理大中城市集市贸易和坚决打击投机倒把的指示》，强调："大中城市的集市贸易同农村的集市贸易有着密切的联系。在管好城市集市贸易的同时，必须管好农村集市贸易，坚决同城乡投机倒把分子作斗争。下列几项措施，不仅适用于城市，也适用于农村。"

3月25日，国务院又颁布《关于打击投机倒把和取缔私商长途贩运的几个政策界限的暂行规定》，开列了投机倒把的具体类目，比如私商转手批发，长途贩运；开设地下厂店行栈，放高利贷，雇工包工剥削；黑市经纪，买空卖空，居间牟利，坐地分赃等八类。

文件还限定了"长途贩运"的途程和区划，同时，对到外地探亲访友或自食自用所带物品也作了细致规定：既要有实物量的限额，如粮食只能带15斤、花生仁只能带3斤、食油只能带2斤等，又要有携带农产品总值的限额，按国营商业零售牌价计算，不超过10—15元。

在这些文件中，包括私商长途贩运都被定性为"投机倒把"。在农村则长期"大割资本主义尾巴"，不仅国家规定的"统购统销"如粮棉油料禁止农民出售，农民卖一些瓜果蔬菜、土产山货被要求只能到指定地点按指定价格出售，不能长途贩运，否则就是"投机倒把"。

争　议

1979年9月中共十一届四中全会通过《关于加快农业发展若干问题的决定》，鲜明体现了新旧之交、新旧之争中的词语特点。

文件承认了"社队的多种经营是社会主义经济，社员自留地、自留畜、家庭副业和农村集市贸易是社会主义经济的附属和补充，决不允许把它们当作资本主义经济来批判和取缔"，为其政治上平了反，也为其争取到了存在

　　　　　报章里的中国记忆

的合法性。

这时的中国，一方面重新提出活跃市场，但仍将投机倒把与长途贩运归属于打击之列。

1979年通过的新中国第一部刑法，终于结束了长达30年刑事犯罪无法可依的状态，其第117、118、119这三条都是关于投机倒把罪的认定和惩处的。由于刑法中投机倒把罪的内容总体上比较宽泛和笼统，非常容易"入罪"，因此与流氓罪、玩忽职守罪一起，被时人称为三大"口袋罪"。

此后，又不断出台各种文件，制定各种政策和规定，打击投机倒把。

然而，农村实行包产到户，农民有了生产的自主权，自然要有如何处置自己产品的自主权利；中央文件为农村集市贸易"正名"，为农民处置自己农产品提供了初级平台。但随之而来的两大问题是：

一、农民在离家十里八里的集市交易是正当、合法的，那么到百十里外甚至距离更远的集市出售自己的产品，是合法的还是属于非法的"长途贩运"、投机倒把？

二、粮油、猪肉等仍是国家统购统销农产品，农民在完成"统销"任务后，在集市上出售这类农产品是合法还是非法？如果合法，又如何确定他是完成还是未完成"统销"任务呢？

由于投机倒把是资本主义、将其入罪的观念根深蒂固，所以各地总体上倾向于"严"，在沿途设置关卡、禁止农民长途贩运，禁止农民出售统购统销物资。

一些思想解放的经济学家、理论工作者则自觉地为农民的行为鼓与呼，从理论上论证其合法性。著名经济学家、老共产党员薛暮桥1979年末出版的《中国社会主义经济问题研究》中质问："让山货土产烂在山上是'社会主义'，把它们运出来满足城市人民需要倒是'资本主义'，哪有这样的道理？"

1980年6月20日，《人民日报》发表孙连成的《长途贩运是投机倒把吗？》一文，认为"长途贩运是靠自己的劳动谋取收入的活动，不能说是投机倒把"。党中央机关报公开为长途贩运"鸣冤叫屈",影响巨大。

1982年1月1日,中共中央关于农村政策的"一号文件"专门说到"关于改善农村商品流通",其思路从"计划经济"进步到"以计划经济为主,市场调节为辅"。农民买卖农副产品的口子,又撑大了一些。

但1982年1月11日,中共中央发出紧急通知,严厉打击经济犯罪。4月13日,中共中央、国务院下发《关于打击经济领域中严重犯罪活动的决定》,"投机诈骗""投机倒把"与走私贩私、贪污受贿、盗窃国家财产并列为重点打击的"严重犯罪活动"。

一时间,刚刚放开搞活的经济又开始紧收凝冻。面对这种局面,胡耀邦1982年8月10日批示了"要放宽贩运政策"的材料。针对说农民长途贩运是搞投机倒把的"二道贩子",他表示,"不对,是二郎神"(解决农村流通困难的"神")。胡耀邦对长途贩运的肯定,使农村商品经济又趋活跃,并对1983年"中央一号文件"的起草,决定放宽个体、私营经济起了重要作用。

但在1983年下半年开始的"清除精神污染"运动中,商品经济被当成了精神污染之一,是重点批判"清除"的对象。投机倒把连带长途贩运又成整肃对象,经济又严重波动。经济的剧烈波动,引起有关领导人的高度关注与担忧。在他们的干预下,决定停止在农村搞"清除精神污染"运动。在这种阴晴不定、一时风雨一时浪头的情况下,一些部门各个地方都根据自己的理解和利益出台种种规定。

中共中央1984年和1985年两个"一号文件",着手解决这个问题。一方面为商品经济正名,另一方面仍坚持"必须坚持计划经济为主、市场调节为辅的原则"。文件的重点是强调发展商品经济、培育市场机制,理直气壮地提出"国家、集体、个人一齐上",并作出了具体安排,只保留了粮棉油统购,基本上取消上百种农副产品的派购,为根本废除统购统销做积极准备。

1984年10月中共十二届三中全会通过了《中共中央关于经济体制改革的决定》,明确提出要改革计划体制,提出了"公有制基础上的有计划的商品经济"，改变了原来"计划经济为主、市场调节为辅"的提法，在市场化方向上又进一步，成为改革开放的纲领性文件之一。以此次会议为标志，经济体制改革全面展开，经济政策进一步放宽。

1985年的中共中央"一号文件"，作出了一个具有历史意义的决定：取消统购统销。计划经济体制最重要的基础、实行30余年的统购统销，终于开始退出历史舞台，农民终于有了支配包括粮棉油在内的自己产品的权利。该制度的取消，市场更加活跃、商品流通更加畅快，个人长途贩运发展迅猛。

废　除

1992年10月，中共十四大明确提出了建立社会主义市场经济体制的目标，一锤定音，为市场经济正名。然而"投机倒把罪"并未立即废除，直到5年后的1997年3月，八届全国人大五次会议修订的《中华人民共和国刑法》，才将投机倒把罪除名。

但之后国家工商行政管理局仍三次以答复的形式表示，国务院1987年9月发布的《投机倒把行政处罚暂行条例》仍可适用。也就是说，虽然将"投机倒把罪"取消了，但在工商执法中仍能以投机倒把名义来处罚相关企业或经营者。在实践中，这个"暂行条例"引起人们的强烈批评，此条例仍为执法者任意解释、滥用权力、权力寻租留下了广阔空间，执法者徇私舞弊行为屡见不鲜、屡禁不止。

面对质疑与批评，工商管理部门也从善如流，渐渐较少使用投机倒把的名义处理案件。"投机倒把"慢慢淡出人们视野，正在被遗忘。但几年后的这次"出售月球土地"的罪名竟然还是"投机倒把"，令人大吃一惊。

这一判决突然使人警醒警惕。原来，与市场经济格格不入、已成僵尸的"投机倒把"罪名随时都可能"满血复活"。这个罪名的存在，显然是经济市场化改革进程中的一个巨大隐患，必须尽快将其排除。

经过理论界、实业界和一些全国人大代表的努力，2011年，存在了60余年的"投机倒把"从中国经济生活中完全退出。

从以商品经济、市场经济为导向的改革开放开始，到投机倒把罪的最后废除，历经30余年，这是一个不同观念认识以及不同利益主体间复杂博弈的过程，当然也是中国渐进式社会转型历程的一个重要体现。

（原载《经济观察报》，2016年12月5日）

长途贩运是投机倒把吗?

孙连成

长期以来，我们对农村的长途贩运，实行限制和取消的政策。

"四清"运动中，特别是林彪、"四人帮"横行时期，更把小商小贩、农村的长途贩运，叫做"投机倒把"，当做"资本主义"加以批判，严加取缔，堵塞了流通渠道，妨碍了生产发展和人民生活的改善。现在我们要把城乡流通渠道搞活，就要把这个问题搞清楚。

所谓"投机倒把"，"搞资本主义"，就是讲实行剥削。那么，长途贩运是不是搞剥削呢? 不能笼统地这样说。一般说来，长途贩运是把自己生产的产品，或者是把当地生产的零星产品收买起来，运到较远的城镇或地方出卖，通过卖价和买价的差额，得到一部分收入。这部分收入，是他们运用自己的工具，通过自己的劳动，把商品从产地运到销售地的结果，是他们劳动的报酬，不能叫做剥削。只有那些违反法律、牟取暴利的行为，才能叫做投机倒把。长途贩运是靠自己的劳动谋取收入的活动，不能说是投机倒把。

允许农村长途贩运，是由我国生产力、生产关系的现状以及农村经济的特点决定的。在现阶段，我国农村的生产力水平很低，商品经济很不发达，交通不便，生产工具、运输工具很落后。由这种生产力水平决定我国现阶段的生产资料所有制，不仅有社会主义的全民所有制、社会主义的劳动群众集体所有制，还有个体劳动者所有制。人民公社社员还经营有少量的自留地、家庭副业，在牧区有少量的自留畜。从农业产品看，除了粮食、棉花等大宗产品，还有很多农副产品和土特产品。这些产品种类繁多，零星分散，季节性强，供求变化很快。所有这些都要求农村有多种流通渠道，既要有国营商业、供销合作社商业的流通渠道，也要有集体和个体的长途贩运作为必要的补充。

现在农村的商业渠道，除了农民在当地集市贸易互通有无，只有供销社一家，远远不能适应生产发展和人民生活提高的需要。允许长途贩运是完全必要的，当然，要加强市场管理，运用税收、价格等经济手段加以引导，发挥它在流通中应起的作用。

（原载《人民日报》，1980年6年20日，有删减）

1987年，由"关广梅现象"引起的大讨论，实质是改革姓"社"还是姓"资"之争。由《经济日报》率先报道并发起的这场讨论，是中国经济体制改革进程中一个标志性事件。在中国特色社会主义进入新时代，全面深化改革的当下，回顾这一段历史，依然具有特殊的意义。

"关广梅现象"与"社资"之争

◎庞廷福

1987年4月中旬,从本溪传来消息说,搞租赁改革的关广梅,被视为本溪市资产阶级自由化代表人物,摆放在市内展窗里的她的大照片被人打上了"×"。我当时是经济日报社驻辽宁的记者,闻讯后急忙从沈阳奔赴本溪。

"关广梅现象"缘起

我在采访中了解到:关广梅在1971年参加商业工作,当过营业员、门市部主任、业务副经理、经理。1984年改革以来,其先后租赁了8家副食商店,其中包括全市最大的副食品商店——东明商场,组建成东明商业集团,并创造出租赁、承包、股份合作相结合的三位一体经营形式,人们称之为新租赁制。关广梅对租赁的商店进行了体制改革,如对各店的经理实行"委托经营责任制",其收入取决于经营业绩;对职工实行"百元销售工资率"的分配办法,打破了"大锅饭";实行经理兼党支部书记领导体制,精减了脱产人员,等等。

关广梅经营的商场经济效益迅速提高,职工收入成倍增长。事实证明,关广梅的改革是成功的,"关广梅现象"是鼓舞人心的。但是,"关广梅现象"发生在一个特定的历史阶段，注定要引发认识上的分歧。自1986年底开展反对资产阶级自由化斗争以来，关广梅的一系列颇有成效的改革举措变成了一系列搞自由化的"罪状"。如，针对她的收入高于职工，说她是"没有资本的资本家，搞剥削"；针对她实行经理委托负责制，说她是"坐收渔利的二把头"；针对她组建租赁集团，说她"学资本主义搞垄断"；等等。

进入1987年，对关广梅的"批判"愈演愈烈，公开说她是"本溪搞自由化的代表人物"。在市老干部局召开的会议上，有人向市委领导质问道："关广梅是优秀共产党员，为什么还去搞租赁？为什么去挣钱？"3月份，在评选省劳模和党的十三大代表时，一些人对来考核的省有关部门的同志说："关广梅带头搞自由化，搞得还那么厉害，有什么资格当劳模、当党代会代表？"

采访在思考与辩论中进行

夜里，在宾馆房间梳理调查来的情况，我思绪如潮，翻腾不息，从微观入手的调查和从宏观着眼的分析研究，使我比此前更加清楚明确地认定，这是个带有全局性的重大问题，不失时机地抓住这一刚露头的事关大局的事态，提出人们都十分关心却不知怎么提或不敢提的问题，说出人们想说却又不知如何说或不敢说的话，不仅是党报记者的职责，也是新闻价值和新闻魅力所在。

我返回记者站，以《关广梅是搞资产阶级自由化吗？》为题，写成了内参，在讲述了关广梅租赁改革的情况和遭遇后，我写道："尽管中央三令五申要严格划清搞资产阶级自由化同改革的界限，但在基层，人们在思想上还存在着模糊认识，有的人还在搞'左'的东西。这些问题，若不及时予以解决和澄清，将阻碍企业改革的深化。"

4月18日，经济日报《情况反映》增刊第31期发表了这份内参。几天后的一个夜里，总编辑范敬宜同志亲自打来电话。在汇报了具体情况后，我说，对关广梅租赁改革不仅在本溪市有很大争议，而且在省里有关领导部门和新闻界同行内的看法也不一样。之所以出现很大分歧，其实原因很简单，一是对改革的认识，二是对关广梅本人的认识，即关广梅的租赁改革和她本人的思想修养都有不完善之处。但，我认为后者是"现象"，前者才是"本质"。

我之所以郑重建议高度关注这一事态，并非要单纯宣扬关广梅的改革业绩，把关广梅当作了不得的先进典型来树立，而是要通过对她租赁改革的争议提出这样一些重大原则问题：搞改革是不是搞资产阶级自由化？在企业改革里搞反自由化斗争对不对？如果动辄就问姓"社"还是姓"资"，那中国改革还能不能搞？在出现资产阶级自由化问题后，中国的改革还要不要搞下去？这些问题，是社会普遍关心的问题。至于对关广梅本人，不能求全责备。改革，要在改革中完善；改革者，也要在改革中完善自己。最重要的是，改革者本人的缺点，决不能成为否定改革的理由。在反对资产阶级自由化斗争这样的背景下，如此鲜明地提出这样严肃的"难点"问题，是需要政治勇气的，对此范敬宜同志态度鲜明：只要角度妥当，没有不可触及的问题。

很快，财贸部的杨洁、谢镇江同志从京来沈。我们三人组成报道组即刻赶赴本溪。在那里，我们整整蹲了七天。其中，花了五天时间进行采访，可以说是广泛、深入、细致。这里，值得一提的是一场大型座谈会。在采访快结束的时候，我们发现持两种不同观点的人是"背靠背"谈的，没有面对面直接交锋，似乎缺点什么，觉得不过瘾。既然要在报上开展大讨论，为何不在本溪先"讨论"一把？于是，一场30多人的座谈会举行了。与其说是座谈会，倒不如说是大辩论会。开头，倒也"和风细雨"，可开着开着，就变成"暴风骤雨"了。我们的全部采访就这样在唇枪舌剑、气氛紧张的"本溪讨论"中结束了。

那天，一回宾馆，三人都很兴奋，很快拟定了报道计划：一、以关广梅建议在报纸上开展讨论的《给编辑部的信》作为开始；二、写一篇讲述关广梅租赁改革情况及其遭遇的问题的报道；三、将在大型讨论会中的两种不同观点整理成《对话》。

一石击破水中天

1987年6月13日，《经济日报》头版头条刊出报道《关广梅现象》。一石击破水中天，由此引发了租赁企业究竟姓"社"还是姓"资"的大讨论。这组深度报道由《关广梅现象》《"关广梅现象"大对话》《论关广梅现象》等九篇报道和评论组成，以长篇通讯《关广梅现象》和《本溪市委、市政府的一封吁请信》为开端，历时45天，震动全国上下，引起全世界强烈关注。英国《金融时报》记者跑到经济日报社问：毛泽东号召学雷锋，谁是"关广梅现象"大讨论的后台？

"关广梅现象"大讨论前后共收到读者来稿来信1万多件。而关广梅本人不仅照常出席了党的十三大，还成了会上的"风云人物"。在有数百名中外记者参加的招待会上，关广梅侃侃而谈，赢得了热烈的掌声。有的外国通讯社甚至报道称十三大刮起了"关广梅旋风"，美国《时代周刊》还把关广梅作为封面人物进行介绍。最值得高兴的是，党的十三大明确提出了在社会主义初级阶段多种经济成分并存，这等于承认了租赁制的合法地位。实践证明，"关广梅现象"大讨论站住了脚。

"关广梅现象"系列报道，被评为1987年度全国好新闻唯一的特等奖。《关广梅现象》这篇报道在2013年被收入《中国百年新闻经典通讯卷》中。

范敬宜的《一点补充》

三十多年过去了，一个"插曲"依然难忘。由于采访中遇到始料不及的两种意见的激烈争论，前方记者压力很大。时任《经济日报》总编辑范敬宜给采访组写了一封表明态度的信，大意是：编委会决定开展关广梅问题的讨论，不是仅仅想弄清楚关广梅这个人究竟能不能当十三大代表，主要是想通过这个讨论，帮助广大群众认清我们目前进行的改革的性质，即究竟是社会主义性质还是资本主义性质，更加坚定对改革的信心和决心。如果将来的事实证明这个报道搞错了，一切由我负责，与记者无关。这封带有"军令状"性质的信，对前方记者起到了"定心丸"的作用，体现了范敬宜同志作为报人的责任与担当。

《经济日报》关于"关广梅现象"的报道，之所以能在全国产生轰动效应，甚至引起国外媒体的高度关注，范敬宜同志在《一点补充》一文中认为，主要是由于这样几方面的原因：

一、它是特殊历史背景下的产物。1987年春天，是我国改革进程中的一段重要时期。一方面，改革开始由农村转向城市，引起了全国人民更大的关注；另一方面，党的十三大尚未召开，社会主义初级阶段的理论还没有提出，社会上对于当前的改革究竟姓"社"还是姓"资"的争论非常激烈，广大群众迫切需要媒体对关系改革前途和命运的重大问题解惑释疑。在这样一种复杂的形势下，《经济日报》推出的"关广梅现象"大讨论，正如一石激起千层浪。

二、它是当时媒体新闻改革浪潮下的产物。随着全国经济体制改革的不断深入，改革新闻宣传的呼声越来越高。新闻界的有识之士，纷纷提出"改革的宣传呼唤宣传的改革"这样一个命题。广大读者也强烈要求新闻媒体能够及时、深刻地回答时代提出的各种新问题。作为当时国内最权威的经济类报纸，《经济日报》自然而然地要承担起改进自身报道，为经济领域的改革鼓与呼的责任。

三、它也是《经济日报》自身改革与发展的产物。《经济日报》创刊于1983年，是随着我国经济体制改革的进程应运而生的。短短三年时间，就以富有革新精神和不断推出具有重大社会影响的报道名噪舆坛。1986年春天，报社进一步提出了"同中央的方针政策贴得近些更近些，同实际工作和生活贴得近些更近些，同群众脉搏贴得近些更近些"的办报思路，并进行了一系列实践，如"关于雪花电冰箱质量问题"的大讨论，"淮河，我为你哭泣"等系列报道，在社会上引起了强烈反响。"关广梅现象"的报道和讨论，由此产生的轰动效应，正是在这样的背景下出现的。

关广梅现象

庞廷福 杨 洁 谢镇江

本溪出了个关广梅！

1985年4月，当"关广梅租赁经营"这件新鲜事儿，成了当地报纸头条消息的时候，很少有人预料到，租赁改革居然会如此剧烈地搅动了平静但并不丰富的山城市场。

较高密度的个人租赁门店，惊人的利润增长和一定程度上左右本溪副食品供应的市场，形成了本溪市独特的"关广梅现象"。

"关广梅现象"带来了什么？

一

说话嗓门很亮的蒋秀娥是关广梅租赁商店中从前"脾气最不好"的营业员。租赁以前，她几乎每天上班时，必不可少地要发生两件事：一是和同伴们聊天，二是挑顾客的毛病。"我过去是个不合格的售货员，"她直截了当地对我们说，"租赁以后，关经理告诉我，再犯过去的毛病，重罚。我压根儿不吃她那一套，过去哪个经理不是这么说，到头来罚过谁了？可有一天，店里一个营业员和顾客吵了一架。第二天，关经理先罚了自己20元，又罚了营业部主任、营业组长各10元，再罚吵架的那位50元，最后，连一旁看到吵架没出声的一个营业员也罚了——因为她没有制止本来该制止的事儿。就是从那一天以后，我见了顾客，处处小心在意，时间长了，倒觉着顾客也变得通情达理了，您说怪不怪？现在，我每月的奖金都是全商店220来号人中最高的……"

蒋秀娥的变化，只是租赁企业中职工精神面貌和劳动态度的一个缩影。

二

1948年参加解放军的宋士柱，是关广梅租赁商店从前的门市部主任。他没有想到关广梅租赁后，会请他去烧茶炉，而他自己居然也认为这种安排没什么不合适——此事一度成为震荡本溪商界的新闻。

本溪市委政研室处长李明，是最早研究"关广梅现象"的人。理论上探索了一年以后，他居然"弃官经商"，辞去处长职务，去做关广梅的助手——此事引起的轰动是去年辽宁省的十大新闻之一。

平庸的领导者开始去做力所能及的工作，一批敢冒风险的人急剧地向改革的实践流动。这是"关广梅现象"带来的另一个变化。有人统计过，在她租赁的8个企业中，商店经理一级的干部从33人减到18人，科室脱产工作人员从76人减到40人。

本溪理论界对上述事实的评价耐人寻味：这种变化，是租赁机制对干部选拔方法的一个刷新，把过去行政部门的"静态任命式"改变为企业内外的"动态竞争式"，使经营能人得以脱颖而出。

三

租赁，在把生产力向前推进的同时，也给生产关系带来了新的变化。关广梅租赁后，给职工办了12件事：45岁以上的职工过生日，送寿桃；晚婚青年结婚，送礼品；女职工生育送5公斤鸡蛋；职工搬家，商店给"搬迁费"；商店配一台洗衣机，为职工洗工作服；职工父母病故，领导吊唁送花圈；逐步建立阅览室、游艺室、托儿所、浴室……

四

然而，并非所有的人都对"关广梅现象"拍手叫好：

一位在本溪市蔬菜公司系统工作26年的党员干部情绪激动地抨击道：关广梅租赁后，就把党支部书记换了，这事儿发生在资产阶级自由化泛滥的1986年，难道是偶然的吗？他一口气提出了对关广梅租赁经验的12条"学不了"，其中上至关广梅不要党的领导，下至关广梅会跳交谊舞，洋洋洒洒。

另一位自称对理论"很有兴趣"的同志，则表现出更大的疑虑：关广梅一人可以租八个店，由此才形成企业群体，如果国家的企业任凭这样"租"下去，那么本溪钢铁公司可不可以租？

去年12月底，在"本溪市企业思想政治工作会议"上，有人一口气向关广梅提出十几条问题。其中，"不要党的监督""不要职工民主管理""贬低思想政治工作"等等，带有相当浓烈的政治气味。

四个月后的另一次很重要的会议上，为数不少的代表提出了更尖锐的批评："关广梅的租赁，是坐收渔利，带有剥削性质"；"她一人租赁八个店，在本溪市形成了一个商业垄断集团，把市场的商品和物价都垄断住了"；"她干的是社会主义吗？"……

新与旧、进与退、未来与以往、变化与僵化，环绕着"关广梅现象"，发生着冲突、碰撞，有时甚至是对峙。

"关广梅现象"引出了更多的社会现象，这些现象向改革的人们提出了一些迫切需要回答的问题。

这些问题是深化改革进程中所不能回避的。

（原载《经济日报》，1987年6月13日，有删减）

1992年1月18日，88岁的邓小平从北京出发，一路南下，开启了具有历史意义的"南方视察"。

　　小平同志南方视察到深圳的五天里，时任《深圳特区报》副总编、主任记者陈锡添跟随采访。他用文字翔实地记录了小平同志的一言一行，并撰写了影响深远的长篇通讯《东方风来满眼春》。

采写小平南方视察报道的日子

◎陈锡添

1992年1月，小平同志南方视察到深圳，发表了一系列重要谈话，这是我党历史的重大事件。他在深圳的五天时间里，我跟随采访，后来写了长篇通讯《东方风来满眼春》（以下简称《东》文）。这是我40多年记者生涯中最感荣幸的事情，也是我所采访的最重大的新闻。

27年过去了，小平同志的音容笑貌仍浮现脑际，整个采写过程仍记忆犹新。

一

1992年1月18日下午5时左右，我接到一个电话后立即赶到市委宣传部。宣传部负责同志对我说，小平同志明天到深圳，市委指定你去采访，是本市派的唯一的文字记者。明天一早8点，你随李灏书记等市领导人到车站去接小平同志，此事绝密。当时被指派去采访的还有本报摄影部主任江式高。

我当时任《深圳特区报》副总编、主任记者。此前，江泽民、李鹏同志等党和国家的主要领导人到深圳，我都曾跟随采访过。

接受任务后，我非常激动。我想，光是"邓小平到深圳"这几个字已是全中国全世界极其重大的新闻了。我意识到这次采访责任重大非同小可，下决心一定要把小平同志此行报道好。

小平同志在深圳五天，没有作任何报告，在国贸大厦作了较长时间的谈话，其余只是在参观的过程中，在车上同陪同的省市负责人聊天、谈笑风生，谈话的形式轻松，内容却非常重要，而且每次谈话所谈的问题都不尽相同，涉及面很广。

小平同志思维敏捷，记忆力强，谈话慢悠悠的，吐字清晰，有条有理，表达准确，容易记录。大家坐在一起时，我几乎是屏住呼吸，调动自己的记忆力并快笔疾书做记录。我在通讯中引用的，基本上是他的原话。边参观、边谈话时，我用纸片急速记下一句半句，或一两个词，再把其整段话刻在脑中，晚上在宾馆立即趁热打铁，通过片言只字勾起整段话的回忆，迅速整理下来，写成大事记。他的一言一行、一举手、一投足，我简直是有闻必录。

当时，任宣传部副部长的吴松营（现为深圳特区报社长）是负责记录的。我们两人住一个房间，每天晚饭后就立马回宾馆一起整理，核对记录，写大事记，每晚忙到凌晨2时。

参观时人很多，尽量往前挤，靠近小平同志，力求听到他的每一句话。如参观仙湖植物园，他摸摸天鹅绒芋的叶子，问这芋长不长芋头；当听到一些竹子是从四川悄悄弄来的，他幽默地说"这也是知识产权问题，你们要赔偿啊"等，很多细节都是因为靠得近才能听到的。又如到民俗文化村坐着看表演，在先科激光公司坐着看《我们的邓大姐》的录像片，我都抢先坐在他的后面。这样才采访到小平的小孙子跑过来，邓楠叫他"亲亲爷爷"；才能采访到小平同志同邓楠争论邓颖超籍贯是广西还是河南等细节。

这许许多多细节能多侧面地、立体地表现这位伟大人物的形象。

在这种场合，作为一个小记者争取走近被采访的对象，是一种责任心的驱动，是职责使然。如果论资排辈，靠近的先是中央领导、省领导、市领导……我岂不是排在十万八千里之遥？这怎么能听到他说了什么，看到他做了什么，采访不就成了一句空话吗？如此采访到的只能是"他说、他又说、他指出、他又指出"之类干干巴巴、空空洞洞、无血无肉、不生动不具体、没有现场感的报道。

有时也挤不上去，或者不在场，我就向在场的领导同志作间接采访，或摘抄在场同志的片段记录。比如，邓小平同志一字一句背出1984年他给深圳经济特区的题词；参观途中在车上的谈话；与家人争论哪里的柚子最好吃等细节，都是间接采访来的。

当时，报社摄影部负责人对我说给我一部高级照相机，以拍一些珍贵镜头。我想，如果我背一部相机，跑前跑后照相，岂不是会失去许多听他谈话的机会？再说我的任务是文字采访，摄影任务有江式高同志承担。他是资深的记者、摄影高手，我无须越俎代庖。在采访的五天中，我怕一心二用从没背过相机，只专心地用文字记录小平同志的一言一行。

后来到小平同志快要离开时，我们欲发个消息或通讯，经请示，得到的答复是暂时不报道。

小平同志于1月23日离开深圳去珠海，当晚我与吴松营同志将小平同志在深圳五天的谈话记录全部整理完毕交给市委，然后就打道回府了。

二

小平同志离开深圳后，很多天，我的心情久久不能平静。这次采访，太令人难忘了，许多事情回荡在我的心间。小平同志在深圳五天的谈话，实在太重要了。他从世界和中国的全局出发，高瞻远瞩，纵论中国的发展前景，发表了许多对中国的改革开放和现代化建设有着十分重要的现实意义和深远的历史意义的谈话。

小平同志给我的印象是一位慈祥可敬的老人。他和蔼可亲，聊天时谈笑自若，幽默横生，没有慷慨激昂之状。他经常扳着手指，平和地娓娓道来，却道出了中国历史的进程，道出正确的航向，道出中国繁荣富强必由之路。

就是这样一位老人，他大半个世纪以来，为中国人民的解放事业和建设事业作出了巨大的贡献。

伟大与平凡，集于他一身。

特别是老人摸摸天鹅绒芋的叶子，问这芋长不长芋头，那返老还童的心态，那"稚态可掬"的神情，再联想到这是一位叱咤风云数十年，新中国第二代领导人的核心、中国改革开放的总设计师时，在我的心头，对他的爱戴崇敬，亲切的强烈感情，喷涌而出。

特别是国贸大厦楼下，面对成千上万激情澎湃、想一睹他风采的群众，他笑容满面，频频招手致意。这种伟大领袖人物与广大人民群众水乳交融的动人场面，深深地感染了我。

我下定决心，一定要写好这篇报道，将他的重要谈话准确地写出来，将他的可敬可爱的形象表现出来。因暂时不作报道，报社编委会决定用评论的形式，将他谈话的重要内容和精神传达出去。这年的春节前夕，市领导同志来报社拜年，也指示报社写若干篇评论，将小平同志的谈话内容宣传出去。

春节过后，我参加了由市委常委、宣传部长杨广慧，副部长吴松营同志组织的评论写作组，撰写《深圳特区报》之《猴年新春八评》。我执笔写了《要敢闯》《要搞快一点》两篇。这八篇评论集中大家智慧，每篇都多次讨论、反复修改，力求精粹，将小平同志重要讲话内容原汁原味地穿插其中。八评在2月20日到3月6日《深圳特区报》发表后，在社会上引起很大反响，香港和内地很多报社纷纷摘要或全文转载，尤其是《人民日报》，以他们特有的政治敏感，破例地转载了其中四篇。

我仍念念不忘要写小平同志南方视察的通讯，但工作太多，又要值夜班，难以抽时间静下心来写作。大概直到3月15日，社长区汇文同志主动提出，代替我值夜班，要我找个安静的地方将这篇通讯写出来。报社领导的支持，给了我极大的鼓励。

我的几位好朋友，当时有色金属深圳分公司（现为深圳中金公司）的经理司徒怀、办公室正副主任郭勇和彭海科同志，为我安排一个套间的房子，还备水果让我有个舒适而安静的环境写作。

材料是非常丰富而又熟烂于心的，我在苦苦构思，进行谋篇布局。开始想，设几个小标题吧，又包容不了太多的题材，会漏掉一些重要谈话和细节，写得不全面，后来决定干脆来个"流水账"，按时间顺序写，这样可以挥洒自如。时间和地点明确，现场感强，给人以全景式的感觉，可将小平同志每天的参观安排、活动细节，在什么场合谈了哪些话，一一表述无遗，可增强感染力和说服力，使读者恍如随着小平同志的步履，听其言谈，观其举止。

在构思过程中，我还跟踪采访了一些人物，进一步了解和核实细节，查阅了有关小平、邓颖超等一些传记资料，以准确交代背景，比如《东》文中的几个细节：

先科激光董事长叶华明和叶正光小时由聂荣臻元帅抚养，小平同志经常到聂帅家做客，见过他们，到现在还记得他们；湖北利川县那棵古老树种水杉，1946年被中国植物学家发现，曾轰动了国际植物界等细节，是补充采访叶华明和仙湖植物园主任植物学家陈覃清获得的。

又如邓颖超的籍贯是河南光山县；邓小平同志在淮海战役中任总前委书记是查找资料核对的。

经过补充采访，查核资料，我获得了许多重要生动的细节和准确的背景材料。整篇通讯的格局已定了，我又对小平同志讲话的重要内容和活动细节、背景交代等作了大概的编排，至此整篇通讯的写作就成竹在胸了。

大约是3月19日下午，正欲动手写作时，杨广慧部长突然通知我，入住深圳迎宾馆，立即动手写作电视纪录片《邓小平同志在深圳》的解说词。我接到命令，毫不迟疑，当即奔赴迎宾馆，花了两三天时间，写出8000字左右的解说词。当时，吴松营同志也是撰稿者之一。21日晚回到家里，我美美地睡了一觉。

3月22日，这天是星期日。中午，我到办公室取报纸，在当天《南方日报》一版上，一个标题赫然入目:《小平同志在先科人中间》。这是《南方日报》驻深记者间接采访的一篇1000多字的通讯。

"怎么，可以发表了?"我脑子这样转了一下，立刻告知当时的社长区汇文。他致电《南方日报》总编辑，得到的答复是:经请示省委领导同志，同意发表。区汇文亦将此事报告了市委宣传部。

我立即赶回家中，坐在沙发上大口地喘着气，"我失职了!"这念头像一个锤子重重地敲在我的脑袋上。我想，如果我们的老大哥报纸《南方日报》《羊城晚报》派出记者将小平同志参观过的地方一篇篇地写出来，我再发表通讯，不就成了"马后炮"?

我胡乱啃了几口饭，就一头钻进房间，铺开稿纸，挥笔就写了标题:《东方风来满眼春》。这是唐代诗人李贺的诗句，我在写这一年本报元旦社论时引用过。想来想去，用它做标题是最恰当最精彩不过了。

一个新闻工作者强烈的使命感，糅合着对小平同志深厚的崇敬爱戴之情，加上对小平同志重要谈话的意义的理解，对当时国内政治经济形势的认识，我激情奔涌，文思如潮，开始奋笔疾书。

就这样，边写边发排，区汇文社长说全部写完他再审阅。到24日下午，11000字的长篇通讯一气呵成。24日晚，区汇文社长审阅了全部发排好的小样，并作了修改。

三

3月25日上午，我同区社长一起拿着稿子到市委宣传部，请市委常委、宣传部杨广慧部长审阅。杨部长说:"发吧，稿子我就不看了，你们自己把关，但要注意你们要把小平同志写成人，不要写成'神'。"

"发吧！"杨部长代表深圳市委说的这句话，重似千钧，反映了深圳市委的敢闯敢冒的精神，超凡的政治眼光和过人的胆识。

市委领导批准了，我高兴之情难以言状。回报社的路上我沉浸在一名记者尽了他的职责，履行了他的使命，完成了一项重大报道任务的喜悦之中。

下午回到报社，我将文章的个别地方再作润色和改动，晚上发到要闻部夜班室，值夜班的老总和编辑部在版面上作了精心安排。

当晚我在办公室，编辑陈寅找我说："你稿子上写'过了猴年'，这不对，春节还未到，还未到猴年哩，应改为'过了新年'。"这改得太对了，去掉一个差错。一个编辑如此细心和负责，我连声对他表示感谢。

不一会儿，值班的要闻部副主任陈桂雄又来找我，说这篇通讯写得太好了，他看了很激动，但有一个词，他要改了它，就是"人们的目光和闪光灯束都一齐投向这位领一代风骚的人物身上"，这句的"人物"要改成"伟人"，还说，"你同意我要改，你不同意我也要改"。我说改得很好，同意。

不一会儿又一位编辑来找，提出对某个词的修改……

这篇通讯，可以说是凝聚了本报编辑人员的心血和智慧。

通讯将在第二天见报，人们将从中更好地理解小平同志的讲话精神，并在实践中付诸行动，这将转变为多么巨大的物质力量啊。我觉得自己完成了一项重大任务，为新闻事业尽了绵力。说实在的，我心头喜滋滋的。

人说"乐极生悲"，我却"喜极生惊"。突然间惊从中来，我想，这篇通讯，会有什么地方写得不准确吗？会有什么纰漏吗？会有什么错误吗……如有，那影响就大了。对个人的影响不算什么，处分撤职事小，影响小平同志形象，影响党的事业事大啊。我越想越惊，惶恐不安。在床上辗转反侧，夜不能寐，做了20多年记者，平生第一次为即将见报的一篇稿件彻夜失眠了。

1992年3月26日，《深圳特区报》在一版头条刊登了长篇通讯《东方风来满眼春》。

报章里的中国记忆

1992年3月26日下午,《羊城晚报》头版摘要转载了《东方风来满眼春》一文。

3月28日，上海《文汇报》《中华工商时报》也全文转载了《东方风来满眼春》。

3月30日,《光明日报》《北京日报》全文转载了《东方风来满眼春》一文。

3月30日晚，新华社向海内外播发了这篇长篇通讯。

3月31日,《人民日报》《解放军报》《经济日报》《中国青年报》《工人日报》，各省党报，中央电视台、中央人民广播电台等全国主要传媒和海外许多传媒都纷纷刊登和播发了这篇文章。

东方风来满眼春

——邓小平同志在深圳纪实

陈锡添

南国春早。一月的鹏城，花木葱茏，春意荡漾。

跨进新年，深圳正以勃勃英姿，在改革开放的道路上阔步前进。

就在这个时候，我国改革开放的总设计师、各族人民敬爱的邓小平同志到深圳来了！

在我国社会主义现代化建设的关键时期，小平同志的到来，是对深圳特区最大的关怀和支持，是对深圳人民最大的鼓舞和鞭策。

1

1992年1月19日上午8时许，在深圳火车站月台上，几位省、市负责人和其他迎候的人们，在来回踱步，互相交谈，他们正以兴奋而激动的心情等待着……

来了！远处传来马达的轰鸣声。接着一列长长的火车徐徐进站。时钟正指9时，列车停在月台旁边。

一节车厢门打开，车站服务人员敏捷地把一块铺着红色地毯的长条木板放在车厢门口。

不一会，邓小平同志出现了！人们的目光和闪光灯束都一齐投向这位领一代风骚的伟人身上。

他，身体十分健康，炯炯的眼神，慈祥的笑脸，身着深灰色的夹克、黑色西裤，神采奕奕地步出车门。他的足迹，在时隔8年之后，又一次出现在处于改革开放前沿的深圳这块热土上。……

千里迢迢，舟车劳顿，市负责人劝他老人家好好休息。

但是，小平同志却毫无倦意。他说："到了深圳，我坐不住啊，想到处去看看。"

众所周知，邓小平同志是创办经济特区的主要决策者。早在1979年4月，他在听取当时中共广东省委主要负责人的汇报后说：可以划出一块地方叫做特区。陕甘宁就是特区嘛。中央没有钱，要你们自己搞，杀出一条"血路"。次年8月，全国人大常委会正式通过并颁布《广东省经济特区条例》，中国经济特区就这样诞生了。深圳特区是邓小平同志亲自开辟的最早的改革开放的试验地之一。它的发展情况，小平同志当然十分关注。1984年1月，小平同志曾到深圳视察过。一晃，8年过去了。深圳的面貌又发生什么样的变化？老人家急不及待要亲自目睹一番。

随行人员说，小平同志身体好，昨晚在车上休息得不错，既然他兴致高，就安排活动吧。

在桂园休息约10分钟，小平同志和谢非等同志在迎宾馆内散步。

散步时，邓楠向小平同志提起他在1984年1月26日为深圳特区题词一事。邓小平同志接着将题词一字一句念出来："深圳的发展和经验证明，我们建立经济特区的政策是正确的。"一个字没有漏，一个字没有错。在场的人都很佩服他那惊人的记忆力。

1984年，特区建设遇到不少困难和阻力，有些人对办特区持怀疑观望态度。是年1月24日，当时任中共中央政治局常委、中顾委主任的邓小平同志，同王震、杨尚昆同志在中顾委委员刘田夫和广东省省长梁灵光的陪同下，到深圳视察，给深圳特区题了词，肯定了深圳特区的建设成就，肯定了办特区的方针是正确的，给了特区建设以决定性的支持，坚定了人们办特区的决心和信心，使特区的建设事业继续推向前进。

散步后，小平同志在省市负责人陪同下，乘车观光深圳市容。

车子缓缓地在市区穿行。这里，8年前有些还是一汪水田、鱼塘，羊肠的小路，低矮的房舍。现在，宽阔的马路纵横交错，成片的高楼耸入云端，到处充满了现代化的气息。小平同志看到这繁荣兴旺、生机勃勃的景象，十分高兴。正如他后来说的："8年过去了，这次来看，深圳、珠海特区和其他一些地方，发展得这么快，我没有想到。看了以后，信心增加了。"

小平同志边观光市容，边同省市负责人亲切交谈。

当谈到办经济特区的问题时，小平同志说，对办特区，从一开始就有不同意见，担心是不是搞资本主义。深圳的建设成就，明确回答了那些有这样那样担心的人。特区姓"社"不姓"资"。从深圳的情况看，公有制是主体，外商投资只占四分之一，就是外资部分，我们还可以从税收、劳务等方面得到益处嘛！多搞点"三资"企业，不要怕。只要我们头脑清醒，就不怕。我们有优势，有国营大中型企业，有乡镇企业，更重要的是政权在我们手里。有的人认为，多一分外资，就多一分资本主义，"三资"企业多了，就是资本主义的东西多了，就是发展了资本主义。这些人连基本常识都没有。……

当谈到经济发展问题时，小平同志说，亚洲"四小龙"发展很快，你们发展也很快。广东要力争用20年的时间赶上亚洲"四小龙"。停了一会，他补充说，不仅经济要上去，社会秩序、社会风气也要搞好，两个文明建设都要超过他们，这才是有中国特色的社会主义。新加坡的社会秩序算是好的，他们管得严，我们应该借鉴他们的经验，而且比他们管得更好。

小平同志在皇岗口岸深情眺望香港

　　车子不知不觉到了皇岗口岸。皇岗边防检查站、海关、动植物检疫所的负责同志，热情地欢迎小平同志的到来。

　　小平同志站在深圳河大桥桥头，深情地眺望对岸的香港，然后察看皇岗口岸的情况。

　　皇岗边检站站长熊长根向小平同志介绍说，皇岗口岸是1987年初筹建，1989年12月29日开通的。占地一平方公里，有180条通道，最高流量可达5万辆次和5万人次，是亚洲最大的陆路口岸。最近每天约通过7000辆车次和2000人次。小平同志听了很高兴，不断点头，露出满意的笑容。

2

　　国贸中心大厦，高高耸立，直插云霄。这是深圳人民的骄傲。深圳的建

小平同志在国贸大厦参观

设者曾在这里创下了"三天一层楼"的纪录，成了"深圳速度"的象征。到深圳来的中外人士，总要登上楼顶的旋转餐厅，远眺深圳城市的景色。

1月20日上午9时35分，小平同志在省、市负责人陪同下，来到国贸大厦参观，该大厦的女职工，整齐地站在两旁，鼓掌欢迎小平同志，并齐喊"邓爷爷好！"，小平同志高兴地向她们招手，并鼓掌致意。

在53层的旋转餐厅，小平同志俯瞰深圳市容。他看到高楼林立，鳞次栉比，一派欣欣向荣的景象，很是高兴。

坐下来后，他先看一张深圳经济特区总体规划图。接着，李灏向小平同志汇报深圳的改革开放和经济建设的情况。李灏说，深圳的经济建设发展很快，人民生活水平有了很大提高，1984年，人均收入为600元，现在是2000元。改革开放也有了很大的进展。他还说，这些年来，我们的精神文明建设和物质文明建设是同步发展的。深圳人对建设有中国特色的社会主义

报章里的中国记忆

坚定不移，并且充满信心……

听了汇报后，小平同志和省市负责人作了较长时间的谈话。

小平同志充分肯定了深圳在改革开放和建设中所取得的成绩。然后，他说，要坚持党的十一届三中全会以来的路线方针政策，关键是坚持"一个中心、两个基本点"。不坚持社会主义，不改革开放，不发展经济，不改善人民生活，只能是死路一条。基本路线要管一百年，动摇不得。

小平同志又说，要坚持两手抓，一手抓改革开放，一手抓打击各种犯罪活动。这两只手都要硬。打击各种犯罪活动，扫除各种丑恶现象，手软不得。……

小平同志侃侃而谈。他还谈到中国要保持稳定；干部和党员要把廉政建设作为大事来抓；要注意培养下一代接班人等重大问题。

在谈话中，小平同志强调要多干实事，少说空话。他说，会太多，文章太长，不行。谈到这里，老人家指着窗外的一片高楼大厦说，深圳发展这么快，是靠实干干出来的，不是靠讲话讲出来的，不是靠写文章写出来的。

小平同志精神健旺，谈兴甚浓。在国贸大厦旋转餐厅，老人家谈话约谈了三十多分钟，使在场的人深受教育和鼓舞。

3

1月21日，是华侨城建设者永远难忘的日子。这一天，小平同志到这里的中国民俗文化村和锦绣中华微缩景区游览。

"锦绣中华"，是集中国名胜古迹于一体的世界最大的微缩景区。中国民俗文化村，是中国民俗艺术的荟萃之地，是集民间艺术、民族风情、民居于一园的大型游览区。

上午9时50分，小平同志在省、市负责人陪同下，乘车来到中国民俗文化村东大门广场。民俗文化村顿时沸腾起来了。广场上欢声雷动，鼓乐喧

小平同志在深圳民俗文化村参观

天，身穿鲜艳民族服装的各族青年男女，载歌载舞迎接小平同志的到来。

在广场西侧，小平同志登上电瓶车，由徽州街西行，缓缓驶经各个民族村寨。所到之处，各少数民族的演员都在尽情地跳舞欢歌，敲鼓击乐，充满欢乐祥和的气氛。小平同志一行在这里领略了千姿百态的民族风情，欣赏了古朴纯美的民间歌舞。而那别具一格的徽州石牌坊群，富有民族特色的贵州鼓楼、风雨桥，云南藤桥，金碧辉煌的西藏喇嘛寺等，又把小平同志一行带进了中华民族源远流长的传统文化长河中。

正在这里游览的群众、港澳同胞和外国朋友，纷纷驻足道旁，鼓掌向小平同志致意。小平同志亦频频向他们招手。

到新疆维吾尔族民居，小平同志走下电瓶车，在这里坐下来，兴致勃勃地观看维吾尔舞蹈。这时，小平同志的小孙子走过来，邓楠抱住他，说："亲亲爷爷。"小孙子亲昵地吻了一下小平同志的面颊，小平同志十分开心。

小平同志接着到锦绣中华微缩景区游览。在"天安门"前，小平同志下电瓶车观赏了"故宫"景色。然后，他走到"故宫"景点旁边的小卖部，很感兴趣地欣赏玻璃柜内的纪念品。

在"布达拉宫"前，小平同志分别同家人及亲属、陪同的负责同志合影留念。

在驱车回迎宾馆途中，小平同志和陪同的负责同志亲切谈话。

小平同志说，走社会主义道路，就要逐步实现共同富裕。共同富裕的构想是这样提出来的：一部分地区有条件先发展起来，一部分地区发展慢点，先发展起来的地区带动后发展的地区，最终达到共同富裕。如果富的愈来愈富，穷的愈来愈穷，两极分化就会产生，而社会主义制度就应该而且能够避免两极分化。解决的办法之一，就是先富起来的地区多交点利税，支持贫困地区的发展。当然，太早这样办也不行，现在不能削弱发达地区的活力，也不能鼓励吃"大锅饭"。

他接着说，不发达地区又大都是拥有丰富资源的地区，发展潜力是很大的。总之，就全国范围来说，我们一定能够逐步顺利解决沿海同内地贫富差距的问题。

当深圳市长郑良玉汇报到在发展经济的同时，把社会主义精神文明建设搞好时，小平同志说，只要我们的生产力发展，保持一定的增长速度，人民的精神文明建设也可以搞上去。我们完全有能力把社会主义精神文明建设搞好。

小平同志还谈到要尽快把经济建设抓上去。他说，有条件的地方要尽可能搞快点，只要是讲效益，讲质量，搞外向型经济，就没有什么可以担心的。

4

1月22日下午3时10分，小平同志和杨尚昆主席在市迎宾馆接见了深圳市委、市政府、市人大、市政协、市纪委的负责人，亲切地同他们一一握手。……

小平同志说，改革开放胆子要大一些，敢于试验，不能像小脚女人一样。看准了的，就大胆地试，大胆地闯。深圳的重要经验就是敢闯。没有一点闯的精神，没有一点"冒"的精神，没有一股气呀、劲呀，就走不出一条好路，走不出一条新路，就干不出新的事业。不冒风险，办什么事情都有百分之百的把握，万无一失，谁敢说这样的话？一开始就自以为是，认为百分之百正确，没那回事，我就从来没有那么认为。

李灏说，深圳特区是在您的倡导、关心、支持下才能够建设和发展起来的。我们是按您的指示去闯、去探索的。

小平同志说，工作主要是你们做的。我是帮助你们、支持你们的，在确定方向上出了一点力。小平同志还指出，社会主义的本质，是解放生产力，发展生产力，消灭剥削，消除两极分化，最终达到共同富裕。证券、股市，

小平同志在深圳种下常青树

　　　　　　　报章里的中国记忆

这些东西究竟好不好，有没有危险，是不是资本主义独有的东西，社会主义能不能用？允许看，但要坚决地试。看对了，搞一两年对了，放开；错了，纠正，关了就是了。关，也可以快关，也可以慢关，也可以留一点尾巴。怕什么，坚持这种态度就不要紧，就不会犯大错误。

在谈话中，小平同志还谈到了：现在建设中国式的社会主义，经验一天比一天丰富；在农村改革和城市改革中，不搞争论，大胆地试，大胆地闯；我们的政策就是允许看，允许看，比强制好得多。

5

时间过得真快，小平同志在深圳，一晃几天就过去了。1月23日，小平同志在广东省委书记谢非的陪同下去珠海特区。……

车子在宽阔的笋岗路向蛇口驶去。在车上，小平同志和省市负责人亲切交谈。

李灏向小平同志简要地汇报深圳改革开放的几个措施：调整产业结构；放开一线，管好二线，把深圳特区建成第二关税区；加强法制，依法治市，加强立法执法工作；把宝安县改为深圳市的三个郊区；等等。

小平同志听了后说，我都赞成，大胆地干。每年领导层要总结经验，对的就坚持，不对的赶快改，新问题出来抓紧解决。不断总结经验，至少不会犯大错误。

李灏说："您讲的非常重要。我们要争取少犯错误，不犯大错误。"

小平同志说："我刚才说，第一条是不要怕犯错误，第二条是发现问题赶快改正。"

谈着谈着，车子到了蛇口。李灏说，南山区管蛇口这一片，南山区发展势头非常好，南山的荔枝很有名。全世界荔枝最好是中国，中国荔枝最好是广东，广东荔枝最好是东莞、增城、深圳等地方。……

接着到了赤湾港，缓慢地行驶。小平同志坐在车上察看赤湾港码头。

李灏介绍说，赤湾港在蛇口里面，可停3.5万吨的船，准备建成停5万吨船的码头。妈湾港在蛇口外面，可停5万吨的。深圳东部、西部都有港口，去年吞吐量达1400万吨，将来要达到上亿吨。

车子到达蛇口港码头。下车前，李灏对小平同志说："您这次来，深圳人民非常高兴。我们希望您不久再来，明年冬天来这儿过春节。"……

把握时机，快一点将经济建设抓上去，这是小平同志对深圳的期望，也是时刻萦绕在小平同志心头的一件大事。

李灏说："您的话很重要，我们一定搞快一点。"

上午9时40分，小平同志乘坐的轮船离开蛇口港。1992年1月19日到23日，小平同志在深圳的这段日子，是极不寻常的日子，它将永远记载在深圳建设的史册上，永远记忆在深圳人民的心坎里。

"东方风来满眼春。"小平同志来到深圳，使深圳进一步涌起改革开放的春潮。小平同志在这里发表的许多重要谈话，对深圳的改革开放和建设，对整个社会主义现代化建设事业，都有着重大而深远的意义。

敬爱的小平同志，我们衷心祝愿您健康长寿！深圳人民一定沿着您倡导的有中国特色的社会主义道路奋勇前进。

（原载《深圳特区报》，1992年3月26日）

绵延数千年、似乎永久天经地义的农业税赋，在改革开放40年中的2006年全面停止征收！这是共和国国力逐步增强的展现，闪烁着党"以人民为中心"发展思想的光辉。

见证农业税赋走进历史博物馆

◎解国记

作为一名长期跑农村报道的新华社记者，20世纪80年代中期，一天，我到总社国内部农村组，跟副组长曹绍平聊天。谈起我某篇稿件能不能评个好稿时，他说："一个农村记者，一年能为农民说一句话，比评上10篇20篇好稿的意义还大。"这句话从此改变了我的新闻价值观。

"猪头税""人头税""田亩税"

1996年7月26日晨，河南人民广播电台的早间新闻，一条《禹州市苌庄乡按人头征收"猪头税"引起群众强烈不满》的消息吸引了我，于是立即打电话给新闻报道的记者冯肖楠了解情况。

三天后，河南台又播了一篇跟踪报道，说问题已于27日得到解决，于是我便未再把那新闻放在心上。可是30日早晨6点钟，冯肖楠给我打电话：电台播了那条"问题解决了"的稿子后，又接到群众反映，说问题根本没有解决，我们打算再去采访，你去不去？我没有犹豫，与他们一同上路了。

车子跑了近两个小时，来到苌庄乡境。这里是半山区，村子很穷，房子破破烂烂。听到我们采访"猪头税"的事，村民们围上来，气愤异常，七嘴八舌，都说是按人头收的，每口人11块（元，下同）钱。不管养不养猪，都缴这个数。

一个叫刘群昌的农民很生气。他说他在按人头缴"猪头税"之前，已经缴过"猪头税"啦，是在卖猪的时候缴的，"但是这次还叫我再缴33块，因为我家3口人"。

正好村里来了一个收猪的老头，我问他，你收猪的时候是不是收"猪头税"呀？他说，收哇，一头猪40块钱的税。税票我都随身带着哩。

听了他的话我又想：卖猪时缴一次，按人头平均摊一次，那杀猪的还缴不缴税了？听说附近的玩北村有杀猪的，我们当即赶去。问屠宰户刘国义缴不缴"猪头税"，刘国义说，怎么不缴呀，税务所的人先是来查猪头，一头40块，不管大头小头。后来税务所的人嫌查猪头麻烦，就改为定缴，一个月包多少头，不杀也得缴。

一头猪征收三道屠宰税，尤其把它变成按人口分摊的"人头税"（外地还有按农户承包责任田分摊的，人称"田亩税"）压到农民头上，明显违反国家、地方相关法规，大大加重了农民负担。我就此先后写了两篇消息配两篇短评，《经济参考报》均头版头条刊发，新华社通稿选用播发，十几家省级以上报纸转发，《人民日报》刊登相关评论，《南方周末》刊发原创漫画，中央电视台口播短评；新华社新闻研究所评稿例会予以"特别赞扬"，《新闻业务》评稿文章称之为"一组揭露和评说加重农民负担问题的深度报道"，"它不只是单纯地报道某地发生的这件事，而且给全国其他地方给农民加重负担者敲响了警钟"。

这组报道之后，"猪头税"事件相关责任人受到处分，多征的钱退给了农民。几个月后的1996年12月30日，中央下发《中共中央国务院关于切实做好减轻农民负担的决定》（1997年4月1日各大报公开发表），该"决定"的第一条说："……屠宰税必须据实征收，不得向农民下指标，不得按人头、田亩平摊。"

农民负担的"七十二变"

我跑农村的总体感觉：自20世纪80年代中期至2002年较大面积推行农村税费改革试点间，是农民负担愈来愈多、愈来愈重的时期。

农村由人民公社体制转为家庭联产承包责任制后，农民迅速解决温饱问题，多余农副产品的出售也换来些许现金收入。这给人一种感觉：农民富了，可由农民出钱办一些乡村的事情了。于是，除农业税，有了"三提五统"——公积金、公益金、管理费的提取；农村教育费附加、计划生育、优抚、民兵训练、修建乡村道路等费用的统筹。

严重的问题是，除了这些有名目的收取，五花八门的搭车收费多如牛毛。农民把国家征收的农业税称为头税，把提留统筹称为二税，把摊派、罚款和干部贪占花费称为三税。普遍的情况是"头税轻，二税重，三税无底洞"。我的《警惕农民负担的"七十二变"》短评说：《西游记》里的孙悟空，有七十二般变化。他的"七十二变"，除了个别情况似有不轨，主要用于对付妖魔鬼怪，用来做善事。而今一些地方官员，在农民负担上也搞"七十二变"，大掏农民腰包。你允许我收统筹提留农业税，我就往里塞各种费。……硬的基础设施要求标准化，软的服务性工作也搞标准化，而且这也要求大办，那也要求大办，达不到标准就扣分罚款。

禁不住最后一根稻草

殊不知此时乃"农民真苦，农村真穷，农业真危险"时期，重负之压下的农民，往往禁不住最后一根稻草。

1988年河南省民权县大旱，全县夏粮减产41.9%。这个县的程庄乡更甚，减产49.1%。程庄乡程东村蔡庄农民蔡发旺家，由于特殊原因情况更惨，总共只收了700多斤麦子，不及往年的四分之一。虽然减产这么重，但全县粮食定购任务却一两不减。程庄乡不但不减，反而在县里分给的509万斤任务上加码9万斤，且要求"全年任务一季完成"。蔡发旺家定购任务400多斤，如果完成的话，全家7口人就几乎没什么吃的了，加上其他理由便顶着不交。

7月11日夜，乡党委书记命令派出所司法所干警，把蔡发旺"弄到乡里教育教育"。68岁的蔡老汉先是在屋里被干警们用皮带鞋底打，又被拖拽到院里铐在树上打，头部、背部、胳膊、腿、睾丸等皮开肉绽18处后倒地。下半夜趁打手入睡，他用一根塑料编织带，把自己遍体鳞伤的躯体，吊死在派出所门前宣传栏的铁架子上。

这是农村实行家庭联产承包责任制后发生的第一桩恶性命案。口头上怎么说这样的事情，文字上怎么写这样的事情，领导层怎么处置这样的事情，都没有先例，故而上下左右均不知所措。媒体失语，以至于死者陈尸乡政府200多天无人问津。

我实在看不下去这种"死局"。于是便到总社找支持。国内部第二编辑室张新民、王京文同志听我谈了情况后立即拍板：要，你回去写吧！

回到郑州，我向分社领导汇报说，总社让我写民权的案子。分社同意后，我和老记者张玉林、朱广智同志采写了《农民停尸乡政府260天的报告》，新华社分两期刊发参考报道，《农民日报》以《一具冤尸与一个流亡政府》公开发表。

报道立即引起反响。中央政法领导小组秘书长、最高人民法院院长任建新，河南省委书记杨析综等相继批示，河南省高法、省检察院、商丘地委迅速行动，案件查处立即进行。

当这第一桩恶性案件发生时，我以为是天大之事，全国都会震惊，各地都会引为教训，不会再让此类悲剧重演。谁知，有了这第一后，许多地方居然又出了第二、第三、第……据我实地采访，全国超过三分之二的省、自治区、直辖市，都相继发生了农民负担过重引发的恶性案件。引发恶性案件的最后一根稻草，往往也就三五百元钱、三五百斤粮，或者一头猪、一台黑白电视机，甚至50元钱、19斤麦子……

更为恶劣的是，有的农民实在忍受不了乱收费、乱摊派、乱罚款的祸害，向上反映告状，竟招来杀身之祸！

1994年7月31日是个星期天，一位朋友秘密来访，我赶紧接待。他谈的线索让我目瞪口呆：南阳地区邓州市陶营乡徐楼村村干部密谋，把一个叫陈重申的农民给杀了！

"什么原因？"

"就因为人家向上级上访告状，反映村里提留摊派多，农民负担重。"

第二天刚一黎明，我和分社司机刘国章，冒着采访风险（第二次再去时地方公安为防意外派便衣跟着我），顶着三十八九摄氏度的高温上路。苍蝇乱飞乱爬的路边店水饺饱肚，300多公里奔波，直到下午我们才赶到徐楼村。

村头上，一些人在树下避太阳。一听我问陈家的事，立即围拢过来叙说。那一天奇热难挨，除我以外的男子，几乎全都短裤衩子光脊梁，我则长裤短褂"正襟危坐"，加上一丝风也透不进人圈来，更使我热得汗流不止。褂子湿了，裤子湿了，拿笔的手湿了，捏采访本的手也湿了。然而我顾不得擦一下汗，只是一个劲"嚓嚓"地往本子上记。越记心里越沉重，渐渐地，从我脸上往下淌的，流进口里的，说不清是泪水，也说不清是汗水，反正都又咸又涩。

谈完又挨家访问农户，不少人家一贫如洗。陈重申所在的村民小组，农民实际年人均纯收入不过300多元，然而却要负担人均100多元的各种提留摊派收费。于是，58岁的陈重申就根据中央关于减轻农民负担的政策，多次跑邓州市、南阳地区和向省有关部门发函，反映村里"三乱"（乱摊派、乱收费、乱罚款）情况。陈的上访告状行为让乡村干部非常气愤。乡政府主要负责人授意村党支部书记"收拾"陈，于是村干部就研究设谋，黑夜里从家诱出陈重申将他勒死。

此案的参考报道引起中央领导同志高度重视，中央主要领导作出长篇批

1996年8月1日，《经济参考报》头版头条刊发报道《苌庄乡"猪头税"竟按人头收》，并配发短评《警惕农民负担的"七十二变"》。

示，内容广及农村基层组织、农民负担、农村经济政策、农村宣传等重要问题。最终4名党员干部被判处死刑，两名判有期徒刑，数十人受党政纪律处分。

"五年内取消农业税"

2004年伊始，中央颁发一号文件：《中共中央国务院关于促进农民增加收入若干政策的意见》。

这是20世纪80年代中央连发5个"三农"问题一号文件，相隔18年之后的第一个一号文件，我不由心绪怦然。2004年的一号文件，是试图解决农村累积问题的转折性文件，关乎几亿农民"转运"。

于是，我们《新华每日电讯》编辑部提前策划，由我带领报社编辑记者，联合新华社驻地方分社记者，到鄂豫皖三省乡村调研十几天。在媒体公开发表一号文件不久的当年两会期间，《新华每日电讯》推出三个版的《甲申农鉴——鄂豫皖部分农区调查》，如实反映一号文件面对的严酷现实。400多家报纸网站转发，读者来信来电评论以千计，成为两会代表委员热点话题。河南代表团有的代表建议国家尽早全部取消农业税，河南省更要先行一步。

此后，鄂豫皖的这些乡村成为《新华每日电讯》多年定点调研基地，报社派多名编辑记者轮流前往采访调研，少犯跟风、漂浮错误，也为自2004年开始的每年一个"三农"问题一号文件的效应提供镜鉴。

我们不无欣慰地看到，那一年3月5日时任国务院总理温家宝在作《政府工作报告》时的宣告：五年内取消农业税！

这一宣告引起巨大反响，各地积极回应，一个接一个宣布提前全部取消农业税。到年底，全国便有25个省、自治区、直辖市宣布2005年取消农业税。2005年12月29日，全国人大常委会通过决定，废止1958年颁布的《中华人民共和国农业税条例》。

2006年1月1日起，中国延续数千年的农业税赋走进历史博物馆。

（原载《新华每日电讯》，2018年6月9日 ）

警惕农民负担的"七十二变"

《西游记》里的孙悟空，有七十二般变化。他的"七十二变"，除了个别情况似有不轨，主要用于对付妖魔鬼怪，用来做善事。

而今我们一些地方官员，在农民负担上也搞"七十二变"，大掏农民腰包。你允许我收统筹提留农业税，我就往里塞各种费。记得相当长一段时间里，乡村标准化项目铺天盖地：学校标准化，广播站标准化，派出所标准化，卫生院标准化，敬老院标准化，计生办标准化，党员之家标准化，青年之家标准化，民兵之家标准化，厕所标准化等等，数不胜数。且这些经济并不发达的地方，其标准化的"标准"之高让人咋舌：学校是"两层楼，六粉刷，砖墙铁门花园化"；派出所是"3511工程"——3个人，5间房，1辆摩托车，1部对讲机；民政所是"4311工程"——4个人，3间房，1台彩电，1部录像机。

某县的农户管理标准化搞起了挂牌子风：门号牌、遵纪守法牌、计划生育牌、这"星"那"星"牌等等，家家得买，4至7元不等。群众买的牌子门上挂不下，只好钉在门口的树上。有个乡大搞标准化建设，34个行政村仅村室一项就向农民摊派17.1万元。有个村没有一个团员，也得领取团委发给的6个达标牌，计款300元。

硬的基础设施要求标准化，软的服务性工作也搞标准化，而且这也要求大办，那也要求大办，达不到标准就扣分罚款。什么村干部财产保险、村干部养老保险等多个险种捆在一起，层层分指标，按人头地亩向农民强行摊派。有的地方把"指导"农民种多少亩棉花烟叶，推销多少农药微肥，收购多少农副土特产品，列为"服务"考核项目，达不到标准的就向农民罚款。农民怨声载道："你达标，他达标，叫俺农民吃不消"；"这大办，那大办，全是农民血和汗"；"服务说得很好，做得好狠"。

（原载《经济参考报》，1996年8月1日）

2013年9月，中国（上海）自由贸易试验区在浦东外高桥启动运行，总面积近29平方公里。

建设自贸区是党中央在新时代推进改革开放的一项战略举措，在我国改革开放进程中具有里程碑的意义。

自2013年上海自贸试验区设立以来，从东部沿海到西部内陆，我国自贸区建设分4批形成了"1+3+7+1"雁阵格局，并以制度创新为核心，探索形成了171项改革试点经验向全国复制推广，自贸区作为改革开放"试验田"的作用得以充分发挥。

高桥镇风云

◎颜维琦

上海浦东，一片充满传奇的热土。

陆家嘴，高楼林立，在黄浦江东岸形成最美的天际线，每一幢楼都是一条垂直的"金融街"，这里有近4万家企业入驻，有91幢亿元楼；张江，以科技创新为使命，拥有世界一流的重大科技基础设施集群，构建起跨学科、跨领域的协同创新网络；世博地区，向世界讲述"城市让生活更美好"，如今正瞄准建设世界级中央活动区；上海迪士尼，迄今为止我国引进的最大现代服务业，建设运营8年来，成为中外游客来沪旅游首选地、文化旅游产业集聚发展首选地。

这些名字，每一个都自带光芒，每一个背后都藏着不少故事。今天，我们只讲一个名叫高桥的浦东小镇的故事。

江口一沙洲

高桥，位于上海浦东东北角，地处长江口之南、黄浦江以东，其镇因桥而得名。从地图上看，它位于黄浦江、长江和东海"三水合一"的黄金水域，上海人称"三夹水"。

这里原是江口一沙洲，长江从上游夹带而来的泥沙，在漫漫岁月中沉淀堆积。到唐代，高桥一带逐渐成陆。

滩地不断淤长、延伸，大片芦苇迎风摇曳，一道道海塘修筑起来，海塘边出现了村落和集镇。

宋元时期，高桥是盐业的集散之乡，浦东先民们熬波煮盐，最先发展起盐业经济。"一部浦东史，半部制盐史"，高桥亦不例外。

"万里长江口，千年高桥镇"。高桥地理位置绝佳，乃形胜之地，历来是海防重地、水上运输集散地。

元代高桥人张瑄首创大规模海上漕运，营造大批平底海船即"沙船"，大可载重八九千石，小亦可载二三千石，解决了漕粮海运的难题，开中国航海史之先。他的家乡高桥遂成"沙船之乡"，当地不少百姓参与海上运输，一时百舸争流，近海贸易日趋发达。

明代后期，浦东盐业衰落，棉花业和家庭纺织业发展起来，出现了品牌化和规模化。高桥镇不仅是纺纱织布业的重要集镇，还是布匹贸易的集市和外销港口，成为纺织之乡。据《宝山县续志》载，明、清两代由沙船运往北方牛庄等地的纱布，都是高桥生产的。海外市场随即悄然发展起来。

清末民初，高桥商业进一步繁荣，成为江南名镇。正所谓："天光水色碧成围，何处蓬瀛望翠微。万斛余皇渺一苇，乱帆齐拍浪花飞。"清代高桥诗人顾清泰用诗意的笔触描绘这座滨海集镇。据《浦东老风情》介绍，旧时高桥有清溪八景。清溪，乃高桥古名，八景包括宝山旭日、双桥夜月、东海扬帆、春江诗渡、护塘积雪、烽墩远眺、江村柳荻、法昌双杏，在浦东颇有名气。诗中写的便是东海扬帆之景况。

面朝大海的高桥人，享受着江海之交带来的便利。面朝大海，高桥人更不缺闯劲。盘点高桥变迁史，可以说，上海走向大海，从高桥迈出了重要一步。

浦东靠海，但大海曾经挡住了人们的脚步。有了海上通道，沙船被广泛使用，种棉、纺织、贸易、海运形成一个产业链，到上海开埠前，上海已成为全国最主要的江海中转枢纽港，有了"江海之通津，东南之都会"的美誉。

浦东自海上来，成于海，兴于海。一条江，一片海，江风海潮造就了浦东气质。

到了近代，凭借"三刀一针"的手艺，高桥人勇闯上海滩，勇得一席之地。在同乡带动下，他们离开土地，习商习工，进入城市。

接北通南，一桥连血脉。开来继往，千载续人文。

1990年4月18日，浦东开发开放号角吹响，历史翻开崭新一页。高桥，也在时代洪流中经历淘洗，在变与不变中遇见未来——

一街之隔，外高桥保税区建立，这是当时内地开放程度最大的自由贸易区；13年后，这里挂牌成立了中国第一个自贸试验区。

9月的上海，秋凉初显，我穿梭在高桥的街巷寻找故事。生活在高桥、工作在高桥的人们，慷慨地与我分享、讲述，这些故事连缀成一片小镇风云。

高桥营造

徐瑞琛的家，在高桥西街124弄敬业堂。沿着西街，穿进一条小弄堂，走到头就是。

弄堂四通八达，从院子后门走出去，经过一个水果摊，七拐八拐就到了另一条街。

70岁的徐瑞琛热情健谈："前几年同济大学的教授专门来看过，说高桥敬业堂的木雕，是老街上保存最好的。"推开木门，步入院子，果不其然。

典型庭院式布局的徽派民居，一进两厢三正屋。正房、厢房和客堂楼、厢房楼前都有木雕回纹、花格栏杆，梁和檐下布满精美的木刻浮雕图案，大墙门的门檐上装饰有5幅精美的砖雕。客堂和厢房的24扇落地长窗，上半部是用蠡壳做的小方格子蠡壳窗，下半部有着精致的木刻浮雕，客堂前的廊檐顶部是用弯椽做成的船形顶。

"这些还是父亲让我和堂弟爬上梯子，用石灰糊起来才保护下来的。"徐瑞琛指着木雕上的图案说，他和伙伴们从小就在老街各式各样的房子里穿梭玩耍。

敬业堂是徐瑞琛的曾祖父一辈建起来的，有"精雕细刻敬业堂"之称。徐瑞琛说，高桥人的"三刀一针"了不得，"三刀"的第一刀就是泥水匠手中的泥刀。

高桥营造业曾领一时风骚，外滩的万国建筑群少不了高桥泥刀，23幢大楼有三分之一出自高桥建筑工匠之手。上海许多桥梁、厂房、花园洋房、里弄住宅、高楼大厦都是高桥人的杰作。高桥人绝对是占据上海营造业半壁江山的浦东生力军。

高桥人回到家，把上海滩最新潮、最多元的建筑风格也带了回来。于是就有了不一样的高桥建筑：有本地的观音斗，也有徽派的马头墙；有传统进深，也有西式洋房；建的是中国传统的庭院，用的是西式钢筋混凝土材料；这边是隔扇、挂落的中式布局，那边是壁炉、吊灯的西式装修。中西混搭，却又自然不违和。

西街著名营造商钟惠山的住宅就是典型代表。胜利桥边，高桥东街81号，临高桥港而建的仰贤堂，更是将高桥人的营造技艺展现得淋漓尽致。仰贤堂现今是高桥历史文化陈列馆，里面展陈的一份高桥大户人家结婚证书也是中西合璧，上面有牡丹凤凰，也有西方小天使。

高桥以桥得名，桥多、河浜分叉多，呈现"丁字河、丁字街"风貌。从敬业堂出发沿着一段窄窄的小浜路，经过石家弄桥、张家弄桥、王家弄桥、花园桥等4座桥，便是高桥中学。少年时徐瑞琛每天都从这里走过。如今，小浜路早已填河拓路，成了季景路，把春晖、夏碧、秋霞、冬融等4条路串联，寓意"四季美景"。

高桥镇最具代表性的"高桥"——一座高大的古石桥已拆除，填筑60余丈的原河道为马路，以利交通。一段河道，一座桥，150年变迁中，高桥人为此立了"古高桥旧址"碑、《迁桥筑路记》碑和《移碑记》3块石碑记载其事，使后人对古高桥的旧址有一个历史纵横感的清晰认识，既显示了"高桥"在高桥人心中的地位，也展现了高桥人尊重历史的意识。

高桥中学御碑亭内的永乐御碑所幸还在。永乐御碑，又名"宝山烽堠碑"，是迄今发现的唯一一座由皇帝撰文的航海碑，让人遥想当年长江口千帆竞发之况，郑和下西洋的浩荡船队也宛在眼前。

徐瑞琛说，这块碑得以保存至今，当时在高桥中学当老师的王京盦功莫大焉。王京盦，字劲父，著名金石书法家，西泠印社社员，那时在学校教古文，还做过图书管理员，潜心搜罗高桥历史文化遗迹，关键时刻全力护碑，方得保全。王京盦传统修养深厚，教过徐瑞琛的哥哥姐姐，和徐家熟识，敬业堂的客堂间两壁空着，就请他来家挥毫写下真草篆隶四体毛泽东诗词。

"万里长江口镶嵌明珠一颗，千年高桥镇流传故事百篇。"徐瑞琛说，高桥遍地是故事。"三刀"的第二把刀是裁缝用的剪刀，高桥裁缝在上海滩名噪一时。第三把刀是厨师的菜刀，高桥师傅以烧本帮菜见长。"一针"，是指高桥绒绣。绒绣源于欧洲，20世纪初英国传教士将其引进中国沿海地区，1930年传入上海，高桥绣娘用力最勤，绣品质量最优。高桥绒绣现已同洋泾绒绣共同申报成为国家级非物质文化遗产"海派绒绣"。

时光在故事里潺潺流淌，岁月在砖瓦间静静移转。闲暇时，徐瑞琛喜欢在老街走走，给游客讲高桥故事。镇上组建了一支名为"高桥爷叔"的特色志愿服务团队，专讲古镇故事，主要由热爱高桥、了解高桥历史与文化、土生土长的高桥老爷叔组成。最近这支志愿服务队伍里也有了年轻的90后。

年轻人喜欢古镇，愿意一起走进古镇深处，徐瑞琛很高兴。高桥这个千年古镇的新征程已经开启。

"羊羔路"变迁

站在古镇桥头,目光越过仰贤堂,鳞次栉比的楼宇进入眼帘。全球的创新创意集聚,碰撞,快速流转。

身后,高桥港的岸边,有人家晒被子,有老人在练拳,孩子在操场奔跑,年轻人在埋头学艺。

新与旧、变与不变,是小镇的永恒主题。一如由界浜改名而来的高桥港,一水流过千年。界浜不仅曾是上海县和宝山县的界河,还曾是上海县和嘉定县的界河。明万历《嘉定县志》上明确标有"界浜",说明界浜在明代就已是分界之浜了。

与高桥变迁息息相关的,除了这条界浜,还有一条马路。

1956年,上海市高桥区、洋泾区、杨思区合并,成立东郊区。当年修筑了一条贯通全区的道路名为杨高路。道路全长18.9公里,只是3.5米宽的碎石煤屑路面的小路,被戏称为"羊羔路"。

1971年,杨高路铺设柏油路面,1980年拓宽至6到7米,延伸至高桥镇。1992年,随着浦东开发开放的起步,杨高路进行大规模扩建,建成了双向6快2慢、红线宽50米的道路。那时的杨高路,连接杨思镇到高桥镇,呈西南向东北走向,是改革开放初期浦东最好的一条公路。

杨高路沿途建设了龙阳路等立交桥。易初莲花杨高南路店,是浦东第一家大卖场。浦东公交成山路停车场,后来的浦东公交总公司就在杨高南路成山路口。1990年年底,面积1210平方公里,占了上海1/5的浦东,仅有公交路线48条,出租车35辆。

一江之隔,天壤之别。当时的浦东"阡陌纵横、鸡犬相闻"。"到上海要摆渡,到农村跨一步。"这是20世纪80年代在浦东流传的戏言。

1990年4月18日,中央宣布开发开放浦东,长江入海口的这片土地被推向中国改革开放最前沿。

开发开放浦东，是中国在改革开放关键时期作出的一项重大战略决策。浦东新区区委书记翁祖亮如是解读：20世纪90年代初，"苏东剧变"使世界社会主义发展遭受挫折，国内改革发展面临新的挑战。开发开放上海浦东，宣示了中国坚定不移推进改革开放的决心和信心，最大限度发挥了上海这张"王牌"的作用，为我国抓住全球产业结构和分工调整的重大机遇、全面参与经济全球化提供了重要平台。

随后，上海决策部署了"多心组团，滚动开发"的浦东开发开放策略，并于当年7月22日组建陆家嘴金融贸易区、金桥出口加工区、外高桥保税区3个开发公司的经理班子，带动浦东推进产业开发、形态开发和功能开发。

彼时的上海，正经受着结构失衡、城市老化、新旧体制摩擦、对外开放度不足以及财政负担沉重等深层次矛盾困扰，3个开发区承担的功能使命各有不同。外高桥保税区，被寄望发展国际贸易。

这一年，一个初秋的午后，一行人从四面八方、坐车坐船，穿越芦苇荡，在杨高路一侧简陋的两层小楼上，宣布成立我国大陆第一个境内关外的保税区——外高桥保税区。中国经济要现代化，必须实现国际化，保税区正是中国经济与世界最先接轨的地方。

这一年，徐瑞琛已经结束了在高桥镇旁杨园公社的10年插队，大学毕业后进入上钢三厂工作了9个年头。"你知道吗，就在杨高中路靠近五洲大道，保税区的海鸥雕塑展开的翅膀正下方，就是我插队的地方。"徐瑞琛充满自豪。但当时的他还没有意识到，一个伟大的起点在高桥镇旁悄然延伸。

1992年3月9日，外高桥保税区投入运营。

此后，杨高路将三林镇、世博园、陆家嘴金融贸易区、金桥出口加工区、外高桥保税区联系起来，成为浦东新区重要的交通干道。2008年，杨高路再度扩建为8快2慢道路。

从"羊羔路"到深入浦东腹地的大马路，这不由令人想起，1925年10月8日，一列火车从浦东沿江的庆宁寺站出发，驶向川沙。这条长达13.9公里的铁路来之不易，是浦东同乡会的功劳。浦东的早期开发，一个很重要的特点是民间力量的积极奔走。

正如上海历史学家熊月之在《百年浦东同乡会》序言中指出："在先进的浦西，活跃着一批出生在浦东、引领着城市潮流的浦东人，诸如李平书、穆藕初、杨斯盛、黄炎培、杜月笙等，他们睹城思乡，油然而生一种浦东意识。这种意识，是城市化、现代化的意识，是不甘落后、见贤思齐的意识。"李平书、杜月笙都是高桥人。

在长期书写浦东的《中国传奇：浦东开发史》作者谢国平看来，浦东意识本质上就是一种开放意识。

浦东的眼睛

外高桥是浦东的眼睛，眼睛一活，五官皆活。

1999年底，胡环中第一次来到外高桥保税区。保税区的路名让他觉得颇有意思：英伦路，英国伦敦；日京路，日本东京……大部分都是国家名加上首都名。路名，似乎也寄托着国际化的美好愿景。

1972年出生的胡环中毕业于北京师范大学。1996年大学毕业的他正在思考人生方向，正逢上海人事局到北京招人，胡环中被"到上海去"的时代热情鼓舞，只身来到上海。在上海贸促会浦东分会工作一段时间后，他决定参与外高桥集团的筹建。

"浦东是热土，外高桥更是热土，我追随热土而来。"2000年3月，胡环中正式入职外高桥集团，成为集团第13名员工，办公地点在华京路2号6楼。华京路，取中华、北京之意。从小在新疆克拉玛依油田长大，胡环中骨子里天然有股创业的豪情。

富特的路名出自哪里，寓意富裕的特殊区域？不管命名初衷是否如此，在中国大陆开放度最大的自由贸易区，发展国际贸易，确实是外高桥的使命。

随着世界500强企业日本JVC率先进入保税区，成为中国大陆第一家外资加工企业，以英特尔、惠普为先导，飞利浦、IBM等一批跨国企业的生产工厂纷纷进驻保税区，形成具有一定规模的先进制造产业园区。1994年保税区的海关税收0.45亿元，1995年3.40亿元，1996年增加到16.97亿元，几乎翻了五倍。

这期间，外高桥集团也走过了大规模土地开发阶段、土地与功能开发阶段，进入功能深化和开发模式转型阶段。集团明确了要以建设功能最前沿、总部最集聚、贸易最便利、联动最紧密的国际贸易城为目标，为打造世界一流的自由贸易园区而努力。

当2000年胡环中来到外高桥集团工作时，外高桥保税区已经初步形成世界高端企业发展的汇集点。下一步往哪里走？开发开放的步子往哪里迈？胡环中参与了大量政策研究，梳理产业政策建议，讨论集团战略发展规划。这段经历让他受益匪浅。

2003年，25岁的山东姑娘臧新霞来到外高桥保税区，成为保税区海关的一名关员。上班的路好遥远，从浦西打浦桥的家到外高桥，只有一趟公交能到，单程要一个多小时。公交车沿着杨高路一直开，似乎怎么也开不到尽头，杨高路两侧多是农田，人烟稀少。保税区里，除了海关就是工厂。

保税区的海关报关大厅在杨高北路，最开始只有十几个工作人员，随着业务量增加，后来在旁边的台中南路新建了报关大厅，一个通关科有近30人。2007年年底，外高桥保税区五号门北侧，上海地铁外高桥保税区南站正式启用。这是上海轨道交通6号线的高架侧式车站，就在杨高北路的高架上。有了地铁，臧新霞的上班路缩短到50分钟。

2009年夏天，臧新霞成为上海外高桥保税区海关通关一科副科长。随着保税区业务量增长，大量待审核的单证如雪片般飞来，平均一天近两百票，多的时候有两三百票，通关无纸化需求迫在眉睫。臧新霞和同事们在琢磨，如何让贸易便利化水平不断提高，企业获得感不断增强。

2010年，胡环中被委派到位于马吉路2号的国家对外文化贸易基地（上海）工作。刚到基地时，一幢大楼里只有30多家入驻企业，门可罗雀。谁能想到，此后短短几年间，竟迎来如此的飞速发展。

站在地球仪边思考，一个全新的机遇和使命摆在上海面前。

2013年9月25日，随着上海自由贸易试验区挂牌进入"倒计时"，通往外高桥沿线干道的指路牌陆续变脸，更换完毕。位于杨高北路五洲大道附近的海鸥造型跨路拱门更新进入收尾阶段。

这座拱门堪称外高桥保税区的地标，见证了中国第一个保税区多年来创新先行的历程。当外高桥保税区作为4个海关特殊监管区域之一纳入上海自由贸易试验区之后，海鸥门上的名称随之改变。

建区之初，保税区的英文名称就极具先见之明地使用了"FREE TRADE ZONE"，而今添加了"PILOT"一词，既为"试验"，又有"领航"之深意。名称更换的同时，海鸥门色调也更新为黄色和红色。

外高桥的海鸥，将振翅向着更远的远方。

离世界最近的舞台

"然而在我之中国发展计划，上海有特殊地位。"

"于是依我计划，当更延长浚渫局所已开成之水道，又扩张黄浦江右岸之湾曲部，由高桥河合流点开一新河，直贯浦东……如此，然后上海可以追及前述之计划港，其建造能为经济的，可以引致外国资本也。"

"在我计划，以获利为第一原则，故凡所规划皆当严守之。故创造市宅中心于浦东……"

从2018年回望，上海浦东的现实成就，已远超近百年前孙中山《建国方略》中关于在浦东建设"东方大港"的上述规划设想。

从高桥小镇望出去，不难感受时代的风云际会。

2013年9月，中国（上海）自由贸易试验区成立，成为浦东代表中国全面深化改革开放的象征。5年来，上海自贸区在投资、贸易、金融、事中事后监管等领域不断开展制度创新；2015年浦东被确立为上海建设具有全球影响力的科创中心的核心功能区，标志着浦东进入了创新驱动发展的新阶段。这些都令浦东代表中国参与国际经济科技合作竞争的能力水平进一步提升。

今年8月9日，一年一度的"上海对话——艺术开启未来"高峰论坛开启，作为上海对话的发起者，胡环中感慨万分。

"上海自贸区5年来，各经济产业领域都实现了快速发展，自贸区以占浦东新区1/10的面积，创造了浦东新区3/4的经济总值，以占上海市1/50的面积，创造上海市近20%的产值。在上海自贸区28.78平方公里的土地上，2017年实现了13500亿元的进出口需求。文化产业同样承担着自己的担当，从自贸区建立伊始，就把文化产业与自贸区做结合，并且逐年推进。2017年，国家对外文化贸易基地已突破350亿元的贸易规模，今年必将突破400亿元。"胡环中在主旨发言环节对过去的5年作了回顾，并特别预告：全球最大的艺术品保税服务中心将于今年第四季度投入使用。这将是全球体量最大、设施最先进、运营和管理最规范的艺术品综合服务设施。

"往者不可谏，来者犹可追。"胡环中说，"新的征程已在脚下，未来5年上海自贸区对外文化领域政策的开放，依然是我们这个产业运作平台和公共服务平台承担的重要的责任和使命。"

尽管素未谋面，臧新霞的工作和胡环中的事业有了交集。保税区海关如何促进对外文化贸易发展，臧新霞承担了关里的课题，深入数十家文化贸易企业走访调研。通过调研，她和同事们梳理出文化企业面临的九大共性问题并针对性地提出建议，参与撰写了《以自贸区试点为契机实现文化贸易发展的新突破》，通过海关总署服务贸易课题予以上报，引起了相关部门的重视，文化贸易企业面临的难题被提上议事日程并陆续得到解决。

结合一线已有的通关作业无纸化改革等，臧新霞和同事们就"统一进境备案清单""简化随附单证""批次进出、集中申报"等提出合理化建议和设想，而这些最终成为上海海关支持自贸区建设推出的"23+8"项制度创新举措，并在自贸区建设过程中得到不断完善。

"我喜欢上海，喜欢浦东，在这里，只要努力，总能找到属于自己的一方天地。"臧新霞说。

天边，云霞升腾。

这是一片离世界最近的舞台。

（原载《光明日报》，2018年9月23日）

上海自贸区挂牌启动

36家中外企业和金融机构首批入驻

本报上海9月29日电 （记者谢卫群）中国（上海）自由贸易试验区29日上午在上海浦东外高桥挂牌成立，试验区各项事务正式启动运作。

此举被视为中国在中共十八届三中全会召开前夕推动全面深化改革和扩大开放的一项重要举措。

中共中央政治局委员、上海市委书记韩正为自贸试验区揭牌。商务部部长高虎城，上海市委副书记、市长杨雄为自贸试验区管委会挂牌。

仪式上，美国微软公司与中国电视新媒体企业百视通公司合资成立的上海百家合信息技术发展有限公司成为"001号"入驻企业。这家中美合资公司将在自贸区内开展家庭娱乐和游戏产业的技术研发及内容整合等业务。当天共有25家中外资企业、11家中外资金融机构获颁证照，首批入驻试验区。

据了解，试验区公布的服务业扩大开放措施涉及金融、航运、商贸、专业、文化服务、社会服务等六大领域。试验区相关领域实施细则等将陆续公布。

（原载《人民日报》，2013年9月30日）

新中国成立初期，塞罕坝由于历史上的过载、过牧、火灾等原因，生态环境日益恶化，一度变成一片荒漠。1962年，塞罕坝机械林场在河北承德坝上地区成立。50多年来，几代肩负着绿色发展使命的塞罕坝林场人在莽莽荒漠上艰苦奋斗，森林覆盖率从12%增长到80%。他们在高寒荒漠上栽种的人工林，按一米株距排开，可以绕地球赤道12圈，每年为京津地区涵养水源净化水质1.37亿立方米，释放氧气54.5万吨。如今，这片林海也成了当地群众脱贫致富的"绿色银行"，深刻诠释了"绿水青山就是金山银山"的重要理念。

好一个大"林子"

◎王国平

塞罕坝人喜欢说"林子"。

指着一片小树林，他们会说，"这个'林子'长的都是云杉"，或者说，"那个'林子'，是我看着长起来的"。

他们心目中的"林子"富有弹性，可远可近，可大可小。

整个林场，林地面积112万亩，在塞罕坝人说来，也是个"林子"。比如，他们说，"我们这个'林子'很特别，七月份油菜花开得正好"。

有意思的是，不少塞罕坝人也被人亲切地喊着"林子"。

司铁林、李振林、于瑞林、张林、刘庆林、谷庆林、孟庆林、王树林、杨国林、姜清林、李清林、张清林、李占林、孙占林、孙建林、张建林、张玉林、窦宝林、李大林、李凤林、刘凤林、陆爱林、穆秀林、鹿德林、吴德林、邵和林、孙有林、闫晓林、张晓林……

这些塞罕坝人，有的名字里边原本就带有"林"字，来到塞罕坝，成了务林人，延续着与树木、森林的缘分。有的属于"林二代"，父辈不约而同地"就地取材"，给他们的名字镶上这个"林子"的印记。

同一片"林子"，同一汪绿色，同一个家园。人与树的关系图谱，人类与环境关系的演变轨迹，中国人环境意识与生态理念的升华历程，在塞罕坝

报章里的中国记忆

这片"林子"里，彰显得动人而清晰。

一个见证历史变迁的"林子"，
喟叹着王朝的落寞又奏响民族的强音

北京人，东北望，是坝上。

"塞罕坝"，蒙古语和汉语的组合，意为"美丽的高岭"。曾经这里是清代木兰围场的中心地带，主要用于"肄武、绥藩、狩猎"，清廷鼎盛时期几乎每年秋季都要举行声势浩大的仪式，并列入国家典制，即"木兰秋狝"。

那时"美丽的高岭"究竟有多美？

《围场厅志》记载，当年这一带，"落叶松万株成林，望之如一线，游骑蚁行，寸人豆马，不足拟之"。

好一个"寸人豆马"，就像现代人在高空飞行时透过舷窗俯瞰大地，饱览天地间的辽阔。

康熙则站在地面上，对这方水土多有歌咏，"……鹿鸣秋草盛，人喜菊花香。日暮帷宫近，风高暑气藏"。

现在，塞罕坝留有亮兵台。一团巨石凌空凸起，形如卧虎。相传乌兰布通之战大获全胜之际，康熙登临此地，检阅凯旋的清军将士。无法想象，那时的康熙，内心起着怎样的波澜。

他还有一首《塞外偶述》："水绕周庐曲，原高众幕围。"

乾隆续写着《出塞杂咏》："最爱枫林新似染，折来题句手亲书。"

嘉庆则跟风般来一首《塞山行》："秋风猎猎吹山云，奇峰倏起林木分。明霞五色互炫耀，欲写岚黛难成文。"

明明知道"难成文"，还要硬着头皮上，都是因为眼前的景让人心潮难平。

帝王热衷于借笔抒怀，其他人等也没有闲着。

黄钺的《木兰纪事》见出清雅："香草丰茸三尺赢，据鞍似踏绿波行。怪它马耳双尖没，尽作春江风雨声。"

陆元烺的《塞上夜坐》一片天籁，"松声入夜常疑雨，虫语鸣秋惯近人"。

赵翼是个实诚人，没有那么多的辞藻与讲究，一句"木兰草最肥，饲马不用豆"，径直把当年木兰围场的风情端了出来。

惜乎时光如刀，将延续着的荣光强行剪断。1824 年，即道光四年，木兰秋狝这一"万世当遵守"的家法，被断然废止。风雨飘摇的清王朝，已经顾不上什么"鹿鸣"与"菊花"，什么"香草"与"松声"，反而虎视眈眈，把这里视为一块肥肉。

同治年间，就有声音要"就近招佃展垦，尚足以济兵饷不足"。光绪年间，还在惦记着"热河围场地亩，可否令京旗人丁迁往耕种"，后来直接说了，"开垦围场各地藉筹军饷，实为寓兵于民之善策"。

热河都统崇绮心在泣血，斗胆上奏，"树木一空，牲畜四散……林木将何日而蕃昌？牲畜更何时而萃止？空空围座，何所用之？"

大势已去，再可贵的声音也如草芥。

成群成群的参天大树颤抖着，被连根拔起，运走了。

如茵的绿草被蛮横地腰斩，"春风吹不生"，远走了。

山火燃起，呼哧呼哧，噼里啪啦，空留一缕青烟，飘走了。

土匪来了，一通彻头彻尾的残暴，逃走了。

绿色大厦轰然坍塌，风沙来了，住下了，不走了。

时光一寸一寸地长，风沙一口一口地吞。风与沙在这里腾转挪移，漫天飞舞，山呼海啸。结果是"飞鸟无栖树，黄沙遮天日"。

一个王朝留下落寞的背影。

所有的荣光归"零"，而且迅疾地跌入"负"的深渊。

诗人说：清朝的第一粒死亡细胞诞生在木兰围场的废弃里。

而一个时代新的开篇也隐含在对木兰围场投来关注的目光里。

风沙肆虐，无法无天，年轻的共和国下决心要来治理。

1961年10月，时任林业部国有林场管理总局副局长刘琨受命带队来到塞罕坝勘查。哪知道，"美丽的高岭"以反讽的方式给他一个下马威，"怎么说呢，我后来写了几句诗，'尘沙飞舞烂石滚，无林无草无牛羊'"。

可以想象，当时的刘琨和同伴有多绝望。

东部荒原上硕果仅存、顽强挺立的一棵落叶松，给他们一行以希望的曙光，"这棵松树少说也有150年。这是活的标本，证明塞罕坝可以长出参天大树。今天有一棵松，明天就会有亿万棵松"。

如今，这棵"功勋树"还在傲立风霜。它并不高大，也不粗壮，但落落大方，清清爽爽，透着不可冒犯的庄严与威仪。

这棵树，距离根部一米有余就开始分权，感觉是两棵树在往上长。塞罕坝机械林场副场长陈智卿说，一棵树分权长成两棵树，很可能是环境太恶劣，风雪把主干刮断，营养让侧枝分走了。还有就是年头长，没有人打理，一般的森林管护都要环切侧枝的。

> 我骄傲，我是一棵树，
> …………
> 条条光线，颗颗露珠，
> 赋予我美的心灵；
> 熊熊炎阳，茫茫风雪，
> 铸就了我斗争的品格；
> 我拥抱着——
> 自由的大气和自由的风，
> 在我身上，意志、力量和理想，
> 紧紧的、紧紧的融合。

诗人李瑛的句子，似乎是专门写给这棵树的"传记"。

这棵树，在向人类召唤：这里，尚存希望。这里，还有未来。

1962年，来自18个省区市、24所大中专院校的毕业生和周边地区的干部职工，组成369人的建设大军，雄心万丈，进驻塞罕坝，誓言重新安排山河与大地。

遭遇过人类残酷对待的大自然，摆出一个"店大欺客"的架势。

气温在这里玩着"蹦极"，极端最高气温33.4摄氏度，最低气温零下43.3摄氏度，年均气温零下1.3摄氏度。风一年只刮一次，从年初刮到年终。雪是这里的常住客，年均积雪7个月，最晚降雪记录是8月26日，最早是6月10日。真正意义上的春天在这里不是按照天过的，更不是按照月过的，而可能是按照小时过的。

塞罕坝人"咬定荒山不放松"。种树，成了他们心中强劲的旋律。

种树种树种树，他们心无旁骛。种树种树种树，他们吃了千斤苦，受了万般累，矢志不渝，不含糊。种树种树种树，他们不惜搭上后代的漫漫前途。

种树种树种树，这个响亮口号，塞罕坝人在内心喊了55年。种树种树种树，旋律看似平面，节奏看似单调，却抹平了荒漠与森林之间不可逾越的距离。种树种树种树，塞罕坝终于从"负"的深渊爬了上来，挺立起"正"的身姿。

"万里蓝天白云游，绿野繁花无尽头。若问何花开不败，英雄创业越千秋。"作家魏巍曾经踏足这里，留下诗句。都知道，他有篇代表作，叫《谁是最可爱的人》。

塞罕坝人，也是可爱的人。他们没有惊天动地的豪言壮语，却干着感天撼地的千秋伟业。

如今的塞罕坝，森林覆盖率由林场建立初期的12%增至80%，林木蓄积由33万立方米增至1012万立方米，完全称得上一艘"绿色航母"，一家"绿色银行"。

如今的塞罕坝，是一面墙，一面抵御风沙的墙；是一汪海，一汪绿意葱茏的海。

曾经，塞罕坝之美"殆非人力之所能为"。如今，塞罕坝之美"确属人力之所能为"。是人力，让塞罕坝奄奄一息。也是人力，让塞罕坝满血复活。人与人之间，横亘着岁月的沧桑，更见证着一个时代的阔步前行。

一个蕴藏生态思想的"林子"，新时代的年轮更绵密更壮实

"无边旷野一棵松，顶天立地傲苍穹。雷霆或可伤枝叶，壮志何曾动毫分？"来自林业系统的诗人田永芳，对塞罕坝的"功勋树"一咏三叹。

这棵落叶松，记录了塞罕坝这片茫茫林海从无到有、从小到大、从弱到强的生长历程。树是有年轮的。岁月的印痕，刻在树干一层又一层的同心纹路上，表征着时光进度与人世变迁。而这5年的年轮，必定更绵密更壮实。这5年的年轮，也再度昭示：塞罕坝是有根的塞罕坝，塞罕坝这个"林子"是有根的"林子"。

这个关乎生态理念、生态思想的"根"，厚植在塞罕坝人的意识深处。

塞罕坝人太知道，这个"林子"是怎么来的，意味着什么。

当年的人们，对"千里红叶连霞飞"的木兰围场"巧取豪夺"。毫无节制的索取，引发大自然的疯狂报复。当塞罕坝人再度靠近时，大自然并不听从，更不屈服，而是持续地出难题，考验着人类的耐力与决心。

1962年，369位塞罕坝人，种下1000亩的树苗，但成活率不足5%。第二年春天又造林1240亩，成活率只提高了3个百分点。

大自然毫不客气。塞罕坝人的信心骤然降至冰点。

1977年10月，一场罕见的"雨凇"灾害袭击塞罕坝，受灾面积达57万亩，"一棵3米高的落叶松上，挂着的冰有500斤重"。

大自然并不想"束手就擒"。

不足3年时间，大自然再度"偷袭"，让正处于生长期的树木遭遇3个多月的干旱，12.6万亩的落叶松悲怆地倒下。

塞罕坝人屡败屡战，每一次都重整旗鼓，跟大自然较量、协商。

人类以善相待，自然敬之以礼。

这10年，与建场初期10年相比，塞罕坝及周边地区年均无霜期增加12天，年均降水量增加50毫米，大风日数减少30天。大自然调整了区域的小气候，给塞罕坝人回赠一份大礼。

从报复到相持再到友好，大自然与塞罕坝人之间，演绎着人类与自然关系的变奏曲。大自然与塞罕坝人携手相告：人类与环境有且只有友好相处，真正"姐妹情深""哥俩好"，才能拥有美好的未来。

"靠山吃山，靠水吃水"的思维，不是没有给塞罕坝人以冲击。种树嘛，就应该"吃树"；绿色嘛，大致来说就是穷困、落后、封闭的代名词；过日子嘛，就应该发"大工资"，过"大生活"。再说，塞罕坝的森林资源总价值超过200亿元，是有挥霍资本的。但塞罕坝人还是决然地把这些想法摁住了。

由于气候条件限制，塞罕坝的树，每年的生长期满打满算，也就两个月左右。塞罕坝的树在休眠，塞罕坝的人在思想上却放弃"猫冬"。新的理念、新的思路，引领着塞罕坝人步子迈得更稳，走得更远。

茫茫林海缄默无声，却以伟力撑起一片新的天。

"这几年，越来越感觉，花草树木，空气、水和绿色的地位上来了。"塞罕坝机械林场总场千层板分场场长于士涛说。

"我总结，干林业的，就是要看天吃饭，看老天爷的脸色。我们做事，做到什么份上，老天爷说了算。人还是要老实点，别老想着跟大自然对着干。"塞罕坝北曼甸分场场长张利民说。

"绿水青山就是金山银山。""环境就是民生，青山就是美丽，蓝天也是幸福。"塞罕坝人在林场显著的位置，立起一块块标语牌，誓言要把嘱托牢记在心。

"生命与绿色拥抱，人类与自然共存。""人人爱护环境，环境呵护人人。""人类靠环境生存，环境靠人类保护。""保护环境是责任，爱护环境是美德。""用汗水美化青山，用爱心缔造家园。""你的呵护，使我美丽。""让人类在大自然愉快徜徉，让鸟儿在天空中自由翱翔。""追求绿色时尚，拥抱绿色生活。"这些标语牌，散落在塞罕坝林场的各个角落。

呵护自然，保护环境，塞罕坝人站在前列。

"大家都说'前人栽树，后人乘凉'。但这个'凉'可不是那么好'乘'的，是要'打雷'的。"80后于士涛是个"新坝上"，已经成为林场中坚力量的他，越来越懂得前辈嘴边的"三分造，七分管"的分量。

这个"林子"是塞罕坝人的命。保护好这个"林子"，是塞罕坝人灵魂深处的第一位诉求。

保护保护保护，他们使出浑身解数。保护保护保护，他们对诱惑不闻不顾。保护保护保护，他们在行动上领先一步。

塞罕坝有个七星湖，群山环抱的100万平方米的湿地范围，分布着大小不等、形状各异的天然湖泊，宛如天上的北斗七星。

不少人忽略了这个七星湖全称为"七星湖假鼠妇草湿地公园"。

陈智卿介绍说，假鼠妇草常见于海拔1100米以下，而在海拔1500米左右的七星湖湿地公园长势良好，实属罕见，富有科考和观赏价值。

于是，塞罕坝人怀着敬意，以一种草的名义，为一个景区命名。

草是有生命的，树也一样。生命之物总是要患病的。如何给森林治病，塞罕坝人自有路数。

林场森林病虫害防治检疫站站长国志锋介绍说，对于森林病虫害防治，塞罕坝有个总体原则：能森林自控的，不人为干预；能小范围控制的，不扩大面积防治；能采取天敌、物理防治的，不用化学药剂。

"目的就是将环境污染降到最低，最大限度保护非防控对象，促进森林形成自控机制，维护生态平衡。"国志锋的意思是，"林子"能自行解决的，就让它自己动手。

对于防火的事，塞罕坝人则是牢牢握在手里，一刻也不撒手，"森林如万宝藏，资源财富里面藏。若是防火不为重，定是富土变穷壤"。

林场防火办主任吴松告知，塞罕坝林场防火的考核办法是定量的，采取的是"百分制"，每一分都是落地的，很明确，可操作。

比如，随机抽查发现护林员的巡更系统手机人为损坏或者丢失了，每部扣0.1分；防火宣传专用广播设备损坏了，无法使用，扣1分；护林防火紧要期，各分林场主管领导如果不接听电话，每次扣0.5分；专业扑火队员的单兵装备，包括扑火服、头盔、手套、扑火靴、挎包、水壶、毛巾、风镜、急救包、手电筒，缺少一件扣0.1分。

关键是，这么一路算下来，90分以上才达标。

一旦不达标，好了，紧跟着一长串的处罚措施，硬碰硬，毫不留情。

制度在上，有规可循，清清楚楚，容不得半点的侥幸与懈怠。

就这么着，塞罕坝人在防火上自己给自己念"紧箍咒"，一遍又一遍，一年又一年。

在这个防火"百分制"定量考核办法中，有一大项是"资源管护"，明确一旦发现牲畜进入幼林地，包括发现牲畜粪便，每次扣0.2分。

当年，刘琨见着的塞罕坝"无林无草无牛羊"，是因为牛羊不来了。如今的塞罕坝，是不让牛羊来。于是，现在的塞罕坝，"天苍苍，野茫茫，风吹草低，难见牛羊"。

防虫、防火、禁牧，为了保护这片林海，塞罕坝人亮出一套组合拳。

但他们不满足于"守"，而是也有"攻"。

塞罕坝人的"拿手好戏"就是见缝插绿、见空植绿。这五年，他们开始向石头要绿色。

报章里的中国记忆

经过几代人的艰辛劳作，塞罕坝能植树的地方基本上都被绿色占领了，"肉都吃光了"，好一点的"骨头"也给啃完了。要说绿色在塞罕坝已经趋于饱和了。但塞罕坝人不避短，因为还有"硬骨头"。

一些石质阳坡，土层瘠薄、岩石裸露、地处偏远、施工难度大，有的坡度甚至达到46度。塞罕坝人说，绿色无盲区，绿色要彻底。既然铁树能开花，石头上自然也能种树。

他们把这个工程命名为"攻坚造林"，完全是向改革纵深处挺进的阵势。

整地如何动手？"沿等高线，利用人工进行穴状整地，穴面规格为长70厘米 × 宽70厘米 × 深30厘米，较常规整地规格有所加大，采用'品'字形配置，有效拦截地表径流"。

树种选择有哪些要求？"以抗干旱能力强的樟子松和油松容器苗作为主要栽植树种"，苗龄在三四年之间，苗木高度控制在20厘米至30厘米。

还有特别提示，"苗木栽植完成1周后，进行二次踏实，充分做到根土密接，防止透风失水"。

这些内容摘自论文《塞罕坝林场开展攻坚造林的成功经验与思考》，作者司宏图，来自塞罕坝第三乡分场。

塞罕坝的造林与管护，历来都是科研力量"唱大戏"。一群知识分子，甘心在这里观察树、研究树、发现树。

这五年，塞罕坝完成"坝上地区华北落叶松人工林大径级材培育技术研究""塞罕坝自然保护区生物多样性研究"等5项课题研究，开展"油松、华北落叶松高效培育与经营关键技术研究""华北土石山区典型森林类型可持续经营技术研究"等4项协作研究，评审通过《河北省白毛树皮象防治技术规程》《河北省樟子松人工林抚育技术规程》等3项地方技术标准。

塞罕坝的659种植物，也被纳入研究的视野。"在特有植物中，光萼山楂是新发现的一个耐寒耐旱种，保存了良好的基因遗传性。"《塞罕坝森林植物图谱》记载道。

风光摄影家姜平则以艺术的视角，丈量着塞罕坝的一草一木，"高低起伏的山岗之间夹杂着一块块草场和湖泊，晨曦中耀眼的白桦树、夕阳下牧归的牛羊和秋风前短暂的油菜花，构成了塞罕坝典型的地貌特征和美丽的塞外风景。这种自然条件，非常适合摄影创作"。

他出版的画册《风光摄影解析：塞罕坝》，以塞罕坝的风景为例，讲述着与风光摄影有关的甲乙丙丁。

塞罕坝经得住360度全域性的研究与打量，最根本的还是新的生态思想在奠基在涵养。

塞罕坝之路，是播种绿色之路，亦是捍卫绿色之路，更是以绿色发展理念为引领为方向的通往未来之路。

这就是塞罕坝的"根"。

一个蓄满精神能量的"林子"，向着壮阔的天空拔节生长

"一松一竹真朋友，山鸟山花好弟兄。"

在塞罕坝林海漫步，眼与耳，身与心，是可以完全托付的，不设防。

无边无沿、无穷无尽的绿色，清新、雅洁、恢宏、明亮，令人心安，有着向上的牵引力。

饮水思源，睹物思人。

塞罕坝有片"尚海纪念林"。好一个齐整、葱翠的"林子"，铭刻着以林场首任党委书记王尚海为代表的创业元勋们的功绩。

林场建设初创时期，困难堆积如山。为了稳定军心，王尚海一跺脚，从承德举家迁往坝上。副场长张启恩，原林业部造林司工程师，北京大学毕业生，硬是说服爱人挥别京城，举家上坝。

燕赵大地，再次响起"壮士一去不复返"的悲歌。

悲歌一曲唱罢，旋即转入寂寞。无边的寂寞，始终是塞罕坝的"敌人"。

73岁的尹桂芝，18岁时秉持"祖国的需要就是我的志愿"的信念，来到塞罕坝，"没活干，那就找活儿干，干啥还得往前干"。80岁高龄的"老坝上"张省也说："当时就看谁能干。谁能干就跟谁比。比着干，得劲！"

化解白天的寂寞就找活儿干，安顿晚上的寂寞就人为制造声响。

"年轻人没啥活动，上山参加生产回来，基本上就在宿舍待着，看看书。太闷了，就喊两声，乱唱几句，敲敲洗脸盆子。就这样。"建场初期的技术员李信说。

55年了，寂寞依然难以驱除。

塞罕坝在偏僻地带设有多处望火楼，一般都是夫妻终年住着，观察火情，被誉为"森林的眼睛"。

刘军和齐淑艳驻守的阴河分场亮兵台营林区望火楼，是整个塞罕坝林场的制高点。举目一望，茫茫林海尽收眼底，就专门辟名为"望海楼"。这里距离林场驻地有一个小时的车程，一路上除了树，还是树，偶见一个人影，都让人心生暖意与欣悦。

他们的任务就是每15分钟登高瞭望一次，看看四周是否冒烟了。这份工作，没有消息就是最好的消息。在这个几乎与世隔绝的地方，两口子生活了11年，"该吵的架都吵完了"。原本性情上就好静的刘军，笑起来也是一个"慢动作"。

实在是"熬得慌"，刘军看见央视播放着《跟徐湛学国画》节目，顿时来了兴致，寻思着那就学画画吧。

初中一年级就辍学了的刘军，人到中年，给自己找了个爱好。边学边画，边画边学，他感觉没有那么难，"你看，画个松树枝，拿毛笔往纸上一戳，就出来了"。

他画有《赏秋》《一览众山小》《春江水暖》《松鼠送福》《长寿图》《百财聚来图》，还有一幅，两只猫咪，瞪大眼睛，竖起耳朵，全神贯注，相互偎依着。刘军将之唤名《守望》。

"守望"，是当代塞罕坝人的人生关键词。

他们在守望塞罕坝的气息。用作家石英的话说，整个塞罕坝都散发着"一种清冽、芳香、甜润而又略含酸爽的使人清醒、促人向上的气息"。

他们在守望塞罕坝的绿色。用编辑家崔道怡的话说，塞罕坝的绿是"碧绿、翠绿、嫩绿、油绿"，是"饱含着脂肪与水分、充盈着生命之原色的绿"。

他们在守望塞罕坝的美丽。用摄影家李英杰的话说，塞罕坝的自然美"诠释了世间所有的永恒、浩瀚、广袤、和谐与力量，是原生态的美，是真正的自然美"。

守望守望守望，他们以立正的身姿长成了一棵棵参天树。

站在那棵被誉为"功勋树"的落叶松前，李瑛老先生的诗句再次在耳边回荡：

> 我骄傲，我是一棵树，
> …………
> 我是广阔田野的一部分，大自然的一部分，
> 我和美是一个整体，不可分割；
> 我属于人民，属于历史，
> 我渴盼整个世界
> 都作为我们共同的祖国。

你分明能感知到，这里的"我"，不仅是一棵树，也是塞罕坝的百万亩林海，更是创造着传承着塞罕坝精神的塞罕坝人。

守望守望守望，他们练就"塞罕坝式"的乐观。

"一日三餐有味无味无所谓，爬冰卧雪苦乎累乎不在乎。"这是当年的塞罕坝人拟就的对联，横批：志在林海。

而现代塞罕坝人在遇事抱持乐观态度上不输前辈。

由于长年在海拔1010米至1940米的地方工作生活，塞罕坝人的皮肤偏黑。他们就自嘲是"黑蛋""黑煤球""黑土豆"。

转而，他们有时也"冒充"一把文化人，自称是"林家铺子"的。

守望守望守望，他们这群倾心制造"氧气"的人出手大方。

数据显示，塞罕坝每年释放氧气54.5万吨，可供199万人用上一整年。

塞罕坝这个"林子"更在释放着精神的"氧气"。

因为这个"林子"的带动，林场所在的河北省承德市造林绿化步入"加速度"跑道，全市森林面积3390万亩，森林覆盖率超过56%，再造了25个塞罕坝。

因为这个"林子"的感召，更多的人享受着一种有远见的生活方式。

刘国是塞罕坝北曼甸分场四道沟营林区的一名护林员。他的任务，就像歌曲唱的"大王叫我来巡山"，要在沿途开展防火宣传，扣留所有火种，查看所辖范围是否有人为或牲畜毁林现象。他每天都要写巡山日记，营林区主任还要批改。

不过，刘国已经从"要我巡山"转向"我要巡山"。他说："有事没事，有点没点，就喜欢到山里走一走、看一看，要不然就不舒服、不踏实。"

在坝上感到舒服与踏实的，还有8岁的刘笑宇。

平时刘笑宇在邻近塞罕坝的乡镇上读书、生活。正值暑期，他就跟着家人上坝了。见着时，他正和另外两个小朋友组成"寻宝小分队"，在草地上嬉戏，"我喜欢坝上，可以一直跑，跑呀跑，一口气跑好远"。

在大自然的怀抱里，他是一个舒舒展展的人。

7月12日傍晚，在七星湖假鼠妇草湿地公园"松毯天成"景点，一个小男孩捡起一枚松果，问妈妈这是什么。妈妈告诉他，这是松果，里边有松树的种子。种子慢慢长大了，就是身旁的这些小树苗。

"小树苗"这三个字令小男孩眼神一动，旁若无人地念起了童谣："园里一排小树苗，根根栽得一般高。小树苗，嫩又小，摇一摇，就摔倒。小朋友们爱树苗，你不碰，它不摇，挂上一张小纸条：人人爱护小树苗。"

小男孩来自北京，名叫郭恒铭，正读着幼儿园。妈妈晁华说，这是第一次听儿子唱起这首童谣。

这么个地方，这么个时刻，"爱护小树苗"的星光，在这个4岁孩子的脑海中闪烁着。

一颗美好的种子正在他的心底发芽。

孩子们意味着未来。成人理当要为他们倾心爱着的绿色护航。

塞罕坝人是榜样。

"什么人？一颗绿色的心，一脸的刚毅与幸福。"在奔向中国梦的征途上，有人问。

"塞罕坝人！"回答响亮而有力。

"什么人？把生态的事看得这么透彻，行动上这么果断。"在人类描绘生态文明前景的漫漫画卷边，有人问。

"中国人！"回答更坚定、更铿锵。

（原载《光明日报》，2017年8月24日）

链接

心怀使命筑造"绿色长城"

岳　钟

在茫茫荒原上，有一群心怀使命的务林人，战天斗地爬冰卧雪，用三代人的心血培育出百万亩人工林海，为京津筑起了一道防风固沙、含蓄水源的"绿色长城"。日前，河北省委、省政府命名塞罕坝机械林场为"生态文明建设范例"，让一段关于信仰、执着、苦干、坚守、奉献的真实历史再露峥嵘，掀起了又一波学习塞罕坝精神的热潮。

把作品写在大地上，是塞罕坝三代务林人躬身实践的生动写照。50多年来，塞罕坝从悬在北京头顶上的风沙窝，一变成为草木葱茏的"华北绿宝石"，有效阻滞了浑善达克沙地南侵，同时每年为滦河、辽河下游地区涵养水源、净化水质1.37亿立方米，释放氧气54.5万吨。在巨大的生态效益、社会效益和经济效益背后，是塞罕坝三代务林人"忠于使命、艰苦创业、科学求实、绿色发展"的精神坚守。

塞罕坝的意义，就在于经过一代代人的不懈努力，在威胁人类生存的不毛之地，创造出"华北绿肺""天然氧吧"，为京津冀生态环境提供了有力的支撑，为这一地区可持续发展打下了坚实的根基。良好生态环境是最公平的公共产品，是最普惠的民生福祉，保护生态环境，功在当代、利在千秋。面对严重影响京津冀自然生态的恶劣环境，王尚海等第一代塞罕坝务林人听从党的召唤，响应国家号召，迎难而上，阻断沙源，修复生态，而且不计回报，甘心奉献，这种"功成不必在我"的执着信念，是当前加强生态文明建设弥足珍贵的精神财富。

正如习近平总书记所说，走向生态文明新时代，建设美丽中国，是实现中华民族伟大复兴的中国梦的重要内容。学习塞罕坝机械林场，就要学习他们对生态优先、绿色发展的执着追求，正确处理经济发展和生态环境保护的关系，像保护眼睛一样保护生态环境，像对待生命一样对待生态环境，坚决摒弃一切破坏生态环境的发展模式，坚决摒弃以牺牲生态环境为代价换取一时经济增长的做法，推动形成绿色发展方式和生活方式，努力实现经济社会发展和生态环境保护协同共进。

一部人类的发展史，就是一部人与自然的关系史；一部生态变迁史，就是一部人类的进化史、演变史。塞罕坝机械林场的生动实践，深刻诠释了"绿水青山就是金山银山"的理念，是我国加强生态文明建设的一面旗帜。把塞罕坝当作生态文明建设范例，就是要通过榜样的力量，激励各地强化尊重自然、保护自然的意识，扎扎实实推进生态文明建设，坚定走转型升级、提质增效、绿色发展的路子，稳扎稳打，善作善成，为实现美丽中国美好蓝图而共同努力。

（原载《光明日报》，2017年8月4日）

　　　　　　　　　报章里的中国记忆

党的十九大报告指出，建设美丽中国，为人民创造良好生产生活环境，为全球生态安全作出贡献，并强调："必须树立和践行绿水青山就是金山银山的理念。"建设生态文明是中华民族永续发展的千年大计，坚持人与自然和谐共生是新时代坚持和发展中国特色社会主义的基本方略之一。树立和践行绿水青山就是金山银山的理念，是指引建设美丽中国的理论明灯。

美丽的村庄在说话

◎王国平

是的，浙江。

这里富庶，这里舒适，这里秀美，这里丰富着你对美好人间的想象。

"山寺月中寻桂子，郡亭枕上看潮头。""水光潋滟晴方好，山色空蒙雨亦奇。""水如棋局连街陌，山似屏帷绕画楼。"诗人们行走于吴越大地，诗情跳跃，诗思翻涌，竞相差遣字字句句，表达着内心的感受。

故乡的山水惹人醉，浙江人击节赞赏不迟疑。

"我居溪上尘不到，只疑家在青玻璃。"赵孟頫以退为进，看似存疑，实则不疑。

鲁迅的文字，历来给人的印象是坚毅如剑、刚烈如酒。但是写起自己的故乡，文字的调门一下子变得柔软起来，"两岸的豆麦和河底的水草所发散出来的清香，夹杂在水气中扑面的吹来；月色便朦胧在这水气里"。

以报告文学《哥德巴赫猜想》名动天下的当代作家徐迟，命笔写起老家，似乎有点把持不住，一口气用上了66个"水晶晶"——水晶晶的水、水晶晶的太空、水晶晶的日月、水晶晶的星辰、水晶晶的朝云、水晶晶的暮雨、水晶晶的田野……

然而，水晶晶的浙江乡村，也有过暗淡时刻。

脏。乱。差。三个字涵盖了此间的一切景象。

浙江的村子度日如年。

直至2003年，这里开始实施"千村示范、万村整治"工程。它犹如一道光，把这些村子逐个照亮。

历经15个春秋的激荡，如今，浙江的村子迎来高光时刻。

2018年9月26日，中国浙江省"千村示范、万村整治"工程，在纽约曼哈顿问鼎联合国环境规划署"地球卫士奖"。这是联合国在环保领域授予的最高荣誉。

浙江的村子，中国的"面子"，世界的标杆。

到浙江的村子里走一走，你能真切感知美丽乡村是什么模样，也能深切体会美好生活到底是怎么回事。美丽的村庄在诉说，美丽的家园在召唤，美丽的中国在跃起。

从"村子没有村子的样子"到"村子不像村子的样子"：美好生活是奋斗的汗水浇灌出的花朵

说及乡村生态环境的糟糕状况，"脏、乱、差"是标配式描述。曾经"脏、乱、差"到什么程度？浙江人还留有清晰的记忆。

"我来自浙江省的一个村庄。15年前，我每天都要拎着满满的一桶脏水走到很远的地方去倒污水。当时，我家厨房没有排污水管，村里没有垃圾箱，河道受污染，又黑又臭。"在联合国"地球卫士奖"颁奖现场，湖州市安吉县递铺街道鲁家村村委会主任裘丽琴这般"自曝家丑"。

在她的家乡，村里的小学语文老师说，平时训练孩子写作文，一般都是鼓励从身边的人和事写起，比如说写写家人，写写难忘的一件事，写写自己的家乡。有一阵子，是要回避"美丽的家乡"这个题目的，因为这可能让孩子们很为难，无从下笔。

孩子们无话可说，大人却可以自嘲。罗桂花今年59岁，住在递铺街道大路桥村。十几年前，干农活的间隙抬头看，她发现树枝上都挂着"云彩"，有红色的、白色的、黄色的。

——其实，她说的是随风飘荡的塑料袋。鸡毛飞上天，塑料袋也可以。

垃圾是没人打理的，河水是用来糟蹋的。

金华市浦江县因水而名、因水而兴，特色产业是水晶。都说水晶是水的精华，冰清玉洁，纤尘不染，自有高贵的光环。殊不知，水晶的晶莹剔透，都要仰仗人工。先用硫酸等化学物质把杂质淘洗，再用抛光粉抛光，用机器打磨，直至光鉴照人。整个过程都要用清水来冲洗和降温。一泓清水经过这么一个流程，就成了废水。一旦直接排入河流，生生制造出人工"牛奶河"。河里的各类水生物，被追杀得片甲不留。

高峰时期，浦江有将近一半的劳动力从事水晶相关的产业，全国80%以上的水晶产品出自这里。可以设想，水晶产业野蛮生长时期的浦江，是一番什么模样。

"那时候江水都是臭的，我们村有的人家亲戚朋友都不愿意来往了。"浦江县檀溪镇平湖村村民陈利群说。

村子病了，村子塌了，村子的节奏全乱了。

故事一个接一个。浦江县综合行政执法局工作人员陈佩佩听说当地有个小伙子，娶了个外地媳妇。结婚时姑娘母亲首次来到浦江，走了走，看了看，心都凉透了。临别时说闺女的事自己拿主意，反正做娘的是不会再来了。

村子没有村子的样子！

咬紧牙关，痛下决心，铁腕出手，不破困局不罢休。

2003年，浙江省以农村生产、生活、生态的"三生"环境改善为重点，在全省启动"千村示范、万村整治"工程，开启以改善农村人居环境、提高农民生活质量为重心的村庄整治建设大行动。

报章里的中国记忆

先是从道路硬化、垃圾收集、卫生改厕、河沟清淤、村庄绿化入手，恢复村子的元气。

再是把整治内容拓展到生活污水、畜禽粪便、化肥农药等面源污染整治和农房改造，着力提升村子的颜值。

继而系统推进规划科学布局美、村容整洁环境美、创业增收生活美、乡风文明身心美，建设宜居宜业宜游的农民幸福家园、市民休闲乐园，开展历史文化村落保护，谋求城乡关系、人与自然关系的改善，激活村子的精气神。

如今是不断促进美丽乡村建设从一处美向一片美、一时美向持久美、外在美向内在美、环境美向发展美、形态美向制度美转型，让村子丰满起来、立体起来、壮实起来。

号角声声，战鼓阵阵。稳扎稳打，一步一个脚印。

15年来，在浙江，"千万工程"成为一个专有名词，它就像一股劲风，吹走"脏、乱、差"的顽疾，迎来天地之间的簇新与清丽。

15年来，在浙江，"千万工程"还是一个代名词，是全方位加强生态文明建设的代名词，是绿色发展、循环经济、低碳发展的代名词，是协调发展、融合发展、高质量发展的代名词。

15年来，在浙江，"千万工程"更是一个动词，意味着要有咬住不放的决心，意味着要经历一场观念上的风暴，意味着要有强大的执行力和行动力，意味着要付出无尽的汗水与心血。

这个时刻，那些面向党旗庄严宣誓过的人，是中坚力量。

在绍兴市新昌县镜岭镇妇联副主席张薇看来，开展环境整治攻坚战过程中，赢得村民的真正理解和认同、帮助他们从根本上改变根深蒂固的生活习惯起初是一件有点伤脑筋的事。

"平时，我们走在路上，有村民就说，村子里乱七八糟的，你们这些党员干部怎么也不管管？一边抱怨一边把水果皮或者烟头随手扔在地上。当我们下定决心要进行环境整治时，他们又说，农村终究还是农村，要那么干净干什么？"回忆起这些过往经历，张薇忍不住笑了起来。

你说你的，我干我的，党员干部自己动手。有的人家房前屋后不愿意打理，大家就撸起袖子，直接上手收拾了。认真地干了一两回，村民见了，怪不好意思的，心想看来这是要动真格的，于是从"岸上说话"转而"下水游泳"，袖手旁观的，看热闹的，说风凉话的，成了主力军。

年长一点的说，活了大半辈子了，总算正儿八经地被重视了一回。

年轻一点的说，这是办实事、办大事，办好了农村人不比别人矮一头。

你有呼，我有应，你领头，我跟上，你掌舵，我安心，你和我，拧成一股绳。

夜晚在浙江的乡村驱车前行，时不时能看见接通了电源的红色党徽在夜幕间闪烁，宛如灯塔。分明能看见力量在这里汇聚，又从这里向四周辐射开来。

历经15年，成绩单耀人眼目：浙江省累计有2.7万个建制村完成村庄整治建设，占全省建制村总数的97%；74%农户的厕所污水、厨房污水、洗涤污水得到有效治理；生活垃圾集中收集、有效处理实现建制村全覆盖，41%的建制村实施生活垃圾分类处理。

浙江的村子缓过来了，进而重新活了一回。

罗桂花依然喜欢抬头看。不过，现在她看到的是真正的云，还有干干净净的水、清清爽爽的树。她时不时跟外地游客聊聊天，"他们说你们这里的空气好，不像他们当地，到处都是粉尘，看不见人。其实我想说，我们这里也有看不见人的时候，不过是因为有雾气。我没有说这个，人还是不要太骄傲，再说人家心里已经不舒服了，不好再刺激人家"。

旧貌换新颜的浦江给不少人以"刺激"。誓言不再踏足这片土地的那位丈母娘，经不住左说右劝，再次来到浦江。走了走，看了看，喜上眉梢，就住了下来。

不由得想起拴保、银环和银环妈……

经典豫剧《朝阳沟》的故事，以"升级版"的方式，在新时代的浙江乡村"实景"演出。

如今漫步在浙江的乡间小道上，那山那水，那花那草，那人那事，一一在眼前掠过，在心间滑过。你可能心存疑问：村子怎么不像村子的样子？你也可能生发感慨：美好生活，应该就是这个样子！

绿色是主题是信仰是价值观：美好生活的本色与底色

在浙江乡间行走，映入眼帘的往往是一片绿。

这一片绿不是偶尔为之的点缀，而是肆意的铺排，洋洋洒洒，神清气爽，给人一份妥帖感和富足感，让人在不经意间放心地交付出自己的呼吸。

这一片绿不做作，不刻意，不齐整，不规范，天然流露，融化在风里，将人的周身包围，挥洒着淡然而清新的香气。

这一片绿在剔除杂质，在抵挡侵袭，在生产新的养分，在架构新的时空，在创造新的天地。

为了这片绿，浙江人不惜代价，悉心呵护。

地处四明山腹地的宁波市海曙区章水镇大皎村一带，森林覆盖率高达99%。这个村子一度砍树成风，后来遭遇一场山洪灾害，村民吃了当头一棒。保绿色、不砍树，成了固守的信念。有过犹疑，也有过诱惑，比如说，苗木生意，收入是很可观的。大皎村人几经衡量，铁下心来不砍树。

"山上的林木是我们最大的财富，决不会再让它们受到伤害。"大皎村党支部书记徐鹏辉说话时的语气，感觉这些林木就是自家的孩子。

既然生态有自身的逻辑、定理和法则，那就尽心遵守与爱护。

生态优先、绿色永续的理念被广泛认可，是"千万工程"推进过程中结下的果实。

保护自然环境，呵护人居环境，过绿色、低碳的生活，在浙江成为一种习俗、一种时尚。

前往台州市仙居县淡竹乡下叶村入住民宿的游客，会领取到一张"绿色生活清单"。这张清单也是"绿币"的统计表：住宿时参与垃圾分类，可以领取"绿币"2元；退房时把垃圾清理带走，是5元；就餐时不剩饭剩菜，是5元……这些"绿币"，在淡竹乡的所有商家那里是通用的。

一枚枚"绿币"，是暗示，也是宣示。几块钱的事是小事，但让人在言行上变得小心起来。

刘先生是一位商务人士，经常出差。以往住宿时，一次性拖鞋就穿一回，感觉没有什么问题。这次在下叶村住了一个晚上，发现问题来了：其实，一次性拖鞋也是可以多次使用的。

"你看，我就把这拖鞋放在行李箱的这个兜里，再用个四五次没问题。你说这里的环境这么好，有一点浪费心里都过意不去。"他说。

绿色是生命色，也是健康色，有号召力，也有感染力。

经由"千万工程"推进过程中的点滴涵养和持续浸染，在浙江乡村，过绿色生活是自觉的行为，甚至是"集体无意识"，成为一种信仰，一种价值观。

都说"垃圾是放错了地方的资源"，这就是说，一旦放对了地方，垃圾就有了价值。

在浙江乡村，对垃圾的认识是不断深化的。以前，垃圾是随手随地扔；后来有了垃圾桶，就整个儿一起扔；随之是每次扔垃圾前都要想一想，碎玻璃是放蓝桶还是放绿桶；而现在，碎玻璃放蓝桶、香蕉皮放绿桶，是不需要犹豫的。

与之相对应，是"垃圾不落地"、定时定点收集，是垃圾分类投放、搬运，再就是"垃圾不出村"。

这里不少村子的厨余垃圾通过堆肥后还田、还山；针对玻璃瓶、易拉罐、废纸等可再生垃圾，邀请工匠专门入村指导，让村民加工成工艺品；塑料垃圾，可以用来编织环保袋、环保筐。原则上让垃圾就地消化、在地处置，分门别类，各就各位。

"千万工程"在浙江乡间的一个沉淀，是越来越多的人以设计的目光和寻美的心态看待周边的事物。

所以，浙江乡村的不少地方，垃圾桶本身也被认真对待。不少家庭的门前摆放着当地政府统一配置的垃圾桶。这些桶子毕竟是家庭生活的一部分，那就应该好好装扮一下。老乡们似乎不约而同地想到了鲜花。于是，垃圾桶边上，时常能见着一朵朵花，有鸡冠花、一串红、南天竹、万寿菊，正在静静地开着。这是陪伴，也是成全，让垃圾桶变得不那么像"垃圾桶"。

可以说，在浙江乡村，"千万工程"正在滋养着一种"生态人格"，内涵是绿色，底蕴是绿色。

绿色是自然的颜色，也是文明的颜色。

诸暨市店口镇鲁戈村党支部书记钱建荣对文字颇为痴迷，一旦发现哪里有错别字，或者是语法有点问题，就浑身不舒服。

他曾经组织创作过一首村歌，名字就叫《今朝农民》，"告别了茅屋哪住呀么洋房哪，脱去了布衣哪穿西装……跟着时代潮流走，再不是从前那副旧模样"。今朝农民应该要有新模样，最起码要学好普通话、写好规范字吧。

"从农村方方面面的工作来说，语言文字规范工作算是芝麻事情，历来大家不重视。但芝麻捡得多了，有一麻袋，价值远胜一只大西瓜，我们村的档次将远超别的村。"钱建荣心中有一本账。

他操心的是村子的档次问题。于是苦口婆心地做工作——

"说不好普通话，怎么做生意啊？"

"写个名字，'山峰'的'峰'和'先锋'的'锋'随便写，身份证、户口本、房产证上不一致，给自己挖了多大一个坑啊！"

"字写得歪歪扭扭，又不规范，合同都签不好，人家认为我们浙江人没文化，多难为情啊！"

2015年1月，诸暨市语言文字工作委员会授予鲁戈村一项荣誉，即"语言文字规范示范村"。

《今朝农民》这首歌，是以"祖辈没得好福享，今朝要有滋有味活一场"作结的。有滋有味的生活，就是美好生活。

有动人的"乡喜"，才有真正的"乡愁"：美好生活，城乡共享

望得见山，看得见水，记得住乡愁。"千万工程"是一项凝聚乡愁、护卫乡愁的行动。

乡愁就是你离开了这个地方，还会时不时想念。

为何要想念？因为这里有美好的回忆，也有惊喜的发展前景。

"乡愁"并非保持原样不变，并非继续维持落后与封闭，徘徊在新文明、新生活的大门之外。有动人的"乡喜"，才有真正的"乡愁"。

在浙江乡村，总是能遇到一些令人眼前一亮的"乡喜"。

这里始终在铭记。

诸暨市浣东街道盛兆坞三村，有颍川校史馆、颍川亭、颍川坊。根据文字记载，这里的居民是从河南颍川迁徙而来。"树发千枝根共本"。时光再长，距离再远，也不忘文化与精神的本源。

这里充满着对自然的爱意。

巴比松是法国巴黎南部的一个小村庄。19世纪三四十年代，一批画家被这里的迷人风景和纯朴民风吸引，纷纷住了下来。他们以"面向自然，对景写生"为创作宗旨。20世纪80年代末，丽水的一群画家也开始专注瓯江两岸的风景，渐成气候，被誉为丽水"巴比松"画派。

如今，丽水市莲都区古堰画乡小镇设有巴比松油画馆。"秀山丽水，本质就是一巨幅山水画，是大自然赐予我们的杰作。作为土生土长的丽水人，

对着这里的一山一水、一草一木作画，是一种享受。"丽水市美术家协会副主席陈江洪说。

这里还有可人的新变。

旧的、破的，被重新梳妆。在杭州市桐庐县江南镇荻浦村，闲置多年破旧不堪的牛栏猪舍，成为环境整治的绊脚石。"正面强攻"不行，那就"绕着走"。他们投入资金，将这些颓废萧条的牛栏猪舍"变废为宝"，开起了"牛栏咖啡""猪栏茶吧"。牛栏还是牛栏的样子，猪食槽、猪食桶、瓢、稻草一应俱全，过往的生活，携带着新的活力，"穿越"回来了。

互联网时代，并不是遥远的热闹，乡村也有进入的方式和途径。诸暨市山下湖镇新长乐村村民何志校，养珍珠蚌超过30年。儿子小海在直播平台上剖蚌卖珍珠。他感觉有意思，于是"上阵父子兵"，也加入直播行列，竟然受到粉丝追捧，被亲切称为"海爸"。在他们家，写字板上写满了几大快递公司营业员的手机号码，房间角落堆满了快递包裹，看来生意不错。

村子的格局也越来越宽敞。舟山市普陀区展茅街道建有美丽海岛田园综合体。这里有精品果蔬科创园、美丽田园博览园、湿地农耕观光园、七彩玫瑰休闲园。是景区，是花园，美丽资源正在转化为美丽经济，美丽家园铺开画卷。

"千万工程"就像是一粒火种，将浙江千万个村庄的活力引燃，一盏盏灯连缀起来，灿然一片灯海。

这片灯海中，属于金华市浦江县大畈乡建光村的那一盏尤为明亮。

2016年2月16日，这个村子里的三个孩子突然失联。县委县政府第一时间组织成立指挥部，全力搜救，参加的队伍共有65支151批次7700余人次，自发参与的群众数万人。经过三日三夜的搜寻，三名孩子成功获救。

作为浦江人，浙江日报报业集团北京分社社长吴重生感怀不已。他迅速行动起来，主编出版了一部诗集《用我的诗爱你》，以文学的方式记录了这场搜救的全过程。

他也写下一首诗，深情咏叹："孩子，因为这里是春天／这里是人间／你们从未从春天走失／你们一直生活在最美人间……太阳、月亮和星群都在你们身边……"

因为这一抹温情，因为这一缕大爱，吴重生心中的乡愁更浓郁、更淳厚。

"那一刻，我深切体会到在老家的那片土地上，人与人之间的爱还很浓，生命的尊严也还在。"吴重生说。

"千万工程"立足于生产、生活、生态的环境改善，而其内里，是对生命尊严的捍卫与守护。

美好生活，城乡共享。台州市黄岩区与同济大学密切合作，深化校地联动，实现共建互赢。2018年2月，以乡村振兴为主题的干部教育培训基地——同济·黄岩乡村振兴学院挂牌成立。学院的南校区设在黄岩区宁溪镇乌岩头村，北校区设在屿头乡沙滩村。

同济大学建筑与城市规划学院院长李振宇说，在黄岩区推进乡村振兴的过程中，"城乡共享"的社会发展新模式、新阶段开始出现。

在浙江，"城市偏向"正在纠正。这里的乡村建设也是要有规划的，也是要有创意参与的，乡村也有优质资源，乡村居住、城里就业已经不是设想，返乡创业算不上什么新闻。总之，乡村这株"野百合"，正在迎来"春天"。

在浙江的乡村，可以"把酒话桑麻"，聊聊大地上的事情。浙江的乡村，是一块厚实的土地，承载着悠悠乡愁，无尽的情意。

站在浙江乡村的土地上，连线北京——

吴庆华现任全国人大常委会机关团委书记，家住义乌市义亭镇石塔二村。对儿时的回忆最深刻的是到哪里都要走路，如今公交车在村子里穿梭不停。这几天，父母打来电话，告知村子里要推行家居养老了。又是一个好消息。他说："老家跟上了时代的节拍，又保持着田园乡村的感觉。每次回家，都有惊喜，心里很踏实。"

站在浙江乡村的土地上，连线西班牙——

20年前，傅正宏离开丽水市青田县仁庄镇马坑村，来到西班牙的塞维利亚。如今他在这里有了自己的产业。他记得当初来西班牙，发现城市和乡村竟然不相上下，不像在国内，城市是城市，乡村是乡村。现在回到老家，发现乡村除了保留着乡村的味道，还有了城市的气息，"每年回家住个几天，很舒服，很放松"。

站在浙江乡村的土地上，连线美国——

从绍兴市新昌县成长起来的文易，供职于美国波士顿一家医药公司。他获知，美国也经历过一段环境不友好的时期，经过产业升级和政策调控，情况大有改观。十多年来，老家的自然环境和生活环境都在朝着好的方向发展，"家乡的变化令人欣喜，这意味着实现'环境'和'经济'双向的可持续是可行的"。

站在浙江乡村的土地上，连线联合国——

"这一极度成功的生态恢复项目表明，让环境保护与经济发展同行，将产生变革性力量。"联合国环境规划署给"千万工程"以新的定位。

"千万工程"让浙江的乡村闪亮起来，也清秀起来。浙江的村子，表情灵动，品相纯正，有生气。浙江的村子，创造着美丽新世界，诠释着美丽的成色与质地。

习近平总书记对浙江15年间久久为功，扎实推进"千村示范、万村整治"工程，造就万千美丽乡村给予充分肯定。今年4月，他作出重要指示，强调要结合实施农村人居环境整治三年行动计划和乡村振兴战略，进一步推广浙江好的经验做法，因地制宜、精准施策，不搞"政绩工程"、"形象工程"，一件事情接着一件事情办，一年接着一年干，建设好生态宜居的美丽乡村，让广大农民在乡村振兴中有更多获得感、幸福感。

"千万工程"是一项伟大的设计，掷地有声，精巧而壮丽。它让理想中的村庄落地开花，让美丽中国、美好生活的样子有了坚固的基石。它在中华大地上激起的涟漪，看得见，摸得着，孕育着动人的美，越发辽阔，越发深远……

美丽的村庄在说话，说给中国听，说给世界听，说给未来听，说给你我听。

（原载《光明日报》，2018年12月25日）

"绿水青山就是金山银山"的哲学意蕴

单提平

习近平总书记强调指出:"我们既要绿水青山,也要金山银山。宁要绿水青山,不要金山银山,而且绿水青山就是金山银山。"在不久前召开的全国生态环境保护大会上,习近平总书记再次强调,生态文明建设是关系中华民族永续发展的根本大计。中华民族向来尊重自然、热爱自然,绵延5000多年的中华文明孕育着丰富的生态文化。生态兴则文明兴,生态衰则文明衰。生态环境是关系党的使命宗旨的重大政治问题,也是关系民生的重大社会问题。广大人民群众热切期盼加快提高生态环境质量。我们要积极回应人民群众所想、所盼、所急,大力推进生态文明建设,提供更多优质生态产品,不断满足人民群众日益增长的优美生态环境需要。这一系列重要论述,特别是"绿水青山就是金山银山"的科学论断,作为我们在新时代处理人与自然关系的实践指南,形象生动、言简意赅、独具魅力,为我们建构新时代生态文明指明了正确方向。

一

农业文明时代,绿水青山是真实的自然景观,金山银山则是悬设的物质财富梦想。虽然人的生存和发展必须依山傍水，但对农业文明时代的人们来说，绿水青山与金山银山还没有真正建立起相关的联系。

在这一历史阶段，绿水青山是人们栖息的家园，具有灵性色彩，仿佛就是人们生命的背景和底色，向人露出诗意的微笑。辛弃疾云："我见青山多妩媚，料青山见我应如是，情与貌，略相似。"白朴也曾云："孤村落日残霞，轻烟老树寒鸦。一点飞鸿影下，青山绿水，白草红叶黄花。"在古代，人们触目所及，都是自然的美，与山水共情，把自我寄寓其中。

但是，人类与自然界的关系并非总是如此融洽。古往今来，各种自然灾害，如地震、虫灾、旱涝、瘟疫等也是史不绝书。当风狂雨骤之际，千百万生命被无情吞噬之时，大自然对人类而言也会显露出极其狰狞的一面。

"绿水青山枉自多，华佗无奈小虫何。千村薜荔人遗矢，万户萧疏鬼唱歌。"毛泽东《送瘟神》中的这段著名诗句，就非常形象地刻画出在生产力十分落后的时代，大自然从消极方面给广大民众带来的灾难性的压迫和伤害。所谓"千村薜荔""万户萧疏"，正是血吸虫病泛滥造成的悲惨后果。当人类的力量尚未强大到足以抗衡大自然所带来的困境，自身生命时刻受到严重威胁时，美丽动人的"绿水青山"，不照样是"枉自多"吗？只要生产力尚处在低下状态，人类在大自然的威力面前匍匐着的命运就难以改观。

二

工业文明时代，物质生产力的发展凭借科学技术的现代革命插上了翅膀，不但让物质财富魔鬼似的奔涌，而且导致人对大自然态度的深刻变化。对自然界的开发和征服，使自然景观与财富梦想的界限被打破了。绿水青山被日新月异的科学技术所征服，人们只要利用先进的现代技术手段，喊一声"芝麻开门"，大自然在人们面前仿佛就打开了无尽的宝藏。在经济利益的诱惑和驱动下，人们不惜对大自然进行掠夺式的征服和占有。如此一来，自然界便不可避免地褪去诗意的形象，沦为表现人的占有欲和征服力的主战场。

资本主义制度主导下的工业文明，尽管具有历史的合理性；但它却体制性地忽略了自然承受能力的限度。这种发展的结果必然是：一方面是"金山银山"的堆积，另一方面则是绿水青山的逍遁。更为令人担忧的是，"金山银山"的背后是剩水残山，甚至是恶水穷山、毒水污山，最终我们不得不失去赖以栖息的家园。

早在19世纪下半叶，恩格斯就曾告诫道："我们不要过分陶醉于我们人类对自然界的胜利。对于每一次这样的胜利，自然界都对我们进行报复。"人类在强调自然是可以随意开采和占有的"金山银山"时，同自然界的关系便不再是和谐共生，而是相互异化。通过异化了的大自然这面镜子，人们看到的不只是伤痕累累的自然，也是扭曲丑陋的自己。正如蕾切尔·卡逊夫人在其《寂静的春天》一书中所揭示的工业文明条件下人与自然相处的困境：在凯旋的号角中，人类走到了自身存在的极限。

三

在当代，我们正面临着由工业文明走向生态文明的历史性转折，当我们从工业文明带来的消极的、可怖的后果中猛然惊醒之时，保护自然、修复生态就成为新的时代主题。我们不但要实现绿水青山向金山银山的转化，还要实现金山银山还是绿水青山的转化。

2005年8月，习近平同志首次提出了"绿水青山就是金山银山"的科学论断；2016年，他强调各地区、各部门要"树立'绿水青山就是金山银山'的强烈意识，努力走向社会主义生态文明新时代"；2017年，他又指出，河北塞罕坝林场的建设者"创造了荒原变林海的人间奇迹，用实际行动诠释了绿水青山就是金山银山的理念"；党的十九大报告，更是指出"要牢固树立社会主义生态文明观，推动形成人与自然和谐发展现代化建设新格局"。这就要求我们必须坚持绿色发展方式和生活方式，让人与自然之间的紧张关系得到和解，让资本化的自然在更高层面回归家园化的自然。

"绿水青山就是金山银山"的科学论断，蕴含着深刻的历史辩证法，其本质在于可持续的绿色发展，其现实表征则是既要满足人民对美好生活的向往，有"金山银山"的物质保障；又要"青山常在，绿水长流"，以实现"美丽中国"的梦想，走上人与自然和谐共生的生态文明之路。

（原载《光明日报》，2018年6月11日）

后记

记忆有痕，梦想无垠

当您合上这本书时，是否觉得，往昔峥嵘清晰如昨？这恰是我们最初的阅读体验——阅读一页页泛黄报章里的篇什文字，我们好像穿过了时空的隧道，可以身临其境地去感受彼时彼刻难得的惊喜、感动与光荣。在新中国成立70周年的特殊节点，这种体验，激发了我们新读旧报的灵感。我们从文字中咂摸历史的厚重，从历史中探寻奋斗的精神，从精神里感受前进的力量，并试图以全新的方式呈现历史、文字、报章、记忆之间的精彩逻辑。这些记载历史的文字，刻录着时间的脚步和奋斗的印痕，吸引后来者缓缓走近、久久伫立，看清前人走过的路。这些刊载文字的报章，编就着一个时代不朽的影像，让历史的图景变得宏阔、清晰，仿佛可以听到先贤的步声。

这册汇辑着旧报新读文章的书卷，垒建着历史与现实的桥梁，使站在桥上的人们回望过去，不忘初心，瞻望未来，牢记使命，始终不渝地接续奋斗，在属于自己的长征路上扎实走好每一步。于正在奋斗实现"中国梦"征途上奔跑着的个人、民族、国家来说，这报章中所记载的辉煌如颂的70年记忆，"不是结束，也不是结束的开始，而只是开始的结束"。

在这本书编辑出版过程中，得到光明日报社和广西师范大学出版社的同事及朋友们的悉心指导和莫大支持。在此，我们一道表示衷心的感谢。由于成书过程比较匆促，我们未能与文章及图片作者一一取得联系，后续事宜敬请联系编者，并给予批评指正！

2019年11月

编 者